novum pro

Oskar Szabo

Abwege oder Irrungen

Erzählungen

Bibliografische Information
der Deutschen Nationalbibliothek:

Die Deutsche Nationalbibliothek
verzeichnet diese Publikation in
der Deutschen Nationalbibliografie.
Detaillierte bibliografische Daten
sind im Internet über
http://www.d-nb.de abrufbar.

ISBN 978-3-99064-725-7
Lektorat: Annette Debold
Umschlagfoto: Lightfieldstudiosprod |
Dreamstime.com
Umschlaggestaltung, Layout & Satz:
novum Verlag

Gedruckt in der Europäischen Union
auf umweltfreundlichem, chlor- und
säurefrei gebleichtem Papier.

www.novumverlag.com

Inhaltsverzeichnis

Greth
oder Das aussichtslose Kokettieren mit Mephisto 7

Gefrorene Tränen
oder Neros vergebliche Suche nach der Utopie 207

Thuner Sonate
oder Der verschmähte Geiger von nebenan 415

Nachwort 488

Greth

oder

Das aussichtslose Kokettieren mit Mephisto

1

Des Öfteren mal am Freitag, dann nämlich, wenn es ihm gelang, rechtzeitig gegen Mittag seine Arbeit zu beenden, begab er sich zu Fuß auf einen kleinen Stadtrundgang, in der Hoffnung, irgendjemanden anzutreffen, einen alten Bekannten vielleicht, einen guten Freund oder sonst wen, um allenfalls in angenehmer Gesellschaft eine Kleinigkeit essen zu gehen, kurzum eine Art Kaffeeklatsch abzuhalten, der ihn aus dem Alltag befreien sollte. Es konnte dabei nicht viel passieren, denn schlimmstenfalls müsste er vielleicht feststellen, dass die Begegnung langweilig und uninteressant war, um sie sofort wieder zu beenden und allein seines Wegs zu gehen. Arthur wäre längst schon Rentner gewesen, wenn er nur gewollt hätte, doch er fand den Ausgang ins andere, angeblich leichtere Leben nicht, und um seine umstrittene Haltung zu kaschieren, suchte er sich mühsam einige Ausflüchte zusammen, die er freimütig jedem bekannt gab, der zuhören wollte. Er hatte den Sprung in den leeren Raum einfach nicht geschafft, oder er war dazu noch nicht bereit, er wusste es selber nicht.

Seine wiederholten Rundgänge in der Stadt, Abwechslung und Bewegungstherapie zugleich, welche ihm sozusagen stellvertretend das Gefühl der Freiheit und Unabhängigkeit vermitteln sollten, waren indessen kaum je zielführend und hatten eher den Charakter des unschlüssig Suchenden sowie beliebig nach allen Seiten Ausschau Haltenden, allerdings zumeist ohne ihm auch nur eine jener Begegnungen zu bescheren, nach welchen er planlos suchte. Die Mittagszeit war für sein Vorhaben im Grunde ungeeignet, kein Wunder also, dass der Erfolg bescheiden war, denn wer wusste schon, dass er genau zu jenem Zeitpunkt verfügbar wäre, den er sich für seinen

‚Öffentlichkeitsauftritt' auswählte? Selten also, wie gesagt, fand er jemanden, der zu irgendeinem Spontanprogramm zu überreden gewesen wäre, und so landete er zumeist in der Buchhandlung, deren Neuheiten er zum zehnten Mal durchkämmte, um erneut festzustellen, dass sie sein Interesse noch immer nicht in den Bann zogen, und wo sich, außer den Verkäuferinnen, auch keine Bekannten oder Freunde fanden, die wohl eher dabei waren, ihr Mittagsmahl zu konsumieren. Etwas resigniert und vielleicht auch ein wenig enttäuscht, so etwa, als wäre er beleidigt, dass keiner ihn erwartet habe, verließ er dann die Stadt und begab sich nach Hause, wo er Ruhe und Kalorien vorzufinden hoffte, die letzte Rettung sozusagen vor dem Zerfall.

Aber im Frühsommer des ersten Jahres seiner Teilpensionierung – ach, also doch – wurde er eines Tages fündig. Eine seiner vielen Töchter, die jüngste von allen, saß in einem kleinen Restaurant, mitten in der Stadt, und zwar zusammen mit einem jungen Herrn und einer eigenartig gekleideten, grauhaarigen Frau, deren Haare zu einem kunstvollen Knoten zusammengebunden waren, einem Knoten, den er aufgrund seiner speziellen Form wiederzuerkennen glaubte. Nur eine einzige ihm bekannte Person hatte es bislang geschafft, dieses außergewöhnliche Kunstwerk zu vollbringen, es war Greth, eine ‚unvergessliche' Bekannte, welcher er seit unzähligen Jahren nicht mehr begegnet war. Doch damals, als er diesen Knoten kennenlernte, waren die Haare noch dicht und braun, das dazugehörige Gesicht schmal und rechthaberisch und ihre Kleidung beinahe ebenso altertümlich wie heute, indem sie meist knöchellange, dunkelgraue Röcke trug und eine blütenweiße Bluse mit einem zahmen Krägelchen, das während der kälteren Jahreszeit züchtig um den hochgeschlossenen Pullover gestülpt wurde. Sie trug nie Schmuck, keine Armbanduhr und brauchte nur ausnahmsweise Schminke, denn sie bediente sich einer betont bescheidenen Ausdrucksform, eine unmissverständliche Botschaft an die luxuriöse Gesellschaft, in der zu leben sie nun mal gezwungen war. Sie war unablässig auf Konfrontationskurs mit ihren Zeitgenossen, ohne sich darüber zu ärgern, dass man sich über sie und ihr Gehabe lustig machte und ihre Botschaft für schrullig hielt. Sie verfolgte damit wohl eines ihrer Lebensziele, dessen Inhalte sie sich nicht selber aussuchte, nein, vielmehr wurden sie ihr von Kindsbeinen an aufgezwungen, was jedoch dem Enthusiasmus, mit welchem sie dafür einstand, keinen Abbruch tat. Nun ja, es war Greth, welche in diesem Kaffeehaus saß, daran bestanden keine Zweifel, die überraschende Verbindung jedoch mit seiner Tochter war gelinde gesagt eher auffällig, um nicht zu sagen beunruhigend, wenngleich er noch nicht wusste, welcher Art sie war, indes sogleich vermutete, was dahinterstecken könnte. Ja natürlich, sie kannte sie von Kindsbeinen an, doch gab's ausreichend Gründe, anzunehmen, dass der Kontakt abgebrochen worden war, war doch bekannt, dass sie längst den Wohnort gewechselt hatte. Die Szene machte ihn stutzig und auch nachdenklich, ja löste geradezu ein erhebliches Missbehagen aus, denn die Erinnerung an verflossene Zeiten war mit einer skurrilen Geschichte verbunden, die neu aufzurollen ihm gar nicht zupasskam, sodass er nahezu reflexartig an Flucht dachte, sich dann aber eines Besseren besann.

Nun ja, er traute zunächst seinen Augen kaum … ein Trugbild vielleicht? Es war durchaus denkbar, dass er sich täuschte, ein letzter hoffnungsvoller Strohhalm, an den er sich zu klammern versuchte, vergeblich, wie sich herausstellen sollte. Er stand noch draußen auf der Straße und erblickte diese eifrig diskutierende Dreiergruppe durch die großen Glasfenster, welche von außen her einen vorzüglichen Einblick ins Innere des Kaffeehauses gewährten und durch die man die Menschen, welche dort saßen, auch recht gut erkennen konnte, ja sogar ohne sich des Voyeurismus bezichtigen zu lassen, in völlig unauffälligem Vorbeimarschieren sah, was sie aßen und tranken. Obwohl seine Neugierde aufs Heftigste geweckt war, wollte er sich keinesfalls auffällig gebärden, denn er, noch unentdeckt, konnte nicht wissen, ob sein unerwartetes Erscheinen denn willkommen wäre, ja nicht einmal, ob es genehm wäre, wenn man drinnen plötzlich der Tatsache gewahr würde, dass er sie zusammen gesehen haben könnte. Zumindest witterte er Schwierigkeiten, welche sein Auftauchen dann herbeizuführen imstande wäre, wenn die mutmaßlichen Zusammenhänge, welche blitzartig seine Gedanken durchzuckten, tatsächlich bestünden und sogleich sein und gleichermaßen auch Greths Gewissen zu belasten begännen. Und eine schreckliche Vorstellung, eine bestimmte Furcht sogar, erfasste ihn plötzlich so sehr, dass er sich nunmehr vorzustellen begann, aller Hemmungen zum Trotz einzutreten und sich zu zeigen, ja sie, diese drei Personen zu begrüßen und damit kundzutun, dass er sie erkannt habe, egal was er dadurch auslösen könnte. Er war mittlerweile so weit, dass er sich nicht mehr allemal versteckte und seine Anwesenheit wie auch seinen Kenntnisstand nicht unbedingt zu unterdrücken versuchte. Ein bisschen mehr Selbstvertrauen hatte er sich in letzter Zeit schon zugelegt, nicht sehr viel, aber genügend, um in solchen Fällen die Flucht nach vorne anzutreten. „Was soll's?“, gestand er sich schließlich ein, „es gibt mich nun mal, und ich bin so, wie ich bin, meine Geschichte, einschließlich der äußerst problematischen Begegnung mit Greth, hat sich einst vollzogen, ist zudem einigen wenigen Personen bekannt, und ich stehe dazu.“ Nein, er brauchte sich wahrlich nicht zu verbergen, denn er hatte ebenso viel Gutes wie Tadelnswertes getan, sodass er mit beinahe jedem Zeitgenossen durchaus mithalten konnte. Seine Bilanz war auch nicht verwerflicher als diejenige seiner Mitmenschen und damit sein Wirken auf Erden insgesamt weder zu- noch abträglich einzustufen, gutes Mittelmaß und braver Konformismus eben, was wohl den meisten Erdenbürgern zuerkannt werden darf, denn mit dieser Haltung kommt man am ehesten hürdenfrei durchs Leben. Doch hier erkannte er einen alten Stolperstein der Vergangenheit, der sich nun als nachhaltig erweisen könnte, gravierend gar und fatal.

War es denn überhaupt Greth, oder eine andere Frau, etwa eine ‚Leidensgenossin' ihres Clans, jener wohlbekannten Menschengruppe mithin, welche durch betrübliche historische Ereignisse schließlich auf die Jurahöhen verbannt wurden, wo sie seither in Abgeschiedenheit und weitgehend außerhalb der übrigen Gesellschaft lebten und beteten? Noch einmal meldeten sich Zweifel, die sich jedoch ebenso rasch wieder verflüchtigten, wie sie sich einstellten, als er noch einmal genauer hinsah; doch wer mochte der junge Mann sein und … nun ja, er erkannte seine Tochter, da war er sich sicher, auch wenn er sie seit Langem nicht mehr gesehen hatte. Indes, der Wahrheitsgehalt all dessen, was sein fieberhaft arbeitendes Gehirn an Erinnerungen zusammenscharrte, hing letztlich davon ab, wer dieser junge Mann war, er und nur er war zunächst einmal die Schlüsselfigur seines Sinnierens, insbesondere aber auch seiner Bedenken, welche unvermittelt aufflackerten. Es ging dabei vor allem um dessen Identität, die zu entscheiden erlaubte, ob seine Ahnungen berechtigt waren oder nicht, und diesen maßgebenden Punkt zu klären, war plötzlich zu seinem Hauptanliegen geworden. Es wäre ja unter gewissen Umständen nicht ganz an den Haaren herbeigezogen, dass er drohendes Unheil abzuwehren hätte, dessen Relevanz sich allerdings nur dann ermessen ließe, wenn er den Raum beträte und sich zu erkennen gäbe. Noch zögerte er feige: Wollte er dies wirklich tun, wollte er der Vergangenheit entreißen, was sie wohl seit Langem schon mit dem Schleier des Vergessens zu bedecken versuchte, ja wollte er sich letztlich seiner eigenen Geschichte stellen und vielleicht aufarbeiten, was sie in diesem Zusammenhang an Spuren hinterlassen hatte? Doch dann entschloss er sich mutig, die Flucht nach vorne anzutreten, und trat beherzten Schrittes ein, näherte sich dem fraglichen Tisch und stellte sich provokativ an dessen einer Seite auf: „Guten Tag ihr drei, schön euch wieder einmal anzutreffen …"

Die Tochter erkannte Arthur sofort und begrüßte ihn zwar höflich, aber mit sichtlich mäßiger Begeisterung und unverkennbarer Zurückhaltung, um nicht zu sagen Verlegenheit, der junge Mann blickte ihm mit fragendem Gesichtsausdruck entgegen, um seinem nichts ahnenden Erstaunen Ausdruck zu verleihen, aber auch die grauhaarige Frau wandte ihm ihr Gesicht zu, staunte und schwieg vorerst, erhob sich dann aber betont langsam und küsste ihn leidenschaftslos auf beide Wangen, eine ungeahnte Geste, die er in ähnlichem Stil erwiderte … „welch ein Zufall“, die ebenso spärlichen wie nichtssagenden Worte, die sie sich entlocken ließ. Die Begrüßung fiel insgesamt erwartungsgemäß aus, und die Begeisterung hielt sich selbstredend in Grenzen! Sicherlich, es war Greth, unverkennbar, aber weidlich gealtert und scheinbar krank, jedenfalls schien ihr das Aufstehen schwerzufallen. „Darf ich dir meinen Sohn Daniel vorstellen, du weißt ja“ … formeller Handschlag … „Freut mich!“ – das feierliche Höflichkeitsgemurmel gemäß offizieller Spielregeln, doch die überdeutlichen Fragezeichen in seinem verdutzten Gesichtsausdruck verschwanden einstweilen nicht. Unhöflicherweise blieb er auch sitzen, wahrscheinlich absichtlich, um zu demonstrieren, dass er keinen weiteren Gesprächspartner wünsche, oder gar aufgrund des Schreckens, welcher die Bekanntmachung mit Arthur, dessen Name wohl mit einer negativen Konnotation behaftet war, bei ihm auslöste. Die spannungsgeladene Atmosphäre war jedenfalls deutlich fühlbar, seine Befürchtungen oder Vorahnungen also weder abwegig noch unberechtigt. Dass man seinem Erscheinen – sein Zögern vor dem Fenster wurde wohl beobachtet – bereits eine Kurzbiografie vorausschickte, welche Sohn wie Tochter einschlägig ins Bild setzten, war damit so gut wie erwiesen, wenngleich zu befürchten war, dass die ausschlaggebenden Fakten verdreht oder zumindest zweckdienlich bereinigt worden waren. Doch den genauen Wortlaut von Greths apologetischen Erklärungen kannte er natürlich nicht, er konnte nur ahnen, durch welche ‚Ammenmärchen‘ sie die Schatten der Vergangenheit, welche sie wohl kurzerhand wieder zum Leben erweckte, erneut ins Rampenlicht rückte.

Ob er sich zu ihnen setzen dürfe, fragte er gleichwohl, die überdeutlichen Zeichen der Spannung absichtlich missachtend … Aber bestimmt, wiewohl sie sehr bald wegzugehen gedächten, da sie noch ein recht umfangreiches Programm zu absolvieren hätten … „Im Übrigen kannst du kaum wissen, dass deine Tochter und Daniel sich im Pfingstlager kennenlernten, wo sie sich auch angefreundet haben, und sie möchten sich fortan öfters mal treffen; ein wunderbarer Zufall, nicht wahr? Eine göttliche Fügung wohl. Ich freue mich sehr, und eine Art Glücksgefühl hat mich erfasst, indem ich nun möglicherweise erleben darf, dass mein einstiger Traum wenigstens eine Generation später in Erfüllung gehen wird … du weißt schon, wovon ich spreche. Gottes Wege sind eben unerforschlich, aber gerecht, darauf habe ich stets gebaut, erfolgreich, wie man sieht."

„Ja, dieser Umstand ist weidlich bekannt", so seine etwas pikierte Erwiderung, die jedoch unerwidert im Raum stehen blieb, denn eine Debatte über alte Meinungsverschiedenheiten wäre wohl im Augenblick unerwünscht gewesen.

„In dieser Hinsicht waren wir ja nie ganz gleicher Meinung, aber diese Differenz war vermutlich nicht ausschlaggebend für die Tatsache, dass …"

Arthur erbleichte zusehends, hörte noch von Weitem, ob es ihm nicht gut ginge, und dann herrschte Dunkelheit und Stille … er fiel zu Boden, wo er angeblich regungslos liegen blieb. Dass er sich dabei den Kopf aufschlug, bemerkte er freilich nicht.

Kopfschmerzen, Dunstschwaden, orientierungslos durchquerte er den Raum … Langsam lösten sich aus der Dunkelheit einige schemenhafte Gesichter und Gestalten, Namenlose zunächst, Götzen des Unbewussten, doch mehr und mehr erkannte er ehemalige Vertraute, Freunde und Feinde, Figuren jedenfalls, welche ihn auf seinem Lebensweg einst für kürzere oder längere Zeit begleitet hatten. Sie tauchten auf, durchquerten schwebend sein Blickfeld, grüßten bisweilen flüchtig und verschwanden wieder, indem sie sich in nichts auflösten. Die flüchtigen Erscheinungen verstärkten sich zusehends, beschleunigten ihr Tempo und begannen bald wirr durcheinanderzuwirbeln, als vollführten sie einen ganz besonderen Hexentanz. Wie auf einem Karussell drehten sie sich im Kreise und spiegelten ihm in rascher Abfolge einen Großteil seiner Vergangenheit wieder, bis sich endlich eine konkrete Geschichte herausschälte und Bilder produzierte, welche wohl dem persönlichen ‚Archiv', mithin dem sogenannten ‚Erinnerungspool' entnommen wurden:

Arthur stand auf der untersten Stufe einer Treppe, welche zu einer seiner ehemaligen Wohnungen führte, die sich in einem Mehrfamilienhaus mitten in der Stadt befand. Auf der obersten Stufe derselben saß Greth, die er nun genau erkannte. Als er zu ihr hochgestiegen war, erhob sie sich, nahm ihn sanft in ihre Arme und schmiegte sich an seinen Körper, wo sie sein steifes Glied deutlich wahrnahm und schließlich auch mit der einen Hand berührte: „Deswegen warte ich nun schon eine geschlagene Stunde, aber ich sehe, dass es sich gelohnt hat", sagte sie laut und deutlich, doch es war ihm peinlich, denn sie standen noch im Hausflur vor der Eingangstür zu seiner Wohnung, und andere Bewohner, die ihm, dem Fremdling und Ehebrecher, ohnehin nicht gewogen waren, konnten über den Türspion ungehindert die reichlich kompromittierende Szene beobachten. Es war dennoch ein recht angenehmes Gefühl, das Gefühl, willkommen zu sein, und wohlig warm durchströmten ihn Erinnerungen aus früheren Zeiten, jene Erinnerungen nämlich, welche zu Greths Geschichte gehörten.

Sie trug noch ihre braunen Haare, was bewies, dass die Szene in der Vergangenheit spielte, braune Haare also, welche am Hinterkopf zu einem kunstvollen Knoten zusammengebunden waren. Der Knoten war ihr Wahrzeichen, wiewohl auch Symbol für Zusammengehörigkeit und Demut, welcher sich alle Frauen befleißigten, die sich in ihrer religiös geprägten Vereinigung zusammentaten. Ihr Gesicht war noch jung und verführerisch, doch ihr Gewand nach üblicher Regel, langweilig und fad, verbarg jedenfalls sämtliche weiblichen Formen und hatte offensichtlich dafür zu sorgen, dass es die Lust des Mannes nicht anheizte. Es war beiden klar, dass sie allein waren, nachdem sie Arthurs Wohnung betreten hatten, denn er hat die Türe hinter sich fest verschlossen. Nein, es handelte sich nicht um ein gewöhnliches Stelldichein, die Episode ereignete sich allein dank Greths eigenwilligem Entschluss, diese eher ungewöhnliche Zusammenkunft herbeizuführen, koste es, was es wolle. Sie wusste ja nicht, ob und wann Arthur kommen würde und setzte sich aufs Geratewohl auf die oberste Stufe der einzigen Treppe, die zu dessen Wohnung führte. Sie wartete geduldig, angeblich darauf bauend, dass ihre Intuition sie nicht täuschen würde, und sie wurde scheinbar vollumfänglich belohnt, dachte sie zunächst im ersten Glückgefühl, das sie empfand. Es war ihr Entscheid, entsprach ihrem Willen, nur, Arthurs Reaktion stand noch aus, denn er kannte ihre Hintergedanken, die sie zu keinem Zeitpunkt verheimlichte.

„Die Gelegenheit ist günstig, um endlich unser Kind zu zeugen, das du mir seit Langem schon versprochen hast. Genug des Hinhaltens, und bitte auch keine platten Ausflüchte mehr, zumal du wohl kaum vergessen hast, was widrigenfalls auf dem Spiel steht. Aber lass es uns in Liebe tun, nicht unter Druck und erpresserischer Drohung, denn es ist mein innigster Wunsch, deine Erbeigenschaften mit den meinigen zu vereinen, eben ein Kind zu zeugen, das sie in sich trägt, die verborgenen Schätze unserer beider Gene. Ich habe alles geregelt, meine Welt ist in Ordnung, und die deine wird dadurch nicht verändert werden. Die Vaterschaft dieses Kindes wird immer unser Geheimnis bleiben, und nichts und niemand auf dieser Welt wird je in der Lage sein, es zu lüften."

Sie löste den Haarknoten und warf ihre langen Haare mit laszivem Schwung über die Schultern, öffnete ihre weiße Bluse, wodurch die kleinen Brüste sichtbar wurden, und zog den knöchellangen Rock bis zu den Hüftknochen hinauf, um ihm ihr stark behaartes Geschlechtsorgan anzubieten. Eine rötliche Schleimhaut schimmerte durch die buschigen Haare hindurch und markierte Bereitschaft zum Beischlaf. Sie war unwiderstehlich, aber er zögerte noch, trotz wachsender Begierde, doch plötzlich von der Macht weiblicher List und Zielstrebigkeit übermannt, schwand sein Widerstand dahin, und so schickte er sich an, den nunmehr unabwendbaren Beischlaf zu vollziehen. Beinahe gleichzeitig bemerkte er aber, dass sich wider Erwarten sonst noch jemand in der Wohnung aufzuhalten schien, sodass er innehielt und den bereits begonnen Zeugungsakt unterbrach, was beinahe einem Martyrium gleichkam, aber unausweichlich schien, um den Störenfried auszumachen und zu vertreiben, denn keiner sollte diesen Akt je bezeugen können. Greth blieb liegen, etwas ungehalten zwar, aber scheinbar geduldig auf die Fortsetzung wartend, ohne dazu einen Kommentar abzugeben. Arthur fand im Zimmer nebenan einen glatzköpfigen, etwas rundlichen Herrn, den er nicht kannte. Befragt nach seinem Begehr, packte er irgendein Dokument hastig in seine Aktentasche und verschwand, ohne eine Antwort zu erteilen. Er enteilte nicht durch die Wohnungstür, vielmehr löste er sich in Luft auf. Als Arthur, etwas verdutzt zwar, aber dennoch zufrieden, wieder zum Liebesnest zurückkehrte, um zu vollenden, was er begonnen hatte, war Greth verschwunden …

Dann wurde es langsam wieder hell … die sterile, weiß gekachelte Atmosphäre der Notfallstation stand in krassem Gegensatz zu seiner einst wohlig warm eingerichteten Wohnung, die sein Traum – es stand nun fest, dass es einer war, den er indes nicht zum ersten Mal träumte – eben noch in Erinnerung rief.

„Guten Tag, wie geht es Ihnen? Lange geschlafen, was?“

„Ich weiß von nichts … Wo ist meine Tochter, wo ihre Bekannten, mit denen ich mich eben in der Stadt getroffen habe?“

„Keine Ahnung, aber Sie, mein Herr, sind im Kaffeehaus zusammengebrochen und waren bis jetzt nicht ansprechbar, wir werden uns darum kümmern. Übrigens, es war keine Begleitung dabei, als Sie eingeliefert wurden, und wir hatten etwelche Mühe, ihre Identität zu ermitteln. Wir wussten nicht, ob wir jemanden benachrichtigen sollten, der vielleicht in Kenntnis gesetzt werden müsste, dass Sie bei uns gelandet sind."

„Ach, schon gut, lassen Sie das meine Sorge sein, vielen Dank! Habe ich Verletzungen?"

„Nichts Schlimmes, es war wohl ein Kreislaufkollaps, der dafür verantwortlich war, dass Sie den Kopf am Boden aufschlugen und deshalb eine kleine Gehirnerschütterung davontrugen. Sie werden sich bald erholen."

„Gut, werde mich damit abzufinden wissen. Danke."

Arthur verschob die an sich brennende Frage nach der eigentlichen Ursache seines Zusammenbruchs auf später, denn er fühlte sich recht gut, abgesehen von den Kopfschmerzen beinahe so, als ob nichts geschehen wäre. Vielmehr beschäftigte ihn die brennende Frage, weshalb denn niemand mitgekommen war, nicht einmal seine Tochter, die sich offensichtlich kaum um sein Schicksal kümmerte, vielleicht sogar froh war ihn loszuwerden. Sein Auftritt im Kaffeehaus war augenscheinlich unerwünscht, und die Bange um den wohlpräparierten Stundenplan, dessen Stellenwert sich seiner Kenntnis entzog, überwog allem Anschein nach bei Weitem. So musste er davon ausgehen, dass sie erleichtert waren, als sie ihn, bewusstlos wie er war, der emsig herbeigerufenen Ambulanz und deren hilfreichen Sanitätern überantworten konnten. Auch später kam kein Anruf, weder Greth noch sonst wer erkundigte sich nach seinem Befinden, was ihn zwar etwas verwirrte, aber letztlich wenig beeindruckte, da er einstweilen keinen Grund sah, den Kontakt zu diesen mittlerweile entfremdeten Menschen, die er rein zufällig traf, aufrechtzuerhalten, waren doch etwelche Peinlichkeiten absehbar. Dennoch stellte er mit bangen Vorahnungen fest, dass dieser eine Freitagsspaziergang noch ein

Nachspiel haben könnte, zumindest aber für eine umfangreiche Retrospektive Anlass geben dürfte … Die Ahnung sollte sich bald als durchaus berechtigt bestätigen.

Arthur begann Füße und Hände zu bewegen, alles schien zu funktionieren, und Schmerzen hatte er sonst keine, nur ein dumpfes Sehren machte sich an seinem Hinterkopf bemerkbar. Auf dem Kissen war Blut. Gleichwohl oder gerade deshalb beschäftigten ihn die wildesten Gedanken, welche sich auf die eben beschriebene Begegnung bezogen. Das unerwartete Wiedersehen mit Greth, die Freundschaft seiner Tochter mit dem unbekannten Mann, der ihr Sohn sein soll, und der eigenartige Traum, den er kurz vor seinem Auftauchen aus seiner Bewusstlosigkeit erlebte, welche Bewandtnis sollte ihnen denn zukommen? Seine ohnehin leicht entflammbare Fantasie erzeugte Schreckensbilder und fürchterliche Chimären, derer er sich nicht erwehren konnte, ein ihm bestens bekanntes Phänomen, das sich immer dann einstellte, wenn er Unheil witterte. Die reichlich schräge Geschichte, die er vor langer Zeit mit Greth erlebte, löste sich langsam aus dem längst abgelagerten Seelenmüll und kroch wie eine Giftschlange gemächlich an Arthurs Leib empor, um ihn aufs Neue zu bedrohen, weil er befürchtete, dass die alte, vergessen geglaubte Geschichte nun eine unrühmliche und vielleicht sogar frevelhafte Fortsetzung erfahren könnte, die er, so sein Verdacht sich bestätigen sollte, unbedingt verhindern müsste. Schweißperlen bildeten sich auf seiner Stirne, und ein eigenartiger Angstzustand bemächtigte sich seiner, bis er sich plötzlich aufbäumte und aus voller Kehle schrie: „Haltet sie fest, lasst sie nicht gewähren, es ist Gefahr im Verzug!“

Chemische Zwangsjacke … und die geziemende Ruhe war wiederhergestellt. Einige Stunden später war Arthur zu Hause, ruhig und gesund, allerdings etwas abgespannt, kummervoll, besorgt. Er wusste nicht, ob und wenn ja, was er tun sollte, Verunsicherung griff Platz:

Was mochte sie den beiden Jungen erzählt haben, wie hat sie Arthur beschrieben, welche Rolle ihm zugeteilt, und wie verhielt es sich mit der einst gelobten Verschwiegenheit? Wurde sie denn überhaupt je eingefordert, oder hat sie sich längst als obsolet erwiesen? Die Fragen wirbelten immer wieder durch seinen Kopf, glaubwürdige Antworten konnte er indes keine finden, es sei denn, er wäre imstande, die ganze Geschichte noch einmal aus der Versenkung hervorzuholen, um sich all jener Zusammenhänge zu entsinnen, die damals eine Rolle gespielt haben dürften, als sie sich zutrugen. Sofort begann sein Gehirn zu arbeiten und seine Gedanken ein Netz zu weben, in welchem sich die blassen Erinnerungsbrocken verfangen sollten, um einem Puzzle gleich wieder zu einem ganzen Bild zusammengesetzt zu werden.

Im Grunde war es ein Leichtes eins und eins zusammenzuzählen, denn zweifellos hatte er nunmehr davon auszugehen, dass Greths Sohn und seine Tochter sich ineinander verliebt hatten und dabei waren, eine scheinbar ernsthafte Partnerschaft einzugehen, möglicherweise sogar zu heiraten, denn nur so ließe sich Greths Bemerkung erklären, dass ihr sehnlichster Wunsch, dessen Inhalte sich im Traum widerspiegelten, wenigstens eine Generation später in Erfüllung ginge … „Eine Gnade Gottes“, wie sie nebenbei bemerkte. Dass sie dabei einige krasse Fehlüberlegungen beging und sich über bestimmte Aberrationen und Ungewissheiten der Ereignisse hinwegsetzte, welche sich inzwischen erhellt hatten, schien sie dabei nicht sonderlich zu stören. Aber sie hatte stets eine etwas opportunistische Einstellung zu den Vorgängen des Lebens, und auch ihre Wahrheitsliebe ließ gelegentlich zu wünschen übrig, weshalb er sich, wie bereits angedeutet, auch darüber Sorgen machte, auf welche Art und Weise sie die einstige Geschichte verarbeitet haben könnte und nun wohl wiedergeben würde, eine Geschichte nämlich, in der sie nicht immer obenauf schwang, die sie aber höchstwahrscheinlich trotzdem in einer für sie selber eher günstigen Version gespeichert haben würde. Dass sie dabei nur ihre eigene, zurechtgebogene Version zum Besten geben dürfte, und dies, ohne zu zögern, war so gut wie sicher, war sie doch eine recht gesprächige Person, um eine milde Formulierung anzuwenden … ja, man hätte sie auch als schwatzhaft bezeichnen können. Außerdem stand zu befürchten, dass Arthurs Tochter gewisse Fragen stellen könnte, deren Beantwortung sie vermutlich im angestammten Bewusstsein, stets das Richtige zu tun, gleich selber an die Hand nehmen dürfte, nicht zuletzt, um gewisse Unstimmigkeiten nach eigenem Gutdünken zu beschönigen. Die Aufforderung jedenfalls, „… frag doch deinen Vater, wenn du's so genau wissen willst …", würde sie sich mit Sicherheit verkneifen, und dies mit gutem Grund.

In einer ersten Anwandlung von Gefühlen und Ideen, auch Zweifeln und Skrupeln dachte er daran, gleichwohl mit ihnen Kontakt aufzunehmen und klarzustellen, was höchstwahrscheinlich geboten war, ging es doch unter anderem auch um seine Ehre, deren Abnutzungserscheinungen über die Zeiten hinweg sichtbar geworden waren. Dass er den Plan jedoch sogleich wieder verwarf und sich eine andere Strategie ausdachte, hatte seine Gründe, denen er mehr Gewicht zuordnete, als das Ehrgefühl einforderte.

Nichtsdestotrotz quälte ihn seine Unkenntnis über die Bewandtnis des Aufwachtraumes, den er soeben seinem Tagebuch anvertraut hatte. Die Bedeutung und den Wahrheitsgehalt der einzelnen Begebenheiten, die er wiedergab, hätte er gerne durchschaut, ob und wie es ihm gelingen würde, dies zu vollbringen, musste einstweilen offen bleiben, doch den angekündigten Versuch zu wagen, die ganze Geschichte vor dem geistigen Auge erneut aufzurollen und festzuhalten, war zumindest verlockend und ließ ihm keine Ruhe mehr.

Noch stand nicht fest, woran er den Beginn der Handlung festmachen könnte, denn dieser stand wohl einzig und allein in den Sternen, jenen Sternen, die seinerzeit eine eigenartige Konstellation bildeten, die er weder kannte noch deuten konnte. Im Nachhinein wurde ihm derweil bewusst, welchen Weg sie ihr, Greth, wohl wiesen, dass er sich jedoch mit seinem Weg nicht vereinen sollte, war ihr Ul , den sie augenscheinlich nie aus ihrem Sinnen und Trachten zu verbannen vermochte. Welchen Ausweg aus ihrem angeblichen Missgeschick sie schließlich wählte, war ihm nicht bekannt, denn letztendlich hatte er sich auch nicht um ihre Angelegenheiten zu kümmern, ja wäre außerstande gewesen, dies zu tun, da er sie nach ‚geschlagener Schlacht' bald einmal aus den Augen verlor. Nach nur wenigen kurzen Begegnungen nach dem ‚Finale' hatte sie endgültig die Flucht ergriffen, ja, es war eine Flucht, die ihr zum Verlassen des mehr und mehr feindlich gesinnten Umfelds hatte verhelfen sollen.

So bleibt ein Stück Geschichte übrig, das es nun zu erzählen gilt, egal, wo der Anfang angesetzt wird, denn das Stück hat auch kein erkennbares Ende, es zeigt lediglich eine an sich belanglose Episode an und wird nur deshalb bedeutungsvoll, weil das gütige Schicksal zusammenführte, was angeblich zusammengehörte, eine eigenwillige Interpretation allerdings von strittigen Zusammenhängen und womöglich auch ungeschickten Äußerungen seitens Arthur.

Nun, Greth stand eines Tages vor ihm, groß, schlank, fröhlich, insgesamt jedoch unauffällig. Ihre Höflichkeiten fielen sehr wohl auf, dass sie überschwänglich gewesen wären, ist nicht erinnerlich, zweckdienlich sollten sie derweil sein, wie sich später herausstellen sollte. Mehr ist dazu beim besten Willen nicht zu sagen, denn die alltäglichen Verrichtungen waren so oder so zu vollbringen, warum nicht mit sichtlicher Freude und ostentativem Eifer. Damit wäre im Grunde alles gesagt, wenn nicht ...

~

Erich hieß der Milchmann, der aber geradeso gut Briefträger oder Hausierer hätte sein können, denn nicht was er in die Wohnungen brachte, war von Belang, sondern vielmehr wie er es tat. Einen Liter Milch zu verkaufen dauerte zuweilen eine gute Stunde, was den Verdacht erweckte, dass sich seine Verkaufspraxis nicht nur auf die Milch bezog, stattdessen aber noch andere ‚Güter' angepriesen wurden, deren Natur natürlich nur jenen Personen bekannt war, die sie auch bezogen. Es war derweil nicht sonderlich schwer zu erraten, womit er nebst Milch und Butter auch noch handelte, wenngleich die Mutmaßungen aus der Nachbarschaft nicht unbedingt die ganze Wahrheit wiedergaben, nicht zuletzt, weil Mutmaßungen niemals Gewissheit sein können. Ein kurzes Gespräch mit Greth, das Arthur während einer Kaffeepause aus reiner Neugier vom Zaun brach und dessen auffälliges, um nicht zu sagen anstößiges Verhalten zum Thema hatte, ließ nämlich eine andere, völlig unerwartete Stoßrichtung erahnen:

„Ach, hin und wieder ein kleiner ‚Schwatz' kann doch nicht schaden, oder?", versetzte sie unschuldig und machte eine Miene, wie sie unbedarfter nicht sein konnte.

„Nein, natürlich nicht, aber deine Nachbarn sind da anderer Meinung."

„Sollen sie doch, geht sie ohnehin nichts an, und im Übrigen liegen sie völlig falsch … und nebenbei bemerkt, die Frau von gegenüber sollte besser den Mund halten, denn auch ihr Verhalten heizt die Gerüchteküche gewaltig an." Etwas pikiert, dieser Nachsatz, gab sie doch unfreiwillig zu, dass ihr das Gemunkel bekannt war, die Ondits der Nachbarin aber gleichwohl kolportiert; Angriff statt Verteidigung also, ein altes Rezept.

„Ich verstehe, aber sie mischen sich trotzdem ein, und du kennst die Verbindungen, die sie nutzen, um dich an einschlägiger Stelle anzuschwärzen. Lass sie in Ruhe, denn sie werden nicht klein beigeben, ehe …"

„… lass gut sein, es ficht mich nicht an. Weißt du, es ist mir mittlerweile egal, bin ich doch gerade dabei, selbst in dieser Hinsicht einige kritische Gedanken zu entwickeln, und weiß Gott, wohin sie mich führen werden. Erich ist dabei nur mein Berater, dessen Empfehlungen ich immer wieder gerne entgegennehme. Aber vergällen lasse ich mir meine Überzeugung nicht, so viel steht fest." … eine Art Apologie, die völlig fehl am Platz war, jedenfalls unpassend und keinesfalls schlüssig in Bezug auf das angeschnittene Thema, ein Ausweichmanöver vermutlich, dessen wahre Bedeutung nicht durchschaubar war.

„Du sprichst in Rätseln, aber lassen wir es bleiben, es geht mich tatsächlich nichts an, sodass ich mich diesbezüglich lieber zurückhalte, und sei es bloß, um nicht weiteres Porzellan zu zerschlagen. Es sei dir namentlich unbenommen, so oft und so lange mit ihm zu sprechen, wie es dir beliebt, das soll mich einen feuchten Kehricht scheren. Lebe doch dein Leben, wie es dir behagt." Das Gespräch, an welches sich Arthur noch recht genau erinnerte, war ziemlich kurz und wohl auch provokativ, ja vielleicht sogar so angelegt, dass in ihm etwas Eifersucht hätte erregt werden sollen, doch wusste er damals nicht, was sie damit anzuleiern gedachte. Über die schnoddrige Antwort war sie dann auch wenig erfreut und zog sich mit beleidigter Miene zurück, nicht ohne deutlich zu machen, dass sie darauf zurückkommen werde, denn die rein zufällige Freundschaft mit Arthur war ihr wichtig, um nicht zu sagen unerlässlich, ihre wahren Absichten indes noch schleierhaft.

Was den Milchmann betraf, war Greth eher reserviert und ließ nur Informationen durchsickern, die ihr zweckdienlich schienen, und insbesondere im apodiktischen Regelwerk des Milchmanns – dass ein solches existierte, ließ sie wiederholt durchblicken – nicht ausdrücklich unstatthaft waren. Welche Aktivitäten er nämlich anlässlich seiner Besuche bei ihr entwickelte, blieb vorerst ihr Geheimnis, wenngleich die Gerüchte kräftig ins Kraut schossen und die fürchterlichsten, meist rufschädigenden ‚Legenden' verbreitet wurden, die dem aufdringlichen Milchhändler wie auch seinen zahlreichen Kundinnen einen lasterhaften Ruf einbrachten. Aber er schaffte es offensichtlich, seine ‚Opfer' zum Schweigen zu verpflichten, um seine Praktiken nicht zu verraten, seine Methoden, derer er sich dabei bediente, hielt er indes unter Verschluss. Dass diese

Randbemerkung – sie fiel wohl unbewusst – vermuten ließ, dass Greth nicht die Einzige war, welche in den Genuss seiner eher ungewöhnlichen ‚Verkaufspraktiken' gelangte, ist nicht erstaunlich, wer jedoch außer ihr noch seinem ‚Klub' angehörte, war im Einzelnen nicht bekannt. Dass sie indessen mit dabei war, verblüffte schon etwas mehr, denn solches Gebaren entsprach nicht unbedingt ihrem Stil, dachte er zumindest. Dass sie damit einen ganz bestimmten Zweck verfolgte, war anzunehmen, ob sie dessen Natur eines Tages verraten würde, war zu jenem Zeitpunkt nicht ersichtlich, aber auch irrelevant. Ihre Persönlichkeitsstruktur und Lebensart waren wenig transparent, ja muteten gar enigmatisch an, wiewohl sie sich recht kommunikativ gab, und kaum einer, einschließlich Arthur, wusste genau, was sie wirklich tat und welchen Überzeugungen sie huldigte. Dass er sie überhaupt kannte, war dann auch einem eigenartigen Zufall zu verdanken, der sich aus dem natürlichen Hergang des Alltags ergab. Weitere Gedanken dazu anzustellen, hat er sich indes versagt, da sie keinesfalls in sein Beuteschema passte und zu jenem Zeitpunkt auch sein Jagdinstinkt brachlag, weil die Zeit für Neuakquisitionen auf diesem Gebiet noch nicht reif war.

Nun, der Milchmann namens Erich war beileibe kein unbeschriebenes Blatt, wenngleich seine Herkunft im Dunkeln lag, dessen Erhellung derweil bis zu einem gewissen Grad, dank zahlreicher – berufener und unberufener – Berichterstatter, dennoch gelang. Es schien, als ob er buchstäblich aus dem Nichts aufgetaucht wäre, alsdann präsent war und sich sogleich mehr als deutlich in Szene setzte, was seinen Bekanntheitsgrad erheblich förderte. Schon in früher Jugend soll er sich, so die Fama, seiner missionarischen Fähigkeiten bewusst gewesen sein und diese auch weidlich kultiviert haben. Zahlreiche Versuche auf diesem steinigen Terrain, die er schon während der Schulzeit angestellt haben soll, bewiesen ihm jedoch, dass er, wofür auch immer, ein großes Publikum zu begeistern vermochte, um sich dessen nach Gutdünken zu bedienen, eine zweifelhafte Begabung indes, welche die Menschheit immer mal wieder ins Verderben ritt.

Er entdeckte anscheinend die Mittel, welche es ihm erlaubten, die Menge zu manipulieren und nach seiner Pfeife tanzen zu lassen. Männiglich hing wohl an seinen Lippen, wenn er entsprechend loslegte, und nahezu kritiklos befolgten seine Jünger seine Anweisungen, angeblich punktgenau und ergeben. Auf den Pausenplätzen der Schulen seiner Umgebung sei er ebenso willkommen wie gefürchtet gewesen, doch gegen seine Aktivitäten und im Grunde demagogischen Machenschaften schien kein Kraut gewachsen zu sein. Dass er dann und wann eine Tracht Prügel abbekam, war ihm anscheinend egal, seine Anliegen durchzubringen, schien stets Vorrang zu genießen, und seine zahlreichen Erfolge, die er trotz fragwürdiger Methoden errang, entschädigten ihn für erlittene Unbilden. Ja, er hatte durchaus dämonische Züge an sich, aber sie überwogen meist nicht, dafür strömte er eine bestimmte Form von Güte aus, welche sich jedoch unvermittelt in Zorn oder Groll verwandelte, wenn es jemand wagte, ihm zu widersprechen oder seine Theorien anzuzweifeln, nein, das konnte er auf den Tod nicht ab. In solchen Fällen geizte er jeweils nicht mit Drohungen und Verwünschungen der übelsten Art, wodurch er sich wohl eine unwiderstehliche, ja beinahe absolute Autorität zuzulegen versuchte, was weithin gelang. Dort, wo er jeweils auftrat, galten ausschließlich seine eigenen, eher abstrusen Ansichten, und jegliche noch so geringe Abweichung davon wollte er sich stets verbeten haben. Mit diesem Anspruch betrat er dann auch die Weltenbühne, als er offenbar mit nur knapp genügenden Zeugnissen aus der Schule entlassen wurde. Was er zwischenzeitlich anstellte, wo er möglicherweise sein Lehrgeld bezahlte und wie er es schaffte, seine unleugbare rhetorische Virtuosität, die wohl einzige, aber umso ausgeprägtere Begabung, zu seinem Beruf zu machen, ist nicht bekannt und blieb stets eines seiner bestgehüteten Geheimnisse, die wohl auch Greth nie zu lüften wusste.

Mit dieser letztlich eigensinnigen und zuweilen törichten Einstellung zog er also von Ort zu Ort und verbreitete so lange seine Irrlehren, bis er durch irgendwelche Umstände gezwungen wurde, sich unauffällig und ohne weitere Spuren zu hinterlassen, zurückzuziehen und die Stätte seines Wirkens mit unbekanntem Ziel zu verlassen, um andernorts wieder aufzutauchen und erneut zu predigen, das Einzige, was ihm wirklich lag. Seine Zuhörerschaft entwickelte sich unter seinen Fittichen stets zu Fanatikern und blieb es so lange, bis meist durch Zufall die Schwindeleien enttarnt und seine üblen Machenschaften durchschaut wurden, denn sein überhebliches Gehabe war gleichzeitig auch sein Geschäftsmodell, dem er stets treu blieb. Der Scherbenhaufen, den er jeweils hinterließ, kümmerte ihn kaum, denn er wechselte zuzeiten seine Wirkstätten fast ebenso oft wie sein Hemd, das längst nicht mehr rein war. Und zum fraglichen Zeitpunkt war er in jener Gegend, in welcher auch Arthur und Greth lebten, eine Gegend, von der man wusste, dass Aktivitäten, wie er sie anzubieten hatte, gute Chancen hatten, auf fruchtbaren Boden zu fallen, denn zahlreiche ‚Berufskollegen' waren da schon tätig und vermochten sogar namhafte Erfolge zu verbuchen. Das Erfolgsrezept sprach sich offenbar herum, und es muss mit einiger Bewunderung festgehalten werden, dass es ihm gelang, mit seiner Masche recht viele Anhänger zu akquirieren, die er für geeignet hielt, seinem Zirkel beizutreten, was darauf hinwies, dass er wohl die Ängste einerseits, wie auch die niedrigen Instinkte all jener Leute geschickt für seine Zwecke zu missbrauchen verstand. Solange seine Position unangefochten war, wurde er als Sprachrohr Gottes ernst genommen und verehrt.

Eigentlich war er ein elender Schwätzer, mehr nicht, aber er verstand es, seinen Ausführungen die nötige Dynamik zu verleihen, sodass ihm die Leute zunächst begeistert zuhörten und nach einiger Zeit der steten Wiederholungen dem Unfug auch noch Glauben schenkten und sich zudem verhielten, als wären sie einer Gehirnwäsche unterzogen worden. Dies jedenfalls insoweit, als er zahllose Versprechen abgab, die keiner zu hinterfragen wagte, denn ihre Wertigkeit war über jeden Zweifel erhaben. Gleichzeitig fürchtete sich männiglich auch vor seinen Drohungen, die er im Falle eines Ausscherens aus der Gemeinschaft in Aussicht stellte, im Grunde eine Art Widersinn, den jedoch niemand bemerkte, bemerken wollte womöglich. Freilich, seine Mahnungen verbreiteten Angst und Schrecken, denn die Leute erlagen den Befürchtungen, dass sie der viel beschworene Bannstrahl, wessen auch immer, treffen werde, sofern sie seine Lehren nicht befolgen sollten. Gerede und viel warme Luft, mehr nicht, aber während einer gewissen Zeit ein wirksames Gebräu gegen Ausscherung und Protest, ja, eine nahezu geniale Mischung aus Verheißung und Verdammnis, welche allemal ihre Wirkung tat. Dass er sich aber gerade den Tarnberuf des Milchmanns zulegte, zeugte eher von beschränkten mentalen Fähigkeiten, war er doch zusammen mit dem Briefträger der Prototyp des landesüblichen Nebenbuhlers und gefürchteten Verführers des braven Hausmütterchens, wie er in nahezu jedem Witzblatt seit Jahrzehnten immer wieder persifliert wird. Doch dieses Faktum schien ihn nicht zu stören, geschweige denn von seinem unsinnigen Tun abzuhalten, wenngleich ihm männiglich versicherte, dass Milchmänner seit Langem schon ausgestorben seien. Nein, im Gegenteil, er wähnte sich im Aufwind, da er gerade diesen Ruch als Vorwand nutzte, um jene Menschen zu erreichen, die durch ihre besonders isolierte Stellung in der Gesellschaft am ehesten bereit sein würden, seinem ‚Weckruf' zu folgen, da er aus Erfahrung wusste, dass sein Geschäft nur dann rentabel sein konnte, wenn die Anhängerschaft groß genug war, um die Unkosten, die auch seinen erklecklichen Lohn enthielten, hinlänglich zu decken, und auch geeignet war, den nichtmateriellen Anteil dessen zu entrichten, was er ihnen bot: nicht mehr und nicht weniger als die Garantie, dermaleinst ins Paradies eintreten zu dürfen, sofern … Insgesamt also ein reiflich überlegter Schachzug, dessen illegalen Aspekte nicht ohne Weiteres erkennbar waren.

Kurzum, eines Tages tauchte also der wohl ‚letzte' Milchmann aller Zeiten – keiner wusste woher er kam – in einem abgelegenen Tal einer dünn besiedelten Bergregion auf und begann die Familien – auch Greths Familie – zwecks Verkaufs von Milch und Milchprodukten in ihren Wohnungen aufzusuchen, während er bei den Bauern, die im selben Tal lebten, seine Ware einkaufte, sodass keiner etwas gegen seine Aktivitäten einzuwenden hatte. Im Gegenteil, er erleichterte den Menschen ihre Arbeit, indem er für sie besorgte, was sie bis dahin selber tun mussten, eine Geste, die man allenthalben willkommen hieß. Das Tal war derweil auch ein idealer Ort, um seine wirren Anliegen zu verwirklichen, es war klein, überschaubar, geografisch nach außen hin sozusagen abgeriegelt und damit eine Wirkstätte, die schöner und einheitlicher nicht hätte sein können. Was er dort sonst noch unternahm, um sich beliebt zu machen, sei dahingestellt, jedenfalls waren seine Maßnahmen erfolgreich, und es dauerte nicht allzu lange, bis er als Prediger ebendort verpflichtet wurde, da ein solcher seit einiger Zeit schon fehlte, was ihm erlaubte, einen entscheidenden Schritt auf dem Weg zu seinem Ziel zu tun, dessen Natur indes nicht vollumfänglich bekannt war. Einige Müsterchen seines diesbezüglichen Könnens hat er natürlich zuvor schon abgegeben, sodass sich seiner Wahl keiner mehr widersetzte, ja, nach gewogenem ‚Wahlkampf' keiner mehr wagte, ihm seine Stimme zu verweigern. Ein wohltätiger Bauer entledigte sich seiner Sünden, indem er seine alte, kaum mehr brauchbare Scheune zur Verfügung stellte, die man behelfsmäßig zum Gebetshaus umfunktionierte, und die Bewohner lobpriesen ihn und freuten sich darüber, da sie nun nicht mehr gezwungen waren, ins nächstgrößere Dorf zu pilgern, um in die Kirche zu gehen, weil sich ein annehmbarer Ersatz in unmittelbarer Nähe befand. So besuchten sie nun regelmäßig diese etwas baufällige, aber einschlägig gekennzeichnete ‚Stätte des Glaubens', welche viele zu Fuß aufsuchten, einige wohl gar mit Erbsen in den Schuhen, um sich von ihren Sünden reinzuwaschen, denn, so Erich, keiner sei stubenrein und die Erbsünde – Bauernfängerei der ersten Stunde – sei ohnehin unabdingbar. Kaum einer schien sich derweil darüber Gedanken zu machen, ob der neue Prediger denn tatsächlich als solcher qualifiziert sei und ob er vielleicht einer bestimmten, möglicherweise sogar abweichlerischen religiösen Gruppierung angehörte, kurz, ob er überhaupt ein Mann Gottes sei oder bloß ein Schlaumeier und Angeber, vielleicht sogar ein Schwindler, wie sie nicht selten gerade auf solchen Tummelplätzen auftauchen, um ihre Verführungskünste nach Belieben und selbstredend in mancherlei Hinsicht gewinnbringend einzusetzen. Einige wollten zwar wissen, dass er andernorts als Schwindler entlarvt und mit Schimpf und Schande davongejagt worden war, doch die Mehrheit dieser Talschaft wollte von solch diffamierenden Gerüchten nichts wissen, war man doch allgemein der Ansicht, mit Erich eine vorzügliche Wahl getroffen zu haben. Er verkündete das Wort Gottes, er wusste um die schändlichen Tücken des Lebens und insbesondere um den unerlässlichen Ablass, den man allenthalben dringend benötigte, auf dass Groll und Hader, welche sich seit Langem schon ins Tal hineinfraßen, endlich befriedet würden.

Nun ja, solche Menschen haben ein gewisses Gespür dafür, wo sich geeigneter Boden findet, auf welchem ihre Saat am besten aufgeht und sich binnen nützlicher Frist ungestört ein Imperium nach ihrem Geschmack errichten lässt. Seine Gefolgschaft, die meisten Bewohner jener Gegend also, war jedenfalls froh und zufrieden, jemanden auf der improvisierten Kanzel zu wissen, der sie mitzureißen verstand und die ansonsten langweiligen Sonntage zu interessanten Erlebnissen machte, wenngleich bald einmal auch klar wurde, dass er ihre althergebrachten Glaubensgrundsätze nur teilweise respektierte. Darauf angesprochen hatte er dann auch keine Mühe vorzugeben, dass sich die Lehre eben gewandelt habe, neue Erkenntnisse dazugekommen seien und es an der Zeit sei, dass man auch in diesem Tal davon Kenntnis nähme. Zurechtweisen lassen wollte er sich indessen nicht, denn er war allwissend und sozusagen unfehlbar, wie der Papst, auf dessen Autorität er aber selbstredend pfiff, wodurch er sich gewissermaßen selber zur höchsten religiösen Instanz auf Erden kürte, eine Würde, die bereits am Talausgang erlosch. So ließ man ihn gewähren, obwohl einige Dinge nicht gerade nach jedermanns Geschmack abgehandelt wurden. Er war die Autorität schlechthin, ihn anzuzweifeln war Blasphemie, dies gab er recht bald all seinen ‚Anhängern' zu verstehen, und man gelobte Gehorsam und handelte entsprechend, denn keiner hatte den Mut, sich mit ihm anzulegen. Zu reichhaltig war nämlich die Palette all jener Sanktionen, die dem Ungehorsamen zuteilwerden könnten, und er machte keinen Hehl daraus, dass er selbst Luzifer zu Diensten hätte, sollte sich ein besonders krasser Fall ereignen, der dessen Evokation unverzichtbar machen würde. Unheil statt Heil, Angst statt Zuversicht, Bedrohung statt Geborgenheit, das waren die Zutaten seines Cocktails, mit welchem er sich die Bevölkerung gefügig machte. Dass er dennoch schmeckte, war zwar mehr als erstaunlich, aber anscheinend Tatsache, denn er genoss ein zweifelsfreies Ansehen, und so jagten sie ihn nicht davon und verschafften ihm jene Apotheose, die er sich stets wünschte.

Nun ja, er hatte durchaus auch seine guten Seiten und war stets zur Stelle, wenn ein Kindlein geboren wurde, um es unverzüglich zu taufen, und spendete auch Trost und Segen, wenn ein Todesfall zu beklagen war. Dass und weshalb er sich diese Dienste jeweils gebührend honorieren ließ, wurde nicht weiter hinterfragt, selbst wenn sein Erscheinen nicht geordert wurde. Die Ehre, den Segen dessen zu erhalten, welcher vorgab, einen Draht nach ganz oben zu haben, überwog bei Weitem … und so wandelte er fortan im finsteren Tal und stützte sich auf seinen Stab, mit welchem er auch zuschlug, wenn er es für erforderlich hielt.

Doch der Apfel, den Greth in des Milchmanns ‚Paradies' vom Baum der Erkenntnis pflückte, war wurmstichig. Trotzdem biss sie hinein und versuchte auch Komplizen zu überzeugen, sich ebenfalls gütlich zu tun.

~

Erinnerungsinseln aus dem bunten Teich einstiger Begebnisse, die man längst entsorgt zu haben glaubte, stiegen nun wie Gasblasen in einer Wasserflasche in beliebiger Reihenfolge aus der Tiefe auf, um wieder an der Oberfläche zu erscheinen, die größten und damit eindrücklichsten zuerst, auf dass sich das ‚Darum-Herum' besser herausschälen lasse. Es war eine an sich akzidentelle, indes kaum wegzudenkende Episode, welche ein kurzes Wegstück bei der Biografie markierte und sich nun Stück für Stück zurückmeldete, Puzzlestücke mithin, welche sich zusehends zu einem Bild zusammenfügten.

Ja, Arthur erinnerte sich noch recht gut an den Besuch in jener alten Scheune, welche abseits in einem engen Seitental stand und, wie angedeutet, unter Anwendung einfachster Mittel in eine Art Betschuppen umgewandelt wurde. Das windschiefe Gebilde erweckte den Eindruck, als stünde es mitten in Afrika, wären da nicht die grünen Wiesen mit den glockenbehängten Kühen gewesen, die so viel Milch produzierten, dass der Milchpreis stetig sank, und der Bevölkerung Sparsamkeit bis hin zur Askese bescherten, gleichwohl aber das Markenzeichen dieses Tals abgaben. Auch die Produktion von Käse und anderen Milchprodukten warf nicht sonderlich viel ab, die Einkünfte der Bewohner blieben gering, was den teils baufälligen Häusern weitherum auch anzusehen war. Es war eine ärmliche Gegend, landschaftlich indes sehr schön.

Die Scheune bot genügend Raum für recht viele Personen, welche sich auf verschiedenen Sitzgelegenheiten niederließen,

Bänken, Stühlen, Harassen und Strohballen: Rechts die Frauen, welche alle nach gleichem Muster gekleidet waren, etwa so wie Greth selber, und links die Herren, welche schwarze Anzüge trugen und einen Hut in ihrer Hand hielten, den sie geschickt auf ihren Knien balancierten. Der Schmuck des Raumes war spärlich und geschmacklos, die Bühne mit dem Rednerpult, das kanzelartig mit Fassdauben eingefasst war, wie etwa bei der Mainzer ‚Fasnacht', war recht groß und reichte bis zur Scheunenwand, an welcher ein riesiges Holzkreuz aus unbearbeiteten Ästen prangte. Auf der Bühne stand ein Harmonium, an welchem brav und geduldig, mit verschränkten Armen und übereinandergeschlagenen Beinen, eine ältere Frau saß, die wohl auf ihren Einsatz wartete. Sie begleitete die frommen Gesänge, welche einem uralten Gesangsbuch entnommen waren, durfte doch nichts so sein, wie in der ‚gewöhnlichen' Kirche, damit die Unterschiede in jedem Bereich deutlich zutage traten; man war besser, frommer als jene und insbesondere näher beim ‚Chef', dessen besonders zuträglicher Gunst man teilhaftig werden wollte, denn er war es, durch dessen Gehörgang sich die flehentlichen Gebete vorarbeiten sollten. So wähnte man sich auf der sicheren Seite, denn es war bekannt, dass der Landeskirche die Leute davonliefen, das musste ja seine Gründe haben. Hier war die Welt noch heil, der Glaube tief verwurzelt, der Aberglaube nicht fern.

Auf der rechten Seite hing ein schwarzer Vorhang, der vermutlich einen Nebenraum abgrenzte, dessen Zweck nicht auf Anhieb ersichtlich war; Betreten verboten! Ein leichtes Schaudern befiel Arthur, als er diesen eigenartigen Raum betrat, den Grund für diese Empfindung vermochte er aber zunächst nicht auszumachen. Kirchen zu betreten war für ihn keineswegs außergewöhnlich, tat er es doch recht oft, zumeist allerdings aus kunsthistorischem oder architektonischem Interesse, doch dieser Raum hier war keine Kirche, keine Scheune, nein, es war bestenfalls ein Unikat, von übelstem Geschmack, für welches es schlichtweg keine allgemein anerkannte Bezeichnung gab … ein ‚Betschuppen' eben, eine Beleidigung für jedes Auge, Ausdruck einer ‚Selfmade-Konfession' der übelsten Art. Allein die windschiefe Hütte machte deutlich, was von der hier verbreiteten Lehre zu halten war.

Greth, welche ‚rein zufällig' den Abend zuvor – mit intriganter Akribie hat sie ihn organisiert – mit Arthur verbrachte, hat darauf bestanden, dass er sie bei diesem Besuch begleite, denn er würde anschließend besser verstehen, durch welche Motive ihr spezielles Verhalten, dessen Natur sie nur andeutungsweise skizzierte, im Wesentlichen geprägt war. Der Abend, vorgreifenderweise sei er hier erwähnt, verlief zwar friedlich, aber eine lange und heftige Diskussion brachte recht unterschiedliche Standpunkte hervor, sodass reichlich Klärungsbedarf bestand. Sie bekundete ein offensichtlich großes Interesse dafür, dass er, Arthur, einen Blick hinter die Kulissen ihrer Welt werfen konnte, doch weshalb dem so war, konnte er einstweilen nicht verstehen, und er verzichtete auch darauf nachzuhaken, da sie ihm erklärte, darüber später Aufschluss erteilen zu wollen. Als sie beide, er und Greth, mit Verspätung versteht sich, sozusagen auf den Zehenspitzen eintraten, war der ‚Prediger von Gottes Gnaden', ein selbst verfertigter Titel, mit dem er auch angesprochen werden wollte, bereits in voller Fahrt:

Mit drohend erhobenem Zeigefinger verkündete er das Ende der Welt, welches nicht mehr allzu fern sei, denn mehr als verwerflich seien die Sitten und Gebräuche, welche heutzutage das gesellschaftliche Leben allüberall beherrschten. In Sodom und Gomorra habe Gott den Menschen deutlich gemacht, was sie angesichts des totalen Sittenzerfalls zu erwarten hätten. Die Moralvorstellungen der meisten Menschen, so man diesen Begriff überhaupt noch in den Mund nehmen dürfe, seien mehr als erbärmlich, ja, ihr Sinnen und Trachten sei nur noch vom Fressen, Saufen und Huren geprägt und deshalb zähle einzig der schnöde Mammon, der sich „äufnet und äufnet, ohne dass einer auch nur einen einzigen Finger krümmt". Verblendet sei daher die ganze Menschheit, weshalb zum Untergang verurteilt, sofern es nicht rechtzeitig gelinge, einige wenige tugendvolle Gläubige zu finden, welche dann aufgerufen wären Letztere zu retten. „Mindestens deren zehn müssten es sein, wie einst Abraham mit Gott aushandelte … und sagt an, ob sie unter euch zu finden sind? Strengt euch also an, denn eure Anwesenheit auf Erden ist gefragt, und solltet ihr die verruchte Menschheit retten, so erwartet euch dermaleinst ein bevorzugter Platz im Paradies … das sollte euer aller Ziel sein, Belohnung auch für ein untadeliges Leben.

Glaubt mir, aller Reichtum wird vergehen, schneller vielleicht als ihr denkt, und dann werden wir, die letzten unserer Art, uns wieder unserer einstigen Bestimmung entsinnen müssen. Nackt und ohne Scham, aber züchtig werden wir unser Dasein fristen, dankbar die Früchte des Paradieses ernten und uns so benehmen, wie der Schöpfer es einst beabsichtigte: sittsam, brav und gläubig. Die meisten werden diesen Schritt nicht vollziehen können, weil sie ungläubig sind, aber wir, unsere Gemeinschaft eben, wollen vorbereitet sein, indem wir diesem schändlichen Treiben nicht tatenlos zusehen, nein, wir verurteilen und verdammen es aufs Schärfste und züchtigen uns auf der Stelle, so wir uns dabei ertappen sollten, auch nur andeutungsweise den sträflichen Gedanken zu hegen, ihnen gleichzutun. Wir können zwar die Schandtaten unserer Mitbürger und Mitbürgerinnen nicht ausrotten, so sehr wir uns dies auch wünschten, aber wir haben als Einzige dieser Welt die Möglichkeit, uns selber zu schützen vor den absehbaren Folgen derselben, welche sich am Jüngsten Tag erbarmungslos einstellen werden. Wir werden als Einzige zusehen, wie sie alle brennen, die Sünder unserer Tage, die nicht einsehen wollen, welchen verwerflichen Tuns sie sich erdreisten. Lasst sie tun, was ihnen beliebt, aber ahmt sie nicht nach, denn es gibt dort unten in den Städten nichts, was so begehrenswert wäre, dass ihr nicht darauf verzichten könntet, glaubt mir, Gott, der Herr und Rächer hat es mir offenbart.

Wir allein wissen, wie wir uns vorzubereiten haben auf jenen fürchterlichen Tag, den Tag des Zorns, wie er auch genannt wird, auf dass uns kein Haar gekrümmt werde. Ich allein, ihr wisst es, erhielt von höchster Stelle den Auftrag, alle zu beschützen, die sich mir anvertrauen und den erforderlichen Gehorsam leisten. Deshalb bemühen wir uns auch, all jene Szenarien durchzuspielen, welche wir am Jüngsten Tag zu gewärtigen haben, um alsdann unsere Reaktionen reflexartig in Anwendung zu bringen, damit wir vor dem Schrecken des ewigen Abgrunds geschützt sein werden, um unbehelligt die Pforte zum Paradies zu durchschreiten. Und ihr wisst es nur zu gut, ich allein bin im Besitze jenes Geheimwissens, das uns den rechten Weg weisen wird, jenen verheißungsvollen Weg, der uns dermaleinst direkt ins allseits begehrte Gefilde der Erlösung führen wird. Wir reinigen uns noch während unseres diesseitigen Lebens von allem Schmutz, indem wir uns selbst kasteien, um auch dem Fegefeuer zu entrinnen, dessen fürchterliche Qualen ein Vielfaches dessen ausmachen werden, was wir hier auf Erden zu erleiden haben. Und ich stehe für euch ein, dessen seid versichert! Ich allein bin in der Lage, euch den einzig verheißungsvollen Weg zu weisen, um am Tag des Gerichts ohne Furcht vor das Antlitz des Herrn zu treten und reinen Gewissens zu sagen, ich bin bereit, durch die Himmelspforte zu schreiten, denn meine Sünden sind gesühnt. Aber, meine lieben Brüder und Schwestern, das Martyrium, das wir noch zu erleiden haben, ist schrecklich, und kaum einer in diesem Raum wird sich rühmen können, schon alles vorgekehrt zu haben, um sich bereits im Besitz einer rundum reinen Seele zu wissen. Ja, bewusst wollen wir diese schwere Bürde auf unsere Schultern laden, um als Vorreiter der Tugend, dem Tag der Abrechnung mit Gleichmut entgegenzusehen. So und nur so tun wir es unserm Herrn gleich, der uns ein Vorbild ist."

Mit brüsker Geste zeigte er unvermittelt auf einen Mann, der in der vordersten Reihe saß: „Du, hier vorne, erzähle uns, was du während der vergangenen Woche getan hast!" –

Schweigen – „Du bist ein Müßiggänger, hast keine guten Werke vollbracht, gehurt und gesoffen und kommst nun scheinheilig in die Kirche, um dich nicht zu verraten, aber mein inneres Auge sieht deine düsteren Gedanken, und ich muss dich bestrafen: Begib dich in diese Ecke“ – er zeigte mit ausgestrecktem Arm und Finger nach hinten – „wende dein Gesicht zur Wand, und stehe so lange still, bis ich dich erlöse, und erkenne, dass es sich hier um eine milde Strafe handelt, selbstredend die letzte dieser Art, sollte sie denn nicht erfolgreich sein.“ Wortlos und gesenkten Hauptes tat er, wie ihm befohlen wurde. „Auch du“ – er zeigte auf einen älteren Mann, der sich kaum erheben konnte – „auch du hast gesündigt, gehe mit deinem Bruder, und tue also und verstehe, dass dein Tun verdammenswert ist … Und du erst recht, ich ermahne dich schon zum zweiten Mal, wie soll ich dich denn noch bestrafen, es fehlen mir die Worte … nur der Zorn dieses Knüppels“ – er schwang ihn wie ein Indianer auf dem Kriegspfad durch die Luft – „vermag dich noch zur Vernunft zu bringen, du elender Wicht!“

Es dauerte eine ganze Weile, bis er alle Übeltäter aus der Menge entfernt und ihrer angeblich gerechten Strafe zugeführt hatte, welche eben auch Stockhiebe und dergleichen mehr beinhaltete, je nach Schweregrad ihres Vergehens, dessen Natur meist nicht konkret genannt wurde. Klaglos nahmen es die Männer hin, keiner schien sich gegen das Verdikt aufzulehnen, welches insgesamt sehr nach Willkür roch. Widerlich doch die Auswüchse menschlicher Willkür, so sie ungehindert auf das entblößte Haupt eingeschüchterter und ergebener Menschen niederprasseln. Schrecklich auch die Anmaßung dieses selbst ernannten Moralapostels, dessen eigenes Sündenregister vermutlich so lange ist wie die ‚Chinesische Mauer‘.

Arthur, der all dies niemals glauben würde, hätte er es nicht soeben mit eigenen Augen gesehen, warf einen verunsicherten Blick auf Greth, welche regungslos neben ihm stand und die Prozedur, die ihr offensichtlich nicht fremd war, zu billigen schien. Er wusste nicht, wie ihm ward, ob er allenfalls in einem falschen Jahrhundert gelandet sei oder einfach einen schlechten Film betrachte, ja im Grunde genommen hätte er die größte Lust gehabt, diesen Ort des Grauens augenblicklich zu verlassen, raunte diese, seine Absicht, Greth ins Ohr, die ihn mit strafendem Blick zurechtwies und auch unmissverständlich klarmachte, dass er bleiben solle. Was mochte in ihr vorgehen, ja wessen Untat wollte sie allenfalls einer gerechten Strafe zugeführt wissen, und woran machte sie ihre Motivation fest, dieses völlig absurde und menschenverachtende Spektakel gutzuheißen? Arthur stand vor einem Rätsel, denn so verbohrt und untertänig, wie sie hier stand und das schreckliche Schauspiel scheinbar emotionslos verfolgte, hätte er sie, aller Meinungsverschiedenheiten zum Trotz, denn doch nicht eingeschätzt. Am Abend davor war sie noch kämpferisch eingestellt und machte deutlich, dass sie alles kritisch hinterfrage, doch in diesem unbehaglichen Umfeld war sie nur mehr ein Schatten ihrer selbst und schien willenlos alles hinzunehmen, was dieser ruchlose Heilsbringer verkündete und insbesondere den Menschen antat, die er irgendwelcher Schandtaten bezichtigte, derer sie sich wohl zumeist gar nicht schuldig gemacht hatten. Greth war wie ein umgekehrter Handschuh, dessen Fütterung von den Motten zerfressen war. Arthur, der an sich nichts zu verlieren hatte, befolgte ihre Anweisung und blieb gehorsam sitzen, obwohl er sich lieber übergeben hätte, weil er ihr nun mal diesen Wunsch erfüllen wollte, und verfolgte auch noch die Fortsetzung dieses schrecklichen Rituals, wenngleich er sich längst schon fragte, weshalb er es tat, denn er stand beileibe nicht in ihrer Schuld. Aber irgendwie wurde er den Eindruck nicht los, dass er sich noch mehr von diesem aberwitzigen Zeug einverleiben müsse, und fasste insgeheim den Entschluss, anschließend auch gegen diesen grotesken Unfug, mit allen zur Verfügung stehenden Mitteln, vorzugehen. Was genau und wie er es, was auch immer, anstellen sollte, darüber machte er sich einstweilen keine Gedanken und tröstete sich damit, dass er zu gegebener Zeit dann schon das richtige Rezept zur Hand haben würde. So entschloss er sich, noch ruhig und brav den Fortgang des Gottesdienstes über sich ergehen zu lassen, und zwar unter Einbezug der Mentalreservation, sich unverzüglich zu entfernen, wenn es ihm zu bunt würde. Dass hier ein Betrüger der Sonderklasse am Werk war, stand bereits fest, dass ihm das Handwerk gelegt werden sollte, drängte sich auf, doch die gebeutelten Bewohner dieses Tals mit ins Boot zu nehmen, dürfte sich als schwieriges Unterfangen herausstellen, denn keiner hatte ihn je gebeten, sie aus selbst erschaffener Not zu erretten, so viel war ihm natürlich klar.

Jämmerliche Harmonium Klänge und der stets schleppende und reichlich kakophonische Gesang der Glaubensgemeinde, der trotz musikalischer Scheußlichkeit beinahe erholsam wirkte, unterbrach die zügellose Schimpftirade, welche jedoch gleich nach dessen Beendigung wieder aufs Neue einsetzte …

„Besser also, wenn wir uns gleich selber bestrafen", fuhr er eifrig fort, „denn so werden wir unsere Schulden bereits abbezahlt haben, wenn die letzte Abrechnung erfolgt. Wir werden uns damit eine Sonderstellung erwerben, welche uns weit größere Qualen ersparen wird, nein, schreckt nicht davor zurück, euch in Askese zu üben, denn der Lohn wird euch gewiss sein. Und denkt daran, nur wir werden, dank meines göttlichen Auftrags, der mir einst von höchster Stelle erteilt wurde, und vermöge meines besiegelten Sendungsbewusstseins, letztendlich in der Lage sein, unser Schicksal für alle Ewigkeit wirksam zu gestalten, während die Pfaffen in den Städten gerade an dieser Stelle die Hände verwerfen und beteuern, dass sie vertrauensvoll der Gnade des Herrn zu überlassen gedenken, was mit jedem Einzelnen geschehen soll, so er mit Getöse anbricht, jener Jüngste Tag, Tag der Vergeltung und Gerechtigkeit. Wir aber nehmen die Sühne vorweg und fürchten nicht die Gerichtsbarkeit, welche dann obwalten wird, denn unsere Schuld wird bereits getilgt, unsere Seele rein sein. Das ist einmalig auf dieser Welt, und ihr werdet so einer Gnade teilhaftig, welche nur durch mich und mein unablässiges Beten für euer Wohl auf euch übertragen werden kann. Euer unbedingter Gehorsam, den ich fordere, ist wahrlich der geringste Preis, den ihr dafür zu entrichten habt, denn mir und nur mir habt ihr es zu verdanken, dass wir uns einst in der Nähe des Herrn aufhalten werden und dessen Huld und Gnade genießen dürfen. Jeder, der sich von uns abkehrt, wird dieses Privilegs verlustig gehen, ja noch schlimmer, besonderer Verdammnis anheimfallen. Merkt euch, liebe Brüder und Schwestern, dank mir sollt ihr im Jenseits eine bevorzugte Stellung einnehmen, und wir üben uns schon heute in Demut und Ergebenheit, um unseren Vorteil nicht zu verspielen. Jeder, der sich meinen Anweisungen klaglos unterzieht, erwirbt sich einen Bonus, der im ewigen Buch der Gerechtigkeit festgeschrieben wird, jeder der sich mir widersetzt, wird daselbst getilgt und erleidet dasselbe Schicksal, wie jeder gewöhnliche Sünder dieser Erde, der sich mir und unserer Gemeinschaft nicht anzuschließen gewillt ist. Ja, sie mögen über uns lachen, uns verhöhnen und Lügen über unser Tun verbreiten, aber es ficht uns nicht an, wissen wir doch, was wir zu tun haben, und bedauern das beklagenswerte Schicksal, welches unsere Spötter einst ereilen wird. Sollen sie doch brennen, all diese Nestbeschmutzer, von denen unsere Welt geschändet wird, während wir uns über sie erheben werden, ohne jene Qualen zu erleiden, welche ihnen auferlegt werden, um Buße zu tun. Wir tun es hier und jetzt, mit Leidenschaft und Hingabe, wir bezahlen im Voraus und freuen uns heute schon auf die Zinsen, welche uns gutgeschrieben werden."

„Wenn ihn nur der Blitz des Gerechten träfe, so er sich denn diesen Unsinn anhört, der Allmächtige mithin, dessen Omnipräsenz sich selbst in diesem abgeschiedenen Winkel unserer Erde bemerkbar machen müsste", dachte Arthur, aber er behielt diese Verwünschung, die er gerne lauthals in die Menge geworfen hätte, vorläufig noch zurück, dabei war er sich sicherer denn je, dass der Herr, so es ihn tatsächlich gibt, niemals zulassen würde, dass irgendein hergelaufener Milchmann in seinem Namen einen solchen Unsinn verbreitet, nein, er würde ihn – schon einmal hatte er es getan – zur Salzsäule erstarren lassen, um sein Schandmaul zu bändigen. Das Ganze glich ohnehin weit eher einer Werbeveranstaltung für angehende Heilsbringer als einem Gottesdienst, doch die Leute hier schienen dies nicht zu bemängeln, nein, sie schlürften das Gemenge von Süßholz und Jauche, als wäre es Krambambuli. Waren sie denn so dumm, diesen abgrundtiefen Stuss zu glauben, ja waren sie so masochistisch veranlagt, dass sie freiwillig den einzig freien Tag der Woche hergaben, um sich beschimpfen und züchtigen zu lassen? Zu gerne hätte er diese Frage lauthals ins Plenum geschleudert, doch ließ man ihn nicht gewähren. Er wagte nämlich schon wieder einen schrägen, aber mit einigen Fragezeichen versehenen Blick zu Greth, die ihn erneut auf unmissverständliche Art und Weise zurechtwies und auch keine Zweifel offen ließ, dass er sich jeglicher Einmischung enthalten solle. Doch nichts entging dem gestrengen Auge des Gottesmannes: „Ihr dort hinten, was habt ihr zu mauscheln? Und das neue Gesicht, neben dir, Greth, das werde ich mir später noch vorknöpfen."

„Er ist mein Gast!"

„Egal, wer hier erscheint, wird mich kennenlernen, darauf kannst du dich verlassen."

Arthur schärfte seine Sinne, denn er wusste nicht, ob er sich fürchten oder freuen solle, aber diesem Herrn die Stirn zu bieten, müsste eigentlich ein Vergnügen sein, denn er glaubte kaum, dass er seiner Überredungskunst zum Opfer fallen würde, und brauchte sich überdies seiner Schlagfertigkeit nicht zu schämen. So geduldete er sich noch ein wenig und wartete auf weitere Befehle. Doch zunächst hatte Erich noch andere Aufgaben zu erfüllen, denn die ‚Geißelung' der Frauen stand noch aus …

„Und ihr Frauen" – er wandte sich ruckartig auf die andere Seite und machte damit deutlich, dass die Männer für dieses

Mal ausreichend abgestraft worden waren – „ja, ihr Frauen auf der anderen Seite, schaut doch nicht in die Welt hinaus, als wärt ihr Unschuldslämmer. Ihr seid die Verkörperung der Versuchung schlechthin, ihr seid das Ziel der fleischlichen Lust, welche den Männern buchstäblich die Hosenknöpfe entreißt, ihr solltet euch was schämen. Lilith, die Hure, hat euch eingegeben, wie ihr sie verführen sollt, aber Lilith ist die Abgesandte des Teufels, sie lebt auf dem Meeresgrund und sinnt nach Rache, welche zu verüben euch Frauen auferlegt wird, wie oft schon hab ich euch diesen Sachverhalt erklärt. Warum wollt ihr mir immer noch nicht glauben, warum kommt ihr mir immer wieder mit derselben Ausrede, dass der Mann sein sogenanntes Recht einfordere und ihr euch nicht, ohne Schaden zu nehmen, seinem Zugriff erwehren könnt, das ist blanker Unsinn, reine Verhöhnung der Sittsamkeit, derer ihr euch aus schändlicher Lust zu entledigen sucht. Allein eure Anwesenheit ist der Versuchung genug, deshalb habt ihr euch züchtig zu kleiden und all jene Körperstellen zu verbergen, nach welchen es die Männer gelüstet. Das ist eure tägliche Sünde, die es zu sühnen gilt. Glaubt nicht etwa, dass ihr der gerechten Strafe entrinnt, wenn ihr diese Gebote missachtet. Nein, es gibt nur einen Grund, den Geschlechtsakt zu vollziehen, und das ist die Zeugung, keine anderen Motive sind Grund genug, ihn weiterhin zu verrichten, dient er doch andernfalls ausschließlich der Befriedigung einer Lust, welche uns der Herr zur Prüfung auferlegt … und keine von euch hat sie je bestanden, dessen bin ich mir sicher!

Wisset, es ist mir bestens bekannt, dass sich eure langen Röcke leicht anheben lassen, um mit beispielloser Verwegenheit euer Opfer zu entwaffnen. Manch eine unter euch hat es immer wieder getan, vorgestern, gestern, immer wieder aufs Neue, und hat sich nun dafür zu verantworten, da gibt's kein Entrinnen. Gerade du dort hinten, ja du, ich sehe dich ganz genau vor meinem inneren Auge, hast diese Sünde begangen und überdies mein durch göttliche Eingebung verankertes

‚Vorrecht der ersten Nacht' missachtet, obwohl ich es dir seit Kindsbeinen gepredigt habe. Mit dir werde ich noch einiges zu tun haben."

Dabei zeigte er auf Greth, welche noch immer reglos neben Arthur stand und auch ob dieser Anschuldigung nicht aus der Fassung zu bringen war. Sie war eine der jüngeren Frauen und schien Erich bestens zu kennen, ja, wusste offenkundig auch, was er mit seinen Anschuldigungen bezweckte, und konnte wohl auch damit umgehen. Sie mimte Disziplin, weil sie so geschult war, war aber dennoch innerlich aufgewühlt und kämpfte erfolgreich den Protest nieder, der sich nun erst recht zu regen begann. Das wenigstens war der Eindruck, den sie erweckte, oder zumindest erwecken wollte, eine Art Botschaft mithin, welche sie Arthur vermitteln wollte. Sie wusste sehr wohl, weshalb sie Arthur mitgebracht hatte, denn die abendliche Diskussion drehte sich unter anderem um einen eigenartigen Traum, den er ihr erzählte. Es war zwar nur ein Traum, aber Träume sind letztlich echte Erlebnisse, und dieser Tatsache war sich Greth bewusst. Arthur hat ihn geträumt, er gehörte ihm. Weshalb Erich im Bilde war und dessen Handlung Greth zuordnete, blieb einstweilen rätselhaft. Er fragte sich, ob sie ihm aus Gründen der Gehorsamkeitspflicht eine entsprechende Botschaft zukommen ließ, aber es gab keine Gelegenheit, diese im Grunde naheliegende Vermutung zu überprüfen. Gleichwohl, Arthur, der diese Scheune mit großer Skepsis betrat, wurde nun den Argwohn nicht mehr los, dass sie ihn als Sündenbock ‚ihrem Erich' präsentieren wollte, weil er ihr am Abend zuvor oft heftig widersprochen und ihre teils widersinnigen Ansichten, die sie natürlich aus Erichs Zauberkiste bezog, als groben Unfug bezeichnet hatte. Ihre scheinbare Zustimmung, welche sie dann und wann zum Besten gab, war wohl eher Taktik als Ernst und ihre Verführungskünste ein Versuchsballon.

Arthur stand etwas ungeduldig neben ihr, ungehalten auch und gelangweilt. Er fand es peinlich und unsinnig, was dieser eingebildete Fatzke von sich gab, doch wunderte er sich, weshalb er zu wissen schien, was all seine Jünger, einschließlich Greth, getan haben sollten, und keinerlei Dialog darüber entstand, was denn Tatsache und was Spekulation oder reine Erfindung war. Freilich wusste auch er, was die Leute taten, wenn es dunkel wurde, es waren normale Menschen, welche ihrer Lust frönten, so oft es eben möglich war. Doch jede dieser Verrichtungen als Sünde zu bezeichnen, war allemal fehl am Platz, denn er drang so in die Privatsphäre seiner Schäfchen ein, was zweifelsohne unzulässig war. Doch jeder noch so harmlose Sachverhalt wurde zur unumstößlichen Wahrheit allein dadurch, dass sie aus Erichs Mund zu vernehmen war. Das war doch Hokuspokus, ja, reine Narretei und nichts anderes als übelste Volksveräppelung, davon war er restlos überzeugt, denn noch konnte er nicht ahnen, was sich hinter diesem Allotria verbarg.

Menschenkenntnis, nun gut, auch Arthur wusste natürlich, dass Männlein und Weiblein miteinander schliefen, so sie die Gelegenheit dazu hatten, doch betrachtete er dies als Normverhalten und vermochte darin keine Schandtat zu erkennen. Auch er wusste um die dunkeln Flecken der menschlichen Seele, die, unbeobachtet, gelegentlich Dinge gutheißt, welche nicht unbedingt gesellschaftskonform sind, aber im Einzelfall genau wissen zu wollen, wer, was während der vergangenen Woche getan haben sollte, war doch blanker Unsinn. Es war überdies auch ein krasser Missbrauch einer angeblichen Aura eines simplen Demagogen, der damit seinen Lebensunterhalt bestritt, und dies nicht zu knapp, wie Greth ihm erklärte, denn er verkaufte seinen göttlichen Auftrag so teuer, dass die gepeinigten Mitglieder immer wieder mit erheblichen Steuern belastet wurden. Er nannte es den ‚Seelenpfand', welchen er für sie so lange verwalte, bis die Zahlung höhernorts eingefordert werde, der übliche Obolus mithin, der beim Eintritt ins Paradies nun mal zu entrichten sei. Kein Mittel war ihm offenbar zu heilig, um es nicht zu seinen Gunsten zu verwerten, keine Ausrede zu banal, um damit Geld zu scheffeln. Jede außergewöhnliche Dienstleistung ließ er sich zusätzlich vergüten, da sie ihm viel Kraft und Konzentration abverlange, reiner Ulk. Erstaunlich, dass die wenig begüterten und deshalb so sparsamen Bauern diese schelmische Gaunerei nicht durchschauten. Doch auch hier schien sich das Geschäft mit dem Jenseits vorzüglich zu bewähren, wie es seit Jahrtausenden schon der Fall ist.

Als Nichtmitglied der ‚Märtyrer der letzten Tage', wie Arthur diese Bande verächtlich nannte, focht ihn jedoch Erichs Anschuldigung nicht an, und er schlug Greth erneut vor, diesen Raum endlich verlassen zu dürfen, denn diese Art von Veräppelung und Instrumentalisierung erwachsener Menschen fand er widerlich, wenngleich er jedem hier Anwesenden natürlich zugestand, dass er selber zu entscheiden hatte, ob er einem solchen Scharlatan auf den Leim kriechen wollte oder nicht. Doch Greth ließ sich nicht aus ihrer Erstarrung lösen, gebannt blieb sie stehen und rührte sich nicht, ja es war ihm nicht einmal klar, ob sie ihn hörte und ob sie wahrnahm, was er ihr vorschlug, oder bloß ihre Rolle spielte.

Gesang, Gebet, Niederknien, Gebet, Aufstehen, Niederknien und so fort: Morgenturnen unter Anleitung der stets freundlichen Animatorin des Lokalradios, hier wurde es zum Gebot. Arthur blieb demonstrativ sitzen und erntete böse Blicke, die er weidlich genoss. Dieses dumme Geschwätz entsprang bestenfalls schnöder Profitgier, aber mit Wahrheit und Glaube hatte es rein gar nichts zu tun, so viel stand für ihn fest. Zu gerne hätte er in die Runde gerufen, dass dieser Mann sie nur um des eigenen Vorteils willen verführe, ihnen blödes Zeug aufschwatze und sie buchstäblich für dumm verkaufe, doch er schwieg, denn er fürchtete die Rache des Mobs. Und so blieb er nach Greths Anweisung, bereits mehr Gehorsam an den Tag legend als ihm lieb war, ruhig und scheinbar teilnahmslos sitzen, als wäre er am Strohballen, dessen Halme ihm in den Hintern stachen, festgezurrt.

Erst gegen Mittag kam etwas Bewegung in die Gesellschaft, weil die Zeremonie sich langsam dem Ende zuneigte, man hatte, allen leeren Drohungen zum Trotz, gleichwohl Hunger und Durst, ja, man höre und staune, diesem ‚Trieb' stattzugeben war erlaubt! Erich verließ sein Podium und kam auf Greth zu, welche zitterte wie Espenlaub, während er Arthur geflissentlich zu übersehen versuchte.

Sie werde wohl wissen, was ihr blühe, warf er ihr wie eine Handvoll Dreck ins Gesicht, ihr Gebaren sei frevelhaft, eine sträfliche Missachtung seiner Gebote: Schämen solle sie sich.

„Welches Gebaren bitte schön?", wollte Arthur wissen, der sich nicht einfach zur Seite schieben ließ, aber er wurde mit einer abschätzigen Handbewegung abgespeist, und natürlich einer Antwort für unwürdig befunden …

„Verschwinde, du Hund! Ungläubige haben hier nichts verloren!"

„Ich bin Zweibeiner, mit Verlaub! Im Übrigen ist Unglaube weit besser als Irrglaube, merken Sie sich das, Herr Milchmann!"

Erich erschrak sichtlich, fasste sich jedoch sogleich wieder und bellte:

„Ketzer, abscheulicher!"

„Eine Ehrung, diese Bezeichnung aus Ihrem Mund, wissen doch gerade Sie, was Ketzer sind, widrigenfalls schauen Sie einfach mal in den Spiegel. Seitenverkehrte Ketzer bleiben Ketzer, nicht wahr."

„Verlassen Sie diesen Raum, Sie Blödian, Ihre Dummheit stinkt zum Himmel!" Und schon hob er den rechten Arm und ballte die Hand zur Faust, um zuzuschlagen, doch Greth stellte sich zwischen Arthur und ihn, um Handgreiflichkeiten zu verhindern: „Nicht so, Erich!" … scheinbar angewidert wandte er sich ab und beschäftigte sich erneut mit Greth:

„Die Strafe müsste dir wohl bekannt sein, und ihr zu entgehen ist bekanntlich ein Ding der Unmöglichkeit", schleuderte er ihr gehässig entgegen, so, als müsste sie nun für die Frechheiten ihres Gastes büßen … Greth, wohl wissend, wovon er sprach, lief der Schweiß über die Stirne, und sie erblasste zusehends – nein, dies konnte wahrlich nicht gespielt sein, es war wohl echt. Er verspürte den Drang einzugreifen, wusste jedoch, dass er machtlos war … auch er ahnte, was kommen würde:

„Noch am heutigen Tag habe sich zu erfüllen, was in solchen Fällen gebräuchlich sei, du solltest dich schon darauf einstellen."

Und noch einmal versuchte er den Hitzkopf zur Räson zu bringen, wollte Red' und Antwort erzwingen: „Was ist denn in welchen Fällen gebräuchlich, und worauf soll sie sich denn vorbereiten, die schuldlos Bescholtene?"

„Nichteingeweihte sollen niemals erfahren, welche Praktiken hier üblich sind, halten Sie sich da gefälligst raus; ich wiederhole mich ungerne! Im Übrigen erteile ich Ihnen hiermit Hausverbot; mit Renegaten wollen wir nichts zu tun haben."

„Ich denke nicht daran, mich zurückzuziehen, noch davon abzusehen, meine Meinung kundzutun, selbst oder gerade dann, wenn sie Ihr charakterloses Treiben unterminieren sollte. Ich bin einzig und allein auf Greths Wunsch hierhergekommen, weil sie mir beweisen wollte, dass ihre Verweigerung – haben Sie gut hingehört? – Zurückweisung also am Abend zuvor, zumindest aus Sicht dieser Glaubensgemeinschaft, der sie nun mal seit Kindsbeinen angehöre, berechtigt, ja zwingend gewesen sei. Was Sie aber tun, ist nicht rechtens, Sie sind ein gefährlicher Demagoge und Ihre Praktiken sind nicht nur verwerflich, sie sind strafbar. Glauben Sie nicht, dass mir Ihr sündiges Instrumentarium nicht bekannt sei, das ist billigstes Vermächtnis aus der Antike, einer Zeit, als Recht- und Sittenlosigkeit die Gesellschaft beherrschte. Sie sind ein Schuft!"

„Das ist reine Blasphemie, und ich benötige keine Belehrung, schon gar nicht die eines Gottlosen, verlassen Sie diesen Raum augenblicklich, und betreten Sie ihn niemals wieder, ich werde es nicht noch einmal sagen."

„Ein Gotteshaus, das Gottes Kindern den Zutritt verwehrt, hat diesen Namen nicht verdient, und ich wüsste nicht, wer auf Erden die Kompetenz hätte, in dessen Namen ein solch widersinniges Verbot auszusprechen."

„Ich ahnte, dass man mit Dir nicht diskutieren kann, Du erbärmlicher Ketzer …"

„… und ich wüsste nicht, weshalb ich mich von Ihnen duzen lassen sollte, Herr Milchmann!"

„Gott duzt alle, und wir duzen ihn! Und ich bin sein Stellvertreter auf Erden, das müsste auch Dir klar geworden sein, Du dreister Besserwisser!"

„Sie sind gar nichts, bestenfalls ein mieser kleiner Betrüger, ein Scharlatan, wie er im Buche steht, und die Anmaßungen, die Sie sich herausnehmen, sind sträflich, merken Sie sich das. Einsperren sollte man Sie, doch reut mich jeder Rappen, den man für Ihren Fraß aufzuwenden hat, wenn Sie hinter Gittern sitzen."

„Meine Stellung hier verbietet es mir, mich mit Banausen zu streiten; deshalb noch einmal: Verlasse augenblicklich dieses Haus, ich bin nicht bereit noch mehr Worte zu verlieren. Und Du, skrupelloses Weib, sollst nicht ungeschoren davonkommen, denn es ist ausdrücklich verboten Menschen hierherzubringen, die nicht durch mich ausgewählt und entsprechend instruiert worden sind. Ein Hexensabbat wie dieser entweiht die heiligen Hallen."

„Eingeschüchtert, meinen Sie wohl, Sie teuflischer Heilsbringer", sagte Arthur im Gehen, denn tatsächlich hielt er es keine weitere Sekunde mehr aus in diesem schrecklichen Umfeld, dessen Regeln und Gepflogenheiten Greth sich nun anschickte, klaglos über sich ergehen zu lassen, nachdem sie tags zuvor noch erhebliche Zweifel geltend gemacht hatte.

„Komm mit mir", rief er ihr hinterher, als sie bereits mit Erich abmarschierte, doch diese verzweifelte Einladung, ein letzter Strohhalm, den er ihr zuwarf, war natürlich wirkungslos. Mechanisch folgte sie ihm, als wäre sie ihrer Sinne nicht mehr mächtig, ja schlichtweg willenlos, einer Marionette gleich, welche längst schon an Erichs Drähten baumelte. Und die übrigen Leute schickten sich an, ohne sich noch einmal umzuschauen, die nichtswürdige Scheune zu verlassen, denn sie fürchteten die Zornesausbrüche ihres Peinigers, der soeben eine Lektion über Vernunft und Anstand über sich hatte ergehen lassen müssen, was ihn vermutlich nicht ergötzte, zumal es in aller Öffentlichkeit geschah. Sie wussten aus Erfahrung, dass er den vielleicht sogar teilweise berechtigten ‚Tadel' nicht ungeahndet hinnehmen und die Wut über die soeben erlittene Schmach auf Greths Buckel abreagieren würde, weshalb sie sich beeilten, die Stätte des Grauens möglichst rasch zu verlassen. Vielleicht war es ihnen sogar peinlich, dass ein Außenstehender, den sie kaum wahrgenommen hatten, einen Großteil dieser erschütternden Zeremonie miterlebt hatte und nun in der Lage war, darüber zu berichten, dort unten wohl in der Stadt, wo eben jene gegeißelten Menschen lebten, die sich über sie lustig machten. Zweifellos kämen sie dabei schlecht weg, es wäre beileibe nicht zum ersten Mal … ein Stoßgebet zum Himmel, und weg waren sie.

Arthur wollte einstweilen keine weiteren Argumente einbringen, oder gar konkrete Drohungen ausstoßen, denn noch immer hatte der teuflische Kerl Greth in seiner Gewalt, der sie sich pflichtbewusst ergab. Doch was er sah, war nicht etwa schlechtes Theater, sondern bittere Wirklichkeit, wie sie bekanntermaßen in einigen Sekten gepflegt wird und, sollte sie ruchbar werden, auch bestraft würde. Ja, er wusste einiges über die Praktiken solcher Vereinigungen, dass aber Auswüchse der eben beobachteten Art in einer modernen Gesellschaft geduldet wurden, schlug dem Fass den Boden aus. Solches Tun durfte nicht ungesühnt bleiben, dessen war er sich bewusst. Dass demzufolge etwas unternommen werden musste, lag auf der Hand, wann die Zeit dafür reif sein würde, blieb jedoch noch zu klären. Und ob ausgerechnet er aufgerufen sei, den Stein ins Rollen zu bringen, war ungewiss, denn missionarisches Gebaren war ihm fremd und Denunziantentum verhasst.

Was ihn am meisten bestürzte, war die scheinbare Teilnahmslosigkeit, welche diese Gemeinde an den Tag legte, als wäre sie eine Art Manipuliermasse, welche dieser Misanthrop nach Lust und Laune zurechtkneten konnte, ohne dass ihm der geringste Widerstand erwuchs. Diese braven Bürger kamen ihm vor wie eine Viehherde, welche in einem Pferch eingesperrt war und wohl oder übel nach der Pfeife dessen zu tanzen hatte, der sie dorthin verfrachtet hat. Und dieser selbst ernannte Heilsbringer beschimpfte und beleidigte stundenlag zu Herdentieren degradierte Bürger, welche in aller Regel rechtschaffen und achtbar waren, aufs Gröblichste, und keiner setzte sich zur Wehr, ja, als sei dies noch nicht des grausamen Spiels genug, befolgten sie auch anstandslos dessen demütigenden Anweisungen und ließen sich wie Verbrecher an den Pranger stellen. Er konnte dieses Verhalten nicht verstehen, nicht einsehen, weshalb sie sich diese schmähliche Behandlung gefallen ließen, selbst wenn ihm spätestens nach Anhören seiner Predigt, so man seine Selbstanpreisung als solche überhaupt bezeichnen durfte, absolut bewusst war, auf welcher Basis Erich seine scheinbar unanfechtbare Macht entwickelt hatte. Waren sie seine Komplizen, hatten sie etwas zu verbergen, dessen Bekanntgabe allen geschadet hätte? Ihr Verhalten erweckte jedenfalls den Anschein, als wäre dem so, aber Mutmaßungen sind keine Beweise, und die Chancen, welche zu beschaffen, waren gering. Dass Erich wohl alle verfügbaren Register gezogen hatte, um diese verwerfliche, aber weidlich festgefügte Konstellation herbeizuführen, stand außer Zweifel, war doch diese Pfründe gleichzeitig auch sein Brot, das er in reichlich bemessenen Portionen genoss. Aus diesem Grunde hat er wohl auch ein recht wirksames Bespitzelungssystem aufgebaut, wie sonst hätte er denn die Möglichkeit gehabt, an Informationen heranzukommen, die er augenscheinlich während seiner sonntäglichen Schimpftiraden jeweils erfolgreich auszubeuten verstand. Berufserfahrung höchstwahrscheinlich, wenn man bedenkt, wie oft er schon durchschaut wurde, denn mehr als vermutet, dürfte wohl auch reiner Bluff sein, was jedoch nur er und bestenfalls noch seine jeweiligen Opfer wussten. Dies begründete auch das Schweigegebot, das jedem auferlegt wurde, denn die Gefahr des Verrats ließ ihm keine andere Wahl, und sollte sich jemand widersetzen … nun ja, die Vergeltungsmaßnahmen, welche er im Verborgenen verübte, waren kaum bekannt! Nicht auszuschließen ist demnach auch, dass er schlimmstenfalls zu drastischen, womöglich gar kriminellen Handlungen bereit war, wenn er seine Felle davonschwimmen sah.

Für Arthur stand seit diesem Tag eindeutig fest, dass hier ein Spitzbube erster Güte am Werk war, der die Menschen, welche dieser eigentümlichen ‚Kirche' angehörten, aufs Übelste missbrauchte und betrog. Die einen oder anderen mochten wohl ihre Bedenken haben, aber darüber zu sprechen oder, Gott behüte, diese gar publik zu machen, wagten sie nicht, keiner war bereit, sich für alle Ewigkeit einen Nachteil einzuhandeln, ja, dieser Argwohn hatte sie alle fest im Griff. So erblühte also das uralte Geschäft mit dem Paradies ein weiteres Mal, und Erich, der alles andere als ein Heiliger war, betrieb es mit Erfolg. Macht, Geld und Weiber, das waren die Ecksteine seiner Religion, zumindest so lange, bis man bemerkte, dass er sich durch illegale Tätigkeiten strafbar machte. Sein System sollte wasserdicht sein, doch das schaffte auch er nicht, glücklicherweise, denn es gibt immer wieder mutige Leute, welche sich nicht blenden lassen und Unrecht allemal bekämpfen, selbst auf die Gefahr hin, selber Schaden zu nehmen. Ja, wir gedenken des Mädchens auf der Brücke, dessen wahre Geschichte keiner kennen will … solche Geschichten sind der Stoff, aus welchem gewissenlose Menschen ihre Käfige und Fußangeln schmieden, um ihren solipsistischen Lebensstil zu pflegen.

Erich war leider kein Einzelfall, und seine Vorbilder und Nachahmer wirkten in unmittelbarer Nähe, versahen ihren ‚Dienst am Mitmenschen' auf ähnliche Art und Weise, und nur ausnahmsweise erfuhr die Allgemeinheit davon, wird doch die Verschwiegenheit der Geschändeten stets durch vergleichbare

Methoden sichergestellt. Keiner ließ sich zwar in die Karten blicken, und trotzdem wussten sie alle, was die anderen taten, als folgte dieses niederträchtige Tun einem einheitlichen Berufsbild, demjenigen wohl des sogenannten Sektenpredigers, dessen Technik man zwar nirgends erlernen, aber dank menschenverachtender Skrupellosigkeit dennoch ‚erfolgreich' ausüben kann. Und fühlt sich einer berufen, dieses Handwerk auszuüben, so benimmt er sich genauso zügellos wie seine Vorbilder. Welch eigenartige Kaste doch, deren Mitglieder mit überheblicher Attitüde ihre Gefolgsleute zu eigennützigen Zwecken missbrauchen und sich auch noch ihre fadenscheinig begründeten Schandtaten honorieren lassen. Dumm also, wer sich einlullen lässt, doch so einfach liegen die Dinge eben nicht, denn ein jeder kennt zumindest einen Teil seiner eigenen Schattenseiten und hat hin und wieder erfahren, was sie zu bewirken vermögen. Weil aber keiner darüber spricht, denkt jeder, er sei womöglich der Einzige, der dieser Nachteile teilhaftig werde, und fühlt sich schuldig, zumindest solange man ihm dies einredet. Dessen sind sich die Verbrecher vom Kaliber eines Erichs sehr wohl bewusst und nutzen es geschickt zu eigennützigen Zwecken, ohne dabei durchschaut zu werden. Die Gewissensbisse loszuwerden, so wird argumentiert, soll das deklarierte Ziel des Gläubigen sein, die Einsicht indes, dass dieser schelmische Milchmann keinem dazu würde verhelfen können, fehlte, doch die mittelalterlichen Methoden, die er und seine Epigonen zur Anwendung brachten, versprachen anscheinend eine ersprießliche Wirkung zu erzielen, selbst wenn sie eine ‚Kleinigkeit' kosten sollten … ‚sobald das Geld im Kasten klingt, die Seele in den Himmel springt' … so die althergebrachte Losung, deren Wirkung noch immer nicht verpufft ist.

Die von der übrigen Welt beinahe losgelöst lebenden Menschen jenes Tals vermochten nicht zuletzt aufgrund ihrer Naivität kaum zu erkennen, welch schreckliches Spiel mit ihnen getrieben wurde, ein Umstand, der einem gefräßigen

Monster von der Gattung eines Erichs nicht entgehen konnte und ihm als gefundenes Fressen erscheinen musste, dessen er sich selbstredend bemächtigen wollte. Des Umstands, dass ihm sowohl die geografischen Verhältnisse wie die integrationsfeindliche Haltung dieser historisch zusammengeschweißten Menschgruppe hilfreich zur Seite stand, bediente er sich freilich aufs Trefflichste.

Greth hat angeblich nicht aus eigenem Antrieb beschlossen, sich in Erichs Hände zu begeben, es waren ihre Eltern, die sie schon während ihrer Mädchenzeit in dieser ‚Kirche' ansiedelten, ganz einfach, weil es Familienbrauch war, der nicht weiter hinterfragt wurde. Sie genoss daher bereits die ungewöhnlichen Schulungsmethoden dieser Männer – Erich war nicht der Erste, der in diesem Tal sein Unwesen trieb – und war mit den bizarren Gepflogenheiten zu lange schon vertraut, als dass sie deren Absurdität noch realisiert hätte. So war ihr auch klar, was sie als erwachsene junge Frau zu erwarten hatte, und offensichtlich nahm sie es hin, als wäre es eine Selbstverständlichkeit. So wenigstens hatte Arthur diese Episode erlebt und verstanden, wiewohl als verabscheuenswürdig erachtet. Inwieweit er sich irrte, konnte er erst sehr viel später in Erfahrung bringen, zu einem Zeitpunkt mithin, als die Frage bereits obsolet war. Schade um Greth, dachte er, sie wäre wirklich eine liebenswerte Frau, aber mit diesem anscheinend immerwährenden Makel behaftet, fiel sie als Partnerin – dies zu erwägen, stand damals bereits an – wohl definitiv außer Betracht, weshalb auch ihr Ansinnen, dessen Inhalte nur teilweise bekannt waren, gegenstandslos wurde.

Im Anschluss an diese unschöne Episode war sie übrigens wie vom Erdboden verschluckt und nicht mehr auffindbar. Ob sie sich einer erneuten Gehirnwäsche zu unterziehen hatte, wusste Arthur nicht, aber letztlich war es ihre Sache, zu tun oder zu lassen, was sie selber für gut und hilfreich oder schlecht und verwerflich hielt. Arthur hatte sie zwar vermisst – warum wohl? –, aber nachdem er ohnehin eingesehen hatte, dass er diesem Irrglauben, der sie scheinbar unter tatkräftiger Mithilfe Erichs fest in seinen Klauen hielt, nichts entgegenzuhalten hatte, versuchte er sich zumindest gedanklich, langsam, aber stetig von ihr abzuwenden. Er war wütend, als er dem selbstherrlichen Milchmann widersprach, und hätte auch noch einiges mehr zu sagen gehabt, aber letztlich war auch ihm klar geworden, dass er dort zu Gast war und im Ernstfall allein gegen den ganzen Mob anzukämpfen gehabt hätte. In Unkenntnis der wahren Hintergründe – sie zu kennen wäre wohl peinlich – dieser fest zusammengekitteten Gemeinschaft wäre es vielleicht sogar gefährlich gewesen, die Angriffe fortzusetzen, denn gerade in solchen Fällen kippt der Wortkrieg nicht selten um und endet in einem würdelosen Handgemenge, dem er sich freilich entziehen wollte. Auch war ihm keineswegs klar, ob Greth nicht doch Erichs Geliebte war und deren Abwehr lediglich der Täuschung diente. Doch dessen ungeachtet, hatte er wenig Lust, sich mit Erich anzulegen, um Greths Gunst zu erwerben, denn selbst dann, wenn er siegreich aus diesem Hahnenkampf hervorgegangen wäre, hätte er weiterhin erhebliche Bedenken gehabt, was die religiösen Differenzen betraf, wusste er doch, dass gegen Fundamentalismus, egal welcher Prägung, kein Kraut gewachsen war.

Es dauerte recht lange, wohl einige Wochen, bis er zufällig Greth wieder traf, und er war erstaunt, wie schlecht sie aussah. Dass sie diesem Zufall mit weiblicher List ein wenig auf die Beine half, war unschwer zu erkennen, aber letztlich belanglos, denn er hatte seine Lektion gelernt und wollte sich künftig raushalten, vor allem aus ihrem Umfeld, aber auch aus ihrem Leben. Doch sie wollte Arthur unbedingt sehen, benötigte vielleicht sogar dessen Hilfe, aber davon sagte sie nichts.

Sie bot indes einen mitleiderregenden Anblick, der deutlich machte, dass sie mit einiger Wahrscheinlichkeit eine schwere Zeit durchzustehen hatte, doch weigerte sie sich noch, darüber zu sprechen, so sehr Arthur sie auch dazu aufforderte, da sie ihm leidtat. So vereinbarten sie sich schließlich insgeheim in einer finsteren Bierstube in der Stadt zu treffen, wo sie angeblich keiner suchen würde, da Letztere einen zweifelhaften Ruf genoss. Das Treffen wurde recht trickreich durch sie arrangiert und sollte geheim bleiben, denn, so ihre Vermutung, sie werde verfolgt und habe kaum Möglichkeiten, ohne Beschattung etwas zu tun. Insbesondere der Name Arthur sei in ihren Kreisen zum Reizwort geworden, und im Falle eines Treffens mit diesem Frevler, der ja den sakrosankten Prediger beleidigt habe, seien außerordentlich drakonische Strafen angedroht worden. Der erboste Milchmann zeigte offenbar seine (Milch-)Zähne, da er berechtigterweise um seine Position fürchtete, denn er konnte ja nicht wissen, dass Arthur entschied, nichts zu unternehmen, was ihm gefährlich werden könnte, und daher die abtrünnige Talschaft mied; Kleinmut einmal mehr, doch weshalb sollte er sich die Hände schmutzig machen für Dinge, die ihn nichts angingen. Weswegen sie allerdings davon ausging, dass sie in besagtem Lokal nicht beschattet werde, wollte sie nicht verraten, ließ derweil durchblicken, dass es damit eine besondere Bewandtnis hätte. Beim Betreten der düsteren Kneipe gebärdete sie sich jedoch recht unruhig, blickte gewissermaßen durch ihn hindurch und tat, als wollte sie sogleich das Lokal wieder verlassen, was an sich nicht vorgesehen war, bat jedoch kurzerhand um einen weiteren Diskussionsabend, denn sie habe lange nachgedacht, auch darüber, was er, Arthur, damals gesagt habe; es gäbe noch einige wichtige Fragen zu klären, sie werde sich bald möglichst telefonisch melden, wenn sich denn Gelegenheit dazu fände, doch jetzt …

Erst als Arthur die blasse Gestalt, welche ohnmächtig auf dem Boden lag, wiederaufrichten wollte, bemerkte er Erich, dessen Anwesenheit ihm bislang entgangen war, in der gegenüberliegenden Ecke des Raumes, Zeitung lesend, scheinbar entspannt. Greth wurde tatsächlich verfolgt, es war kein Wahn. Nur kurz ging ihm durch den Kopf, dass es sich bei dieser ganzen Sache auch um ein abgekartetes Spiel handeln könnte, denn die Verabredung in dieser Spelunke, deren Wahl ja nicht kommentiert wurde, war mehr als befremdend, doch wozu sollte Greth ein solch aberwitziges Unternehmen inszenieren? Er vermochte kein Motiv erkennen, welches solchem Ansinnen allenfalls Sinn verlieh, und verwarf deshalb diesen Gedanken auf der Stelle wieder. Er kümmerte sich stattdessen um die gefallene Märtyrerin, während Erich sich nicht von der Stelle rührte, ja sich geflissentlich in die Zeitung vergrub, als hätte er den Zwischenfall gar nicht bemerkt.

Zu gerne hätte er ihm ins Gesicht gesagt, was für ein mieser Kerl er sei, doch nachdem er Greth in die Ambulanz verfrachtet hatte, war er nicht mehr auffindbar … ja natürlich, sein Auftrag war erfüllt. Skrupellos und feige, dachte er sich, aber mit dieser Feststellung musste er sich einstweilen begnügen, und an eine Fortsetzung der Geschichte glaubte er nicht, denn seine offen zur Schau gestellte Abneigung gegen ihn und seinesgleichen war wohl Grund genug, um jeglichen Kontakt zu unterbinden.

Arthur seinerseits hatte ja auch keine Lust mehr, sich weiterhin mit diesem Thema zu beschäftigen, zum einen, weil es bekanntlich nicht ganz gefahrlos war, zum andern aber, weil es ihn langweilte. Immer dieselbe Leier, all diese Gruppierungen, die sich als einzig Wissende verkaufen wollten und die Religion, egal welcher Prägung, zur Spielwiese ihrer Eigeninteressen machten, sie waren ihm durchwegs ein Gräuel. Sektierertum und dergleichen mehr fand er ohnehin widerlich, und die zahlreichen selbst ernannten Gebieter, welche beinahe ausnahmslos ihren Posten zweckentfremdeten, mochte er auf den Tod nicht ab. Sie alle bedienten sich stets eines arroganten Gehabes, welches zur Einschüchterung der ‚dummen' Gläubigen dienen sollte, und erzwangen einen wahrhaftigen Personenkult, der sich angesichts des Zeitgeistes völlig anachronistisch ausnahm. Ja, es war weithin bekannt, dass sich alle derselben Bauernfängerei bedienten, und deshalb umso erstaunlicher, dass diese Masche keiner der jeweils Genasführten je durchschaute. Doch in der Abgeschiedenheit der Berge ließ sich so manches verwirklichen, was andernorts verpönt und aussichtslos war. Viele Trittbrettfahrer sprangen auf diesen Zug auf, und Erich war einer von ihnen, wohl einer der Tüchtigsten, gemessen am Unfug, den er tagtäglich für teures Geld verkaufte. Aber er wusste, dass sein Vorgänger bestraft wurde und hinter Gittern saß, weshalb er sich gebührend vorsah, denn einem solchen Schicksal wollte er entrinnen.

Greth tat ihm leid, aber gleichwohl wollte er mit diesen Leuten nichts mehr zu tun haben. „Sollen sie sich doch, die armen ‚Märtyrer der letzten Tage', so lange drangsalieren lassen, bis sie von Harfenklängen begleitet durch die Himmelspforte schreiten dürfen, um die teuer erkaufte Ewigkeit im Paradies zu verbringen, wo sie Erich mit Sicherheit nicht mehr antreffen würden", dachte er sich und schwieg.

Aus all diesen Gründen beschloss er auch, eine weitere Diskussionsrunde mit Greth zu verweigern, denn was hätte sie schon gebracht. Nein, er wollte sie nicht bestrafen, weshalb denn auch, aber er wollte ganz einfach dieses düstere Kapitel abschließen, denn er wusste nur zu gut, dass jedes Wiedersehen mit ihr ihn aufs Neue sowohl mit Skrupeln wie auch mit hoffnungsvollen Gedanken eindecken würde, ein Mechanismus, den er ein für alle Mal aus seinem Leben verbannen wollte. Nein, weshalb sich die Finger verbrennen für eine Sache, die ihn nicht anfocht und welche aus der Welt zu schaffen nicht in seinem Pflichtenheft vermerkt war.

Auch die Errettung seines Gretchens aus Mephistos Fängen, zu dem sie sich gerne gekürt sehen wollte, lag nicht in seiner Kompetenz. Diese Aufgabe, sofern überhaupt erforderlich, würde seine Kapazitäten bei Weitem überschreiten. Ja, sicherlich, Greth war klug und sah recht gut aus, doch eine Partnerin, die er erst unter Aufgebot zahlreicher Mühen und Strapazen auf den Boden der Realität zurückführen müsste, ehe er sich mit ihr verständigen könnte, wollte er sich nicht aufbürden, nicht in jener peinvollen Phase, welche er damals durchlief. Die Inkompatibilität war nun mal so eminent, dass jeder Versuch ohnehin zum Scheitern verurteilt ist, dachte er und ließ die Finger davon; nein, sie war nicht für ihn bestimmt! Und sollten sich seine privaten Verhältnisse grundlegend ändern, was absehbar war, dann würde er sich trotz unübersehbarer Affinitäten zu dieser Person anderweitig umsehen, so viel stand für ihn fest.

Arthur hat die Episode mit Greth schon längst abgehakt, als ihn eines Tages ihr Anruf erreichte: Sie bat um eine Fortsetzung jenes vor langer Zeit begonnenen Gesprächs, welches nach zahlreichen ungelösten Kontroversen in jener Scheune endete, deren Zweckbestimmung und Verwendung ihn über die Herkunft ihrer angeblich unhaltbaren Überzeugungen aufklären sollte, eine Wirkung, die jedoch ausblieb, ja sich letztlich sogar in gegensinniger Art und Weise manifestierte. Den Anruf hatte sie damals in jener unheilvollen Bierstube angekündigt, doch war inzwischen so viel Zeit vergangen, dass er nicht mehr damit rechnete, zumal er ja davon auszugehen hatte, dass sie kaum je in der Lage sein würde, sich aus der Beschattung durch Erich und seine ‚Polizisten' zu befreien, um sich tatsächlich mit ihm zu treffen, ein Ansinnen überdies, das, käme es ans Licht, anscheinend aufs Gröblichste bestraft würde. Er war und blieb ja die Unperson schlechthin, wenn nicht gar Satans Sendbote, dessen Arglist keine Grenzen kannte und sich vor allem der Seelen der Häretiker bediente, um fromme Menschen zu verführen. Außerdem hatte er sich vorgenommen keinen Kontakt mehr mit ihr und ihrer ‚Spezies' zu pflegen, ein Entschluss, dessen Begründung er doch reiflich überdacht hatte. Und ob er nun zur wahrhaftigen Inkarnation des Gotteslästerers gekürt worden war, war ihm völlig egal.

Freilich war der Name ‚Arthur', oder eher seine Person, zwischenzeitlich zum Symbol des Feindbilds vom Dienst ernannt worden, das Erich nun seinen Gefolgsleuten tagtäglich vor Augen hielt, um zu illustrieren, wie verwerflich jene andere Welt doch sei, jene, die er eben immer wieder aufs Neue verfeme, und dies zu ihrer Belehrung, wie sich von selbst verstehe. Arthur sei der Prototyp des Bösen und Ungläubigen, seine Worte seien pures Gift, deren Wirkung bis in alle Ewigkeit der Verdammnis anheimfallen solle. Menschen wie er seien eben typische Vertreter jener Welt, die unaufhörlich zu bekämpfen sei, um der Gunst Gottes teilhaftig zu werden, und die Apotheose seiner Person sei dazu bestens geeignet. Diese Wandlung soll niemals durch einen widerwärtigen Ignoranten verhindert werden können, dessen sollte man sich stets bewusst sein, denn sie sei unabdingbar, Teil sogar seiner Heilslehre, welche eo ipso sakrosankt sei.

Arthur kam wohl rein zufällig zu dieser fragwürdigen Ehre, weil er damals mit Greth zusammen jenen unseligen Gottesdienst besuchte, der die ganze, nun zur Tragödie emporstilisierte Angelegenheit vermöge seiner beherzten Intervention ins Rollen brachte. Erich hatte sich auf ihn eingeschossen, weil er zum entsprechenden Zeitpunkt an jener Stelle stand und seine mehr als zweifelhaften Methoden coram publico bloßstellte, was ihn veranlasste, sich ihn als geeignete Zielscheibe seiner sonntäglichen Angriffe zunutze zu machen. Er war fortan der personifizierte Unglaube und so gesehen ein willkommener Gast, dessen gern gesehene Abwesenheit ihn zusätzlich beflügelte, um sich zu ungeahnten Hasstiraden hinreißen zu lassen. Es ist doch weit einfacher, mit dem Finger auf eine existente Person zu zeigen, als irgendeinen Popanz heraufzubeschwören, dessen Gestalt keiner kennt, geschweige denn je zu Gesicht bekommen wird. Doch jeder andere Nichtmärtyrer wäre ebenso geeignet gewesen, diese unrühmliche Rolle zu übernehmen, wenn er zufällig dort gestanden und dank gesundem Menschenverstand den erbärmlichen Phrasendrescher ebenfalls zurechtgewiesen hätte. Aber die Kreuzung zweier Zufallsketten in ‚Greths Schoß', machte sie zu unzertrennlichen Feinden. Doch damals, als der Streit begann, waren die Gegebenheiten zu dieser Konstellation noch nicht erfüllt, was allerdings weder Erich noch Arthur bekannt war, denn sie vermuteten das pure Gegenteil dessen, was die beiden Streithähne letztlich aufeinanderprallen ließ.

Die Umstände, welche die Geschicke in diese Richtung lenkten, waren banal, so banal, wie sie banaler nicht sein könnten. Eine zunächst alltägliche Fügung führte Menschen zusammen, welche sich kaum kannten, geschweige denn wussten, welcher Weltanschauung sie huldigten, was angesichts der zunächst entscheidenden Beweggründe auch nicht erforderlich war. Es sah zunächst nach einer glücklichen Fügung aus, da sich gewisse Anliegen, deren Inhalte allerdings nur teilweise bekannt waren, zu ergänzen schienen. Selbst die Gelegenheit, welche dazu führte, dass es zu ungeahnten Auseinandersetzungen kam, schien zumindest auf den ersten Blick eher einem Zufall zu verdanken zu sein. Dass dem nicht oder zumindest nur teilweise so war, konnte keiner ahnen, da erst nicht bekannt war, was denn letztlich hinter den teils bewusst evozierten Ereignissen steckte, welche schließlich eine solch komplexe Konstellation hervorriefen, sodass keiner mehr deren Zusammenhänge in ihrer reichlich intrikaten Form vollumfänglich zu erfassen vermochte.

2

Wer ist Arthur, woher kommt er, wohin geht er; wir haben durch einige seiner Äußerungen mitgekriegt, wie er denkt, was er mag und was nicht, aber sonst wissen wir wenig über ihn. Er ist ab und an kämpferisch eingestellt, dann aber doch wieder zurückhaltend, weil er sich vor allzu massiven Reaktionen fürchtet; umsichtig könnte man es nennen, feige, denkt er oft selber, wenn der gerechte Zorn ihn erfasst. Es ist gegeben, sich mit seiner Person noch etwas eingehender zu befassen, denn zum Verständnis der Zusammenhänge und insbesondere seines Verhaltens in mancherlei Hinsicht ist es unerlässlich zu wissen, in welcher Lebensphase er zum Zeitpunkt dieser Handlung stand, was ihn bewegte und welcher speziellen Herausforderung er sich zu stellen hatte. Höchste Zeit also, das Versäumte nachzuholen, ehe die Geschichte eine schicksalsträchtige Wende nimmt … Ach so, man dachte eben noch, dass sie bereits zu Ende sei, doch nun soll sie noch fortgeschrieben werden, wie, bitte schön, ist dies zu verstehen, nachdem er wiederholt verkündete, die ebenso kurze wie peinliche Episode abzuschließen? Keine Bange, der Andeutungen sind genug vorhanden, um Arthurs Versicherungen, dem unsinnigen Treiben nun endgültig eine Absage zu erteilen, wenig Kredit einzuräumen, denn allzu bekannt ist doch sein Wankelmut, der ihn nicht selten veranlasst, seine Vorsätze aus Opportunismus zu kippen und in deren Gegenteil zu verkehren. Man könnte ihm Inkonsequenz vorwerfen, er selber spricht eher davon, dass er sich leicht von Emotionen beeinflussen, ja richtiggehend forttragen lasse, diesem Umstand aber immer mal wieder unglückliche Entwicklungen verdanke, über die er sich ärgert. Freilich, er redet sich ziemlich rasch in Rage, bremst ab, wenn er bemerkt, dass er zu weit gegangen ist, nimmt dann aber doch meistens den Faden wieder auf und führt seine Exposés zu Ende, hin zu einem Zielpunkt, den er von Anfang an anpeilte.

So ist es weiter nicht verwunderlich, dass sich noch recht viel ereignen wird, ehe der Tragödie letztes Wort niedergeschrieben werden kann, nicht zuletzt auch deshalb, weil noch nicht klar ist, ob Greths Sohn, dessen Vater sie nicht kennen will, und Arthurs Tochter, tatsächlich ein Paar geworden sind, sodass es noch gar nicht möglich ist, den Kreis zu schließen, um sich ein Bild davon zu machen, was sich hier anbahnt. Arthur, einer der Hauptdarsteller und damit zweifellos einer der Verdächtigen, sollte daher noch ein Gesicht bekommen, diesbezüglich werden wohl kaum Einwände erhoben werden, selbst wenn dadurch der Erzählfluss für kurze Zeit unterbrochen wird, gibt es doch einige wesentliche Gesichtspunkte aus einer nicht unmaßgeblichen Vorgeschichte, welche zum Verständnis der anschließenden Fortsetzung unentbehrlich sind.

Zu jener Zeit, als sich all dies ereignete, was hier erzählt wird, war Arthur ein ganz gewöhnlicher Bürger von völlig unverdächtiger Herkunft, hatte eine Familie und einen einträglichen Beruf, den er zwar nie erlernt hatte, aber dennoch recht erfolgreich ausübte, und betrachtete sich als Vollmitglied der landesüblichen Gesellschaft, deren Regeln er brav beachten wollte. So war er auch vollumfänglich angepasst, wie man damals zu sagen pflegte, und schämte sich dessen nicht, denn er wollte keinesfalls auffallen, ja es war ihm schlichtweg ein Gräuel, im Rampenlicht zu stehen. Sein Selbstwertgefühl erlitt immer mal wieder schmerzliche Rückschläge, sodass er sich zuweilen fragte, ob denn seine Anwesenheit auf diesem Planeten überhaupt erwünscht sei, dann kriegte er sich aber wieder ein und setzte den begonnenen Weg fort. Er war im Grunde auch recht friedliebend und im Allgemeinen ziemlich tolerant, Fanatismus jeglicher Art aber verabscheute er zutiefst, was bereits bekannt sein dürfte, denn man erlebte ihn in Kampfstimmung, als er mit einer besonders hässlichen Variante desselben konfrontiert wurde, eine Ausnahmesituation jedoch, wie er immer wieder beteuerte. Er war davon überzeugt, dass niemand das Recht hatte, sich als Einziger im Besitze irgendeiner Art von ausschließlicher Wahrheit zu wähnen und diese auch zu vertreten, ja zu verkaufen gar, sowie gleichzeitig die Skeptiker als sträfliche Ignoranten oder gar Häretiker zu bezeichnen. Solches Gehabe machte ihn regelmäßig wütend, denn es entbehrt jeglicher Rechtfertigung und sollte im Gefüge einer gewöhnlichen Gesellschaft keine Akzeptanz finden. Toleranz und Respekt angesichts divergenter Ansichten forderte er nicht nur von sich selber, sondern natürlich auch von seinen jeweiligen Kontrahenten, welche nicht selten seine Ansichten um keinen Preis teilen wollten, nein, das ließ er allemal deren Sache sein, solange sie sich nicht anheischig machten, ihn zu bekehren. Er empfand es buchstäblich als Unrecht, wenn man eine andere Person, entgegen ihrem ausdrücklichen Willen, dazu zwang, eine bestimmte Philosophie zu vertreten oder gar zu adoptieren, die ihr überhaupt nicht entsprach, geschweige denn in ihr angestammtes System passte und dieses womöglich gar außer Kraft setzte. Und sollte dies gar missbräuchlich geschehen, dann verlor er eben seine Beherrschung und ließ seine ganze, zuweilen recht scharfzüngige Rhetorik auf seinen jeweiligen Widersacher niederprasseln. So ungefähr ist das Wortgefecht zwischen ihm und Erich zu verstehen, welches an jenem unheiligen Sonntag in der ‚heiligen Scheune' ausgefochten wurde, was zu seinem Rausschmiss führte, nur weil er den Schwindel durchschaute und öffentlich bloßlegte. Es war auch für Arthur außergewöhnlich, einen solchen Streit auszutragen, denn nicht grundlos brach er ihn vom Zaune, da der heilige Zorn – die Wut, von der bereits die Rede war – ihn ergriffen hatte, das Einzige, das am angeblich geheiligten Ort wohl heilig war. Dass sich hinter diesem vordergründigen Motiv noch weitere strittige Elemente verbargen, welche den

Gegner zusätzlich reizten, konnte er damals noch nicht wissen. Dennoch zeugte sein Verhalten von einer gewissen Naivität, denn zu glauben, dass durch vernünftige Argumente diesem Bauernfänger beizukommen sei, war zweifellos vermessen. Dass er sich aber in Gefahr bringen könnte, schloss er aus, da er sich nicht bewusst war, welche wirtschaftlichen Folgen die Enthüllung unlauterer Geschäftspraktiken zu zeitigen vermöge. Spät, doch gerade noch zeitig genug erkannte er dann auch, dass er gut beraten wäre, die Kampfesstätte zu verlassen und von weiteren Attacken abzusehen.

Arthur, der keine eigentliche Ausbildung hatte, weil er zuzeiten faul und träge war, sich stattdessen aber öfter als zuträglich mit Frauenzimmern herumschlug, war recht intelligent und ziemlich belesen. Nun ja, er hätte durchaus das Zeug gehabt, nach abgeschlossener Maturität ein Hochschulstudium zu absolvieren, doch trug ihm seine Freizeitbeschäftigung – damals in der ‚Vorpillenära' – bereits die ersten Früchte ein, sodass er gezwungen war, ohne akademischen Titel, irgendeinen Beruf zu ergreifen, um sich in die Lage zu versetzen, seine ‚väterlichen' Verpflichtungen auch wahrzunehmen. So musste er sich rascher, als ihm lieb war, in die heimische Gesellschaft einschleusen lassen, weil er keine andere Instanz kannte, die imstande gewesen wäre, ihm die Sicherheit zu gewähren, die es ihm erlaubte, seine Obliegenheiten zu erfüllen. Damals nahm er es gelassen hin, später bedauerte er jedoch seinen etwas vorschnellen Entschluss, diesen herkömmlichen Weg zu beschreiten, welcher allerdings nur mit größter Mühe und nahezu unüberwindlichen Hindernissen eine tragfähige Alternative zugelassen hätte, mithin eine kräfteraubende Angelegenheit, die er nicht auf sich nehmen wollte. Aber letzten Endes beschloss er, sich nicht fortwährend über sein ‚Missgeschick' Gedanken zu machen, und begnügte sich mit seiner recht einträglichen Pfründe, welche ihm der Zufall bescherte. Mehr zu wollen, so tröstete er sich, wäre einer unangemessenen Hybris gleichgekommen.

Er war möglicherweise ein Freidenker oder eher Agnostiker, wusste aber über Religionskunde recht gut Bescheid und kannte auch die verschiedensten Schriften, welche je nach Glaubensrichtung eine zentrale Rolle spielten. Hypokrisie als Grundlage zur Volksveräppelung lehnte er aus Überzeugung ab, denn wer konnte für sich schon beanspruchen, die Antwort auf die letzte Frage des Daseins zu kennen, die es vermutlich nie geben wird, nachdem weidlich bekannt ist, dass dasselbe menschliche Gehirn unzählige, teils widersprüchliche Erkenntnisse hervorzubringen vermag. Dass er aber genau diesen Unfug Erich unterstellte, ist mittlerweile klar geworden, und dieser hat vermutlich auch den Braten gerochen und ihn deshalb zum Erzfeind erkoren, nicht zuletzt um sein Geschäftsmodell vor dem Untergang zu retten; ja, aus seiner Sicht ist es ein existenzielles, nicht aber ein weltanschauliches Problem, was einen Kampf mit ungleichen Spießen zur Folge hatte. Arthur selber war sich wohl dessen bewusst, kümmerte sich aber kaum um diesen Sachverhalt, wusste er doch von zahlreichen ähnlich gelagerten Fällen, von denen er die Finger ließ, da er nicht das geeignete Nervenkostüm hatte, um erfolgreich gegen solche Unsitten anzugehen, wiewohl es zuweilen angebracht gewesen wäre. Einzig der Zufall – na ja, unter tatkräftiger Mithilfe Greths – hatte ihn mit Erichs Gruppe zusammengeführt, aus eigenem Antrieb hätte er diesen Kontakt niemals gesucht, geschweige denn versucht, den Schurken zurechtzuweisen, womit er zweifellos seine Kompetenzen überschritten hatte. Er wusste ja, dass er zu wenig Durchsetzungsvermögen besaß, um gegen derartige Bastionen anzugehen; der untaugliche Versuch, in Erichs Reich einzudringen, war wohl eher von der Anwandlung geprägt, seiner ‚Partnerin' einen Gefallen zu tun, ja womöglich gar zu imponieren. Allerdings war sein Zorn echt, und seine spitze Zunge hatte genau das zum Ausdruck gebracht, was er sich dabei dachte. Was sich danach tat, war nicht schwer zu erraten, doch dieser Peinlichkeit entgegenzutreten, war unmöglich, denn es summierten sich materielle und emotionale Interessen, eine Mixtur, deren toxische Wirkung bekannt ist.

Arthur führte an sich ein recht einfaches und wenig aufwendiges Leben. Kultur in beinahe jeder Form war ihm lieb, sooft er konnte, befasste er sich dann auch mit jeweils einem ausgewählten Thema, so lange jeweils, bis er den Eindruck hatte, wenigstens eine Ahnung davon zu haben, was sich auf dem einschlägigen Gebiet tat. Seine Ambitionen insgesamt waren derweil als gering einzustufen, und eine Karriere, welche ihm zu öffentlichem Ruhm und Anerkennung verholfen hätte, interessierte ihn nicht. So gab er insgesamt das Bild eines bürgerlich eingestellten, ruhigen Menschen ab, der den angepassten Weg seiner Gesellschaftsform bewusst und mit Überzeugung beschritt, wenngleich er sich des Umstands bewusst war, dass er ihn einst mehr oder weniger gezwungenermaßen einschlug, nachdem er sich durch die bereits erwähnte Unachtsamkeit eine Ehefrau eingehandelt hatte, welche nicht so recht zu ihm passen wollte. Aber selbst diesen Zustand hat er während langer Zeit recht tapfer verwaltet, war auch treu und zuverlässig, jedoch dezent. Tapfer betätigte er sich desgleichen in seiner Kinderschmiede und hatte zur fraglichen Zeit eine kinderreiche Familie, deren braver und achtbarer Vater er pflichtbewusst zu spielen wusste. Ob diese Lebensform seinen ursprünglichen Träumen entsprach oder nicht, war seinerzeit nie Gegenstand von Streitgesprächen, da es ohnehin müßig war, Tatsachen zu hinterfragen, die sich nun mal eingestellt hatten. So hat er sein Schicksal akzeptiert und verhielt sich in aller Regel ruhig und unkämpferisch, ja, war rundweg zufrieden mit sich und seiner Welt. Und die echten und vermeintlichen Abenteuer seiner Gefährten nahm er ebenso gelassen wie neidlos hin, ohne je daran zu denken, ihnen gleichzutun, nicht zuletzt, weil er die Reaktion seiner angeblich treuen Gattin fürchtete, die ihrerseits einen Teil ihres Lebens auf einem Nebengeleise verbrachte, freilich ohne ihn darüber in Kenntnis zu setzen. Auch hier ein anschauliches

Beispiel seiner Naivität, die ihm nicht erlaubte, einen Blick ins Auge der Realität zu werfen, eine Realität, deren wahre Dimensionen er erst viel später entdeckte.

Die ursprüngliche Begegnung mit Greth – wir haben wiederholt darauf hingewiesen – war auf einen echten Zufall zurückzuführen, indem er sich eines Abends aus Langeweile oder einfach Lust auf Gesellschaft völlig unverhofft bei einem Freund meldete, der nicht zu Hause war. Sie, Greth, hütete Haus und Kinder und öffnete die Haustüre, ohne zu wissen, wer dieser Mann war, den sie durch den Türspion auf dem Vorplatz stehen sah … schön mutig, wenn man bedenkt, was sie sich dadurch hätte einbrocken können. Aber sie glaubte stets an das Gute im Menschen, und über die Kraft, um das Böse zu bekämpfen, glaubte sie mit Gottes Hilfe jederzeit verfügen zu können: „Nein, Herr P. ist nicht zu Hause, ich bin nur die Babysitterin, aber möchten Sie trotzdem eintreten, ich würde Ihnen gern einen Tee oder Kaffee, allenfalls sogar ein Glas Wein offerieren" … er traute seinen Ohren nicht, denn was diese Frau tat, war doch recht unüblich, wenngleich sich sehr bald herausstellte, dass sie Arthur, der sich natürlich korrekt vorstellte, dem Namen nach kannte und wohl deshalb wusste, dass sie kein Risiko einging. Dass sich aus dieser freundlichen Geste ein völlig andersartiges Risiko ergeben könnte, war natürlich auf Anhieb nicht zu erkennen, denn die freundliche Einladung hatte einen völlig harmlosen Anstrich. Man wäre natürlich an dieser Stelle geneigt, die Frage aufzuwerfen, ob denn Zufälle wirklich Zufälle sind oder zuweilen auch durch einen unbekannten Steuerungsmechanismus herbeigeführt werden. Doch weshalb sollte hier der Erzählfluss dieser Geschichte zugunsten eines rein philosophischen Scharmützels unterbrochen werden, von welchem ohnehin keine näheren Erkenntnisse zu erwarten sind, jedenfalls nicht, was die Begegnung mit Greth betrifft: Kurz und gut, er nahm die nette Einladung dieser unbekannten Person gerne an und betrat das ihm wohlbekannte

Haus, versprach er sich doch Abwechslung und Kurzweil, der ursprüngliche Grund ja, weshalb er gerade an diesem Abend seinen Freund aufsuchen wollte.

Sie war wohl etwas gelangweilt, weil die Kinder bereits schliefen und die Rückkehr der Herrschaft noch nicht abzusehen war, sodass sie ihn mit dem Angebot, einen Schlummertrunk zu genehmigen, erfolgreich ins Haus lockte, wo er einige Zeit plaudernd mit ihr verbrachte. Offensichtlich standen ihr einige Kompetenzen und Freiheiten zu, weshalb sie sich eine solche Geste erlauben dufte, was ihn zwar erstaunte, aber weiter nicht störte, da somit sein Abend gerettet war. Man setzte sich in züchtiger Entfernung hin, trank mit übereinandergeschlagenen Beinen etwas Wein und sprach zunächst über Banalitäten, doch mehr und mehr schien der Wein die Hemmungen zu besiegen, welche die erste Begegnung zweier Menschen jeweils beherrscht, und ließ mit lockerer Zunge ein Gespräch dahinplätschern, das mitunter auch einige eher persönliche Teilaspekte zum Thema hatte. Jeder versuchte gut dazustehen, auch stets die eigenen Vorzüge ins Rampenlicht zu rücken, nicht zuletzt auch, um schöner und größer zu wirken, als man war. Nun ja, solches Geplänkel kennzeichnet oft das Zusammentreffen zweier unbekannter Menschen, die sich empathisch anzunähern versuchen, einer Kraft unterliegend, die zu beschreiben schwerfällt. Aber sie war da, unzweifelhaft, und wirkte verbindend.

Sie war nicht nur eine ansprechende Frau, sondern auch eine äußerst angenehme Gesprächspartnerin, einfühlsam und interessiert, auch etwas belesen, und wie sich herausstellen sollte, oft allein und deshalb darauf angewiesen, dann und wann mit jemandem Konversation zu treiben, wie man solches wohl in ihren Kreisen nennen dürfte. Doch die Gesprächsrunde erbrachte letztlich wenig Fassbares und war auch nicht wirklich tiefschürfend, denn Arthur saß trotz Weinseligkeit nach Ablauf einer oder zweier Stunden wie auf Nadeln, erwartete ihn doch zu Hause eine übellaunige Gattin, welche mit Sicherheit auf eine Erklärung seines ziemlich langen und an sich ungewöhnlichen Ausbleibens pochen würde. So sehr es ihm auch gefiel, ja sogar schmeichelte, mit dieser jungen Frau zu sprechen, welche nicht verhehlte, dass sie Arthur sympathisch fand, versuchte er deshalb eine Fortsetzung zu einem späteren Zeitpunkt in Aussicht zu stellen, einem solchen nämlich, den er selber auswählen durfte, damit er sich nicht erneut einem Familienzwist auszusetzen brauchte. Ob sie denn Zeit habe, noch weitere Aufträge dieser Art entgegenzunehmen … sehr wohl, es sei ein angenehmer Zeitvertrieb, ein kleiner, aber willkommener Nebenverdienst, und überdies liebe sie Kinder über alles.

Die zurechtgebogene Erklärung war genehm, und die Aussicht, künftig eine scheinbar vertrauenswürdige Person zwecks Hütedienst zur Verfügung zu haben, sollten sich trotz reichlich bröckelnder Ehe noch entsprechende Gelegenheiten einstellen, tat ein Übriges. Es boten sich welche, und Greth ließ sich, wie versprochen, auch regelmäßig anheuern. Sie ließ durchblicken, dass sie sehr gerne käme und diese Aufgabe mit besonderer Sorgfalt wahrnehmen wolle. Der tiefere Sinn dieser eigenartigen Bemerkung sollte sich Arthur jedoch erst später erschließen.

Sie war gewissermaßen Mädchen für alles, half da und dort aus, leistete Hütedienste, wenn die Eltern nicht zu Hause waren und machte sich vor allem bei den Kindern beliebt, indem sie ihnen Geschichten vorlas oder sonst wie mit ihnen spielte. Die Vereinbarung, keinerlei religiösen Inhalte zu vermitteln, schien sie vorschriftsgemäß einzuhalten, denn deren Weltanschauung sollte vielmehr die Züge elterlicher Ansichten tragen als diejenigen ihres absonderlichen Vereins, was sie mit gnädigem Verständnis quittierte.

Normalerweise waren entweder die ganze Familie oder bei deren Abwesenheit die Kinderschar zu Hause, die eben einer Aufsicht bedurften, während die ebenso außergewöhnliche wie unvorhergesehene Konstellation, dass Greth nebst Kindern auch noch Arthur zu ‚hüten' hatte, sich einmal aus einem Missverständnis ergab. Es war ein Zufall, den die Nornen entweder aus Wohlwollen oder Bosheit herbeiführten. Welche der beiden Varianten zutraf, war nicht auf Anhieb zu durchschauen, denn sie vertuschten, was sie im Schilde führten. Und hätte er gleichwohl geahnt, wie sich dieser Abend entwickeln könnte, so hätte er sich wahrscheinlich rechtzeitig zurückgezogen oder anderweitig beschäftigt, denn er war gleichzeitig auch der Auftakt zu einer Geschichte, die er sich gerne erspart hätte. Dass sie sich dennoch zutrug, war indessen nicht nur Greths Schuld, denn auch Arthur hat seinen Beitrag dazu geleistet, das darf und soll nicht verschwiegen werden, denn keinem der beiden sollte es gelingen, sich im richtigen Augenblick auf die Konsequenzen zu besinnen, welche jede andersartige Fortsetzung nach sich ziehen würde.

Nun, sie saßen beide, nachdem die Kinderlein versorgt waren, stundenlang im Salon und begannen ernsthaft miteinander zu diskutieren, etwa im Sinne einer Fortsetzung dessen, was andernorts bereits begonnen wurde. Es schien, als ob jene Gesprächsrunde, welche im Haus des Freundes ihren Anfang nahm, nun ohne Umschweife fortgesetzt würde, als wäre es eine Selbstverständlichkeit, deren Hintergründe man nicht hinterfragte, wenngleich seither ein beträchtlicher Zeitraum verstrichen war, nein, es war vielmehr so, als hätte man erst am Vorabend die vorgängige Debatte unterbrochen, um sie nun nahtlos weiterzuführen. Wohltuend war auch ihre Offenheit, die sich deutlicher manifestierte als zuvor, dennoch fiel zunächst etwas befremdend ihr Gebaren auf, denn sie benahm sich, als wäre sie die Gastgeberin, so ähnlich wie bei der ersten Begegnung, wo er ihr Verhalten zwar auffällig, aber letztlich angemessen fand, denn damals vertrat sie den Hausherrn. Hier in seinem eigenen Hause war dies eher störend, anmaßend vielleicht sogar, aber letztlich charmant und verführerisch, überwogen doch die Annehmlichkeiten, die damit verbunden waren. Hinter diesem jovialen Betragen eine Absicht erkennen zu wollen, fiel ihm gar nicht erst ein, und so ließ er den Abend vor sich hin plätschern und genoss eine wohltuende Atmosphäre, die er seit Langem schon vermisste. Es war ausgesprochen behaglich, und weshalb dem so war, wollte er nicht näher analysieren. Wohl die Gunst der unverhofften Fügung, deren eigentliches Ziel nicht zu erkennen war, doch genüsslich ließ er sie gewähren, Hintergedanken gar nicht erst aufkommen.

Er erzählte zunächst wenig von sich, aber sie plumpste bedenkenlos mit all ihren Sorgen und Ängsten mitten in den Gesprächstümpel hinein und enthüllte zahlreiche ‚Geheimnisse' ihrer Herkunft und ihres bisherigen Lebens. Offensichtlich bedrängten sie etliche Zweifel, was ihre angestammten Werte betraf, und sie stellte sich deshalb zahlreiche kritische Fragen, deren Beantwortung ihr ohne fremde Hilfe ohnehin nicht gelänge, wie sie einleitend versicherte. Es schien, als ob die Einlassungen Arthurs aus der letzten, allerdings noch ziemlich harmlosen Gesprächsrunde, nun doch ihre Wirkung entfalten würden, zumindest aber ein vertieftes Nachdenken ausgelöst hätten ... hocherfreut ließ er sich natürlich nicht zweimal bitten diesem Gesprächsverlauf zu folgen. Echte Sorge oder Taktik, fragte er sich zunächst, hatte aber nicht ausreichend Zeit, um gründlich darüber nachzudenken, denn sie fuhr rastlos und zielbewusst fort und gewährte ihm keine Gelegenheit, auch nur kurz dazwischenzugehen, ja es schien, als ob sie kaum bereit gewesen wäre, ihre nunmehr enthemmte Gesprächsbereitschaft zu begründen ... ja, sie hatte wohl wenig Gelegenheit in jener anderen Welt, die sie als Außenseiterin betrat, auch ernst genommen zu werden.

Sie komme aus einer einfachen und äußerst frommen Familie, welche dank eines gnadenreichen Einfalls eines längst verstorbenen Bischofs seit Generationen auf einem Berg lebte, wo die Vegetation eher karg war und nur Gras wuchs, nicht aber Feldfrucht und dergleichen mehr. Dies sei dann auch der Grund, weshalb ausschließlich Viehzucht und Milchwirtschaft betrieben werden, doch sei dieses Detail belanglos, denn zusammen mit etwas Kartoffeln und Gemüse vom Markt hätte man vorzüglich gelebt. Sie selber sei das Nesthäkchen, sechs weitere Geschwister seien vor ihr zur Welt gekommen, eine große Familie also, der sie entstamme, wie sie mit unverhohlenem Stolz vermerkte. Ihr Taufname war Margarethe, weshalb sie darauf bestünde, dass die Abkürzung, an die sie sich längst schon gewöhnt habe, wenigstens mit ‚th' geschrieben werde. Eine Parallele mit Fausts Gretchen war wohl eher zufällig, denn es war wenig wahrscheinlich, dass man dieses Werk in jenen Kreisen kannte, umso weniger als dort Mephisto Abscheu auslöste und gefürchtet war wie der Teufel, der er freilich ist. Dass sich dann später trotzdem eine Parallelität mit dieser mittelalterlichen Geschichte ergeben sollte, konnte zum Zeitpunkt ihrer Geburt wohl keiner wissen, sodass der Namengebung keine weitere Bedeutung zukommt. Im Übrigen hatte sie dunkelbraune und nicht blonde Haare, weshalb sie ohnehin zu einem atypischen Gretchen (mit ‚th', versteht sich) heranwuchs.

Man arbeitete und betete, zeugte Kinder, weil Beischlaf ohne diese Absicht zu verfolgen, ganz einfach Sünde war – man höre und staune – und befolgte unbesehen die Anweisungen des jeweiligen Predigers, der ihre einst verpönte Kirche – ihre Glaubensgenossen wurden allesamt im 18. Jahrhundert von ihren angestammten Gütern vertrieben und des Landes verwiesen –, die letzten verbliebenen Sprengel also, nach bestem Wissen und Gewissen versorgte und nach außen hin vertrat. Sie waren fromm und arbeitsam, was ihnen zu einer Art Diaspora verhalf, da sie nicht auf auswärtige Hilfe angewiesen waren und sich daher nur mit ihresgleichen paarten. Dass sich daraus eine reichlich komplexe und von der Allgemeinheit eher kritisch beäugte Lebensform ergeben könnte, war wohl keinem wirklich klar, sie alsdann, spätestens nämlich beim Eintritt in die ‚landesübliche Gesellschaft', offenzulegen und weiterhin pflichtgemäß zu vollziehen sowie die sich daraus ergebenden Konsequenzen pflichtschuldigst auf sich zu nehmen, war deshalb ein beschwerliches Unterfangen, das jedem eine gehörige Portion Langmut abverlangte. Solange diese Menschen unter ihresgleichen waren, gab's kaum ernsthafte Probleme, sobald aber eines der Schäfchen in die weite Welt hinauszog, und sei es nur um des Erlernens oder Ausübens eines Berufes willen, ergaben sich vielerorts Schwierigkeiten, die zu meistern nicht eben leichtfielen, und sollte das verirrte Schäfchen wieder in die heimatlichen Gefilde zurückkehren, so musste es einer gründlichen Gehirnwäsche unterzogen werden, weil sich in dessen Gedankenwelt zu viel Unsinn und Schmutz angesammelt haben könnte, Spuren eben jener ‚anderen' Gesellschaft, deren Lebensform mit den Grundsätzen ihres Glaubens nicht vereinbar war. Über die Art und Weise, wie eine solche Gehirnwäsche vollzogen wurde, wolle sie vorläufig keine Angaben machen, denn dies sei definitiv nicht der Sinn dieses Gesprächs – nein? Weshalb denn? Sie wolle ja niemanden anklagen, aber dennoch die eine oder andere Unstimmigkeit beklagen, nach Möglichkeit sogar ausräumen, denn die Verve, mit welcher fremdes Gedankengut bekämpft werde, habe sie skeptisch gemacht. Wäre ihre Weltanschauung über jeden Zweifel erhaben, so müssten ja keine außerordentlichen Anstrengungen unternommen werden, um sie gegen Angriffe Außenstehender zu schützen.

Greth war sich also dieser Problematik durchaus bewusst, sprach auch darüber, als wäre weiter nichts dabei, vermochte sich aber trotzdem nicht von ihren angestammten Überzeugungen zu lösen, zu tief waren sie in ihrem Daseinsverständnis verwurzelt. Natürlich sah sie ein, dass Grundsätze, welche ihr seit Kindsbeinen tagtäglich eingebläut wurden, nicht durch einen simplen Federstrich aus der Welt zu schaffen waren, und wollte auch einige davon verteidigt wissen, nicht zuletzt, um sich davor zu bewahren, persönlichkeitsbildende Werte über Bord zu werfen. Doch seit der Verpflichtung eines neuen Predigers, der eigenartige, um nicht zu sagen bizarre Ansichten vertrat und auch ungewöhnliche Praktiken einführte, sei auch sie skeptischer geworden, was sie zum Nachdenken veranlasst habe. So glaube sie kaum, dass er einen besonderen Auftrag zu erfüllen habe, wie er immer wieder aufs Neue versichere, und denke auch dann und wann, dass er die Leute zu eigennützigen Zwecken missbrauche. Dass er dadurch das ganze Glaubensgebäude erschüttern könnte, ist ihm entweder nicht klar oder einfach egal, sie wisse es nicht. Aber sie selber sei einstweilen verunsichert und könne nicht abschätzen, inwiefern er tatsächlich göttliche Kräfte besäße, oder lediglich ein Werkzeug des Teufels sei … „oder einfach ein Schlitzohr", fügte Arthur hinzu, denn gerade die Religion sei ein beliebter Tummelplatz für Spieler und Gaukler, wie eben leider auch für Demagogen und Betrüger. Der Glaube eines Menschen sei manipulierbar wie kaum sonst etwas und nicht selten sind jene, die ihn verkünden, die größten Halunken, deren einziges Ziel es sei, sich die Glaubensgemeinschaft hörig zu machen. Davon könne er, Arthur, ein Lied singen! Wie lange er denn schon dort wirke?

Nun, er sei schon etliche Jahre in ihrem Dorfe tätig und habe sie auch geschult, doch gerade dieser Umstand habe dazu geführt, dass sie einige Zweifel an der Echtheit seiner Berufung hege, da sie zuweilen mit anderen Leuten ihrer Glaubensgemeinschaft ins Gespräch gekommen sei, welche ihre Bedenken nicht goutierten. Natürlich sei ihr bei solcher und ähnlicher Gelegenheit tatsächlich auch bewusst geworden, dass sich die Frage des missbräuchlichen Verhaltens häufiger stelle als bei anderen Gemeinschaften, denn nicht nur die ungewöhnlichen Praktiken dieses Pseudopropheten, sondern auch dessen monetären Forderungen seien mehr als abusiv. Selbst die gehorsamsten Glaubensbrüder und -schwestern fühlten sich immer mal wieder vor den Kopf gestoßen, weil sie schlechthin nicht einsähen, weshalb sich ausgerechnet in ihrer kleinen Gemeinde so viele Sünder und menschlicher Abschaum fänden, wie er ihnen unermüdlich glauben machen wollte, nachdem sie doch jahrelang treuherzig ihre Pflicht erfüllt und sich nur selten ein Feierabendbier genehmigt oder anderweitigem Laster gefrönt hätten. Man erwog, so flüsterte man hinter vorgehaltener Hand, wiederholt den Prediger zu entlassen, doch fehlte angesichts der bedrohlichen Lage hinsichtlich der zu erwartenden Ewigkeit der Mut, ihm dieses Ansinnen zu eröffnen. Keiner sei bereit gewesen, sein Seelenheil zu gefährden, und so beließ man alles beim Alten, nicht zuletzt auch, um seine allzu bekannte Streitbarkeit nicht auszureizen. Die Rettung ihres Glaubens und die Kraft, die er ihnen verschaffe, würden sich ohnedies als einzig gültige Wahrheit entpuppen und ihnen den richtigen Weg weisen, selbst wenn sich ihr übereifriger Prediger dann und wann etwas verrenne und die Rechtschaffenheit seiner Schäfchen unterschätze. Und koste es, was es wolle, die Reinheit der Seele sei nun mal die wichtigste Voraussetzung zur Erlangung des ewigen Lebens im verheißungsvollen Paradies, eine Sehnsucht, die wohl jedem anständigen Menschen innewohne. So ungefähr ende jede Diskussion, so kritisch sie auch begonnen haben mag. Sie, Greth, werde indessen ihre Zweifel über die Ehrbarkeit dieses Mannes nicht los, zumal er sich seine Stellung als Prediger durch unlautere finanzielle Machenschaften – einige hatten sich zu Wucherzinsen bei ihm Geld ausgeliehen – so geschickt abgesichert habe, dass er schon deshalb nicht damit zu rechnen hätte, dass man ihn je in die Wüste schicken würde. („Aha, wie gewohnt", dachte Arthur, verkniff sich aber die zynische Bemerkung, die ihm auf der Zunge lag.)

Die Abgeschiedenheit eines abgelegenen Bergtals in Verbindung mit einer eher diskriminierten Bevölkerungsgruppe sei eben der ideale Nährboden für Scharlatanerie und Bluff, da so deren Selbstwertgefühl erhöht werde. Diesen Mechanismus habe sie schon verstanden, was aber keineswegs bedeute, dass es ihr auch immer gelänge, Wahrheit von Täuschung zu unterschieden. Details wollte sie indes keine nennen, aber Arthur, der eben einige Kenntnisse auf diesem Gebiet besaß, konnte sich in etwa zusammenreimen, wovon sie sprach, denn auch er wusste, wie er zuvor schon deutlich machte, um die angesprochene Problematik. Greth hatte durchaus erfasst, weshalb gerade in jenen Gegenden, aus welchen sie nun mal stammte, solche Unsitten Platz griffen. Inwieweit sie sich tatsächlich davon distanzieren wollte, blieb indessen unklar, wiewohl nicht zu verkennen war, dass sie mit dieser Verschleierungstaktik womöglich ein ganz bestimmtes Ziel verfolgte.

Erstaunlich war aus seiner Sicht zudem die Tatsache, dass sie scheinbar keine Berührungsängste kannte und weit offener über diese heiklen Themen sprach, als die meisten ihrer Glaubensgenoss(inn)en; hatte sie vielleicht begriffen, dass ihre häretischen Bemerkungen bei Arthur gut aufgehoben waren? Das machte sie in seinen Augen sehr sympathisch, was ihr nicht entging und sie auch genüsslich als Gewinn verbuchte. Dass sie das Gespräch, bewusst oder unbewusst, in eine ganz bestimmte Richtung lenkte, war überdeutlich zu erkennen, was Arthur auf dem eben beschriebenen Konto abbuchte, zunächst ohne die geringste Reaktion zu zeigen. An dieser Stelle hätte er natürlich die Möglichkeit gehabt, zu fliehen, sich höflich zu verabschieden und Gute Nacht zu wünschen, aber er dachte nicht daran, ein Verhalten, das ihm später noch einige Knacknüsse bescheren sollte. Doch ein ganzes Lebensdrama lag ausgebreitet ihm zu Füßen, und es wäre zumindest unhöflich gewesen, sich nicht ernsthaft damit auseinanderzusetzen, obwohl es ihn im Grunde nicht betraf. Hatte sie sein Mitleid erregt oder ganz einfach sein männliches Interesse an einer charmanten, nicht uninteressanten Frau geweckt? War er dabei, sich aller Widersprüche zum Trotz in sie zu verlieben, und wie stand es auf ihrer Seite? Nun, er wollte an dieser Stelle ganz einfach noch mehr von ihr wissen und allenfalls die eine oder andere Einlassung anbringen, denn die Wundertüte war noch nicht vollständig entleert. Inwiefern er sich in dieses nicht ganz ungefährliche Spiel involvieren lassen wollte, war zunächst noch offen.

Diese spannenden und erregenden Ungewissheiten zu klären, das wäre der logische Fortgang des Gesprächs gewesen, stattdessen hatte man sich noch um die zuvor angeschnittene Frage zu kümmern, nämlich, was man mit dem eigentümlichen Prediger anfangen solle, war doch dessen Handeln mehr als anrüchig und seine wahren Absichten wenig transparent. In dieser Hinsicht war man sich einig, nicht aber darüber, wie man dagegen angehen könnte. Obwohl Arthur ihn zum Zeitpunkt dieses Gesprächs noch nicht kannte, riet er dazu, ihn kurzerhand rauszuschmeißen, war es doch so gut wie sicher, dass weder ein Blitz aus heiterem Himmel niederginge noch die Vorhänge ihres Tempels in Stücke gerissen würden, aber Greth widersprach und vertrat eine mildere Linie: Im Gespräch deutlich machen, dass sein Verhalten nicht dienlich sei, lautete ihr Vorschlag, was er wiederum für völlig naiv hielt, um auf seiner harten Linie zu bestehen. Die Vorschläge durften für beide als typisch bezeichnet werden. Arthurs heftige Reaktionen, im Falle von Unrecht und Lüge, waren ebenso bekannt wie Greths weiche Linie der Verständigung, die jedoch bei diesem Fanatiker mit unlauterem Hintergrund kaum erfolgreich gewesen wäre, indes den wahren Grund ihrer sanften Vorgehensweise, vermochte er zu diesem Zeitpunkt noch nicht zu erkennen.

Wohl durch diese Uneinigkeit angespornt, erzählte er ihr dann einiges aus seinem Leben, mehr vielleicht als sinnvoll war, aber ein Wort ergab das andere, und so hub auch er zu einer Art Lebensbeichte an, welche er noch mit einigen Fantastereien anreicherte, so wie es seiner Art entsprach. Das wusste sie aber damals nicht, weshalb sie ihm aufs Wort glaubte, als er die eher eigentümliche Form seines milden Atheismus mit einigen Zutaten anreicherte, um ihn ihr schmackhaft zu machen. Nein, er legte keinen missionarischen Eifer an den Tag, vielmehr verfolgte er ein anderes Ziel, nämlich sie zur Einsicht zu bringen, dass im Grunde zahlreiche Weltanschauungen heilbringend seien, sie aber einem skrupellosen Halsabschneider aufgesessen sei und sich daher nur gerade zwei erfolgversprechende Alternativen anböten, nämlich, noch einmal sei's gesagt: entweder diesen Mann auszubooten, oder die Glaubensgemeinschaft zu verlassen, denn nie und nimmer würde es ihr gelingen, diesen selbstherrlichen Heuchler zu entlarven oder gar umzustimmen. „Nein", ließ sie kleinlaut vernehmen, „niemals wäre ich imstande, meine Brüder und Schwestern zu verlassen", aber sehr überzeugend klang es nicht.

Er wollte diese Bemerkung überhören, wohl um keine erneuten Zweifel aufkommen zu lassen, und fuhr fort, ihr einige Halbwahrheiten vorzugaukeln: Er habe etliche Studien begonnen – ach ja? –, keines davon jedoch zu Ende geführt – weshalb verschwieg er die Gründe, welche diese Entwicklung herbeiführten, nachdem er sich anschickte, eine Lebensbeichte abzulegen? –, arbeite zurzeit in einer Versicherungsagentur, doch sei diese Arbeit langweilig und kaum befriedigend, dafür lukrativ. Er verstehe sich eher als Künstler, doch welcher Gattung er sich zu verschreiben gedachte, konnte er damals nicht sagen, denn seine Ambitionen einerseits und die effektiven Tätigkeiten andererseits hätten bislang keinen gemeinsamen Nenner gefunden, es sei denn … ach ja, es gäbe anderes, das ihn weit mehr fessle als Ruhm und Ehre; worum es sich dabei handle, ließ er geflissentlich außen vor.

Nichtsdestoweniger, solche und ähnliche Aussagen schienen gleichzeitig zu befremden und zu faszinieren, denn das Thema blieb ungewöhnlich lange im Gespräch hängen, was Arthur weidlich genoss, war es doch seine Absicht, Greth einerseits ein wenig zu imponieren, andererseits aber auch von ihren trübsinnigen Gedanken abzubringen und in andere, nicht durchwegs harmlose Bahnen zu lenken, was mit dieser skurrilen Masche offensichtlich gelang. Die Hinwendung zum scheinbar kaum merklich mitschwingenden Hauptthema des Abends gelang also mühelos und legte den Verdacht nahe, dass das Ziel der Abendgestaltung längst schon feststand. Der Anknüpfungspunkt zur nunmehr zentralen Frage, die offensichtlich dabei war, sich zum Kernthema aufzuschwingen, war somit leicht aufzufinden, denn der ganze Abend war dem Anschein nach von einer gewissen Erotik überlagert, die sich zunächst unterschwellig, dann aber zunehmend eindringlich bemerkbar machte und schließlich die ernste Stimmung kippte, um einer eher leicht geschürzten Muse das Zepter zu überreichen. Der zu erwartende Widerstand blieb aus, denn erstaunlich offen gab sie sogleich zu verstehen, dass sie Arthur, ungeachtet divergenter Ansichten, nicht nur immer wieder gerne sähe, sondern er auch, aller voraussichtlichen Diskrepanzen zum Trotz, ihr Wunschpartner wäre … Liebe? Ja vielleicht, das sei nicht auf Anhieb zu erkennen, wertschätzende Gefühle aber, welche das übliche Wohlwollen überstiegen, hätten sich seit Langem schon eingestellt. Dass er sich gegenüber Greth ein ähnliches Geständnis abringen könnte, war nicht zu erwarten, denn noch war er Ehemann und Familienvater, was sie freilich wusste, ihn jedoch nicht unbedingt gehindert hätte, seinerseits die Erwiderung der Sympathien auszuformulieren. Doch allem Impetus zum Trotz verbarg er sein Geständnis hinter dem gesellschaftlichen Imperativ. Umso erstaunlicher war es deshalb, dass sie sich, die zuvor noch äußerst schüchtern auftrat, zu einer derartigen Stellungnahme hinreißen ließ, ein mutiger Schritt mithin, den sie sich wohl seit Langem schon zurechtgelegt hatte, um ihn im geeigneten Moment anzubringen. Sie schien wohl zu wittern, dass er bestimmte Gefühle hegte, die er nun mal nicht zu unterdrücken vermochte, was er auch leicht verschlüsselt eingestand, weil er sich als Verführter und nicht als Verführer bekennen wollte, die übliche feige Masche dessen, der sich anschickt Verbotenes zu tun, ohne es zu verursachen; die Opferrolle eines unfreiwilligen Sünders!

Ausführlich und beinahe episch schilderte er einschlägige Erlebnisse und Begebenheiten, die sich nie ereigneten, höchstwahrscheinlich nur um Greth zu imponieren und sein Balzverhalten glaubwürdig zu untermalen, was in dieser Situation eher komisch wirkte, vielleicht aber auch, weil er sich vor den Folgen fürchtete, die dieses lange Gespräch vermutlich zeitigen würde. Bis dato hatte er sich auf diesem Gebiet nämlich keine Freiheiten zugestanden, obwohl er öfters mal daran dachte, seiner Ehefrau mit gleicher Münze heimzuzahlen, was sie ihm angetan hatte, mithin eine kindische Reaktion, die im Grunde genommen nicht seinem Geschmack entsprach, sodass er davon Abstand nahm. Nun wurde ihm ein ernsthaftes Angebot in sicherer Umgebung sozusagen vor die Füße gelegt; wäre es nicht zu dumm, es auszuschlagen? Dass sie diese Hintergründe nicht kennen konnte, war ihm natürlich bewusst, doch sollte ihn diese Einsicht nicht davon abhalten, weiterhin Absurditäten auszuspucken, und sei es nur um des Hinhaltens willen, denn noch waren die Würfel nicht gefallen. Nein, er wusste tatsächlich nicht, was er wollte, noch wie er sich verhalten sollte, sofern sie ihr Angebot aufrechterhalten würde, eine Premiere jedenfalls, deren Ausgang offen war. Ein Quäntchen Leichtsinn, nicht aus trivialer Rachsucht, sondern aus Empathie, wie auch purer Lust auf Abwechslung, ja das wäre doch am Platz, dachte er zunächst, doch dann kamen Skrupel auf: Leichtsinn spielen lassen, und zwar als eben erst gekürter Traumpartner? Klingt zu sehr nach Missbrauch, Weltschmerz vorprogrammiert, nein, das wollte er ihr nicht antun, aber … der Druck ihrerseits war beträchtlich, die Intensivierung ihrer Verführungskünste eklatant, die Gefahr zu scheitern, selbst aus ihrer Sicht, erheblich, ihre Taktik dennoch kühn, aber transparent, wie weiter also? Die Pendule, ein Familienstück aus dem vorigen Jahrhundert, schlug zwölf! Der einschlägige Weckruf ist ergangen, jeder Widerstand zwecklos mithin … der Stein kam ins Rollen, ihn aufzuhalten würde kaum gelingen. „Geisterstunde“, mauschelte sie, „wir sind übel gesinnten Mächten ausgeliefert.“ „Reiner Aberglaube, Unsinn!“, seine Erwiderung … und dann die Ruhe vor dem Sturm!

Er versuchte sie abzulenken, Torheiten auszuklammern, albernes Geplänkel zu vermeiden und kam plötzlich ins Schwatzen, sie erwies sich als geduldige Zuhörerin, solange eben, bis sich aller Umsicht zum Trotz, beinahe aus dem Nichts heraus, die nunmehr unumgängliche Frage stellte, ob man sich denn nicht zur Ruhe begeben wolle oder vielleicht sogar noch ein kleines Schäferstündchen abzuhalten gewillt wäre, denn wer konnte schon wissen, wann sich wieder eine solch günstige Gelegenheit einstellen würde. Sie drängte darauf, dem Trieb zu folgen, er seinerseits hatte seine vorgängige Meinung offensichtlich geändert – dem Anstieg des Hormonspiegels sei Dank – und sich entschlossen, aktiv zu werden, denn es ist ihm natürlich nicht entgangen, dass sie sehr erregt war, sodass auch er seine wohlbegründeten Hemmungen wegpackte, was keineswegs selbstverständlich war. Aber dieses ungewöhnliche Angebot war ein Produkt der Stunde, ein Wink des Schicksals gar, denn Greth, wiewohl verführerisch und charmant, war nicht sein bevorzugter Typ, war sie doch ausgesprochen mager, flach wie ein Bügelbrett und fast einen Kopf größer als er. Aber man hatte sich gegenseitig hochgeschaukelt und sich bereits zu unmissverständlichen Geständnissen hinreißen lassen, welche nun nicht mehr zurückgenommen werden konnten. Anreiz durch Gelegenheit bloß oder mehr, das war nun irrelevant, hatte doch die Kraft der Triebe bereits begonnen, ihr verhängnisvolles Werk zu vollenden, ohne sich um äußerliche Bedingungen zu scheren. Es ist nicht zu leugnen: Es kommt der Augenblick, in welchem die Funktion des Gehirns jener des Rückenmarks den Vortritt überlässt! Gut oder schlecht, es entspricht einem natürlichen Vorgang, der nicht grundlos ab und an menschliches Sinnen und Trachten beherrscht.

Natürlich ließ ihre schwierige und durch zahlreiche Tabus gepflasterte Vorgeschichte befürchten, dass sie ihm trotz gegensinniger Signale eine Absage erteilen würde, und sei es bloß aus prinzipiellen Gründen, doch sprach ihre Mimik eine völlig andere Sprache. Und er selber war durch die Intimität des Gesprächsstoffs so sehr angeregt, dass er sie buchstäblich einlud, mit ihm zu schlafen, gerade jetzt, da sich nicht nur eine wohl einmalige Gelegenheit bot, sondern auch die Gefühlswallungen einem Höhepunkt entgegenströmten und die schwirrende Luft elektrisierten. Abrechnung, ging ihm erneut durch den Kopf … kein Argument, aber auch kein abwegiger Gedanke … nun ja, seit einiger Zeit wusste er, dass er in dieser Hinsicht mindestens eine Rechnung offen hatte, und war trotz erheblicher Zweifel fest entschlossen, sie irgendwann zu begleichen, obwohl er im Grunde der Trivialität solchen Handelns nicht Vorschub leisten wollte. Hier bot sich jedoch eine erste Gelegenheit, die auszuschlagen er sich gleichwohl nicht leisten wollte. Aber es war nicht nur dies, das wäre dann doch etwas zu billig gewesen, nein, er hat nicht gelogen, als er von bestimmten Gefühlen sprach, die er für Greth hegte und nicht zu unterdrücken in der Lage sei, nicht mehr, wie er sich unumwunden eingestehen musste.

Nun, er stieß beileibe nicht auf schroffe Ablehnung, aber sie meldete moralische Bedenken an, zumal sie selber noch nicht so weit sei, was auch immer diese Aussage zu bedeuten habe, und außerdem hätte sie ein schlechtes Gewissen, sollte sie bloß aufgrund einer günstigen Gelegenheit in eine intakte Ehe einbrechen. Intakt? Ja, sie wisse um die Probleme, dennoch … auf dem Papier sei doch … dummes Geschwätz, Papier ist geduldig! Gleichwohl, die Lust allein, deren Vorhandensein sie freimütig einräumte, sei kein ausreichender Grund, sich aller Fesseln der Botmäßigkeit zu entledigen und gerade dieser, der schlimmsten aller irdischen Versuchungen nachzugeben. Das war unverkennbar die Stimme der Vernunft oder eher dessen, der solchen Unfug predigte; sie sagte brav ihr ‚Verslein' auf, das sie einst auswendig lernte, um die bösen ‚Buben' zu vertreiben. Ein recht schroffer Gegensatz, zur eben noch gepriesenen Offenheit … was war also echt, was gespielt? Zweifel standen ihr ins Gesicht geschrieben, doch auch die Anzeichen, als freie Frau zu handeln, mehrten sich, jedoch vermochte sie sie zu unterdrücken, wie ihr geboten schien?

Es war natürlich auch eine gehörige Lektion, die sie ihm erteilte, selbst dann, wenn weder das eine noch das andere Argument den Sieg davontrug, eine Art Patt, das urplötzlich die Szene beherrschte, nachdem kurz zuvor noch der Gefühlspegel hochgeschraubt wurde. Dennoch oder gerade deswegen endete jener Abend, wie es sich nach allgemein anerkannter Gepflogenheit geziemt: Der Trieb wurde wohl anstandshalber unterdrückt, ist er doch als teuflische Versuchung schlechthin zu qualifizieren, deren süße Versprechen man mitnichten auskosten darf, auf dass man der Ehrbarkeit seiner eigenen Seele nicht verlustig ginge. Druck ausüben wollte er keinesfalls, denn es war ihm fern, als geiler Hengst zu agieren. Erregung hin oder her, man ging schlafen, jeder in einem anderen Zimmer, und beglückwünschte sich insgeheim zum Sieg der Vernunft, der sich letztlich als geeignet erwies, auch künftig allfällige Zweifel auszuräumen. Spielverderber? Ja sicher, doch so war zumindest kein Nachspiel zu gewärtigen.

Macht nichts dachte Arthur wohl, denn ähnliche Gelegenheiten würden sich in Zukunft öfter mal einstellen, häuften sich doch damals die auswärtigen Anlässe auf beiden Seiten in auffälliger Art und Weise, Folgeerscheinungen in der Beziehung eines Paares, das sich zusehends auseinanderlebte. Gleichwohl bemerkte er, dass er Greth aller Unkenrufe zum Trotz recht gut mochte, und freute sich bereits auf ein nächstes Gespräch, zugegebenermaßen auch in der Hoffnung, dass dann ein erneutes Angebot erfolgreich sein dürfte … dachte er zunächst, doch …

Es ist nicht üblich, dass ein Weiblein und ein Männlein nach erfolgreicher Balz die Übung unverrichteter Dinge abbrechen, nein, ein solches Szenario hat die Natur beileibe nicht vorgesehen, denn es widerspricht ihrer grundsätzlichen Intention. Wenn dies trotzdem geschieht, dann müssen triftige Gründe vorliegen, die als hemmende Kraft weit stärker zu Buche schlagen als der Trieb, welcher zuvor aktiviert wurde. Aber die Natur hat kein Interesse an spitzfindigen Überlegungen, die ihr Konzept zunichtemachen, und schlägt zurück, irgendwann, später, egal, sie hat Zeit. Doch Greth, hin und her gerissen, hatte zweifellos Angst, öffentlich als Sünderin abgemahnt zu werden, eine Schmach, die sie vermeiden wollte, vergeblich, wie wir bereits wissen, denn ihr Peiniger und Rächer stand seit Langem schon bereit, um sie zu züchtigen. Es war aus seiner Sicht reine Schuldigkeit, so zu handeln, und sie wusste wohl, weshalb dem so war. Sie war ihm hörig, treu ergeben und unbeirrbar, wie sich noch vermehrt herausstellen sollte.

Es blieb daher ein bitterer Nachgeschmack bestehen, denn es war überdies auch unklar, ob diese Gesprächsrunde sehr viel ergeben hatte oder eher der Anbiederung und Auslotung der gangbaren Eventualitäten diente, um sich das Spektrum des prinzipiell Machbaren vor Augen zu halten. Allzu viele Fragen blieben derweil offen, Fragen, über welche Greth nicht sprechen wollte, noch nicht, wie sie versicherte, wobei sie nicht bereit war, die Gründe für ihr Zaudern zu erläutern. Die Zweifel, die sie befielen, waren entscheidend, welchen Ursprungs sie waren, noch unbekannt, wenngleich ihre Geschichte genügend Anhaltspunkte bot, um sich die wahren Verhältnisse auszumalen. Gleichwohl war ihr Verhalten nicht einfach zu deuten, denn es fühlte sich an wie eine besondere Art des Triezens, womöglich nur um des Triezens willen, bestenfalls aber zwecks Erkundung von Arthurs Reaktion bzw. dessen Bereitschaft zur Maßhaltung nach effektvoller Ankurbelung der Lust, jener verführerischen Kraft, welche in aller Regel kein Zurück mehr zulässt. Ob die so gewonnenen Erkenntnisse ihrer Vorstellung entsprachen oder nicht, behielt sie für sich, denn rätselhaft waren ihre Absichten. Unverständlich daher ihr Spiel mit dem Feuer: Zum einen bekundete sie sehr viel Interesse an Arthur und seinen Kenntnissen, die sie ihm aus den Rippen leiern wollte, ja möglicherweise hatte sie sich sogar in ihn verliebt, wie sie einmal eingestand, zum anderen aber stieß sie ihn immer dann zurück, wenn er sich ihr erklären oder gar etwas annähern wollte, indem sie zu erkennen gab, dass irgendeine Furcht, deren Natur sie nicht näher beschrieb, sie vor weiteren Schritten bewahre. Das passte irgendwie nicht zusammen, aber Arthur ersparte sich einstweilen den Aufwand, das Rätsel zu lüften, denn er war damals selber in einer Umbruchphase und hatte alle Hände voll zu tun, herauszufinden, was er in nächster Zukunft anstellen sollte. Er selber war skeptisch, nicht unbedingt in Greth verliebt, aber abstoßend fand er sie auch wieder nicht, im Gegenteil, sie übte eine gewisse, nicht ohne weiteres erklärliche Wirkung auf ihn aus, der sich zu entziehen zuweilen schwerfiel. Ihre Anwesenheit war für ihn und sein Leben nicht bedeutungslos, denn die Begegnung mit dieser Frau war in mancher Hinsicht bereichernd, ja letztlich auch angenehm und wichtig, wichtiger zumindest als Zufallsbegegnungen mit beliebigen Menschen, etwa auf der Straße oder sonst wo, Menschen eben, die seinen Weg kreuzten, ohne die geringsten Spuren zu hinterlassen. Ob die Spuren, die sie hinterließ, nachhaltig sein würden, dürfte sich weisen, noch wollte er davon nichts wissen.

Greth ihrerseits, mittlerweile der Tatsache gewahr, dass es um Arthurs Ehe nicht zum Besten stand, ließ auch nicht locker und wiederholte immer wieder aufs Neue, dass sie sich einen Mann wie ihn wünsche und sich sehr wohl vorstellen könnte, mit ihm eine Familie zu gründen, ja es außerordentlich gerne sähe, wenn er zusammen mit ihr das kostbare Erbgut an gemeinsame Nachkommen weiterzugeben bereit wäre … nur das? Mehr vermutlich nicht, es gab Anlass zum Verdacht, dass sie nur aus Berechnung handelte, oder doch nicht? Dazu einstweilen kein Kommentar! Aber sie unterließ es, ihm nahezulegen, seine Frau ihretwegen zu verlassen, auch war sie zu wenig intrigant, um ihn endgültig in ihr Bett zu locken, damit sie ihn anschließend in der Hand hätte. Auch wollte sie ihn keinesfalls zu einem Schritt veranlassen, den er womöglich später bereuen könnte, denn dies würde dann wiederum auf sie zurückfallen, eine unerquickliche Aussicht fürs Leben, welcher sie sich nicht auszusetzen gedachte. Nein, sie wäre nur dann bereit gewesen, sich ihren innigsten Wunsch erfüllen zu lassen, wenn sich alle Bedingungen zwanglos in eine schickliche Lösung eingefügt hätten, denn die Rolle einer ‚Femme fatale' wollte ihr nicht schmecken. Dass sich dabei auch unlösbare Widersprüche einstellen dürften, hat sie wohl nicht bedacht oder dann den Plan entworfen, diese durch aufdringliche Missionsarbeit zu beseitigen, ein Unterfangen, dem sie kaum Chancen auf Erfolg einräumte. Doch auch dazu gab sie keinen Kommentar ab, denn es sollte offensichtlich ihr Geheimnis bleiben bis … ja freilich, bis zur endgültigen Erfüllung, deren Zeit anscheinend noch nicht gekommen war. Wichtig war ihr deshalb, dass sie stets die Zügel in ihren Händen halten konnte, denn die Federführung abzugeben kam nicht infrage.

So sehr ihn diese verheißungsvollen Zukunftsaussichten hätten erfreuen können, so sehr beunruhigten sie ihn auch, denn er war dabei, eine Familie aufzugeben, weil die Beziehung zur Mutter seiner Kinder zerrüttet war, und war aufgerufen, beinahe gleichzeitig eine neue Familie aufzubauen, und zwar mit einer Frau, deren Weltanschauung und Moralvorstellungen meilenweit von den seinen entfernt waren. ‚Vom Regen in die Traufe', war das Schlagwort, das ihm durch den Kopf ging und ausnahmsweise zu äußerster Vorsicht mahnte, womit er ihr keine unlauteren Absichten unterstellen wollte, denn dazu wäre sie in jener Phase außerstande gewesen, dachte er wenigstens.

Und die Vorsichtsmaßnahmen, die er ins Auge fasste, würden sie ausreichen, um drohende Gefahren abzuwenden? Greth war ebenso liebenswürdig wie dämonisch, dessen war er sich bewusst, ob er ihrem Sirenengesang allemal widerstehen würde, war daher fraglich. Das intrikate Vorhaben – dies sei ihr unterstellt –, das sie umsetzen wollte, blieb einstweilen in einem unbehaglichen Vorstadium stecken, und es gab keine Gewissheit, ob und wann sie zum endgültigen Schlag ausholen würde. Diese unglückliche Konstellation verunsicherte ihn dann doch sehr, denn er fühlte sich, durch eigene Schuld zweifelsohne, einer unberechenbaren Inszenierung ausgesetzt, deren Hintergründe er nicht kannte. Die Anhaltspunkte, welche zu solch schwerwiegenden Unterstellungen führten, waren zahlreich, die Stichhaltigkeit derselben jedoch kaum erwiesen, sodass es nicht leichtfiel, ein angemessenes Verhalten an den Tag zu legen.

Er versuchte sich in selbiger Nacht, in welcher er ohnehin den Schlaf nicht fand, weil ihn diese außergewöhnliche Frau nicht nur erregte, sondern auch mit einem bestimmten Bann belegte, dessen Wirkung ihn seiner Freiheit beraubte, eine Taktik zurechtzulegen, welche er in Zukunft anzuwenden gedachte. So beschloss er mehr Vorsicht walten zu lassen, sah er doch ein, dass es erforderlich war, sich ihren außergewöhnlichen Kräften, die er ihr zugestehen musste, möglichst zu entziehen. Dass Beischlaf für sie Zeugung bedeute, hatte sie deutlich gemacht, ein reines Abenteuer damit ausgeschlossen. Diesem Ansinnen wollte er sich entziehen und spaßeshalber mit ihr zu schäkern entfiel, ein Vorsatz, den er einhalten oder brechen konnte, je nach Laune oder Stimmung. Ob noch weitere Gefahren lauerten, konnte er im Augenblick nicht abschätzen, aber das sogenannte Bauchgefühl warnte ihn hartnäckig vor weiteren Schritten in diese Richtung, war doch auch die Rolle ihres ‚Wachhunds', des Milchmanns nämlich, keineswegs geklärt. Seine Konturen waren noch flau, seine Omnipräsenz jedoch gewiss.

Ein schrecklicher Gedanke kam auf: Handelte sie etwa in Erichs oder seiner Nochgattin Auftrag? Und welches Ziel sollte damit erreicht werden? Wurde er in eine Falle gelockt, aus der er sich nicht mehr befreien konnte? Allfällige Folgen wären durchaus absehbar, egal, welcher Linie sie folgen würde. Doch er hatte kaum Möglichkeiten, diese aberwitzige Theorie zu überprüfen. Umso mehr sollte er zwecks Registrierung möglichst vieler Signale alle Antennen ausfahren, um nach Möglichkeit die wahren Zusammenhänge in Erfahrung zu bringen.

Es war freilich anzunehmen, dass der unselige Prediger, der Greth fortwährend wie ein finsterer Geist begleitete, dabei eine nicht unwesentliche Rolle spielte, war doch ihre Beziehung zu ihm fraglos eng, indes welcher Art sie sein könnte, vorläufig noch unklar. Sie war womöglich nur eine Marionette, welche an Erichs Drähten hing, und nur tat, was er vorgab. Selbst die Beteuerungen, über einschneidende Veränderungen nachzudenken, waren ihm suspekt, denn ihre Treue und beharrliche Zuneigung zu ihrem Clan sprach eine diametral entgegengesetzte Sprache, wie eben auch die Abfuhr, die sie ihm erteilte, als so gut wie feststand, dass man die Nacht gemeinsam verbringen würde. Es ging also nicht nur darum herauszufinden, mit welch unlauteren Mitteln ihr Peiniger arbeitete, sondern auch um die völlig banale Frage: Was will sie denn wirklich von Arthur, diese eigenartige Greth? Lust oder nur Gene, oder gar ewige Verdammnis? Dies zu klären fühlte er sich aufgerufen, Anhaltspunkte, die ihn einer plausiblen Antwort näher brachten, fehlten einstweilen.

Dass sich Greth ihrerseits diese Frage seit Langem schon stellte und letztlich beantwortet hat, war evident, wie sie jedoch ihr Anliegen umzusetzen gedachte, mehr als ungewiss, denn aller widrigen Umstände zum Trotz hätte sie doch einige Meter ihres geplanten Weges gutmachen können, wenn sie ihn eingeladen hätte, mit ihr zu schlafen. Doch sie schien zu ahnen, dass Arthur Vorkehrungen getroffen hätte, um eine Schwangerschaft zu vermeiden, sodass sie einmal mehr mit der alten Problematik konfrontiert gewesen wäre, deren Menetekel anhaltend über ihrem Haupt schwebte. Nein, so nicht! Und die Fortsetzung, so es denn eine gegeben hätte, wie hat sie sich diese vorgestellt? Darüber schwieg sie sich aus.

Dass sie nicht daran dachte, von Arthur abzulassen, machte sie nämlich mehr als deutlich, indem sie ihn beinahe inständig bat, zusammen mit ihr jenen Gottesdienst aufzusuchen, um mehr über ihre religiösen Hintergründe und Motive zu erfahren, ja nicht zuletzt, um sich selber ein Bild von diesem eigenartigen Prediger zu machen, den sie zunächst als zweifelhafte Figur abstempelte, schließlich aber sehr ernst nahm, als er sie am Ende der Zeremonie wegzerrte, ein Widersinn, dessen Bedeutung sich ihm nicht erschloss. Ging es etwa darum, ihren Auserwählten dem Herrn und Gebieter gegenüberzustellen, um sozusagen die Absolution zu erhalten, obwohl er nicht aus demselben Milieu stammte, ja ihren Grundsätzen skeptisch gegenüberstand? Doch darüber hat sie sich nicht geäußert, denn höchstwahrscheinlich kannte sie dessen Haltung.

Weshalb er ihr diesen ungewöhnlichen Wunsch erfüllte, war ihm selber nicht ganz klar; aus Neugierde vielleicht oder aus Gefälligkeit? Darüber hinaus war er sich aber auch der Tatsache bewusst, dass er mehr Interesse an dieser Frau bekundete, als er mitunter wahrhaben wollte. Er war hin und her gerissen, dachte an Distanz, um bei nächstbester Gelegenheit sich wieder nahe an sie heranzumachen, kurz, sie ließ ihn nicht mehr los. Ob diese Unschlüssigkeit ein Produkt seiner aktuellen Lebenslage war oder direkt mit Greths Auftritt und Erscheinung zusammenhing, vermochte er selber nicht zu entscheiden. Sie kriegte ihn eben an seiner schwachen Stelle zu fassen, und er funktionierte so, wie er es seit Langem schon gewohnt war, eine Schwäche, die sie geschickt zu nutzen wusste.

Vielleicht erlag er aber auch einer Art Gerechtigkeitswahn, der ihn hoffen ließ, wenigstens einmal in seinem Leben, einem solch hoffärtigen Gesellen die Meinung zu geigen. Er ging jedenfalls hin, nicht nur aus Liebenswürdigkeit, sondern auch, um die wohl einmalige Gelegenheit wahrzunehmen, sich eine der viel geschmähten ‚Kirchen' jener abgelegenen Bergtäler aus der Nähe zu betrachten, von welchen er immer mal wieder hörte, ja sogar Leute kannte, welche ihnen angehörten und über recht unterschiedliche Ereignisse berichteten. Zum einen lobten sie ihren Glauben und dankten Gott, die Gemeinschaft gefunden zu haben, fühlten sich geborgen und ernst genommen, andererseits aber äußerten sie sich kritisch, und Abtrünnige, die noch einige Zeit verfolgt wurden, sogar abschätzig, indem sie auch von eigenartigen, um nicht zu sagen abartigen Praktiken sprachen. Für den Außenstehenden war es ganz einfach, nicht zu entscheiden, was er nun glauben und was ins Reich der Fantasie verbannen sollte. Nun dürfte sich also zumindest ein einschlägiges Beispiel offenbaren, und dieser Aspekt darf für Arthurs Entscheid nicht außer Acht gelassen werden.

Während der folgenden Woche war alles wie sonst, kein schlechtes Gewissen, denn nichts war geschehen, das die Atmosphäre eingetrübt hätte, wiewohl die Inszenierung von Sonntag nicht spurlos an ihr vorbeiging, und selbst Arthur ging nicht als ungebrochener Held aus dem Drama hervor, was ihn erstaunte; eine Schlappe mehr, was soll's?

Greth versprach den Kindern am schulfreien Nachmittag einen Ausflug auf den elterlichen Hof zu unternehmen, wo sie Landluft zu schnuppern bekämen, Arthur blieb alleine zu Hause, denn noch war Ferienzeit. Langeweile kannte er im Grunde nicht, doch im Augenblick hatte er keine Lust, irgendetwas zu unternehmen, und so setzte er sich in seinen Sessel und richtete den Blick ins Unendliche, als könnte er dort seine Zukunft erspähen.

Eine Standortbestimmung stand an: Welche Wertigkeit, so begann er zu grübeln, wurde ihm denn beigemessen, ja, was sollte er tun, was lassen? Die Ehe ist gründlich gescheitert, bald wird er Frau und Kinder verlassen und in eine kleine Stadtwohnung ziehen, um einstweilen allein zu leben, nein, nicht für immer, das hat er sich geschworen. Er wusste, dass er nicht für ein Leben in Einsamkeit und Isolation geschaffen war. Doch wer seine Partnerin sein würde, stand noch in den Sternen … etwa Greth? Und wenn ja, welche Kraft sollte sie verbinden, vielleicht nur der Ehrgeiz, ihr Geheimnis zu lüften, oder gar den ekelhaften Prediger aus dem Rennen zu werfen? Nein, beileibe nicht, das reicht bei Weitem nicht aus, um die Lebenspartnerin zu küren, denn es geht nicht um kurzlebige Kriterien, etwas mehr Substanz müsste schon vorhanden sein. Und egal, ob verliebt oder nicht, die weltanschaulichen Divergenzen sind doch erheblich. Wären sie denn überbrückbar, oder wäre die nächste Scheidung bereits vorprogrammiert, ehe die anstehende vollzogen war? Ratlosigkeit … Nein, nur Däumchen drehend, würde er kaum eine sinnvolle Lösung für seine unmittelbar bevorstehende Lebensphase finden.

~

Es folgte eine schwierige Zeit, denn der Fortgang der Dinge schuf zahlreiche Ungereimtheiten, sodass es schwerfiel, Fiktion und Realität auseinanderzuhalten, wobei zur Erhellung möglichst aller Intrigen – ihr verfängliches Netz wurde zusehends zum Angstfaktor –, zahlreiche Vermutungen herangezogen wurden, die nicht über jeden Zweifel erhaben waren. Es war dann auch recht schwierig, gewisse Reaktionen nachzuvollziehen, zumal oft keine eindeutigen Signale wahrzunehmen waren, oder anders gesagt mit gespaltener Zunge gesprochen wurde. Doch selbst diese Bemerkung fußt auf Mutmaßungen, welche der Intransparenz entsprechen, die der ganzen Glaubensgemeinschaft innewohnt. Alle Angriffe, welche dem Übeltäter vom Dienst galten, zu parieren, war kein Kinderspiel, zumal sie meist den Adressaten nur indirekt, sprich durch Greths Übermittlung erreichten, deren wahre Position derweil immer unschärfere Konturen annahm.

Der eine Gottesdienst bekam ihr jedenfalls schlecht, sehr schlecht sogar, was auch abzusehen war, denn es war naiv zu glauben, Erich würde ausgerechnet ihren Gast mit offenen Armen empfangen, da er sie seit Langem schon im Visier hatte, wenngleich mit dieser Bemerkung ein Problemkreis eröffnet wird, dessen wahre Natur nicht durchschaubar ist. So war es namentlich nicht ganz klar ersichtlich, weshalb sie auf Arthurs Begleitung bestand, ja, welchem Ziel seine Anwesenheit zu dienen hatte, eine offene Frage eben, die schon zahlreichen Vermutungen erfolglos unterzogen wurde. Er fühlte sich provoziert, was Greth wohl billigend in Kauf nahm, es sei denn, sie hoffte, dass sich ein wahrer Disput ergäbe, welcher auch ihr die Augen öffnen könnte, doch eine solche Erwartung zu hegen, war im beschriebenen Zusammenhang völlig illusorisch, war doch die Wahrscheinlichkeit, dass mit diesem gewaltbereiten Guru ein ersprießliches Wortgefecht geführt werden konnte, äußerst gering.

Im Nachgang dieser unseligen Veranstaltung, deren Verlauf wir kennen, war Arthur jedenfalls sehr ärgerlich und Greth krank, so viel war auf Anhieb erkennbar, woran sie litt, wollte sie allerdings zunächst nicht bekannt geben. Aber sie brauchte Hilfe und suchte sie natürlich bei ihm, sodass er seinen Vorsatz, sich von ihrem Kraftfeld fernzuhalten, nicht konsequent verwirklichen konnte, was ohnehin zu erwarten war, denn dazu war er zu undiszipliniert oder zu gutmütig, je nach Lesart. Er nutzte die Gelegenheit und versuchte ihr die Wahrheit über Erich zu entlocken, doch sie sprach recht wirres Zeug, welches nicht zu einem verständlichen Ganzen zusammengefügt werden konnte. Die Wortfetzen vermischten sich mit Tränen und versanken in deren Fluten: Erich und noch einmal Erich, schluchzende unverständliche Worte – beinahe etwas übertrieben, dachte er zuweilen – und Schimpftiraden, dergestalt, dass ein solcher Mann hinter Gittern eingesperrt gehöre … „abgebrühter Hund und doppelzüngiger Weiberheld, ein Zyniker sondergleichen und kaltschnäuziger Egoist obendrein." Die abträglichen Attribute wollten kaum mehr abbrechen, beinahe endlos waren die Unmutsäußerungen der personifizierten Ernüchterung. Doch was konkret dahintersteckte, behielt sie zunächst noch zurück … Abscheuliches eben, ließ sie verlauten, mehr nicht, und Arthur zweifelte einmal mehr am Wahrheitsgehalt ihrer Empörung, womöglich zu Unrecht, denn sie hatte seit Tagen nichts mehr gegessen, kaum getrunken und war buchstäblich am Ende ihrer Kräfte, und dieser Eindruck war echt. Erich, Erich, Erich … was mochte es mit all diesen Klagen auf sich haben? Was hat sich zugetragen, nachdem er sie von Arthur weggezerrt hatte? Worauf berief er sich, als er es tat? Womit mag er gedroht haben, dass sie sich nicht zur Wehr setzte? Einmal mehr warf ihr enigmatisches Verhalten Fragen auf …

Zunächst verstand er kaum, was sie ihm erklären wollte, wenngleich er ahnte, welch schmachvolle Erlebnisse sie aufzuarbeiten hatte. Es war mit einiger Wahrscheinlichkeit davon auszugehen, dass es sich dabei um die Folgen jenes ‚Gottesdienstes' handelte, der weit eher einem Exorzismus glich als einer üblichen Liturgie. Ahnungen über Vorgänge, welche mit dem Glaubensbekenntnis wenig zu tun hatten, gab's sehr wohl, und das angekündigte Verhängnis nahm seinen Lauf; die lüsterne Bestie verpasste wohl keinen Auftritt. Dennoch hätte er gerne gewusst, was sich tatsächlich ereignet hatte, denn Greths spärliche Andeutungen waren mehr als missverständlich, wenngleich der Anlass für den Streit mit den Ereignissen des damaligen Vorabends zusammenhing, dies hatte sich langsam herausgeschält. Doch was mochte ihn geritten haben, dass er sich plötzlich so sehr für Greths Unheil interessierte, nachdem er beschlossen hatte, sich rauszuhalten? Nein, es war nicht Eifersucht, die ihn befiel, aber er wollte nicht anerkennen, dass dieser unwürdige Kerl und dessen atavistisch verbrämte Ansprüche der eigentliche Grund waren, weshalb sie sein, Arthurs Angebot, ausschlug, was nun, aller anderslautenden Beteuerungen zum Trotz, auf der Hand lag. Sie schien eben doch Erichs Gebote ernst zu nehmen, ja, sich Verpflichtungen aufzuerlegen, welche einzuhalten unerlässlich waren. Oder hatte er ihr sogar Gewalt angetan? Dann hätte er sich strafbar gemacht; es war derweil nicht möglich, mehr aus ihr herauszukriegen, und mit Spekulationen allein lässt sich nun mal nicht operieren, sodass Arthur einstweilen auf seinen Vermutungen sitzen blieb.

Tage später war sie angesichts ihrer fortbestehenden Verzweiflung bereit, Einzelheiten preiszugeben: Freilich, Erich persönlich habe sich ihrer angenommen und tat, was er ihr einst androhte, der Rohling, sei brutal und hemmungslos gewesen und berief sich auf das angeblich verbriefte Recht der ersten Nacht … nein, sie solle keine Lügen erzählen, er wisse Bescheid, keiner könne ihn täuschen … er schimpfte auch fortwährend auf sie ein und sprach von der Rache des Herrn, die sie zu gewärtigen habe, und wenn überhaupt, so sei die Sühne nur dann wirksam, wenn sie inskünftig Enthaltsamkeit übe, die bindenden Gesetze seien wohlbekannt. (So ein Quatsch; noch selten gehört! Reine Augenwischerei!) Nein, Arthurs Name habe sie nicht genannt, aber seine Schergen hätten gleichwohl herausgefunden, wer er sei und wo er wohne, ja noch viel mehr, denn sie wären jene Leute gewesen, welche den ominösen Telefonanruf an dessen Frau tätigten, der zwar nicht die erhoffte Wirkung erzielte, aber dennoch recht viel Staub aufwirbelte. Den Inhalt des erwähnten Telefonanrufs wollte sie nicht bekannt geben, dass er jedoch mindestens eine Lüge enthielt, war anzunehmen, denn was sonst hätte denn der anonyme Anrufer mitteilen wollen? Viele Einzelheiten also gewissermaßen in einem Atemzug, wer wollte da noch Ordnung schaffen, um wenigstens ein gewisses Maß an Klarsicht zu ermöglichen?

Ungelöste Fragen häuften sich, etwa, woher sie, Erichs Spione, was auch immer zu wissen vorgaben und wie sie es ausschmückten oder ergänzten, doch dies war nicht in Erfahrung zu bringen, aber ihre teils anzüglichen Bemerkungen reichten aus, um einigen Argwohn zu wecken. Anschließend – vermutlich nach der Gräueltat – sei sie, so ihre Fortsetzung, verzweifelt und gedemütigt gewesen, habe sich kaum mehr in der Öffentlichkeit gezeigt und wäre mehr und mehr der Melancholie verfallen. Sie schlief nicht mehr, wusste nicht mehr, wie sie den Tag verbringen sollte, und ließ sich richtiggehend fallen, bis sie sich kaum mehr auf den Beinen halten konnte … sie war bereit zu sterben … „ein Opfer mehr oder weniger, was soll's!" … schon wieder eine mysteriöse Anspielung, was mochte dahinterstecken?

Tagelang habe sie im verdunkelten Raum gesessen, denn keiner sollte sie mehr sehen, nicht in diesem Zustand, und ließ sich all die schrecklichen Szenen, die man ihr zumutete, immer wieder durch den Kopf gehen. Nein, sie hätte nicht gewusst, was Erich im Schilde führte, als er sie damals wie eine Verbrecherin abführte – tatsächlich? Er habe sie zunächst in einen kleinen dunklen Raum eingesperrt, heiß und stickig sei's gewesen, kaum auszuhalten, soll Stunden später zurückgekommen sein, um sie aufs Gröblichste zu beschimpfen:

„Was fällt dir denn ein, ohne jemals um Erlaubnis zu bitten … einfach unverfroren, ungebührlich dein Verhalten!" … Mit welchem Recht er sie denn so anbrülle? …

… „Schweig! Du weißt genau, wessen du dich schuldig gemacht hast. Die Regeln stehen fest, und als junge Frau hast du Pflichten und Obliegenheiten zu erfüllen, deren Inhalte dir bestens bekannt sind. Schäme dich …"

Es habe ihr offenbar der Mut zur Widerrede gefehlt, denn er war wütend, beinahe außer sich. Doch welche Untat legte er ihr denn zur Last, welche Fehlbarkeit wollte er ihr unterstellen? Nein, darüber wurde kein Wort verloren, eine unbegründete Hexenjagd also, deren Sinn sie nicht verstand, es sei denn … Doch die Drohgebärden des entfesselten ‚Gottesmannes' ließen sie erstarren und machten sie mundtot. Widerlich, wie er sich dann mit seinen schmutzigen Fingern an sie heranmachte, ihr befahl sich hinzulegen, damit er sein Werk vollbringen könne, widerlich der Gestank seines verschwitzten Körpers, wie auch sein stinkender Atem, und widerlich das Gekeuche und Gestöhne beim Samenerguss, den sie nicht in ihrem Körper haben wollte. Gruselig die Szene, die sie detailgerecht beschrieb; ein Zweikampf eher als ein Liebesakt! Grunzend erhob er sich nach dem Akt, für den sie kein Verständnis aufbrachte, ja im Gegenteil sogar fragte, inwiefern er sich denn mit den wiederholt gepredigten Moralvorstellungen vertrug. Einiges wurde zwar gemunkelt, und eigentlich hätte sie ahnen können, was ihr bevorstünde, hätte Widerstand leisten können, doch durch sein Gebaren gewissermaßen entmündigt, folgte sie ihm beinahe mechanisch, als wäre sie eine ferngesteuerte Puppe. Wie schlimm es sein würde, sollte sich jedoch erst beim Vollzug des schändlichen Aktes zeigen. Blutend und bis aufs Innerste gedemütigt, habe sie sich zusammengerollt wie ein Igel, und sein Komplize, offiziell als Kirchendiener getarnt, der sich ebenfalls ein Stück des Kuchens abzuschneiden gedachte, war machtlos; wenigstens dies hatte sie hingekriegt. Es schien, so ihre Interpretation, als ob man sorgfältig darauf achtete, sich nicht durch Klagen wegen Vergewaltigung zu belasten, obwohl die Übergänge wohl fließend seien, denn von Freiwilligkeit in ihrem Falle zu sprechen, sei bereits vermessen, eine wohl abschließende Bemerkung, deren Glaubwürdigkeit er in Zweifel zog.

„Dennoch, diese Art von angeblich religiös motivierten Aktionen kann und will ich nicht akzeptieren", verkündete sie in rebellischem Tonfall, und ihr Leben schien ihr dadurch unwert geworden zu sein, mithin ein hinlänglicher Grund, um zu sterben. „War etwa auch jene junge Frau so weit, als sie sich von der Brücke stürzte?", fragte sie sich. War ihr etwa dasselbe widerfahren wie auch ihr? Und Arthur fragte sich im Stillen weiter, ob sie darüber vielleicht mehr wisse, als sie preisgab. Der Selbstmord jener Frau war nicht nur rätselhaft, es ging womöglich gar um kriminelle Machenschaften und zog Ermittlungen nach sich, die jedoch ergebnislos verliefen.

Sie wollte es genauer wissen, sie gegebenenfalls imitieren und begab sich, so ihr Bekenntnis, zu jener Stelle, wo sich eben jene andere Frau über das Brückengeländer geschwungen haben soll, um sich in die Schlucht zu stürzen, und bemerkte, dass dies mit einigen Schwierigkeiten verbunden war, ja schlechterdings erhebliche turnerische Fähigkeiten voraussetze, die sie selber ganz einfach nicht besaß und daher von ihrem Vorhaben Abstand nahm. Sie sei indes nicht in der Stimmung gewesen, kriminalistische Überlegungen anzustellen, sondern überlegte sich, was sie ihrerseits unternehmen könnte, um ihr

Ziel zu erreichen, doch dann verließ sie anscheinend der Mut und veranlasste sie, beschämt nach Hause zurückzukehren. Katzenjammer sei wohl der zutreffende Ausdruck dafür, was sie anschließend empfand. Nicht einmal den Mut zu jener Tat, welche ihre unmittelbare Vorgängerin anscheinend besaß, vermochte sie aufzubringen, oder war es eben doch ganz anders, wie manche wissen wollten? Einerlei, es war ja nicht ihre Aufgabe, hier Klarheit zu schaffen, nein, sie wollte vielmehr einen Weg finden, aus dieser Welt zu scheiden, egal wie. Und die Frage, ob Erich in gewissen Situationen auch bereit wäre zu töten, ließ sie einstweilen außen vor … Mutmaßungen, selbstverständlich, aber Verrat üben, niemals! Dennoch, die Anklage stünde im Raum, sie entsprechend zu verfolgen wäre geboten, ob sie allerdings die Kraft haben würde, sie auch solange aufrechtzuerhalten, bis der ihm gebührende Schuldspruch ausgesprochen werde, sei derzeit noch dahingestellt. Ganz andere Sorgen nämlich quälten sie, denn noch wäre sie weit mehr mit der gewichtigen Frage beschäftigt, womit sie ihr Leiden beenden solle, was sie seit einiger Zeit ernstlich in Erwägung zöge. Doch so dämlich, wie sie sich offenbar anstelle, dürfte es kaum gelingen, gab sie freimütig zu … und es war schließlich ein Leichtes, sie wieder ins diesseitige Gefilde zurückzuführen und sie davon zu überzeugen, dass ihr Vorhaben unsinnig sei, ja, jeglicher Begründung entbehre. Ihr Befinden verharrte derweil auf einem Tiefpunkt, sodass sie zusehends zerfiel und die wenigen weiblichen Körperformen, die sie einst begehrenswert machten, wichen einer skelettartigen Statur, die nur mehr wenig mit einer menschlichen Gestalt zu tun hatte. (Dies wiederum widersprach der Vermutung, alles könnte bloß gespielt sein, es sei denn, sie vermöge sich auch in Askese zu üben, eine Annahme, die nicht ganz abwegig war.)

Sie gestand dann auch ein, dass sie sich wiederholt im Spiegel betrachte und kaum mehr erkenne, ja den Zerfall ihres Körpers von Tag zu Tag verfolgt habe, bis sie endlich zur Einsicht gelangt sei, dass es nicht Ziel eines ernst zu nehmenden Glaubens sein könne, einen Menschen so zuzurichten, wie der Spiegel wahrhaben wollte. Bei aller Strenge der Gebote und aller Ehrfurcht vor Menschen mit übersinnlichen Begabungen, die womöglich zu Unrecht geltend gemacht werden – was sie in letzter Zeit erleben musste, kann selbst bei schwerwiegenden Fehltritten nicht Zweck der Übung sein. Das sei Inquisition im übelsten Sinne, mit dem Unterschied, dass das Opfer nicht verbrannt, sondern dazu verdammt werde, die jämmerlichen Überreste seines Selbstwertgefühls zusammenzukehren, welche nach angeblich wohlverdienter Bestrafung übrig blieben, um damit ein ganzes Leben zu verbringen. Welches ist die härtere Strafe? „Soll sie doch zusehen, was daraus wird, verfemt von der Gemeinschaft war sie ohnedies", so der Tenor. Und alle Leute hätten sie daraufhin gemieden, einer Aussätzigen gleich, ja, sie musste in der Scheune, die sie gleichwohl ab und an aufsuchte, ganz hinten sitzen, abgesondert, als wäre sie in Quarantäne. Und sie wurde an der kurzen Leine gehalten, ein Widerspruch, den sie nicht dulden wollte, doch den Austritt aus diesem erbärmlichen Klub wollte man ihr trotzdem nicht zugestehen, sie wäre ja eine Gefahr für die Gemeinde, sei übelwollend, verbreite Lügen und Verleumdungen. Erichs Bannstrahl traf sie empfindlich!

Ja, und die zu sühnende Tat, woraus bestand sie denn? Es gab sie nicht, sie weigerte sich bekanntlich, sie zu begehen, obwohl sie alle Kräfte zusammennehmen musste, um das zärtliche Angebot abzulehnen. Ja, es wäre wohl klüger gewesen nachzugeben, dann wüsste sie wenigstens, wofür sie zu büßen hatte, aber Erich war nicht davon abzubringen, dass er im Recht sei, wie immer übrigens … und das Blut? … nun das wäre eben vom Vorabend noch übrig geblieben, der Beweis geradezu, dass er immer genau wisse, was seine Schäfchen anstellten. Nichts könne man vor seinem Scharfblick verbergen, das sei gewiss. (Dieser Nachtrag war unverständlich, ein Ausrutscher vermutlich, doch Arthur wollte keine näheren Details erfragen. Es berührte ihn peinlich.)

Und dann dies: Eines Tages, als sie einmal mehr ihr eigenes Schreckensbild sah, setzte sie sich anscheinend mit beinahe letzter Kraft an den Tisch und schrieb einen verhängnisvollen Brief, des Inhalts, dass sie diese schreckliche Glaubensgemeinschaft verlassen möchte. Das erzählte sie später wiederholt: Wahr oder erfunden? Egal, sie berief sich auf dieses Schreiben, das sie in großer Not verfasst haben wollte. Die Antwort sei auf den Fuß gefolgt und lautete:

„Unmöglich! Keiner komme da raus, außer durch den Tod.“ (Hatte er sich etwa unfreiwillig verraten? Die Frage ließ sie alsdann nicht mehr los, eine Antwort blieb selbstredend aus.) Das sei ihr egal, aber zuvor würde sie noch so einiges publik machen, das sei das Mindeste, was sie für ihre Brüder und Schwestern noch tun könne, ehe sie die Welt verlasse. Ihre bissige Antwort, die sie erteilt haben wollte, hatte erhebliche Konsequenzen, denn sie wurde zur unberechenbaren Gefahr. (Nicht ausgeschlossen, dass sie einen Brief dieses Inhaltes schrieb, nicht sicher aber, dass sie ihn auch zur Post brachte, denn …)

Glücklicherweise habe niemand gewusst, wo sie sich aufhielt, und so konnte ihr einstweilen keiner was anhaben. Erichs Schergen tappten im Dunkeln, allein, sie konnte ihre Bleibe nicht verlassen, bis auf Weiteres zumindest, denn sie fasste nur langsam wieder Tritt und wollte das grausame Spiel persönlich beenden, versicherte sie im Brustton der Überzeugung. Doch sie brauche Hilfe, monierte sie, denn allein wäre sie außerstande, etwas Entscheidendes zu vollbringen. Nun ja, hier steckte wohl des Pudels Kern: Eine komplexe, aber wohlgelungene Inszenierung oder eine wahrlich umwerfende Tragödie, noch war er sich nicht im Klaren, welche Version er als stichhaltig erachten sollte, denn die Zeichen waren zwiespältig. Allein, auch nach Bekanntgabe dieser Gruselgeschichte war Arthur keineswegs so sehr von Mitleid zerfressen, dass er Greth auf der Stelle geehelicht hätte, ein Wunsch, der ihr noch immer an den Lippen hing und hingebungsvoll als mögliches Motiv zum Überleben aufgewertet wurde. Nötigung etwa? Die Alarmglocken schlugen an!

Arthur, wiewohl beeindruckt und dennoch peinlich berührt, lehnte ab, war aber trotz Bedenken bereit, sie für einige Tage zu beherbergen, oder genauer ausgedrückt zu verstecken, denn er fühlte sich auch ein wenig schuldig, obwohl … doch lassen wir's gut sein, die Dramaturgie aller denkbaren Varianten war nun restlos ausgeschöpft. Erich und seine Schergen wüssten nichts davon, und zudem sei kaum zu befürchten, dass er sich seinem Erzfeind freiwillig stellen wolle, fürchte er doch stets seine Macht einzubüßen, sobald er außerhalb der Grenzen seines Reichs in Erscheinung trete. War sie so raffiniert, dass sie sich dieses Theater nur ausgedacht hatte, um ihn, Arthur, umzustimmen, oder war sie tatsächlich das Opfer der abscheulichen Untat eines Sektengurus, dessen ‚Allmacht' selbst die intimen Bereiche der Gläubigen mit einbezieht? Diese unheimliche Frage drängte sich immer wieder auf, aber es fehlten Hinweise, welche eine glaubhafte Antwort ermöglicht hätten. Die Zweifel betrafen nicht seine Person, denn sein Entschluss, Greth nicht näher an sich herankommen zu lassen, geschweige denn, ihr ihren angeblich innigsten Wunsch zu erfüllen, stand noch immer fest. Nein, er war verunsichert und zweifelte an seinem Urteilsvermögen, da er Mühe bekundete, all die grauenvollen Begebnisse für bare Münze zu nehmen. War es denn möglich, dass er sich so sehr getäuscht hatte, oder noch schlimmer, täuschen ließ? Erneut ging er also auf Distanz, ob sie von Dauer sein würde, war allerdings fraglich, denn nun hatte er sie aus Mitgefühl in sein Haus geholt und ihr so einen Schritt ermöglicht, der sie ihrem Ziel näher brachte. Stück für Stück arbeitete sie sich voran, indem sie sich seiner Gutgläubigkeit bediente.

Sie verhielt sich ruhig, nahezu devot, genas erstaunlich rasch, und nach einigen Tagen wollte er ihr nahelegen, wieder nach Hause zu gehen, was sie ablehnte, da sie sich noch immer vor Erich fürchte. Verständlich, sofern sich alles so zutrug, wie sie es erzählte, aber es bestanden eben Zweifel, ob dem so sei.

Arthur blieb hart, und sie ging, weinend und jammernd. Er fand es auch nicht besonders schön, aber, so seine Überlegung, es könnte ihr die Augen öffnen und sie davor bewahren, weitere Aktionen dieser oder ähnlicher Art zu unternehmen, denn auch er begriff, welches Ziel sie verfolgte. Nichtsdestoweniger, im Hintergrund blieb immer ein Quäntchen schlechten Gewissens zurück, dass er ihr vielleicht unrecht tue, was sie aller Intriganz zum Trotz, so denn eine solche Unterstellung gerechtfertigt war, nicht verdient hatte … und zuweilen musste er sich auch eingestehen, dass er sie vermisste; eigenartig!

Egal, so kam's zu der unschönen Episode, welche letzten Endes in jener ekligen Spelunke endete, wo sie ihn ungestört sprechen wollte: Wir erinnern uns noch, wie sie zusammenbrach und er sie aufzurichten versuchte. Er packte sie bekanntlich in die Ambulanz, welche sie ins Spital fuhr, doch tags danach gewährte er ihr noch einmal Asyl, und zwar so lange, bis Erich endlich sein ‚Stalking' aufgeben würde, obwohl nicht abzusehen war, wie lange dies dauern könnte. Er, genauer, seine Verbundenheit mit Greth, blieb ein ernst zu nehmender Faktor, dessen Bedeutung mehr als dubios war.

Die Geschichte war also noch nicht ausgestanden, Greths Inszenierung – Zweifel sind hartnäckig – noch nicht vollendet: Nun, Prinzipien aufzustellen ist nicht besonders schwierig, sie konsequent anzuwenden hingegen schon, und genau dies war Arthurs Achillesferse, welche sie höchstwahrscheinlich erkannte.

Nun, die Beschattung durch Erich war wohl nicht mehr wegzudiskutieren, aus welchem Grund er dies tat, war weiterhin unklar oder auch nicht, die Einschätzungen differierten erheblich. Deshalb wollte sie das Haus nicht alleine verlassen, nur so wähnte sie sich in Sicherheit. Arthur spielte mit, ob aus Überzeugung oder Langmut, wusste er selber nicht, sie aber erreichte ein namhaftes Etappenziel ihrer langfristigen Strategie. Eindrücklich derweil, wie konsequent sie vorging, dabei allerdings übersah, dass sie seinen Argwohn schürte … und dann wieder die andere Stimme: Sollte auch nur ein Bruchteil dessen wahr sein, was sie erlebt haben wollte, so musste ihr geholfen werden. Verunsicherung griff Platz, und Arthur kämpfte bereits auf verlorenem Posten, oder kämpfte er schon nicht mehr? Er selber wusste es nicht, seine Motivlage war doppelsinnig.

Wie nach der peinlichen ‚Kaffeehausaffäre' – etwas beschönigend, dieser Begriff – nicht anders zu erwarten war, kamen Erichs Leute, die bald einmal wussten, wo sie sich aufhielt, mehrmals vorbei und wollten sie abholen, sie weigerte sich jedoch stur, der imperativen und mit martialischen Drohungen gespickten Aufforderung Folge zu leisten. Ja, wilde Drohungen, aber nichts weiter, Erichs langer Arm endete wohl an Arthurs Haustüre, die ihnen weiterhin verschlossen blieb. Die Polizei, dein Freund und Helfer, wollte nicht einschreiten, denn es sei bisher nichts Strafbares geschehen. Ob zuerst jemand zu Schaden kommen müsse, ehe sie einschreite? Ja, so sei's nun mal. Machen Sie eine Anzeige wegen Vergewaltigung, so es eine war und die Geschädigte ausreichend Beweise habe, andernfalls lassen Sie besser die Finger davon, denn eine falsche Verdächtigung sei ebenfalls strafbar, Verleumdung, üble Nachrede und dergleichen mehr. Rechtsstaatlichkeit also, schwierige Lebensumstände somit; man war weit besser beraten, nichts zu unternehmen, denn die Karten waren so verteilt, dass eine Niederlage, ja sogar ein juristisch relevantes Fehlverhalten nicht ausgeschlossen werden konnte. Er riet ihr mit anderen Frauen zu sprechen, sie dazu zu überreden, dass sie aussagen sollten, aber Greth winkte ab, sie hatte einstweilen nicht die Kraft dazu … später vielleicht, die Aussicht auf Erfolg sei ohnehin gering.

Erneut brach eine ungemütliche Zeit an, die Ungewissheit, das Gefühl, ständig beobachtet zu werden, und die nicht enden wollenden Drohungen gestalteten das Leben nicht eben angenehm. Arthur seinerseits, noch immer nicht getrennt von seiner Familie, musste von seinem eigenen Programm abrücken, denn er verbrachte nunmehr zahlreiche Abende mit ihr, mitunter auch allein, aber ein erneutes Angebot erotischer

Natur wollte er ihr nicht mehr unterbreiten, das hatte er sich fest vorgenommen. Er befürchtete auch, dass sie diesbezüglich traumatisiert sei, und wollte nicht ins Wespennest stechen. Auch war ihr Aussehen in jener Zeit alles andere als verführerisch, was auch sie wusste, wenngleich sie mächtig aufgefüttert wurde. Ob sie denn schwanger sei, wollte er wissen, aber sie schüttelte angewidert den Kopf.

„Es ist doch unmöglich, durch eine solche Untat schwanger zu werden!"

„Nein, ist es nicht!"

Die Regel war ausgeblieben, aber das sei doch in ihrer Situation zu erwarten: „Magersucht ist ein bekannter Grund, nicht wahr?"

„Möglich, aber nicht sicher, denn damals, als es geschah, bist du ja noch kräftig und gesund, höchstwahrscheinlich auch fruchtbar gewesen." Zweifel beherrschten die Stimmung, ihre Einlassung doppeldeutig.

„Dennoch, ich glaube kaum …"

„… glauben ist gut, nachsehen besser!"

„Schon gut, aber trotzdem sollte dieses Thema einstweilen nicht mehr angeschnitten werden, es ist mir peinlich", so stellte sie unvermittelt fest, und dies mit eiserner Miene, welche keinen Widerspruch mehr duldete. Ihr Verhalten war nicht leicht zu interpretieren und ließ zahlreiche Varianten als möglich erscheinen. Arthur wusste beim besten Willen nicht, was er für wahr und stichhaltig und was für Intrige und Machenschaft halten sollte. Die Zeit würde zwar für ihn arbeiten, aber Geduld war auch nicht gerade seine Stärke. Dennoch, es galt abzuwarten, wie sich die Dinge entwickelten. Noch war genügend Zeit, um gegebenenfalls zu reagieren … fraglich indes, ob sie es zuließe, wenn … egal, es war ihr Leben.

Abgesehen davon hatte er noch ganz andere Sorgen, doch die Gespräche mit Greth lenkten ihn ab. Die Behauptung, man habe über Gott und die Welt gesprochen, war zutreffend. Sie war von Zweifeln zernagt, und alles, was ihr einst heilig war, sei nun beschmutzt worden und müsse einer eingehenden Prüfung unterzogen werden. Orientierungslos gehe sie durch diese Welt, deren Grundfesten erschüttert seien. Die Suche nach neuem Halt, nach einer Person oder einer Partnerschaft, die ihr diesen vermitteln könne, sei schwierig. Neue Fundamente zu errichten, um ein anderes Glaubensgebäude darauf abzustützen, selbst wenn sie dabei gezwungen werden sollte, alte Werte abzuschütteln, sei wohl zum Gebot der Stunde geworden. Doch wer sei bereit, ihr dabei zu helfen?

Nein, an der Existenz Gottes wolle sie nicht rütteln, dass er indes solche Ungerechtigkeiten zuließe, könne sie nicht verstehen. Ja, die Prüfung, davon habe sie genug gehört, aber ob denn solch schändliches Tun … „Es reicht, ich mag nicht dauernd über Recht und Unrecht nachdenken! Gottes Ratschluss ist unfehlbar, sein Ziel unerforschlich; „schön und gut, doch wer beschließt denn, wessen Opfer dazu benötigt wird?" … „jeder sei verpflichtet Opfer darzubringen, eine Garantie auf göttliches Gehör gebe es derweil nicht, auch nicht ein Recht auf Gnade. … ich beuge mich dieser Einsicht."

Arthur griff ein: „Dein Gott trägt menschliche Züge, wen wundert's, wurde er doch auch von Menschen erschaffen, vor langer Zeit allerdings, als noch andere Sitten und Gebräuche herrschten und die Gesellschaftsstruktur von der heutigen erheblich abwich."

„Umgekehrt steht es derweil geschrieben!"

„Jawohl, liebe Greth, aber war es denn so? Es waren doch Menschen, die ihrem Ebenbilde gleich einen Gott schufen, der dem Prototyp des Vaters glich. Michelangelo hat ihn an der Decke der Sixtina so gemalt. Kennst du das Bild? Er hatte schon zu dessen Zeiten graue Haare, war also nicht mehr der Jüngste."

„Nein, doch egal, die Schrift ist wahr, und die Menschen, die sie schrieben, ließen sich von göttlicher Eingebung leiten, das habe ich so gelernt, und von diesem festen Glauben kann mich keiner abbringen."

„Gut, aber dennoch, sein jeweiliges Eingreifen zeugt doch nicht selten von Eifersucht, Rache und nachtragendem Verhalten, alles äußerst menschliche Wesenszüge, oder etwa nicht?"

„Ja, aber … nun, die Einwände sind bestens bekannt, doch lassen wir die Finger davon, damit kommen wir Laien ohnehin nicht zurande. Was vielmehr zählt, ist die Frage nach dem Sinn des Lebens und danach, wie wir es handhaben und gestalten wollen. Inwieweit sich hier religiöse Elemente anwenden lassen, oder eben nicht, ist reine Ermessenssache, und es sei jedem selber überlassen, was und wie viel er davon einfließen lassen will: Gott befiehlt, und wir haben zu gehorchen!" …

„Sagte Erich und schritt zur Tat!"

„Das ist eine unfaire Bemerkung, sie schmerzt zutiefst."

„Sie schmerzt, weil sie der Wahrheit entspricht, und Wahrheit ist oft unerträglich, in deinem Fall gar schmerzlich."

„Vielleicht, aber ganz sicher bin ich mir dabei nicht, dennoch, sie verletzt mich sehr, weshalb auch immer."

„Entschuldige, aber sie drängte sich auf, denn gerade er beweist doch in eindrücklicher Art und Weise, wie es sich mit dieser Vorgabe verhält, sie kann ernsthaft oder eben auch missbräuchlich umgesetzt werden, so viel dürfte mittlerweile klar sein."

„Ja, selbstverständlich, doch dann müsste man auch wissen, welche Werte und Moralvorstellungen unser Leben beinhalten soll."

„Müsste man, aber darüber haben die Menschen sehr unterschiedliche Vorstellungen, selbst jene Menschen, die nach üblichen Maßstäben ein anständiges Leben führen."

„Dann müsste man eben den Anstand definieren, so man sich denn auf diesen kleinsten aller Nenner beschränken will."

„Darf man, soll man auch, und ihn zu bestimmen fällt gar nicht so schwer, denn schon eine geringe Portion gesunden Menschenverstands reicht aus, um zu fühlen, was angeht und was verwerflich ist, eine Frage der Ethik, welche seit der Antike immer wieder durch unterschiedliche Denkansätze neu definiert wird. Dass dieses Thema auch mit der Wahrnehmung Gottes verknüpft ist, versteht sich von selbst, sodass sich auch der Gottesbegriff wandelt, etwa vom menschlich handelnden Übervater bis hin zum abstrakten Prinzip, das die Phänomene des gesamten Kosmos lenkt. Dabei soll jeder für sich entscheiden, welche Vorstellung am besten in sein eigenes Weltbild passt.“ Doch mit recht großer Sicherheit könne er als Laie festhalten, dass verbrecherische Machenschaften keinesfalls zu rechtfertigen seien, schon gar nicht unter Anwendung transzendenter Fantastereien. Es sei allemal missbräuchlich, sich einer selbst gefertigten Vollmacht zu bedienen, welche jedem selbst ernannten Stellvertreter zwangsläufig übertragen werde, mithin ein Unding sondergleichen, das offensichtlich in gewissen Kreisen Einzug halte, so auch in ihrem Klub. Doch Respekt und Toleranz, Fremdwörter für ihre Clique, seien die wahren Schlüsselwörter, welche der Menschheit ein gedeihliches Leben ermöglichten. Dass es sich dabei um Spielregeln handele, welche seit Urzeiten das Zusammenleben regelten, verstehe sich von selbst, denn auch diese seien in der eben zitierten Schrift unwiderruflich festgehalten. Sie seien beinahe seit Menschengedenken verbindlich und prägten die unterschiedlichsten Gesellschaftssysteme, deren Grundlagen nicht wesentlich davon abweichen könnten, weil sie sonst nicht funktionstüchtig wären. Aber auch diese trügen menschliche Schriftzüge, glücklicherweise, denn andernfalls wären sie ja unbrauchbar.

„Ein interessanter Aspekt und obendrein einer, der die individuelle Gestaltung nur in jenem Bereich tangiert, wo sich die Schnittstellen zwischen dem einzelnen Individuum und der Gesellschaft befinden.“

„Genauso ist diese kluge Einrichtung wohl zu verstehen, eine Einrichtung übrigens, die notwendig wurde, als der Mensch einsah, dass er nur als Gruppe überlebensfähig, als Einzelwesen jedoch hilflos ist. Diese Einsicht erforderte allerdings einige Kompromissbereitschaft sowie Respekt und Vertrauen, Dinge mithin, deren Missachtung unabsehbare Folgen zeitigt. All dies unter einen Hut zu bringen, ist die Aufgabe dessen, der verstanden hat, dass nur so die menschliche Zweckgemeinschaft funktioniert, und das müsste mit größter Wahrscheinlichkeit ein Mensch gewesen sein, der aufgrund einschlägiger Erfahrung handelte, ein Philanthrop und Denker wahrscheinlich, egal ob er Hammurapi oder Moses hieß."

„Bedenkenswert … nun ja, ich habe am eigenen Leib erfahren müssen, was passiert, wenn eiserne Grundsätze missachtet werden …"

„… eben! Sagt ich's doch!"

Er wusste nicht, ob seine Ausführungen überzeugten, wenngleich sie dergleichen signalisierte, womöglich bloß, um ihn nicht zu vertreiben, denn er konnte nicht davon ausgehen, dass nur wenige Sätze ausgereicht haben könnten, um uralte, beinahe dogmatisch verankerte Ansichten auf Anhieb auszulöschen. Aber das Gespräch sollte sich in dieser Richtung fortentwickeln, wiewohl er missionarische Absichten ausschloss. Ja, er gab Teilaspekte seiner eigenen Weltanschauung preis, ob sie gegen ihn verwendet würden oder nicht, war ihm einerlei, denn es war nicht seine Art, sein Licht unter den Scheffel zu stellen, denn jeder solle ‚nach seiner eigenen Façon selig werden', sagte einst Friedrich der Große, der es ja wissen musste. Na ja, einige Übertreibungen, deren Ziel es ist, die ziemlich bigotte Dame zu provozieren, waren wohl dabei, ein Jux, den er sich leistete, ein unfreundlicher Akt allerdings, aber auch Ausdruck des Umstands, dass die Gespräche vor allem von anderen, eben aufreizenden Themen ablenken sollten.

„Ich sehe und erkenne, aber wie umsetzen; noch stellen mir Erichs Hunde nach und hinterbringen augenblicklich dem rachsüchtigen Chef jede noch so geringe Abweichung vom einzig gültigen Protokoll, das er und kein anderer in die Welt setzte." Sie nahm seine Einlassungen ernst, sprach derweil in Rätseln, doch er ließ sich seine Zweifel nicht anmerken und erwiderte beinahe naiv:

„Daran wird noch zu arbeiten sein, doch vorerst wäre eine grundlegende Neueinstellung zur Gesellschaft erforderlich, deren Grundsätze eben den individuellen Neigungen entsprechen und nicht einem unsinnigen Diktat, das nur ihm, dem Herrn der Fliegen, dient. Selbstbestimmung ist das Zauberwort."

Arthur feierte seinen vermeintlichen Sieg und holte zum nächsten Schlag aus:

„Wie wäre es beispielsweise mit einer anderen Kleidung, welche sich von der traditionellen Tracht unterscheidet? Das allein wäre doch schon ein deutliches und wohl auch unmissverständliches Signal an deren Adresse."

„Kein Geld!"

„Ja, das könnte ein Argument sein, aber dann lass dir doch wenigstens die Haare schneiden, das reicht, um deutlich zu machen, dass du mit diesem Klub nichts mehr zu tun haben willst, aber setze ein Zeichen, das ist doch im Augenblick das Wichtigste, oder etwa nicht?"

Sie hatte einen traurigen Gesichtsausdruck, als sie zusicherte, sich die Frage durch den Kopf gehen zu lassen, begeistert war sie indessen nicht. Diese Beobachtung warf neue Fragen auf, Stoff für ein nächstes Gespräch, das vermutlich ähnliche Inhalte zum Gegenstand haben würde, und so befürchtete er, dass sie sich künftig mehr im Kreis herumdrehen würden, statt ein für alle sinnvolles Ziel, das noch der genauen Definition bedurfte, anzustreben. Indes, sein Interesse an dieser Angelegenheit, ja eine solche ist wohl mittlerweile daraus geworden, war noch immer mäßig, und er suchte nicht zuletzt auch nach einem gangbaren Ausweg, aus einer Art Sackgasse, die es immer mehr zu werden schien, da die Gespräche wohl eher zu einer weiteren Annäherung führten als zu einer Distanznahme, die er sich längst schon aufs Banner schrieb, doch tagtäglich missachtete.

Arthur verfolgte nämlich insgeheim ganz andere Ziele, welche er niemals an Greths Seite hätte verwirklichen können. Diese ihretwegen aufzugeben, war keine verlockende Perspektive, und die Aussicht, von einem spießbürgerlichen Umfeld in ein anderes, wohl überdies bigott angehauchtes hinüberzuwechseln, fand er wenig attraktiv, ja schloss er kategorisch aus.

Die Anwesenheit dieser Frau, wiewohl auch nützlich, wurde zusehends zur Hypothek, doch angesichts der Option, binnen kürzester Zeit das Haus der Familie verlassen zu können, unterließ er, nicht zuletzt auch dem Frieden zuliebe, weitere Abwehrmaßnahmen und spielte das konfuse Spiel einstweilen mit. Die letzte Zeitspanne vor seiner Flucht würde er bestimmt ohne Zwischenfälle überstehen, so tröstete er sich immer mal wieder und stellte sich tapfer weiteren ergebnislosen Debatten über Themen, die ihn im Grunde kaum interessierten, da sie lediglich als Vorwand für tägliche Begegnungen missbraucht wurden.

Auf der anderen Seite wirkte wohl seine Nochehefrau in intriganter Form auf Greth ein. Sie baute einerseits ein Vertrauensverhältnis auf, um regelmäßig an die gewünschten Informationen zu kommen, hätte aber andererseits auch gerne gesehen, wenn es ihr tatsächlich gelungen wäre, ihren Nochehemann zu verführen, um so in den Besitz einer Trumpfkarte zu gelangen, mit dem Ziel, ihm anschließend das Leben zu vergällen, ja, ihm die Schuld an der Zerrüttung der Ehe – damals juristisch noch relevant – unmissverständlich in die Schuhe zu schieben. (Menschen, die sich einst liebten, versetzen sich unter gewissen Umständen in eine Situation, welche sie veranlasst, von morgens früh bis abends spät nur noch darüber nachzudenken, wie sie ihrem Partner möglichst großen Schaden zufügen können. Dabei geht es um die Vernichtung einstigen Glücks, dessen Kraft auf Dauer unzureichend war, um zu überleben. Die Genugtuung über gelungene Husarenstücke, wird dann als Entschädigung für vermeintlich erlittene Schmach verstanden, eine fragwürdige Methode allerdings, eigenes Versagen zu bemänteln.) Es wurde indes deutlich, dass Greth – ein Versprecher wohl aus ihrem Mund, der sie verriet – diese Rolle übernahm und ihrer Auftraggeberin effektiv zahlreiche, teils frisierte Informationen lieferte, ja selbst über die als ‚intim' bezeichneten Gespräche klaren Wein einschenkte. An dieser Doppelstrategie hatte sie natürlich recht viel Interesse, denn sie hätte durchaus die Möglichkeit impliziert, ihren wiederholt geäußerten Wunschtraum zu verwirklichen, was wiederum die Nochehefrau in die Lage versetzt hätte, Arthur definitiv das Genick zu brechen. Doch all diese leicht durchschaubaren Angriffe auf Arthurs Integrität waren einstweilen nutzlos und die beiden Frauen, anscheinend fortwährend an ihrem Komplott arbeitend, mussten langsam, aber sicher erkennen, dass ihre Rechnung nicht aufging, was ihren Ehrgeiz nur noch mehr anstachelte. Greth hatte also mindestens zwei Gründe, sich möglichst aktiv zu gebärden, was sie dann auch tat und damit die chaotischen Zustände noch verschlimmerte, eine Strategie, die sie hartnäckig verfolgte, wohl um als Siegerin, lachende Dritte mithin, aus dem Chaos hervorzugehen.

Dass derweil ihr Kalkül ins Leere stoßen musste, hatte aber noch andere Gründe: Die unbeglichene Rechnung nämlich, welche er an sich noch zu abzugelten gedachte, blieb einstweilen noch offen, doch wussten weder seine Nochehefrau noch Greth etwas davon, und hätten sie es gewusst, so hätten sie wohl auch einsehen müssen, dass ihre Maßnahmen, längst als durchtriebene Intrigen durchschaut, ohnehin zum Scheitern verurteilt gewesen wären; zahnlose Attacken somit, ohne jegliche Wirkung, eine Erkenntnis, die ihn vorläufig noch vor größeren Dummheiten bewahrte, vor allem aber auch veranlasste, das Feld nicht vorzeitig zu räumen.

Diesen einen Trumpf behielt er freilich noch in seinem Ärmel zurück und hütete sich davor, seine Position leichtsinnig zu schwächen, war sie doch ohnehin nicht sonderlich vorteilhaft, da die damalige Rechtsprechung grundsätzlich Frauen, deren Sündenregister meist unterschlagen wurde, bevorzugt behandelte. Zudem wäre es, unabhängig davon, ob er je, egal ob vor oder nach der Gerichtsverhandlung mit Greth geschlafen hätte, ohnehin gegenstandslos gewesen und hätte niemandem einen Vorteil eingebracht, da die Trennung seit Langem schon rechtskräftig war, ein peinliches Versehen also, welches das Kartenhaus zum Einsturz brachte, ehe es in voller Pracht erbaut war. Arthur beließ sie im Ungewissen und genoss mit aufgesetzter Unschuldsmiene den sinnlosen Wirbel, den diese zwei Frauen aus unterschiedlicher Motivation veranstalteten … zweifellos nicht gerade edel, aber im Zerwürfnis sind eben Kampfmaßnahmen an der Tagesordnung, und edle Gesinnung anzuwenden, war weder geboten, noch zweckmäßig, wie er bald einmal feststellen musste. Er war keineswegs stolz auf seine Vorgehensweise, konnte sich aber zu jener Zeit kaum vorstellen, wie er sich sonst hätte verhalten sollen, denn zu sehr war er bereits in die laufenden Intrigen verwickelt, als dass er sich ohne Gesichtsverlust noch hätte daraus befreien können. Sein zynisches Verhalten war als Abwehrtaktik zu verstehen, die ihm das trügerische Gefühl vermittelte, nicht ohnmächtig ins Verderben zu rennen.

Unangenehm war jedoch die Tatsache, dass er nunmehr einen ‚Zweifrontenkrieg' zu führen hatte, was bekanntermaßen selten erfolgreich ist. Wie er sich an der einen Front zu verhalten hatte, war klar und kaum durch seinen Wankelmut bedroht. Die andere Front war weich und nicht in ihrer ganzen Ausdehnung erkennbar, sodass er nicht wusste, wie er vorgehen sollte, und genau dies war ebenso verhängnisvoll wie gefährlich, im weitesten Sinne, versteht sich.

Nach einiger Zeit verließ Greth das Haus – ungern und mit großen Bedenken – und nistete sich wieder in einer kleinen Wohnung ein. Zu lange war ihr Aufenthalt … irgendwann beginnt der Fisch zu stinken … aber sie versicherte sich, dass sie ihre Aufgabe als Babysitter nicht verlieren würde. Nein, beileibe nicht … und die Kinder freuten sich. So war sie mal da, mal dort, regellos, ungewiss jeweils, ob sie am Abend anzutreffen sein würde oder nicht, Arthur ließ sich stets überraschen, freute sich sogar, wenn sie anwesend war, ärgerte sich jedoch nicht, wenn sie ausblieb, die Ambivalenz war beträchtlich und irgendwie auch zermürbend.

Die Hütedienste nämlich, für die man Greth wiederholt anheuerte, häuften sich konsequenterweise in gleichem Maße wie die Abwesenheiten von Arthurs Nochehefrau und seiner selbst. Sie erschien oft früher als erwartet und machte sich da und dort nützlich, letztlich aber wurde klar, dass sie jeweils in Erfahrung bringen wollte, ob und wann Arthur denn zu Hause war oder ob auch er abwesend sei, ja, das Interesse an seiner Präsenz war offensichtlich ungebrochen. Er aber, um wohlbekannten Gefahren zu entrinnen, verließ das Haus fast ebenso oft wie seine Frau, obwohl er natürlich wusste, dass sie noch weitere Diskurse ins Auge fasste, da seit der letzten Auseinandersetzung noch viele Fragen und ungelöste Probleme offen geblieben waren, aus ihrer Sicht also Handlungsbedarf bestand. Dass sie buchstäblich danach lechzte, die problembeladenen Dialoge weiterzuführen, war ihm klar, ob er allerdings bei allem vorgetäuschten Interesse bereit war, sich und seine spärliche Freizeit dafür zu opfern, war eine andere Frage, zumal die Gefahr, erotische Einlagen zu gewärtigen, noch immer nicht gebannt war und mit jedem weiteren Gespräch an Brisanz zunahm. Ja, er hatte sie durchschaut: Zielstrebig versuchte sie ihr dringendstes Anliegen, dessen Natur sie wiederholt definierte, endlich zu verwirklichen, ja sie hatte es erstaunlicherweise sogar eilig, ohne zu erklären, weshalb. Aber er wollte sich nicht noch einmal auf die glühenden Kohlen setzen, die Gefahr, sich dabei den Hintern zu verbrennen, war zu groß und die Wahrscheinlichkeit, letztlich etwas Sinnvolles oder gar Dauerhaftes entstehen zu lassen, zu gering, um allzu viel Energie in ein solch aussichtsloses Vorhaben zu investieren, da nun mal die Voraussetzungen dazu ausgesprochen ungünstig waren. Zudem, der tierische Ernst, der die Gespräche jeweils prägte, wie auch die Mühsal, öfters mal wieder dieselbe Leier zu spielen oder wie einem kranken Kind zuzureden, scheute er mittlerweile so sehr, dass er sich regelmäßig überlegte, ob er mehr Lust auf einen ‚Seelen-Türk' hatte oder eben doch lieber etwas unternehmen wollte, das seinen aktuellen Neigungen besser entsprach. Was, so die jeweilige Frage, mochte ihn eher aus der eigenen Trübseligkeit befreien, als die weltfremden Probleme einer Frau, deren Stellung in seinem Leben ohnehin unklar, jedoch insgesamt eher von geringer Bedeutung war.

Nun, er kannte einige Leute, mit denen er regelmäßige Kontakte pflegte, und so obsiegte meist die Lust, die ‚freien' Abende mit sonst wem zu verbringen, etwa zum Musizieren, oder eine Art Literaturklub mitzugestalten, mithin Aktivitäten wahrzunehmen, die seinen Interessen zupasskamen. Aber es gab auch andere Anziehungspunkte in seinem Umfeld, etwa die beinahe unwiderstehliche Anziehungskraft einer bestimmten Person, deren Wohlwollen er allerdings nicht durch allzu häufige Belästigungen aufs Spiel setzen wollte. Dort erkannte er nämlich ein taugliches Potenzial zur Gestaltung seiner Zukunft, die ihm weit erstrebenswerter schien als Greths Verheißungen, Grund genug also, behutsam vorzugehen. Er scheiterte kläglich … aber eine weitere weibliche Person, die er erst vor Kurzem kennengelernt hatte, wäre ebenfalls eine verlockende Anlaufstelle gewesen, doch sollte er dort aus taktischen Gründen so selten wie möglich gesehen werden, um die Gerüchteküche nicht unnötig anzuheizen. Freilich, es war ein offenes Geheimnis, dass er eine neue Partnerin suchte, doch dieses Unterfangen wurde natürlich intensiv beäugt, vor allem auch von Greth, was ihn beträchtlich störte, denn noch handelte es sich hierbei um eine persönliche Angelegenheit, die sie nicht anfocht, eine Meinung, die sie natürlich nicht teilte, erkannte sie doch die Gefahr, dass er sich dadurch ganz von ihr abwenden könnte.

Überdies gab's auch sonst ausreichend Möglichkeiten, den Abend auswärts zu verbringen, was er zu jener Zeit öfters mal tat, obwohl es ihm eigentlich nicht sonderlich lag, saß er doch gerade so gern zu Hause in seinem Lieblingssessel und las. Er hatte indes Prioritäten gesetzt und war davon überzeugt, dass er das Richtige tat, zumal ein Abend mit Greth immer öfter in Reichweite lag, so er denn Lust verspürt hätte, einen solchen zu verbringen. Sie war zwar geduldig, ließ ihn aber nicht im Zweifel darüber, dass sie ihn schon sehr gerne wieder einmal für sich gehabt hätte, wobei sie offen ließ, in welcher Hinsicht sie dies verstanden haben wollte. Er genoss jedoch, allen Zweifeln zum Trotz, ihre verdeckten Umwerbungen und fühlte zum ersten Mal, wie es sich anfühlt, wenn man in der Lage ist, in willkürlicher Art und Weise eine andere Person zu steuern, sodass er ausnahmsweise zu spüren bekam, wie die Macht schmeckt. Zuweilen schämte er sich aber auch, dass er sie als Opfer solch unwürdiger Manipulationen missbrauchte und sich damit in die geistige Nähe von Erich rückte, was er an sich vermeiden wollte, da er dessen Methoden zutiefst verabscheute, ja sogar für zynisch hielt. Doch er schuldete ihr keine Erklärungen, denn er hatte sich seine Unabhängigkeit bewahrt und keinerlei Versprechen abgegeben. Natürlich, auch Arthur hatte Greths Notlage in gewisser Weise missbraucht, um sie zu schützen, wie er sich einredete, aber ob diese Behauptung der Wahrheit entsprach oder als Ausrede diente, war nicht eindeutig erkennbar; ein Trost indes, dass sie selber es so sah.

Wie weit er sich auf Greths vage Appelle einlassen wollte, war für ihn noch immer nicht geklärt, und öfter mal änderte er seine Meinung. Er schwankte zwischen Akzeptanz und Zurückweisung, zumal verlässliche Kriterien für eine stichhaltige Beurteilung der Lage fehlten und keine Gewissheit darüber bestand, welche Konsequenzen er im einen oder anderen Fall zu gewärtigen hätte. Vielleicht wäre es ihm leichtergefallen, mit der zwiespältigen Situation umzugehen, wenn nicht absehbar gewesen wäre, dass er sich in Teufels Küche begeben würde, so er sich dem reinen Trieb unterzogen hätte, doch die lästigen Konjunktive sollten weiterhin seinen Schlingerkurs beherrschen und die Ungewissheit schüren. Nein, er war nicht der Typ, der sich auf leichtsinnige Abenteuer einlassen wollte, zumal er Gefahr lief, aufs Neue jenen einen Fehler zu begehen, den auszumerzen er sich gerade anschickte. Auch war er sich bewusst, dass die Mitleidstour keine ausreichende Basis für eine dauerhafte Beziehung abzugeben imstande ist, ein Grundsatz, den er in der Vergangenheit zu oft ignorierte, als dass er ihn erneut ausklammern sollte.

Dass Greth noch immer Hilfe benötigte, stand derweil fest, ob er der richtige Helfer war, indessen nicht. Es war auch keineswegs klar, welche Art der Hilfe sie selber für angebracht hielt, denn darüber schwieg sie sich weitgehend aus, und seine Vorstellung, dass sie ganz einfach einen Mann und Kinder benötige, die sie auf die richtige Spur bringen sollten, entsprach nicht unbedingt der Weisheit letztem Schluss, weil ihr undurchschaubares Verhalten dieser Vorstellung widersprach. Zudem war er dank bisheriger Kontakte bereits zu sehr involviert, um unbefangen zu agieren, und er befürchtete bekanntlich auch, dass weitere Gespräche überdies die Lust auf körperlichen Kontakt wieder zu aktivieren in der Lage wären, eine wiederholt verortete und daher noch immer realistische Gefahr, die er aus naheliegenden Gründen scheute. Dass diese Option bei allen gemeinsamen Gesprächen im Hintergrund mitschwang, war evident, aber die Problematik, welche diese Frau quälte, hatte wesentlich tiefere Wurzeln, dessen waren sich wohl beide bewusst. Sie anzugehen wäre wohl hilfreich gewesen, doch gerade dieser Umstand war Grund genug, seine Zuständigkeit ernsthaft in Zweifel zu ziehen, ein Faktum, das er wiederholt geltend machte, doch seine Bedenken, zur Bekämpfung ihrer Zerrissenheit allzu befangen zu sein, wurden regelmäßig in Abrede gestellt. Sie wollte eben weit weniger maßgeschneiderte Hilfe als ihn selber, den Spender des begehrten Samens!

Ja, er sah ein, dass sie auf der Suche nach einem neuen Lebensziel war, und es brauchte keine hellseherischen Künste, um zu erraten, welcher Natur sie sein könnten. Dass sie sich als Nachfolgerin seiner Nochehefrau anbot, stand seit Langem schon fest, ebenso sehr aber auch, dass er dieses Angebot regelmäßig ausschlug. Aus ihrer Sicht ging es also weniger darum, einen Mann zu finden, der zu ihr passte, als darum, ihre beinahe krankhafte Intention, Arthur so weit zu bringen, endlich einzusehen, dass sie allein die richtige Frau für ihn wäre, die Frau, welche ihn ehren und bewundern würde, die Frau, welche ihn durch sein Leben zu führen imstande wäre, aber auch die Frau, welche durch seine Zurede ihre Grundprobleme lösen wollte, was ihn freilich abschreckte. Er wollte keinesfalls als Erzieher oder gar Lehrer fungieren, diese Rolle entsprach nicht seinen Vorstellungen und wäre wohl langfristig auch kontraproduktiv gewesen, wie hinlänglich bekannt ist. Damit prallten offensichtlich zwei unterschiedliche Thesen aufeinander, welche es schwer machten, zeitnah eine brauchbare Lösung zu finden. Es sei ein Geben und Nehmen, flocht sie einmal in einen Nebensatz ein. Mit Sicherheit eine zutreffende Bemerkung, doch ob dieser Grundsatz bei ihrer komplexen Vorgeschichte auf einer dem Alltag zuträglichen Ebene auch gespielt hätte, war doch mehr als zweifelhaft. Eine Ehe ist nun mal Alltag und keine psychotherapeutische Einrichtung, geschweige denn eine Bedürfnisanstalt, wenngleich gewisse Bedürfnisse innerhalb dieser Institution ihre unstreitige Berechtigung haben. Dass sie diese Ansicht befremden würde, war ihm klar, weshalb er sie einstweilen nicht kundtat, um diesen Nebenschauplatz nicht auch noch zu eröffnen.

Im Grunde genommen machen all diese Überlegungen deutlich, wie problematisch und vermutlich auch aussichtslos eine Verbindung mit Greth geworden wäre. Dass er sich deshalb mehr und mehr von ihr abwandte, war verständlich, dass sie es bemerkte und alles daransetzte, diesen Vorgang zu stoppen oder gar umzudrehen, war deutlich spürbar. So verstärkte sie eben ihre Anstrengungen und investierte all ihre Energie in das wohl aussichtslose Unternehmen, mit der Einsicht, dass der stete Tropfen … aber Arthur war ungeeignet als Tropfsteinhöhle zu fungieren.

Dennoch, das Fass war voll, warum aber der berühmte Tropfen, der es zum Überlaufen bringen würde, nicht fiel, war unverständlich. Er sollte nie erfahren, was sie wirklich bewog, diese ungewöhnliche Verhaltensweise vorzulegen, es sei denn, sie wäre von purer Eifersucht zerfressen gewesen, im Grunde eine naheliegende These. Doch gerade diese leicht verhexte Art ihres Vorgehens war zumindest einer der vielen kritischen Punkte, weshalb er sich von ihr fernhalten wollte, ein Vorsatz, den er wiederholt fasste, aber bisher aus unterschiedlichen Gründen nicht konsequent genug umsetzte … oder wusste er etwa, weshalb er die eigenen Vorsätze zuweilen missachtete? Diesen Gedanken wollte er nicht vertiefen, er brachte ihn in arge Verlegenheit.

Dennoch, Arthur war verwirrt, wusste kaum, in welch verhängnisvollen Strudel er hineingezogen wurde, beunruhigt sah er sich ihrer Beharrlichkeit ausgesetzt, und scheinbar kraftlos versiegten ab und an seine lauen Abwehrkräfte. Er schwankte bedauerlicherweise zwischen Kampfbereitschaft und Laschheit hin und her.

Unermüdlich suchte er gleichwohl nach Erklärungen: Eifersucht in diesem Stadium einer eher lockeren Bekanntschaft, deren Natur keineswegs feststand, was sollte er davon halten? Aus seiner Sicht war sie völlig deplatziert, denn es gab bislang keine weiteren oder gar intimen Episoden, die deren Berechtigung erklärt hätten. Jener eine, eher schüchterne Annäherungsversuch, damals, vor einiger Zeit, der ohnehin rechtzeitig abgeblockt wurde und keine ernsthaften Intimitäten zur Folge hatte, war kaum Grund genug, um ihr Verhalten zu rechtfertigen, zumal eine gleichzeitige Partnerschaft mit Erich nicht auszuschließen war. Auch die teils tiefschürfenden Gespräche, welche zwar sehr private Bereiche tangierten, aber letztlich im theoretischen Rahmen abgehandelt wurden, nein, auch sie waren kein Freibrief für solches Handeln. Was mochte in der

Vorstellungswelt dieser Frau vorgehen? Welche Gedanken und Hoffnungen mochte sie hegen, welche Absichten verfolgen? Viele, alte wie neue Fragen tauchten auf und beschäftigten ihn nächtelang. Auch wollte er sich ihrer Kontrollen, die sie zwar diskret, aber gleichwohl regelmäßig durchführte, endgültig entziehen, um der Beschneidung seiner Freiheit entgegenzutreten. Dies zu verdeutlichen tat Not, Klarheit zu schaffen war geboten. Doch wie auch immer, sie hat es somit geschafft, Arthur so weit zu bringen, dass er nun seinerseits das dringende Bedürfnis nach einer weiteren Gesprächsrunde verspürte, denn es war einiges zu berichtigen. Im Geiste hatte er sich schon darauf vorbereitet, ja in schlafloser Nacht entwarf er bereits einen Dialog, der die erforderlichen Repliken auf die fiktiven Vorhalte, die er ihr in den Mund legte, entschärfen sollte. Er war gewappnet, dachte er zumindest.

Nein, nein und nochmals nein, Greth konnte nicht die Nachfolgerin jener Frau werden, die zu verlassen er im Begriff war. Nein und nochmals nein, sie war keinesfalls die Partnerin, die er suchte. Sie war lieb und nett, auch fleißig und tüchtig, aber sich unverzüglich nach einer Scheidung, die ohnehin nicht geräuschlos über die Bühne gehen würde, mit einem solch zentnerschweren Problemkomplex zu beladen, wie Greth ihn in ihrem Gepäck mitführte, das wäre dann doch allzu töricht gewesen. Es musste eine Lösung gefunden werden, und das seit Langem versprochene und nun mit Vehemenz geforderte Gespräch wurde unumgänglich. Da musste er wohl oder übel durch, denn diese Suppe hat er sich selber eingebrockt, oder sich zumindest so dämlich angestellt, dass er in Greths Falle tappte.

Es störte ihn sehr, dass er, wiewohl allgemein Milde obwaltete, immer wieder mit strafenden Blicken traktiert wurde, wenn er zu später Stunde nach Hause kam oder gar auswärts übernachtete. Es war doch nicht Greths Aufgabe, ihn zurechtzuweisen, nein, die Bedürfnisse der Kinder definierten ihren Zuständigkeitsbereich vollauf. Doch sie erfand immer mal wieder

Geschichten, die ihn erschrecken sollten, etwa, dass des Nachts Erichs Schergen aufgetaucht seien und an der Haustüre geklingelt hätten. Weinend erzählte sie dies, und eines der Kinder bestätigte, dass es der Wahrheit entspräche … es war vermutlich gekauft, ein Stück Schokolade oder dergleichen reichte dafür aus, und wer geklingelt hatte, sofern überhaupt, stand in den Sternen. Sie scheute sich also nicht, auch die Kinder vor ihren Karren zu spannen, was ihn ärgerte. Es war sehr unangenehm, sich immer wieder neuen Ungewissheiten ausgesetzt zu wissen, doch musste er wohl einstweilen damit rechnen, wobei er nicht wusste, wie viel Wahrheitsgehalt den beklagten Umständen denn jeweils zukam, war sie doch offensichtlich bemüht, ihrem Ziel allerhand Unwahrheiten unterzuordnen.

Er überlegte gleichwohl, was er tun könnte, um die vermeintlichen Gefahren abzuwenden, fühlte sich aber in Anbetracht der undurchschaubaren Aktivitäten von Erichs Leuten machtlos. Mit dieser Argumentation begründete er seine Trägheit, die überdies auch als Rechtfertigung diente, den Verdacht zu nähren, dass selbst dieses Szenario einer grethschen Inszenierung hätte entsprechen können … immer wieder diese Zweifel, er hatte sie langsam satt! Zudem wollte er mit Erich, dem ‚Haudegen' Gottes, nichts mehr zu tun haben und hatte auch keinen Anlass dazu, doch Greth konstruierte einen Antagonismus zweier gegensätzlicher Figuren, welche angeblich ihr aktuelles Lebensgefüge spalteten, ein intrikates Konstrukt, das reinem Opportunismus entspross. Nur so war es einleuchtend, dass Erich angeblich sein ganzes Abwehrdispositiv einsetzte, um letztlich gegen Windmühlen anzukämpfen. Welche Absichten sie damit verfolgte, war längst klar, aber er wusste auch, dass er sich dafür nicht wirklich interessierte, denn er lehnte es entschieden ab, in dieser hirnrissigen Inszenierung mitzuspielen. Dennoch wollte er mithelfen, sie von ihrer Angst zu befreien, so sie denn berechtigt sein sollte, und dieses alles entscheidende Rätsel zu lösen, war nun vorrangig. Doch wie vorgehen? Erichs System war wasserdicht, die Talschaft hermetisch abgeschlossen, und er sah sich außerstande, irgendwie einzugreifen. Greth erkannte wohl seine Zweifel und nutzte sie geschickt für ihre Zwecke, und Arthur stand vor der nahezu unlösbaren Aufgabe, die Spreu vom Weizen zu trennen.

Indes, die Fundamente, auf der all diese Annahmen und Folgerungen fußten, waren nicht fest genug, um der Dauerbelastung standzuhalten, weshalb sie immer wieder durch Tricks und Intrigen erneuert wurden. Dennoch erklomm sie auf einer virtuellen Leiter, die sie aus eigener Anschauung anfertigte und welche sie zu ihren hochgesteckten Zielen führen sollte, eine Sprosse um die andere, wobei nicht zu übersehen war, dass die ganze Sache durchwegs konstruiert war, ja einem Hirngespinst entsprang, das es so nicht gab und schließlich zur Obsession wurde. Diese Taktik verfolgte sie derweil mit unbeirrbarer Zielstrebigkeit, dessen war sich Arthur mehr und mehr bewusst, doch den teuflischen Plan zu durchkreuzen, wollte ihm vorläufig nicht gelingen.

Aus retrospektiver Sicht hat sie nämlich eine weitere Etappe auf dem Weg zur Verwirklichung ihres Vorhabens hinter sich gebracht und Arthurs Position auf ihrem Schachbrett so verändert, dass der Gegner – wen auch immer sie damit meinte – die entscheidende Figur nicht mehr nehmen konnte, zumindest solange sie beim Spielbrett saß und das Spiel beherrschte, und das war nahezu tagtäglich der Fall. Eine weitere Utopie allerdings, denn diese virtuelle Partie wurde gar nie ausgetragen, die vermeintlichen Mitspieler verweigerten sich, und die Ironie des Schicksals sorgte von Anbeginn an für ein Remis … zu dumm!

Warum nur hat sie sich ausgerechnet auf ihn eingeschossen und stur an ihrem eingeschlagenen Kurs festgehalten, nachdem sie längst bemerkt haben müsste, dass er nicht mithalten wollte? Wäre es denkbar, dass sie Arthurs Gretchen ist, das von ihrem ‚Privat-Mephisto' namens Erich ausgesandt wurde, um dessen leicht zu erbeutende Seele einzufangen? Soll er sie doch haben, wenn er sie denn auffindet! Das war Arthurs letzte Befürchtung … mit solch listiger Bauernfängerei konnte man ihm nicht beikommen, das hätte sie längst schon einsehen können.

Er mochte ja etwas naiv gewesen sein, gutgläubig auch, denn er dachte nur gelegentlich, dass sich hinter diesem ganzen Arrangement, so beeindruckend es auch sein mochte, ein wohlüberlegter Plan verbergen könnte. So viel Raffinesse traute er Greth, die sich ja betont hinterwäldlerisch gab, einfach nicht zu, und die Zweifel, die sich hin und wieder zu Wort meldeten, wurden kurzerhand unterdrückt, wiewohl er hätte wissen müssen, dass weibliche Intriganz kaum zu überbieten ist. Ja, er hat sie höchstwahrscheinlich unterschätzt und die arglistige Infamie, die den Plan begleitete, nicht wahrhaben wollen.

Ob die Fakten an sich echt oder erfunden waren, ließ sich nicht mit Sicherheit feststellen, umso weniger vermochten sie zu überzeugen, hinterließen aber dennoch Zweifel. Dessen ungeachtet wurden sie weiterhin fleißig ins Feld geführt, um ein andauerndes Gefahrenszenario aufrechtzuerhalten. So sehr sie mit einiger Sicherheit unter Erich und seinen Häschern litt, so sehr waren selbst diese Unannehmlichkeiten einkalkuliert, was sich schon recht bald herausstellen sollte. Sein Besuch in der notdürftig umgebauten Scheune bekam dadurch aber noch eine ganz andere Bedeutung, deren Nutzen einstweilen noch geheim gehalten wurde, da die Puzzleteile, welche zum Bild ihrer wahnwitzigen Zukunft zusammengefügt werden sollten, noch nicht richtig eingeordnet waren. Eine beängstigende Ahnung durchkreuzte zwar sein Sinnen, doch fehlten Hinweise, welche deren Mutmaßungen bestätigt hätten.

Ein Vogel wollte einen Regenwurm verspeisen, doch der Wurm hatte etwas dagegen und versuchte sich so rasch wie möglich in die Erde hineinzubohren; er war zu langsam und wurde zum Festmahl des Stärkeren, der sich zufrieden in die Lüfte schwang! Luft und Erde, Gegensätze wie Wasser und Feuer, schwierig damit umzugehen, unmöglich gar, sich den Widersprüchlichkeiten zu entziehen.

Greths Rolle innerhalb seiner Privatsphäre – noch hatte er sein Haus nicht verlassen – hatte zunächst einmal zur Folge, dass sie sehr oft, vor allem auch abends zugegen war, Gelegenheit mithin, ihn fortwährend in Gespräche zu verwickeln, welche unter Aufgebot endloser Varianten vorwiegend dem Thema Erich gewidmet waren – ein Dauerbrenner sondergleichen –, und es soll nicht verschwiegen werden, dass immer wieder Zweifel aufkamen, was all diese fürchterlichen Vorfälle betraf, die ihr widerfuhren, zumal sie meist mit zusätzlichen Scheußlichkeiten ausgeschmückt wurden, als ob sich mit wachsendem Abstand mehr und mehr Details wieder in ihrem Gedächtnis zurückgemeldet hätten. Auffällig war zudem, dass sie nur mit ihm, selten bis gar nie aber mit seiner Nochgattin, ihrer Verbündeten nämlich, darüber sprach, obwohl gerade sie in der Lage gewesen wäre, professionelle Hilfe zu leisten, doch muss aus diesem Sachverhalt wohl der Schluss gezogen werden, dass nur er, Arthur also, nicht aber dessen Frau, Teil oder gar Ziel ihres Plans war. Es war nicht leicht, die einzelnen Teilaspekte auseinanderzuhalten, wiewohl er noch immer von einer Doppelintrige ausging, welche die beiden Frauen ausgeheckt hatten. Dass er zu beider Zielscheibe geworden war, hatte er zwangsläufig mitgekriegt, doch nur die Stoßrichtung ihrer Aktionen, nicht aber deren Absichten stimmten überein, wäre doch für die eine die längst fällige Bettgeschichte ein Casus Belli, für die andere eine Art Lebensversicherung gewesen, beide Aspekte für ihn derweil verdrießlich und unerschwinglich. Doch er war weiblicher List nicht gewachsen, und ob er die Intrige, welche gegen ihn gesponnen wurde, in dem Maße durchschaute, wie er zuweilen dachte, war mehr als fraglich. Es ist eben die Tücke der Intrige, dass man nie ahnen konnte, ob man im Rückstand war oder einen Vorsprung hatte; Arthur wähnte sich im Vorsprung, was ihm zweifellos zum Verhängnis wurde.

So zappelte er bereits verzweifelt in Greths Spinnennetz, und es war außerdem abzusehen, dass sie beide bald wieder einmal allein zu Hause wären, um bei solcher Gelegenheit wichtige

Streitfragen aus Greths besorgniserregender Welt zur Sprache zu bringen. Diese Annahme lag auf der Hand und es sollte nicht allzu lange dauern, bis der ersehnte Tag bzw. Abend gekommen war. Auch Arthur machte deutlich, dass er gesprächsbereit sei, harrten doch einige Anliegen auch aus seiner Sicht noch der Klärung, sodass er aller bisher sorgsam gesammelten Gegenargumente zum Trotz wusste, dass sich diese weitere Runde nicht vermeiden ließe.

Es war ein Samstag, der ohnehin als Vorabend des heiligen Ruhetags oft eine feierliche Stimmung auslöst und die Menschen zu ungewöhnlichem, meist jedoch entspanntem Verhalten veranlasst, das mithilfe von Wein oder anderen alkoholischen Getränken, Genussmitteln also, welche nicht zuletzt auch zwecks Enthemmung der Zungen und anderer Organe konsumiert werden, oftmals förderlich beeinflusst wird. So auch an besagtem Abend. Er hätte ja erneut fliehen können, überlegte es sich auch, doch fand er keinen ausreichend Erfolg versprechenden Ausweg, sah zudem ein, dass die wohl entscheidende Aussprache ohnehin einmal erfolgen musste, und stellte sich ihr, denn es war mit einiger Wahrscheinlichkeit davon auszugehen, dass sich gewisse Missverständnisse eingeschlichen hatten, die auszuräumen nottat. Auch wollte er bekanntlich einige Fixpunkte festlegen, welche ihre weitere Partnerschaft, sofern sie aufrechterhalten würde, genauer definieren sollten. Ja, Greths allmähliches Eindringen in private Sphären musste ein Ende haben.

Äußerlich hatte sie sich noch kaum verändert, außer dass sie wieder etwas weiblicher aussah, nachdem sie wieder aufgefuttert war. Auch Kleidung und Haartracht waren noch immer unverändert, doch an diesem einen Abend trug sie ihre Haare offen, weil sie offenbar bemerkte, dass sie damit eine ganz bestimmte Wirkung erzeugte, auch etwas Lippenstift und Wimperntusche hatte sie sich angeschafft, da sie vielleicht hoffte, dass solche Kleinigkeiten das Zünglein an der Waage spielen könnten. Selbstverständlich widersprach diese Aufmachung ihrer Erziehung, doch für den Hausgebrauch – welchen wohl? – legte sie ihre Prinzipien, vermutlich nicht ganz unbegründet, vorübergehend auf Eis. Jedenfalls kam er nicht umhin, anzuerkennen, dass sie sich von ihrem ursprünglichen Gebaren behutsam distanzierte und damit eine nicht zu unterschätzende Wirkung erzielte. Dass er zu jenem frühen Zeitpunkt schon Lunte gerochen haben könnte, ist nicht unwahrscheinlich, denn was sie im Schilde führte, lag auf der Hand, umso mehr waren seine Sinne geschärft, und sämtliche Alarmglocken begannen schon zu läuten. Doch aller Vorsicht zum Trotz tappte er in die Falle, sehenden aber nicht erkennenden Auges. Seine Entschlossenheit begann bei ihrem unerwarteten Auftritt bereits zu bröckeln und die sattsam bekannte Wankelmütigkeit von ihm Besitz zu ergreifen, sozusagen erwartungsgemäß, und damit hatte sie freilich gerechnet.

Ob sie denn ausgehen wolle?, fragte er scheinheilig, etwa um glauben zu machen, dass er ihre Aufmachung nicht wahrgenommen habe, oder einfach um etwas Gleichgültigkeit zu mimen, damit sie nicht etwa auf die Idee käme, sie hätte das Spiel bereits gewonnen.

„Überhaupt nicht, das wäre viel zu gefährlich, man denke nur an Erichs Häscher!“, nein, vielmehr freue sie sich auf einen gemütlichen Abend mit ihm, ein solcher sei doch seit Langem schon fällig.

„Nun gut, wie man's nimmt, ein Fälligkeitstermin ist mir nicht bekannt, aber ich stehe dir gleichwohl zur Verfügung, wenn du, wovon auszugehen ist, einige wichtige Fragen zu klären hast.“

Das sei in der Tat der Fall, und ob es ihm nichts ausmache, ihr ein wenig zuzuhören, vielleicht bestünde ja auch seinerseits Klärungsbedarf.

„Bitte schön!“ – Noch hielt er seine eigenen Vorhaben unter Verschluss, denn Unbehagen machte sich breit, war doch schon die Einleitung ‚vielversprechend‘, beängstigend sogar … zielstrebig verfolgte sie ihren Plan, den er längst durchschaut zu haben glaubte, ohne wirklich zu ahnen, in welche Gefahr er sich begab.

Es erfolgte zunächst eine langwierige Aufzählung verschiedenster Angelegenheiten und Erlebnisse aus der Kindheit, die sie vornahm, wohl um aufzuzeigen, wie schwierig es gewesen sein musste, sich zum einigermaßen konformen Mitglied der allgemeinen Gesellschaft zu entwickeln, ein Vorgang, den man ihr immer wieder absprechen wolle, obwohl sie sich doch sehr um sogenannte ‚Normalität‘ bemüht habe. Normalität sei indes ein Begriff, der lediglich beschreibe, was die meisten tun, beinhalte aber bemerkenswerterweise weder qualitative noch ethische Angaben über erlaubte und verbotene Dinge. Das sei doch eine flaue Vorgabe und dennoch einzig gültiger Maßstab der gängigen Gesellschaft, die sich danach richte und gleichzeitig Abweichungen davon als unerwünscht abqualifiziere. Im Grunde genommen ein Unsinn, denn die Normen, die sie sich gibt, haben sich deren Mitglieder selber erschaffen, um einer allgemeingültigen Vorstellung zu entsprechen: eine Katze also, die sich in den Schwanz beiße. Ihre Glaubensgemeinschaft aber hätte diesen blassen Normen Leben eingehaucht und sie mit Werten ausgestattet, welche dem Dasein nicht nur eine Bedeutung, sondern auch einen handfesten Inhalt verleihen sollten, der sich selbst über den Tod hinaus sinnstiftend auswirke. Damit verbunden seien indes gewisse Bedingungen, die einzuhalten man verpflichtet sei, ansonsten die erarbeitete Gunst verfalle …

„Erichs mahnende Worte!“

„Ja freilich, der Teufel soll ihn holen!“

„Heftig heute … weshalb der Unmut?“

„Ach egal … lass mich fortfahren!“ Man sollte – so die Fortsetzung des Monologs – namentlich bedacht sein, die strikten Verhaltensregeln nicht zu verletzen, dass aber jemand gleich verstoßen werde, sobald er sich einer auch noch so geringen

Abweichung schuldig mache, sei dann doch reichlich absurd, aber gerade dies sei Erichs Gebot. Daher würden gerade in neuster Zeit einige junge Menschen nach neuen Wegen suchen, die sie nicht selten vom Ursprung wegführten, sehr zum Ärger der Obrigkeit, welche diese Verluste nur ungern hinnähme, ja oftmals militant bekämpfe, wie sie am eigenen Leib erfahren müsse. Während viele wichtige Exponenten ihrer Gemeinschaft das Gespräch suchen, ja sich ernsthaft um Öffnung und, soweit im Rahmen ihrer wichtigsten Grundsätze vertretbar, um Angleichung und Anerkennung bemühten, versuche es Erich, der unverbesserliche Fanatiker, weiterhin mit Repression, die sich auf Dauer mit Sicherheit nicht bewähren werde. Doch sei bislang keinem der wirkliche Durchbruch gelungen und ihr Ansehen in der sogenannt anderen Welt habe sich noch um keinen Deut verbessert. Unter dieser unleugbaren Tatsache habe sie tagtäglich zu leiden, obwohl sie doch so gerne eine gewöhnliche junge Frau wäre, deren Lebensstil sich durch nichts von landesüblichen Sitten und Gebräuchen unterscheide, ja, Anpassung sogar unter Einbuße von Werten anstrebe, welche sie nicht mehr für angebracht halte. Und wäre dem so, so müsste sie sich noch lange nicht als Luder oder Nutte fühlen, wie gerade einige Anhänger Erichs sie aus naheliegenden Gründen glauben machen wollten, zumal es ja nicht nur um Männerbekanntschaften und Bettgeschichten ginge, sondern auch um unzählige andere Bereiche des täglichen Lebens, welche davon tangiert würden … eine erbitterte Anklage, dieser Monolog, aber er war noch nicht zu Ende, wie es schien …

Nun ja, man habe natürlich bestimmte Vorstellungen über diese Glaubensgemeinschaft, welche bekanntlich vor langer Zeit unter Anwendung fadenscheiniger Argumente vertrieben wurde, später jedoch teilweise wieder zurückkehren und wie erwähnt, bestimmte Lebensräume besiedeln durfte, während ihre angestammten Güter in den Besitz der hohen Herren gelangten, die sich damit eine goldene Nase verdienten. Harte Lebensbedingungen hätten sie hinnehmen müssen, um überhaupt zu überleben. Natürlich seien ihre Anhänger unter sich geblieben und hätten kaum mehr Kontakt zur Umgebung aufrechterhalten können, was auch ihre schulischen Möglichkeiten massiv einschränke. Dass sich aus diesen Vorgaben ein eigenbrötlerisches Verhalten entwickelte, sei wohl verständlich und bis zu einem gewissen Grad doch auch entschuldbar. Sie aber habe eingesehen, dass die entscheidenden Komponenten dieser mühseligen Lebensform nicht anstandslos auf andersartige Gesellschaftsformen übertragen werden können, weshalb sie nun versuche, sich von all jenen Vorgaben zu distanzieren, die sie in dieser Hinsicht als hinderlich betrachte. Damit beschreite sie jenen eben erwähnten Weg vieler junger Leute, die ähnliche Einsichten gewonnen hätten und sich, wie sie selber auch, aus dem engen Korsett ihrer atavistischen Lebensform zu befreien suchten. Allerdings, und hier sei wohl die Grenze dessen erreicht, was man von ihr erwarten dürfe, sitze der Glaube an sich sehr tief und daran zu rütteln, sei undenkbar, auch sinnlos, denn er sei das feste Fundament ihrer Existenz. Ja, sie brauche eine feste Hand, welche sie durch den Dschungel des Lebens führe.

Dies sei eine stichhaltige Analyse ihres Umfelds, doch sei es kaum die abstruse Doktrin, die sie davon abhalte, ein alltägliches Leben zu führen, sondern vielmehr deren Auslegung, welche zahlreiche Richtlinien und Verhaltensregeln hervorbrächte, deren Begründung mehr als fragwürdig sei. Sie sähe darin im Gegensatz zu Erich keinen Widerspruch. Deshalb sei sie wohl auch gezwungen, Erichs Vermächtnis zu verleugnen, was dieser nicht ungesühnt hinnehmen wolle, sodass die Gefahr seiner Rache wie ein Damoklesschwert über ihr hänge. Dass ihr Glaube aber seit einiger Zeit mit den absurden Inhalten dieses zu Unrecht hochgejubelten Predigers vergällt worden sei, mache sie traurig, und es sei wahrscheinlich unumgänglich die Spreu vom Weizen zu trennen, was vermutlich nicht ganz leichtfalle, denn er sei nicht etwa dumm, dafür umso dreister. So habe sie beispielsweise bemerkt, dass sie sich selber von ihrem Körper entfremdet habe, dessen Wesenhaftigkeit ausschließlich zufolge ihrer Weiblichkeit ein Instrument des Teufels sei, eine reine Verunglimpfung der Frau per se, die heutzutage völlig quer in der Landschaft läge und die sie nicht hinzunehmen gewillt sei. Und weiter: Ihre Absichten seien lediglich als Versuchungen braver Männer zu werten, deren lautere Absichten dadurch durchkreuzt werden, eine sonderbare Vorstellung, der sie keinen Kredit einräume. Die Männer sollten sich daher von den Weibern fernhalten, ja, deren fortgesetztem Drängen nachzugeben, sei nur dann erlaubt, wenn es darum ginge, Nachwuchs zu zeugen – immer wieder dieselbe Leier, die im heutigen Umfeld nicht mehr opportun sei, sie habe es gründlich satt. Doch gerade diese lebensferne Vorstellung zeige doch deutlich, wie sehr sich althergebrachtes Gedankengut mit dem abträglichen Gedöns des neuen Predigers vermische und sich der Laie kaum mehr ein Bild davon machen könne, was nun gut und was eben verwerflich sei.

Ende des einleitenden Monologs, Klagelied wohl der unentwegten Reformerin oder geschickte Vorbereitung des Terrains, das zu betreten sie sich im Grunde gar nicht wagte. Neue Erkenntnisse brachte es kaum, aber ihre Eloquenz, um nicht zu sagen Schwatzhaftigkeit, schien ihr etwas Luft zu verschaffen, Befreiung mithin von altem Ballast, dessen sie sich – tatsächlich oder nur zum Schein – zu entledigen versuchte; das betretende Schweigen verhalf zu einer wohltuenden Pause.

Arthur, dessen Replik nun gefragt war, nutzte die vorübergehende Stille, um sich zu fassen, ja, innerlich zu schütteln wie ein Hund, der dem Wasser entsteigt. Er entnahm diesem eigentümlichen ‚Exposé', das aus seiner Sicht nicht nur Gedeihliches, sondern auch zahlreiche Missverständnisse darlegte, vor allem die Bekanntgabe ihres zentralen Anliegens, das ihn zutiefst beunruhigte, nämlich die angeblich einzig statthafte Rechtfertigung des Geschlechtsverkehrs, deren offiziell autorisierte Anwartschaft anzuzweifeln, sie sich aufs Banner schrieb oder zumindest aus opportunistischen Gründen als unsinnig abtun wollte, um moderne Gesinnung vorzutäuschen. Welche Schlüsse sie daraus zu ziehen bereit war, verschwieg sie einstweilen noch, doch die entscheidende Weichenstellung war erfolgt. Aber egal, er mischte sich dennoch ein und stoppte ihren Redefluss, da er in allgemeinen Lebensfragen auch bewandert war und selbstredend andere Ansichten vertrat. Er wollte zwar keine diesbezügliche Grundsatzdebatte lostreten, die ohnehin meist ergebnislos endete, dafür umso eher die anscheinend zentrale Frage der Beziehung zwischen den Geschlechtern erörtern, welche in ihren Kreisen anscheinend kontrovers diskutiert wurde, sodass es ihr schwerfiel, sich selber authentisch zu positionieren. Das veranlasste ihn, dem Gespräch jene Wendung zu verpassen, die es erlauben sollte, dass jene Punkte zur Sprache kamen, die – so viel hatte er bereits bemerkt – ohnehin an die Oberfläche drängten, wohl wissend, dass er sich auf Glatteis begab. Aber noch war er sich seiner Sache sicher und wagte den Schritt ins Ungewisse, ohne zu bezweifeln, dass er in der Lage sei, das gemeinsame Boot in ruhige Gewässer zu steuern:

„Dann sollte man wohl die ganze ‚Lustproblematik' entweder ungenutzt entsorgen oder einmal darüber nachdenken, weshalb es sie gibt, wozu sie dient und was an ihr tadelnswert oder gar diabolisch ist. Doch aller Einsicht zum Trotz steht diese Frage offensichtlich zur Debatte und die Suche nach einer vernünftigen Lösung hat nun vorrangige Bedeutung erlangt, eine Folge wohl all jener Vorkommnisse, welche sich in letzter Zeit gehäuft haben. Es könnte somit sinnvoll sein, den Stier bei den Hörnern zu packen, und das wollen wir doch einmal versuchen."

Ja, das sei sicherlich zutreffend, aber es sei eben eine bedrückende Angelegenheit, die zu erörtern ihr schwerfalle. Sie sei sich aber bewusst, dass sie selber die stetigen Gegensätze der Zweigeschlechtlichkeit ins Spiel bringe … die jüngsten Umstände hätten sie dazu gezwungen, da sie in ihrem Gehirn chaotische Verhältnisse hinterlassen hätten, sodass sich eine gehörige Entrümpelung aufdränge. Sie wand sich wie ein Wurm, wollte anscheinend darüber sprechen, wagte es aber nicht rundheraus zu tun, und suchte nach Umwegen, die sie schließlich gleichwohl zum ersehnten Ziel führen sollten.

„Mag ja sein, doch erwachsene Menschen sollten auch über schwierige Dinge sprechen, es gibt nichts, das nicht mit anständigen Worten formuliert werden kann …“ – ermunternde Worte aus Arthurs Ecke, der ihre Verlegenheit bemerkte und ihr Starthilfe verschaffen wollte, umso mehr, als er seine Zurückhaltung offenbar bereits verabschiedet hatte …

„Ich höre“, … ihr Gesichtsausdruck wandelte sich deutlich, und ein Hauch von Begierde entströmte ihren Zügen … Erwartungshaltung pur, unmissverständlich sogar … Vorsicht also, sich nicht allzu weit aus dem Fenster lehnen … Lilith auf dem Vormarsch wohl … sie darf nicht den Sieg davontragen; kaum denkbar indes! Und was sie unter Entrümpelung verstand, erschloss sich ihm nicht, es sei denn … abwarten!

Er suchte nach Worten, die ihn nicht wie Freiwild gleich vor die Flinte des Jägers stellen sollten, ein schwieriges Unterfangen angesichts der angeschnittenen Thematik: „Man sollte sich aber, mmh – die Verwirrung, die ihn plötzlich befiel, behinderte seinen Vortrag – den hemmenden Umweg über unterschiedliche Glaubensbekenntnisse sparen, denn, äh …“ Die Erfahrung zeige doch, dass ein solcher meist unergiebig sei, sprich die natürlichen Bedürfnisse unterdrücke, wodurch das ursprüngliche Lebensziel infrage gestellt werde, was nicht angehe, „denn es ist doch sinnvoll, naturgegeben oder in deinem Verständnis gottgewollt.“ Er kam wieder in Fahrt: „Einheitlich sind doch zweifellos die biologischen Vorgaben des menschlichen Wesens, die unabhängig von jedweder Weltanschauung stets dieselben Gesetze befolgen. Es ist unerheblich, ob ein Erich die Libido verteufelt, um sich umso hemmungsloser, wiewohl in ritualisierter Form, ihrer zu bedienen, oder ein Papst den leichtfertigen Beischlaf als Sünde bezeichnet, dafür aber andere Kulturen die Vielweiberei offiziell befürworten, nein, erheblich ist bloß der Umstand, dass sie, diese oft als unschicklich beleumdete Lust nun mal bestünde und für die intime Begegnung von Mann und Frau eine zentrale Rolle spiele. An diesem Prinzip zu rütteln ist sinnlos und unergiebig. Religiöse Erwägungen müssen daher aus dieser Thematik entfernt werden, um ihr jenen Raum zuzugestehen, der ihr einst beigeordnet wurde. Ob es gelingt, sie zu unterdrücken, wie einige eher weltfremde Exponenten empfehlen, ist fraglich, dass sie uns beinahe tagtäglich irgendwann bedrängt, jedoch eine unumstößliche Tatsache. Wie man damit umzugehen gedenkt, ist von zahlreichen Faktoren abhängig, wobei auch Bedenken und Hemmnisse denkbar sind, derer man sich nicht entziehen sollte, um frei von Gewissensbissen zu handeln. Doch dies ist anscheinend nicht der springende Punkt, vielmehr steht doch zur Debatte, ob diese verrufene ‚Geißel' nicht doch normal sei oder eben lediglich zur sogenannten Versuchung des Individuums diene."

„So sagt Erich und quält Mann und Frau" …

„… oder versucht sie an sich zu binden, wie auch immer, er wäre jedenfalls nicht der Erste, der sich dadurch, trotz Verbot, der Vielweiberei befleißigt und diese durch einen religiösen Anstrich verbrämt. Ja, er ist fraglos ein Verbrecher und die Verballhornung der Sexualität lediglich ein Mittel zum Zweck."

„Doch zurück zur Libido, diesem menschlichen Pferdefuß nach der Überzeugung des einen, oder Teil menschlicher Bestimmung, nach Ansicht des anderen. Eindeutig feststellbar ist lediglich die Tatsache, dass sie beinahe jedem Individuum innewohnt und starke Kräfte freisetzt. Es gibt kaum Ausnahmen, es sei denn bei kranken oder behinderten Menschen, von denen hier und jetzt nicht die Rede sein soll. Wir alle besitzen ein gerüttelt Maß davon, und es wäre vermessen zu bestreiten, dass diese beinahe unwiderstehliche Kraft im aktuellen Kontext bereits das Zepter übernommen hat. Und hätte sie damals, als wir uns schon einmal in deren Bannkreis begaben, ihr Ziel erreicht, hätten wir denn ein neues Wesen gezeugt oder uns lediglich der planlosen Lust hingegeben? Und wäre Letzteres der Fall gewesen, dann hättest du dich wohl schuldig gemacht, ich mich aber nicht, dafür aber höchstwahrscheinlich zulasten deines Sündenregisters amüsiert. War es etwa das, was dich veranlasste, deinem Verlangen zu widerstehen, oder wolltest du sogar mich, den armen Sünder, vor weiteren Vergehen bewahren? Das ist doch blanker Unsinn und hat mit üblichem menschlichem Verhalten nichts mehr zu tun, denn Sex ist zunächst einmal ein gewöhnliches Lebensmittel, das, wie der Name sagt, lebenserhaltend wirkt, wie Brot und Butter, oder Äpfel und Birnen. Und der Einzige in eurem Laden, der genau dies begriffen hat, ist Erich, der, um der Bewahrung seines Monopols willen, irgendeinen Schabernack zum Besten gibt, mit dem Ziel, seine Widersacher fernzuhalten. Derselbe Gott nämlich, der den Menschen mitsamt seiner Libido schuf, soll sie gleichzeitig verdammen, indem er sie für sündhaft erklärt, für wie dumm hält er ihn denn? Doch egal, wir stehen ja schon wieder mitten drin im ‚Sumpf des Bösen' und sind demselben Dilemma ausgesetzt wie damals, wolltest du das? War es dein Ziel, mich zu verführen oder eher dich selber aus dem starren Korsett deiner Peiniger zu befreien?"

„Nicht doch! Aus dir spricht Mephistopheles, dessen Braut, die Lilith, bereits von dir Besitz ergriffen hat."

„Ja natürlich, mit größter Wahrscheinlichkeit, ich bin unstreitig deren Sendbote, aufgerufen mithin, dich, treue Seele, der ewigen Verdammnis anheimzustellen. Weshalb denn sonst hätte unser Gespräch gerade diese Wende genommen, die uns schon einmal – so sagt der Geist, der stets verneint – an den Rand des Abgrunds führte, vor dem wir aber erschaudernd zurückschreckten … so ein Quatsch! Ja, es gab einige Tabus, deren Gewicht wir höher werteten als das reine Vergnügen, schön und gut, doch letztendlich haben wir uns damit einen Bärendienst erwiesen, wie wir nun einsehen müssen. War es das wert? …"

„Ansichtssache …"

„Sicherlich, dennoch sind diese Ausführungen einstweilen nebensächlich und sollten lediglich verdeutlichen, dass sie, die vielfach verpönte Lust, allgegenwärtig ist, und dies nicht grundlos, und keinesfalls bloß der Versuchung des Menschen dient. Nein, als Kenner und überzeugter Verehrer biologischer Gesetze, welche ausnahmslos sinnvoll sind, ist zweifellos einzugestehen, dass selbst diese zuweilen unbändige Kraft ihren tieferen Sinn hat, dessen Ursprung längst bekannt sein dürfte. Es gibt keinen Teufel, der den Menschen dauernd in Versuchung führt, auch das ist blanker Unsinn, es gibt aber ein biologisches Ziel, das Männlein und Weiblein vereint, zunächst einmal – eine Binsenwahrheit –, um die gegengeschlechtliche Befruchtung sicherzustellen, Garantie namentlich für eine erfolgversprechende Mischung der Gene, dann aber auch ebenso sehr, um das innere Gleichgewicht des leidenschaftlich Suchenden aufrechtzuerhalten, was ebenfalls bekannt sein dürfte. Die Libido, so viel sei eingestanden, ist derweil so dominant, dass sie fraglos über dieses hehre Ziel hinausschießt, denn sie treibt eigenartige Blüten, die dem einen gefallen, dem anderen nicht; Menschen eben! Dass dabei ungewollt Kinder gezeugt werden, ist ein Nebeneffekt, den viele ungern in Kauf nehmen, so vermutlich auch Erich."

„Er hat deren sehr viele."

„Mag ja sein, ob er sie auch anerkennt?"

„Kaum, denn er bedient sich eines Systems, das seit Urzeiten seine dubiose Tauglichkeit unter Beweis stellt, indem die Vaterschaft nach Möglichkeit dem unmittelbaren Nachfolger, sprich dem späteren Ehemann, untergejubelt wird. Das ist der uralte Trick mit dem Recht der ersten Nacht, ein alter Zopf also, den man längst schon abschneiden müsste. Aber es beliebt dem Herrn über Gut und Böse, ihn zu erhalten, um nach Lust und Laune zu agieren, nur hat er in diesem Fall vergessen, dass es keinen nachfolgenden Ehemann gibt."

„Eben, vielleicht ein verhängnisvoller Fehler! Doch einerlei, gerade er, der die reine Lust als Teufelsstreich bezeichnet, müsste doch wissen, wie sehr sie das Geschlechtsleben prägt. Sie ist die Triebfeder schlechthin, welche die Paarung, egal unter welchen Umständen, überhaupt ermöglicht."

„Ja, du hast schon recht, er müsste sich darüber im Klaren sein, doch weshalb spricht denn sein Mund eine andere Sprache als sein Geschlechtsteil?"

„Diese heikle Frage sollte er vielleicht selber beantworten, ich habe bloß einige Vermutungen, und die sind ziemlich unehrenhaft."

„Wie denn?"

„Vielleicht hält er sein übles Tun, mit welchem er auch dich beglückte, für den gerechten Ausgleich seiner vermeintlichen Wohltaten zugunsten der ihm anvertrauten Glaubensgemeinschaft, denn nichts ist zu grotesk, als dass es diesem Wirrkopf nicht auch noch einfallen würde. Doch sein Vorgehen widerspricht den eigenen Erlassen, was ihn völlig unglaubwürdig macht, ein Widerspruch mithin, der ihn offensichtlich kaltlässt. Doch lass einstweilen gut sein, wir haben Besseres zu tun, als das Benehmen dieses Chaoten zu erörtern. Jedenfalls steht fest, dass der Drang, sich einer anderen, meist gegengeschlechtlichen Person körperlich anzunähern, sehr stark ausgeprägt ist und sich daraus viele Begegnungen ergeben, welche einem sexuellen Bedürfnis entspringen und dann erfolgreich sind, wenn Letzteres erwidert wird. Der Mensch ist übrigens nicht das einzige Lebewesen, das diesen Drang verspürt, und daher ist es wenig wahrscheinlich, dass der Teufel seine Hand im Spiel hat, vielmehr müssten andere biologische Interessen bemüht werden, um dieses allgegenwärtige Phänomen zu erklären."

„Es gibt doch keine … mmh, deine Worte sind Ausdruck einer Überbewertung der ursprünglich menschlichen Natur, welche durch die Gesetze der Gesellschaft längst schon zurechtgestutzt und bis zur Unkenntlichkeit verstümmelt worden sind …"

„Irrtum, reine Hypokrisie … jeder Mülleimer hat einen Deckel, und die Bordelle sind alle des Teufels! Nein, das ist eben zweckgebundene Heuchelei, ad absurdum geführte Moral, die bestenfalls noch die Tünche abgibt, welche den Dreckhaufen tarnt, Überheblichkeit nur einer fiktiven Herrenrasse, die letztlich inexistent ist, mehr nicht, denn wir alle sind gewöhnliche

Lebewesen, für welche all jene Gesetze gelten, welche die Natur für Lebewesen vorgesehen hat … und damit steht auch fest, dass selbst die angebliche Krönung der Schöpfung tierisch ist. Und hat man Hunger, so isst man, hat man Durst, so trinkt man und verrichtet die Notdurft, sobald sie sich meldet, und keiner sagt, dass dies einer teuflischen Versuchung entspräche. Und dasselbe sollte auch für die Sexualität gelten, denn die Notwendigkeit geschlechtlicher Aktivitäten ist imperativ. Es gibt zahlreiche Gründe, Zwänge evolutorischer Umstände mithin, welche dazu führten, dass die Menschen mit dieser Einrichtung namens Libido ausgestattet wurden, somit sind auch sie ein Werk Gottes, so es denn sein muss, und damit eine äußerst sinnvolle und lebensnotwendige Ausstattung eines gewöhnlichen Lebewesens, das nebst Mühsal auch mal Spaß haben will. Und warum bietet die Blume dem bestäubenden Insekt süßen Nektar an … damit es ihm Spaß macht, sein unerlässliches Werk zu tun, und sich überdies ernährt: Zweck und Spaß unter einem Hut zu vereinen, das ist die Natur, das ist ihr Rezept, und der Zweck heiligt allemal die Mittel! Ob die Neuzeit mit all ihren technischen Möglichkeiten ohne diese Einrichtung auskommen könnte, sei dahingestellt, doch umso mehr steht fest, dass sie, fest in menschlicher Wesensart verwurzelt, nicht aus dem Leben wegzudenken ist. Dass deren prägenden Elemente zuweilen in andere, nicht mehr ohne Weiteres nachvollziehbare Bahnen gelenkt werden und eigenartige Blüten treiben, ist unschön, aber wohl unumgänglich. Doch das ist das tägliche Brot von Figuren wie Erich oder sonstigen Rammlern, deren hemmungsloses Tun uns nicht weiter kümmern sollte, denn es sprengt die Grenzen des Erträglichen und in deinem Fall auch des Zumutbaren, ist es doch ungehörig, die Existenz der Frauen auf deren Geschlechtsorgane zu reduzieren, wie es auch ungehörig ist, den Männern zu unterstellen, dass sie bloß mit dem Penis denken."

Arthur hatte diesen Gedankengang schon so oft zum Besten gegeben, dass es ihn beinahe langweilte, es erneut zu tun. Doch Greth hörte fasziniert zu und schien ziemlich beeindruckt zu sein, ein Pluspunkt, den er gerne verbuchte, wiewohl er sich dadurch in des Tigers Höhle begab, was er offensichtlich billigend in Kauf nahm, denn sein Privatleben lag zu jenem Zeitpunkt in Trümmern, sodass er jede denkbare Entwicklung mit Gelassenheit hinzunehmen bereit war. Er hat sich so in Rage geredet, dass er auch vergaß die nötige Vorsicht walten zu lassen, eine Absicht, die er zuvor noch hochhielt und unbedingt beachten wollte. Aber auch er ritt auf der Welle der Lustbarkeit und schoss vermutlich ein Eigentor, das die Position der Kontrahentin insofern stärkte, als dass sie nicht mehr nur als Reinkarnation einer Sirene dastand.

„Klingt irgendwie einleuchtend“, erwiderte sie sichtlich beeindruckt „aber gleichwohl ist es fraglich, ob all diese Erläuterungen im wahren Leben die Rolle spielen, welche du ihnen zuordnest, was eben Erich und seine Getreuen immer wieder aufs Neue hervorheben.“

„Ohne sich danach zu richten, nicht wahr.“

„Lass das bitte, sein Verhalten soll ja momentan nicht zur Debatte stehen, zumal deine diesbezüglichen Erkenntnisse lückenhaft sind.“

„Ach so! … wie denn?“

„Einfach so!“ … „Trotzkopf!“

„… keine Häme bitte, aber lass mich fortfahren: In der aktuellen Epoche, welche uns aufruft, gegen die Überbevölkerung der Erde zu kämpfen, müssten wir ohnehin neue Richtlinien erstellen, sodass all die Vorstellungen und Zusammenhänge, die du herausgearbeitet hast, obsolet wären.“

„Nun ja, es ist nicht verboten, aus reiner Verlegenheit eine solche Aussage zu formulieren, aber es kann nicht unsere Aufgabe sein, mithilfe völlig illusorischer Vorschläge die Probleme dieser Welt zu lösen, denn wir haben genug mit unserem eigenen Mikrokosmos zu tun, der gerade dabei ist, aus dem Ruder zu laufen. Nein, liebe Greth, es geht nicht um die poplige Weltanschauung einer winzigen Glaubensgemeinschaft, welche die Wahrheit gepachtet zu haben glaubt, vielmehr haben wir das

Ziel der Natur, stets die größtmögliche Effizienz zu erzielen, vollumfänglich zu respektieren, ansonsten das Aussterben eines unproduktiven Wesens besiegelt ist, was kaum unser Ziel sein kann. Zudem, biologische Gesetze können nur durch die Natur selber außer Kraft gesetzt werden, nicht aber durch Menschen. Und was die übrigen Bemerkungen betrifft, so überlass doch den Hormonen die Aufgabe, die richtige Methode zur Besänftigung der aufgewühlten Gefühle zu finden.

Und noch etwas: Hört doch endlich auf, die Lust des Menschen zu verteufeln, es ist sinnlos und unrealistisch, denn die Realität zeigt ein völlig anderes Bild. Sie ist ein Lebenselixier und deren Befriedigung bringt Entspannung und Besänftigung der fieberigen Lebensgeister, welche den Menschen immer wieder umtreiben. Dies ist beileibe keine Schandtat, sofern die jeweiligen Akteure gleicher Meinung sind, während jegliche Form von Zwang verwerflich ist, das ist die berühmte rote Linie, welche nicht überschritten werden darf. Erichs Weg ist daher als untauglicher Versuch zu werten, seinen Umgang mit der Lust esoterisch zu verbrämen, um gerade diese rote Linie zu überschreiten, ein Akt der Blasphemie aus meiner Sicht. Ob diese Methode richtig oder falsch, annehmbar oder unannehmbar ist, sollen seine Jünger entscheiden, andere brauchen sich aber nicht gezwungen zu fühlen, sich seiner fragwürdigen Meinung anzuschließen, auch du nicht, Greth, denn es gibt niemanden, der, über deine Gefühle hinweg, sich deines Körpers bemächtigen darf."

„Außer Erich … du hast ja mit eigenen Augen gesehen, wie er sich benimmt, und mit eigenen Ohren gehört, wie er sein Tun rechtfertigt …"

„Weshalb denn gerade er? Genießt er etwa besondere Rechte?"

„Ja, zumindest maßt er sich welche an und verteidigt sie mit allen verfügbaren Mitteln. Freilich steht er nach eigenem Ermessen über dem Gesetz!"

„Ach so … anmaßend, dreist … Mord etwa inbegriffen?"

„Möglich, keiner hat etwas gesehen, Gerüchte werden abgeschmettert, er ist unantastbar …"

„… und diese Ungewissheit ist der Grund, weshalb er besondere Rechte genießt und keiner es wagt, tiefer zu schürfen? Wollt ihr denn einen Mörder schützen, ihm gar eure Seelen anvertrauen?“

„Vielleicht, man weiß es nicht, aber die Furcht vor Vergeltung ist groß, sodass man sich lieber raushält.“

„Zauberhafte Welt, eure Bergidylle, müsste wohl Schule machen!“

„Tut sie auch, weit mehr als andern lieb ist. Aber ich wehre mich entschieden gegen ein Pauschalurteil, dass alle Verbrecher seien, wenngleich solches oft behauptet wird. Nein, es sind gottesfürchtige Menschen …“

„… mit nur wenigen Ausnahmen zweifelsohne.“

„Musst du immer das letzte Wort haben?“

„Zicke!“

Beredte Ruhe kennzeichnete die Szene während geraumer Zeit, und es schien, als ob sich jeder mit diesem besonderen Gedankengut abzufinden versuchte, stand doch die Stoßrichtung der ‚Abendunterhaltung‘ nunmehr fest. Vielleicht dachte auch jeder im Stillen darüber nach, welche Konsequenzen sich daraus ergeben könnten, ja, ob die Fügung, durch die Argumentation etwas bedrängt zwar, womöglich die Stabführung schon übernommen und die Akteure der Entscheidungsgewalt bereits enthoben hatte. Auf beiden Seiten des Tisches schaute man ostentativ zu Boden, wohl um direkten Blickkontakt zu vermeiden, auch dies ein typisch menschliches Verhalten, das Verlegenheit, aber auch Betroffenheit zum Ausdruck bringt. Keiner wagte es, die Konversation fortzusetzen, denn jedes weitere Wort hätte unmittelbar in den ‚Abgrund‘ führen können, der sich bereits klaftertief vor dem geistigen Auge öffnete … je nach Standpunkt eine fatale Entwicklung!

Der Raum knisterte, die Spannung war greifbar und sowohl Greth wie auch Arthur hatten sich, vielleicht ungewollt, in eine unzweideutige Erregung hineingeredet, welche nach Entladung verlangte. Wie, wann … jeder wartete auf eine Einlassung des anderen, womöglich gar einen Vorschlag, was nun zu geschehen habe; Vorstellungen der unterschiedlichsten Art mochten die Gedankenwelt beflügeln, welcher Natur sie sein würden, blieb noch offen. Erinnerungen wurden wach, etwa dergestalt, dass eine Wiederholung jener einen, eher prüden Episode der Vergangenheit durchaus im Raum stehe, aber nahezu jeder andere Kurs ebenfalls denkbar sein könne. Wie ein Fragezeichen stand es in den Gesichtern geschrieben; die Miene korrekt zu lesen, war daher angesagt, doch jeder besann sich wohl zunächst auf seine eigenen Vorgaben. Greths Gesicht war gerötet, ihre Augen leuchteten, die Pupillen waren weit, und sie rutschte unruhig auf ihrem Sessel umher. Was wollte sie damit zum Ausdruck bringen? Arthur seinerseits verhielt sich still, krampfhaft vielleicht sogar, denn er verspürte Lust, sich Greth zu nähern, ja hätte wohl in diesem Augenblick Avancen ihrerseits kaum verschmäht, obwohl er sich ursprünglich zum Ziel setzte, ihr klarzumachen, dass sie als erotische Gespielin nicht infrage käme. Doch erneut war die Gelegenheit mehr als einladend, und die letztlich gezielte Vorarbeit war offensichtlich erfolgreich, wirksamer sogar als erwartet, und wie rasch Prinzipien über Bord geworfen werden, wenn das Gehirn seine Führungsposition an andere Organe abgibt, ist bekannt. Doch man zierte sich, denn es ging doch alles recht schnell, zu schnell wohl für Greth, die sich bislang in diesem verbotenen Gelände eher ungeschickt bewegte und dabei auch strauchelte. Aber Arthur befand sich bereits in voller Fahrt, denn gerade diese Stimmung hatte er sich, entgegen anderslautender Vorsätze, durchaus herbeigesehnt, ja umständehalber sogar recht intensiv, und unterzog sie schließlich einer bestimmten, nicht ganz uneigennützigen Interpretation. Dass er dadurch das Terrain ebnete, auf welchem sich erotische Szenen abzuspielen pflegen, ist ihm nicht entgangen, im Gegenteil, der Wind drehte und schürte das Feuer, und so entschloss er sich, den natürlichen Vorgängen, deren Gestaltung er aus naheliegenden Gründen

Greth überantworten wollte, ihren Lauf zu lassen. Nein, er wollte keinesfalls den aktiven Part übernehmen, um allfälligen Unterstellungen den Wind aus den Segeln zu nehmen, und tat so, als ob es ihm egal wäre, was geschehe. Vielleicht aber wollte er auch den klärenden Testlauf absolvieren, um anschließend mehr Einsicht in die Abläufe und Zusammenhänge der aktuellen Vorgänge zu erhalten, welche allenfalls auftragsgemäß erledigt wurden. Was er aber womöglich zu wenig bedachte, war die Möglichkeit, dass Greth alles etwas anders sehen könnte als er, doch gerade dies herauszufinden, hat ihn letztlich motiviert, seine Taktik zu ändern. Unfair, denkt man; die Unbedarfte soll entscheiden, ihre Scham überwinden und tun, was der Trieb ihr befiehlt, unzulässig, feige sogar! Die Folgen dieser Unachtsamkeit sollten sich allerdings erst sehr viel später manifestieren.

Und schon traf ein, was unvermeidlich war, indem das fortgesetzte Gespräch die Spur legte, auf welcher sich die weiteren Ereignisse des Abends abspielen sollten, etwas unvermittelt vielleicht, aber gleichwohl erwartungsgemäß:

„Alles in allem würde dies bedeuten, dass man der gottgegebenen Lust entsprechen und sie nicht etwa als Versuchung abtun sollte, da die Unterdrückung der Triebe eher schädlich, ja geradezu krankmachend ist, doch sind dies nur Behauptungen, während stichhaltige Beweise fehlen. Nonnen und Mönche sind nicht häufiger krank als ihre weltlichen Zeitgenossen."

„... aber auch nicht enthaltsam, wie weidlich bekannt ist."

„Ist dem so? Woher weißt du das?"

„Steht geschrieben, ich könnte dir unzählige Bücher ..."

„... lass gut sein, ich weiß, dass du belesen bist. Doch das würde dann bedeuten ... Ja, konsequenterweise müsste man zugeben, dass die Erregung einen Punkt erreicht hat, der unsere körperliche Vereinigung nicht mehr vermeiden lässt. Das ist eine logische Schlussfolgerung, doch gleichzeitig auch peinlich, denn wie sollten wir ..."

Sie hatte angebissen und verfolgte die Spur wunschgemäß: „Wie denn?"

„Wie alle anderen Menschen auch, es sei denn, Erichs Zugriff wäre so traumatisierend gewesen, dass aus deiner Sicht einstweilen ein weiterer Beischlaf ausgeschlossen ist."

„Oder erst recht nottut, um mich aus der teuflischen Umklammerung zu befreien, die er so gestaltete, als hätte er mir einen Keuschheitsgürtel verpasst. Eine zärtliche und feinfühlige Liebesnacht könnte sich daher als heilsam erweisen, wenn sie denn stattfindet. Der Keuschheitsgürtel ist rein virtueller Natur und damit leicht zu überwinden."

„So was aus deinem Mund? Ich bin sprachlos ..."

„Komödiant, der du bist! Doch egal, das schafft beileibe nicht jeder, musst du doch zugeben, nicht wahr."

„Ja, natürlich, und ich gönne dir den Triumph, doch darum geht es jetzt nicht."

„... nein, ganz und gar nicht." Der Tonfall war irgendwie gedämpft, verzagt sogar, und es erhob sich die Frage, ob denn der Wind schon wieder aus einer anderen Richtung wehe: Stille, warten, nesteln, herumdrucksen ... Gelegenheit sogar, die ganze Übung abzubrechen, denn noch gab's zu viele Differenzen, zu viele Unklarheiten. Kurz dachte er an Flucht, allzu schwach jedoch das Ansinnen, weit stärker die Versuchung, und er blieb auf seinen fünf Buchstaben sitzen, stoisch und hoffnungsfroh zugleich.

Nun, die Karten waren verteilt und lagen auf dem Tisch, einige davon zwar noch verdeckt, aber gleichwohl stand fest, dass nur ein echter Versuch, sich auf dem erotischen Parkett umzutun, zu beweisen in der Lage sein würde, ob denn zutreffend sei, was sie sich mundgerecht eingelöffelt hatten. Ob sie lediglich eine rechtfertigende Theorie ersannen, die das Verlangen legitimieren, oder das Verlangen der Theorie zu apologetischer Wirkung verhelfen sollte, war bereits gegenstandslos, die momentane Stimmung und die Lust allein waren ausschlaggebend und wiesen den Weg, den es zu beschreiten galt. Die Freiheit zu entscheiden, ob man sich ergeben oder weiterhin Widerstand leisten wollte, stand freilich beiden zu, ungewiss jedoch, ob sie noch uneingeschränkt regierte, denn die Macht der Sinnesreize hatte sie längst überflügelt. „Ob man sich einem äußeren Zwang unterziehen möchte oder eher dem Trieb das Steuer überlassen will, ist Ansichtssache, welche Version erbaulicher oder abträglicher ist, indessen Ausdruck einer bestimmten Weltanschauung, und damit wiederum graue Theorie", ließ Arthur ein, wohl um ihr die gesamte Entscheidungsfreiheit zurückzugeben. Vielleicht aber war die Situation bereits wieder so verkorkst, dass es konsequenter gewesen wäre, sich, wie gehabt, mit einem Kuss auf die Wange zu verabschieden und getrennt zu Bett zu gehen, doch vermutlich war es dafür schon zu spät, der Zeitpunkt der Umkehr verpasst.

Ob man sich das Leben nicht unnötig schwermache? Probleme sehe, wo es keine gäbe und die Unentschlossenheit bloß als dramaturgisches Mittel missbrauche? Ob man natürliche Regungen zulasse oder nicht, unterstünde ja nur mehr bedingt der Kontrolle der Vernunft, und dieser ihre Vormachtstellung zu entziehen, habe doch auch ihren Reiz … fast flüsternd vorgebrachte Einlassungen, welche womöglich gar nicht wahrgenommen wurden … unklar indes, doch die Kraft, die bewegt, war weit stärker als jene, die hemmt, und die viel besungene Wahlfreiheit kapitulierte! … schwer zu erkennen, wer das Zepter schwang, unmöglich jedoch, sich der Macht der Sinnesreize zu entziehen … und der Wind frischte auf und trieb das Schiff mit geblähten Segeln in den verheißungsvollen Hafen.

Erneut Ruhe und Beklommenheit. Verunsicherung auf beiden Seiten, denn noch hatte Arthur seine Ehefrau nicht ‚betrogen', war aber seit einiger Zeit fest entschlossen, es zu tun, sollte sich eine Gelegenheit bieten – ja, auch die offenen Rechnungen waren bekanntlich noch zu begleichen. Ob nun diese einmalige Gelegenheit endlich gekommen ist, stand noch nicht fest, indes, alle Anzeichen sprachen dafür. Die unmissverständlichen Gesten der Gegenspielerin verschafften sich Raum, und Arthur durfte annehmen, dass die Frucht nun reif sei, eine verlockende Frucht immerhin, die er lange verschmähte und auch weiterhin verschmähen sollte, denn sie könnte unbekömmlich sein. Er fühlte sich dann auch angesichts dieser süßen Versuchung außerstande, seine eigenen Grundsätze aufrechtzuerhalten, und war bereits entschlossen, sie kurzfristig an den Nagel zu hängen, wenn er dadurch in die Lage versetzt würde, sich eine Liebesnacht einzuhandeln. Er wusste um diese seine Schwäche, versuchte jedoch damit zu leben und so spärlich wie möglich davon ‚Gebrauch' zu machen.

Aber sie hatte noch etwas vorzubringen, das ihr unter den Nägeln brannte, fühlte sie sich doch veranlasst unter Tränen einzugestehen, dass sie keine Jungfrau mehr sei, eine beschämende Tatsache nämlich, denn Erich …

„Lass gut sein; das ist anzunehmen, aber unerheblich, und Erich sollte nicht in der Lage sein, uns den Abend zu verderben, er ist ausgeblendet."

„Zweifellos … nein, er sollte keine Gelegenheit haben, sich zwischen uns zu drängen, zumal er von seinem vermeintlichen Recht Gebrauch gemacht hat. Ich sollte es vermeiden, angesichts besserer Aussichten an ihn zu denken."

„Weshalb tust du's denn?"

… Achselzucken!

Wie eine Büßerin, in ein weißes Leinenhemd gekleidet, wartete sie neben ihrem Bett stehend auf Arthurs Erscheinen, der sich, um seine Nacktheit zu verbergen, lediglich einen Bademantel umgelegt hatte, so etwa, wie man es in schlechten Filmen zu sehen bekommt, wenn der brave Ehemann fremdgeht. Er nahm sie zärtlich in die Arme und küsste sie, entblößte ihren Körper, der noch ziemlich mager war, aber dennoch sehr weiblich aussah, und drängte sie sanft aufs Bett, um sich, nachdem er seine Hülle zu Boden hatte gleiten lassen, zu ihr hinzulegen. Es entspann sich eine längere, ziemlich stürmische erotische Szene, welche anscheinend beiden zupasskam, doch allmählich legte sich die anfängliche Ungeduld und wich einer behutsamen Zärtlichkeit. Es war so weit, wie es Greth seit Langem schon haben wollte, indem sie Arthur in seiner lustbetonten Naivität erfolgreich provozierte, ohne der mahnenden inneren Stimme Gehör zu schenken. Sie war nun bereit, ihren langersehnten Lohn zu empfangen.

Ihre Brüste waren angespannt, ihr reichlich behaartes Geschlecht leicht geöffnet und feucht. Die sanften Berührungen schien sie zu genießen, und Arthur brauchte nicht nachzufragen, ob es denn genehm sei … es gab keine offenen Fragen mehr. Sie benahm sich indes eher unbeholfen, wusste nicht, was sie mit ihren Armen anfangen sollte, und lag ziemlich reglos, um nicht zu sagen stocksteif da. Die Gänsehaut und der süße Geruch verrieten ihre Erregung, ihre Beteiligung am Liebesspiel war dennoch gering, die Hemmungen immens … passiv sei die Frau, aktiv nur der Mann, so stand's wohl geschrieben, so hat man sie belehrt, vermutlich die einzig passende Pose einer Empfangenden.

Arthur wusste, dass er keinen Fehler begehen durfte, und ging äußerst liebevoll zu Werke, doch irgendwann musste er in sie eindringen, was letztlich auch sie haben wollte, signalisierte sie doch eine eindeutige Bereitschaft für diesen Akt, von dem sie sich mehr erhoffte, als er zu geben bereit war. Dennoch, ein herrliches Gefühl durchströmte sie beide, und sie verharrten lange in dieser Pose, um die wohltuende Sanftheit weidlich auszukosten, bis Arthur den Akt abrupt beendete und seinen Samenerguss auf ihrem Bauch provozierte, für beide ein Schock, ein unrühmliches Ende einer langatmigen Vorarbeit, welche weit mehr versprach, als sie letztendlich erbrachte.

„Schade, wäre doch so schön gewesen, es sei nämlich keine Gefahr in Verzug, sie hätte doch …"

„Lass gut sein, es gibt ja keine Veranlassung, etwas zu tun, das man später bereuen könnte, schon gar nicht auf dem Buckel eines Kindes, dessen Zeugung nicht gewollt ist. Ein sündiger

Beischlaf also, doch umso schöner … und was ficht uns schon Erichs Einwand an, dem wir keine Rechenschaft schulden."

„Ich wollte, du hättest recht!"

Einen ganzen Abend haben sie damit verbracht, ihre Batterien aufzuladen, und nur eine kurze, aber heftige Beischlafszene reichte aus, um sie wieder zu entladen … und die Ernüchterung war beträchtlich, und zwar hüben wie drüben, wurde doch keine einzige der vielen Erwartungen wirklich erfüllt. Wie schwer man sich doch das Leben machen kann, unnötigerweise, wie sich selbst unter reichlich verzwickten Vorbedingungen gezeigt hat. Dass dabei aber das Gehirn ausgeschaltet war und sich die allfälligen Konsequenzen erst im Nachhinein als Drohkulisse präsentieren würden, war zu befürchten. In welcher Art sie sich einst manifestieren könnten, war dennoch unabsehbar, denn nun waren Arthurs Gene auf Greths Bauch ausgebreitet, als wären es Pralinen, die herauszupicken sie sich womöglich nicht enthielt. Und seine Unachtsamkeit könnte Grund genug sein, ihm dann und wann schlaflose Nächte zu bescheren.

Es sollte das einzige Mal bleiben, dass sich Greth und Arthur ein Schäferstündchen gönnten, denn die weiteren Ereignisse ließen es nicht mehr zu. Arthur sah jedoch ein, dass er ihr unrecht getan hatte, sie war eine liebliche, jedoch leidenschaftslose Frau, der es einstweilen an Erfahrung mangelte, und ob sie den Rückstand je aufholen würde, war für ihn bedeutungslos. Doch dieser gemeinsame, insgesamt zartbesaitete Abend, hat sich dessen ungeachtet unwiderruflich in sein Gedächtnis eingeprägt. Nein, er schämte sich nicht, auch nicht seiner Inkonsequenz wegen, denn er tat, was der Augenblick erlaubte, und er tat es mit Lust und Wohlbehagen, ohne auf die erhoffte Resonanz zu stoßen. Ob es sich gelohnt hatte und den Aufwand rechtfertigte, war fraglich, im Nachhinein jedoch irrelevant. Ein Testlauf vielleicht; ob er auch schlüssig war? Er maß dieser Episode indes keinen hohen Stellenwert bei, Greth aber schon, denn sie vermeinte wohl Lunte gerochen zu haben.

Arthur verbuchte seinen ersten außerehelichen Beischlaf, was ihn zufriedenstellte, wenngleich er ihm nicht jene Befriedigung verschaffte, die er sich in seinen Wachträumen erhoffte. Allein die Tatsache, dass er es endlich gewagt hatte, diesen längst fälligen Weg auch seinerseits zu beschreiten, und dies obendrein mit einer recht schwierigen Partnerin, verschaffte ihm eine hinlänglich befriedigende Genugtuung, von der er noch einige Zeit zehren sollte. Dass Greth dichthalten würde, war anzunehmen, denn sie hatte in zweifacher Hinsicht ein schlechtes Gewissen, das sich allerdings aus Opportunitätsgründen in Grenzen hielt, ein namhafter Fortschritt auch aus ihrer Sicht. Ja, sie war zufrieden und gab unumwunden zu, den ersten zärtlichen und wohlverstanden nicht erzwungenen Beischlaf – ein weiteres Geständnis – erlebt zu haben. Sie betonte es indessen so sehr, dass er aufs Neue an ihrer Ehrlichkeit zu zweifeln begann, und dies nicht zum ersten Mal. Die betonte Inaktivität und wohl erzwungene Passivität, die sie spielen ließ, vermochte nämlich kaum zu überzeugen, wusste sie doch ansonsten ganz genau, wie sie sich in einer solchen Situation zu verhalten hatte. Sie war möglicherweise weit erfahrener, als sie zu erkennen gab, doch gab's auch wieder Zweifel, welche diese Unterstellung relativierten, denn weshalb hätte sie sich Zwang auferlegen sollen, was hätte sie damit erreicht, was sich selber bewiesen? Ihr Verhalten gab jedenfalls mehr Rätsel auf, als in jener Nacht gelöst werden konnten. Doch ein Verdacht lag doch recht nahe: Durch ihre Taktik hätte sie eben Arthur über ihre wahren Absichten hinwegzutäuschen und damit ein weiteres Kapitel ihrer langfristigen Inszenierung durchzuspielen vermocht, sofern dieses ganze absonderliche Konstrukt, dessen Existenz zwar wahrscheinlich, aber gleichwohl unbewiesen war, nicht nur einer haltlosen Verschwörungstheorie entsprach.

Die Angelegenheit, deren Fortentwicklung er für irrelevant halten wollte, war undurchschaubar und ließ ihm allem Gleichmut zum Trotz keine Ruhe. War sie tatsächlich unbedarft, wie es sich zuvor abzeichnete, oder spielte sie ihre Rolle so gut, dass sie beinahe glaubwürdig wirkte, womöglich, um ihm seine ungeschönte Triebhaftigkeit vor Augen zu führen, ja ihm deutlich zu machen, dass auch er genauso funktioniert wie jeder andere Mann auch? Doch weshalb hätte sie dies denn tun sollen? Diese zunächst wohl der Eitelkeit entspringende Frage beschäftigte ihn so sehr, dass er sie, als sie noch nackt und verschwitzt nebeneinanderlagen, ganz direkt fragte, ob sie denn mehr als einmal mit Erich geschlafen habe, es dünke ihn, sie sei doch …

„… tut eigentlich nichts zur Sache“, unterbrach sie ihn hastig, und sie fände es taktlos, gleich nach einem solch wundervollen Erlebnis über ihren Peiniger zu sprechen; man hätte doch dessen Einmischung zuvor ausgeschlossen; weshalb denn der Rückfall in alte Muster? Eine reichlich diplomatische Antwort, die keine eindeutigen Schlüsse zuließ. Er versuchte sich aber irgendwie zu rechtfertigen: Nun ja, es tue ihm leid, denn er hätte nicht die Absicht gehabt, sie zu verletzen, aber die Frage sei ihm sehr wichtig geworden, denn er werde den Verdacht nicht los, dass er, Arthur, letztlich nicht jene Rolle spiele, welche sie ihm vermeintlich zugeordnet habe, fehlte doch die alles durchdringende und sinnesberauschende Leidenschaft, welche bei Verliebtheit stets mit von der Partie sei, jener Verliebtheit, von welcher sie zuvor wiederholt gesprochen habe. Ob er womöglich den Wunsch, endlich befruchtet zu werden, mit Liebe verwechselt habe? Das wäre aus seiner Sicht ein peinliches Versehen. Doch sie ließ sich nicht beirren und konterte unter Anwendung seiner eigenen Waffen: „Lust, nicht Liebe, das ist doch zweierlei.“ Er habe doch weitschweifig ausgeführt, was es mit diesen Begriffen auf sich habe und wozu sie Gott erschaffen und dem Menschen auferlegt habe, auf dass er davon Gebrauch mache.

„Gewiss, aber es ist doch zuvor oft die Rede gewesen von …“

„Respekt und Zuneigung, mehr nicht, und mehr will ich auch nicht zugeben, wenngleich … doch nein, es ist nicht der richtige Moment, darüber zu sprechen. Aber vielleicht noch so viel: Meine Bereitschaft, den Beischlaf zu gestatten, ist aus der Idee entstanden, dein und mein Erbgut zu mischen, weil ich vermute, dass daraus ein begabtes Kind und ein guter, erfolgreicher Mensch entwachsen würde, ein Mensch, der womöglich über all jene Eigenschaften verfügt, die ich bei einem ‚guten Menschen' voraussetze." Nein, die Verbindung zu Erich habe damit nichts zu tun, und was sie mit ihm getan habe, dürfe nicht Gegenstand dieser Diskussion sein … doch, noch so viel zu Erich: „Von ihm will ich keinesfalls geschwängert werden, denn seine Erbmasse ist schlecht, sein Umgang mit Frauen verwerflich und seine Einstellung allzu materialistisch."

Welch eigenartiges Spiel sie doch trieb, was mochte sich dahinter verbergen? Wollte sie etwa durch ihre Hingabe der Welt bessere Aussichten verschaffen, und wenn ja, dachte sie womöglich sogar, dass es zielführend wäre, diesen Weg zu beschreiten? War selbst dieser mühsam herbeigeführte Akt bloß Mittel zum Zweck? Eine verwegene Hypothese, doch blieb bald nichts anderes mehr übrig, außer vielleicht dies: Erich könnte ja der wahre Liebhaber sein und Arthur lediglich der Samenspender, ein schlichtweg raffinierter Plan, durch welchen sie sich in die Lage versetzen würde, Erichs ausgeklügeltes System zu imitieren, um es ihrerseits zu nutzen. Das hatte sie freilich nicht so gesagt, nein, beileibe nicht, aber es drängte sich auf, dieser Annahme eine gewisse Wahrscheinlichkeit zuzuordnen; etwas Zynismus wäre dann mit von der Partie, eine Gesinnung, die er ihr niemals zugetraut hätte. Er konnte sich nicht enthalten und konfrontierte sie mit diesem Gedanken, den er freilich in sehr sanften Tönen vortrug: „Ich befürchte, dass du Erichs Partnerin bist und lediglich von mir …"

„Mag ja sein, aber davon will ich nicht sprechen; er soll ja außen vor bleiben, nicht wahr."

„Ach, so unbekümmert entledigt man sich einer Bürde, welche soeben noch als untragbar bezeichnet wurde. Das ist Irreführung oder gar Schelmerei; wodurch habe ich mir dies verdient?"

„Mit deiner Dreistigkeit!"

Das war starker Tobak, doch er bemühte sich eines versöhnlichen Tonfalls: Es sei ohnehin kein ernst zu nehmender Verdacht und außerdem eine allzu verwegene Annahme, die im Nachgang zu Liebesgeflüster und zärtlicher Liebkosung einer schallenden Ohrfeige gleichkäme. Nicht gerade erbaulich, für eine junge Frau, welche über den eigenen Schatten sprang, um etwas zu tun, was sie im Grunde genommen aus Überzeugung niemals hätte tun dürfen. Da sei doch die Retourkutsche durchaus naheliegend, wiewohl es auch ihr dringender Wunsch gewesen sei, der Lust endlich stattzugeben. Auch sie habe doch einen nicht unwesentlichen Beitrag geleistet, um diese eher ernüchternde Szene herbeizuführen, nämlich dass sie nun nackt und schwitzend nebeneinanderlägen und eine Art Analyse ihrer angeblich ‚frevelhaften' Tat vornähmen. Das sei doch eher unüblich, im Grunde gar stoßend. Doch er wolle zu seiner Tat stehen und zugeben, dass er sich dabei gut fühle und insbesondere keine Gewissenbisse habe. Er habe sich allerdings erhofft, durch das Schäferstündchen etwas mehr Aufschluss über ihre wahren Beweggründe zu erhalten, doch das sei nicht der Fall, und so wisse er nicht einmal mehr, woran er sei und in welch absurde Geschichte er hineingezogen werde. Ihr eher widersprüchliches Gebaren vermöge er jedenfalls nicht zu deuten.

„Das soll einstweilen auch so bleiben! Ich kann und will nicht gerade jetzt mein ganzes Nähkästchen vor deinen Augen ausbreiten, dazu ist es noch zu früh."

„Ach so … wie ist denn diese Bemerkung zu verstehen? Ist denn noch ein Nachspiel zu erwarten?"

„Kein Kommentar vorläufig."

Nur scheibchenweise gab sie sich also in ihrer wahren Gestalt zu erkennen, dessen wurde er nun gewahr. Über die Bettgeschichte wurde natürlich Geheimhaltung vereinbart, doch sollte der bereits begonnene Streit über Ursache und Wirkung eskalieren, so wäre natürlich diese in Gefahr, womit sie ihn und er sie in der Hand hätte, doch wessen Trumpf eher ausgespielt werden sollte, dürfte sich weisen. Und eines wurde ihm schlagartig klar, der ‚illegale Beischlaf', so es ihn denn geben sollte, macht beide erpressbar, eine unschöne Nebenwirkung eines grundsätzlich natürlichen Vorgangs.

Schade, dachte er später, dass solche Dinge meist mit Misstönen enden. Wie wundervoll wäre es bei aller echten oder gespielten Unbeholfenheit doch gewesen, wenn man einfach gesagt hätte: „Ich mag dich sehr, und es war angenehm und schön!" Doch langsam begann er zu begreifen, dass er zum Instrument degradiert wurde und nur so lange zu funktionieren hatte, als es ihr beliebte. Noch war indes nicht absehbar, was ihm bevorstand. Insbesondere die Frage, ob er sich denn in einem Netz von Intrigen verfangen habe, aus dem sich wieder zu befreien schwerfallen dürfte, beschäftigte ihn zusehends, während Anhaltspunkte zu deren Beantwortung fehlten.

Greth hatte also erneut eine Sprosse ihrer virtuellen Leiter erklommen, während Arthur seine eigenen Anliegen, die allerdings keine deutlichen Konturen aufwiesen, nicht zur Zufriedenheit erledigen konnte, vielleicht aber auch gar nicht wollte, das war ihm zunächst selber nicht klar, denn Greth, noch einmal sei's mit Nachdruck festgehalten, war keinesfalls die Frau seiner Träume, und die einzig wohldefinierte Absicht, etwas mehr über Greths Plan zu erfahren, schlug fehl. Taktisch gesehen war sie ihm meilenweit voraus, was er sich nun ebenso eindeutig wie ungern eingestehen musste. Dennoch hat er diesen Abend als Erfolg verbucht, da er ihn in mehrfacher Hinsicht entschädigte und nicht zuletzt auch auf seinem eigenen Weg ein Stück voranbrachte. Doch dies stellte sich dann unvermutet als reine Nebensache heraus, denn ein unerwarteter Zeitungsartikel zog die Aufmerksamkeit auf sich:

Heute wurde in der Ortschaft … ein ca. fünfzigjähriger Mann verhaftet, der unter Berufung auf göttliche Offenbarung Frauen und Kinder aus den Reihen einer sektiererischen Glaubensgemeinschaft missbrauchte und sie teilweise bedrohte, ja sogar mit harten Strafen belegte und durch unhaltbare Warnungen vor dem Zorn Gottes und dem Eingreifen seines bösen Gegenspielers, des Teufels, bei der Stange hielt. Er war seit Jahren als Sektenprediger tätig und hat seine Opfer bislang so sehr unter Druck gesetzt, dass sich niemand anerbot, Anzeige zu erstatten, was sich letzte Nacht jedoch schlagartig änderte. Die genauen Umstände sind Gegenstand aktueller Ermittlungen.
Ermittlungen werden überdies wegen Missbrauchs Schutzbefohlener getätigt, aber auch wegen Betrugs und Wucherei.
Ein Mordverdacht, der außerdem gegen ihn erhoben wurde, soll in die Ermittlungen einbezogen werden. Es gilt wie immer die Unschuldsvermutung.

Diesen Zeitungsartikel fand Arthur in der nächsten Morgenzeitung unter der Rubrik ‚Unfälle und Verbrechen' und las ihn Greth vor. Sie erschrak sichtlich, was in keinster Weise dazu passen wollte, was sie einst über diesen Mann sagte … und es bestanden offensichtlich keine Zweifel, dass es sich bei diesem verhafteten ‚Gottesmann' um Erich handelte. Erneut wurde sich Arthur des Umstands bewusst, dass er noch lange nicht die ganze Wahrheit kannte, ja möglicherweise sogar an der Nase herumgeführt wurde. Es verblieben ihm lediglich kühne Vermutungen anstelle von Gewissheit, denn Greths Verhalten anlässlich der Liebesnacht war eigenartig, und ihre schlecht getarnten Abwehrmechanismen gegen jede Erwähnung von Erichs Namen waren äußerst auffällig, um nicht zu sagen verräterisch. Erich, das musste er nun endlich einsehen, spielte in Greths Leben eine völlig andere, weit wichtigere Rolle, als sie zu verstehen gab. Oder hatte sie sogar in dessen Auftrag zu handeln, um ihn, Arthur, für sein ungebührliches Verhalten, damals in der Scheune, zu bestrafen? Doch die Annahme, dass sich Greth mit vollem Körpereinsatz für die Ehrrettung Erichs hingegeben haben könnte, war so abwegig, dass er diese reichlich absurde Vorstellung sogleich wieder verwarf, wenngleich er wusste, dass sich Erich auf ihn eingeschossen hatte. Aber all dies war kaum mehr von ausschlaggebender Bedeutung, denn die Zeit seiner Regentschaft war offensichtlich vorbei und damit auch die Gefahr, dass er ihm schaden könnte. Ob sie sich deswegen so erschrocken hatte?

Er wunderte sich zwar über ihre Reaktion, was ihn zunächst nachdenklich stimmte, fasste sich dann aber und fragte in betont schlichtem Tonfall, ob es ihr gut ginge, was sie mit heftigem Kopfnicken lautlos bejahte. Ob es ihr die Sprache verschlagen habe, und wenn ja, weshalb?

Nach einigem Zögern kam mühsam und nur stockend eine Art Diskussion zustande, welche zunächst einmal ergab, dass sie sich irgendwie schuldig fühle, ja bezweifle, dass er ein Verbrecher sei, was sie veranlasste zu einer Art Verteidigungsrede anzusetzen: Nein, Anzeige erstattet habe sie nicht, denn welche Untat hätte sie ihm zur Last legen sollen, eine Vergewaltigung sei es ja nicht gewesen, denn was er mit ihr tat, war keineswegs strafbar, da sie aus bekannten Gründen damals dem Beischlaf – ihrem ersten, wie erwähnt – zustimmte, ja, glaubte zur Zustimmung verpflichtet zu sein. (Sieh mal einer an! Eine weidlich raffinierte Umschreibung eines an sich einvernehmlichen Beischlafs, den man einst als Beinahevergewaltigung darstellen wollte.) Eine besondere Form der Nötigung vielleicht, könnte man es nennen, doch nicht nur sie, sondern viele ihrer Leidensgenossinnen hätten dasselbe durchgemacht, und niemand habe es als anstößig empfunden. (Als Kollektivopfer fühlt man sich doch um einiges besser! Weshalb denn? Etwa deshalb, weil man so die Straftat mit anderen teilt? Absurde Vorstellung, inakzeptabel.) Es sei daher fraglich, ob hier eine strafbare Handlungsweise vorliege; was hingegen unstreitig verwerflich sei, wäre der Missbrauch von Kindern, wovon sie nichts gewusst habe. (War dem so? Sie müsste es ja wissen, denn auch sie war dessen Schülerin, wie sie einst erklärte.) Dieser Vorwurf habe sie am meisten erschreckt, denn sollte er zutreffen, so würde dies einen jahrelangen Freiheitsentzug bedeuten. Sie könne sich aber nicht vorstellen, ihn im Gefängnis zu besuchen, was zwar nicht zwingend erforderlich sei, aber vielleicht brauche er ja jemanden, der ihm Trost spende, und wer sonst außer ihr … Weinend brach sie den Satz ab und verbarg ihr Gesicht hinter ihren zitternden Händen, offenbar um zu verhindern, dass sie Arthur in die Augen blicken musste, der sie wohl ultimativ aufgefordert hätte, endlich die ganze Wahrheit preiszugeben. Die Szene, die sie ihm gerade vorspielte, war wenig glaubwürdig und völlig widersprüchlich, denn Erichs Verhaftung ließ alle Dämme einstürzen. Zweifellos hing sie an diesem Mann, was ihr unbenommen gewesen wäre, sofern sie sich dazu bekannt hätte, doch ihre umständlichen Tarnmanöver machten sie sozusagen zur Komplizin, was auch Arthur beträchtlich störte, denn dies hätte sein Verhalten entscheidend beeinflusst.

Sie wandte sich dann auch ab und gab weiter, noch immer in weinerlichem Tonfall, zu Protokoll: „Dass er die Gemeinde finanziell ausgelaugt hat, ist bekannt, doch dem eigenen Seelenheil zuliebe habe man dies toleriert. Inwieweit ihm weitere finanzielle Delikte vorzuwerfen sind, wisse sie nicht, wenngleich er zuweilen davon sprach, über ausreichend Mittel zu verfügen, um allenfalls das Feld zu räumen, so man seiner überdrüssig werden sollte … ja, zuweilen hat er sogar davon gesprochen, abzuhauen, sobald Feuer im Dach sei.“

„Zuweilen! Eigenartig diese Formulierung, denn nach aktuellem Kenntnisstand hätte es ja nur eine private Begegnung gegeben, sofern man seinen schändlichen Akt einmal so bezeichnen will.“

„Ja schon … aber einige private Gespräche, vor und nachher, haben deutlich gemacht … doch bitte lassen wir dies beiseite, es tut jetzt nichts mehr zur Sache.“ (Immer wieder diese nebulösen Andeutungen, was haben sie zu bedeuten?)

„Und schließlich die intransparente Geschichte mit der jungen Frau, welche sich von der Brücke stürzte, nun, das ist ein schwieriges Kapitel, denn keiner weiß, was sich damals wirklich abgespielt hat. Immerhin kann ich mir Erich nicht als skrupellosen Mörder vorstellen, so weit würde er doch niemals gehen, denn dazu sei sein Glaube an Gott und dessen Gesetze – ja auch diese – zu stark. Zudem nahm er seine Sendung sehr ernst und lebte für sie."

„Es lebe die Naivität sowie der feste Glaube all jener, die sich nun eindeutig als Genasführte fühlen müssten, zu welchen du dich ehrenvollerweise auch zählen darfst … gratuliere!"

„Ja, leider, und bei dieser Gelegenheit erinnere ich mich auch noch an die unverhüllten Drohungen, die er damals ausstieß, als ich angedeutet habe, vielleicht aus der Glaubensgemeinschaft auszutreten."

„Ach nein? Man höre und staune … hätte dies denn auch die Trennung von ihm bedeutet, mithin die Auflösung einer Partnerschaft?"

„Sehr wohl, und ich weiß auch um meine Verfehlungen, aber dafür habe ich bereits einen hohen, zu hohen Preis bezahlt. Doch ich bestehe darauf, dass Erich unschuldig ist, denn er handelte ausschließlich an Gottes statt, ist nun aber höchstwahrscheinlich Opfer von Verleumdungen geworden, anders kann ich mir diese dramatische Entwicklung nicht erklären. Bei allen Bedenken und Vorbehalten, dieses harte Los hätte man ihm ersparen müssen, stattdessen seien all jene zu bestrafen, die es ihm eingebrockt haben."

„Wovon sprichst du? Bist du denn in der Lage, all dies zu beurteilen? Deine Rede ist übrigens reichlich chaotisch und widersprüchlich, was ist los mit dir? Du bist buchstäblich aus dem Häuschen … dachte eher, dass du nun erleichtert seist, dich des ewig verfolgenden Schattens entledigt zu wissen. Stattdessen hält er dich nach wie vor an seiner Leine fest, und du bleibst der angekettete Tanzbär."

„Lass gut sein, die Sache geht mir sehr nahe."

„Näher jedenfalls, als ich erwartete, ich hätte vielmehr ein ‚Aufatmen' erwartet, einen Ausdruck der Erlösung gar."

„Vielleicht später einmal, wenn der Fall abgehandelt ist, aber ich will erst einmal in Ruhe darüber nachdenken", bat sie beinahe verzweifelt.

Diese scheinbar umfassende, jedoch noch immer sichtlich unvollständige Analyse – so es denn eine war – nahm Arthur mit einigem Erstaunen entgegen, denn er musste zur Kenntnis nehmen, dass Greth über Erich und dessen (Un-)Taten weit besser Bescheid wusste, als sie zugab. Er wollte deshalb ihrer inständigen Bitte nicht entsprechen. Etwas befremdet über diese auffallende Erklärung versuchte er sie rhetorisch in die Enge zu treiben, um herauszufinden, weshalb sie ihn denn so gut kenne und seine Motivation, ob gut oder schlecht, mit augenfälliger Gewissheit darzustellen imstande sei.

„Nein, der Zeitpunkt ist noch nicht gekommen, um dich in Ruhe zu lassen, denn ich möchte endlich die ganze Wahrheit kennen. Wir sind durch unser Schäferstündchen zumindest enge Freunde geworden, das rechtfertigt doch mein Begehr, ja womöglich habe ich gar ein Recht auf weitere Aufschlüsse."

„Ungern, doch sei's drum … Nun, ein Prediger, den man während Jahren mehrmals pro Woche sieht und hört, ist eben hinlänglich bekannt, und dadurch, dass man in der einen oder anderen Form" … „ein weitläufiges Spektrum, nicht wahr" … „unterbrich mich nicht! … dass man freilich auch näheren Kontakt pflegte, sind noch einige zusätzliche Erkenntnisse dazugekommen, welche das Bild dieses Mannes und dessen Wirken ergänzen; das ist doch unbedenklich." Eine diplomatische Antwort, welche den eigentlichen Sachverhalt außen vor ließ, doch hafteten ihr etwelche Mängel an, denn weder Lehrer noch Pfarrherren, welche in anderen Kreisen eine ähnliche Rolle spielten, machten ihre Privatsphäre so deutlich wie Erich, dessen vermeintliche Transparenz auf völlig anderen Pfeilern ruhte, als Greth eben eingestand. Zu gerne hätte er sie auf diesen Widersinn angesprochen, aber er wollte nicht noch einmal ihre Abwehr aktivieren, denn allzu mitgenommen sah sie aus, als dass er es für opportun gehalten hätte, sie weiterhin in die Mangel zu nehmen. Er ließ von ihr ab und fraß die erheblichen Zweifel an ihrer Ehrlichkeit in sich hinein, denn letzten Endes wollte er selbst nach dieser mäßig heißen Nacht nicht näher mit ihr in Kontakt treten, ja, weniger denn je, denn ihre vorgängigen Avancen waren vermutlich unecht und hatten lediglich einem bestimmten, einstweilen noch wenig bekannten Zweck zu dienen, dessen Aktualität mit Erichs Verhaftung anscheinend nicht erlosch.

Arthur wunderte sich trotzdem über die Milde, mit welcher Erich plötzlich beurteilt wurde, war er doch bis vor Kurzem ein schrecklicher und insbesondere rücksichtsloser Kerl, ein Despot und Schürzenjäger obendrein, und nun, nach seiner Verhaftung, sollte all dies übertrieben und ungerecht sein? Nein, zu viele Ungereimtheiten säumten den Weg, welchen er mit Greth nach deren Wunsch hätte beschreiten sollen. Seine Skepsis war somit mehr als berechtigt.

Greth hatte derweil nach einiger Zeit des Nachdenkens bemerkt, dass sie sich in Widersprüche verwickelt hatte, und sah sich bemüßigt, noch etwas anzufügen, das sie für bedeutungsvoll hielt: Er habe doch viel getan für die Gemeinde, aber vielleicht dann und wann über das Ziel hinausgeschossen. Ihm dies nun zur Last zu legen, sei dennoch unfair, das hätte er beileibe nicht verdient.

Ein Unschuldslamm vom Dienst also, weshalb denn diese Lorbeeren? Nun ja, vielleicht habe sie situationsbedingt etwas zu streng geurteilt, denn seine Absichten seien lauter gewesen, und das sogenannte Entjungferungsrecht, von dem sie einst sprach, sei nicht etwa so streng gehandhabt worden, wie sie es darstellte. Es wäre vielmehr ein Angebot gewesen, das zu beanspruchen man eingeladen war, wer es ausschlug, erlitt jedoch keinen Schaden. Aber es sei ihr gelegen gekommen, dass es so was gab, um es ihm, Arthur, aus naheliegenden Gründen unter die Nase zu reiben.

„… und in schrecklichsten Farben auszumalen, um sich als Opfer auszugeben, statt sich der Wahrheit zu verpflichten. Effekthascherisch also dein Tun, zweckdienlich indes allemal! Ich bin somit ‚nolens volens' zur leichten Beute sektiererischer Abwehrpolitik geworden, eine Zumutung, um nicht zu sagen Impertinenz … und die Drohgebärden gab's gar nicht, und das Mädchen auf der Brücke ist reine Erfindung … für wie dumm hältst du mich denn?"

„Lass deinen Sarkasmus, er ist hier fehl am Platz. Und die Fakten sind hart."

„Ach, weißt du", so seine Erwiderung, „ich bin recht friedlich veranlagt, aber als gewöhnlicher Mensch auch verletzlich; könntest du dir das vorstellen?"

„Ja natürlich … war nicht meine Absicht, auch nicht meine Idee …"

„… also doch! Es steckt weit mehr dahinter, als du zugibst. Wie konntest du nur …"

„Lass gut sein, ich habe mich verrannt, aber bitte verstehe, dass ich irgendwie ferngesteuert war und schließlich dennoch aus eigenem Ermessen handeln, insbesondere aber ein gutes Werk tun wollte, um mich endlich zu exkulpieren. Es ist mir nicht gelungen, denn …"

„Wirres Geschwafel, unverständlich die Zusammenhänge, sprich Klartext!"

Sie schwieg, vielleicht sogar etwas trotzig, und eine vollständige Erklärung dafür, weshalb sie dieses Spektakel veranstaltete, blieb sie schuldig, aber es war auch nicht besonders schwierig zu erraten, welches ihre Motivation hierfür gewesen sein könnte, denn einige Puzzleteile sind ihr entwischt. Ja, es war deutlich erkennbar, dass ihr Gehirn auf Hochtouren arbeitete, wohl um sich der Widersprüchlichkeiten bewusst zu werden, die sie Arthur gegenüber aber nicht ausräumen wollte, denn sie weigerte sich stur, mehr Einzelheiten preiszugeben.

Arthur fühlte instinktiv, dass sie log, und es stellte sich einmal mehr die Frage, was nun wirklich Sache und was nur Theater war. Eigenartig, dachte er unvermittelt, diese stets wiederkehrenden Gegensätzlichkeiten, denn so klang es doch damals nicht, als sie begann von Erich und dessen Wirken zu erzählen, und so fragte er sich zum x-ten Mal, welchem Ränkespiel er wohl aufgesessen sei. Ja, sie focht ihr Rückzugsgefecht aus, damit musste er rechnen, aber sie tat es auf äußerst ungeschickte und keinesfalls klärende Art und Weise, was das Gespräch vom Vorabend aufs Abträglichste konterkarierte. Sie griff also tief in die Trickkiste und landete einen Coup, der seinesgleichen suchte, während sich Arthur wie der letzte Depp vorkam.

Nichtsdestotrotz schien nun endlich das elendigliche Lügengebäude zusammenzubrechen, das bislang die Szene beherrschte, doch bereits schickte sie sich an, an dessen Stelle ein neues aufzubauen. Er nahm sich derweil fest vor, solange nicht lockerzulassen, bis er die ganze Wahrheit kenne. Nach kurzer Überlegung warf er dann auch in die Waagschale, dass damit der Zwang, von dem sie einst sprach, wohl endgültig vom Tisch sei. Ihr Beischlaf mit Erich sei ein gewollter Akt gewesen, den sie vermutlich aus rein taktischen Gründen als Untat bezeichnet habe.

„Auch diese Vermutung ist nicht abwegig, aber noch einmal: Für heute ist dieses Thema tabu, bitte, bitte, bitte …“

Ihre Verlegenheit, die nun in eine Art flehentliche Bitte umschlug, verriet, dass er wohl recht nahe dran war, an jener Wahrheit, die sich dann auch aller Widerstände zum Trotz und nach einigem Zögern nahezu mühelos enthüllen ließ. Sie war eben, wie viele andere auch, diesem Mann sehr ergeben und buhlte um dessen Gunst, nicht zuletzt auch, um durch seine Erfahrung im Umgang mit Frauen, ebenfalls und insbesondere beim ersten Mal, davon zu profitieren. Ja, die damalige Szene sei gespielt gewesen, bewusst mithin, um Arthurs Eifersucht zu schüren – eben –, denn Arthur sei und bleibe ihr Traummann, ein Geständnis, das sie nun endgültig deponieren wolle. Das sei keineswegs neu, aber natürlich wisse sie erst seit Kurzem, dass seine Ehe kaputt sei und er bereits konkrete Trennungspläne habe. Seither sei sie in einer Zwickmühle, denn zum einen wäre sie gerne zur Nachfolgerin ernannt worden, zum anderen hätte sie seiner Nochehefrau einigen Respekt zu zollen, da sie sie aufgenommen und beschäftigt habe, als es ihr dreckig ging. Sie werde daher auch kaum nach seinem Wegzug sie und die Kinder im Stich lassen, sondern vielmehr dafür sorgen, dass es der Restfamilie gut ginge und die erwartungsgemäß dramatischen Tage schlicht und ohne allzu starke Emotionen ablaufen könnten.

Eine neue Ausflucht etwa, mit zusätzlichem Druck auf die Tränendrüse? Arthur bekundete einige Mühe, ihr auch nur ein Wort zu glauben, denn weiterhin spielte sie die Märtyrerin, welche sich für die gute Sache aufzuopfern gewillt war, eine Rolle, die ihr weit besser zu Gesicht stand als diejenige der Liebhaberin, was ihr insbesondere nach der vergangenen Nacht nicht mehr fremd sein dürfte. Ob ihr die Opferrolle auf den Leib geschrieben stand, oder sie sich einfach nur so zu profilieren versuchte?

Dennoch war auch dies nur die halbe Wahrheit, denn gerade ihr intimes Zusammensein sprach allen Unstimmigkeiten zum Trotz doch eine völlig andere Sprache, egal welches Ziel sie damit verfolgte. Natürlich hat sie nun unter dem Eindruck von Erichs Verhaftung einen Teil der Wahrheit preisgegeben, aber sie ließ mit Sicherheit wesentliche Teile außen vor, ob zu ihren oder Erichs Gunsten stehe dahin, denn noch immer ungeklärt war die Tatsache, dass sie beschattet und wiederholt von seinen Schergen verfolgt wurde. Der erhoffte Effekt blieb also aus. Entweder sie hatte Gründe, Erich in Schutz zu nehmen, oder sie wollte zumindest den intimen Teil ihres Lügengebäudes nicht fallen lassen, weshalb auch der Zusammenhang mit Arthur, trotz der absonderlichen Art, Eifersucht erregen zu wollen, einstweilen ungeklärt blieb.

Ärgerlich immer wieder diese Naivität und sein allzu leichtsinniger Umgang mit den Avancen der Frauen, welche ihn umgaben, ja, das musste er sich nun eingestehen. Er fühlte sich als Spielball ihrer Verschlagenheit missbraucht und bemerkte erst sehr spät, meist zu spät, wie übel ihm mitgespielt wurde. So wäre er also auserkoren, Greth als Nachfolgerin jener Frau zu betrachten, welche er verließ. Gleichzeitig spielte sie ihm, um sein Mitleid zu erregen, ein Schauspiel des Schreckens vor und schaffte es mühelos, mit all jenen kritischen Fragen, welche sie ohnehin immer wieder beschäftigten, seinen Widerspruch zu entfesseln, wohl wissend, dass er sich in das Thema verbeißen würde, und brachte ihn dazu, mit ihr ins Bett zu gehen, womit sie vermutlich mindestens zwei Fliegen mit einer Klappe schlug. Daneben war sie aber eine Verbündete der Nochehefrau, welche eine undurchsichtige, vermutlich eben rein intrigante Rolle spielte, aller Voraussicht nach aber vor allem wissen wollte, ob der Nochehemann untreu sei oder sich noch immer an die verbindlichen Vorgaben der Gesellschaft halte, wie er wiederholt beteuerte. Sie wusste jedenfalls sehr rasch, dass er sie betrogen hatte, während er selber, abgesehen von einer wiederum ihr nicht bekannten Ausnahme, damals noch nicht wusste, dass sie diesen unrühmlichen Weg seit Langem schon beschritt, ein unleugbarer, jedoch kaum ins Gewicht fallender Nachteil für die anschließenden Verhandlungen. Es reichte aber aus, um ihm bitteren Ärger zu bescheren, der sich allerdings erst viele Jahre später manifestierte. Natürlich war es nicht sonderlich schwer zu erraten, wer hinter dem Verrat steckte.

Veräppelt fühlte er sich ohnehin, und die Schmach, allen auf den Leim gekrochen zu sein, oder richtig ausgedrückt, sich so benommen zu haben, wie sie es haben wollten, belastete ihn sehr. Ein Glück nur, dass er sich vorsah und die wohl geplante Schwangerschaft bei Greth nicht in Gang setzte, und dies sehr zum Ärgernis dieser Frau, welche in Aussicht stellte, über dieses Thema noch einmal sprechen zu wollen, wiewohl Arthur argwöhnte, dass sie bereits schwanger war, und zwar von Erich, aber ihm dieses Ungeborene unterjubeln wollte, konsequent und skrupellos. Eine weitere Intrige, welche im gleichen Akt dieses Dramas hätte abgehandelt werden sollen, aus ihrer Sicht indes ein Muss, denn sie bediente sich des Rechts auf die erste Nacht nicht als verheiratete Frau, sondern als Möchtegernfrau eines schwer erreichbaren Lebenspartners, dessen Ansinnen allerdings eine andere Marschrichtung einzuschlagen vorsah. Doch diese allerletzte Sprosse der Leiter vermochte sie nicht mehr zu erklimmen, dachte er wenigstens, denn niemals wäre er auf die Idee gekommen, dass Greth, mit ihrer verqueren Moralvorstellung, deren Grundlagen ihr gleich löffelweise in der ausgemusterten Scheune eingegeben wurden, sich hergeben könnte, um einen angeblichen Traumpartner buchstäblich und in mehrfacher Hinsicht ins Messer laufen zu lassen. Er machte derweil Bekanntschaft mit weiblicher Solidarität, eine nahezu unüberwindliche Kraft, wenn es darum geht, gewisse Interessen um jeden Preis durchzusetzen. Und eines steht fest: Mit einer Hartnäckigkeit, wie sie Greth an den Tag legte, hatte er nicht gerechnet, zumal die Auseinandersetzung nach dem ‚Unfall' eine Fortsetzung als wenig wahrscheinlich erscheinen ließ.

Glücklicherweise war der Umzugstermin für die folgende Woche anberaumt, und der Auszug aus dem ‚Irrenhaus', in welchem er die letzten Monate verbracht hatte, stand unmittelbar bevor. Die kaltblütige Intriganz der zwei Frauen, welche diesen Lebensabschnitt markierten, erschütterte ihn zutiefst, und selbst Greth, die mehr oder weniger glaubwürdig vorgab, ihn zu lieben, spielte offenkundig bedenkenlos mit, wenngleich aus andersartigem Kalkül. Einerlei, eine ernsthafte Beziehung, aus welcher auch noch Kinder hervorgehen sollten, auf der Basis von Lug und Trug aufzubauen, schien ihm reichlich verfehlt zu sein, und sein Abgang von dieser Bühne erfolgte spät, aber wohl gerade noch rechtzeitig, um wenigstens die eigene Haut zu retten und dem elenden Intrigenspiel zu entfliehen. Aber die Abartigkeit solcher Spielereien, bei welchen es sich nicht nur um einen Jux handelte, sondern um lebenswichtige Vorstellungen, stieß ihn ab. Er hatte sich zwar genommen, was ihm angeboten wurde, aber nun wusste er Bescheid und wollte das betrübliche Kapitel abschließen, selbst wenn man ihm vorwerfen sollte, sich einer Notlage unbotmäßig bedient zu haben.

Arthur wusste kaum mehr, wo ihm der Kopf stand, denn zu viele, sich schlichtweg widersprechende Interessen hatten mitgemischt und ihn in einem veritablen Hexenkessel schmoren lassen, aus dem sich zu befreien nur durch Flucht gelang. Intrigen hier, Intrigen da: Die eine wollte ihn loswerden, möglichst unbescholten, versteht sich, die andere ihn gewinnen und durch eine Schwangerschaft an sich binden – das Ziel der Kontrahentin – und mitten drin ein leidlich ahnungsloser und zugegebenermaßen auch naiver Dussel, dessen Selbstbewusstsein nahezu zerstört war, weshalb er auch nur über unzureichende Abwehrkräfte verfügte, deren zahnlose Gegenmanöver untauglich waren. Er war leichte Beute fremder Interessen, ließ sich beliebig an der Nase herumführen, denn er befand sich in einer schwierigen Lebensphase, was allen Beteiligten bekannt war, sich indes dieses Umstands so schamlos zu bedienen, wie es der Fall war, darf durchaus als taktlos bezeichnet werden. Was ihn aber besonders ärgerte, war die Tatsache, dass sie, Greth nämlich, so tat, als wären seine Erklärungen interessant und insofern stichhaltig, als sie ihre bisherigen Vorstellungen aus dem Felde zu schlagen vermöchten, was in Tat und Wahrheit nicht der Fall war, nein, bei Weitem nicht. Auch sie ließ ihn freilich auflaufen, denn borniert und durch jahrelange Prägung bestärkt, war sie zu keinem Zeitpunkt bereit, ihre Ansichten zu ändern, und tat an jenem Abend nur einen kleinen Schritt auf ihn zu, weil sie ihn verführen wollte, und zwar so geschickt, dass er sich als Held fühlte und nicht umhin konnte, das einmalige Angebot zu nutzen … es war indes die zauberhafte Stimmung, die ihn berückte, und selbst Greth war wohl weit mehr entzückt, als das bloße Intrigenspiel in Aussicht gestellt hätte. Aus der ursprünglichen Absicht, der Intrige letzten Akt zu inszenieren, wurde nämlich ein nichtssagendes Intermezzo, das hüben wie drüben rein menschlichem Verhalten entsprang und überdies nach Blümchenkaffee schmeckte.

Natürlich dachte sie zu keinem Zeitpunkt daran, ihre altertümliche Kleidung gegen eine moderne auszutauschen, geschweige denn, ihre Haare zu schneiden oder sich sonst wie der modernen Zeit anzupassen. Der kunstvolle Haarknoten blieb ihr Wahrzeichen, ein für alle Mal. Dabei blieb offen, wie sie sich denn ein Zusammenleben mit Arthur vorgestellt haben könnte, worüber sie sich ja gezwungenermaßen Gedanken machen musste, es sei denn selbst dieses Ansuchen wäre nur eine Finte gewesen. Ja, sie war ein raffiniertes Biest, was sie hinter ihrem lammfrommen Gehabe geschickt verbarg, und setzte Letzteres auch skrupellos zur Vollendung ihres arglistigen Plans ein, wohlwissend, dass sie damit Arthurs empfindlichsten Nerven traf. Doch aller Bemühungen zum Trotz, eine Aussprache zu diesem Thema gab es nicht, vielmehr erübrigte sie sich bald einmal, aber noch nicht sogleich, denn das angedrohte Nachspiel sollte sie nicht vergessen.

Dass die Intrige ein wichtiges Element der Dramatik ist, dürfte bekannt sein, denn sie lebt davon, dass sie aber in solch dreister Art und Weise im Alltagsleben eingesetzt wird und sich gewöhnliche Menschen mit völlig unterschiedlicher Zielsetzung verbünden, um zunächst einmal ein und dasselbe Ziel zu erreichen und anschließend einen völlig konträren Nutzen daraus zu ziehen, das schlug dem Fass den Boden aus. Zu keiner Zeit wäre er auf die Idee gekommen, jemals solch durchtriebener Ambiguität zum Opfer zu fallen. Ja, natürlich, es ging den beiden Frauen darum, Arthur aufs Glatteis zu führen, zum einen, um nachweislichen Ehebruch zu konstatieren, zum anderen, um die neue Lebensphase vorneweg mit einem Makel zu versehen, der ihn künftig kompromittieren sollte. Aber dies war nur der eine Teil des Plans, der andere Teil sollte die eigenen Verfehlungen tarnen, welche die Maßnahme unwirksam gemacht hätte, wären sie denn aufgeflogen. Die Partnerin hingegen, mit welcher anscheinend ein Zweckbündnis geschlossen wurde, verfolgte ein anderes Ziel, ihn nämlich zwecks Zeugung eines Kindes für sich zu gewinnen, ein inniger Wunsch, den sie immer wieder in den Vordergrund stellte, wohl um ein persönliches Anliegen zu realisieren, dessen Forderung ins Trockene zu bringen, sie offensichtlich für gekommen hielt. Aber auch sie hatte die Absicht, das Kind dann allein zu erziehen und den Erzeuger irgendwie loszuwerden, so viel stand fest, wie dank einer Indiskretion ruchbar wurde. Ja, auch der Traumpartner war eine Lüge und der Umweg über einen Nebenbuhler, so er denn einer war, diente einzig und allein der Dramaturgie, welche ihn ablenken sollte, damit er der Intriganz erliege, was freilich gelang. Auf dem ‚Damenbrett' waren somit die Steine so positioniert, dass ihm jeder erdenkliche Zug zum Verhängnis werden würde, und nur die Verweigerung des Spiels hätte ihn davor bewahrt, es zu verlieren; ja, er hätte als Spielverderber mehr gewonnen denn als Mitspieler. Und genau diese Einsicht sollte fortan sein Handeln bestimmen.

Dass er seinen weiteren Weg ohne Greth begehen wollte, war klar, wie er aber ihr Ansinnen, durch ihn geschwängert zu werden, aus der Welt schaffen wollte, wusste er noch nicht. Ihre Hartnäckigkeit beim Verfolgen ihrer Ziele ließ ihn jedoch erahnen, dass die Geschichte noch nicht ausgestanden war. Er lebte eine ganze Weile allein in einer kleinen Stadtwohnung, wo er sich gewissermaßen verbarrikadierte, um seine Verletzlichkeit nicht bloßzulegen, doch waren seine Bemühungen nicht ausreichend, um sich zu schützen. Es gelang vor allem nicht, seinen Aufenthaltsort so zu verheimlichen, dass er für ungewollte Besucher unauffindbar gewesen wäre, doch dies hatte seine Gründe, denen er nichts entgegenzusetzen vermochte. Er war und blieb der Gejagte, und wusste kaum, wie er sich dieser ‚Ehre' entziehen sollte.

~

Arthur hat sich von Frau und Kindern getrennt, nicht etwa wegen Greth, sondern aus eigenem Antrieb – zahlreiche Gründe haben ihn dazu veranlasst – und verwirklichte damit ein Vorhaben, das er längst vor Greths Auftritt ins Auge fasste. Deshalb hat er sich in seiner unscheinbaren Wohnung verkrochen, um unbehelligt und unkontrolliert sein kümmerliches Dasein zu fristen, dachte er zumindest. Sein Schädel brummte noch, und er war froh, dem rastlosen Taubenschlag, dessen turbulentes Innenleben ihn zermürbte, endlich entronnen zu sein, um wieder zu sich selbst zu finden. Er versuchte zu verstehen, weshalb es denn möglich war, ihn einer solch niederträchtigen Prozedur zu unterziehen, und zum ersten Mal haderte er mit der verhaltensbiologischen Kraft der Libido, deren Natur er noch vor wenigen Tagen mit beinahe wissenschaftlicher Akribie rechtfertige, ja emphatisch bejubelte. Er stand zwar zu seinem Erklärungsversuch, hätte aber gerne Mittel und Wege gefunden, um wenigstens unter bestimmten Umständen diesem biologischen Imperativ zu entrinnen, in seinem Fall wohl ein müßiges Unterfangen, wie er längst schon wusste. Ja, diese Eigenart war unstreitig seine Achillesferse, und er musste einmal mehr schmerzlich zur Kenntnis nehmen, dass sie seine mentale Entscheidungsfreiheit erheblich beschnitt und ihn zu Handlungen veranlasste, die er anschließend bereute. Der alte Widerspruch zwischen Hirn und Hoden, wie Kaminski sagte, hatte sich also erneut durchgesetzt, keine Heldentat, aber sehr männlich![1] Ja natürlich, es handelt

1 A. Kaminski: Nächstes Jahr in Jerusalem. Frankfurt, Insel Verlag 1986.

sich dabei um einen Bestandteil des Instinktlebens, und es dürfte deshalb schwerfallen, sich wirksam dagegen aufzulehnen, ja dessen Wirkung auch nur vorübergehend einzudämmen. Er war also in bester Gesellschaft, was ihn allerdings nur mäßig tröstete. Mit einiger Wahrscheinlichkeit müsste er daher nach Mitteln und Wegen suchen, sich ihrer zwar unter gewissen Bedingungen zu bedienen, aber in kritischen Fällen deren langfristige Konsequenzen rechtzeitig zu bedenken, um ungewollte Folgezustände zu vermeiden, insbesondere sich nicht erpressbar zu machen. Wann er dies tun sollte und wie, hat er sich wiederholt zurechtgelegt, nahm sich auch fest vor, danach zu handeln, wenngleich feststand, dass er in eine Lebensphase eintrat, die ihn öfters mal vor die schwierige Entscheidung stellen dürfte, was zu tun oder besser zu lassen sei. Dabei ist die Schwierigkeit nicht zu unterschätzen, mit angemessener Sicherheit zu erkennen, woran man kritische Fälle erkennt. Wie unterscheidet man echte von unechten Goldstücken? Die Verführung bedient sich stets verdeckter Karten, doppelbödige Absichten werden verschleiert und Arglist regiert. Wie weiter also? Die Fallstricke werden überall ausgelegt und gut getarnt, ja, es fällt mitunter schwer, sie zu umgehen, und seine eher emotionale Wesensart war nicht geeignet, rechtzeitig Gefahren zu wittern, so sie denn in Verzug sein sollten. Doch er war auf der Hut.

Nun, die Kriterien, die er dazu benötigt, um heil über die Runden zu kommen, müsste er aus der Erfahrung, teilweise aber aus einer Art Instinkt beziehen, was aufzeigt, wo der Hund begraben ist. Und der Instinkt, essenzieller Teil des Unbewussten, ist eben ein häufig genutzter Ansatzpunkt, gewissermaßen die Eintrittspforte zahlreicher Intrigen und etwelchen Blendwerks, die sich naturgemäß jeder Schwachstelle bedienen, um ihr schändliches Handwerk zu verrichten. Doch jenes kritische Gespür, von dem hier die Rede ist, ist weit schwächer als sein ewiger Kontrahent, der Urtrieb, wie man ihn auch benennen könnte. Es unterliegt zumeist den widrigen Umständen und setzt sich oft nicht durch, die alte Krux mithin, welche die

Menschheit seit jeher bedrängt. Arthur war sich der Tatsache bewusst, dass auch er in dieser Hinsicht eher willensschwach war, und befürchtete deshalb, in Zukunft erneut einige herbe Enttäuschungen zu erleiden. Er wäre vielleicht gut beraten gewesen, wenn er fortan sein Leben als Eremit fortgesetzt hätte, aber diese Vorstellung war ihm ein Gräuel, denn er liebte Gesellschaft, vor allem auch weibliche, und die Muße des Klosterlebens war für ihn keine ernsthafte Option.

Nein, er hatte keineswegs die Absicht, sein weiteres Leben allein zu verbringen, und wie mittlerweile bekannt sein dürfte, wäre er auf Dauer auch nicht in der Lage gewesen, ohne Partnerin zu leben. Er suchte nicht, noch nicht, aber er hielt Ausschau. Ja, Greth, die Sphinx der letzten Tage, sie stünde wohl schon morgen oder übermorgen mit zwei Koffern vor der Türe, so er sie riefe, doch trotz der sanft-erotischen Nacht kam sie als ständige Begleiterin nicht infrage, denn schon ihre religiösen Ansichten und deren Umsetzung ins tägliche Leben stünden mit Sicherheit einem solchen Unterfangen entgegen. Zudem bediente sie sich zu oft einer schwer durchschaubaren Intriganz, eine Eigenschaft, die er auf den Tod nicht abkonnte und als viel gebrauchte Verfahrensweise seiner Gattin, welche ihrerseits diese Kunst aufs Trefflichste beherrschte, ein entscheidender Grund war, weshalb seine soeben beendete Ehe scheiterte. Dieselbe Gefahr noch einmal in Kauf zu nehmen, wäre daher mehr als widersinnig gewesen, vielmehr sollte er künftig sein Augenmerk auf Zuverlässigkeit und Ehrlichkeit richten, Eigenschaften, die er Greth nunmehr absprechen musste, denn ihr Spiel war mehr als opak. Nein, er wollte ihr nicht unrecht tun, denn sie hatte zweifellos auch ihre liebenswürdigen Seiten, aber das Verwirrspiel, das sie veranstaltete, war des Guten zu viel, selbst wenn es letztlich der Annäherung dienen sollte. Greth hatte ihren Trumpf verspielt, so viel stand fest. Ob sie es auch so sah, stand jedoch dahin.

Beunruhigend war ein erneuter Zeitungsartikel, der im Zusammenhang mit Erichs Festnahme die unterschiedlichsten Gepflogenheiten all jener Glaubensgemeinschaften darlegte, von denen Erichs Klub nur eine war, allerdings eine der verwerflichsten. Er enthielt unter anderem einen historischen Abriss über zahlreiche Gurus, die bereits ertappt, festgenommen und verurteilt worden sind, sowie auch über jene, die sich aus dem Staub gemacht haben und untergetaucht sind. Doch beinahe wichtiger war die Feststellung, dass noch viele sektiererische Gruppierungen existierten, welche unter fast gleichartigen Bedingungen ihr Unwesen trieben, und es sei nicht auszuschließen, dass sich noch weitere selbst ernannte Prediger in nächster Zeit wegen solcher und ähnlicher Vergehen zu verantworten hätten. Die missbräuchliche Applikation religiöser Inhalte, mit dem Ziel, gutgläubige Menschen zu Gehorsam und Loyalität zu zwingen, um sie hörig zu machen, sei weit verbreitet und würde gar von zölibatär lebenden Priestern immer mal wieder in Anwendung gebracht, ein Übel, das vom mächtigen Vatikan selbstredend verschwiegen wird; erbärmliche Welt!

Die wirtschaftlichen Folgen für die jeweils betroffenen Gesellschaften seien absehbar, denn es drohte stets die Verarmung, da die göttlichen Botschaften teuer verkauft wurden und die unehelich gezeugten Kinder, deren missbrauchten Mütter meist mittellos waren, weil sie entgegen anderslautender Behauptungen keiner heiratete, mussten irgendwie durchgefüttert werden, eine Aufgabe, welche diese Unholde großzügigerweise ihren Schäfchen überließen. Insoweit die Gefolgschaft nur aus Erwachsenen bestünde, wäre vielleicht, wenn auch mit Bedenken, ein Auge zuzudrücken, sobald aber Kinder und Jugendliche in Mitleidenschaft gezogen würden, ein Normfall dem Anschein nach, sei der ‚Spaß' vorbei. Es wurde auch darüber berichtet, dass sich die Gurus stets zusätzlich bereicherten, indem sie ihren Gläubigern – hier ein doppelbödiger Begriff – zu Wucherzinsen Geld ausliehen, und dies schändlicherweise fast immer unter Berufung auf Gottes Anordnung. Damit sei das übliche Schema solchen Treibens beschrieben und träfe auf den neulich ertappten und verhafteten Sektenprediger genauso zu, wie auf alle bisher bekannten, zumeist selbst ernannten ‚Gottesmänner', die mittlerweile hinter Gittern säßen. Gott, Macht, Geld und Sex seien also die Ingredienzien, aus welchen die giftigen Mixturen all dieser Übeltäter zusammengesetzt sind.

Arthur teilte diese Meinung, dachte jedoch, dass selbst Erwachsene so sehr unter Druck gesetzt werden können, dass auch sie weder aus noch ein wüssten, wenngleich er bei Greth, deren Geschick er als beispielhaft betrachtete, immer wieder Zweifel hegte, ob sie sich diesem Druck nicht freiwillig aussetzte, und sei es bloß aus rein opportunistischen Gründen. Was sie damit erreichen wollte, behielt sie ein. Es könnte aber durchaus interessant sein, mit ihr einmal diesen Aspekt unter die Lupe zu nehmen, doch wollte er sie auf gar keinen Fall provozieren und damit in seine Wohnung locken, gerade dies hätte ihr unweigerlich in die Hände gespielt. Das Thema hatte als Aufhänger brisanter Divertimentos ausgedient, ja war sogar obsolet, es sei denn … aber nein, er beschloss diese schreckliche Episode endgültig zu begraben und sich nicht mehr damit zu befassen, der Schaden, den sie anrichtete, war zu groß … nein, kein weiteres Mal wollte er sich in ihren Fußangeln verfangen.

Ja, und da stellte er eben fest, dass der erwähnte Artikel nicht zufällig erschien, sondern deshalb, weil Erich gegen Kaution wieder auf freien Fuß gesetzt wurde, was der brave Zeitungsmann durch seine seriöse Analyse als äußerst gefährlich brandmarkte, weil damit solche Missetäter oftmals ungeschoren davonkämen, hätten sie doch dank ihrer einstigen Helfershelfer, die teilweise tief in deren Schuld steckten, zahlreiche Möglichkeiten, rechtzeitig zu fliehen und sich so der Justiz zu entziehen. ‚Glücklicherweise' hätten auch in diesem Falle die ehemaligen Glaubensbrüder die Kaution bezahlt, sodass er ungebunden war und das Land – über die grüne Grenze, versteht sich – noch selbigen Tags auf Nimmerwiedersehen verlassen konnte, was er auch unverzüglich tat: Eine gute Tat mehr also, welche mit Füßen getreten wurde; schändlich aber erwartungsgemäß. Wie viele diesem Kerl nachtrauerten, wusste er nicht, und er selber nahm diese Mitteilung gelassen hin. Was ihn allerdings aus der Fassung brachte, war die Vorstellung, dass Greth, nun auf sich allein gestellt, wieder versuchen könnte, mit ihm Kontakt aufzunehmen, umso mehr, als sie ja bereits angekündigt hatte, dass für sie die Angelegenheit noch nicht erledigt wäre, was immer sie auch unter Angelegenheit verstehen mochte. Erich hin oder her, es gab einige Anzeichen dafür, dass sie durch weitere Annäherungsversuche an Arthur versuchen könnte, gewisse Probleme zu lösen, Probleme, von denen er noch nichts Konkretes wusste, sich aber gleichwohl gewisse Vorstellungen machte. Nicht nur Erlebnisse, sondern auch gewisse Andeutungen und Bemerkungen führten zu Vermutungen, welche zumindest nicht abwegig waren. Einige davon ängstigten ihn beträchtlich.

Es war vorteilhaft, dass er diesen Artikel gelesen hatte, denn er war vorgewarnt, und konnte deshalb rechtzeitig darüber nachdenken, welche Abwehrmethoden gegen allfällige Vorstöße, oder gar Angriffe vonseiten dieser unheimlichen Frau, überhaupt infrage kamen, ja eine ausreichende Wirksamkeit auszuüben versprachen, um sie fernzuhalten, denn ihre Hartnäckigkeit war geradezu sprichwörtlich. Er wusste ferner, dass sie noch immer in den Diensten seiner Nochehefrau stand, weshalb auch die Gefahr bestand, dass sie als Agitatorin für irgendein Störmanöver, zumindest aber als Spionin eingesetzt werden könnte, um seine Pläne, welche allerdings noch keine erkennbaren Konturen besaßen, rechtzeitig zu vereiteln. Auch dass sie sehr viel Kontakt zu seinen Kindern hatte, war ihm bewusst, weshalb sie zudem als Botschafterin infrage kam, was er keinesfalls zulassen wollte. Im Übrigen waren ihre Dienste nach Arthurs Auszug deutlich weniger gefragt, sodass sie nunmehr häufiger in ihrer ehemaligen Wohnung anzutreffen war, wo sie während langer Abende ausreichend Zeit hatte, über ihre Zukunft nachzudenken, welche sie nach wie vor mit Partner und Nachwuchs zu beleben gedachte. Durch die Zusammenballung all dieser Elemente sah er in der Ferne eine gewaltige Lawine von Unbilden auf sich zurollen, die sein zukünftiges Leben zu beeinträchtigen in der Lage wären, so sie ihn erreichen sollten, weshalb er sich fest vorgenommen hatte, darauf zu beharren, dass ihn all diese Dinge in keinster Weise anfochten. Er wollte sich mit all diesen künstlich aufgebauschten Scherereien, diesem Weiberkram, wie er sie insgeheim nannte, weder konfrontieren lassen noch damit auseinandersetzen. Er hatte sich Ruhe und Unabhängigkeit gewünscht und hart erkämpft, sah jedoch diese Idylle bereits in Gefahr. Kampflos würde er sie niemals preisgeben, denn zu wertvoll schien ihm die selbst erwirkte Atempause, welche ihm die Möglichkeit verschaffte, wieder zu sich selbst zu finden.

Unerfreulich war dann die Tatsache, dass sie nicht allzu lange dauerte, jene erholsame Atempause, denn Greth, wie angekündigt, rief schon nach wenigen Tagen an und bat um ein Treffen, denn einiges sei noch zu klären, egal wie sich die Wertung ihrer bisher einmaligen intimen Begegnung ausnähme. Nein, sie sei beileibe nicht schwanger und hätte – so sollten letzte Zweifel ausgeräumt werden – gerade eben ihre Tage gehabt. Indes wäre sie weiterhin bereit, schwanger zu werden, und zwar von ihm, denn er sei ja jetzt allein und hätte keine anderweitigen Verpflichtungen mehr. Sie selber wäre bekanntlich überglücklich, wenn ihr Kind einen Teil von Arthurs Erbgut tragen dürfte, diesen innigen Wunsch habe sie ja schon mehrmals ausgesprochen. Natürlich würde sie ihm schriftlich versichern, dass sie ihn niemals mit irgendwelchen Forderungen behelligen werde, die Zeugung sollte stets als Unfall, der Vater als unbekannt bezeichnet werden. Der Frontalangriff war somit lanciert, es galt ihn nur noch zu parieren.

Das war wohl definitiv der letzte Akt ihrer Inszenierung, der Abschluss eines seit Langem vorbereiteten Plans, wobei einstweilen nicht feststand, ob er als Alibivater für ein bereits vorhandenes Kind auserkoren war oder tatsächlich Greth zu schwängern hätte, so er sich dazu bereit erklären sollte, steht doch die Ansage, dass die Regelblutung eingetroffen sei, unbewiesen im Raum. Dass sie dieses verrückte Ziel dazu verleitet haben könnte, all die Intrigen mitzuspielen, welche sie zusammen mit seiner nun getrennt lebenden Ehefrau ihm angedeihen ließ, war nunmehr als nahezu gesichert zu betrachten. Arthur wunderte sich dennoch darüber, was eine Frau anscheinend an Kraftakten unternimmt, um einem scheinbar übergeordneten Ziel, in diesem Falle ihrer biologischen Pflicht, dem weiblichen Imperativ schlechthin, zum Durchbruch zu verhelfen.

Ihre Versicherungen schriftlicher und mündlicher Art in Ehren, aber Misstrauen griff Platz – beileibe nicht zum ersten Mal –, und er wusste nicht mehr, was Dichtung und was Wahrheit war, denn, noch einmal sei's erwähnt, Erich war weg und unauffindbar, seine Einflussnahme derweil nicht gebannt. Dass er selber sie an jenem Abend befruchtet haben könnte, schloss er aus, was sie allerdings mit dem Samenerguss, welcher auf ihrem Bauch landete, tat, wusste er nicht, und mit großem Schrecken erkannte er einmal mehr die Gefahr, dass sie davon einiges in ihre Scheide verfrachtet haben könnte, um eine Befruchtung in Gang zu setzen. Diese allerdings wenig Erfolg versprechende Möglichkeit zog er schon damals in Betracht, als sie sich entfernte, um sich zu waschen, und jetzt erschien sie ihm erneut wie ein Albtraum vor seinem geistigen Auge. Mittlerweile traute er ihr alles zu, auch solch abartige Handlungen. Der Schritt zu erneuter Beunruhigung und besorgniserregendem Missbehagen war getan, Grund genug, Greth zu einem weiteren Gespräch einzuladen, was er an sich vermeiden wollte. Doch schon am Telefon machte er ihr klar, dass die Zeugung eines Kindes, so sie denn tatsächlich noch nicht schwanger sei, nicht infrage käme und alle Papiere der Welt ihn nicht vor den Pflichten einer Vaterschaft bewahren könnten, wenn er denn gleichwohl zur Tat schreiten würde. So viel war beiden bewusst, und die Zusicherung, den Vater ein für alle Mal zu verheimlichen, war unsinnig, zumal Arthur keine Kinder haben wollte, mit denen Kontakte zu pflegen von vorneherein ausgeschlossen war, ein Vorsatz, der später ohnehin durchkreuzt wurde. Das Unternehmen ‚Kind' musste sie also als gescheitert betrachten, noch ehe sie auftauchte.

Nichtsdestotrotz, es dauerte keine Stunde, und sie stand schon auf der Matte, wie immer gekleidet und gekämmt, den kunstvollen Dutt frisch geknotet und die Lippen pastellfarben geschminkt, was bekanntlich selten war und in diesem Fall einiges verhieß. Freundlich lächelnd begrüßte sie ihn, aber der Gesichtsausdruck war dennoch gespannt, weshalb das Lächeln eher künstlich wirkte. Sie gab sich betont fröhlich, drehte sich im Kreise, um den langen Rock glockenförmig ausschwingen zu lassen, und präsentierte so gleich zu Beginn einige ihrer Dessous, bis hinauf zu den Strumpfbändern wenigstens, die sie sich wohl eigens für diesen Anlass zugelegt hatte. Der Sinn dieser unsinnigen Pirouette war mit Leichtigkeit erkennbar, doch Arthur schaute kaum hin, denn er war ja vorgewarnt, sodass der Überraschungseffekt nicht verfing.

Sie wisse nicht mehr, wo ihr der Kopf stehe, wollte sie glauben machen. Erich sei verschwunden, und er, Arthur, habe sich aus der Familie und damit auch von ihr verabschiedet, nachdem sie zusammen einen unvergesslichen Abend erlebt hätten. (Inwiefern, hätte er sie gerne gefragt, unterließ es aber.) Was sie nun aus all diesen Bestandteilen eines für sie neuartigen Lebensstils machen sollte, sei ihr rätselhaft, umso mehr als er, Arthur, bereits am Telefon deutlich gemacht habe, dass die Zeugung eines Kindes nicht in seiner Absicht läge und er eine anonyme Vaterschaft strikte ablehne. Dadurch käme sie in arge Verlegenheit, denn es sei Sitte, ja sogar eine feste Weisung, dass jener Mann, der sie einst beschlief, auch Vater ihrer Kinder sein sollte. Als Nichtmitglied ihrer Gemeinschaft könne er sich natürlich um solche Regeln foutieren, doch käme sie dadurch in arge Bedrängnis, weshalb sie gezwungen sei, mit der dringenden Bitte an ihn zu gelangen …

„Halt ein! So ein Unsinn, absurd … und wie steht's denn mit Erich?"

„Das ist eben das Problem, denn er ist unauffindbar." (Geflissentlich übersah er die deutliche Rötung ihres Gesichts).

„Damit steht also fest, dass die Nummer zwei – schon dies eine Entwürdigung – automatisch in den Genuss einer Regelung komme, die ihn so gut wie nichts anginge? Die Gesetzmäßigkeiten der ‚Erichianer' interessieren im Allgemeinen nur mäßig, und die Tatsache, dass deren schlitzohriger Guru verschwunden ist, bekümmert die Menschheit kaum. Weißt du, ich halte mich da raus, es ist nicht mein Ding."

Ferner wolle er noch festgehalten haben, dass er, Arthur, sich zur landesüblichen Gesellschaft zähle und selbst die Trennung von seiner Familie nichts Außergewöhnliches sei, ja auch die Tatsache, dass er mit ihr einst schlief, sei kaum von Belang, denn er hätte seinen Samenerguss nicht in ihre Vagina geleitet. Damit scheide er sowohl als ‚Erstbeschlafer' wie auch als Vater eines allfälligen Kindes aus, so sie entgegen ihrer Versicherungen gleichwohl schwanger sein sollte. Und um es gleich vorwegzunehmen, ein erneutes Schäferstündchen wolle er keinesfalls ins Auge fassen, nicht etwa, weil es damals nicht schön gewesen wäre, sondern, um der Gefahr vorzubeugen, dass sie alles unternähme, um sich mit seinem Samen eigenmächtig zu befruchten, zumal es allemal schwierig sei, einen Samenraub zu beweisen. Ja, und Kondome seien unerotisch und für ihn richtiggehend abschreckend, er habe deshalb auch keine zur Hand. Zudem sei sie ja um eines lässlichen Beischlafs willen gekommen, zur tatsächlichen Befruchtung ihres potenziellen Mutterleibs mithin, was die Verwendung eines Kondoms ohnehin ausschließe.

Arthur versuchte also mit seiner beinahe beschwörenden Rede alle Register zu ziehen, deren er habhaft werden konnte, denn er wollte wenigstens einmal und besonders in dieser prätentiösen Situation die Oberhand gewinnen. Er war sich bewusst, dass er schweres Geschütz auffuhr, konnte aber nicht mit ausreichender Sicherheit feststellen, ob seine schlimmsten Befürchtungen denn auch ausgeräumt waren.

Greth knickte sichtlich ein, ihre Felle drohten definitiv davon zu schwimmen, und so hub sie zu einem letzten verzweifelten Rettungsversuch an: „Und wenn ich es schon versucht hätte, damals als ich reichlich Sperma zur Verfügung hatte, und dies vielleicht sogar mit Erfolg?"

„Dann wäre deine Aussage am Telefon eine Lüge gewesen, was bestimmt in deiner Glaubensgemeinschaft aufs Schärfste verurteilt wird." … Arthur hat einiges von Erich gelernt! „Es sei denn, die vermeintliche Lüge diene der Durchsetzung eines ehernen Gesetzes, wovon selbst die gestrenge Gemeinschaft niemals abzubringen sei, denn die Zeugung müsste willentlich geschehen."

„Ach so, für jeden Fall also eine Direktive, deren Verdickt im Voraus bereits feststeht."

Arthur verstand, dass sie sich in einer außergewöhnlichen Situation befand, die sie sich allerdings durch ihre eigene Intriganz zu einem wesentlichen Teil selber eingebrockt hatte. Dass er involviert war, ließ sich zwar nicht leugnen, aber er wurde getäuscht und verfügte damals nicht über all jene Kenntnisse, die nun zur Verfügung standen und ihn vielleicht davon abgehalten hätten, mit ihr ins Bett zu steigen. Er fühlte sich damit in keinster Weise verpflichtet, sich an Greths ‚Rettung' zu beteiligen, und hatte auch nicht die geringste Lust dazu. Selbst die Unsicherheit hinsichtlich ihres Zustandes, welche sie mit Sorgfalt aufrechterhielt, um ihrer Verschleierungstaktik Nachdruck zu verleihen, vermochte ihn nicht zu provozieren, denn was auch immer er mit ihr angestellt hätte, es hätte ihm ohnedies zum Nachteil gereicht.

Dennoch beunruhigte ihn der Gedanke, sie könnte, aller anderslautender Beteuerungen zum Trotz, gleichwohl schwanger sein und aufgrund der vermutlich nahe beieinanderliegenden Ereignisse tatsächlich nicht wissen, wessen Kind sie unter dem Herzen trug. Ein erneuter Beischlaf wäre daher für sie die beste Lösung gewesen, selbst dann, wenn sie später einmal von einer Frühgeburt sprechen müsste. Doch auch ohne diesen wäre Arthur nicht völlig aus der Sache raus, denn wie gesagt …

Greths Schachzug war nicht unklug, und Arthur fand zunächst den richtigen Gegenzug nicht. Geschickt bediente sie sich des Umstands, dass sich in ihrem Schoß zwei Zufallsketten kreuzten – und dieses Mal entsprach es den Tatsachen –, sodass sie damit so lange unbehelligt spielen konnte, als sie die wahren Verhältnisse nicht preisgab. Aber sie war auch weiterhin nicht dazu zu bringen, Klartext zu sprechen, und versuchte weiterhin die quälende Ungewissheit aufrechtzuerhalten. Keine noch so verfängliche Frage, die er sich ausdachte, brachte sie in Verlegenheit, und sie wollte den letzten Trumpf nicht ausspielen, vielmehr brachte sie alle Tricks in Stellung, um ihren Kopf aus der Schlinge zu ziehen.

Eine letzte Anstrengung, eine ungewöhnliche, aber vielleicht ausreichend verführerische Verzweiflungstat, die er ihr niemals zugetraut hätte, sollte aller Widrigkeiten zum Trotz sozusagen in letzter Minute die Wende noch erzwingen … sie zog ihren langen Rock bis zu den Hüftknochen hinauf und entblößte ihre verführerischen Geschlechtsteile, denn sie trug zu seinem Erstaunen keine Unterwäsche. Erneut erkannte er jenen schmalen rötlichen Streifen zwischen den dunkeln Schamhaaren, welche dieses Mal durch die Strumpfbänder eingerahmt waren, und schloss daraus, dass sie tatsächlich Lust hatte, mit ihm zu schlafen, doch nun blieb er hart, so schwer es ihm auch fiel. All dies mochte ja ehrlich gemeint sein, aber es war weder ein Beweis dafür, dass sie nicht schwanger war, noch dafür, dass sie ihn tatsächlich liebte, denn Lust lässt sich auch je nach Umstand ohne Weiteres herbeiführen, so man sich darauf konzentriert. Und so baute sie auf ihre Verführungskünste, um Arthurs ohnehin schwächelnden Widerstand zu brechen.

Zweifellos fiel es ihm schwer, ihr ungewöhnliches, aber keineswegs unattraktives Angebot auszuschlagen, doch dieses Mal obsiegte die Vernunft. Er ging auf sie zu, zog den langen Rock wieder herunter, nahm sie sanft in die Arme und küsste sie lange und leidenschaftlich auf den Mund. Er möge sie sehr, aber für weitere Gemeinsamkeiten sehe er keinen Raum. Sie löste ihren rechten Arm aus der Umarmung, und als griffe sie nach dem letzten Strohhalm, versuchte sie noch Arthurs Glied auf seine Steifigkeit hin zu überprüfen, und stellte fest, dass sie ihn sehr wohl erregte, wen wundert's: Es sei falsch, die Lust zu unterdrücken, das habe er doch vor einiger Zeit selber gesagt und wortreich unterstrichen, weshalb er denn seinen eigenen Überzeugungen keine Folge leiste? Das war die Klimax der Dreistigkeit, welche er nicht mehr zu dulden bereit war, und ihre Bemerkung geflissentlich überhörend, geleitete er sie zur Wohnungstür und verabschiedete sich ebenso ärgerlich wie definitiv. Es fiel beileibe nicht leicht, die Lust zu unterdrücken, zumal sie sich für die unterschiedlichsten Szenarien wappnete, aber seine fixe Idee, ihr keine Samenspende mehr zuzugestehen, dominierte das Geschehen, dessen bedauerliches Ende durch den Griff nach den ‚Sternen' besiegelt wurde. Nein, er war weder eine Samenbank noch ein Selbstbedienungsladen, das überstieg sein Verständnis für Frauen, deren Kinderwunsch keiner zu erfüllen bereit war.

Irgendwie tat sie ihm leid, als er wieder allein in seiner Wohnung stand, auch war er eben nicht von seinen nagenden Zweifeln befreit, denn sie weigerte sich ostentativ zu versichern, dass sie nicht guter Hoffnung sei. Unruhig und besorgt blieb er also zurück, und keinerlei Hinweise sollten ihn in nächster Zukunft von seinen Bedenken befreien.

Er musste sich auch die Frage stellen, ob die Unsicherheit bezüglich Schwangerschaft der einzige Grund für seine ablehnende Haltung war, denn ihr Angebot war noch nicht aus der Welt geschafft, ja könnte durchaus zur fixen Idee werden. Nun, es waren wohl etwelche weltanschauliche Gründe ins Feld zu führen, welche zu einer unüberwindlichen Inkompatibilität führen mochten, aber letztlich ausschlaggebend war sein Unbehagen bezüglich ihrer Ehrlichkeit, gepaart mit der Tatsache, dass er sie noch immer als Botschafterin seiner Exfrau betrachtete, deren Appetit auf Nachrichten über den entlaufenen Mann beinahe unersättlich war. Dass er sich daher aus diesem

Bannkreis zurückziehen wollte, war verständlich, wenngleich ihm dadurch manch süßes Schäferstündchen abhandenkam.

Greth war keineswegs unattraktiv, und selbst ihre Passivität im Bett hatte ihren besonderen Reiz, die Umstände indes sprachen gegen regelmäßige Kontakte, welcher Art auch immer. Und dies sollte sein letztes Wort sein und bleiben, wiewohl noch während geraumer Zeit einige Scharmützel zu erwarten waren. Selbst wenn er sich schon oft vorgenommen hatte, hart und konsequent zu bleiben, ohne sich danach zu richten, so war er sich dieses Mal beinahe sicher, dass er in Zukunft standhaft bleiben würde, denn er hatte sich selber soeben bewiesen, dass er aller Versuchungen zum Trotz in der Lage war, sich zu enthalten; jawohl, die Zeiten zügellosen Gebarens waren vorbei. Er stürzte sich alsdann in seine Arbeit, würden doch die Kosten, die in Zukunft anfallen dürften, beträchtlich und nur unter Aufgebot all seiner Kräfte zu stemmen sein.

Und Greth, womöglich beleidigt, schien ihre Lektion gelernt zu haben und verschwand aus Arthurs Gesichtskreis, er hat sie seither kaum mehr gesehen und schon gar nicht gesprochen. Da sie außerdem nach einigen Wochen mit unbekanntem Ziel die Stadt verließ, hatten auch die Kinder keinen Kontakt mehr zu ihr, und es blieb freilich auch ungewiss, ob sie nun schwanger war oder nicht. Jahre später richtete einmal eine Person, welche mit ihr zusammenarbeitete, Grüße aus, doch auch sie wusste nichts über ihr Privatleben, insbesondere nicht, ob sie mittlerweile ein Kind aufzog. Und was er mit den ‚lieben' Grüßen anfangen sollte, war ihm auch nicht klar.

Arthur wollte ebenfalls klüger geworden sein: Es müsste doch möglich sein, so schrieb er damals in sein Tagebuch, eine Frau zu finden, die nicht nur Probleme im Gepäck führe, sondern auch als natürliche und unternehmungslustige Person seinen weiteren Lebensweg zu begleiten in der Lage sei. Um sie zu finden, so weiter, müsste er jedoch erst einmal wieder zu sich selbst zurückfinden, um mit besseren Karten die Zukunft ins Visier zu nehmen.

Diese Sätze waren seine neuen Direktiven, sie umzusetzen war indes schwierig, doch setzte er auf den Zufall, der es richten sollte, wobei er mit Vorsicht und Vernunft an die Sache herangehen wollte, Vorsätze, die er ebenso oft fasste wie brach. Dennoch war aus seiner Sicht das Kapitel Greth abgeschlossen, doch … Jahre später sollte ihn die unsägliche Geschichte unverhofft noch einmal einholen. Nein, damit hatte er beileibe nicht gerechnet und fühlte sich daher reichlich überfordert, richtig zu reagieren, denn nun waren plötzlich gewisse Fragen, welche damals offen blieben, eminent wichtig. Ja, und einmal mehr musste er zur Kenntnis nehmen, dass einen die Vergangenheit immer mal wieder einholt, ein Faktum, das man gerne unterdrückt.

3

Als Arthur seine ‚sieben' Sinne wieder beisammenhatte, begann er nachzudenken, denn nicht nur die zufällige Begegnung in der Stadt, sondern auch die Personen und deren Verbindungen, welche er kurz vor seinem Zusammenbuch wahrnahm, versetzten ihn in Alarmzustand. Der Traum, oder vielleicht eine Art ‚Erinnerungsfilm', der vor seinem geistigen Auge ablief, ehe er aus seiner Bewusstlosigkeit erwachte, tat ein Übriges, um die einstige Ungewissheit, womöglich gar sein schlechtes Gewissen, dessen er sich nie vollständig zu entledigen vermochte, wieder zu aktivieren. Die ganze damalige Geschichte drängte sich erneut an die Oberfläche, nachdem sie jahrelang in den Tiefen seines Unterbewusstseins geschlummert hatte, denn er wollte sie freilich vergessen, nachdem alle Kanäle verstummt und keinerlei Nachrichten mehr durchgedrungen waren. Verwunderlich zwar, nach all dem, was sich damals ereignete, aber eben eine der Möglichkeiten menschlicher Verschleierungstaktik, welche oft dann Anwendung findet, wenn die Ereignisse belastend, nachhaltig beunruhigend oder sonst wie peinlich sind. Dass in Greths Fall all diese Attribute zutreffen, liegt auf der Hand, umso mehr, als zahlreiche Unklarheiten, offene Fragen und nicht zuletzt auch ein gerüttelt Maß an Geheimniskrämerei bestehen blieben, damals, als der Kontakt allem Anschein nach definitiv abbrach. Nein, es gab zuzeiten wider Erwarten keine Scharmützel mehr, denn nach der demütigenden Schlappe hatte Greth wohl verstanden, dass sie nicht an der richtigen Türe angeklopft hatte, um ihre Wünsche einer Erfüllung zuzuführen. Nein, es war ein Fehlgriff, den sie sich hätte ersparen können. Sie war wohl gekränkt, und vermutlich fühlte sie sich auch entwürdigt, denn ihr unkonventionelles, mit allen erdenklichen Lockmitteln angereichertes Angebot wurde rundweg verschmäht.

Dass jedoch aufgrund jener unerwarteten Begegnung mit ihren spezifischen, teils peinlichen Zutaten die ganze, in völliger Finsternis schwelende Tragödie unvermittelt und mit aller Vehemenz selbst nach vielen Jahren wieder die Bühne der Realität zurückerobern würde, war nicht nur unangenehm, sondern geradezu provokativ und käme einer Kampfansage gleich, wäre sie denn bewusst in Szene gesetzt worden. Doch dem war nicht so, es war tatsächlich der Zufall, der Regie führte. Dennoch – er glaubte bekanntlich an die Relevanz der Kreuzungspunkte von Zufallsketten – verstand er dessen Wink mit dem Zaunpfahl als eine Art trotzige Manifestation oder gar Unabhängigkeitserklärung einer einst enttäuschten Frau, welche möglicherweise gar elementare Grundsätze der menschlichen Gesellschaftsstruktur bewusst verletzen wollte, um eine bestimmte, indes eher unübliche Art von Rache zu verüben. Selbstredend war sie im ersten Moment erstaunt, als Arthur auftauchte, fasste sich aber rasch wieder und ließ jene verfängliche Bemerkung fallen, welche im Grunde erkennen ließ, dass sie unvermittelt auf Rache sann. Weshalb und wofür sie sich damals rächen wollte, behielt sie stets unter Verschluss und hütete dieses Geheimnis bis hin zu jenem schrecklichen Tag des Wiedersehens und darüber hinaus, denn es war ihr Kleinod, das sie mit niemandem teilen wollte. Der Rachefeldzug war jedoch im weitesten Sinne bereits im Gang, als er zu ihr stieß, konnte sie doch nicht ahnen, dass er sich zufällig und kurzfristig in die Geschichte einklinken würde, ein Störfaktor nämlich, den sie kaum in Betracht zog, als sie ihn in die Wege leitete. Nein, sie rechnete wohl eher damit, dass Arthur erst später einmal erfahren würde, mit wem seine Tochter verheiratet ist, und dies dann einfach hinzunehmen habe, womit sie ihn vor vollendete Tatsachen stellen wollte, genauso wie er seinerzeit, als er sie seiner Wohnung verwies. Diese Aussicht allein schien ihr ausreichend Genugtuung zu verschaffen, indem sie hoffte, so die leidige Affäre auf ihre Weise zu beenden und mit einem Schlussstrich nach ihrem Geschmack zu versehen, nachdem es ihr damals verwehrt war, ihren eigenen Schlussakkord zu setzen. Es sollte wohl ihr persönlicher Triumph werden, den sie sich durch ihre Aktion verschaffen wollte, so wenigstens nahm sich ihre unverhohlen zur Schau gestellte Attitüde aus. Dass diese Rache, so sie denn wirksam werden sollte, nicht in erster Linie Arthur oder gar Erich treffen würde, sondern völlig unschuldige und insbesondere arglose junge Menschen, die ihr sogar nahestanden, schien sie nicht zu bekümmern. Diesen Eindruck jedenfalls hinterließ sie in Arthurs Erinnerung und war womöglich mit ein Grund dafür, dass er angesichts dieser rücksichtslosen Selbstherrlichkeit in Ohnmacht fiel, denn die Skrupellosigkeit, mit der sie diese beiden ahnungslosen Menschen zusammenführte, erschreckte ihn zutiefst, zumal er ihre diabolische Absicht augenblicklich erfasste. War es der religiöse Fanatismus oder dann doch eher die unverheilte Wunde der Demütigung, die sie zu solch drastischen Retorsionen veranlasste? Darüber nachzudenken drängte sich auf. Ebenso unklar war es überdies, ob sie sich auf jene unheilige Allianz mit ihrem Peiniger berief, der sie womöglich gar in ihrer Absicht bestärkte. Doch ungeachtet all dieser Spekulationen, war es geboten, aktiv zu werden, so viel stand fest.

Ja, Arthur musste handeln, denn es war, nach dem letzten Stand seiner Information, nicht auszuschließen, dass sich seine Tochter anschickte, ihren Halbbruder zum Lebenspartner zu küren, und dies mit dem Segen der Mutter des Bräutigams, die an sich wissen müsste, was sie tat, zumal die unschönen und abartigen Konsequenzen, die solch ein Unterfangen nach sich ziehen könnte, nicht absehbar sind. Allerdings wunderte er sich darüber, dass Greth offensichtlich dieser Verbindung nicht nur zustimmte, sondern darin geradezu die Erfüllung eines Wunsches sehen wollte, der ihr selber einst versagt blieb, ein Zusatz, der nicht in diese Geschichte hineinpassen wollte, es sei denn, er käme einem Geständnis gleich, was die Ungereimtheiten dieser unsinnigen Verstrickung um ein Vielfaches mehren würde und schließlich jenseits der Grenze des Tolerierbaren anzusiedeln wäre, ein Irrsinn somit, den es zu bekämpfen gälte.

Ihre Attitüde war selbstherrlich und taktlos und damit mehr als verwerflich, doch sie schürte so die Verunsicherung, die schon zuzeiten bestand, vermutlich ihr deklariertes Ziel, das sie auf dem Buckel unbedarfter Sprösslinge zu erreichen versuchte … Sträflich! War sie etwa vor Zorn erblindet, durch Groll ihrer Sinne beraubt? Sie müsste doch wissen, was Sache ist, es sei denn, sie wollte einen teuflischen Plan umsetzen, der nicht nur, wie vermutet, als späte Rache angedacht sein könnte, sondern gleichzeitig auch Unglück den Kindern dessen bescheren sollte, der sie einst verschmähte, sowie auch ihre mütterlichen Gefühle verletzte, was zu verzeihen ihr vermutlich nicht gelang. Weibliche Rache ist oft unberechenbar und gefährlich, ja schlägt selbst nach langer Zeit noch unheilbare Wunden und könnte für die Nachkommen tödlich ausgehen, wie schon Medea im archetypischen Grundmuster der Menschheit verankerte. Darüber wurde schon oft und viel geschrieben, ohne es wirklich zu verstehen oder dessen Natur ergründen zu können, denn es widerspricht an sich höheren Werten des Menschseins schlechthin. Kurzum, ein wirksames Gegenmittel fehlt, weshalb manch einer immer mal wieder Opfer einstiger Kränkung wird, die er keineswegs allemal selbst verschuldet hat. Ob es möglich ist, dass ein Mensch so nachträgerisch ist, ein Mensch überdies, der in seinem Glauben fest verankert ist und täglich auf Vergebung und ähnliche Verpflichtungen mehr getrimmt, ja buchstäblich angewiesen wird, sich darin fleißig zu üben? Es ist indes ein uraltes Motiv, die Kinder für die echten und vermeintlichen Untaten der Erwachsenen büßen zu lassen, was allerdings solche Machenschaften um keinen Deut verschönert. Dass ausgerechnet Greth sich dieser Methode bedienen könnte, schien ihm dennoch sinnwidrig zu sein, was ihn eigentlich hätte beruhigen können, aber das Gegenteil traf zu, er war aufs Äußerste alarmiert.

Egal, was, wie und weshalb es geschah, das nachträgerische Element im weiblichen Denken vermag offensichtlich nicht nur Jahrzehnte zu überdauern, sondern entwickelt zuweilen gar eine ungeahnte Dynamik, dank welcher selbst größere Opfer in Kauf genommen werden. Dass der einstige, an sich selbst verschuldete Anlass aus Arthurs Sicht kaum von solch eminenter Bedeutung war, dass sich damit diese absurde Inszenierung rechtfertigen ließe, spielt anscheinend keine Rolle mehr, denn der Akt allein, welcher damals die Verletzung hervorrief, steuerte jahrelanges Sinnen und Trachten und gebar die übelsten Monster, deren Aufgabe es ist, Gift und Feuer zu speien, und zwar überall dort, wo noch allfällig letzte Spuren der unverdaulichen Missetat zu tilgen sind. Dabei besteht keine Hoffnung auf Gnade, selbst wenn man sich eine solche demütig kniend erbeten wollte … in der Tat, keiner hat Gnade verdient, auch nicht die Gnade eines Despoten.

Das alte Misstrauen meldete sich wieder zu Wort, und Zweifel an der Vernunft und Ehrlichkeit dieser Frau kamen erneut auf, als er begann sich darüber Gedanken zu machen, wie er sich nun in dieser heiklen Situation verhalten soll. Greth war zweifellos Arthurs Sphinx, denn ihr Verhalten war nach wie vor unergründlich, behielt die alten Geheimnisse weiterhin ein, und er vermochte ihre Absichten noch immer nicht vollumfänglich zu durchschauen. Vielleicht war es Bluff, eine Finte nur, der Sohn eines anderen, oder gar Erichs Sohn, ja möglicherweise nicht ihr eigener, ein Neffe vielleicht, aber wer außer ihr konnte es mit Sicherheit wissen? Doch sie erfasste sekundenschnell die Gunst der Stunde, welche ihr eine Möglichkeit in die Hand spielte, Arthur zu provozieren, ja ihn aufs Neue zu ängstigen, was sie weidlich genoss; er sah sich daher veranlasst, Klarheit zu schaffen, um diesem unsinnigen Treiben endlich und hoffentlich ein für alle Mal den Riegel vorzuschieben.

Einen Weg über die Tochter zu begehen, bot sich kaum an, denn das Verhältnis zu ihr war mehr als gestört, jedenfalls müsste er damit rechnen, dass er als Ränkeschmied und Miesepeter abgewiesen würde. Aber vielleicht wäre sie wenigstens bereit gewesen, die Geburtsdaten ihres Freundes preiszugeben, was bereits einen wichtigen Schritt zu tun, allenfalls sogar Entwarnung zu geben, erlaubt hätte. Greth zu suchen und mit ihr zu sprechen, wäre vielleicht sinnvoller und auch angemessener gewesen, doch wo mochte er sie finden, hatten sie doch seit Jahren jeglichen Kontakt eingestellt. Dennoch musste er herauskriegen, wer dieser junge Mann wirklich war, der ihm als Freund, ja sozusagen Verlobter seiner Tochter vorgestellt wurde. Diese alles entscheidende Frage sollte ihn seit jenem verhängnisvollen Treffen nicht mehr loslassen und raubte ihm den Schlaf.

Nun ja, er sah Greth zuvor einmal rein zufällig in der Stadt, begrüßte sie und versuchte mit ihr einige Worte zu wechseln, doch war sie nicht sehr gesprächig. Sie sah damals noch immer gleich aus wie zuzeiten, war gekleidet wie zuvor und trug noch immer den kunstvollen Haarknoten, woran er sie auch von Weitem erkannte. Sie sei mittlerweile in die Großstadt gezogen, wo sie in einer Universitätsklinik ihre Lebensstelle gefunden hätte, nein, nicht verheiratet, aber sehr beschäftigt und engagiert, jedenfalls zufrieden und völlig ausgelastet, eine leise Selbstgerechtigkeit war nicht zu überhören. Kein Wort indes über einen allfälligen Sohn, kein Wort über weitere Aktivitäten, kein Wort über ihre private Situation und schon gar nicht über ihren Wohnort (aber Universitätskliniken gab's nur wenige, so könnte die Verfolgung dieser Spur eine Möglichkeit bieten, sie zu finden). Sie hätte zu tun, vielleicht ein andermal und auf Wiedersehen! Er wurde schlichtweg so schroff abgespeist, wie eben Urheber unliebsamer Erinnerungen abgespeist werden. Ob sie damit den Vater ihres Sohnes, oder bloß den einstigen, durch sie selber zum Nebenbuhler gekürten Geliebten abschießen wollte, war ihm noch immer ein

Rätsel. Doch diese kleine, längst entfallene Episode wäre bedeutungslos, wenn sich mit der neuerlichen Begegnung nicht völlig neue Perspektiven eröffnet hätten, deren Brisanz noch zu klären war. In diesem Licht gesehen, barg sie allerdings einigen Zündstoff, der einen explosiven Ausgang erahnen ließ. Die Impertinenz, mit welcher Greth ihren Lebensfrust zu tilgen versuchte, war erschreckend, die teuflische Lust zu sühnen, was sie einst selber verbockte, gar geistesgestört.

Trotz erheblicher Bedenken, versuchte er zunächst mit seiner Tochter Kontakt aufzunehmen, denn eigentlich war dies aller Widrigkeiten zum Trotz das Naheliegendste und wohl am ehesten geeignet, mithilfe weniger Hinweise, der Aufklärung der vermeintlichen Ungereimtheiten zu dienen. Als Vorwand, etwa um dem Anruf eine gewisse Plausibilität zu verleihen, wollte er ihr mitteilen, dass es ihm wieder gut ginge und weiter nichts Besorgniserregendes passiert sei, und dachte sich dabei, dass sich daraus ein etwas weiterführendes Gespräch entwickeln könnte und damit Gelegenheit böte, weitere Informationen einzuholen. Aber er hatte sich erneut getäuscht, denn sie interessierte sich nicht für das Wohlergehen ihres Vaters und seine Mitteilung, die sie zwar gnädigst zur Kenntnis nahm, aber nicht dazu zu bewegen vermochte, weitere Fragen zu beantworten, schon gar nicht solche, welche ihren Freund betrafen, denn dies betrachtete sie als unerwünschte Einmischung in ihr Privatleben, an sich zu Recht, aber … Schon gut, tut nichts zur Sache, die harmlose Frage sei keineswegs als Einmischung gedacht, sondern lediglich als Nachfrage über die Befindlichkeiten einer Tochter, welche offensichtlich den Vater aus ihrem Leben verbannt habe. Schade im Grunde genommen, doch egal, es ginge auch so, und mit tausendfacher Entschuldigung, sich erfrecht zu haben, etwas über ihre Aktivitäten zu erfahren, beendete er das seltsame und auch verletzende Telefongespräch, das ihn somit keinen einzigen Schritt voranbrachte. Auch der Grund ihrer ablehnenden Haltung war mysteriös, wenngleich erwartungsgemäß, denn der Kontakt war seit Langem schon unterbrochen. Nun ja, der unerlässliche Einsatz eines Vaters dauert im Durchschnitt rund zehn Minuten, die restlichen siebenhundertneunundneunzigtausendneunhundertneunundneunzig Komma neun Stunden eines durchschnittlichen Menschenlebens können derweil ohne dessen Hilfe durchlaufen werden, das ist leidlich bekannt und galt selbstredend auch für Arthur, dessen Beitrag zur gedeihlichen Entwicklung ihrer Existenz offensichtlich rein materieller Natur war. Der Entscheid, ob man nicht einige weitere Werte in den Rucksack fürs Leben einpacken möchte, ist selbstverständlich individueller Natur; hier also abschlägig beschieden, wohl aus Unkenntnis der wahren Zusammenhänge, der Einfachheit halber ohne Hinterfragung einer Position, die womöglich verfehlt ist. Im Falle ihres Auserwählten wäre es aber tatsächlich um die entscheidenden zehn Minuten gegangen, über die sie anscheinend nichts wusste, doch bis zu diesem kritischen Punkt, der die zukünftige Schwiegermutter womöglich in arge Erklärungsnot gebracht hätte, ist das Gespräch nicht gediehen. Nun ja, einige erachten es wohl als vorteilhaft, die Augen vor wichtigen Tatsachen zu verschließen.

Einerlei, es blieb dabei, er musste Greth suchen, um drohendes Unheil – allenfalls, womöglich, mutmaßlich; so ein Dreck! – nötigenfalls also abzuwenden, wobei nicht feststand, dass sie selber überhaupt in der Lage war, Klarheit zu schaffen, denn die Wirrnisse, welche zuzeiten die Szene beherrschten, sind kaum durchschaubar, schon gar nicht im Nachhinein. Die Mühe lohnte sich aber, und trotz geringer Hoffnung gelang es ihm, sie ausfindig zu machen und zu einem Treffen zu überreden, indem er geschickt von ihrer angeborenen Neugierde Gebrauch machte. Sie kam allein, mit kunstvollem nunmehr grau meliertem Haarknoten, der allerdings etwas schütterer geworden war, weißer, leicht verfleckter Bluse und dem immer noch dunkelgrauen langen Rock, der bis zu den Knöcheln reichte, ein Auftritt, der bereits einen Großteil seiner Fragen beantwortete, nicht aber die Kernfrage, nach deren Auflösung er verzweifelt suchte.

„Ich weiß schon, weshalb du mich sprechen willst, das ist mehr als klar geworden, als du im Kaffeehaus kollabiertest."

„Weshalb hast du denn nicht spontan reagiert? Das wäre doch mehr als angebracht gewesen."

„Nein, dem ist nicht so, der Kontakt ist ja längst unterbrochen, du selber aus der Liste meiner Freunde gestrichen", und selbst die Tochter habe sich seit Langem schon distanziert, definitiv, wie sie wiederholt verkündete.

„Ach so, aber es stehen doch zumindest Ungereimtheiten im Raum, welche eine erneute, wenn auch nur kurze Kontaktnahme erforderlich machen dürften. Eine neue Konstellation, welche beide betrifft, erfordert doch unverzügliche Klärung noch offener Fragen, welche insbesondere für allfällige Nachkommen ausschlaggebend sein könnten."

Sie akzeptierte offenbar diese Argumentation – was hätte sie denn veranlasst, zu widersprechen? – und gab etwas gelangweilt einige Erklärungen ab.

„Schon gut: Mein Sohn, Daniel mit Namen, ist fünfundzwanzig Jahre alt, und ich bin stolz, ihn ohne fremde Hilfe aufgezogen zu haben. Er sei stets liebenswürdig, intelligent und schicke sich auch an, eine glänzende Karriere anzutreten. Arthurs Tochter, Kamilla, die ich ja seit ihrer Kindheit kenne, hätte Glück gehabt, diesen Mann zu finden, und ich selber komme nicht umhin, eine gewisse Genugtuung darüber zu empfinden, dass sich nun eine Verbindung anbahne, welche im Grunde genommen meinen einstigen Wunschvorstellungen durchaus entspricht."

Wie sie jedoch zu diesem eher fragwürdigen Konstrukt kam, verschwieg sie, obwohl er sie löcherte. Sie verstrickte sich vielmehr in einer langatmigen Apologie, welche aus Arthurs Sicht völlig deplatziert war. Aber mehr wollte sie zum eigentlichen Thema nicht sagen, denn durch sein damaliges Verhalten, hätte er sich endgültig von ihr distanziert und damit ausdrücklich aus ihrem Privatleben verabschiedet, eine Kränkung sondergleichen, irreversibel daher der dadurch verursachte Schaden. Auch sei es ihr egal, ob er sie als nachträgerisch abqualifiziere, sein Urteil sei bedeutungslos.

Das war weder neu noch spektakulär, aber freilich blieb so die eigentliche Kernfrage, die es erlaubt hätte zu entscheiden, ob sich zwischen den Jungen eine inzestuöse Verbindung anbahne, deren Abwendung ja imperativ wäre, unbeantwortet im Raum stehen. So entschloss er sich zum Frontalangriff und stellte unvermittelt die ‚Gretchenfrage' (ohne ‚th'), doch dieser mutige Versuch, endlich Klarheit zu schaffen, wurde ebenso listenreich wie kühn abgewehrt, indem sie ihn mit nichtssagenden und reichlich abgedroschenen Teilgeständnissen abzuspeisen versuchte.

Ja natürlich habe sie gelogen, denn sie sei tatsächlich bereits schwanger gewesen, als sie sich bei ihm meldete, aber Sicherheit hätte es keine gegeben, deshalb … Doch die gründliche Abfuhr, welche sie damals zu erleiden hatte, sei äußerst schmerzlich gewesen, fühlte sie sich doch in ihrer Frauenwürde aufs Schimpflichste verletzt, und zwar vor allem auch deshalb, weil dadurch ihr ausgeklügelter Plan endgültig gescheitert sei. Trotzdem wisse sie nicht, wer der Vater ihres Sohnes sei, und ja, sie habe damals mit seinem Sperma, das auf ihrem Bauch landete, einen ‚künstlichen' Befruchtungsversuch vorgenommen, dessen geringfügige Chancen auf Erfolg gleichwohl in Betracht gezogen werden müssten … und somit: „Vielen Dank für die – letztlich freiwillige – Samenspende!"

Unmöglich, schamlos, indes kaum zielführend und, ja natürlich habe er damals ihre Bemerkung mitgekriegt, aber diese dummdreiste Verzweiflungstat – war es doch, oder etwa nicht? – für absurd gehalten. Nun, wie auch immer, die zeitlichen Verhältnisse ihrer einstigen ‚Freveleien' seien natürlich ihr persönliches Geheimnis geblieben, und nur ein Vaterschaftstest könnte darüber informieren, wer denn wirklich der leibliche Vater Daniels sei. Diesen Vorschlag hätte er gerne beliebt gemacht, und dies zum Schutz des jungen Paares. Einen solchen durchführen zu lassen, lehnte sie jedoch strikte ab, denn nur Gott allein habe das Recht zu wissen, was Sache sei, zumal es in Daniels bisherigem Leben zu keinem Zeitpunkt – Vermutung oder Tatsachen – einen Vater gab. Er, dessen Existenz aus rein biologischen Gründen nicht wegzudiskutieren sei, war stets unbekannt und blieb es bis heute. Diese Tatsache sei zu einem Fixpunkt in dessen Erziehung geworden und hätte sich auch in seiner Weltanschauung unwiderruflich festgesetzt. Sie habe auch Erich einmal getroffen, der jedoch nichts von Daniels Existenz wisse, wäre es doch reichlich unfair gewesen, ihn mit der Bürde einer allfälligen Vaterschaft zu belästigen … „Ach ja? Ein Brüderchen mehr oder weniger; unproblematisch doch!"

„Lass diesen Quatsch! … Auch ist es geheim, wo er sich momentan aufhält, und ich meinerseits möchte auf gar keinen Fall als Verräterin agieren, denn er ist ja rechtskräftig verurteilt."

„Verräterin? Nicht noch einmal, nicht wahr … er entzieht sich also dem rechtmäßigen Vollzug; feige indes, nicht zu seinen Untaten zu stehen! Dass er nicht um sein Seelenheil bangt?"

„Deplatzierte Häme dies, hat er doch triftige Gründe, sich der irdischen Rechtsprechung zu entziehen … doch, sei's drum, spielt heute ohnehin keine Rolle mehr, es sei denn, man würde mir zur Last legen, dass ich einen Verbrecher decke. Aber das ist absurd, da sich aus meiner Sicht die irdischen und himmlischen Gesetze widersprechen, weshalb ich mir nicht vorstellen kann, dass er sich einer Tat schuldig gemacht hat, die ihn dabei hindern sollte, seinen göttlichen Auftrag fortzuführen."

Eine reichlich vereinfachte Vorstellung von Gerechtigkeit ihre Darlegung, die so nicht unerwidert im Raum stehen bleiben darf: Nun, sie mache sich die Sache etwas allzu leicht, und die Widersprüchlichkeit der verschiedenen Gesetze wäre noch genauer zu überprüfen, ehe ihr Urteil ‚rechtskräftig' werden könne, sei doch deren Übertretung hüben wie drüben strafbar. Doch egal, es stehe vielmehr zufolge der unbestrittenen

Unklarheit die Frage im Raum, ob sie denn kein Risiko befürchte, sofern sich Daniel und Kamilla definitiv zusammentäten, um eine Familie zu gründen? Sie könne doch, genau wie auch er, keineswegs ausschließen, dass sich hier ein Inzest anbahne. Ihr Verhalten sei verantwortungslos und sträflich, eine Herausforderung der Naturgesetze auch, das sei unentschuldbar.

Und wenn schon, es sei dies in ihren Kreisen weder verwerflich noch ungewöhnlich, denn die zahlreichen verhöhnten und gleichwohl halsstarrigen Gruppierungen sind es gewohnt, sich untereinander zu arrangieren. „Man möchte doch das edle Blut der ‚Auserwählten' stets reinhalten."

„Leider, und dies mit altbekannten und reichlich verheerenden Folgen, welche den geschädigten Nachkommen ein schäbiges Leben bescheren, eine Gemeinheit mithin, welche kaum als Gottes Absicht verkauft werden sollte."

„Doktorenlatein, Unsinn, blöde Faselei, nichts davon ist wahr … und wenn schon, dann hat eben der Herrgott beschlossen, jene Strafe zu verhängen, die längst schon fällig ist. Sein Ratschluss ist bekanntlich nicht zu hinterfragen."

„Ach sieh mal einer an! Ein Geständnis etwa?"

„Quatsch! … sich seinen Strafen widersetzen zu wollen, ist ohnehin unmöglich, sie tapfer zu ertragen, daher die einzige Möglichkeit, sich damit abzufinden …"

„… eine wenig belastende und letztlich fahrlässige Art, mit einer willkürlich arrangierten Inzestkonstellation wie auch bewusst aufrechterhaltener Ungewissheit umzugehen, und dies nur, um eine Scharte aus jungen Jahren auszuwetzen. Eine solche Gesinnung halte ich für reichlich vermessen, um eine gemäßigte Formulierung anzuwenden."

„Eine Ansicht, die ich nicht teile, denn die Strafen Gottes sind allemal gerecht!"

„Die Strafen des Herrn in Ehren, aber es ist doch nicht verantwortbar, sehenden Auges und wachen Verstandes, eine wohl unvermeidliche Katastrophe herbeizuführen, wenigstens dies müsste sie doch einsehen." Arthurs Vernunftkampagne war offensichtlich unwirksam!

„Einsehen vielleicht, aber etwas letztlich Unfassbares abwenden zu wollen, sei trotzdem nicht opportun. Vielmehr halte ich es für eine Schandtat, ein glückliches Paar zu zerstören, das sich glänzend entwickle; mir selber ist diese Gunst nicht zuteilgeworden, meinem Sohn sei sie gegönnt. Und sollte uns der Herr bestrafen, so müssten wir es wohl oder übel hinnehmen, selbst wenn sie ihrerseits die Untat nicht begangen hätten. Buße zu tun für Freveleien anderer, insbesondere der Vorfahren, gehört nun mal zum üblichen Instrumentarium dessen, der die Geschicke der Menschheit lenkt."

„Ein nachträgerischer Geselle, dein Chef …" Arthur wollte sie, selbst auf die Gefahr hin, blasphemisch zu wirken, wenigstens rhetorisch in die Zange nehmen: „Du selbst hast damals ein recht übles Spiel gespielt und dir eine arglistige Inszenierung in den Kopf gesetzt, welche doch vorwiegend eigennützigen Zwecken dienen sollte. Sofern also jemand bestraft werden müsse, so wäre doch am ehesten deine Person im Fokus; Sippenhaft ist doch allemal verwerflich! Und würde gerade er, dessen auserwähltes Volk eine solche zu erleiden hatte, diese hier zur Anwendung bringen, dann müsste man ihn auch noch als Misanthrop betrachten."

„Blasphemie pur! Unerhört … auf dass der Blitz niederfahre und dein Schandmaul stopfe!" Im Übrigen könne sie sich nur dann wirklich schuldig fühlen, wenn man den hinterhältigen Anweisungen seiner Exfrau keine Bedeutung beimessen wolle. Dieser leidige Zusatz müsse doch endlich aktenkundig werden. „Es ist nicht leicht, Diener zweier Herren zu sein, das bitte ich zu bedenken."

„Ach so, daher weht also der Wind. Gleichwohl, es ist mehr als schäbig, sich so jedweder Verantwortung zu entschlagen … ferner halte ich wenig von Treuetesterinnen, sie verkaufen ihre Reize und schließlich sogar ihren Körper für billige Intrigen. Und bei mir … ach, was soll's, alles Schnee von gestern!"

„… sofern man deine unübersehbar genüssliche Beteiligung außer Acht lassen will. Erinnere dich: Die Libido sollte doch das Zepter übernehmen, damals doch dein Lieblingsargument, oder willst du's etwa bestreiten?"

„Schön und gut … auf die zweifelhafte Ehre eines Unschuldslammes kann ich ohnehin verzichten, was nichts an der Tatsache ändert, dass unter dem Strich die recht üblen Machenschaften, die du und meine Exfrau seinerzeit inszeniert haben, bestehen bleiben. Dass du selber bei deren Verwirklichung die Schlüsselstellung innegehabt hast, steht indes fest, und an dieser unleugbaren Erkenntnis führt kein Weg vorbei."

„Doch, der Ausweg."

„Er ist nur dann gegeben, wenn Erich der leibliche Vater ist."

„Ja sicher, aber diese Frage zu lösen, bin ich weder bereit noch in der Lage. Aus meiner Sicht ist dies zudem gegenstandslos und hat bestenfalls ein unlösbares Dilemma zur Folge, dessen unsinnige Last ich den ‚Kindern' ersparen will. Sie brauchen ja nicht mitzukriegen, wie dumm wir uns damals benommen haben."

Sie war und blieb stur, zickig und verbohrt, wohl wie alle alten Weiber ihrer Sekte. Beinahe aus Verzweiflung machte er sie darauf aufmerksam, dass sie sich fraglos anschicke, Gott zu versuchen, doch selbst diese Anschuldigung wies sie mit einem überheblichen Lächeln zurück, wohl um auszudrücken, dass sie sich solche Unterstellungen von einem Atheisten nicht gefallen lassen wolle.

Nein, gerade er sei bestimmt nicht befugt, derartige Beschuldigungen auszusprechen – der Tonfall nahm gereizte Züge an – und mit Gott im Rücken fühle sie sich befugt, wie auch stark genug, aus eigenem Ermessen zu handeln. Mumpitz also sein Geschwätz, sinnlose Floskeln eines Ungläubigen bloß … er soll sie doch endlich in Ruhe lassen, sie hätten alle nicht die Absicht, weitere Störmanöver zu dulden oder welche zu provozieren.

Es war zum Verzweifeln, denn sie wich allen Versuchen, sie in die Pflicht zu nehmen, erfolgreich aus, indem sie unter anderem wortreich und mit unzähligen Bibelzitaten angereichert ihre Weigerung, endlich Klarheit zu schaffen, ins Zentrum rückte, ohne auf die Gefahren, welche lauerten, auch nur ansatzweise einzugehen. Dabei war sich Arthur sicher, dass sie genau wusste, wessen Kind sie aufzog, denn sie kannte beide mutmaßlichen Väter und hatte bestimmt die Möglichkeit, gewisse Ähnlichkeiten auszumachen, doch auch darüber wollte sie keine Auskünfte erteilen, das sei Privatsache. Die störrische Haltung, die sie an den Tag legte, wurde nicht weiter begründet und als persönlicher und damit nicht verhandelbarer Entscheid eingestuft, aber einige Andeutungen wiesen darauf hin, dass sie dank der neusten Entwicklung eine ungeahnte Chance witterte, durch das sogenannte Gottesgericht darüber belehrt zu werden, ob sie und ihre Mitspieler sich damals sträflich verhielten oder nicht, als ob diese Frage noch von ausschlaggebender Bedeutung wäre. Die Festung war uneinnehmbar, denn gegen eine solch sture Auffassung anzutreten, war schon deshalb unmöglich, weil sich hier althergebrachtes Brauchtum mit dem sektiererischen Glauben einer stets verhöhnten Minderheit zu einem fest gefügten Dickicht verband, welches alle gangbaren Wege überwucherte und jegliches Durchkommen verhinderte. Auf Gott vertrauen und den Dingen freien Lauf lassen, war ihre Devise, wovon sie nicht abzubringen war. Ja, sie verfügte über ein Faustpfand, das zu verspielen sie sich weigerte. Den Einwand, dass dies gegenüber den jungen Leuten unfair sei, wollte sie nicht akzeptieren, und den Hinweis, dass es nicht an ihr sei, zu bestimmen, wann das Gottesgericht zu obwalten habe, ließ sie nicht gelten. Selbst die Anmerkung, dass es unüblich sei, den eigentlichen Täter straflos davonkommen zu lassen und dafür, unter Berufung auf eine Art Sippenhaftung, dessen Nachkommen zur Rechenschaft zu ziehen, wollte sie nicht anerkennen, denn die Bestrafung der Kinder, die zwar unschuldig, aber dennoch Frucht einer verwerflichen Tat seien, käme einer Bestrafung der Eltern gleich, so viel stünde fest. Ja, die eigentlichen Täter säßen im selben Boot, da gab's kein

Entrinnen. Zu dicht war somit das Hirngespinst gewoben, als dass es noch durchschaubar gewesen wäre. So verschrieb sie sich der fixen Idee, recht zu tun, eine Art Starrsinn einer einst gekränkten Frau indes, welche es nicht schaffte, dank einer normalen Beziehung oder zumindest durch ein bisschen Weisheit die alten Geschichten zu vergessen, oder wenigstens vernünftig einzuordnen und abzuarbeiten, denn unabhängig davon, wie man die Zusammenhänge dreht und wendet, bei jeder Variante bleibt ein Stück Schuld an jedem Akteur des einstigen Dramas hängen. Doch selbst diese eher allgemeine Formulierung schien sie nicht zu beeindrucken, und ein Schuldeingeständnis war ihr nicht zu entlocken.

Auf Umwegen wollte er noch einen letzten Versuch wagen, etwas mehr zu erfahren, umso mehr als er das religiöse Getue gründlich satthatte: Ob sie denn mit Erich noch Kontakt habe und ihn regelmäßig besuche?

„Ja! Selbstverständlich, er ist meine Stütze.“ Doch dies sei reine Privatsache und kein Thema, das sie mit ihm besprechen wolle, zumal er einen neuen Wirkungskreis gefunden habe, den sie ihm nicht noch einmal vergällen möchte.

„Schon wieder … also doch! Ein Stehaufmännchen oder ein Serientäter, Zutreffendes bitte unterstreichen …“

„Sei nicht albern! Nein, weder noch! Ein braver Kerl, der seiner wahren Berufung Folge leistet, nicht mehr und nicht weniger.“

„Nun ja, der arme Kerl, er erinnert einen an Sabbathai Zwi, welcher als selbst ernannter Messias im siebzehnten Jahrhundert Europa unsicher machte. Er wechselte nicht zuletzt wegen zahlreicher Frauengeschichten so oft seinen Wirkungskreis, bis er schließlich, statt hingerichtet zu werden, zum Islam übertrat und letztlich gleichwohl getötet wurde, weil er seinen neuen Glauben nicht ernst genug nahm, um sein Sendungsbewusstsein schadlos auf diesen zu übertragen. Es bleibt zu hoffen, dass Erich nicht dasselbe Schicksal ereilen wird, nachdem er sich einer Verurteilung hierzulande auf Kosten seiner betrogenen Gemeinde entzogen hat.“ Sie kannte zwar diesen

Sabbathai Zwi nicht, aber die letzte Bemerkung ließ sie zusammenzucken, sie hatte wohl getroffen. Dennoch zu dumm, sich auf diesem Niveau zu streiten, das war nicht sein Ziel, aber einen kleinen Nadelstich wollte er ihr verpassen, und dies war ihm wohl gelungen.

Doch sie konterte gleichwohl, denn sie wollte sich keine erneute Niederlage leisten: „Es ist nicht an dir, über diesen tapferen Mann zu urteilen, dies wird dermaleinst durch berufenere Gremien getan, spätestens aber am Jüngsten Tag geschehen … und dann stehen auch wir beide vor Gericht, und zwar als Zeugen wie als Beklagte."

„Jüngster Tag? Tag der Freude wohl, weil zu hoffen ist, dass er dann auch dazu verurteilt werde, wenigstens seine Schulden zu erstatten."

„Eine Frechheit, diese Bemerkung, ungerecht obendrein … kann nur von einem Ketzer stammen!" Und damit wollte sie das Gespräch beenden, obwohl noch einiges offen war, Teil wohl eines neuen Plans, der offensichtlich alte Schuld tilgen sollte. Er war derweil erstaunt, dass sie weit mehr an Erich hing als an ihm, dem einstigen Traumpartner, womit beinahe erwiesen war, dass er ihr eigentlicher Partner gewesen und auch weiterhin war, Arthur hingegen nur ein Strohmann, dessen Funktion nunmehr hinfällig. Deshalb ließ er sich noch nicht abwimmeln, denn er fand sich in jener Notlage wieder, in welcher er sich wohl damals wähnte, als er sie aus seiner Wohnung hinauskomplimentierte und ihr riet, eine Unterhose zu kaufen. Er klammerte sich noch an einen letzten Strohhalm – eine wahre Umkehr der Notlage, die sie weidlich genoss – und stellte ein Schreiben in Aussicht, das er seiner Tochter werde zukommen lassen, damit sie wenigstens wisse, welch gefährliche Konstellation allenfalls im Raum stünde, in der Hoffnung, dass die bloße Warnung an sich ihre Wirkung zu tun imstande sei.

Das sei ihm selbstverständlich unbenommen, aber allzu große Hoffnung auf Erfolg dürfe er sich nicht versprechen, denn mit einer solchen Aktion habe man gerechnet, und eine wirksame Abwehrstrategie hätte man bereits ins Auge gefasst. Sie habe Zeit genug gehabt, ihre ursprüngliche Absicht nach allen Seiten hin abzusichern.

Und wie es mit einem Einspruch bei der Ankündigung der Heirat stehe, so es eine solche geben sollte, eine wirksame Drohung dachte er …

Nicht besser, man rechne damit, aber auch diese sei kaum zu verhindern, denn auch in dieser Hinsicht sei bereits Vorsorge getroffen worden. Nein, er solle es sich endgültig aus dem Kopf schlagen, über irgendwelche Embargos nachzudenken, denn alle möglichen Maßnahmen seien studiert und auf ihre Tauglichkeit hin geprüft worden, um ihnen durch entsprechende Abwehrmechanismen zum Voraus jegliche Wirkung zu entziehen, darauf könne er sich verlassen.

Greth hatte also geahnt, was auf sie zukommen könnte, und entsprechend vorgesorgt, nahezu ein Schuldeingeständnis, dessen Trefflichkeit sie derweil weiterhin in Abrede stellte. Stattdessen wollte sie noch immer alle Fäden in ihrer Hand behalten, und die fixe Idee, welche sie in jungen Jahren einmal gebar, musste um jeden Preis umgesetzt werden. Allen gegenteiligen Beteuerungen zum Trotz, welche sie damals wohl aus rein opportunistischen Gründen abgegeben hatte, war sie offenbar die Alte geblieben, leider und wohl zu ihrem eigenen und ihrer Nachkommen Schaden. Und die Verschwörungstheorien, über welche man schon zuzeiten Mutmaßungen anstellte, schienen sich zu bestätigen, was deren Bekämpfung nicht gerade erleichterte.

Der Plan war wasserdicht, eine Intervention war kaum mehr möglich, und gerichtlich gegen seine Tochter und allenfalls sogar Sohn vorzugehen, wollte ihm nicht besonders schmecken, sodass er diesen Gedanken verwarf. Greths Rache aber war perfekt, wenngleich feige und unerbittlich, und Arthur fragte sich, wie sehr sie sich einst verletzt gefühlt haben musste, um eine derart missliche Vergeltung zu üben, wiewohl sie sehr genau wusste, inwieweit sie sich selber schuldig machte, ja letztlich betrog. Aber anscheinend verstand sie sich selber als Opfer unglücklicher Verstrickungen, deren Ursachen sie nicht zu verantworten hatte, denn sie handelte in höherem Auftrag, wessen auch immer. Die unglücklichen Umstände aber seien ihrer Ansicht nach auch von Arthur schamlos ausgenützt worden, weshalb er keinesfalls ungeschoren davonkommen durfte. Die Ungewissheit, die bestehen blieb, war zudem das Schlimmste, was man ihm antun konnte, so gut kannte sie ihn, und diesen letzten Streich zu führen, war für sie jene abschließende Genugtuung fürs Leben, nach der sie seit Langem gierte.

Die Heirat von Arthurs Tochter mit Daniel war tatsächlich mit keiner der angekündigten Maßnahmen mehr zu verhindern, nicht zuletzt auch deshalb, weil Arthur so gut wie nichts in den Händen hielt, was dessen Berechtigung zu intervenieren hätte begründen können. Die vorsorglich getroffenen Maßnahmen von Daniels Mutter, etwa die Vaterschaft ihres Sohnes zu verschleiern, waren von einer beispiellosen Dichtigkeit, welche selbst rechtliche Schritte kaum mehr zuließen, und die unbewiesenen Aussagen Arthurs ließen die Behörden kalt. Sie schien den unwiderruflichen Willen durchzusetzen, ihre Lebenslüge auf die nächste Generation zu übertragen, um in beinahe experimenteller Art und Weise festzustellen, wessen Version denn die zutreffende war und damit auch wessen Schuld am schwersten wog: Schuld und Sühne also ganz nach Art ihres Sektengurus, der seinerseits aus Pietätsgründen nicht behelligt wurde. Womit er sich diese schonungsvolle Behandlung verdient hatte, blieb freilich offen.

Die Feier soll sehr schlicht gewesen sein und fand im engsten Familienkreis statt, von welchem die potenziellen Samenspender jedoch ausgeschlossen waren, umso mehr, als es ja deren zwei gewesen wären, die infrage kamen. Vor allem aber wollte sie Erich – anscheinend im Exil lebend – davor schützen, dass er durch diese Heirat wieder ins Rampenlicht gerückt werde, und Arthur wurde ohnehin zum Buhmann erklärt, obwohl seine Vaterschaft zumindest bei der Tochter feststand. Weshalb sie Erich, den sie einst so sehr anschwärzte, nun ausdrücklich in Schutz nahm, ja sich gar der Hehlerei schuldig machte, war nicht leicht zu verstehen, es sei denn, dass sie aller Widersprüche zum Trotz dessen Vaterschaft gleichwohl für die wahrscheinlichere hielt, eine Vermutung, welche auch durch andere Hinweise gestützt wird. Im Übrigen hätte sie vor Sohn und Schwiegertochter eingestehen müssen, dass die Befruchtung, durch wen auch immer, nicht auf herkömmliche Art und Weise erfolgt war, sondern eher durch eine Art Samenraub oder dann eben durch ‚Beinahevergewaltigung', was beileibe kein günstiges Licht auf sie geworfen hätte. Damit konstruierte sie sich einen Schutzschild, der sie vor Angriffen, welcher Art auch immer, schützen sollte. Dennoch stand so gut wie fest, dass Erich ihr eigentlicher Lebenspartner war, worauf etliche Zeichen hindeuteten; sei's drum, Arthur war weit davon entfernt, ihm diese Rolle streitig zu machen. Und die Bestrafung für dessen Perfidie, welche, so sie denn tatsächlich so verwerflich war, wie sie glauben machen wollte, keinesfalls in ihrer Kompetenz lag, hätte also zu guter Letzt durch diese abstruse Neuinszenierung erfolgen sollen, eine weitere Schnapsidee, die ihresgleichen sucht: Erichs Exil sollte nämlich eine angemessene Entsprechung in Arthurs Leben finden, dieser absurde Gedanke entsprang ihrem eigenen Gerechtigkeitsgefühl, einem Gemisch aus verletzter Eigenliebe und Rachsucht.

Für Arthur wäre es keine Katastrophe gewesen, wenn die Jungen erfahren hätten, dass er damals, eben zum mutmaßlichen Zeitpunkt von Daniels Zeugung, mit Greth eine Liebesnacht verbracht hatte, welche allerdings ohne den eigentlichen Befruchtungsakt endete. Nein, Letzterer, so er denn tatsächlich erfolgreich war, wäre vielmehr einem Akt der Enttäuschung zuzuschreiben, den Greth in eigener Regie und insbesondere ohne Arthurs Wissen in verwerflicher Absicht selbst verrichtete. Freilich, seine damalige Aktion war streng genommen einem Ehebruch gleichzusetzen, aber welche Bedeutung würde dieser an sich trivialen Feststellung nach so viel Jahren der Trennung noch zukommen, nachdem allen Familienmitgliedern die näheren Umstände sowie die komplexen und wenig rühmlichen Zusammenhänge längst bekannt waren. Zudem bestand die besagte Ehe zu jener Zeit nur noch auf dem Papier, was zwar kein Freibrief für unzüchtiges Verhalten ist, aber wenigstens sein Verhalten nachvollziehbar macht. Insofern, als ein außerehelicher Beischlaf mit diesem Attribut versehen werden darf, müsste man freilich sein Handeln als Seitensprung abqualifizieren, doch nicht unerwähnt sollten doch Greths Verführungskünste bleiben, die ja alles daransetzte, ihn ins Bett zu kriegen, wobei verschiedene Motive eine namhafte Rolle spielten. Doch gerade der Umstand, der nun Arthurs Schuld verbürgen soll, hat nicht zuletzt auch sie selber veranlasst, ihre strengen Prinzipien fallen zu lassen und etwas zu tun, was grundsätzlich in ihrer Welt nicht vorgesehen ist, ja möglicherweise sogar als Promiskuität ausgelegt werden könnte. Doch aus ihrer reichlich verqueren Sicht handelt es sich lediglich um einen unbedeutenden Fehltritt, dessen tatsächliche Voraussetzungen sie jedoch insofern pervertierte, als dass die Moralkeule einzig und allein Arthur treffen sollte. Aber alles war ohnehin Schnee von gestern, und keiner hatte mehr auch nur die geringste Lust, sich erneut auf jene abgedroschenen Streitigkeiten einzulassen, deren Ausgang ohnehin am weiteren Verlauf der Ereignisse nichts mehr zu verändern vermochte. Es war, wie es war, und keiner kannte die Wahrheit, vermutlich nicht einmal Greth.

Sie selber hatte derweil ein anderes Problem: Ihre Geschichte bloßzulegen, hätte wohl alle Beteiligten schockiert, denn ihre einstige Inszenierung und deren entehrenden Folgen aufzudecken, wäre nicht nur peinlich, sondern auch für ihr Ansehen schädlich gewesen. Ein Eingeständnis vor ihren Glaubensbrüdern, dergestalt, dass sie nicht nur ein unehelich gezeugtes Kind aufziehen musste, was ihr ohnehin abträgliche Kritik beschert hätte, sondern zum Zeitpunkt seiner Zeugung auch mindestens zwei Liebhaber hatte, mit denen sie Bettgeschichten veranstaltete, wollte sie nicht abgeben. Dennoch steht dieser Sachverhalt fest, und wäre er publik geworden, so hätte wohl nicht nur ihr Sohn, sondern auch ihre ganze Umgebung ungehalten reagiert und allenfalls sogar Strafen verhängt, die eine Untat zu ahnden gehabt hätten, welche nach Ansicht ihrer Glaubensgemeinschaft niemals verjährt und überdies ein schiefes Licht auf Daniel geworfen hätte. Man warf ihr namentlich auch ungebührliches Verhalten vor, als sie unverheirateterweise schwanger war, was hätte man ihr also vorgeworfen, wenn man die näheren Umstände gekannt hätte? Dass sie nicht gewillt war, die ganze Wahrheit zu verraten, war demnach mehr als verständlich, aber damit stand auch fest, dass sie selber das größte Interesse an der Fortsetzung der Geheimhaltung hatte, zumal der Gestalt von Erich anscheinend nicht mehr Erwähnung getan werden durfte, da auch der letzte der Glaubensgemeinschaft eingesehen hatte, dass er ein Schurke war. Und was ist bekömmlicher: den Sohn eines Schurken oder den Sohn eines halbwegs ehrenhaften Bürgers großzuziehen, selbst wenn dessen Zeugung unter absonderlichen Umständen erzwungen wurde.

Nebenbei bemerkt wurde nun auch klar, weshalb sie ihre Heimat verließ und sich in der anonymen Großstadt verbarg. Doch diese Nebensache hat wohl kaum eine nennenswerte Bewandtnis, es sei denn, sie würde ein bestimmtes Schlaglicht auf Greths Persönlichkeit werfen.

Dass sie sich bei den Frischvermählten als herzensgute wie aufopfernde Mutter und Schwiegermutter anbiederte, war vorauszusehen. Nur eine überdimensionale Beliebtheit vermochte den weniger aktiven Vater von ihnen fernzuhalten, was schon um der Geheimniskrämerei willen nötig war. Sie brachte es dann auch fertig, dass die junge Familie in ihre Stadt zog, womit sie immer ein Auge auf sie werfen und sie gleichzeitig auch aus dem Dunstkreis des Vaters fernhalten konnte, eine Maßnahme, welche weitgehend sinnlos war, da der Kontakt zwischen Vater und Tochter bekanntlich seit Langem schon erheblich gestört, um nicht zu sagen unterbrochen war. Dieser Vater konnte ihr kaum mehr schaden, und wenn er es denn durchaus gewollt hätte, so wäre eine Distanz von rund hundert Kilometern kaum ein unüberwindliches Hindernis gewesen. Doch wie erwähnt war Arthurs Motivation, noch etwas zu unternehmen, bereits dahingeschmolzen, wie der letzte Frühlingsschnee an der Sonne, was sie nicht nur wusste, sondern auch in ihre Berechnungen einbezog.

Ihr Plan, den umzusetzen sie den Kindern überließ, sollte derweil einige Überraschungen bereithalten, denn noch hatte der ‚Bannstrahl Gottes' nicht eingeschlagen, und sie vermutete, dass dies noch bevorstünde. Dass sie sich deshalb vornehmlich mit der weiteren Strategie beschäftigte, war zwar verständlich, wiewohl sie sich eigentlich um die Neugestaltung ihres eigenen, nunmehr allein zu fristenden Lebens hätte befassen sollen. Dies nicht zuletzt auch deshalb, damit die Jungen in aller Ruhe nach ihrem eigenen Weg hätten suchen können, ohne sich fortwährend der Einmischung einer übereifrigen Mutter erwehren zu müssen. Doch das Paar war anscheinend fest in ihrer Gewalt, und dieses Mal wollte sie nicht auf ihren ‚legitimen' Anspruch verzichten, deren Schicksal so weit wie möglich mitzugestalten. Es ist dies zwar eine sonderbare Vorstellung vom Schicksal als Regisseur der Geschicke junger Menschen, aber eben Ausgeburt ihrer uralten Träume, so irreal sie auch sein mochten. Sie spürte die Macht, die sie innehatte, Macht nicht nur über die Kinder, sondern auch über Arthur, war sie doch die Einzige, die wissen konnte, was Sache war, wenn sie sich denn nicht täuschte.

Arthur seinerseits hatte allen Widerständen zum Trotz einiges mehr in Erfahrung gebracht, als vorgesehen war, nicht zuletzt auch durch das Verhalten seiner Tochter, die zuweilen bei den Geschwistern Zuflucht suchte und sich dabei entsprechend aussprach. Nichts davon wäre indes für Vaters Ohren bestimmt gewesen, denn sie hatte strikte Anweisungen zu befolgen und mochte ihm überdies keinen noch so geringen Triumph gönnen … als ob er darauf aus gewesen wäre, seiner Tochter eine unglückliche Zukunft zu wünschen.

Sie selber kam offensichtlich durch den Pakt mit dem Teufel in dessen Küche und war nicht sehr glücklich, denn die allenfalls sogar ungültige Ehe blieb anscheinend kinderlos. Die Unfruchtbarkeit, wessen auch immer, war möglicherweise jener unberechenbaren Handschrift Gottes zuzuschreiben, von welcher Greth immer mal wieder sprach und deren unerbittliche Wirkung sie stets aufs Neue heraufbeschwor. Sie hat gekriegt, was sie oft prophezeite, und erstaunlicherweise wurden ihre Gebete erhört, ob sich so ihre Hoffnungen erfüllten, war indes fraglich, und der perfekte Mensch, den sie produzieren wollte, wurde gar nicht erst geboren. War ihr bewusst, dass sie sich in mancherlei Hinsicht täuschte?

Wer durch diese Widrigkeit am meisten bestraft wurde, sei derweil dahingestellt, aber Aufschluss über die wahren Hintergründe schuf sie gleichwohl nicht. Die Unfruchtbarkeit selber war jedenfalls weder ein Hinweis für die eine noch für die andere Variante bezüglich Daniels Zeugung, zumal der wahre ‚Delinquent' angeblich nicht bekannt war und entsprechende Untersuchungen von der Mutter des ‚Bastards' aus naheliegenden Gründen hintertrieben wurden.

Und so musste Greth, deren Eingreifen in die göttliche Vorsehung wohl keinen Anklang fand, ein weiteres Mal erfahren, wie unerforschlich die Wege Gottes doch immer wieder sind, ein mutmaßliches Faktum, welchem auch sie nicht zu entrinnen vermochte. Auch ihr innigster Wunsch, der Menschheit endlich den perfekten Prototyp seiner Art zu liefern, blieb unerfüllt, was sie außerordentlich bedauerte. Aber gottesfürchtig wie sie nun mal war, schickte sie sich in ihr Schicksal, das sie wohl letztlich als verdient erachtete, da der Bannstrahl des großen Rächers stets den Richtigen trifft, wie sie wiederholt in Aussicht stellte.

Indes, für Arthur, der sich trotz aller Tragik eines leisen Schmunzelns – nein, nicht Häme, das wäre unverschämt – nicht erwehren konnte, stellte sich noch eine weitere Frage, nämlich die, inwieweit nicht doch Mephisto letzten Endes die Oberhand gewann, denn er, auf die ‚Gretchen' dieser Welt spezialisiert, konnte es sich wohl kaum verkneifen, wenigstens den Versuch zu wagen, selbst der Seele dieses einen, reichlich frevelhaften Grethchens habhaft zu werden, da ihre ebenso lüsterne wie ränkevolle Geschichte ihn geradezu provoziert haben musste, seine Rolle als Gegenspieler himmlischer Autoritäten voll auszukosten. Im Übrigen ist mehr als bekannt, dass sein Appetit auf besonders dunkelfleckige Seelen beinahe unersättlich ist. Und damit hatte zumindest für Arthur die Geschichte endlich ihr Bewenden.

Gefrorene Tränen

oder

Neros vergebliche Suche nach der Utopie

1

Unwirsch und lustlos, mit gestelzter, aber dennoch gebührend aufgedonnerter Laune, insgesamt jedoch brav assimiliert und unter Aufgebot der besten Vorsätze tut man, was geboten ist, saisonbedingt sozusagen, und beugt sich nachgiebig der Konvention vergangener Tage. Unerwünscht wäre es namentlich, sich als Spielverderber aufzuspielen, nein, es gäbe beileibe keinen Grund, dies zu tun, es sei denn, man wolle die eiserne Unabhängigkeit des Ungläubigen demonstrativ zur Schau stellen; sinnlos indes, ja geradezu exhibitionistisch, ein kontraproduktives Unterfangen mithin, ein ‚Casus Belli' gar. Es geht dabei um das traditionelle Weihnachtsessen mit der ganzen Familie, dem Schwieger-Clan sozusagen, gleichermaßen Anlass zu Freude und Furcht, denn die Erwartungen, welche die Feierlichkeit verheißt, werden zuweilen nicht erfüllt. Nun, das Festmahl stand an diesem Abend einmal mehr auf dem Programm, da die weihevolle Jahreszeit nahte, ein gefahrenvolles Unternehmen indes, da eben meist zu später Stunde Streit ausbrach, nachdem der Bauch mit opulentem Mahl und reichlich Alkohol bereits ausreichend bestraft worden ist und das Gehirn das übliche Reaktionsvermögen teilweise eingebüßt hat. Das notorische Ritual im Kerzenlicht einer üppig geschmückten Nordmanntanne, die mitten im Raum steht, wird buchstäblich abgespult, als wäre es ein alter Film: gemimte Freude, Sekt und Gesang sowie sonstige Heuchelei, Liebesgaben für die Kinder wie auch beste Segenswüsche mitten in die Runde geschüttet, wie ein Eimer Rosenwasser, dessen süßlicher Duft die Sinne betört … und endlich: „Bitte am Tisch Platz zu nehmen", das Festmahl soll beginnen, und sei es nur, um dem üblichen Protokoll zu genügen und der

Feier die nötige Würze zu verleihen. So die vorausgreifende Kurzfassung eines althergebrachten Brauchtums, das beinahe zum unbeliebten Zwang wurde, dem man sich jedoch pflichtschuldigst unterzog, etwas freudlos zwar, aber dennoch aus Willigkeit, um alte Werte nicht einfach über Bord zu werfen und bestmögliche Miene zum oftmals bösen Spiel zu machen. Tribut somit an die abendländische Kultur, oft missbraucht jedoch, um alte Rechnungen zu begleichen oder, wie andre wahrhaben wollen, reinen Tisch zu machen; Ansichtssache indes, denn der Umgang mit den verschiedenen Bemerkungen der feuchtfröhlichen Teilnehmer ist recht unterschiedlich. Alte, längst vergessen geglaubte Ressentiments drücken durch, werden aufgerechnet, um neue Seitenhiebe zu rechtfertigen und Animositäten zu schüren, deren Ursprung kaum mehr erinnerlich ist, insgesamt ein unwürdiges Spiel also, dessen man sich nicht entschlägt, selbst wenn der Anlass dazu Hand böte. Dennoch, man ging eben hin, weil man es schon seit Jahren tat und weitere Jahre tun wird, so wenigstens die Vorstellung aller Beteiligten, welche sich auch am fraglichen Abend unter unveränderten Auspizien einfanden. Partei um Partei zog ein, sozusagen zum Stelldichein abgehalfterter Sängerknaben und Jodler, deren scheppernde Stimmen gerade noch ausreichten, um die klassischen Weihnachtslieder abzusingen, was mit fingierter Inbrunst zuweilen auch geschah. Keiner war sich des Ursprungs dieser Feier bewusst, weshalb dessen auch nicht gedacht wurde, es war eben nur eine Feier, die sich erneut jährte, ein Lichterfest, das die Schaufenster in der Stadt bereits seit Wochen ankündigten, nicht etwa der Frömmigkeit, sondern des Umsatzes wegen.

Egal, einmal im Jahr, so die wohlmeinende Vorstellung, sollte es doch möglich sein, sich in feierlichem Rahmen zu treffen, um wertfreie und aufschlussreiche Konversation zu treiben und sich einer friedlichen Gemeinschaft zu erfreuen, ja selbst die alltäglichen Differenzen und kleinkarierten Streitigkeiten, die sich während des vergangenen Jahres angesammelt haben, beizulegen oder zumindest vorübergehend zu vergessen. Das ist der mindeste Nenner, über welchem man getrost solche Anlässe abhalten darf, ohne sich der Bigotterie verdächtig zu machen. Ein ehrbarer Vorsatz also, dessen Harmlosigkeit zweifelsfrei feststeht, nicht jedoch für alle verbindlich zu sein scheint. Nun ja, der Weihnachtszauber, so er denn wahrgenommen werden sollte, müsste doch unweigerlich das Seinige dazu beitragen, Friede und Eintracht zu fördern, zumindest aber zu erhalten, soweit er noch herrscht. Doch das Gegenteil dessen, was angedacht war, trat ein, erneut und unerwartet heftig sogar und dies aus scheinbar nichtigem Anlass. Namentlich der edle Hintergedanke, alle temporären Unstimmigkeiten aus der Welt zu schaffen und eine Art Generalamnestie zu erlassen, war scheinbar verfehlt, und die Annahme, dass alle Beteiligten das Bedürfnis für versöhnliche Töne hätten, deren süßer Klang alle vorgängigen Misstöne auszumerzen imstande wäre, erwies sich als irrig. Vermöge fortschreitender Enthemmung verwandelte er auch dieses edle Mahl zum Donnergrollen, grundlos eben, und bescherte dem verhängnisvollen Abend ein abruptes Ende, das an Absurdität nicht zu überbieten war. Die Erlösung der Menschheit – ohnehin illusorisch – aus dem Sündenpfuhl, insbesondere aber dieser Sippschaft, rückte somit in weite Ferne.

Nein, es war beileibe nicht so geplant, denn das Fest der Liebe und Vergebung sollte vielmehr bewirken, dass man sich wieder verträgt und die zänkische Zwietracht der unmittelbaren oder gar längst vergessenen Vergangenheit beilegt. Die Patina vieler langer Jahre gewissermaßen, vorherrschender Grund für wiederholte Reibereien und nachträgerischer Bezichtigungen, etwas aufzuweichen, ja, die Unbilden früherer Zeiten ad acta zu legen, um die Familienbande zu festigen, war die vorherrschende Absicht, welche mit diesem Anlass verbunden wurde, mithin eine friedensstiftende Maßnahme, deren Motivation jedoch regelmäßig mit Füßen getreten wird. Doch es gibt wohl keine Ausnahmen, denn auch an diesem Abend war dem löblichen Unterfangen nur spärlicher Erfolg beschieden, saßen doch einige Verletzungen außerordentlich tief und entzogen sich dem Bestechungsversuch durch den leckeren Schweinebraten. Mit vorrückender Zeit drückten nahezu regelmäßig zahlreiche Unstimmigkeiten durch, welche offensichtlich stärker zu Buche schlugen als das erbetene Bedürfnis zu Nachsicht und Verständigung, sodass mehr und mehr Bemerkungen fielen, welche zumindest als Seitenhiebe in die zunächst noch einvernehmliche Konversation eingeflochten wurden, dann aber disharmonisch implodierten, sodass angedeutete Kontroversen plötzlich eskalierten und schließlich zu heftigen Disputen mutierten, bei welchen die Fetzen folgen. Weshalb dem so sein musste, war rätselhaft, doch diese eher unschöne Sitte vermochte bislang der Tradition nichts anzuhaben, ja wurde ihrerseits zur Tradition gekürt, deren Beharrungsvermögen offensichtlich stets unter Beweis zu stellen war. Traditionen leben von der Wiederholung, genauso wie Familienstreitigkeiten, und deshalb war es auch naheliegend, die eine Tradition ebenso hartnackig wie regelmäßig jener anderen gegenüberzustellen, um immer wieder von Neuem zu beginnen, denselben Unrat zu beseitigen, was in aller Regel scheiterte und dem festlich angedachten Abend regelmäßig ein schreckliches Ende bescherte.

Streit ist nun mal eine beliebte Variante menschlicher Kommunikation, welche durch Disharmonie und oft auch emotionale Überlagerung gekennzeichnet ist, vor allem innerhalb des Familienkreises, dessen euphemistische Strukturen geradezu einladend wirken. Das allein wäre an sich nicht schlimm und könnte unter gewissen Umständen sogar äußerst konstruktiv sein, etwa dann, wenn ein vernünftiger Diskurs beispielsweise erlaubt, beschwerlichen Ballast abzutragen oder gar neue Formen des Zusammengehens aufzufinden, ja, selbst Vertrauen wiederaufzubauen, wo es einst zerstört wurde … es lässt sich doch alles erklären, beschwichtigen, entschuldigen, sogar verständnisvolle Zustimmung erwirken, sofern der Wille dazu besteht … und wenn nicht, dann deckt man sich gegenseitig mit Vorwürfen und Beschimpfungen ein, als gälte es, den Weltuntergang heraufzubeschwören, ja gewiss, das Jüngste Gericht sozusagen, das endgültig Klarheit schaffen soll … eine verfehlte Taktik allerdings, sinnlos und zermürbend obendrein, ist doch absolute Gerechtigkeit reine Utopie.

Oft sind sogar die vordergründigen Inhalte der Streitigkeiten zweitrangiger Natur und stehen stellvertretend für tiefer sitzende Kränkungen und weiteren alten Seelenkram, dessen sich zu entledigen irgendwann mal nottut. Es kommt doch die Zeit, welche gebietet, alle einst akquirierten Aggressionen abzubauen und so das Terrain für neue Harmonie zu ebnen, doch wann ist sie reif, wann wird die Forderung denn umgesetzt? Irgendwann eben, oftmals dann nämlich, wenn es zu spät ist, um sich aus der Gefangenschaft des Trotzes zu befreien, dessen Fesseln die Wahrung des Gesichts garantieren sollen, ein Trugschluss indes, der die erwünschte Wirkung vereitelt. Dennoch, so gesehen könnte durchaus ein friedlich geplantes Familienfest von Disharmonie und Streit profitieren, doch die Eskalation des Widersinns vermag auch zu entzweien und den Haussegen in erhebliche Schieflage zu verbringen, Ungemach, mit welchem man in dieser Familie gelegentlich rechnen muss, da sich gewisse Leute ganz einfach nicht mögen, ja dem puren Neid unterliegen oder arglistige Hintergedanken unterstellen und dies mitunter auch ungeschminkt zum Ausdruck bringen. Die Sympathiestränge innerhalb einer Sippe sind ohnehin einem dauernden Wandel unterworfen, sodass es beinahe unmöglich ist, die stets wechselnden Beziehungen zwischen den einzelnen Akteuren mitzukriegen; mal so, mal anders, je nach Windrichtung … Unberechenbar jedenfalls!

Der Geburtstag des Vergebens menschlicher Unart schlechthin sowie der Erlösung von atavistisch-religiösen Zwängen vergangener Zeiten hätte daher eine zweckmäßige Atmosphäre geschaffen, um sich zu verständigen und drohende Gefahren rechtzeitig zu entschärfen. Doch die Nornen, noch immer im

Amt, entschieden anders, denn dieses Jahr war alles verkehrt, und der Verlauf des Abends sollte neue ungeahnte Abgründe offenlegen, deren Ausmaß alle bisherigen Erfahrungen übertraf. Zu Beginn war davon allerdings noch kaum etwas zu erahnen, es sei denn … nun, der Abend hat noch nicht begonnen, der Startschuss für den Lauf der Dinge oder eher die Tragödie, welche schon zu Anbeginn in der Luft lag und anscheinend unaufhaltsam ihrem schrecklichen Ende zustrebte, ist noch nicht gefallen.

Ich bin unschuldig, sämtliche Unterstellungen sind haltlos. Die Machart eines Menschen, mithin des Individuums und deshalb nicht weiter Aufspaltbaren, ist genetisch bedingt und wirkt imperativ auf all dessen Sinnen und Trachten und bestimmt die Art seiner Taten. Nein, der enge Verwandtschaftsgrad verleiht euch nicht die Kompetenz, über mich zu richten, und sollte euch eher dazu verpflichten, mich zu verstehen und zu beschützen. Diesen Bonus müsst ihr auch mir zugestehen, ich bitte darum, auch wenn es schwerfällt. Und solltet ihr ihn mir verweigern, dann werde ich schweren Herzens darauf verzichten, ohne mich zu beugen; ich weiß, was ich tue.

Kurzum, man war gehalten die angestammten Regeln stets zu beachten: Jedes Jahr musste deshalb eine Partei in den sauren Apfel beißen und den Anlass organisieren: Tanne, Kerzen, Dekoration sowie Essen und Trinken und gute Laune – ein opulenter Einkaufskorb. Die Bescherung wurde ersatzlos gestrichen, denn die althergebrachte Gepflogenheit, welche, gemäß gängiger Überlieferung, die drei Könige aus dem Morgenland einführten, hat seine Wirkung längst eingebüßt: Gold, Weihrauch und Myrrhe haben ihren spezifischen Wert verloren, Seide, Purpur und Edelsteine, alles Preziosen aus der Antike, nehmen heute einen anderen Rang ein und figurieren aus unterschiedlichen Gründen nicht mehr auf der üblichen Spenderliste, zumal innerhalb der Familie keine Vorzugsstellungen geduldet werden, es sei denn … na ja! Deshalb hat wohl billiger Tand aus Kaufhäusern die wertvollen Güter aus alter Zeit längst abgelöst und erfreut gleichwohl die wenigen Kinderherzen, die am Fest noch teilnehmen. Und die Erwachsenen feiern um des Feierns willen, auch weil es der Brauch gebietet und die Gemeinsamkeit ihren Tribut einfordert, ja, nicht zuletzt auch weil sie im Grunde eine Einheit sein wollen, welche es regelmäßig zu bestätigen gilt. Vollmundige Versprechen fürs kommende Jahr sind dabei weit gängiger als Wohlstandsmüll aus dem Internet, da sich längst die Einsicht durchgesetzt hat, dass jeder alles hat, was es zu haben gibt, und keiner will die leidige Kommerzialisierung dieses an sich bescheidenen Kirchenfests unterstützen. Ein löblicher Vorsatz also, doch die Altlasten drücken allemal durch, schwimmen obenauf und trüben die Stimmung, was selbst die köstlichsten Süßigkeiten nicht abzuwenden vermögen.

Es ging also nicht um Substanzielles, nein, es ging vielmehr darum, die teils brüchige Eintracht zu erhalten, um sie nach Möglichkeit gestärkt ins neue Jahr hinüberzuretten, was im vorliegenden Fall einem wahren Kraftakt glich. Weihnachten und Neujahr, heute meist in einem Atemzug genannt und gefeiert, ist eine Feierwoche, die im Jahresablauf eine Zäsur, ja sogar einen Markstein setzt, mehr nicht, obwohl … aber das hatten wir schon. Man schließt ab und beginnt neu, so wird oft argumentiert und gehandelt, auch in dieser Familie, wenngleich als Überbleibsel vergangener Zeiten meist noch einige wohlbekannte Melodien erklingen, etwa die ausgeleierte stille und heilige Nacht aus dem Salzkammergut und andere mehr, wohl um die Stimmung in die gewünschte Bahn zu lenken, und zwar genau dann, wenn die elektrischen Kerzen des künstlichen Tannenbaums zu leuchten beginnen, weil eben die funkelnde Kunststoffromantik den Anfang der Feier markiert. Sie, die alten Lieder allein, haben überlebt, etwa, weil sie den heidnischen Tannenbaum besingen, und vermögen wohl da und dort einen Hauch andächtiger Freudigkeit zu vermitteln, zumal es unbestritten ist, dass gemeinsames Singen verbindet und dank wohlklingender Harmonien auch den Zusammenhalt fördert. Weshalb die Nachfrage nach dieser an sich beliebten Sitte gerade bei dieser Feier ausblieb, ist unklar, es sei denn, man müsste davon ausgehen, dass etwas Unvorhergesehenes dazwischengekommen sei. Es wird sich weisen, ob dem tatsächlich so war, ist man doch nie vor Zwischenfällen gefeit.

Die Zeit war gekommen, und die Gäste strömten aus allen Himmelsrichtungen herbei, dieses Mal zum Wohnhaus des Paterfamilias, der den seit Langem üblichen und zumeist allzu opulenten Festtagsschmaus ausrichtete und seine ‚Kinder' mit Partnern und Kindeskindern zu Tische bat. Speis und Trank waren also reichlich bemessen, ja die Tafel bog sich vor Überfluss, denn keiner sollte an diesem Abend hungrig oder durstig vom Tisch gehen – Speisung der Unterernährten? (Man fragt sich immer wieder, weshalb denn der Mensch anlässlich wichtiger Festivitäten stets seinen eigenen Körper bestraft, indem er ihn mit Fressalien und Alkohol übersättigt, was nahezu ausnahmslos zu erheblichen Beschwerden führt. Nicht erkennbar jedoch die Gründe solchen Tuns, indes, eine bahnbrechende Revision derartigen Verhaltens zu erwarten, ist dennoch unwahrscheinlich. Es muss hier wohl eine besondere Form von Masochismus vorliegen, dem sich nur wenige zu entziehen vermögen, da er ja Ausdruck überschwänglicher Freude ist. Doch sei zum Trost erwähnt, dass die Völlerei als Vorwand zum Feiern keineswegs neu ist, sie wurde wohl zu allen Zeiten, zumindest aber seit sich der Mensch als ‚sapiens' bezeichnen darf, so gehandhabt, und unsere unmittelbaren Vorbilder, die Römer nämlich, machten davon reichlichen Gebrauch … und ‚sapiens' ist demzufolge mit ‚weise' zu übersetzen und nicht mit ‚vernünftig'; Weisheit und Vernunft scheinen sich in diesem Fall nicht zu widersprechen.)

Es war auch dieses Mal eine bunte, zunächst recht friedliche und entsprechend geistlose Gesellschaft zugegen, die bereits zu Beginn mit süßem Wein bedient wurde, als müsste sich ein jeder Mut antrinken, um den Abend schadlos zu überstehen. Das war natürlich nicht der eigentliche Sinn dieses Vorspiels, nein, die Köstlichkeiten wurden vielmehr als Aperitif, also im Sinne des Appetitanregers serviert und letztlich auch als solcher genehmigt, als ob es erforderlich gewesen wäre, den Appetit dieser Sybariten überhaupt noch anzuregen. Das Getränk war rot, kühl, süß und enthemmend, aber die volle Tragweite dieser Vorbehandlung sollte sich einstweilen noch nicht manifestieren; jede Droge wirkt erst nach einiger Zeit.

Bei unserem Auftritt war der große Bruder mit Gattin und Ziehtochter bereits anwesend, alle drei in ein zu enges Sofa eingeklemmt, als ob sie das Abbild einer Sardinenbüchse abzugeben hätten. Sie waren eher stillos, also alltäglich gekleidet und mit wenig eleganten Pantoffeln angetan, was wohl anzudeuten hatte, dass man des Öftern hier zu Gast, ja gewissermaßen zu Hause ist, wohnte man doch in unmittelbarer Nähe, nur gerade ein paar Schritte entfernt, Grund genug also eine gewisse Sonderstellung zu demonstrieren (dass dem in Tat und Wahrheit nicht so war, wusste man vom ‚Hörensagen'). Eine Art verstaubter, beinahe nach Mottenkugeln riechender Familiarität strömte uns entgegen, doch selbstredend ließen wir uns den Effekt dieser eher abstoßenden Bobachtung nicht anmerken, sondern bemühten uns sogleich, das bereits begonnene Spiel mitzuspielen … sein Name: ‚Wer ist der Beste von allen?', ein allseits beliebtes Familienspiel, das sich seit Urzeiten einiger Beliebtheit erfreut, selbst wenn der Gewinner schon im Voraus feststeht. Oft ist es jener, der am wenigsten zu bieten hat, dafür aber andauernd das Wort ergreift, und dies häufig mit sehr lauter Stimme, die sich stets eines rechthaberischen Tonfalls bedient, wohl um den Stuss glaubhaft zu machen, den sie verkündet. Der Beste ist demnach der, welcher am meisten spricht, alle anderen übertönt und sorgfältig darauf achtet, dass außer ihm keiner zu Wort kommt; Dschungelgesetz der Neuzeit!

Nun, die Karten waren eh schon verteilt, denn auf dem einen Teil des Ledersofas hatten sich ja die erwähnten drei bereits häuslich niedergelassen, besetzten dieses vollumfänglich, und zwar dergestalt, dass zwischen den beiden Eheleuten – ihre Vermählung lag noch nicht sehr weit zurück –, die Ziehtochter eingekeilt war, als hätte man dafür zu sorgen, dass sie nicht entfliehe, nein, das sollte sie in der Tat nicht wagen, es wäre ein rebellischer Akt, der niemals goutiert würde. Ob dieser Eindruck täuschte oder nicht, war nicht auf den ersten Blick zu erkennen, eine gewisse Symbolik, deren Gehalt sich nicht auf Anhieb offenbarte, schien dieser eigenartigen Formation jedoch zweifellos innezuwohnen. Doch wie auch immer, sie erweckten unzweideutig den Eindruck, dass sie die Hintergrunddekoration dieses Abends abzugeben hätten, jedenfalls hatte die Regie – in aller Regel zwar Aufgabe der Stiefmutter, in diesem Falle aber eher das Werk des großen Bruders – sie so hingepflanzt, als wären sie ein unabdingbares Requisit des Bühnenprospekts. Steif und einstweilen noch brav, saßen sie vor einem halbvollen – andere sprachen von halbleer –, einem mit dem erwähnten roten Getränk zur Hälfte gefüllten Glas also, dessen vorzüglicher Geschmack sogleich auch als äußerst köstlich angepriesen wurde: „Bedient euch, es wird euch schmecken“ … „eine Bowle, mitten im Winter?“ Aber sie schmeckte tatsächlich vorzüglich, und sogleich erhob sich der innere Mahnfinger und gebot Einhalt, um sich nicht schon zu diesem frühen Zeitpunkt zu betrinken – Gefahr erkannt, zumeist jedenfalls, und wie so oft überschätzen einige ihre Kapazitäten, sei's drum! Lob und Dank, und dann verstummte die Gesellschaft erneut, denn noch fehlte ein allumfassendes Thema. Beredtes Schweigen wäre die korrekte Beschreibung der herrschenden Atmosphäre, zumindest wirkte alles ein wenig künstlich, irreal sogar, und ein gewisses Missbehagen schwebte in der Luft. Man denkt fast unwillkürlich ans Damoklesschwert und versucht die Legende unbemerkt zu rekonstruieren … nun ja, wir waren doch mal im Gehörgang von Dionysos' Ohr, nichts soll ihm entgangen sein, doch sein Schwert ist verschollen, das Pferdehaar überdauerte die Jahrtausende nicht, egal, es soll uns nicht mehr bedrohen – wirklich, Irrtum ausgeschlossen? Jedenfalls wirkte diese Dreiergruppe insgesamt wie eine Bronzestatue, ähnlich etwa den drei berühmten Affen, und mimte eine Art ‚Trinität', die jedoch wenig glaubhaft wirkte.

Die noch minderjährige Ziehtochter fungierte seit Langem schon als Stein des Anstoßes, so viel war klar, und die Gründe dazu liegen auf der Hand. Jeder war sich zwar dessen bewusst, doch hier schwieg des Sängers Höflichkeit, aus Erfahrung sozusagen, denn der Abend war noch jung, und der Wille, ihn friedlich zu verbringen, herrschte an sich vor. Das Ganze wirkte wie ein Puppentheater, das noch auf weitere Gäste wartete, ehe es mit der Aufführung beginnen würde, eine Aufführung notabene, die es in sich haben sollte, doch noch wusste keiner etwas davon, denn das Drehbuch war noch unbekannt, ja nicht mal geschrieben.

Nun, die Ziehtochter und deren Vergangenheit waren uns nicht ganz unbekannt, und ihre Geschichte hatte uns schon des Öftern beschäftigt, unfreiwillig versteht sich, dann aber wieder in Ruhe gelassen, da uns im Grunde genommen nicht betraf, was sich in des ‚großen' Bruders Familie abspielte, wiewohl einige ungewöhnliche Vorkommnisse unsere Aufmerksamkeit wiederholt erregten und Fragen aufwarfen, deren Beantwortung wir immer wieder auf spätere Zeiten verschoben … „es wird sich schon zeigen, was" … „na ja! Lass gut sein, was gut zu sein vorgetäuscht wird." Das war freilich eine Ausrede, die es uns ersparte, sich mit unangenehmen Dingen zu beschäftigen, ja allenfalls sogar aktiv einzugreifen, wo möglicherweise Unrecht geschah. Man distanzierte sich so von störenden Ungereimtheiten, um nicht in den Strudel von Ereignissen zu geraten, mit denen man nichts zu tun haben wollte, weil sie sich auch außerhalb der eigenen Sphäre abspielten. Ob zu Recht oder zu Unrecht, diese Überzeugung prägte unsere Haltung schon seit geraumer Zeit, und auch an diesem Abend deutete einstweilen nichts darauf hin, dass wir dieser ‚Ideologie' abschwören sollten. Man übte sich in Barmherzigkeit und nahm die an sich fremde ‚Tochter' mit zaghaft geöffneten Armen auf, nicht freudig und ohne Überzeugung, wurde doch die Familie vor vollendete Tatsachen gestellt. Hat man sich nicht etwa dadurch auch mitschuldig gemacht, dass man stillschweigend akzeptierte, was nach eigenem Ermessen angeleiert und gleichzeitig auch zum Axiom erhoben wird … die leidige Frage nach der Mitschuld durch Passivität! Doch der verfängliche Gedanke verstummt, ehe er ausgegoren ist. Friedfertige Milde war angesagt, friedfertige Milde ließ man obwalten.

So saß sie also da, fest angeschnallt zwischen ihm und ihr, vollbusig, ungeschminkt und neuerdings mit kurzen Haaren, die sie angeblich aus Gründen der einfacheren Pflege seit wenigen Wochen so trug – dass sie damit einen dringenden Wunsch des Ziehvaters erfüllte, wusste man zum fraglichen Zeitpunkt noch nicht, unwesentlich allerdings. Ihre Anwesenheit war indes von unübersehbarer Selbstverständlichkeit geprägt, das anscheinend alle Anwesenden zur Kenntnis nehmen mussten, war sie doch die aus der Hölle Errettete, mithin das personifizierte Opfer widriger Umstände, welches endlich einen sicheren Hafen gefunden hatte, dessen Untiefen sie allerdings noch nicht zu kennen schien, und wenn doch, dann eben ignorierte, oder bewusst, wenn nicht auf dezidiertes Geheiß hin, umschiffte. Das unverblümte ‚Akzeptiert-mich-endlich', das ihr ins Gesicht geschrieben stand, war jedenfalls nicht zu übersehen und setzte einen familienpolitischen Akzent, den zu missachten nicht mehr geboten war. Ja, es sollten somit keine Zweifel mehr bestehen: Sie gehörte nunmehr dazu und die künstlich aus dem Hut gezauberte Familie stand, aller innerer und äußerer Widrigkeiten zum Trotz, vollzählig auf dem Parkett, so als wären sie Marionetten einer höheren Macht, deren nähere Ergründung zwar noch aussteht, die aber zweifellos bereits alle Fäden zog, derer sie habhaft werden konnte.

Sie, die Ziehtochter nämlich, war relativ klein gewachsen, verfügte aber, wie bereits angedeutet, über sehr weibliche Formen und sah aus, als ob sie wohlfeil wäre. Sie hielt zwar ihre Beine exemplarisch geschlossen und legte beide Hände züchtig auf ihre Knie, als käme sie direkt aus dem Mädchenpensionat, wo man bekanntlich lernt, alles zu tun, dass kein noch so schüchterner oder gar lüsterner Blick unter den Rock getan werden kann; ja, sie habe seit ihrer Flucht bereits viel gelernt und die Flegeleien abgelegt, wie man auffällig laut betonte, obwohl niemand danach fragte.

Keiner erhob sich, als wir sie begrüßten, zu sehr waren sie damit beschäftigt, ihre anscheinend wohldurchdachte Schlachtordnung beizubehalten – neu und etwas befremdend, vermutlich nicht grundlos. Der familiäre Kuss auf die Wangen, oder besser gesagt an den Wangen vorbei, ansonsten unabdingbarer Ausdruck der Zusammengehörigkeit, war offensichtlich an diesem Abend unerwünscht und die erneute Besiegelung der familiären Einheit, anscheinend obsolet oder zumindest vorläufig außer Kraft gesetzt. Die junge Frau – oder war sie etwa noch eher ein Mädchen? – wollte scheinbar so präsentiert und buchstäblich zwischen die beiden Zieheltern eingeklemmt als fester Bestandteil dieser Familie bestätigt werden. Der an sich leidige Zuwachs wurde indes nie wirklich anerkannt, hatte sich nun aber, jeglichem Widerstand trotzend, einen festen Platz erobert, der ihm im Grunde genommen gar nicht zustand. Es war, als ob sie die gesamte Sippe zwingen wollte, sie endlich einzugliedern und sich gleichzeitig jeglicher weiteren Kommentare zu enthalten, wenngleich bislang keiner verstand, weshalb und wozu das ganze Übernahmeverfahren – es ist nicht unangebracht, sich dieses Ausdrucks zu bedienen – überhaupt je inszeniert worden ist. Nun ja, es gab Erklärungen zuhauf, daraus eine plausible Schlussfolgerung zu ziehen, war indessen kaum möglich, denn die unterschiedlichen Varianten, welche angeboten wurden, waren so zahlreich und wirr, wie die Lügen, die dahintersteckten. Es war alles ganz anders, als es aussah, doch nicht ein Bruchteil der Wahrheit durfte der offiziellen Version des rechthaberischen Bruders widersprechen, ja die Spielregeln waren bestens bekannt und wollten uneingeschränkt beachtet sein. So einfach macht man sich das Leben in einer Diktatur, eine Regierungsform, welche auch innerhalb von Familien gelegentlich Anwendung findet: Faschismus im Taschenformat eben, der naturgemäß auch dafür sorgte, dass der bisherige Freund, mit Migrationshintergrund versteht sich, fristlos entlassen wurde, obwohl er ein rechtschaffener Bursche war und sehr unter diesem harten Verdikt zu leiden hatte.

Nun, das hatten wir alles schon, aber der Anblick hätte durchaus auch das Bild der wundersamen Barmherzigkeit vermitteln können, wären da nicht einige Bedenken anzumelden gewesen, was deren Motivation betrifft. Doch dessen ungeachtet, überhörte die Errettete geflissentlich alle Misstöne und verhielt sich so, als wäre sie seit jeher dabei, was wohl einigen missfiel. Keine Kritik war indes zu vernehmen, waren doch die Zornesausbrüche des großen Bruders gefürchtet, vor allem seit jenem Tag, als er dieses Mädchen nach Hause brachte und reihum unwiderruflich klarmachte, dass sie fortan als seine ‚Tochter' zu betrachten sei. Der aggressive Tonfall, den er dabei anschlug, war unerklärlich, es sei denn …

Nun, sein folgenschweres Vorgehen war ohnehin undurchschaubar, ja, weitgehend rätselhaft, und die Veränderungen, welche ihn seit jenem Tag kennzeichneten, waren schlechthin abwegig und bestenfalls dann einigermaßen nachvollziehbar, wenn man sich einmal seine Biografie auf der Zunge zergehen ließ. Nein, nein, keine Angst, es geht nicht schon wieder darum, die Erziehungsfehler der Eltern aufzulisten und anzukreiden, das sind alte Kamellen, die der Menschheit wenig brachten, nein, es geht vielmehr darum, die Entwicklung eines wohl nicht ganz unauffälligen Charakters zu schildern, um vielleicht gewisse Vorgänge und Handlungen zu verstehen, die andernfalls unerklärlich sind, und mit ein wenig Glück wird es vielleicht sogar gelingen, das Ganze irgendwie zu benennen oder zu klassieren, nicht etwa, um es zu rechtfertigen, aber wenigstens, um es im Wissenspool all dessen unterzubringen, was auf diesem Gebiet bereits bekannt ist. Es mag dies vielleicht beruhigend wirken oder auch völlig sinnlos sein, es wenigstens zu versuchen, sei indes gestattet. Es ist, als schickte man sich an, ein Buch mit sieben Siegeln zu öffnen, um den Familiencode endlich zu entschlüsseln.

Egal, einstweilen wenigstens, denn das versiegelte Buch ist ja noch zu, und so ließ man sich vorläufig nichts anmerken, da dessen neustes Kapitel erst noch geschrieben werden muss und keiner weiß, ob es bloß ein Schwank oder ein Kriminalroman werden soll. Man setzte sich, als folgte man einer unsichtbaren Anweisung, auf freie Plätze und gesellte sich zur scheinbar fröhlichen Schar – in diesem Falle eine übliche, vielleicht sogar spöttische Ausdrucksweise bloß –, deren Stimmungspegel zum fraglichen Zeitpunkt eben noch wenig angeregt und schon gar nicht fidel war. Die Stimmen, insbesondere jene des großen Bruders, hielten sich noch in verhaltenem Mezzoforte, und eine Gereiztheit, welcher Art auch immer, war nicht eindeutig auszumachen, wenngleich die Luft schon leise flimmerte – eine Chimäre wohl, ein Popanz bloß, blanker Unsinn, weg damit, denn keiner nahm sich vor, jenen Abend durch irgendwelche Kampfhandlungen totzuschlagen. Dennoch, es war leider nicht zu unterdrücken, ein Gefühl der Befremdung nämlich, eine unfassliche Empfindung nur, dass nämlich etwas im Raum schwebe, das so nicht sein konnte, das aberwitzig, ja geradezu grotesk war. Irgendetwas fühlte sich trügerisch an, unpassend jedenfalls und auch unnatürlich oder dann eben apart, zahlreiche Attribute zur Auswahl also. Auch harmlose Kalauer, eine Art Lockerungsübungen des Geistes, vermochten die sichtliche Erstarrung nicht zu lösen und wurden lediglich mit einer mageren Höflichkeitsfloskel quittiert, um unmissverständlich zu verdeutlichen, dass man auf weitere scherzhafte Bemerkungen gerne verzichte. Sie wurden womöglich als Angriff auf die gespielte Eintracht gewertet, ein Spektakel somit, dessen irreführende Inszenierung keinerlei Kritik zuließ, auch nicht verblümte. Hätte man nämlich durch geflissentliche Nichtbeachtung der peinlichst genauen Versuchsanordnung den Eindruck erwecken wollen, dass man gar nicht gewillt sei, zu erkennen was gespielt wird, so hätte man erneut gepatzt, denn der Anspruch auf Wahrhaftigkeit des angeleierten Bühnenstücks war gesetzt. Und wer dabei Regie führte, sollte sich wohl während der Aufführung erst herausstellen, dann nämlich, wenn sich das ganze Ausmaß der Schurkerei – ups! – offenbaren sollte.

Jeder gut gemeinte Versuch also, eine gute Laune oder gar Feststimmung zu verbreiten, um Verstimmung und Trübsal zu vertreiben, wurde daher im Keime erstickt, aber jeder hatte mittlerweile ein Glas gefasst, an dem er sich festhalten konnte, um nicht vom Stuhl zu fallen, so ihn der eisige Wind von der gegenüberliegenden Seite erfassen sollte. Nun gut, die Schlachtordnung ist erstellt, also, auf in den Kampf! Idiotisch zwar und sinnlos, aber Provokationen zeitigen eben ihre spezifische Wirkung, die immer mal wieder zur Anwendung kommen, und im Hintergrund ertönen bereits die Siegesfanfaren …, es sei denn – eine absurde Vorstellung –, man nähme am Krieg gar nicht teil.

Prickelnde Bemerkungen und süffige Glossen blieben dann im Weiteren auch aus, man benahm sich artig und ging gehorsam und unbescholten zum vorgesehenen Programm über, ließ sich die Kelche füllen und stieß auf das bevorstehende Fest sowie auf Gesundheit und Prosperität an, wünschte jedoch insgeheim jedem die Pest an den Hals und hoffte, dass ihn doch der Teufel hole. Nun, der süße Trunk hätte zwar durchaus die Potenz gehabt, die noch festgezurrten Zungen zu lösen, weshalb er es nicht schaffte, war bis auf Weiteres unerfindlich. Der Prolog zur Aufführung hatte dennoch bereits begonnen, klammheimlich zwar, aber unstreitig, obwohl gewichtige Akteure noch fehlten. Doch der Drahtzieher des Marionettentheaters hatte sich bereits in Position gebracht, denn schon hatte er seine Figuren fest im Griff und steuerte sie nach eigenem Gutdünken.

Beklommenheit dominierte somit die Atmosphäre, als säße sie, als ungebetener Gast, noch leise vor sich hin schmollend in einer Ecke und der sonst übliche Schwung einer zwar nichtssagenden, aber dennoch angeregten Konversation wollte sich einfach nicht einstellen. Noch immer lag der Grund für dieses verlegene Schweigen im Dunkeln, obwohl nebst weihnächtlichen Anliegen keine weiteren Traktanden anstanden. Ja, selbst die Anwesenheit des fremden Mädchens war wohl unabdingbar und die gefahrenträchtige Abwegigkeit jeglicher Einrede längst allgemein bekannt. Nein, keiner wollte dem jungen Mädchen etwas zuleide tun, und keiner hatte ein Interesse daran, ihr scheinbar wiedergefundenes Wohlbehagen zu stören, aber irgendwie wirkte sie unbewusst wie ein Fremdkörper in der sonst konstanten Belegschaft solcher und ähnlicher Anlässe. Doch selbst diese Feststellung war im Grunde genommen bedeutungslos, gab's doch in der Vergangenheit wiederholt vergleichbare Gelegenheiten, welche zur Präsentation einer neuen Gespielin missbraucht wurden, was in aller Regel mit Gleichmut quittiert wurde, aber hier war eine Novität auszumachen, die keiner auf Anhieb einzuordnen verstand. Dennoch oder gerade deshalb musste man damit rechnen, dass die Anwesenheit dieses Mädchens allein nicht der Grund sich ankündigender Spannungen war, sondern im Hintergrund noch eine ganz andere Musik spielte. Aber, um es etwas direkter zu sagen, es ging nicht um die Ziehtochter an sich, sondern um den Regisseur des ganzen Dramas, dessen Motivation nur ansatzweise bekannt war, indes düstere Ahnungen in Gang setzte, derer man sich nicht zu entschlagen vermochte. Dramen pflegen sich ja oftmals aufgrund gewisser Nebenhandlungen in eine bestimmte Richtung zu bewegen, und eine solche sollte auch hier, wiewohl nicht voraussehbar, wegweisend werden.

Aber genug der Andeutungen, und zurück zum Abendprogramm, dessen Szenen seit Jahren festgeschrieben sind:

Ouvertüre mit Small Talk und Pulsfühlen, um keine Fehler zu begehen, Lockerungsübungen für Zunge und Geist, allgemeine Entspannung sowie Frohsinn, um eine gute Laune zu mimen. Ja, guter Wille ist immer gefragt und so geht man zum nichtssagenden Wortwechsel über, dessen Harmlosigkeit erwiesen ist und möglichenfalls die erstarrte Stimmung zu lösen vermag.

„Ja doch, es geht ganz gut, nein, ich nehme regelmäßig dieselben Medikamente, sie sind gut. Ach ja, man gewöhnt sich an so manches im Leben, Hauptsache die Kasse stimmt."

„Tut sie das?"

„Wie man's nimmt, aber im Großen und Ganzen kann man nicht klagen, es sei denn ... aber lassen wir das."

„Wie du meinst, geht mich ja nichts an!"

„Richtig, ist letzten Endes unsere Privatsache, die Familie kümmert sich ja wenig um unsere Sorgen, außer, aber lassen wir das ..."

„Schon wieder? ... sollte sie denn?"

„Nein, lieber nicht, wir haben schon genug Ärger, doch lass gut sein ..."

„Ach so, deshalb wurde sie auch nicht um Rat gefragt!"

„Eben! Ist auch gut so. Jedem das Seine und mir ein bisschen mehr."

„Es sei dir gegönnt, was immer es auch sein mag." Etwas sauertöpfisch diese Konversation, doch was soll's?

„Und der neue Arbeitsplatz?"

„Nun, er ist viel besser als der alte, und ich fühle mich von einer großen Last befreit. Natürlich habe ich sehr viel zu tun, manchmal weiß ich kaum, wie ich mein Pensum schaffen soll, aber ich rackere mich eben fast zu Tode, während meine Frau ihre Überstunden einzieht und am Roten Meer in der Sonne liegt."

„Habe sie auch ehr- und redlich verdient", die unverzügliche Replik der angeprangerten Gattin; „und übrigens, glaubt mir, so viel hat er auch nicht zu tun, er übertreibt maßlos. Er spielt ganz gerne den geschundenen und leidgeprüften Mann, aber bislang hat er alles überlebt, nicht wahr."

„Nein, von Übertreibung kann keine Rede sein; im Übrigen ginge es nicht darum, lediglich zu überleben, das sei kein Lebenszweck … und weshalb fällst du mir in den Rücken?"

„Tu ich das? Ach so, dann erkläre doch bitte schön, weshalb du fast immer bis zehn Uhr im Bett liegst."

„Reine Verleumdung, doch weshalb die fiese Tour?"

„Weil das larmoyante Getue ermüdend ist, reines Affentheater bloß, Buhlen um Mitleid, eines Großkotzes unwürdig …"

Aua! Ein unabsichtlicher Stich ins Wespennest; nun ja, es gibt nichts, womit man sich nicht in die Nesseln setzt, besser man schweigt, doch die Kontroverse wird zum Selbstläufer:

„Nein, nein, er arbeitet wirklich sehr viel, oft bis spät in die Nacht hinein, damit es uns allen gut geht, wie er immer wieder betont, und nebenbei hilft er mir noch bei der Erledigung meiner Schulaufgaben, ehe ich zu Bett gehe", ergänzte die Ziehtochter, um ihn liebevoll zu beschützen – weshalb wohl?

„Das kannst du gar nicht wissen, denn da schläfst du bereits."

„Für mich hat er jedenfalls immer Zeit, und nur dank seiner Hilfe habe ich einen guten Schulabschluss geschafft, sodass ich nun überall als Lehrtochter willkommen bin." … sie zerfloss vor Dankbarkeit, gut einstudiert die Rolle … Zur Erleichterung aller hat sie die Aufmerksamkeit auf sich gezogen, und gerne nahm man die neue Fährte auf, um das eheliche ‚Hickhack' zu beenden.

„Schön, was soll's denn werden?"

„Weiß nicht, werde mich noch ein wenig umschauen, bin ja in guter Obhut und nehme mir deshalb auch Zeit."

„Gut Ding will Weile haben." (Gemeinplätze beschwichtigen!) …

„Ja, so was Ähnliches hab ich auch schon einmal gehört. Wisst ihr, ich bin sehr froh, dass man mich nicht drängt, sobald als möglich eine Lehre zu beginnen, ich brauche noch Ruhe, um mich wieder zu beruhigen nach all den turbulenten Tagen, die ich durchzustehen hatte. Außerdem soll ich einen richtigen Frauenberuf ergreifen, so wenigstens raten mir alle konsultierten Berufsberater, und einen solchen zu suchen, bin ich nun dabei."

„Sind denn heutzutage nicht Frauen in fast allen Berufsgattungen willkommen? Die Phase der strengen Einteilung in Männer- und Frauenberufe ist doch vorbei."

„Ja schon, aber meine weiblichen Eigenschaften sind eben so ausgeprägt, dass man mir von körperlich schweren Tätigkeiten abrät."

„Ach so, ein neuer Aspekt … man darf gespannt sein, wofür du dich entscheiden wirst. In gewissen Berufen sollen ja weibliche Eigenschaften besonders gefragt sein, so ist lediglich noch zu entscheiden, welche der vielen weiblichen Eigenschaften besonders entwickelt werden müssten, aber das wird sich ja weisen."

„So hat man mir es jedenfalls empfohlen, und Nero unterstützt mich dabei."

Dass schon diese Ausdruckweise etwas speziell sein könnte, fiel ihr wohl nicht auf, dass Nero danebensaß und sich diesen Schwachsinn genüsslich anhörte, entging wohl den meisten. Allein, diese eher ungewöhnliche Stellungnahme machte im Grunde genommen alles klar: Sie sollte so lange als möglich, zumindest aber so lange, bis sie mündig war, von Neros Gnaden leben.

Nein, ich bin kein Verbrecher, oder Monster, ich bin ein liebender Mann, der sein Leben nicht ohne weibliche Begleitung verbringen kann und will. Ja, ich bin auf sie angewiesen, ich bin vielleicht süchtig nach ihr, aber ich brauche Zuneigung, zärtliche Gefühle, ihre Weichheit und ihre samtene Haut wie auch den zarten Flaum ihrer Scham, aber ich bediene mich ihrer nur in gütlichem Einvernehmen, ich habe noch niemanden gezwungen, etwas zu tun, was nicht erwünscht gewesen wäre; das müsst ihr mir glauben!

Weitere Ankömmlinge traten ein, auch sie betont gut gelaunt und erwartungsfroh, aber sie vermochten die bereits erstarrte Gesellschaft kaum in Schwung zu bringen, denn die turbulente Begrüßungszeremonie vermochte sie nicht aus der herrschenden Erstarrung zu lösen; also weiterhin ‚Small Talk', der übliche Rettungsanker.

„Doch, doch, es geht ganz gut, wir sind noch einmal davongekommen … man gewöhnt sich an vieles." … man spricht gerne in Rätseln, etwa um ernsthafte Probleme zu vertuschen.

„Gut so, doch wie soll ich das verstehen?"

„Nun, so wie ich's gesagt habe, mehr steckt nicht dahinter, außer dem Leben an sich, aber davon kriegen wir alle genug ab, nicht wahr?" … sehr aufschlussreich!

„Sorgen?"

„Na ja, die üblichen, aber sonst nichts Neues im Westen."

„Und das Geschäft?"

„Keine Goldgrube, aber stabil … stabil schlecht!"

„Ach so, man hatte doch die berechtigte Hoffnung, dass am neuen Standort Besserung eintrete."

„Hatte man, aber sie zerschlug sich … neue Heizung, die Steuern, Öl, Benzin, Lebensmittel, einfach alles, aber lassen wir das für heute, wir wollen doch fröhlich beisammen sein und die Sorgen vergessen."

„Jawohl, dazu sind wir ja hergekommen."

… „Setzt euch! Wir wollen feiern und nicht jammern." Begrüßungsritual erfolgreich überstanden, die Behaglichkeit soll Einzug halten. Das Eis schien endlich zu schmelzen.

Auf Kommando, wie gesagt, setzte man sich zu Tisch, und Nero, der große Bruder und voraussichtliche Hauptdarsteller sowie Verfasser und gleichzeitig selbst ernannter Regisseur des nun zu spielenden Stücks, futterte wie ein Scheunendrescher, nichts und niemand hatten ihm bislang den Appetit verdorben, der seinesgleichen suchte; nein, er war nicht dick, denn er rauchte wie ein Besenbinder. Die obligaten Lachsbrötchen fanden jedenfalls reißenden Absatz, nicht nur weil der Fisch vom Vater – im Rahmen seiner letzten Alaska-Reise – eigenhändig gefangen wurde, sondern weil sie tatsächlich vorzüglich schmeckten. Dann Fleisch und Zutaten zuhauf, alles vom Feinsten, versteht sich, standesgemäßer Überfluss mithin, wie nicht anders zu erwarten; nun ja, man schlägt zu, wenn's nichts kostet. Jedenfalls war männiglich des Mundes und des Lobes voll, und die einzige Not, die man zu erleiden hatte, war das Völlegefühl des Bauches, dessen Kapazität saisonbedingt weit überschritten wurde. Der schwere Wein aus dem Piemont heiterte zudem die Stimmung etwas auf, und schon schienen sich die Wolken am Himmel zu verziehen, nachdem sich erste Zungen bereits schwertaten, die Wörter richtig zu artikulieren. Selten nur rebelliert ein voller Bauch, es sei denn … nun ja, ‚plenus venter non studet libenter'[2], ein altes und auch reichlich abgedroschenes Studentensprichwort, das in seiner verdrehten Form noch viel lustiger klingt, aber nun mal nicht ins Konzept eines Weihnachtsessens passt … oder doch? Der Abend ist noch jung! Doch vorläufig, so dachte und hoffte man, müsste die Urform ausreichen, um einen gemütlichen Abend zu beleben und die abgehalfterten Studentenwitze, ob nun angebracht oder nicht, waren ohnehin unerwünscht. Es war auch keinesfalls vorgesehen, heiße Eisen anzufassen, also unterließ man es tunlichst, obwohl es einen durchaus juckte, die eine oder andere verfängliche Frage zu stellen, da man gewisser eigentümlicher Phänomene gewahr wurde, die man so nicht erwartet hätte, ja allgemein als abartig bezeichnen müsste, so man gebeten wäre, Stellung zu beziehen. Man war nicht gebeten, doch man könnte gleichwohl an dieser Stelle noch ergänzen, dass gleich mehrere Personen ins Staunen versetzt wurden, indes einstweilen Zurückhaltung übten, um keinen aussichtslosen Streit vom Zaun zu brechen. Die bedrückende

---

2 Ein voller Bauch studiert nicht gern.

Atmosphäre, die sich trotz des Alkoholdunstes nicht restlos geschlagen gab, gebot Stillschweigen zu bewahren, zumindest was diese sonderbaren Beobachtungen betraf, die zu verstehen zunächst noch schwerfiel. Nur der Vater schaute geflissentlich weg, vielleicht, weil sein eigener Sohn die Peinlichkeiten vom Stapel ließ und er sich allenfalls seiner hätte schämen müssen, möglicherweise aber auch, weil ihn diese Frivolitäten einmal mehr an seine eigene, teils bunte Lebensgeschichte erinnerten, oder auch nur, weil nicht hat sein können, was nicht sein durfte. Verwirrung und Verunsicherung griffen Platz und störten fühlbar das Einvernehmen, doch alle Unstimmigkeiten wurden noch durch Weihnachtsflitter übertüncht.

Nun ja, die ‚neue' Tochter – eigentlich war sie nicht mehr so neu, wie es den Anschein machte, aber die Geschichten, die sich um deren Anwesenheit rankten, veränderten ihre Form und Färbung wie ein Chamäleon –, sie saß gleich gegenüber und fasste dann und wann nach Neros Bein, der die kleine Aufmerksamkeit mit dankbarem Blick quittierte und hin und wieder eine Essenspause einlegte, um die Geste zärtlich zu erwidern. Von Zeit zu Zeit neigte sie ihren Kopf lasziv zur Seite und schmiegte ihn an dessen Schulter und Hals, als wären sie ein Liebespaar, das sie an sich gar nicht sein konnten, denn sie war ja noch ein Teenager, bekanntlich unmündig und obendrein eine amtlich bestätigte Schutzbefohlene, eine nicht tangierbare Figur also nach geltendem Regelwerk, das wohl vor Neros Haustür haltmachte und ihn mitnichten behelligte. Und hätte sie ihm den Wein mit der Schnabeltasse eingeflößt, keiner wäre darob erstaunt gewesen, so sehr klebten sie aneinander, schamlos und kitschig. Er aß weiter, zufrieden und anscheinend noch immer hungrig, während sich die schüchtern begonnene Liebeszene nunmehr hemmungslos fortentwickelte. War es Absicht, eine unmissverständliche Kundgebung an alle, oder war es lediglich ein ‚Versehen'? Ein Versehen, ein Fehler also … nein, Nero war unfehlbar, seine Aktionen waren stets berechtigt und verfolgten ein ganz bestimmtes Ziel, das in diesem Fall unmissverständlich deklariert wurde. Die meisten Anwesenden verstanden nämlich diese Sprache bestens, entsprach sie doch einer längst bekannten Trivialität aus Neros Repertoire, ja, einem nebensächlichen Beiwerk neroscher Taktik, deren wiederholte Anwendung nur mehr ein leichtes Kopfschütteln hervorrief, das ihn offenkundig nicht störte. Doch in diesem Fall war alles anders!

Gezwungenermaßen stoisch, aber auch nachdenklich nahm man die unpassende Szene zur Kenntnis, verständnislose Blicke – man wäre durchaus berechtigt, sie auch verständnisvoll zu bezeichnen – kurzum Einhelligkeit verheißende Blicke wurden da und dort ausgetauscht, aber keiner wagte es, einen kritischen Kommentar abzugeben, nein, man rang allenthalben um Verständnis und Akzeptanz … Was mochte vor sich gehen, und weshalb schwieg seine Gattin, welche in züchtigem Abstand auf Neros anderer Seite saß, blass und beinahe krampfhaft auf ihren Teller blickend, der seit Langem schon leer gegessen war – oder aß sie vielleicht gar nichts, weil ihr der Appetit schon längst vergangen war? Sie versuchte sich so unauffällig wie möglich zu verhalten, jedenfalls so, als wäre weiter nichts geschehen. Sie war offensichtlich nicht geneigt, einen Skandal vom Zaun zu brechen und stummes Leiden stand ihr eindeutig besser zu Gesicht. Man konnte sie beinahe anfassen, die zu Eis erstarrte Wand, die sich zwischen den beiden Eheleuten aufbaute, während sich auf Neros anderer Seite eine Hitzewelle entwickelte, welche die Schokoladeherzchen und -sternchen der weihnächtlichen Tischdekoration zum Schmelzen brachte … An sich peinlich, diese widerliche Szene, aber noch einmal, sie focht uns nicht an, wiewohl sie an Taktlosigkeit kaum mehr zu überbieten war und eine Einhalt gebietende Bemerkung durchaus am Platz gewesen wäre. Doch keiner wollte sich als Störenfried aufspielen, und so ließ man sie kommentarlos gewähren … um der Ruhe und der Eintracht sowie möglicherweise der eigenen Feigheit willen. Wer möchte schon der Buhmann sein, wenn Friede, Freude, Eierkuchen angesagt ist.

Doch die Hemmungslosigkeit, mit welcher die Szene durchgespielt wurde, ließ vermuten, dass sie einem ganz bestimmten Zweck zu dienen hatte, dessen Art nunmehr keinem Auge vorborgen bleiben sollte. Die Botschaft kam an!

Nun gut, dachte man, wenn dem so ist, dann soll's uns weiter nicht kümmern, und die Party nahm ihren weiteren Verlauf, dessen eigentümliche Prägung weitgehend durch die Turteltäubchen gekennzeichnet war, während sich die weihnächtliche Stimmung nicht durchsetzte. Eine schreckliche Katastrophe, die sich einem drohenden Gewitter gleich am Horizont zusammenzubrauen schien, war kaum mehr abzuwenden, doch wusste noch keiner, wer sie lostreten würde. Noch blieben sie allerdings in der Ferne stehen, die Gewittertürme, denn der Sturm hatte den Schauplatz des Geschehens noch nicht erreicht, da die Nebendarsteller, welche das Unwetter herbeiführen sollten, noch nicht eingetroffen waren. Für Nero jedenfalls war eine Bedrohung noch nicht absehbar, und so stopfte er sich weiterhin haufenweise Fleisch in den Mund, ließ sich dabei von seiner jugendfrischen Nachbarin auch anderweitig verwöhnen, und rein gar nichts wies auf eine Magenverstimmung oder sonstige gesundheitliche Störungen hin. Umso deutlicher fiel die Appetitstörung seiner Gattin ins Auge, die weiterhin eisern schwieg. Verwunderlich, dass sie nicht längst schon die illustre Gesellschaft grußlos verlassen hatte, ein Verhalten, das sich erst viel später einer Erklärung erschloss.

Nur wenige hatten es kommen sehen, was kurze Zeit später eintraf, da man zu sehr mit Wein, Weib und Gesang beschäftigt war, denn mehr und mehr wurde das Liebesgesäusel ignoriert. An sich wäre es Zeit gewesen, nach Absingen weihnächtlicher Gesänge zum Höhepunkt der Feier zu schreiten, doch keiner machte Anstalten, diesen Teil des Abends anzugehen, da er sich in dieser regelwidrigen Szene einfach nicht unterbringen ließ, ja geradezu grotesk erschien. Die Akteure selber hatten alle Hände voll zu tun, um ihre Aktionen zu verschleiern, und die künftigen Kontrahenten, deren Auftritt als Überraschung geplant war, sind noch nicht auf der Bildfläche erschienen. Zu jenem Zeitpunkt hatte davon erst eine einzige Person Kenntnis, aber auch sie wusste noch nicht, welche Rolle sie im heraufziehenden Drama spielen sollte, da sie ohnehin in einer völlig anderen Liga spielte und ihr die veraltete Mode des Händchenhaltens nicht mehr geläufig war. Es war Neros Nichte, Nina, die bislang nicht erwähnt wurde, weil noch unbekannt war, welche Nebenrolle ihr das Schicksal zuteilen würde. Auch sie war sich ihrer maßgeblichen Bedeutung nicht bewusst, da sie nicht wissen konnte, dass sie dem Geschehen durch ihr unbekümmertes Dazwischentreten zur dramatischen Wende, ja, zur eigentlichen Peripetie verhelfen würde und damit, zwar arglos aber dennoch aktiv, einen erheblichen Beitrag zur Klärung vieler ungestellter Fragen liefern würde.

Es klingelte an der Haustüre! Übliche Begrüßungsszenen, freudiger Empfang … „habt ihr euch doch noch entschieden, mich zu holen!“; Küsse, Umarmungen, Glücksgefühl! Zwei junge Herren traten ein, einer davon trug eine rote Baseball-Mütze mit Vordach, und so schief aufgesetzt, wie es zuzeiten Mode war, lässig eben und unerlässlich somit. Dass er sich mit dieser Kopfbedeckung an den Tisch setzte, wäre einst als Frechheit betrachtet und geahndet worden, die Moderne aber schuf neue Anstandsregeln, die ein solches Benehmen nicht nur zuließen, sondern geradezu zum unabdingbaren Verhaltenskodex erklärten; man nannte es ‚cool‘, weil die deutsche Sprache dafür keinen treffenden Ausdruck zur Verfügung stellte. Er schwieg hartnäckig und spielte mechanisch mit einer Gabel, die zufällig herumlag, verlegen oder verhaltensgestört, egal, es war ohnehin nicht möglich, das nervige Spiel zu durchschauen. Vielleicht wusste er nicht, was er sagen sollte; war vielleicht besser so – nun ja, er ist eben der begabte Tänzer, die einzig erwähnenswerte Qualifikation, von der sein Renommee profitierte, aber diesen Teil der Nebenhandlung auch noch einzuflechten, wäre dann doch etwas übertrieben. Doch um es kurz anzudeuten, er war in der Familie auch nicht willkommen, konnte doch ein Blinder mit dem Krückstock erkennen, dass ihm seine Geliebte, die Nichte eben, in jeder Beziehung haushoch überlegen war, ihm selber derweil die Rolle des Prestigepartners vorbehalten war, sei's drum. Der Begleiter und Fahrer, wie sich herausstellte, war gesprächig und ließ binnen weniger Minuten seine ganze, nicht ganz uninteressante Biografie Revue passieren, obwohl er damit nichts ahnend rassistische Vorurteile lostrat, die jedoch angesichts der nun folgenden Ereignisse rasch wieder in den Hintergrund traten und in der Bedeutungslosigkeit versanken. Er war zwar recht unterhaltsam, vielleicht auch schlau und überdies integriert, wiewohl er seinen balkanischen Ursprung nicht verhehlte, der gerade in dieser Familie nicht selten Unmut hervorzurufen vermochte, doch der Augenblick war ohnedies nicht dazu angetan, politisch und ethnologisch brisante Probleme zu wälzen, denn …

… es erfolgte nämlich die alles entscheidende Ankündigung, das Schlüsselwort, welches eine Tragödie ungeahnten Ausmaßes heraufbeschwor:

„Wir gehen tanzen, möchtest du mit uns kommen?" Die Worte waren, wie unschwer zu verstehen ist, an Neros Ziehtochter gerichtet, die, zu dessen Verdruss, den wortgewandten Kollegen anhimmelte, als wäre er Adonis in Person.

„Ja, gerne, eine seltene Gelegenheit für mich, einen Abend zusammen mit gleichaltrigen Leuten zu verbringen." Für Nero wirkte dieser Satz wie eine schallende Ohrfeige, und es wurde klar, dass das Geplänkel unter der Tischplatte offensichtlich sein Ziel verfehlte, ja überdies auch, die gespielte Zuneigung zum Ziehvater verlogen war, berechnend bestenfalls, unecht.

„Dacht ich's mir doch, ist ja auch normal in deinem Alter. Komm! – Wir bringen dich anschließend auch wieder nach Hause."

„Aber ich habe kein Geld, man hält mich kurz, obwohl ich …"

„Keine dummen Ausreden, wir laden dich zur Feier des Tages ein und befreien dich aus dem allzu engen Korsett, das man dir verpasst hat."

„Vielen Dank, ein wunderbares Weihnachtsgeschenk, das ihr mir damit …" Wumm!

Donnerkeil, eine abgrundtiefe Frechheit … womit hat er sich denn diese beschämenden und auch indirekt anklagenden Bemerkungen verdient, musste er sich wohl gesagt haben, er, der sich so sehr um ihr Wohlergehen kümmerte und sich beinahe verleugnete, um sie zu hegen und zu pflegen.

„Nein, kommt überhaupt nicht infrage, man verlässt ein Familienfest nicht einfach so! Zudem habe ich dir das schönste Weihnachtsgeschenk bereits vor die Füße gelegt, als ich dich aus des Teufels Küche befreite, du undankbares Kind … Kind! Man höre und staune."

„Schade … hab' doch sonst keine Möglichkeiten, so was zu tun … bin doch noch jung, habe auch keine Freunde mehr … bitte lass mich gehen."

„… Unsinn! Hier bestimme ich, was schade ist und was nicht, verstanden!" …

„Ja sicher! – tut mir leid, wollte mal etwas für mich tun, und die andern tun's doch auch."

„Lass es ruhig meine Sorge sein, zu tun und zu organisieren, was du brauchst, sei getrost, ich werde dich nicht enttäuschen."

„Ja, ich weiß! Ich bleibe hier, kannst dich beruhigen … ich wage es nicht, dich im Stich zu lassen, ich kenne deine Nöte." … ach so!

Aber dieses Mal setzte er sich nicht durch, nein, er wurde von der versammelten Gesellschaft überstimmt, denn alle fanden es richtig, wenn sie sich den jungen Leuten anschließen würde, und so drängte man sie, das einmalige Angebot nicht auszuschlagen, was sie, nachdem sie etwas Selbstbewusstsein nachgetankt hatte, dann auch tat. Das tierische Gebrüll, das er dem wegfahrenden Auto hinterherschickte, vermochte es nicht mehr aufzuhalten, denn es war schon dabei, in die Hauptstraße einzubiegen. Schlusslichter und Blinker, das war die Antwort auf seinen sinnlosen Zorn, dem er freien Lauf ließ, und binnen weniger Minuten war der übliche Weihnachtskrieg angezettelt und nahm seinen verheerenden Verlauf.

~

Es ist nicht leicht zu verstehen, was gewisse ‚reife' Männer immer mal wieder veranlasst, sich mit sehr jungen, im Allgemeinen noch recht unreifen Frauen, beinahe noch Mädchen gar, zu umgeben, ja sie zur Geliebten und zeitweiligen Lebenspartnerin zu machen, um unter deren weitgehender Vereinnahmung mit ihnen eine für sie sehr wichtige Entwicklungsphase zu verbringen, oder richtiger, Letztere zu steuern und mit unveräußerlichen Erlebnissen und Erfahrungen zu bestücken … Wohlwollen, Hybris oder bloß triviale Geilheit? Edle Motive oder Eigennutz? Natürlich sind sie mit größter Wahrscheinlichkeit in diesem Alter noch formbar, vielleicht gelingt es sogar, sie so fügsam zu machen, wie man sich in reichlich vereinfachter Form eine Bettgefährtin gerne wünschen möchte, vielleicht gelingt es auch, ohne Beachtung irgendwelcher spezifischer Individualitäten, die erträumte Idealform eines stets bereitwilligen Weibsbildes zu kreieren, ja möglicherweise sind solche Frauen letzten Endes geeignet ‚nur' als Frau zu fungieren, ohne ihre Ansprüche als Mensch geltend zu machen, und werden geschmeidig wie Wachs, das man stundenlang mit den Fingern knetet. Spiel oder Ernst, Marotte oder Bedürfnis, Wohlgefallen oder Zynismus? Innere Zerrissenheit und gegensinnige Strömungen als Ausdruck einer gespaltenen Seele, aber kaum Liebe, oder auch nur Hochachtung zugunsten einer nach Gutdünken und Begehren dressierten Aufzucht, deren Verhalten man in jeder Lebenslage vollumfänglich kontrolliert, ja so programmiert, dass sie durchwegs absehbar wird und keine Aberration mehr zu befürchten ist. All diese widersprüchlichen Elemente und mit einiger Wahrscheinlichkeit noch einige mehr, mögen Grund und Ursache für dieses Phänomen sein, dessen letztliche Bewandtnis damit allerdings nicht geklärt sein kann, da möglicherweise noch weitere, wohl insgesamt eher schädliche Zutaten einer rücksichtslos und eigensüchtig gestalteten Persönlichkeitsstruktur mit von der Partie sein müssen. Es geht womöglich um die Missachtung grundlegender biologischer Verhaltensmuster und letztlich gar die totale Arroganz des Männlichkeitswahns, ja, um eine grenzenlose Überheblichkeit in ihrer erbärmlichsten Manifestationsform. Ja, davon ist zweifellos auszugehen! Schließlich ist nicht auszuschließen, dass ein noch unreifer Körper die Sinne weit effizienter stimuliert als jede andere Frau, deren Geschlechtsmerkmale in voller Blüte stehen, nicht zuletzt womöglich, weil dessen Haut, welche erotische Spiele maßgeblich prägt, noch straff und gleichwohl samtig weich ist. Zuzuschauen, wie sich die zarte Knospe langsam öffnet, ist zudem ein betörendes Erlebnis, das eine reife Frau niemals zu bieten imstande ist … und was sonst noch zu Buche schlägt, kann ein Normalgesinnter niemals erfühlen, geschweige denn beschreiben. Diese männliche Abartigkeit ist keineswegs selten anzutreffen, doch meist wollen die betroffenen Herren ihre Spezialität nicht an die große Glocke hängen, und dies aus gutem Grund. Bei Nero kommt man nicht umhin, seine Version als exhibitionistisch zu bezeichnen, eine Sonderform, welche wohl auf Selbstherrlichkeit und Ignoranz beruht. Doch die Untugend, sich damit zu brüsten, wird ihn noch teuer zu stehen kommen.

Es ist zwar nicht unüblich, alles schönzureden: Sie entbrannten in Liebe zueinander, sind Opfer eines ‚Coup de Foudre', sind buchstäblich füreinander geschaffen … alles Quatsch, kitschige Hollywood-Romantik! Nein, er pflegt schlichtweg seine Sucht, von der sie nichts weiß, und sie ist unerfahren und naiv genug, um an seinen Lippen zu hängen und kritiklos hinzunehmen, was sie predigen, die unabdingbare Mischung also für eine absonderliche Spielart von Romanzen und Erotik mit dem orientalischen Beigeschmack eines Harems, der sich durchaus betörend auszuwirken vermag, zumindest so lange, als das bunte Seidenband im Haar noch frisch ist und der Morgentau die Schamlippen der Auserwählten noch feucht hält. Und wüssten sie, dass ihr Tun vielen Frauen später das Sexualleben vergällt, sie täten es trotzdem, denn sie unterliegen einer Sucht, die sie auf Kosten ihrer Opfer befriedigen müssen, sozusagen einem Imperativ folgend, dessen Ursprung sie nicht kennen.

Die Nymphette, so eine gebräuchliche Bezeichnung, nun, sie hat immer mal wieder Furore gemacht, gestandene Männer verzückt und an sich gebunden … sie ist zart, unerfahren, hingebungsvoll, aber ihre Gestalt ist unterschiedlich, kindlich oder frühreif, schmal und blass oder mollig und braungebrannt, allemal aber neugierig und vorlaut, oft unbeherrscht und gleichwohl unterwürfig … Welche Attribute und Eigenschaften sie letztendlich faszinierend machen, ist zwar im höchsten Grad uneinheitlich, doch sind der Fantasie und deren Ausgeburten keine Grenzen gesetzt. Und was die als Gentlemen charakterisierten Männer dabei empfinden, steht auf einem anderen Blatt, denn sie sind meist arrogant und setzen sich über gültige Regeln hinweg, ohne auch nur einen Augenblick daran zu denken, was sie dem begehrten Wesen, dessen wahres Leben erst zu keimen beginnt, in Tat und Wahrheit antun. Der Wahn, das vermeintlich schwache Geschlecht zu beschützen, gleichzeitig aber auch zu beherrschen, ist weit verbreitet und paart sich oft mit männlichem Überlegenheitsbegehren, das sich zur Vermeidung von Niederlagen so manifestiert, ohne Wenn und Aber.

Gestattet sei deshalb auch die Frage, welchen Gehalt all die genannten Vorzüge einem patriarchalisch gesinnten Mann allenfalls bringen? Es ist zwar leicht zu erkennen, woran sie sich laben, aber dennoch aus rein menschlicher Sicht – der

Sicht eines Menschen von üblicher Strickart, versteht sich – schwer zu verstehen und kaum nachzuvollziehen. Welche Saiten solche Frauen, die, dürften sie sich nach eigenem Ermessen entwickeln, vielleicht zu einer Prachtsfigur heranwachsen würden, bei bestimmten Männern in Schwingung versetzen, ist wohl als des Pudels Kern zu betrachten, doch fehlt die faustsche Erkenntnis, welche den Schlüssel des streng verklausulierten Geheimnisses verwahrt. Dass indes solche und ähnliche Phänomene längst literaturwürdig geworden sind, ist mehr als bekannt: Man denke da vielleicht an ‚Lolita' von Vladimir Nabokov, oder ‚Tatjana' von Curt Goetz. Ob es ihnen allerdings gelungen ist, die Besonderheit solcher Beziehungen tatsächlich herauszuarbeiten oder nicht, sei zumindest an dieser Stelle dahingestellt, aber eines wird klar erkennbar, nämlich, dass sie, die Kindsfrau eben, oder die noch kindliche Frau, ein namhafter Unterschied wohlbemerkt, welch Letztere unter anderem als Nymphette bezeichnet wird, auf gewisse Männer eine besondere Faszination ausübt, welcher zu widerstehen anscheinend schwerfällt. Die besondere Wesensart dieser Männer, welcher meist zu wenig Beachtung geschenkt wird, wäre jedenfalls noch genauer zu betrachten, sind sie doch vermöge einer eher monströsen Urform der ungeschminkten Libido, meist die treibende Kraft in dieser intransparenten Ecke menschlicher Existenz. Inwieweit diese Ansicht bereits erfasst wurde, ist ebenso offen, wie auch die Frage, ob es denn nur einen Typus von Mann gibt, welcher für Kindsfrauen schwärmt. Auffallend ist die stets wiederkehrende Konstellation: hier Kindsfrau, da angeblich reifer Mann, der sie wie ein Kind – nicht wie eine Tochter, versteht sich – also ein Kind betrachtet, entsprechend verwöhnt und regelmäßig den wohlverdienten Preis kassiert, die nackte kindliche Wahrheit im eigentlichen Wortsinne. Diese Reihenfolge ist charakteristisch und soll in fast allen Fällen gleichsinnig befolgt werden, als wäre sie zum Ritual erhoben worden. Aber es ist nicht anzunehmen, dass sich Nero all dieser Bedingungen und Umstände bewusst ist, er steht über dem Regelwerk der Gesellschaft und kreiert sich eine eigene Welt, deren Gesetzmäßigkeiten seinem kranken Hirn entspringen. Selbstbewusst nimmt er sich heraus, was ihm – aus seiner Sicht, versteht sich – zwangsläufig zusteht, ohne Rücksichtnahme auf Befindlichkeiten der Menschen seiner Umwelt, geschweige denn auf diejenigen seiner Opfer. Lolita und Tatjana sind ihm kein Begriff, denn niemals würde er ein Buch lesen, dazu fehlt ihm die Zeit, dem unermüdlichen Arbeitstier.

Meine Herren Geschworene, die Mehrzahl der Sexualverbrecher, die sich nach einer zuckenden, süß stöhnenden, körperlichen, doch nicht unbedingt koitalen Beziehung zu einem kleinen Mädchen sehnen, sind harmlose, zu nichts taugende passive, schüchterne Fremdlinge, die die Gesellschaft nur um eines bitten, nämlich zuzulassen, dass sie ihrem – im Allgemeinen völlig unschuldigen – sogenannt abweichenden Verhalten, ihren heißen, feuchten, privaten kleinen Akten sexueller Devianz nachgehen dürfen, ohne dass Polizei und Gesellschaft über sie herfallen. Wir sind keine Sexteufel! Wir vergewaltigen nicht, wie wackere Soldaten es tun. Wir sind unglückliche, sanfte Gentlemen mit Hundeaugen, gut genug integriert, um unseren Drang in Gegenwart Erwachsener zu beherrschen, aber bereit, Jahre um Jahre unseres Lebens für eine einzige Chance hinzugeben, eine Nymphette zu berühren. Ich betone, wir sind keine Mörder. Dichter töten nie.[3]

Wollen, sollen wir Nabokovs Schilderung folgen und sie so betrachten, wie er es vorschlägt, oder müssen wir noch einige Ergänzungen anbringen? Es wird sich weisen; doch eines sei vorweggenommen: Ein solchermaßen komplexes Wesen kann kaum durch eine einzige, wohlmeinende Beschreibung end-

3 Vladimir Nabokov: Lolita. Rowohlt.

gültig erfasst werden. Und ob die Komplexität der Dinge nicht einfach mit unwiderstehlichem Trieb übersetzt werden müsste, stehe dahin.

Doch selbst dann, wenn wir ein offenes Ohr für Abweichungen vom üblichen Menschsein haben wollen, sei die Frage gestattet, ob denn all dies erstrebenswert ist und die echten Bedürfnisse eines reifen Menschen zu befriedigen vermag, sind doch die eben geschilderten Elemente allein wohl außerstande, eine Paarbeziehung mit all ihren bunten Schattierungen längerfristig aufrechtzuerhalten, da sie sich allzu sehr auf die körperliche Ebene beschränken, deren absonderlichen Eigenheiten zur daseinsimmanenten Ordnung werden. Selbst wenn es darauf keine überzeugende Antwort gibt, ist es selbstredend jedem Mitglied unserer Gesellschaft unbenommen, sich mit einer unmündigen, nach Möglichkeit dem Schutzalter entwachsenen Partnerin oder einem entsprechenden Partner zusammenzutun, sofern die Paarung freiwillig und ohne Druck zustande kommt. Aber genau hier liegt der springende Punkt, denn Druck erzeugen und Druck zulassen ist zweifellos nicht derselbe Vorgang, führt aber zum selben Resultat, indem er ausweglose Abhängigkeiten schafft, was in aller Regel zu einer weitgehenden Ahnungslosigkeit, ja letzten Endes gar zur instrumentalisierten Psyche führt, deren Libertät massiv eingeschränkt wird. Letztere ist Ziel und Gefahr zugleich, dann nämlich, wenn sich die Unterdrückte dieses Sachverhalts bewusstwird und entsprechend handelt … man wird sehen, wie sich gerade diese Problematik auswirken kann, und auch Neros Drama wird beweisen, wie fragil solch spröde Bande sein können, selbst wenn sie auf noch so sanften Druck hin geschnürt worden sind.

Es mag ungewöhnlich sein, den Helden sozusagen zu sezieren, bevor er als solcher effektiv in Erscheinung getreten ist, aber es steht zu befürchten, dass sich gleich zu Beginn des Dramas die Ereignisse überstürzen werden, sodass für analytische Gedanken kein Raum mehr übrigbleibt. Die Mitnahme dieser

Bemerkungen könnte derweil wertvoll und klärend wirken, ja, die Sinne für Ungewöhnliches schärfen.

~

Beatrice – genannt Trixi, zuweilen aber auch Trixilein von ihren Verehrern oder Trixibit von Skeptikern –, Trixi also, war die Tochter eines Freundes von Nero, eines langjährigen Freundes sogar, mit dem er bereits zahlreiche Freizeitveranstaltungen, ja selbst Ferien absolvierte und bis vor Kurzem ein gutes und scheinbar ungetrübtes Verhältnis pflegte. Letzterer spielte mit Sicherheit den schwächeren Part in dieser Freundschaft, beugte er sich doch regelmäßig Neros Wünschen und Befehlen und gab kaum je seine eigene Meinung, so er denn eine hatte, bekannt. Es ist nicht auszuschließen, dass gerade dieser Umstand Wesentliches dazu beitrug, dass die Verbindung über Jahre hinweg auch hielt, indes, seine Unterwürfigkeit sollte ihn noch teuer zu stehen kommen.

Die langjährige Eintracht begann erst dann zu bröckeln, als während eines gemeinsamen Urlaubs, eine junge Frau mit Namen Daniela auftrat – später nannte man sie nur noch Nela –, unvermittelt in die vermeintlich unverbrüchliche Kameradschaft einbrach und anscheinend beiden Herren den Kopf verdrehte, mit dem mutmaßlichen Ziel, sie einzeln zu ‚konsumieren'. Sie war nicht nur im blühendsten Alter, wenngleich wesentlich älter als Sabrina, eine vorläufig noch unbekannte Figur, sondern verfügte auch fraglos über sportliche Formen, die sich unwillkürlich in männliche Augen zu bohren pflegen, kurzum, man konnte sie durchaus als attraktiv, ja sogar begehrenswert bezeichnen, was ihr naturgemäß schmeichelte. Ja, vielleicht hatte sie es sogar darauf angelegt, einen größeren ‚Fisch' an Land zu ziehen, nachdem ihr kurz zuvor ein solcher abhandengekommen war, nicht zum ersten Mal, nebenbei bemerkt, was zumindest aufhorchen lässt. Es ist nicht zu leugnen, und sie stellte es auch nie in Abrede, dass sie ganz bestimmte Absichten hegte, als sie beschloss, diese Reise als Single anzutreten, weil sie sich gerne dabei jemanden angelacht hätte, der bereit war, in die Bresche zu springen, eine Bresche, welche ihr Verlobter hinterließ, der angeblich kurzfristig abgesprungen bzw. ganz einfach nicht zur Trauung erschienen war. Der Grund für dessen blamablen Rückzug wurde allerdings nie genannt, doch ging er als ausgekochter Schuft in die Annalen ein, wenngleich auch die Vermutung im Raume steht, dass seine Flucht triftige Gründe gehabt haben könnte, die selbstredend nicht genannt sein wollten. Vielleicht gab's ihn nicht, war ein Kobold nur, für die beiden Herren als Köder ausgelegt; sie bissen an.

Vor allem Trixis Vater, der, seit Langem schon geschieden, gerne wieder mal eine Frau an seiner Seite gehabt hätte, vermochte sie restlos zu entflammen, weshalb er etwas patzig zwar, aber dennoch zielbewusst versuchte, sich bei Nela in eindeutiger Absicht anzubiedern. Er war scheu und wagte kaum sich selber einzugestehen, dass er verliebt war, sodass er sich, anstatt zur Tat zu schreiten, die bange Frage stellte, wie er es denn hätte anpacken sollen, dieser liebreizenden und offensichtlich wohlfeilen Frau seine Gefühle zu offenbaren, ohne dabei ins Stottern zu geraten, was ihm wohl definitiv alle Chancen geraubt hätte, sie für sich zu gewinnen. Der berühmte Funke schien derweil bei ihr, trotz beharrlicher Emission unmissverständlicher Zeichen, nicht gesprungen zu sein, weshalb sich seine anfänglichen Hoffnungen, dass sie sich ihrerseits ihm annähern, ja, gewissermaßen an den Hals werfen würde, zusehends zerschlugen. In seiner langsam aber stetig keimenden Verzweiflung wandte er sich an seinen Freund, dessen Hilfe er sich verdient zu haben glaubte, doch alles was er damit erreichte, war sträflicherweise eine Art Verkupplung, dergestalt, dass Nela und Nero später ein Paar wurden, und dies ungeachtet der Tatsache, dass Nero sozusagen in festen Händen war, denjenigen der bereits kurz erwähnten Sabrina eben, welche zum Zeitpunkt des Geschehens am selben Ort weilte, wo sie ebenfalls ihre Ferien verbrachte, um mit Nero gemeinsam die Unterwasserwelt zu erkunden. Ja, Nero trug einen Taucheranzug, aber keine Tarnkappe, wie einst Siegfried, und missbrauchte seine Funktion als ungetarnter Freier für eigene Zwecke.

Stattdessen stand eine Stabübergabe an, unvorhergesehen und aus Sabrinas Sicht entbehrlich, ja, im Sinne einer feindlichen Übernahme ihres bisherigen Partners geradezu schockierend. Nun, so rasch und ohne ‚Zwischenhalt' ging der nicht ganz nahtlose Übergang auch wieder nicht vonstatten, weshalb dazu noch einiges hinzuzufügen ist, zumal die bereits wiederholt reparierte Beziehung dieses anscheinend verbrauchten Paares wohl in ihren letzten Zügen lag. Ein immer wieder in ähnlicher Art und Weise veranstaltetes Ränkespiel, das derartige Ablösungsprozesse jeweils begleitete, müsste man wohl als unabdingbares Ritual aus Neros Zauberkasten bezeichnen. Natürlich genießt er unser vollumfängliches Mitgefühl, denn auch er kann nicht aus seiner Haut schlüpfen, die Wiederholungen sind jedoch meist so was von gleichsinnig, dass man sie füglich als notorisch bezeichnen darf. Das zeitweise beunruhigende und allemal unschöne Phänomen wollen wir daher, soweit möglich, in unsere Geschichte einflechten, um seine Eigenart etwas besser zu verstehen … wird ein Bleistift stumpf, so kann er entweder gespitzt oder weggeworfen werden; Letzteres ist offenbar mit geringerem Aufwand verbunden und darüber hinaus auch spannender, so ein nicht ganz abwegiger Vergleich, dessen prosaische Note ich mir nachzusehen bitten möchte. Wessen Werte damit umgesetzt werden, bleibt freilich offen, da Neros Wesensart nicht besonders facettenreich ist.

Wechselfälle des Lebens könnte man die rasche Abfolge unterschiedlicher Phasen nennen, welche die Lebensgeschichte zahlreicher Männer kennzeichnen … es betrifft namentlich auch die Prominenz und verschafft dem vermeintlichen Genius den Nimbus des außergewöhnlichen bis hin zum Grandiosen, nahezu Unerreichbaren. Die Epigonen hoffen natürlich davon zu profitieren und es ihnen gleichzutun, ja, dem einen oder anderen mag es sogar gelingen, zumindest ansatzweise. Die Gesellschaftsfähigkeit exzessiven Gebrauchs solcher Manieriertheiten ist derweil umstritten, wenngleich viele zu dessen Rechtfertigung mit der Schnelllebigkeit unserer Zeit argumentieren, die allerdings in diesem Bereich nichts zu suchen hat, ist es doch reichlich geschmacklos, mit den Gefühlen anderer Menschen zu spielen.

Die Karten waren also neu verteilt, und das grausame Spiel nahm seinen Anfang. Sabrina, eine noch sehr junge und durchaus reizende Frau, mochte sich vielleicht bei dieser Gelegenheit noch an ihre eigene Rolle erinnern, als sie selber Nelas Part spielte, doch jetzt, nach mehr als zwei Jahren der insgesamt eher unglücklichen Verbindung, übernahm sie – nicht freiwillig, versteht sich – die Rolle ihrer damaligen Kontrahentin. Dass sie sich zunächst in Sicherheit wiegte und die ‚Schlacht' für sich entschieden zu haben glaubte, ist nebensächlich, denn in Tat und Wahrheit hat sie schließlich das Feld geräumt, freiwillig sogar, wie sie später einräumte. Ob sie sich wirklich grämte, wie sie zunächst glauben machen wollte, oder die Trennung gelassen hinnahm, muss schon deshalb dahinstehen, weil sie die Gelegenheit, sich abschließend darüber zu äußern, wohl geflissentlich verpasste.

Doch schon allein dieser Rollenwechsel ist auf ein typisches Merkmal neroscher Handlungsweise zurückzuführen, die immer wieder mit denselben Elementen agierte, so als wäre sein Repertoire erschöpft. Dass ihr dabei ihr eigenes, leider unrühmliches Debüt unweigerlich durch den Kopf gehen musste, war anzunehmen und führte möglichenfalls zu berechtigten Ängsten, oder aber auch Hoffnungen, was auseinanderzuhalten zu jenem Zeitpunkt nicht mehr mit Sicherheit gelang, denn einige Episoden machten deutlich, dass die einst große

Liebe bröckelte, um nicht zu sagen langsam, aber sicher entschwand. Sabrinas Erwartungen waren jedenfalls zum fraglichen Zeitpunkt für außenstehende Beobachter nicht mehr erkennbar, vielleicht auch nicht für Nela, was angesichts ihrer wackeligen Position mehr als verständlich war und vielleicht sogar Nela zugutezuhalten ist. Angeblich versuchte sie noch ihre Position zu verteidigen, vielleicht unter den genannten Umständen nur zum Schein, denn wie bereits angedeutet, hatte ihr Heiligenschein längst einige unschöne Kratzer abgekriegt. Der Schein des erwähnten Sieges mochte zwar trügen, allerdings wollte man, so der lauthals verkündete Tenor, gestärkt aus der schwierigen Ferien-Kabale hervorgehen. Doch wie auch immer, sie versuchte gute Miene zum bösen Spiel zu machen und bemühte sich, auch nach den Ferien den üblichen Alltag wieder einkehren zu lassen. Nero selber wurde derweil nicht müde zu verkünden, wie wenig er sich für diese ‚mannstolle' Nela – ein allzu triviales Attribut allerdings – interessiere, sowie auch zu beteuern, dass er alles, was man ihm allenfalls zur Last legen könnte, nur für seinen Freund getan hätte, dessen Unbeholfenheit in solchen Dingen ja allseits bekannt sei. Wie genau er diese Vermittlerrolle verstand, ist nicht im Detail bekannt, und ob er gar in Tristans Fußstapfen wandelte, wissen nur die unmittelbar Beteiligten, wiewohl später Sabrina die angeblich schlimmsten Stunden ihres seinerzeit durchlaufenen Lebens recht bunt auszumalen verstand. Ob sie so schlimm waren, wie sie glauben machen wollte, war derweil zweifelhaft, gab es doch etliche Hinweise dafür, dass sie den durch Nelas Anwesenheit geschaffenen Freiraum nicht ungenutzt verstreichen ließ. Über diesen Teil des verdrießlichen Geschehens sprach sie freilich kaum, doch ließ sie zumindest keine Zweifel darüber offen, dass Nero den einschlägigen Figuren aus der Sagenwelt, dessen Inhalt sie recht gut kannte, durchaus das Wasser reichen konnte. Das Werben war jedenfalls erfolgreich, wem allerdings die reife Frucht in den Schoß fallen sollte, war zunächst noch unklar. Die

Informationen flossen spärlich, auch das ein altbekannter Trick aus Neros Repertoire, der die Übergangsphasen von einem Bett ins andere stets durch besondere Mätzchen garnierte, mit dem Ziel, sie so lange als nötig geheim zu halten. Fest steht indes, dass er niemals imstande sein würde, die edle Rolle eines Siegfrieds zu spielen, da es keinen konspirativen Hagen gab, der ihm nach dem Leben trachtete, wenngleich auch er den symbolischen Freundschaftsdienst gleichsinnig missbrauchte. Und selbst Melot fand sich nicht ein, sodass er ungestört die Früchte seines Werbens genießen konnte und den zum Nebenbuhler deklassierten Freund mühelos aus dem Feld schlug.

Der Urlaub ging auch so zu Ende und damit ein sinnloses Tauziehen, das wohl mehr Kräfte raubte, als der Urlaub an sich aufzubauen vermochte. Ohne einen eindeutigen Sieger erkoren zu haben – nein, kein Widerspruch, sondern bewusste Irreführung seines Umfelds –, reiste man jedenfalls gemeinsam nach Hause, und es schien zunächst so, dass sich einstweilen keine, wie auch immer geartete Veränderung der vorbestehenden partnerschaftlichen Konstellationen eingestellt hatte. Wahrheit und Lüge, um es einmal auf den Punkt zu bringen, waren nicht mehr mit Sicherheit zu unterscheiden, doch zur Wahrung des Scheins wurden offenbar alle Register gezogen, derer man habhaft werden konnte, und noch einmal sei's betont: All die glorreichen Inszenierungen, derer man sich bediente, waren reine Ablenkungsmanöver, um die Wahrheit, die ergebene Dirne der Moralapostel, ohne stichhaltige Begründung, unter Verschluss zu halten. Insbesondere Neros Freund, welcher dessen Wohltätigkeit letztlich nicht teilhaftig wurde, ging somit leer aus, und die Gefühle, welche er Nela entgegenzubringen gedachte, nahm er zu seinem Leidwesen unerwidert mit nach Hause. Dass er der Geprellte sein würde, war von vorneherein klar, welche Akteure aber einen Gewinn erwirtschaften sollten, war noch nicht ersichtlich. Seine Verstimmung war jedenfalls bedrückend, und er machte keinerlei Anstalten, sie zu verbergen, während Nela mit betont guter Laune die Reise antrat und sich auch nicht entblödete, mit Nero pausenlos zu schäkern, was wiederum Sabrina ärgerte, die sich, von schlaflosen Nächten gezeichnet, stumm und missmutig in eine Ecke vergrub und so tat, als ob sie schliefe. Das Ergebnis dieses teuren Erholungsurlaubs war unterschiedlich, indem die einen auf Wolke sieben schwebten und die andern am Boden zerstört waren, doch die Ursache für diese Konfusion war zunächst nicht eindeutig erkennbar, zumindest aber uneingestanden. Indes ein Nachspiel war wohl unvermeidlich, und die Ungereimtheiten sollten sich lösen, letztendlich aber nach einschlägiger Vorbereitung eine Umverteilung bewirken, welche einem noch unsichtbaren Ergebnis der Querelen entsprechen müsste. Jedenfalls durften die allseits zähen Bemühungen nicht folgenlos bleiben.

„Eine reine Ferienepisode, sonst nichts“, kriegte man zu hören, „Dummheiten, reine Spielereien, nein, um Himmels willen doch nicht Nela, diese Ziege, diese alte Schachtel, bloß nicht!“ – eben sie war ein Occasionsmodell, ein Makel in Neros Augen, den sie nie loswerden sollte – „… wo denkt ihr alle hin? … zudem lebt sie in einer völlig anderen Ecke unseres Landes, was soll’s. Nein, Sabrina, sei nicht albern, du bist und bleibst meine Geliebte, die beste, die ich je hatte … Blablabla! Und all die schweren Krisen, die wir zusammen durchgestanden haben, etwa schon vergessen? Nein, das war doch nicht umsonst, wir gehören zusammen, daran gibt’s nichts zu rütteln, und Nela wird von Christoph mit Haut und Haaren gefressen werden, dies steht so gut wie fest, denn er ist über beide Ohren hinaus in sie verliebt. (Der arme Kerl, jetzt musste er auch noch als Schutzschild herhalten, dabei hatte er alle Hände voll zu tun, seine Blamage zu verdauen.) Es ist nur eine Frage der Zeit, und alles wird vergessen sein.“ So etwa Neros wortreiche Apologie, doch die beruhigende Wirkung solcher und ähnlich honigsüßer Worte blieb aus, und die kleine Gesellschaft wurde sichtlich aufgerüttelt und letztlich neu durchmischt, nicht allerdings ohne Tränen und Sturmböen. Was sich damals im Einzelnen tat und wer welche Maßnahmen ergriff, war nicht leicht in Erfahrung zu bringen, einiges davon sollte indes mit der Zeit durchdringen. Vorwegnehmend sei jedoch erwähnt, dass die Turbulenzen einem ungeahnten Höhepunkt zustrebten und Formen annahmen, wie sie selbst in Neros Biografie nur selten vorzufinden waren, neu waren sie indessen nicht, denn ein wichtiges Element des natürlichen Reifeprozesses wollte er schlichtweg nicht anerkennen; ein ‚Niemals-wieder', wie man es vielleicht benennen könnte, war ihm fremd.

Fazit jedoch ist: Nela wurde Neros Frau, nachdem ein (weiteres) Hochzeitsfest auf einer weit entfernten Insel anberaumt und abgehalten wurde, eine Feier, die von seiner eigenen Familie boykottiert wurde.

Christoph, Trixis Vater, war zweifellos der Verlierer, wie sich langfristig herausstellen sollte, versank nach dem fatalen Urlaub im Abseits und fiel deshalb vollends aus den Traktanden. Er war zwar ein äußerst liebenswürdiger, aber persönlichkeitsschwacher Mensch, ein guter, aber wenig effizienter Handwerker und gab auch zu Hause nur eine relativ schwache Figur ab, war ihm doch seine Frau, Trixis Mutter also, in mancherlei Hinsicht haushoch überlegen. Er liebte – ja was liebte er denn? – den Beruf vielleicht, und sein Hobby, aber mit Sicherheit nicht seine Frau, die ihn angeblich anhaltend quälte, fordernd Druck ausübte und sein ohnehin schwaches Ego zerstörte. Die Kinder waren, da er nun mal (unglücklich) verheiratet war, sozusagen unabdingbares Zubehör einer normalen Familie, die in die Welt zu setzen er sich einst aufs Banner schrieb, seine erzieherischen Fähigkeiten waren indes eher bescheiden und sein diesbezügliches Interesse obendrein gering. Man kann zwar kaum behaupten, dass er sie nicht liebte, aber seine Gefühle hielten sich in Grenzen und mussten als ziemlich indifferent, ja, geradezu lethargisch eingeschätzt werden. Der treusorgende und hingebungsvolle Vater, wie er zuweilen in Spielfilmen dargestellt wird, war er indessen nicht. Darüber, ob er wenigstens ein guter Liebhaber war, fehlen stichhaltige Erkenntnisse, denn die Tatsache, dass er zwei Kinder zeugte, lässt in dieser Hinsicht keine schlüssigen Folgerungen zu. Jedenfalls – und dies steht einigermaßen fest – wusste er seine Bereitschaft zur Anteilnahme am Familiengeschehen in Schranken zu halten, was seine dominante und äußerst temperamentvolle Gattin ärgerte, um nicht zu sagen zu ungewöhnlichem Verhalten veranlasste. Über sie und ihre Persönlichkeit wurde später nur von ihren Widersachern gesprochen, sodass sie niemals auch nur die geringste Chance hatte, sich in einem günstigen Licht zu präsentieren. Ihre angeblichen Untaten wurden weidlich ausgeschmückt und nach Belieben aufgebauscht, während ihre eigene Meinung nur indirekt und damit wohl zweckdienlich verstümmelt einzufließen vermochte, damals, als die ganze Geschichte eskalierte und die angeblichen Fakten vor versammelter Familie ausgebreitet wurden.

Nachdem, so die Fama, der untaugliche Gatte vertrieben worden war, lebte sie, die böse Mutter, allein mit ihren Kindern, Tochter und Sohn (Trixis jüngerem Bruder), deren Sorgerecht ihr zugesprochen wurde, in einer ziemlich kleinen Wohnung mitten in der Stadt. Eng sei's gewesen, bekam man zu hören, und die oft ungewollten Reibereien innerhalb der geschrumpften Familie sollen zahlreich gewesen sein, was nicht gerade friedensfördernd wirkte. Nun ja, das ewig besetzte Klo und der meist leere Kühlschrank, ebenso wie das Fernsehprogrammheft und das Kästchen mit den Süßigkeiten, waren häufige Streitpunkte, während Staubsauger und Putzeimer seltener im Fokus standen, doch auch die Pflichten und Ämtchen gaben Konfliktstoff ab, welcher die Atmosphäre vergiftete. Kurz, man kam sich in die Quere und stritt und feixte, was das Zeug hielt, und die Mutter, die nicht wusste, wem sie beipflichten sollte, war freilich überfordert. Insgesamt also eine recht typische Situation innerhalb eines ‚Broken-Home'-Milieus, dessen Bewohner sich in dieser problembehafteten Lebensweise nicht mehr zurechtfanden. Sie gaben sich auch keine Mühe, einen gangbaren Weg zu suchen. Das Familienleben war vergällt, der Zeitpunkt für versöhnliche Lösungen verpasst.

Dem Vater, der sich in einer noch kleineren Wohnung einmietete, wurde lediglich ein spärlich bemessenes Besuchsrecht eingeräumt, sodass er nur unregelmäßig seine Kinder zu sehen bekam, eine Gunst, die er nur spärlich wahrgenommen hat, doch seine nunmehr geschmälerten räumlichen und finanziellen Mittel erlaubten ihm zusehends weniger Freiheiten, was ihn veranlasste dort zu sparen und einschneidende Maßnahmen einzuführen, wo es ihn am wenigsten schmerzte, bei den Kindern also, ein eher atypisches Verhalten, das er seiner reservierten Einstellung verdankte. Dennoch lebte er bescheiden und gönnte sich wenig, zweifellos eine unausbleibliche Folge seiner schwächelnden Finanzlage. Darüber hinaus versuchte er aber die lästige Pflicht, seine Kinder zu hüten, mehr und mehr seinen Freunden zu überbinden, bis Letztere sich immer öfter mal weigerten, seinen Unmut über die verpatzte Situation für ihn auszubügeln. Als Konsequenz dieser ungünstigen Sachlage begann er, wohl teilweise unfreiwillig, oder zumindest mangels positiven Antriebs, die Kontakte zu seinen Kindern zu vernachlässigen, was zur Folge hatte, dass deren Beziehung zu ihm erheblich litt und schließlich völlig verebbte. Solche und ähnliche Entwicklungen sind nicht selten auch Folgen misslicher Behandlungen von Vätern durch die hiesigen Zivilgerichte, ein an sich bekannter Missstand, der indessen kaum bekämpft wird, ist doch die Frauenlobby nicht bereit, das lukrative Geschäft mit den zerrütteten Ehen aufzugeben. Die meisten Richter haben die eminent wichtige Rolle der Väter für die Entwicklung junger Leute noch nicht erkannt – der Konservativismus dieses Berufsstandes ist weidlich bekannt – und berufen sich bei der Abfassung ihres Urteils auf althergebrachte Formeln, deren weitgehende Untauglichkeit seit Langem schon ‘feststeht. Somit kann auch einstweilen nicht entschieden werden, ob Christoph den weiteren Verlauf der Geschichte eher als Täter oder Opfer absolvierte, wiewohl feststeht, dass er sich sehr oft passiv verhielt, oder zumindest keine tauglichen Maßnahmen ergriff, um einer bedrohlichen

Entwicklung entgegenzutreten. Ohne ihn des Leichtsinns zu bezichtigen, ist wohl an dieser Stelle festzuhalten, dass er nicht der Typ ist, der sich über solche Dinge tiefschürfende Gedanken macht, sondern vielmehr darauf achtet, dass das tägliche Leben, so wie es nun mal eingerichtet ist, einigermaßen reibungslos abläuft, und sich alle erdenkliche Mühe gibt, seine Hand schützend über die Sparflamme zu halten, welche seinen aktuellen Lebensstil noch befeuert. Ob man hier von Resignation oder gedankenloser Adaptation an die Gegebenheiten sprechen will, ist Geschmacksache und hat ohnedies keinen Einfluss auf den Verlauf der Dinge, denn der Acker, den er zu pflügen hatte, war klein und karg.

Er fristete bestimmt kein spannendes Leben, arbeitete tagsüber in einer Werkstatt, kam abends hundemüde nach Hause, wo ihn niemand erwartete, hatte kaum Möglichkeiten, seine Abende erfreulich zu gestalten, und verlor durch seine eigenbrötlerische Haltung auch noch die letzten Freunde. Wahrlich ein wenig beneidenswertes Los, das er nach dieser qualvollen Radikalkur zog. Er wäre daher nicht abgeneigt gewesen, eine tüchtige Frau an seiner Seite zu wissen, eine solche aber zu gewinnen, war unter den gegebenen Umständen kaum denkbar, und die soeben beschriebene Aktion verlief so schmerzlich, dass er schwor, einstweilen die Finger vom anderen Geschlecht zu lassen. Doch was er tatsächlich während seiner einsamsten Stunden trieb, blieb sein Geheimnis. Jedenfalls hat er sich selber gewissermaßen auf dem Abstellgeleise parkiert, wo er still und von der Umwelt unbemerkt verblieb.

Dass seine Kinder angeblich von der zunehmend alkoholkranken Mutter geschlagen, zuweilen gar misshandelt wurden, kam ihm dann und wann zu Ohren, etwas dagegen zu unternehmen, war ihm jedoch versagt, so wenigstens seine Schutzbehauptung. Der Grund seiner scheinbaren Ohnmacht war jedenfalls nicht ersichtlich, es sei denn, er wäre in seiner sprichwörtlichen Schwäche zu suchen, welche sich insbesondere in Gegenwart seiner ehemaligen Frau manifestierte, deren beinahe dämonisches Schreckensbild er fürchtete wie der Teufel das Weihwasser. Alles, was er je zu sagen hatte, soll scheinbar nutzlos gewesen sein, und sein Wort war keinen Pfifferling wert, sodass er sich immer häufiger eines Kommentars enthielt. Inwieweit all diese Gerüchte überhaupt zutrafen, wollte und konnte er nicht in Erfahrung bringen, er übernahm sie derweil ebenso bereitwillig wie ungeprüft und gab sie da und dort zum Besten, indem er das unschöne häusliche Drama irgendwo im Hintergrund, gewissermaßen als Bühnenprospekt zu platzieren versuchte und sich selber auf der Bühne dann als besorgter Mann mit leider gebundenen Händen darstellte. Inwieweit dies den Kern der Dinge traf und seine Darstellung den effektiven Umständen entsprach, war indes nicht in Erfahrung zu bringen, denn direkte Kontakte zur stets angeschwärzten Kontrahentin waren strikte untersagt. Die Gründe, die zu diesem Verdikt geführt haben mögen, sind überdies auch unbekannt, sodass das Bild der bösen Mutter mehr oder weniger als Mythos den Rahmen aller weiteren Ereignisse abgab. Zu gerne nur hätte man sie selber einmal zu Wort kommen lassen, zu gerne hätte man auch ihre Sicht der Dinge kennengelernt, aber dazu wurde keine Gelegenheit geboten. So entsteht die berühmt-berüchtigte Geschichtsklitterung, die zuweilen erwünscht ist, wenngleich auch bekannt sein dürfte, dass allen Bemühungen zum Trotz nicht selten die Wahrheit eines Tages doch noch den Weg ans Tageslicht findet.

An dieser Stelle wäre übrigens auch die Frage der aktiven oder eben passiven Verschuldung ungünstiger Zustände zu erörtern, was jedoch selten befriedigende Resultate zeitigt, sodass wir es besser unterlassen; dass ihm, dem Vater, aber beides später einmal vorgeworfen werden sollte, steht derweil fest. Vorwürfe wird es übrigens immer hageln, das ist ein konstanter Erfahrungswert, dazu bedürfen die ‚Kinder' keiner besonders ungünstigen familiären Konstellation, oder anders gesagt, die Eltern, deren Eigenleben ja auch seine Daseinsberechtigung hat, können sich verhalten, wie sie wollen, sie werden immer irgendwelcher Fehler und Mängel bezichtigt werden. Hier ist jedoch diese Feststellung mehr als beiläufige Glosse aufzufassen, da sie mit dem Hauptgegenstand der Handlung wenig zu tun hat, oder zumindest diese nur im Hintergrund begleitet.

~

Es musste wohl eines der letzten Treffen des mitleiderregenden Vaters und dessen Kinder mit Nero gewesen sein, welches einer grotesken, insgesamt widerlichen Geschichte eine entscheidende Wende verpasste, doch über die Inhalte, welche dieses prägten, wurde Stillschweigen vereinbart. Trixi, wiewohl noch im Schutzalter, war mittlerweile zum vollbusigen und durchwegs von üppiger Weiblichkeit geprägten Mädchen herangereift, dessen Verhalten sich zuzeiten überaus ‚rebellisch' ausnahm, denn entsprechend reichbefrachtet war ihr ‚Sündenregister', das sie in ihrem Gepäck trug. Sie war ziemlich klein gewachsen und nicht gerade als überragende Schönheit zu bezeichnen, aber die wichtigsten Attribute zur Befriedigung der üblichen Bedürfnisse eines Lüstlings waren im Übermaß vorhanden, reichlich Sex-Appeal also, um damit zu punkten, was sie gebührend nutzte, nicht zuletzt um den strikten Dekreten der Mutter zu entfliehen. Die Behauptung allerdings, dass sie keine kindlichen Züge mehr aufzuweisen gehabt hätte, war falsch, spekulativer Selbstbetrug wohl auf der einen, glückliche Fügung auf der anderen Seite, insgesamt reine Fehlinterpretation uneinsichtiger Kontrahenten. Nein, sie war, obwohl beinahe schon mit allen Wassern gewaschen, zweifellos noch ein Kind, vor allem mental, aber es war augenfällig, dass ihre verführerischen Körperformen ihrer geistigen Entwicklung meilenweit voraus waren. Dass sie mit dieser Diskrepanz nicht zurechtkam, muss ihr daher nachgesehen werden.

Anlässlich besagten Treffens ließ sie es sich angeblich nicht nehmen, alle Hässlichkeiten und Unbilden ihres jungen, jedoch bereits verkorksten Lebens vor versammelter Gesellschaft auszubreiten, nicht zuletzt um Mitleid zu erregen und ihrer Bitte nach Asyl Nachdruck zu verleihen. Sie weinte, was das Zeug hielt, und entzündete damit nicht nur Neros Gier nach ‚jungem Fleisch', sondern auch sein eher anrüchiges Helfersyndrom, das sich erfahrungsgemäß immer dann manifestierte, wenn er sich davon einen persönlichen Nutzen versprach. (Ja, es ist durchaus zutreffend, was man zuweilen hört: Er ist oft äußerst großzügig und verschenkt sogar sein letztes Hemd, wenn es denn ausreichend Rendite abwirft.) Doch wie auch immer, Trixis Strategie – egal, ob bewusst oder unbewusst befolgt – schlug ein, wiewohl ihr nicht entgangen sein dürfte, wie lüstern Neros Blicke ihren üppigen Busen verschlangen, der beinahe aus dem Dekolleté kullerte, aus seiner Sicht wohl ein wichtiges Argument, um ihr gebührendes Gehör zu schenken. Die Rechnung ging auf, und Nero nahm die verstörte Bittstellerin gütigst und zunächst bedingungslos bei sich auf, da sie damit drohte, so oder so von zu Hause wegzulaufen. Damit hatte sie natürlich Nero bereits gekauft, denn dieses Schmuckstück – nein, keine Nymphette im üblichen Sinn – dem freien Markt zu überlassen, nein, das konnte und wollte er nicht zulassen. Ja, er fühlte sich außerdem berufen, diesen sozusagen notfallmäßigen Schritt zu tun, da der Vater bekanntlich weder willens noch in der Lage war, seine Tochter aus der in allen Schattierungen und Variationen beschriebenen Hölle zu befreien … vom Sohn, dem jüngeren Bruder mithin, dessen Schicksal um kein Jota besser war, war einstweilen nicht die Rede. Davon, dass ihm, Nero nämlich, die Ohnmacht des Vaters in diesem Falle sehr gelegen kam, sprach er freilich nicht, denn damit hätte er sich und seine wahren Absichten kundgetan, was er um jeden Preis vermeiden wollte. Nein, die Barmherzigkeit sollte die Selbstsucht überstrahlen und die eigennützigen Anliegen vertuschen. Jedenfalls entschied er den unterschiedlich motivierten Verhandlungspoker zu seinen Gunsten.

Es ist ohnehin nicht leicht zu verstehen, weshalb sie ausgerechnet Nero als möglichen Ziehvater auserwählte, denn höchstwahrscheinlich hätte sie auch andernorts Unterschlupf gefunden, wie später bekannt wurde. Aber nein, sie wollte ihrem Leben einen besonders reizvollen Anstrich verpassen, dessen Farben zu leuchten hatten und sie selber in einem besonderen Licht erscheinen lassen sollten. Daher stellte sich auch die Frage, ob Trixilein, die trotz ihrer Jungend über ein gerüttelt Maß an Durchtriebenheit verfügte, ihren Körper sozusagen verkaufte, um sich ein besseres Leben zu ergattern, ja, um sich eines pfleglichen Umgangs zu versichern und gleichzeitig der täglichen Peinigung durch die Mutter zu entgehen. Eine glaubwürdige Klärung dieser nicht ganz abwegigen Vermutung blieb jedoch aus und gab seit besagtem Tag zu zahlreichen Spekulationen Anlass, weshalb sie sich auch in gewissen Kreisen den Übernamen ‚Trixibit' einhandelte, eine Verballhornung ihres Namens, die sie aufs Schärfste verurteilte. Die vielleicht etwas hanebüchene Anspielung auf jene berühmt-berüchtigte Edelnutte, die allerdings in einer anderen Liga spielte, war natürlich das Machwerk einiger Lästermäuler, die jedoch zuvor mit reichlich Stoff versorgt wurden, um überhaupt zu solchen ‚Höhenflügen' anzusetzen, wobei die bloße Verlockung zu dieser Wortbildung vielleicht stärker ins Gewicht fiel, als die effektiven Voraussetzungen, mit welchen dieses Mädchen tatsächlich aufzuwarten hatte. Damit soll lediglich deutlich gemacht werden, dass es nicht möglich ist, zu entscheiden welcher Art Trixis Motivation nun wirklich gewesen war, als sie sich anschickte, gerade diese Lösung ihrer Jugendkrise ins Auge zu fassen. Dass sie dabei aber die treibende Kraft war, steht außer Zweifel und wurde zu keinem Zeitpunkt in Abrede gestellt. Gewisse Anspielungen gaben indes Anlass zur Vermutung, dass ein kurzes, aber heftiges Vorspiel stattgefunden hatte, sodass man freilich auch davon ausgehen könnte, dass es sich hier um ein abgekartetes Spiel handelte und die Akteure nicht mehr in der Lage waren, wirksam ins Geschehen einzugreifen, doch hinlängliche Beweise für diese Annahme fehlen, waren doch Neros Verdunkelungspraktiken meist wasserdicht. Und welche Rolle dabei der verzweifelte Vater spielte, wurde zu keinem Zeitpunkt thematisiert, denn sein Einfluss war zu gering, um der Geschichte eine persönliche Note zu verleihen. Aber mit Sicherheit darf festgestellt werden, dass Trixi dabei war, als alle Akteure eines Abends am See vereint waren, um das Abendessen einzunehmen. Der Sommerabend und der schwere Wein, dem auch sie zusprach, machte sie alle trunken, und die wenigen Morgenstunden, welche dem Schlaf gewidmet waren, wurden gemeinsam verbracht, draußen am Strand, wo nur vereinzelt Schlafsäcke zur Verfügung standen. Dieses geringfügige historische Detail wurde durch eine Indiskretion bekannt, musste aber womöglich als Ursprung des ganzen Vorgehens in Betracht gezogen werden.

Nun, sofern sie sich tatsächlich zum ‚Verkauf' angeboten haben sollte, der Käufer war jedenfalls greifbar. Dessen opponierende Gattin war derweil bereit, eine neue Frauenfeindschaft aufzubauen, die der bislang mit ihrer Mutter ausgefochtenen in etwa gleichzusetzen war, wobei um der Gerechtigkeit willen zu betonen ist, dass wenigstens keine physische Gewalt mehr zur Anwendung kam, womit selbst auf diesem Gebiet eine gewisse Verbesserung zu Buche schlug. Doch selbst sie, die Entthronte, wiewohl als kämpferisch bekannt, hatte anscheinend kein Vetorecht. Fazit: Neros Frau und Trixibit lebten fortan in erbitterter Feindschaft unter demselben Dach, was nur möglich war, weil die Gattin unnachgiebig auf ihr Recht pochte und Trixibit bei Nero die besseren Karten zu haben schien. Dass das durchtriebene Biest diese abstruse Situation bald einmal erkannte und die beiden Kontrahenten geschickt gegeneinander ausspielte, versteht sich von selbst, ein Grund mehr übrigens, ihr einige Arglist zu unterstellen. Je länger, desto weniger Leute aus der unmittelbaren Umgebung wie auch aus der Familie glaubten indessen an ihre Unschuld, was zu erheblicher Unruhe und teils heftigen Streitigkeiten führte, welche freilich ausnahmslos zu Neros Gunsten entschieden wurden, da er zu keinem Zeitpunkt eine andere Lösung zuließ und sein Kleinod behütete, als wäre es sein eigener Augapfel. Langsam, aber sicher haben alle begriffen, dass es völlig sinnlos war, die Angelegenheit ‚Trixi' überhaupt anzusprechen, ja man realisierte, dass man bereits durch leichtes Ankratzen der dünnen oberflächlichen Lackschicht dieses anscheinend fragilen Gebildes eine mittlere Katastrophe auszulösen vermochte, was schlichtweg zur Regel wurde und reichlich absurd wirkte. Dass einige schweigend, aber kopfschüttelnd das ungewöhnliche Treiben lediglich beobachteten, sich aber nutzlose Diskussionen ersparten, fiel ihm scheinbar gar nicht auf, oder aber er war zu sehr von der Richtigkeit seines Handelns überzeugt, um überhaupt auf solche Kinkerlitzchen zu reagieren. Trixibit war zum Fall geworden, und die angeblich schützenswerten Familienbande erlitten gerade durch diesen einen erheblichen Schaden, ein Risiko, das einzugehen Nero offenbar in Kauf nahm. Offensichtlich war sie es ihm wert, sein angestammtes Umfeld zu brüskieren und gegebenenfalls sogar aufs Spiel zu setzen. Es ist unschwer an seinem Gesichtsausdruck zu erkennen, wie trotzig und rechthaberisch er seiner Siegesgewissheit Ausdruck verleiht, denn er strotzt vor Selbstbewusstsein und Eitelkeit, hat er es doch einmal mehr geschafft, junges ‚Fleisch' für sich zu gewinnen, Nachschub somit für die darbende Seele.

Nun ja, es ging offiziell nicht nur darum, Trixi zu helfen ein menschenwürdiges Leben zu führen, sondern auch um deren Befreiung von zahlreichen Lastern, wie etwa Alkohol, Tabak und Cannabis, um nur eine ebenso harmlose wie wohlwollende Bilanzierung ihres Suchtverhaltens vorzunehmen. Dass dies wortreich betont wurde, war Teil des vorgeblichen Rettungsprogramms, das jedoch jeglicher Strukturierung entbehrte, aber dessen ungeachtet dem karitativen Teil des Unterfangens zuzuschreiben war, ein Programmpunkt, den zur Kenntnis zu nehmen man immer wieder aufs Neue aufgefordert wurde. Zumindest ist davon auszugehen, dass damals, als sie

Hals über Kopf ihr Zuhause verließ und bei Nero und dessen Gattin – beide blutige Laien auf dem Gebiet der Erziehung, wie auch der Suchtbekämpfung –, bei diesen beiden also einzog, kein geeignetes Konzept vorlag, vermöge welchem die Laster des jungen Mädchens hätten wirksam bekämpft werden können, was zunächst niemanden zu stören schien, bis sich die Behörden meldeten … potz Blitz, das gab zu reden, doch so weit sind wir noch nicht.

Ach ja, die Gattin, beinahe ist sie verloren gegangen, denn ihrer Stimme wurde bisher wenig Raum belassen, um sich zu erheben, aber sie erhob sich, daran bestehen keine Zweifel. Sie war alles andere als erbaut über die nicht ganz lupenreine Hilfsbereitschaft ihres Gatten, stimmte jedoch nach lautstarkem Streit, wohl zur Wahrung des Gesichts und Rettung des Hausegens, zögerlich zu, vorübergehend mitzuhelfen, die angebliche Not des armen Mädchens zu lindern, nicht ohne bestimmte Bedingungen aufzustellen, deren Respektierung sie bedingungslos einforderte. Recht so, dachte man allenthalben, so ganz ohne Auflagen und Regeln kann ein derart groteskes Programm doch nicht umgesetzt werden und überhaupt … natürlich hat sie Lunte gerochen, denn so naiv, tatsächlich zu glauben, Nero täte all dies aus reiner Menschenliebe, war sie beileibe nicht, obwohl sie diesen Mann und insbesondere dessen Vorgeschichte noch kaum kannte. Ihre Ehe war noch jung, als sich bereits die ersten Abnutzungserscheinungen einstellten und das Terrain für den nun angezettelten Rettungsplan ebneten. Doch eines erhob sie zum Grundsatz, den sie um jeden Preis verteidigen wollte: Ihre Ehe, ob gut oder schlecht, war ihr heilig, und sie schwor sich, alles zu unternehmen, um diese zu erhalten. Dass Trixis Anwesenheit unter ihrem eigenen Dach diesen Vorsatz durchkreuzen könnte, war ihr von Anfang an klar, und sie betonte später immer wieder, dass sie sich seit deren Einzug in ihrer Privatsphäre gestört fühle, während zuvor alles zum Besten bestellt gewesen wäre. Nero seinerseits bestritt jedoch ohne Angabe von konkreten Gründen diesen verharmlosenden Sachverhalt, sprach von Beschönigung von Missständen und Zwecklügen. Er hatte triftige Gründe, diese Position einzunehmen.

Trixi zog ein, machte sich breit und mutierte schon nach kurzer Zeit zum Trixilein; das war freilich absehbar und die Auflagen und Bedingungen gingen nach und nach verloren, wurden umgangen oder schlichtweg nicht eingehalten, was natürlich den Unmut von Neros Gattin schürte. Ja, vielleicht ärgerte sie sich sogar darüber, dass sie damals den Apfel an Nero und nicht an Christoph vergab – ja, in der Mythologie war es umgekehrt, aber das soll hier keine Rolle spielen –, der nun, wie eben beschrieben, weitgehend verlassen in seiner Zweizimmerwohnung saß und immer noch unerwiderte Gefühle für Nela hegte, welche ihrerseits zur unberufenen Pflegemutter seiner Tochter gekürt wurde. Diese eigenartige Entwicklung musste für ihn ein gewaltiger Schlag ins Gesicht gewesen sein, den er allerdings nicht ganz unverschuldet einzustecken hatte. Dass es Nela schaffte, die weit attraktivere und vor allem jüngere Sabrina aus dem Feld zu schlagen, hat natürlich seine Gründe, die noch zu reden geben werden, einstweilen nehmen wir lediglich zur Kenntnis, dass es ihr offenbar gelungen ist, die Partie für sich zu entscheiden, sich aber gleichwohl der Erziehungsarbeit zugunsten von Christophs Tochter zu widmen hatte … ein Pyrrhussieg wohl!

Der eben beschriebene Vorgang trug sich einige Zeit vor dem eingangs erwähnten Familienfest zu, sodass anzunehmen ist, dass sich inzwischen einiges ereignet haben könnte, das Fakten schuf und die Konditionen veränderte, was durchaus der Fall war. Es erstaunte namentlich, wie aufopfernd Nero alle behördlichen Hindernisse überwand, um seine Ziehtochter, für ihn ein Geschenk des Himmels, bei sich behalten zu dürfen. Ja, man roch Lunte, doch mit seinem rechthaberischen Tonfall klopfte er offensichtlich selbst hartgesottene Behördenmitglieder weich, bis diese nachgaben und ihn gewähren ließen. Dass auch sie Bedenken anzumelden hatten, versteht sich von selbst, ihr Nachgeben hatte aber wohl mehr mit der Einsicht zu tun, dass es hier kein Durchkommen gab und ein Abtauchen in die Illegalität zu verhindern sei. Nero kämpfte wie ein Stier und gewann, während der brave Beamte zusehends verstummte und stillschweigend den Rauch seiner Zigarre in die Luft pustete.

Er habe, so seine in der Wut hingeschleuderten Worte, für dieses Kind (!) Job und Ehe riskiert … weshalb denn? Geständnis oder Floskel? Nein, vielmehr späte Einsicht, denn er foutierte sich ja selbst um seine eigenen Kinder, die er seit der Scheidung von deren Mutter, seiner Exfrau mithin, nie mehr sah: schnöder Eigennutz, reine Selbstsucht also? Egal, auch dies wird sich weisen. Fest steht indessen, dass Trixis persönliches Drama genau zum richtigen Zeitpunkt eskalierte, denn noch kurze Zeit davor, wäre er weder willens noch in der Lage gewesen, den barmherzigen Samariter zu spielen. Doch anstelle einer harmlosen Lückenbüßerin – die zu schließende Lücke, welche ihn in Form von Gefühlskälte und Dominanzverhalten bedrohte, hatte er mehrmals mit derben Worten beschrieben – trat eine echte Konkurrentin auf den Plan, welche vermutlich in nicht allzu ferner Zukunft das Rennen machen dürfte, sofern es ihr gelingen sollte, noch lange genug Nelas gerechten Zorn in Schach zu halten, wozu sie wiederum Neros Unterstützung benötigte, der seinerseits Nela mit Trennungsszenarios bedrohte, was ihr zutiefst missfiel. Insgesamt also ein recht intrikates Gefüge, welches hier aufgebaut wurde und im Hintergrund die eine oder andere Reaktion mit beeinflussen mochte. Solche Prophezeiungen sind allerdings etwas gewagt, nicht aber ganz abwegig, wenn man Neros Geschichte studiert hat. Gerade dies steht freilich an, wobei natürlich das Augenmerk vor allem auf besonders normwidrige Persönlichkeitsstrukturen gelenkt werden wird, weil einige davon vielleicht die eine oder andere Spezialität aus Neros Fundus zu erklären vermag. Er war stets eine schillernde Figur, sie naturgetreu abzubilden, dürfte daher schwerfallen.

2

Auch Nero durchlief eine Kindheit und eine Jugend, sowie zahlreiche mehr oder weniger ruhmreiche Etappen auf seinem Weg zum ach so bramherzigen Ziehvater, dessen sonderbare Charakterzüge sich nach jahrelanger Karenz praktisch zeitgleich mit seinem wiederentdeckten Steckenpferd äußerst kraftvoll offenbarten und zunächst nahezu unangefochten Platz griffen. Das ist für ihn Grund genug, seine neue Eroberung mit allen Mitteln zu verteidigen, notfalls unter Anwendung aller diktatorischen Zutaten, wie etwa Zensur, Freiheitsberaubung, Erpressung und dergleichen mehr, um nur die geläufigsten Repressalien zu nennen, welche zu seinem Repertoire gehörten, denn plötzlich drehte sich alles nur noch um sie, die kleine begehrenswerte Trixi. Seine eigene Biografie ist in diesem Zusammenhang durchaus bemerkenswert, und weil er meist äußerst extrovertierte Umgangsformen pflegte, in mancherlei Hinsicht weitgehend auch bekannt. Immerhin bewegte er sich bereits gegen das fünfzigste Altersjahr zu, als sich die hier zur Debatte stehenden Vorkommnisse ereigneten. Da erstaunt es wenig, dass sich zuvor gar manches zutrug, das seine Wesensart prägte oder zumindest in einem ganz bestimmten Licht erscheinen ließ. Er war also beileibe kein unbeschriebenes Blatt mehr, und zahlreiche Kapitel füllten ein virtuelles Tagebuch, dessen Inhalte kennenzulernen, wir kaum umhinkommen werden. Etwas schüchtern und mit einem Hauch von schlechtem Gewissen, soll jedoch eingestanden sein, dass die nun folgende Niederschrift nicht in allen Bereichen die wahren Umstände wiederzugeben imstande ist, weil Nero selber die wenig verlässliche Hauptquelle der Informationen ist und damit feststeht, dass wohl auch einige Plagiate und dergleichen mehr mit verarbeitet werden, dafür Lücken und dunkle Stellen nicht zur Sprache kommen, da sie ihn in einem wenig erfreulichen Licht zeigen. Allerdings stammen wichtige und vermutlich entscheidende Beigaben von Drittpersonen, welche diese nur unter ganz besonderen Umständen preisgaben, da sie nicht besonders glorreich, sondern eher peinlich sind, sowohl für Nero, wie insbesondere für dessen Opfer. Der hindernisreiche Gang durch Neros Biografie wird zudem durch die Tatsache erschwert, dass vieles im Verborgenen geschah, dafür sprechen auffallende Parallelen und Wiederholungen einiger Episoden für die Echtheit seiner Handschrift, deren Züge in mancherlei Hinsicht unverkennbar sind. Ein scheinbarer Widerspruch zwar zur weiter oben getätigten Aussage, aber es ist gerade bei ihm einleuchtend, dass er nur jene Dinge breitschlug, die ihn in ein günstiges Rampenlicht rückten, die Niederlagen jedoch verschwieg, oder zumindest bagatellisierte. Es wird daher nicht immer leichtfallen, die sogenannte Wahrheit oder das, was ihr am nächsten kommt, wiederzugeben, doch damit hat man leider zu rechnen, auch im weiteren Verlauf, nebenbei bemerkt. Und schließlich sei zu seiner Entlastung noch angefügt, dass es wohl keinen Menschen gibt, dessen Biografie lückenlos rekonstruiert werden kann, da gerade jene berühmten dunklen Flecken der Seele, so man sie als solche identifiziert, nicht oder nur bruchstückhaft kommuniziert werden, es sei denn jemand, der unter deren Folgen zu leiden hatte, sei provoziert worden, ausgerechnet darüber zu berichten. Erstaunlicherweise ist dies in Neros Fall passiert, eine Zufallserscheinung, welche nicht zuletzt mit den neusten Ereignissen etwas zu tun hat, eine jener verhängnisvollen Parallelen mithin, welche zutage trat und für reichlich Unruhe und Aufregung sorgte. Im geistigen Ohr hört man wohl den Einspruch: Alles zurechtgebogen, konstruiert, Puzzleteile so zusammengefügt, dass jenes Bild entsteht, das man vermitteln will, reine Willkür, schmutzige Fantasien, Neid und obendrein all die hässlichen Schimpfworte, welche den ‚bösen' Autor verunglimpfen, dessen Glaubwürdigkeit untergraben wie auch dessen Ansichten in den Dreck ziehen sollen, und auch sonst alles wie gehabt … mag sein, dass solche und ähnliche Anschuldigungen ins Feld geführt werden, andere werden sie bestreiten, doch die Widersprüchlichkeit ist das Salz in der Suppe, Grundlage mithin einer Debatte, die so losgetreten werden soll. Das finale Urteil, so es denn je verkündet werden wird, dürfte sich dadurch allerdings kaum verändern, doch lassen wir's Angelegenheit all jener sein, darüber zu entscheiden, was richtig und was falsch ist, die Lust haben, um die ‚einzig zutreffende Wahrheit' zu ringen, sie wird sich kaum je von selbst offenbaren. Welche Wahrheit, oder besser, wessen Wahrheit ist überhaupt gefragt? Die objektive Wahrheit natürlich! Existiert sie denn? Keiner weiß es, denn Wahrheit ist stets subjektiv geprägt, sodass mit Sicherheit vermutet werden kann, dass Neros und Nelas Wahrheit nicht deckungsgleich sein dürften und Trixis Wahrheit wohl oder übel fortwährend derjenigen von Nero angeglichen wird, wodurch Widersprüchlichkeiten entstehen, welche ein junger Mensch kaum versteht, im vorliegenden Fall jedoch aus Opportunitätsgründen wenigstens zum Schein nachempfunden werden. Aber auch Wahrheiten anderer ebenfalls involvierter Menschen werden in Erscheinung treten, und sie alle haben ein verbrieftes Recht, ernst genommen zu werden. Ob es jedoch gelingen wird, die jeweiligen Kontroversen so wiederzugeben, dass sie allen Akteuren gerecht werden, ist fraglich, ein Versuch soll dennoch gewagt werden, selbst wenn auch hier mit einigen Unschärfen zu rechnen ist.

Nein, meine Damen und Herren, keiner ist befugt, meine Lebensgeschichte niederzuschreiben, keiner imstande, mein Sinnen und Trachten zu ergründen, denn einmalig ist auch meine individuelle Einstellung zum Leben und dessen Angebot. Auch mir ist es gestattet, alles zu konsumieren, was auf dem Silbertablett dargeboten wird, und sollte ich mich erfrechen, auch mal etwas aus dem Hintergrund abzuholen, dessen wahre

Natur euch allen verborgen bleiben soll, so ist das einzig und allein meine Sache. Nein, meine Lieben, ich wünsche keine Einmischung von außen, denn ich weiß genau, was ich tue, gibt es doch hinreichend triftige Gründe, welche mein Handeln leiten. Und sollte ich Gutes tun, das auch mir einige Vorteile zugesteht, so ist dies nur ein gerechter Lohn für außergewöhnliche Leistungen, die ich zur Entlastung meines Gewissens erbringe. Eure verstaubten Ansichten interessieren keinen.

Als Erstgeborener von drei Kindern, welche, nach heutiger Diktion in einem ‚Broken Holme' aufwuchsen, übernahm Nero schon frühzeitig die Führungsrolle innerhalb der Nachkommenschaft, und zwar in einer Atmosphäre, welche allgemein als ungünstiger Nährboden für eine glückliche Menschwerdung bezeichnet wird. Der Vater, hart und zuweilen ungerecht, arbeitete viel, weil er, selber aus bescheidenen Verhältnissen stammend, offenbar erkannte, dass mit Arbeit, so man sie zuverlässig verrichtet, viel Geld zu verdienen war, was er letztlich auch zuwege brachte. Ob er nur aus egoistischen Gründen dem Geld nachlief oder anfänglich aus ehrbaren Motiven handelte, um etwa seiner Familie eine solide Lebensgrundlage zu verschaffen, wurde später kontrovers diskutiert, während er selber dazu keine Stellung nahm, sodass dieser Streitpunkt nicht eindeutig geklärt werden kann. Doch im Grunde genommen tut dies auch wenig zur Sache, wiewohl er dadurch ein Umfeld schuf, welches seine Kinder und insbesondere eben Nero in spezifischer Art und Weise prägen sollte. Mit Sicherheit war er auch stolz wie ein Pfau, dass er als Erstes einen Sohn gezeugt hat, sodass er ihn, ungeachtet aller Strenge, gegenüber den beiden nachfolgenden Töchtern deutlich bevorzugte. Ob dies so weit ging, dass er ihm auch mehr Mittel zur Verfügung stellte, ist ungewiss und nachträglich nicht mehr in Erfahrung zu bringen. Aber Geld an sich, oftmals auch geliehenes Geld, spielte später in Neros Leben mitunter eine maßgebliche Rolle, eine Rolle auch, an welcher er wiederholt beinahe zugrunde ging. Dass er es nie lernte, damit umzugehen, ist wohl eine Tragik, welcher er sein absonderliches Schicksal zu verdanken hatte, doch gerade diesem Umstand Rechnung zu tragen, sprich das Ruder im richtigen Augenblick herumzureißen, war ihm anscheinend verwehrt und wie bereits angedeutet, war ihm jeglicher Lernprozess abhold, denn er allein wusste in jedem Fall, was Sache war. Schon an dieser Stelle liegen Unklarheiten und Vermutungen vor, die an sich wenig aussagekräftig sind, fest steht jedoch, dass seine beiden jüngeren Schwestern übereinstimmend darüber berichteten, dass er immer etwas mehr hatte als sie beide: mehr Spielsachen, mehr Schokolade, mehr Bonbons und vor allem mehr Privilegien. Das ist zumindest auffällig, um nicht zu sagen verräterisch, wobei einzugestehen sei, dass seine Beschaffungsmethoden zumeist unbekannt sind, sodass er sich einen rätselhaften Nimbus verschaffte, den zu durchschauen kaum je gelang. Die Gründe, weshalb Nero diese bevorzugte Behandlung verbuchen durfte, welche er notabene auch später immer wieder einforderte, sind nicht ganz klar, möglicherweise wurde er aber auch gekauft, man wird gleich sehen, weshalb.

Der effektive Anstoß, weshalb sich der Vater mit seiner Frau, immerhin der Mutter seiner Kinder, die ihn schlichtweg vergötterte, nicht mehr verstand, steht hier zwar nicht zur Debatte, doch sollte vielleicht in diesem Zusammenhang ein wesentliches Motiv angeführt werden, nämlich sein Bedürfnis nach Abwechslung im Bett, eine nicht ganz ungewöhnliche männliche Untugend, deren evolutorischen Wurzeln nicht auszurotten sind, mithin ein Faktum, das, egal ob zutreffend oder nicht, oftmals zur Rechtfertigung solchen Verhaltens angeführt wird. Dabei soll die ewig unbeantwortete Frage nach den wahren Gründen hierzu an dieser Stelle nicht weiter vertieft werden, da sie auch in diesem Falle unbeantwortet bleiben wird und vermutlich für Neros Entwicklung höchstens von marginaler Bedeutung sein dürfte. Bedeutungsvoller könnte derweil der Umstand sein, dass er bereits von vorneweg als

Hahn im Korb gefeiert wurde, spätestens aber nach Vaters Wegzug aus dem familiären Bereich versuchte, eine durch nachgeahmten Männlichkeitswahn herbeigeführte Hegemonialstellung einzunehmen, was ihm zeitweise recht gut gelang. Die gedemütigte und hilflose Mutter hatte ihm so gut wie nichts entgegenzusetzen, weder körperlich noch mental, da sie damals nicht die Kraft hatte, seine stets gleichbleibenden Argumente zu entkräften, und die beiden jüngeren Schwestern waren noch nicht in der Lage, all seine Tricks und Machenschaften auf Anhieb zu durchschauen. So bediente er sich eines äußerst günstigen Terrains, das sein Verhalten durchwegs zu unterstützen schien, und mangels echter Hindernisse, hatte er beinahe freie Hand, zu tun und zu lassen, was ihm beliebte, indem er die Gunst der Stunde rücksichtslos nutzte, und dies nicht selten zum Nachteil seiner beiden Schwestern. Sie beide haben ein recht gutes Gedächtnis und wissen einiges über diese Zeit zu berichten, waren doch die Nachteile, die sie seinetwegen zu erleiden hatten, ein ständiges Ärgernis, dessen man sich freilich unentwegt entsinnt.

Dass der großzügige Handlungsspielraum, den er sich einräumte, nicht selten die Interessensphäre der anderen Familienmitglieder tangierte oder gar erheblich beschnitt, ist hinlänglich erwiesen, und dass er überdies sein vermeintliches Recht mit eiserner Faust durchsetzte, versteht sich beinahe von selbst, denn nun stand fest, dass keiner mehr zugegen war, der in der Lage gewesen wäre, ihm die Stirn zu bieten. Eine Atmosphäre der Angst und Tyrannei beherrschte den ohnehin strapazierten Haussegen, denn er hat bekanntlich nie gelernt, auch nur die geringsten Konzessionen zu gewähren, da ohnehin einzig und allein seine Ansicht zählte, während alle widersprechenden Aspekte null und nichtig waren. Wie er zu dieser offenkundigen Selbstsicherheit gelangte, ist unbekannt, und selbst die Frage, ob sie echt sei oder lediglich zwecks Verschleierung einer fatalen Unsicherheit vorgetäuscht wurde, bleibt einstweilen offen, und die Wahrscheinlichkeit ist gering, dass sie je geklärt werden kann. Inwiefern allerdings noch immer das Zepter des Vaters regierte, dessen verlängerten Arm er vielleicht repräsentieren wollte, ist eine weitere Unbekannte, die noch der Auflösung harrt. Die Fortsetzung der Geschichte könnte indes gerade auf diesen Umstand hinweisen, womöglich ihn sogar als zutreffend bestätigen.

Nun ja, er bewunderte den Vater, seinen Erfolg bei den Frauen – Erkenntnisse, die er sich auf geheimnisvolle Art und Weise zulegte – sowie auch dessen berufliche Prosperität, während er seine Mutter verachtete, vermutlich um dem Vater zu imponieren, der überdies, erpressbar wie er war, höchstwahrscheinlich Schweigegeld bezahlte, um seine Machenschaften zu vertuschen. Das war allenfalls eines von Neros Erfolgsrezepten, um die chronische Geldnot zu bekämpfen, ein dunkler Kanal jedoch, durch welchen wohl seine Geldbörse alimentiert wurde. Weiber kosten nun mal Geld, so seine lakonische Parole, die er immer wieder zum Besten gab. In denselben Topf warf er übrigens auch seine beiden Schwestern, Weiber halt, sonst nichts, wie er damals betonte, ein atemberaubendes Frauenbild, nebenbei bemerkt, das seine diesbezügliche Sichtweise schon in recht jungen Jahren zu formen schien. Den Vater versuchte er natürlich in beinahe jeder Hinsicht nachzuahmen, allerdings wünschte er sich insgeheim, dessen Erfolg auch ohne großen persönlichen Einsatz verwirklichen zu können, denn Fleiß und Arbeit waren nicht sein Ding, hatte er doch, auch ohne diese mühsame Bürde auf sich zu nehmen, bislang alles gekriegt, was sein Herz begehrte. Nicht gelungen ist ihm derweil seinen innigsten Wunsch in Erfüllung zu bringen, nämlich beim Vater auch wohnen zu dürfen, denn zu oft war dieser abwesend, und eine angemessene Betreuung eines Jungen konnte ihm deshalb gemäß richterlichem Beschluss nicht zugemutet werden. Ärgerlich genug also, dass er zusammen mit seinen Schwestern bei Muttern wohnen musste, wo er zwar den starken Hund auf dem Mist spielte, aber zu seinem Leidwesen auch gründlicher kontrolliert wurde, als ihm lieb war, was ihn zwang, seine Machenschaften gewissermaßen im ‚Untergrund' fortzusetzen, denn seine Schurkereien fanden selbst bei Mutters mildem Regime keine Akzeptanz und wurden durch gezielten Einsatz schmerzlicher Einschränkungen geahndet, das einzige Mittel, das ihr zur Verfügung stand, um ihm beizukommen.

Das Ansinnen, auch ohne Eigenleistung zu Ruhm und Erfolg zu gelangen, versuchte er wohl bereits in jungen Jahren umzusetzen, was ihn veranlasste, immer wieder fremde Kräfte einzuspannen, um seine Pflichten – ja auch er hatte welche – zu erfüllen. Dass vor allem seine beiden Schwestern dabei zum Handkuss kamen, versteht sich von selbst, dass es ihm aber sogar gelang, auch Schulkameraden einzuspannen, dürfte dann doch etwas erstaunen. Nein, er hat sie nicht bezahlt, obzwar er Vater sei Dank über mehr Taschengeld verfügte als seine Geschwister, aber er litt gleichwohl unter stetiger Geldknappheit, weil er verschwenderisch war, schon damals. Seine mehr spielerischen Methoden funktionierten weitgehend dank rhetorischer Einlagen, wobei irgendwelche Versprechen oder Nötigungen zum Einsatz kamen – Jungs haben ja fast immer etwas ausgefressen, das nicht verraten sein will –, deren Natur nur mehr bruchstückhaft in Erinnerung geblieben ist. Einer hat vielleicht im Kaufhaus gestohlen, ein anderer insgeheim ein Mädchen geküsst, ein Dritter den Automaten am Bahnhof geplündert, doch was auch immer, Nero wusste stets Bescheid und verstand es aufs Trefflichste, sein Wissen virtuos zu vergolden. Wie er seine eigenen, nicht ganz unerheblichen Vergehen vor Retorsionsmaßnahmen anderer schützte, ist und bleibt ein Rätsel, wiewohl bekannt ist, dass er stets mit ungleichen Ellen maß. Ob sein Repertoire tatsächlich bis hin zur Nötigung und anderen grenzständigen Verfahren reichte, ist selbst heute noch Gegenstand heftiger Diskussionen, die meist in einem Patt enden, da kaum mit einem Geständnis zu rechnen ist. Er selber hält dieses Thema ohnehin längst für obsolet, unbedeutende Schelmereien namentlich, deren Bedeutung kaum mehr zu Buche schlägt. Man soll doch bitte schön kein leeres Korn dreschen oder gar schlafende Hunde wecken, so etwa seine Einlassungen.

Freundschaftsdienste nannte er dies verharmlosend, doch keiner wusste, weshalb die armen Kerle bereit waren, sie gerade seinetwillen zu leisten. Fest steht aber unzweideutig, dass er meist erfolgreich war, so zumindest erzählen die oft geprellten Schwestern, deren Groll bis heute noch nicht verebbte, da sie allzu oft über den Tisch gezogen wurden. Jedenfalls war weitherum bekannt, dass es eine Ehre sei, beispielsweise bei ihm Rasen zu mähen oder andere Gartenarbeiten ausführen zu dürfen, während er auf der faulen Haut lag und sein Sonnenbad genoss, genannt ‚Aufpassen', dass die Arbeiten auch korrekt durchgeführt wurden. Die lukrativen Abhängigkeiten, die er sich schon in jungen Jahren schuf, waren jedenfalls beeindruckend und ließen eine wohl erfolgreiche Karriere voraussagen, insoweit wenigstens, als eine Lebensart, die auf solchen Grundlagen beruht, überhaupt als erstrebenswert eingestuft werden darf, was nicht unanim bejaht wird. Doch früh übt sich, was ein Meister werden will, und genau dies war sein deklariertes Ziel: die Meisterschaft im ‚Absahnen'.

Nun ja, man hatte ihm neidlos zuzugestehen, dass er über beispiellose rhetorische Fähigkeiten verfügte, ein Phänomen, das unter anderem aus der Geschichte weidlich bekannt ist und wie man weiß, zuweilen auch katastrophale Auswirkungen zu zeitigen vermag, und zwar sowohl im kleinen wie im großen Stil, doch spielt dies letztlich in vorliegendem Fall eine völlig untergeordnete Rolle, denn mindestens einen Verlierer gibt's allemal, so auch hier. Er wusste um seine Fähigkeiten, die ihn zwar recht weit brachten, doch das Kernstück seiner Jungendsünden ist gleichwohl die Feststellung, dass er sich mit Süßholz und Faust einen Weg durch den Dschungel der Gesellschaft zu bahnen vermochte, der seinen Vorstellungen weitgehend entsprach, wiewohl er die Randständigkeit seiner Begehren durchaus kannte und daher zahlreiche Techniken entwickelte, um sie zu tarnen. Dennoch drückte gelegentlich durch, was unter dem Siegel der Verschwiegenheit an sich hätte bewahrt sein sollen, und machte einige recht stutzig, so sehr, dass er auch immer wieder gefordert war, gewisse Dinge zu verharmlosen oder sonst wie schönzureden. Es musste jeweils so aussehen, als ob ihm versehentlich etwas rausgerutscht wäre, mit dem er sich selbstverständlich brüsten wollte, doch gleichzeitig sollte durch abwertende Bemerkungen der angebliche Patzer so gut wie ungeschehen gemacht werden. Nicht auszuschließen ist indes, dass solche Schwänke reine Fantasiegebilde waren und weder der Wirklichkeit entsprachen, noch ein Tabuthema darstellten: Als Meister der fantastischen Pseudologie hatte man ihm durchaus einigen Respekt zu zollen, denn auch in diesem Bereich war ihm immer wieder Erfolg beschieden, wenngleich sich mit der Zeit eben Zweifel an seiner Ehrlichkeit häuften, was ihn offenbar wenig beeindruckte und sein Gehabe in keinster Weise veränderte. Ob er sich jeweils aus Versehen oder Kalkül verplapperte, ist ebenfalls unklar, könnten doch beide Varianten je nach Situation als dienlich eingestuft werden, da es ihm stets darum ging, seine besonderen ‚Heldentaten' zur Schau zu stellen. Fantasiegebilde oder Plaudereien aus dem Nähkästchen, einerlei, sie alle dienten demselben Zweck. Bluff und Hochstapelei waren also die Eckpfeiler seiner Lebensphilosophie, insofern es denkbar ist, mit solchen Bausteinen Letztere zu untermauern. Ja, es schien ihm zu gelingen, so ein tragfähiges Gerüst für ein ganzes Leben zu gestalten, kein Einzelfall, wie man weiß. Ein Scheitern lag derweil ebenso nahe wie ein Gelingen, doch dessen war er sich wohl kaum bewusst.

Natürlich wären noch einige weitere Schöpfungen seiner Selbstsucht aufzuzählen, welche er bereits als Schuljunge ausarbeitete und später weitgehend unverändert zur Anwendung brachte. Doch dürfte auch einleuchten, dass die bereits zusammengetragenen Ingredienzen zur Darstellung seines spezifischen Charakters ausreichen, um letztlich einen Mann zu beschreiben, der es sich auf der Welt so bequem wie irgend möglich einrichtet, sodass sich Ergänzungen einstweilen erübrigen. Dass ihn all diese Erfahrungen maßgeblich prägten, kann ihm zwar keiner verübeln, dass ihn jedoch später ein ansonsten üblicher Reifeprozess nicht eines Besseren belehrte, ist eher ungewöhnlich und muss vermutlich als Ursprung seines überwiegend unrühmlichen Lebenslaufs betrachtet werden. Es gibt Menschen, die immer wieder Oberwasser haben, obwohl sie faul und arbeitsscheu sind, und Nero war ihnen eindeutig zuzuzählen. Wiederholt gelang ihm dieses Kunststück und tauchte so wieder und wieder aus den Tiefen der Verzweiflung auf, deren Spuren er meist mit scheinbarer Leichtigkeit zu tilgen verstand. Ob man hinter diesem insgesamt wenig erfreulichen Erscheinungsbild vielleicht noch eine nicht ganz unerhebliche Persönlichkeitsstörung mit ausgeprägter Reifeverzögerung in Betracht zu ziehen hat, wodurch man natürlich pathologisches Terrain betreten würde, oder ob ein solcher Schritt als weit übertrieben betrachtet werden muss, wird sich noch herausstellen, denn …

Ja, was denn? Man könnte ihn doch einfach Lausebengel nennen, und jede weitere Problematik wäre vom Tisch, wenngleich einen die Reifeverzögerung, welche naturgemäß erst im Erwachsenenalter zu Buche schlägt, zumindest nachdenklich stimmt. Aber im Fall Nero sind eben auch Vorfälle zu verzeichnen, welche die Grenzen des noch tolerablen Normallmaßes eindeutig überschritten, Handlungen eben, welche mit der Bezeichnung ‚Lausbüberei‘ allein nicht mehr abgetan werden können. Er führte sich, wie bereits dargestellt, so auf, als wäre er Herr über alle Dinge, und überging bravourös Mutters wohlmeinende Ermahnungen. Die klein gewachsene, eher schüchterne Frau mit der allzu großen Brille verfügte meist nicht über die erforderliche Autorität, um den ungestümen Burschen in die Schranken zu weisen, es sei denn unter Zuhilfenahme eines Nachbarn oder gar der Polizei. Ausbaden mussten aber die oft katastrophalen Folgen meist seine Schwestern, die nicht nur seine vernachlässigten Ämtchen zu übernehmen hatten, sondern auch noch seine leiblichen Gelüste befriedigen durften, als Belohnung versteht sich, wie er glauben machen wollte. Was er allerdings dadurch zu belohnen gedachte, war irrelevant, denn er wollte es ohnehin als Ehrbezeigung aufgefasst wissen, wenn eine der Schwestern abends zu ihm ins Bett schlüpfen ‚durfte', um seine abartigen Wünsche zu erfüllen … „nur du kommst heute zum Zug … deine Schwester hat nicht Geschirr gespült, verstehst du" … und sein Wort war Evangelium, jede Einrede zwecklos! Die Nutzbarmachung der Naivität seiner Schwestern war wohl eine der schlimmsten Untaten seines unrühmlichen Treibens, ein Vergehen, das ihm später noch einige Zerwürfnisse einbringen sollte.

Während die Bettgeschichten mit der älteren der beiden Schwestern dank Mutters Kontrollen bald einmal aufflogen und sie sich anschließend weigerte, seinen Befehlen Folge zu leisten, ja seinem Ansinnen regelmäßig und lautstark widerstand, vermochte sich die jüngere während langer Zeit nicht durchzusetzen, da sie sich einschüchtern ließ, geizte er doch nicht mit Drohungen im Falle einer Weigerung, und sollte sie gar petzen, so hätte sie seine Gunst endgültig verspielt, was sie aus Angst vor Repressalien auf keinen Fall riskieren wollte. Dass er sie dadurch traumatisieren, ja ihr buchstäblich das Leben vergällen, wie auch ein für alle Mal die Lust auf Sexualität vermiesen könnte, wusste er wohl nicht, und ob diese Unkenntnis allein ausreicht, um ihm seine Freveleien nachzusehen, darf bezweifelt werden. Dass er aber später alles bestritt und jegliche Verantwortung von sich wies, ist mehr als bedenklich, um eine milde Formulierung zu gebrauchen. Die jüngere Schwester, die klar von Missbrauch sprach, war eine Lügnerin, eine Wichtigtuerin auch, und damit basta. Dass ihr die ältere Schwester den Rücken nicht stärkte, war eher peinlich, um nicht zu sagen schäbig, denn auch sie wusste, was insgeheim geschah. Doch in Anbetracht des nun feststehenden Sachverhalts, dass man seine Ehrlichkeit ernsthaft in Zweifel zu ziehen hat, ist es nahezu bedeutungslos, dass er die Anschuldigungen der kleinen Schwester in Abrede stellt, entspricht diese kleine Notlüge doch bestenfalls einer Erbse unter zwanzig Matratzen. So hat sie es längst aufgegeben, mit ihm über die Gründe seines Tuns zu sprechen, obwohl ein klärendes Gespräch nicht selten Wunder wirkt. Doch nutzlos war ein solches Unterfangen von vorneherein, weil er eben auf diesem Ohr taub ist, eine weitere Methode mithin, unliebsame Elemente aus der Vergangenheit ungeschehen zu machen und sich somit vermeintlich zu exkulpieren.

Nein, sie war keine Lügnerin, sie war vielmehr eine liebeswürdige, nach Eintracht strebende Person, und vermutlich in ihrer Kindheit auch gutgläubig und reichlich naiv, wenngleich nicht etwa dumm. Als sie nach vielen Jahren des vertrauten Umgangs endlich auf einem Winterspaziergang davon erzählte (es war kurz nach dem dramatischen Weihnachtsfest, von dem soeben die Rede war), konnte sie sich nicht ihrer Tränen erwehren, welche auf ihren Mantelkragen kullerten und einfroren und so ein zu Eis erstarrtes Mahnmal erlittener Schmach abgaben. Weshalb hätte sie lügen, weshalb weinen sollen, wenn nicht … nein, sie versuchte jahrelang verzeihenderweise ein möglichst ungetrübtes Verhältnis zu ihrem Bruder zu pflegen, ja sogar gegen massiven inneren Widerstand aufrechtzuerhalten, so lange wenigstens, bis auch ihr der Kragen platzte. Und das war am besagten Abend der Fall, obwohl bereits zuvor zahlreiche Ereignisse geeignet gewesen wären, diese längst fällige Reaktion herbeizuführen, sprich die unrühmlichen Episoden ihrer Kindheit aufzudecken, um endlich Gerechtigkeit zu erwirken.

Mit anderen Worten: Man muss doch einsehen, dass sie nicht erst heute, sondern schon damals wusste, dass der große Bruder unrecht tat, sie lediglich zur Befriedigung seines Lasters missbrauchte und ihre damalige Naivität zur Erzeugung eines fragwürdigen Hochgefühls schamlos ausbeutete. Sie gehorchte aus Furcht, die wohl andere Bedenken überwog, aber sie fand es widerlich, schlichtweg grauenhaft … und selbstverständlich hat sie reichlich Schaden genommen, denn lebenslänglich wird sie daran leiden, was zu erahnen sie damals außerstande war. Jedenfalls hatte sie immer ein äußerst gespaltenes Verhältnis zu ihm, das zum einen von einer gewissen, vermutlich durch seine absonderlichen Machenschaften anerzogenen Bewunderung einerseits, andererseits aber auch von Abscheu und Widerwillen geprägt war. Er inszenierte ja dann auch zahlreiche Zwischenfälle, welche die alten Wunden wieder aufbrechen ließen, ungewollt, wie er jeweils betonte, was sie ihm aber selten abnahm. Dennoch wollte sie verzeihen, Apologie erwirken, aber er weigerte sich hartnäckig, eine Art Sadismus der besonderen Art, uneinsichtig und sinnlos, schlichtweg menschenverachtend. Ja, sie war traumatisiert, nicht frei und unbekümmert, sobald sie sich ihrer sexuellen Bedürfnisse, die er nicht gänzlich abzuwürgen vermochte, bedienen wollte, um ihr eigenes Intimleben zu gestalten. Die Hemmungen blieben bis zu einem gewissen Grad bestehen, ja übermächtige Schamgefühle beherrschten sie, denn immer wieder erschien der Bruder in bedrohlicher Pose vor ihrem geistigen Auge und mahnte seine vermeintlichen Rechte an. Aber sie war zu stolz, ihm diese Unbill unter die Nase zu reiben, hätte sie ihm doch damit lediglich einen weiteren Triumph beschert und niemals eine Entschuldigung erwirkt, was ja nur dank entsprechender Einsicht denkbar gewesen wäre. Ein Ding der Unmöglichkeit also, wofür er Worte hätte gebrauchen müssen, die niemals über die Lippen eines Mannes vom Kaliber eines Nero gekommen wären.

Ja, es gab später sehr wohl noch einige Diskussionen über dieses Thema, doch er trat ihr gegenüber – Gelegenheit, dies zu beobachten, gab's zur Genüge – vielmehr als rechthaberischer Tyrann auf, denn als reumütiger Sünder, aber sie ließ sich nicht mehr ins Bockshorn jagen und war mutig genug sowie auch in der Lage, ihm die Leviten zu lesen, was ihn regelmäßig wütend machte. Nein, den gerechten Zorn seiner Schwester wollte er nicht anerkennen, das hätte sein Ansehen beschädigt. Er war dann auch zu keinem Zeitpunkt bereit, einen diesbezüglichen Vorhalt als legitim zu betrachten, doch seine Wut schien zu belegen, dass er sich gleichwohl ertappt fühlte, selbst nach Jahren noch. Es war also davon auszugehen, dass er sich, ohne ausdrücklich daran erinnert zu werden, seiner Schurkereien durchaus bewusst war, sodass er ihr wenigstens nichts mehr zuleide tat, was zu früheren Zeiten eben zur Tagesordnung gehörte: Zuckerbrot und Peitsche, bekanntlich ein probates Rezept, das seine Wirkung selten verfehlt. Doch kein Eingeständnis einer Schuld, keine Einsicht in Unrecht oder Entgleisung, geschweige denn eine Entschuldigung, nein, sein Tun und Handeln war sakrosankt und selbstredend durch irgendwelche, teils erfundene Auslöser, derer er sich nicht erwehren konnte, vollumfänglich gerechtfertigt. Er verpasste sich damit den verharmlosenden Anstrich einer der vielen armseligen Kreaturen, welche aufgrund besonderer Zwangslagen zu gewissen Aktionen geradezu gezwungen werden, was ihn eher als Opfer denn als Täter auszuweisen schien, mithin eine altbekannte Masche, die wohl während eines längeren Zeitraums funktionierte, dann aber durch zahlreiche Ereignisse ihre Wirkung einbüßte und die Opfer nicht mehr beeindruckte. Wie immer, wenn er in die Enge getrieben wurde, und dies geschah mehr und mehr, teils mit unverhohlener Häme sogar, versuchte er es mit den üblichen, mittlerweile etwas abgedroschenen Schmeicheleien, die wie erwähnt nunmehr unwirksam versiegten. Sie stießen selbst dann ins Leere, als sie, die weidlich Traumatisierte, Jahre später, selber einer persönlichen Krise unterworfen, einmal Ferien mit ihm verbrachte, während welcher er durch gewohnte Süßholzrasplerei versuchte, wieder Boden gutzumachen, oder gar – und diese These ist keineswegs von der Hand zu weisen – das alte Spiel zu wiederholen. Es war nämlich nicht zu übersehen, dass ihn seine damalige Begleiterin, ein raffiniertes Luder, erheblich nervte, und er in seiner ‚Not' allen Ernstes den Vorschlag machte, in ihr Zimmer hinüberzuwechseln, was sie sich aufs

Heftigste verbat. Beinahe hätte diese erneute Mitleidstour funktioniert, und sie wäre ihm noch einmal auf den Leim gekrochen, doch letztlich hat sie die schreckliche Erinnerung an längst vergangene Zeiten eingeholt und davor bewahrt, erneut nachzugeben … oder etwa doch nicht? Sie wehrt ab und schweigt sich aus, ignoriert die bohrenden Fragen, aber es gab damals eine kurze Zeit, während welcher man durchaus hätte glauben können, dass die Welt dieser beiden Geschwister wieder heil geworden sei, heil versteht sich in Neros Sinne, ja, beinahe zu heil, um wahr zu sein, doch es dauerte nicht lange, bis alles wieder beim Alten war und die unguten Gefühle wieder überwogen, erklärte sie in nunmehr überzeugendem Tonfall. Ob damit die Geschichte ein für alle Mal ihr Bewenden hat, ist derweil unbekannt. Dennoch, der Vorzustand griff wieder Platz, rascher vielleicht als ihm lieb war, aber zeitig genug, um sie vor neuem Unheil zu bewahren.

Es verblieben die Narben, Spuren angeblich verjährter Freveltaten, welche den Anschein der Normalität erwecken sollten, eine respektlose Forderung mithin, welche an Impertinenz nicht zu überbieten ist. Die Peinlichkeiten blieben zwar im Raum stehen, welcher Natur sie gewesen sein mochten, blieb ein Rätsel, dessen Auflösung nur den Beteiligten selber bekannt sein dürfte, alle weiteren Vermutungen blieben reine Spekulation, die Gerüchte nährten, welche weder bestätigt noch dementiert wurden. Ob und inwieweit sich die ältere Schwester ebenfalls traumatisiert fühlte, war unbekannt, denn durch die schnörkellose Bestätigung des entsprechenden Sachverhalts hatte in ihren Augen diese Angelegenheit ihr Bewenden. Sie war wohl härter im Nehmen, womöglich gar gefühlskalt, ebenso rechthaberisch und reichlich abgebrüht … sah sie ihm ähnlich? Egal, auch die schwesterliche Solidarität zerbrach eines Tages.

Chaotisch, dieses schreckliche Kapitel, so chaotisch wohl wie die Zeiten, in welchen sich die beschriebenen Ereignisse zutrugen, so chaotisch auch wie die Seelenzustände der jeweiligen Akteure, welche auf der Bühne des Schreckens ihre Aufführung zu Ende brachten. Es bestehen wohl kaum Zweifel, dass die Wahrheit den Durchbruch schaffte, denn zu viele Protagonisten bestätigen deren Inhalt, als dass es einem unreifen und narzisstischen Solipsisten noch gelingen könnte, sie glaubhaft in Abrede zu stellen. Ja, seine Begierden waren krankhaft, doch mangels entsprechender Einsicht litt er nicht darunter. Nein, im Gegenteil, er verschaffte sich immer wieder neue Möglichkeiten, deren Imperativ Folge zu leisten. Rein gar nichts, nicht einmal die Moralkeule seiner Gattin, vermochte ihn davon abzuhalten, was er für unabdingbar hielt.

Weshalb, so könnte man hier fragen, fehlte ihm die natürliche Hemmschwelle, welche üblicherweise Geschwister vor sexueller Annäherung bewahrt, ist sie doch zur Verhinderung inzestuöser Handlungen biologisch sinnvoll und daher gerade bei Geschwistern in aller Regel besonders stark ausgeprägt. Die Natur dieser Schranke ist kaum bekannt, ja es fällt sogar schwer zu differenzieren, ob es sich dabei um ein sozial erworbenes oder ein naturgegebenes Phänomen handelt, weshalb es auch schwerfällt, dessen Störung zu lokalisieren oder gar zu verstehen sowie auch den Mechanismus zu analysieren, der dazu führt, dass selbst diese rote Linie gelegentlich missachtet wird. Freilich kennen wir Geschichten von Geschwistern, die nicht wissen, dass sie welche sind, und sich daher verlieben, sodass die Annahme gerechtfertigt ist, dass eine gesellschaftliche Konvention die Grenze zog … aber was soll's, sie existiert nun mal und soll nicht überschritten werden, das ist die Regel.

Ferner stellt sich die Frage, was dem Verführer, was dem Verführten angesichts solcher Perversität widerfährt. Dabei geht es keineswegs darum, veraltete Moralvorstellungen wieder hochleben zu lassen und als einzig brauchbare Grundlage einer wohlfunktionierenden Gesellschaft darzustellen, sind doch die Zeiten vorbei, als man noch für solche Empfehlungen empfänglich war. Nein, es geht vielmehr darum, einer rein biologischen Notwendigkeit das Wort zu reden, und zwar mit dem unzweifelhaften Ziel, eine möglichst pannenfreie Fortpflanzung zu garantieren, um es wieder einmal auf den Punkt zu bringen, denn keiner wird wohl bezweifeln, dass Sexualität ursprünglich als Methode zur Erhaltung der Art ‚erfunden' wurde und das spielerische Element mit all seinen Varianten vermutlich erst dank raffinierteren Evolutionsschritten Einzug hielt. Es war wohl unvermeidbar, als sich herausstellte, dass die monogame Paarung der polygamen Fortpflanzungsmethode den Rang ablief, wobei es offensichtlich zu spät wer, um die genuine Veranlagung aus dem männlichen Verhaltensmuster zu tilgen. So wurde die Menschheit mit einem besonders fesselnden Spielzeug ausgerüstet, das sich in gewisser Weise zum Selbstläufer entwickelte und zuweilen auch eigenartige Blüten trieb … na ja, es war nicht illegal, aber nach gängiger Gepflogenheit eher ungehörig. Sofern man diesen Gedankengang akzeptieren will, wird es, obzwar nicht etwa entschuldbar, vielleicht knapp verständlich, oder eher erklärbar, dass ein Junge nur dann seine Schwestern schändet, wenn er nicht ganz sauber tickt, um es einmal etwas salopp auszudrücken. Es schien, als ob sein diesbezügliches ‚Immunsystem' nicht zwischen eigenem und fremdem Fleisch unterscheiden könnte, ja möglicherweise nicht einmal zwischen Mädchen und Frauen, dachte man zumindest während geraumer Zeit. Letzteres ließ sich dann später aus naheliegenden Gründen nicht mehr aufrechterhalten, es sei denn, auch er hätte jene berühmte Phase jugendlicher Homosexualität durchlebt, wie sie bei vielen Knaben während kurzer Zeit auftritt, um ihnen die sexuelle Orientierung anzuzeigen.

Ja natürlich höre ich den Einwand, auch wir alle haben mal kurz hingeschaut, wenn die Schwestern badeten oder sonst wie nackt herumliefen, und ja, sie waren anders als wir Männlein, das haben wir wohl erkannt, aber es berührte uns kaum, wiewohl das andere Geschlecht draußen auf dem Schulhof bereits unser Interesse weckte und sehr wohl seine Anziehungskraft ausübte, was mitunter kräftig zu Buche schlug. Aber die Vorstellung, die eigene Schwester zu begehren, um sie zu sexuellen Handlungen zu missbrauchen, schien völlig abwegig zu sein und fiel zu keiner Zeit je in Betracht. Mutter und Schwestern waren stets tabu!

So kommt man also nicht umhin, eben gerade in diesem Bereich bei Nero eine zumindest abartige Eigenschaft zu postulieren, derer er sich nicht zu erwehren vermag, oder womöglich gar nicht will, weil er sich ihrer nicht bewusst ist und deren Folgen ignoriert. Einige Begebenheiten, auch außerhalb der Familie, veranlassten einen zu vermuten, dass eher Letzteres der Fall war. Aber auch diesen Vorhalt ließ er niemals gelten, ja reizte ihn zur Weißglut, da keiner die Berechtigung hatte, sein abusives Handeln zu kritisieren, nein, es war in seinen Augen vielmehr ein ‚Muss', das ihn völlig exkulpierte. Der Missbrauch seiner beiden Schwestern blieb derweil an ihm hängen und kam regelmäßig wieder ins Gespräch, wenn er sich erneut an Mädchen oder jungen Frauen vergriff, was einem Verhaltensmuster entsprach, das ihn zum Wiederholungstäter machte. Als Hahn im Korb versuchte er sich wohl eine besondere Stellung innerhalb der Frauenwelt zu verschaffen, und dies ohne Rücksicht auf Verluste.

Eigenartigerweise brachte er kaum je Freundinnen nach Hause, obwohl er deren mehrere gehabt haben soll, gleichzeitig sogar, sodass dieses Kapitel, so es überhaupt in dieser Form existierte, einstweilen keine innerfamiliären Spuren hinterließ. Zwar fand die Belästigung der beiden Schwestern ein Ende, was leider, jedoch nur vorübergehend, zur irrtümlichen Annahme führte, die langersehnte Normalität hätte sich nun eingestellt; doch Pustekuchen! Sein Hang zur Polygamie der etwas besonderen Art, deren Früchte er wohl aus narzisstischen Gründen nur allzu gerne erntete, gab Anlass zu heftigen Diskussionen, zuweilen auch Schlägereien, wenn er etwa im Gärtchen eines Kollegen graste, was keine Seltenheit war. Verbotene Liebesspiele, so müsste man demnach folgern, setzte er also auf seine Spezialitätenliste, welche fortan sein diesbezügliches Handeln kennzeichnen sollten. Den Hergang derselben kannte man freilich nicht, lediglich die beiden Schwestern ahnten, was er trieb, denn sie kannten seine Sonderwünsche zur Genüge.

Doch weitere, eher ungewöhnliche Ereignisse ließen erneut aufhorchen, als nämlich ruchbar wurde, dass auf dem Schulhof regelmäßig echte Kampfhandlungen zwischen einzelnen Kandidatinnen stattfanden, die um Neros Gunst buhlten, während er schlaksig in einer Ecke stehend scheinbar unbeteiligt zuschaute, wer sich denn den Siegeskranz erwarb, um je nach Laune das Ergebnis gutzuheißen oder eben zu verwerfen. Was sie jeweils bewirkten, ist indes wenig bekannt, dass sie jedoch sein diesbezügliches Selbstbewusstsein stählten, steht außer Zweifel, jedenfalls betrachtete er sich ab sofort als unwiderstehlich, ein sträflicher Irrtum mit absehbaren Folgen, wie sich später zeigen sollte.

Daneben kursierten noch immer zahlreiche Gerüchte über gewisse krumme Touren, deren Urheber er gewesen sein soll, doch wusste keiner, ob etwas dran war oder reiner Bluff Vater dieser teils überbordenden Fantasien war, die wohl das Bild des schlichtweg Unwiderstehlichen komplettieren sollten. Mit Sicherheit hat er dann und wann geklaut, Schokolade, Kaugummi, Zigaretten, die man im Verborgenen rauchte, und anderes mehr, doch wer kann schon von sich behaupten, solches nie getan zu haben? Nein, es ging um weit mehr, vielleicht um Weibergeschichten der etwas brutaleren Art, wie etwa Pornografie und dergleichen, oder sogar um Cannabis und ähnliches Zeug, das sein Gehirn verbrannte. Hinweise gibt's jedenfalls zuhauf, Beweise fehlen und sind mittlerweile auch gegenstandslos. Indes, sollte auch nur ein Körnchen Wahrheit hinter all diesen Schilderungen stecken, so müsste man sich allen Ernstes die Frage der Zulässigkeit solchen Tuns mal stellen und käme vielleicht zum Schluss, dass die Grenzen des Zulässigen auch hier wiederholt überschritten wurden. Dass es dann nicht so weit kam – was denn? Nun, dass er irgendwann offiziell zur Rechenschaft gezogen worden wäre –, hatte wohl zum einen mit viel, sehr viel Glück, zum andern aber mit dem Alter des heranwachsenden Burschen zu tun, denn es kam die Zeit, da die Bubenstreiche – zu seinen Gunsten und in ‚dubio pro reo' sollen sie einmal als solche abgetan werden – gezwungenermaßen anderen Aktivitäten weichen mussten, weil nunmehr eine Berufsausbildung anstand, die zu unterlassen er aller Schnoddrigkeit zum Trotz nicht wagte. Auch er, Nero der Große, hatte sich dieser Herausforderung zu stellen, da sich sonst seine weitere Zukunft wenig rosig ausgenommen hätte. Wenigstens dies konnte man ihm vermitteln, was zwar erstaunt, aber gleichwohl funktionierte. Er schaffte es mit Mühe, ging aber schließlich mit einem gültigen Diplom von dannen, ob glücklich oder nicht, er hatte ein gültiges Papier in der Tasche, keine Selbstverständlichkeit allerdings, denn der Weg zum erfreulichen Ziel war mit etlichen Zwischenfällen gepflastert. Damals glaubten alle, dass er den Weg in die sogenannt normale Gesellschaft gefunden hätte, denn er lernte eine allseits geschätzte Frau kennen, die er umgehend schwängerte, alsdann heiratete und schliesslich zur Mutter zweier Kinder machte. Banal zwar dieser Teil seiner Biografie, beinahe eines Don Juan unwürdig, doch schienen damit alle bürgerlichen Bedenken ausgeräumt zu sein, ja man freute sich darüber, dass die Flegeljahre nun endgültig vorbei waren, zu früh vielleicht. Hochzeitsfest, Frack mit Zylinder, Brautkleid und Blumen, großmäulige Versprechen, stets zusammenzuhalten, in guten wie in schlechten Zeiten, und sich gegenseitig treu zu bleiben, bis dass der Tod sie scheide, kurzum, alles wie gehabt und seit Generationen erprobt. Mit einem Wort, der beinahe langweilige Normalfall schlechthin, den zu erproben auch er nicht umhinkam. Das stets fruchtbare Terrain der landesüblichen Gesellschaft wurde feierlich eingeweiht, und Nero, zwar mit fast allen Wassern gewaschen, zog sich das Kleid des braven Familienvaters über und gab vor, dass er nun endlich zur Vernunft gekommen sei, was ihm einige derweil nicht abnahmen, die ewigen Skeptiker halt. Auf diesen heiteren Schlussakkord könnte man durchaus eine Fermate setzen und den schillernden Teil seiner Biografie enden lassen, doch wird sich weisen, ob dem tatsächlich so ist. Das Ganze war aalglatt, zu schön auch, um wahr zu sein; abwarten!

Doch tapfer unterzog er sich zunächst noch althergebrachten Gepflogenheiten und trat die eine oder andere Stelle an, bezog Lohn und amtierte pflichtbewusst als Ernährer einer Familie. Aufatmen! Happy End! Die Geschichte, vielleicht später noch mit Enkeln und Urenkeln garniert, könnte man auch mit dieser beruhigenden Feststellung enden lassen und hätte einen mäßig interessanten Entwicklungsroman geschaffen, den es in tausendfacher Ausführung bereits gibt: der Titel vielleicht so: ‚Vom lümmelhaften Jungen zum rechtschaffenen Mann' … langweilig, unergiebig, alltäglich. Doch die eingangs dargestellten Vorkommnisse verraten bereits, dass sich hier bestenfalls eine Haltestelle befindet, ein Rastplatz mithin, der es allenfalls erlaubt, etwas Atem zu holen, um nach kurzer Ruhepause zu weiteren Feldzügen aufzubrechen … nein, keine Übertreibung, der Begriff hat durchaus seine Berechtigung.

Doch vorläufig soll die vermeintliche Idylle noch etwas ausgekostet werden: Die Familie gedieh und unlautere Machenschaften schienen zumindest vorläufig auszubleiben, jedenfalls sind aus jener Zeit keine namhaften Unregelmäßigkeiten zu vermelden, was nicht etwa heißen will, dass er deren keine inszenierte, denn mit großer Sorgfalt verbarg er vor der Familie seine Freizeitaktivitäten, denen er außer Haus nachging, und zwar spätestens dann, als er dort Kindergeschrei und Weibergezänk zu erwarten hatte, was er natürlich nach Möglichkeit mied. Seine berufliche Stellung verschaffte ihm zahlreiche Gelegenheiten, sich auch außer Haus zu vergnügen, und zwar stets unter dem Deckmantel der leidigen Überstunden, die sich nun mal nicht vermeiden ließen. In diesem Sinne war er dann so lange erfolgreich, bis sich seine Gattin über seine Abwesenheiten beklagte – sie war ohnehin etwas frustriert, da sie nach althergebrachtem Schema Hausfrau, Mutter und Kindermädchen in Personalunion zu spielen hatte –, bisweilen also beklagte, allzu oft allein zu sein, was ihr nicht gut bekommen würde, ja vielleicht sogar ihr Misstrauen erwecken könnte … zu Recht, wie zu befürchten stand. Seine berufliche Tätigkeit war zweifellos mit unregelmäßigen Arbeitszeiten verbunden, doch sein Arbeitsplan war immerhin bekannt, stimmte allerdings je länger, desto weniger mit seinen An- und Abwesenheiten überein, aber eben: Personalmangel, Engpässe, Überstunden; keine absehbare Besserung, willkommene Ausflüchte zwecks Verschleierung außerehelicher Aktivitäten, deren Natur wohl keiner weiteren Beschreibung bedarf. Unerklärliche Lücken klafften zusehends im offiziellen Stundenplan, ja, häuften sich in beängstigendem Maße, und aufs Neue bediente er sich zu deren Rechtfertigung seiner ganzen rhetorischen Kunst. Man kannte ihn jedoch, und die Glaubwürdigkeit seiner Emphase begann beträchtlich zu leiden, zerbröckelte zusehends und versiegte schließlich ganz. Viele durchschauten seine stets unveränderte Masche und ließen sich nicht mehr täuschen, am wenigsten seine Frau, die längst wusste, was Sache war. Nein, die vermeintliche Normalität stellte sich nicht ein, und eine heilsame Wirkung durch den honorigen Familienstand blieb aus.

Sie hätte durchaus Grund gehabt, ihn unvermittelt vor die Tür zu setzen, aber sie dachte wohl, wie es sich für eine gute Mutter geziemt, an die beiden Kinder und versuchte zu retten, was noch zu retten war. Sie setzte sich zur Wehr und suchte nach Lösungen, ja schuf schließlich Abhilfe, indem sie einfach beschloss, mehr zusammen mit ihrem Gatten zu unternehmen und die Freizeit etwa mit Kinobesuchen sowie Tanz- und Unterhaltungsabenden zu bestücken, weshalb sie sich gezwungen sah, jemanden einzustellen, der die noch kleinen Kinder dann beaufsichtigte, wenn die Eltern abwesend waren, einen sogenannten Babysitter also zu beschäftigen, was nicht selten eine beliebte Nebenbeschäftigung junger Mädchen war. Es meldete sich eine bildschöne, sehr junge Person, welche kaum der Schule entwachsen, eben eine solche Beschäftigung zu finden wünschte, ein Mädchen aus gutem Hause, dem die

Kinder anzuvertrauen unbedenklich war. Sie wurde jedenfalls sofort eingestellt und nahm zunächst ihre Obliegenheiten als Kindermädchen wahr, doch ihr Aufgabenbereich wurde bald einmal erweitert, sodass sie oft Nachmittage, ja sogar ganze Tage im Haus verbrachte. So wurde sie zusehends zum unentbehrlichen Mitglied der Familie, was zunächst niemanden störte. Sie lebte sich auch recht gut ein und wurde gewissermaßen zur ältesten Tochter gekürt und als solche nahezu adoptiert, wenigstens aus Neros Sicht, was seine Gattin zwar missbilligte, doch vermochte sie bereits zu jenem Zeitpunkt ihren Einfluss nicht mehr ausreichend geltend zu machen und resignierte, dachte sie doch damals noch, dass dadurch ihre Stellung als Ehefrau nicht gefährdet sei. Dass sie sich gerade in diesem Punkt auch irren könnte, fand sie verständlicherweise absurd, denn das junge Kindermädchen war noch beinahe selber ein Kind, minderjährig jedenfalls und außerhalb jedweder unzulässiger Reichweite Erwachsener. Sie kannte aber Neros Vorgeschichte nicht gut genug und ließ leider auch jenen entscheidenden Zeitpunkt ungenutzt verstreichen, der ihrem Einschreiten noch Erfolg beschieden hätte. So verblieb ihr einzig und allein ihre Schmach, deren Urheber sie im Grunde genommen selber war, womit man ihr nicht etwa die Schuld an der nun folgenden Entwicklung in die Schuhe schieben möchte, denn ihr gut gemeinter Rettungsplan entpuppte sich als Bumerang und traf sie selber an ihrer verletzlichsten Stelle.

Erstaunlich zwar, aber gleichwohl zutreffend, war sie doch reichlich unbedarft und kannte, wiewohl nunmehr offizielle Bettgefährtin, nicht die abartigen Präferenzen ihres Gatten und eben auch kaum die grotesken Ausrutscher seiner Vergangenheit, die er schlichtweg verschwieg. Weshalb denn hätte er ihr all dies beichten sollen, es war sein Geheimnis, und scheinbar wollte er dieses nicht mit seiner Frau teilen, oder er war ganz einfach zu feige, ihr sein immerhin einschlägiges Sündenregister zu präsentieren. Obwohl er seine schelmischen Husarenstücke der Vorzeit als legitim betrachtete, schien er instinktiv zu erahnen, dass sie bei seiner Frau zu Unruhe und unbequemen Gegenfragen hätten führen können, was er natürlich vermeiden wollte. Es gab noch immer einige Personen, die ihm aus triftigen Gründen nicht wohlgesonnen waren und ihn immer mal wieder und selbstredend zu seinem großen Ärger mit seiner Vergangenheit konfrontierten, und sei es bloß, um ihn zu hänseln oder um gegen seine großmäuligen Auftritte zu protestieren, wodurch er immer wieder Eindruck zu schinden versuchte. Nein, er konnte es auf den Tod nicht ab, wenn an seiner dünnen Lackschicht gekratzt wurde, weil eben die nackte Wahrheit wenig erbaulich war, was er sich möglicherweise im stillen Kämmerlein dann und wann auch eingestand.

Er beharrte auf seiner Unantastbarkeit und stellte sich auf den Standpunkt, dass es kaum etwas gebracht hätte, außer Ärger und Zwietracht, wenn er einmal eine gründliche Auslegeordnung vor den Augen seiner Gattin vorgenommen hätte, die ihm noch immer wohlgesonnen war. Vielleicht wäre er sogar auf Verständnis gestoßen, unterließ aber den Versuch, endlich Ordnung zu schaffen. So verbockte er jede Chance auf Vergebung, derer er sich arrogant entzog, denn er bekundete keine Lust, sich vor ihr für seine Jungendsünden, die er, wenn überhaupt, noch immer als Kavaliersdelikte betrachtete, auch noch zu rechtfertigen.

Umso intensiver war indes sein Verlangen, dem hübschen Kindermädchen etwas näherzukommen, welches bestimmt keine ungemütlichen Fragen stellen würde. Unvermittelt erwachten seine einstigen Gelüste, ungehörige Begierden gar, und veranlassten ihn, die Regeln der Sittlichkeit erneut zu durchbrechen. Klandestin entwichen sie aus dem dunkeln Verlies des Unbewussten, in welches er sie wohl vorübergehend verbannte und machten sich anheischig, hemmungslos wieder ihr Unwesen zu treiben, so, als hätten sie sich plötzlich selbstständig gemacht. Das zweite Ich, sozusagen sein Mr Hyde, übernahm erneut die Steuerung seines Denkens, und mit einem Schlag bemächtigte es sich wieder seines Tuns.

Ob es bloß die Jungend dieses zauberhaften Mädchens war oder auch ihre ebenmäßige Statur, deren Weiblichkeit erst zu sprießen begann, welche den rastlosen Geist entweichen ließ, oder noch andere Elemente mitspielten, kann nicht abschließend beurteilt werden, denn darauf angesprochen, verwickelte er sich in zahllose Widersprüche. Tatsache ist jedoch, dass ihre Anwesenheit all seine einstigen Abartigkeiten schlagartig wieder vollumfänglich zur Entfaltung brachte, als hätte es niemals eine besonnene Zwischenzeit gegeben, die sich so präsentierte, als wäre der Flaschengeist ein für alle Mal weggesperrt. All seine gierigen Gelüste brachen wie Sturzbäche aus ihm hervor, und selbstredend konnte von zivilisierter Zurückhaltung und Beherrschung bald einmal keine Rede mehr sein. Wie nicht anders zu erwarten, war das Kindermädchen an allem schuld, denn offensichtlich genügte ihre bloße Anwesenheit, um seine Vernunft außer Gefecht zu setzen, und man kann es ihr nicht verübeln, wenn sie sich trotz, oder gerade wegen ihrer Jugendlichkeit zunächst einmal geehrt fühlte und in gewisser Weise auch der Tatsache gewahr wurde, dass sie über eine ihr bislang unbekannte Macht verfügte, alles Sinnen und Trachten dieses erwachsenen Mannes in den Bann zu schlagen. Sie wusste jedenfalls bis zum fraglichen Zeitpunkt nicht, dass sie dazu fähig war, ein Phänomen, das auch bei ihr zu einer ganz bestimmten Weichenstellung geführt haben mag. Offensichtlich hatte er aber auch seine rhetorischen Fähigkeiten noch nicht eingebüßt und brachte die zunächst heftig sich sträubende – tatsächlich oder nur zum Schein –, dann offensichtlich zur Fügsamkeit getrimmte Nymphette dazu, seine Geliebte zu werden. Es ist wohl kaum übertrieben, in diesem Zusammenhang festzustellen, dass jede andersartige Entwicklung erstaunt hätte, und die Gattin, deren Rettungsversuch kläglich scheiterte, hatte das Nachsehen.

Ja, es stellten sich schon einige Fragen, und man hätte schlechterdings Lust, sich auf Zehenspitzen leise dem zum Aktionszentrum aufgewerteten Gästezimmer zu nähern, um durchs Schlüsselloch zu spähen – ach, wie hässlich –, in der Absicht zu erfahren, was sie denn tun. Mit einiger Wahrscheinlichkeit wäre man wohl enttäuscht oder zumindest nicht erstaunt gewesen, denn man hätte bestenfalls einen Mann und eine Frau gesehen, die sich liebkosten und miteinander schliefen, mehr nicht. Dass dies unter demselben Dach geschah, unter welchem seine Familie lebte, ist lediglich eine vielleicht etwas pikante Variation eines ansonsten alltäglichen Phänomens, welche man wohl als reine Dreistigkeit abtun könnte. Doch der unbedarfte Anstrich und die betont zelebrierte Selbstverständlichkeit, welche diese Szenen zu simulieren versuchten, waren keineswegs des Pudels Kern, denn die Absurdität lag woanders, war verborgen zwischen den beiden eng umschlungenen Körpern und für jeden Außenstehenden unsichtbar. Doch steht zu befürchten, dass es die libidinös absonderliche Mentalität von Neros Persönlichkeit war, vermöge welcher er sich an der Naivität der noch kindlichen Weiblichkeit seiner jungen Gespielin gütlich zu tun in der Lage war. Umso deutlicher erlebte man jedoch die Folgen dieses Treibens, welche eines Tages an einem Punkt angelangt sind, der keine Rückkehr zum früheren Leben mehr erlaubte. Das Mann-Frau-Spiel hat ein Stadium erreicht, das an Ernsthaftigkeit nicht mehr zu überbieten war und ersetzte zusehends die Beziehung zu seiner Frau, wie auch zu seinen Kindern, derentwillen sie zwar einst zusammengefunden hatten, doch nunmehr zum reinen Ballast verkommen sind und nur noch störten.

Heimlich erst – natürlich, wie denn sonst? –, dann zunehmend offenkundiger – erstaunlich eben – wurde diese ungewöhnliche Liebe verherrlicht, bis seine Gattin aktiv wurde und ihn samt Kindermädchen hinauswarf. Er beklagte zwar diese Aktion, die womöglich zu einem ungünstigen Zeitpunkt stattfand, als unmenschlich und grausam, doch im Grunde genommen kam sie ihm sehr zupass, denn er sah sich dadurch gezwungen, zusammen mit seiner minderjährigen Geliebten eine neue Behausung zu finden, was verständlicherweise nur durch Anwendung einiger kapriziöser Schachzüge möglich war.

Doch für Neros Gattin stellte sich die Angelegenheit etwas anders dar: Einen Partner zu haben, der hin und wieder fremdgeht, ist das eine, ihn auch dann noch zu dulden, wenn er eine kurze Affäre hat oder hatte, das andere, doch mit ansehen zu müssen, wie er einem Mädchen, dessen Weiblichkeit erst zu sprießen beginnt, regelmäßig beiwohnt und überdies eine Nebenbeziehung aufbaut, das schlägt dem Fass den Boden aus. Nein, eine solche Abartigkeit unter ihrem eigenen Dach zu ertragen und mitzuhelfen, nach außen hin zu verheimlichen, das war des Guten zu viel, und ihre Reaktion fiel entsprechend rabiat aus, war es ihr doch, der ohnehin Geprellten, nicht zuzumuten, weiterhin als Aushängeschild der Normalität wie auch des guten Anstands zu fungieren. Nein, diese Rolle wollte sie verständlicherweise nicht mehr spielen. Erbost und verbittert, beschloss sie die angebliche Idylle in ihrem eigenen Gästezimmer zu beenden, die beiden Turteltauben auszusetzen und die Kinder im Alleingang aufzuziehen, denn sie war sowohl der Gesellschaft wie der ohnehin dürftigen Hilfe ihres treulosen Gatten sowie auch dessen Gespielin überdrüssig.

Es muss damals eine gewaltige Umwälzung stattgefunden haben, welche er nur mit Mühe überstand. Alles, was er bis zu jenem Zeitpunkt aufgebaut hatte, zerfiel zu Staub und Asche, weil er sich finanziell wie gesellschaftlich eindeutig übernommen hatte. Sein Geschäft, das Konkurs ging, seine Ehe, die geschieden wurde, seine Familie, die er nicht mehr sehen wollte, sowie auch seine Ehre, als allseits geachteter Normalbürger, dessen Verhaltensregeln ihn scheinbar nicht mehr interessierten, alles entschwand beinahe von einem Tag auf den anderen, weshalb er wohl damals beschloss, die Art und Weise, wie er sein weiteres Leben gestalten möchte, im ethischen Grenzbereich menschlicher Existenzformen anzusiedeln. Ob es tatsächlich ein bewusst gefasster Entschluss war oder mehr ein unaufhaltsamer Prozess, der ihn in diesen anrüchigen Dunstkreis führte, war später nicht mehr mit ausreichender Sicherheit nachvollziehbar, aber letztlich auch von untergeordneter Bedeutung, da er sein ganzes Umfeld vor vollendete Tatsachen stellte und sich jede Diskussion zu dieser Thematik verbat. Dass er damit in seiner Umgebung und innerhalb der eigenen Sippe wenig Ruhm ernten würde, war ihm wohl einerlei, wiewohl er sich noch lange um deren Segen bemühte, vergeblich, wie sich von selbst versteht.

Menschen, die einen extravaganten Lebensweg wählen, gibt's recht viele, manche sind dabei recht erfolgreich, ja werden sogar dadurch berühmt, weil sie so befähigt waren, besondere Werte zu schaffen. Diesen Weg einzuschlagen ist indes kein Sonntagspaziergang, erfordert er doch zumeist besondere Fähigkeiten, welche im ‚gesellschaftlichen Exil' eine ausreichende Lebensgrundlage abzugeben imstande sind. Doch über solche verfügte er nicht, nein, Bluff und Hochstapelei reichten dazu beileibe nicht aus und erwiesen sich vielmehr als kontraproduktiv. Als einzig erwähnenswerte Besonderheit, eine ungezähmte Affinität zu jungem ‚Fleisch' vorzuweisen, ist weder als herausragende noch begehrenswerte Eigenschaft zu qualifizieren, weshalb seine Stellung im Gesellschaftsleben beträchtlich litt. Das ist nicht bloß die Ansicht eines neidvollen Spießers, auch kein Kinkerlitzchen, nein, das entspricht zumeist einer Art Verdikt, welches mit erheblichen wirtschaftlichen Einbußen einhergeht, die gerade in jenem Augenblick verheerende Auswirkungen hatten, von denen er sich noch lange nicht erholen sollte. Er verließ sich indes auf seine Virtuosität als Stehaufmännchen und nahm die ‚Kleine' bei der Hand, als wäre sie sein Eigentum, ein Zustand, den sie zunächst schätzte, dann duldete, schließlich aber verwarf, denn sie legte bald einmal ihre kindlichen Züge ab und wurde zur Frau.

Die Verbindung mit dem heranwachsenden Mädchen, ein Novum immerhin in seinem noch jungen Erwachsenenleben, blieb dann allen Unkenrufen zum Trotz geraume Zeit bestehen, selbst als das Mädchen tatsächlich und zu seinem Leidwesen erwachsen wurde und als junge Frau ihr eigenes Selbstbewusstsein zu entwickeln begann. Der Vergleich mit dem jungen Wein, der im Reifestadium besonders gut schmeckt, mag sich ja aufdrängen, doch, so seine Rechtfertigung, sollte er lediglich illustrieren, wie er sein Handeln zu beschönigen versuchte. Nein, dafür war ihm kein Vergleich zu banal, und die Diskriminierung, die sich dahinter verbarg, sollte so getarnt werden. Allerdings ist kaum davon auszugehen, dass er bereits das unreife Geschöpf als Vorstadium weiblicher Schönheit und Attraktivität erkannte – oder etwa doch? Ja, sie entwickelte sich zu einer sehr schönen jungen Frau, welche auch die Aufmerksamkeit anderer Männer auf sich zog, was er mit Missbehagen zur Kenntnis nehmen musste. Doch während dieser Phase erlebte er seine schönste Zeit, wie er später wiederholt verlauten ließ, kam er doch namentlich in den Genuss einer Beziehung, innerhalb welcher er die uneingeschränkte Hoheit ausübte und kein auch noch so geringer Widerspruch, sich seinen Wünschen entgegenstellte. Es war eine Zeit, während welcher er nach Belieben zu herrschen und alle Bestrebungen zur Erlangung einer gewissen Eigenständigkeit seiner Partnerin vollständig zu unterdrücken vermochte. Untertänigst schien sie all sein Begehren zu billigen und wähnte sich möglicherweise für kurze Zeit als Gewinnerin des großen Loses, wiewohl sie mehr und mehr bemerkte, dass er ihren eigenen Willen regelmäßig brach und jeden noch so harmlosen Versuch, eine weitere Entwicklungsstufe zur Erlangung ihrer Selbstständigkeit zu erklimmen, kategorisch hintertrieb. Er versuchte sie konsequent daran zu hindern, Freiheiten oder sonstige Auszeiten in Anspruch zu nehmen, wenngleich sie instinktiv ahnte, wie wichtig solche für sie selber und ihre erst rudimentäre Persönlichkeitsstruktur gewesen wären, eine Erkenntnis, die sie lange, zu lange wohl einbehielt. Der Reifeprozess war indes nicht aufzuhalten, und so wurde sie nach und nach zur ‚rechtmäßigen' Geliebten eines ichsüchtigen, unbelehrbaren Mannes, der es natürlich verpasste, diese unaufhaltsame und völlig natürliche Entwicklung ernst zu nehmen und insbesondere auch seinerseits nachzuvollziehen. So ließ er es sich nicht nehmen, sie weiterhin nach Strich und Faden auszunützen, was sie, langsam, aber stetig etwas gewiefter werdend, wohl zusehends mit Unmut quittierte, bis auch ihr der Geduldsfaden riss und sie veranlasste, zum Gegenschlag auszuholen. Um es kurz zu sagen: Er unterschätzte die Kraft einer modernen Frau, ihr Leben nach eigenem Ermessen zu gestalten, ein Prozess, der eines Tages unweigerlich einsetzt und erst ruht, wenn das Ziel erreicht ist, ein Ziel übrigens, für dessen Natur er sich zu keinem Zeitpunkt je interessierte. Die Feinheiten und Nuancen der besonderen Weiblichkeit dieser Frau hat er kaum wahrgenommen, denn selbst die intimen Augenblicke unterstanden seinem Kommando, und die Raffinesse ihrer noch unausgegorenen Möglichkeiten lagen brach. Es ist müßig, darüber zu diskutieren, was geschehen wäre, wenn er rechtzeitig und zusammen mit ihr den alles entscheidenden und damit dringend erforderlichen Entwicklungsschritt getan hätte, denn Tatsache ist, dass sie dabei war, ihn rechts zu überholen, was er entweder übersah oder ganz einfach nicht wahrhaben wollte. Indes, Sie realisierte, dass sie in einem einst goldenen Käfig gefangen war, dessen Glanz zusehends verblasste, denn außerhalb des Schlafzimmers war Putzen, Waschen und Kochen angesagt, insgesamt weibliche Obliegenheiten in den Augen eines Paschas, der all diese Forderungen für legitim hielt, ja als Remuneration seiner Gunsterweisung ausdrücklich einforderte. Ferner musste sie wohl auch eingesehen haben, dass sie Opfer eines Sonderlings geworden war und eine wichtige, vermutlich unwiederbringliche Zeitspanne ihrer eigenen Persönlichkeitsentwicklung auf dem Altar eines Perversen geopfert hatte, ohne darauf zu achten, ob der Rauch gerade oder schräg zum Himmel aufstieg. Ihre Wut und Enttäuschung waren deshalb verständlich, ebenso verständlich wie ihre Reaktion, sich von diesem zunehmend zügellosen Wüstling zu trennen und das Weite zu suchen, was sie, durch ihre Leidenszeit gestärkt, auch konsequent umzusetzen verstand. Plötzlich war sie weg, unauffindbar jedenfalls, praktisch verschollen; wütend wie ein Berserker, jedoch vergeblich suchte er tage- und nächtelang nach ihr, ohne zu bemerken, dass sein bestialisches Auftreten keinen beeindruckte, ja vielmehr als lächerlich empfunden wurde. Ja, das Kindermädchen bekam nicht nur Brüste und Schamhaare, sondern auch kräftige Zähne und konnte endlich zubeißen, wenn es erforderlich war, und dieser Zeitpunkt stellte sich ein, als sie durch fortschreitende Einsicht und Erkenntnis der wahren Werte und Zielsetzungen eines Frauenlebens gewahr wurde. Damit wurde die Verbindung mit diesem Unhold schlichtweg untragbar. Und so erkannte sie auch, dass ihre Rolle stets im Stadium des zwar geliebten, aber gleichwohl unscheinbaren Kindermädchens stecken bleiben würde, und entzog sich folgerichtig diesem unwürdigen und langfristig wenig verheißungsvollen Schicksal, um sich künftig als ‚normale' Frau in der Gesellschaft zu positionieren.

Es schlummerten wohl Ansätze eines recht starken Charakters in ihr, die sich nicht weiter unterdrücken ließen und sich schließlich formierten, um diesen harten Schlag gegen ihren Peiniger, zu welchem er sich zusehends entwickelte, zielsicher auszuführen. Sie wollte den absurden Lebensstil beenden, da er nicht mehr nach ihrem Geschmack war, denn der Wunsch, ein vollwertiges Mitglied der Gesellschaft zu werden, überwog bei Weitem, und gleichzeitig verhalf ihr dieser wichtige Schritt auch dazu, sich mit ihrer Familie zu versöhnen, welche sie einst wegen ihrer absonderlichen Beziehung zu Nero weitgehend verstieß. Nein, es ist nicht alles atavistisch und spießig, was Eltern wahrnehmen und rügen, auch diese Einsicht stellte sich ein und zeitigte einen späten Erfolg.

Später erklärte sie, dass sie sich damals, als alles vorüber war, sehr schämte, weil sie erkennen musste, dass sie ihren Körper für vermeintlichen Luxus und einen ausschweifenden Lebensstil buchstäblich verdingt hatte, und zwar zu einem Zeitpunkt, als sie sich dieses Umstands nicht bewusst war, ja schlichtweg außerstande war, den unschicklichen Sachverhalt zu erkennen. Sie war indes zu klug, um ihr Fehlverhalten allein auf ihre jugendliche Naivität zurückzuführen, denn sie wusste immer, dass sie etwas Ungewöhnliches tat, etwas, das anrüchig war und von der Gesellschaft, unter anderem auch von ihren Eltern, nicht ohne Weiteres toleriert wurde. Trotzdem vermochte sie sich ihr damaliges Verhalten nicht anders zu erklären, als dass sie eben einer gekonnten Verführung verfiel und vorübergehend ihre Selbstkontrolle verlor, die möglicherweise damals noch zu wenig ausgeprägt war, um rechtzeitig zu reagieren. Dem Vernehmen nach war ihre Analyse der Beziehung zu Nero erstaunlich klar und trefflich, und sie vermochte einiges zutage zu fördern, was selbst Freunden und Verwandten bis dahin unbekannt war. Dabei ging es keineswegs nur um seine sexuellen Neigungen, die allein schon Anlass zu Besorgnis gegeben hätten, sondern auch noch um weitere zwischenmenschliche Belange, welche nicht zuletzt auch materielle Aspekte betrafen und unter anderem auch Außenstehende einbezogen. Ja, ihre Beurteilung war schlichtweg vernichtend, aber mit größter Wahrscheinlichkeit zutreffend. Deshalb ergriff sie die Initiative und floh, ja man könnte durchaus sagen, dass sie ihn ganz einfach stehen ließ, dort wo er sich zu jenem Zeitpunkt gerade befand, nämlich im Badezimmer, nur mit einer Unterhose bekleidet, das Gesicht gerade mit Rasierschaum eingeseift und entsprechend unrasiert, in jener Position eben, wo sich ein Mann am hilflosesten fühlt … aus ihrer Sicht ein geschickter Schachzug, der einer gewissen Ironie nicht entbehrt … er hörte nur, wie sie die Wohnungstüre zuknallte, um ihrer Protestaktion auch gebührenden Ausdruck zu verleihen.

Polternd brach für Nero binnen Sekunden eine ganze Welt zusammen, die zwar, auf tönernen Füßen stehend, ohnehin keine tragfähige Zukunft verhieß, doch wollte er natürlich die Risse im schütteren Gefüge nicht wahrhaben und überspielte sie mit den üblichen Tricks, die indes kaum mehr verfingen, nein, seine Zeit war vorbei und selbst die ausgebufftesten Überraschungseffekte längst durchschaut. Er hätte alles getan, um nicht den Verlassenen, insbesondere nicht die Nummer zwei zu spielen, aber sie, die kleine Hexe, kam ihm zuvor, weil sie schlechterdings genügend Gründe hatte, ihm diese Schmach zuzufügen, und man muss schon zugeben: Das kleine Biest hatte ihr Ziel nicht verfehlt, während die nun folgenden Begebenheiten deutlich machten, dass der große Macher selbst in dieser beschämenden Stunde außerstande war, die dringend erforderliche Einsicht walten zu lassen, um eine selbstkritische Analyse der Zusammenhänge vorzunehmen. So verwandelte er sich statt vom Verlierer zum Gewinner weit eher vom absolutistischen Diktator zum hilflosen Opfer. Es wäre ein Leichtes gewesen, dies zu verhindern, hätte er sich eingehend mit der anstehenden Problematik befasst, doch dazu war er weder willens noch befähigt. Nein, er bevorzugte es, die Rolle des beklagenswerten Geneppten zu spielen, um sich das Mitleid seines Umfelds zu sichern, doch diese wohlbekannte Unschuldsnummer nahm ihm keiner ab.

Nein, es war kein atypisches Verhalten, das er damals an den Tag legte, denn er war und ist ein Meister der schwermütigen Dramaturgie, von Inszenierungen also, die mitten ins Herz trafen, egal für wen er sie aufführte, den Vater, die Schwestern oder eben die entwischte Partnerin. Sie alle sollten sich einen Abschnitt seines jämmerlichen ‚Bühnenstücks' ansehen, denn seine Darbietungen dienten jeweils der Verteilung der Schuld auf die Schultern aller anderen, während er als ungebrochener Held aus dem Drama hervorgehen sollte. Nein, er dachte nicht im Entferntesten daran, seinem Benehmen eine andere, etwas reifere Perspektive zu verleihen, denn er wähnte sich im Recht. Vielmehr scherte er sich einen feuchten Kehricht um erwiesene Fakten, denn für ihn zählten einzig und allein Wunschträume und Wolkenkuckucksheime, damals wie heute. Er wunderte sich nicht über deren Wirklichkeitsferne, obwohl er alt genug war, um zu wissen, wie sich ein realistisches Weltbild ausnahm. Realität war für ihn trockenes Brot für hungrige Tiere, nicht aber für einen Mann vom Kaliber eines Nero, der offensichtlich für Höheres geschaffen war, wobei nahezu unverständlich war, was er mit Höherem meinte: etwa ‚Nero first'?

Es schien aber im vorliegenden Fall, als ob er am Ende seines Lateins angekommen wäre, und seine Ohnmacht wie auch seine angebliche Trauer übermannten ihn so sehr, dass er vor Gram arbeitsunfähig wurde. Die einzige Tätigkeit, die er noch vollbringen konnte, war das Aussenden von Hilferufen nach allen Seiten hin, weinend natürlich und bebend vor Verzweiflung. Er wehrte sich gegen die Einsicht, den Kampf verloren zu haben, und weigerte sich sein Schicksal, dessen Hergang er selber gestaltete, zu akzeptieren. Vogel-Strauß-Politik hin oder her, er ließ sich von seiner hausgemachten Verzweiflung übermannen und suhlte sich im selbst erschaffenen Elend.

Auf der Suche nach einer ausgestreckten Hand, oder vielmehr einer Klagemauer, die er erfahrungsgemäß in der Familie fand, entdeckte er zwar seine ‚kleine' Schwester aufs Neue, musste aber zur Kenntnis nehmen, dass auch sie mittlerweile eine reife Frau geworden war und seine Machenschaften längst durchschaut hatte, zumal es ihr mit Erfolg gelang, sich vom Schmutz der Vergangenheit weitgehend, wenn auch nicht vollständig zu säubern. Dass dies nicht auf Anhieb gelang, darf indessen nicht erstaunen, denn die Scham über erlittene Kränkungen griff Platz und ließ sich auch nach Jahrzehnten nicht vollständig unterdrücken. Dass sie aber gleichwohl ein normales Sexualleben führen konnte, war zunächst allein ihr Verdienst und später vielleicht ein wenig Glück bei der Partnerwahl. Doch all dies war damals, als Nero sich einsam und verlassen in einer halb leeren Wohnung wiederfand, noch nicht bis zu diesem Grad gediehen. Ihre Persönlichkeit war noch nicht ausreichend gefestigt, und so durchlief sie wechselnde Beziehungen, wie dies bei jungen Menschen nicht unüblich ist, kann doch niemand erwarten, dass man den einzig ‚richtigen' Partner, so es ihn denn überhaupt geben sollte, gewissermaßen auf Anhieb findet. Dass Nero dabei eine Art Wesensverwandtschaft vermutete, ist dennoch reichlich befremdend, denn sie hat sich mit Sicherheit zu keinem Zeitpunkt irgendwelche Unregelmäßigkeiten vergleichbarer Art zuschulden kommen lassen. Nein, sie pflegte ausschließlich ‚angemessene' Beziehungen, solche, die ihrer Art und ihrer Position innerhalb der Gesellschaft durchaus entsprachen, denn aberrierende Winkelzüge waren beileibe nicht ihr Ding, davon hatte sie die Nase gründlich voll. Das Wichtigste aber war die Tatsache, dass sie sich von ihm nicht mehr einlullen ließ und völlig ungerührt wie auch sachlich seine Klagen entgegennahm und sinngemäß abhandelte, indem sie ihm die weinerliche Gefühlsduselei auszureden versuchte, ja, deutlich machte, dass er damit kaum mehr Eindruck zu schinden vermochte.

Nichtsdestoweniger fuhr sie wohl bereits damals auf dem richtigen Geleise und verfügte zum Erstaunen des großen ‚Verführers' auch bereits über einschlägige Erfahrungen. Er hatte es natürlich auch verpasst, die Entwicklung seiner ‚kleinen' Schwester mitzuverfolgen, sodass er bass erstaunt war, sich plötzlich mit einer gewieften Frau konfrontiert zu sehen, mit deren einstiger Leichtgläubigkeit er nicht mehr rechnen konnte. Die Telefonate während der ersten, durch bedrückende Einsamkeit gekennzeichneten Woche, waren zahlreich und dauerten lange, sehr lange oftmals, denn sie war zu gutmütig, um seine weitschweifigen Sermone abzuschmettern und ihn in die Schranken zu weisen. Der zuzeiten ebenso übliche wie unbedingte Gehorsam, der sie zur reinen Befehlsempfängerin degradierte, wurde zu seinem großen Ärger kommentarlos verweigert. Die Anweisung, sofort auf der Bildfläche zu erscheinen, um ihm Trost zu spenden, stieß ins Leere, während die larmoyante Tour schon eher fruchtete, doch immer noch nicht den gewünschten Erfolg erzielte. Erst als er damit drohte, sich etwas anzutun –

Stufe drei der Mitleidstour –, wurde sie nervös und wusste zunächst nicht, wie sie reagieren sollte. Das war für sie insofern ein neues Element, als sie mit einer Selbstmorddrohung bislang nie direkt konfrontiert wurde. Jedenfalls war sie aufs Äußerste schockiert, als sie sich nun plötzlich mit einer solch ungewöhnlichen Situation auseinanderzusetzen hatte, was Nero, der Fuchs, natürlich sofort realisierte und entsprechend ins Feld führte, um ihr Widerstreben zu durchbrechen. Sie ahnte, dass sie sich nun auf unbekanntes Terrain begeben musste, doch intuitiv erkannte sie dessen Gefahren und verhielt sich klug und umsichtig, hatte doch auch das kleine ‚Schwesterlein' alle Antennen ausgefahren und augenblicklich des Bruders Appelle durchschaut, um sie nur mehr bedingt, sprich unter gewissen Kautelen zu befolgen. Indes, einen Selbstmord aus Nichtstun ‚verschuldet' zu haben, das war ihr dann doch zu riskant, und so versprach sie, ihn so bald wie möglich aufzusuchen, um zu helfen, einen zweckmäßigen Ausweg aus der Krise zu finden, war indes klug genug, ihn in einer Bar zu treffen, wo sie sich durch die Anwesenheit anderer Gäste geschützt fühlte … „aber nein, für eine Rückeroberungskampagne wäre sie nicht zu haben, das entspräche in keinster Weise ihrer Überzeugung und liege ohnehin außerhalb ihrer Möglichkeiten", verkündete sie zum Voraus: erfolglos, wie sich zeigen sollte, denn die Güte, ja eine Art Helfersyndrom, war ihre Achillesferse, die er einmal mehr zu seinen Gunsten nutzte.

Und der große ‚Bube', geknickt und untröstlich, weil man ihn seines liebsten Spielzeugs beraubte, brauchte tatsächlich Hilfe, und er war sich nicht zu schade, die helfende Hand seiner kleinen Schwester zu ergreifen, damit sie ihn hinaus in die weite Welt führe. Selbstverständlich wollte er sie wiederhaben, seine Jeannine – reichlich spät erst wird sie mit ihrem Namen genannt, weil sie erst durch ihr Entweichen ernst genommen wurde –, unbedingt, beinahe um jeden Preis wiederhaben, denn zu Unrecht, so seine hartnäckig geäußerte Ansicht, hatte sie ihn verlassen, und ausgerechnet seine einst fügsame

Schwester, welche ihrerseits noch dabei war, die hässlichen Spuren seines üblen Tuns zu tilgen, sollte ihm dabei helfen, während die ältere Schwester ihn rüde zurückwies und ihm klarmachte, dass sie nicht gewillt sei, den selbst verschuldeten Scherbenhaufen zu entsorgen.

Die gutmütige kleine Schwester hingegen, die stets hilfsbereite, soll's nun richten, während er selbst sich aufs Heftigste bemitleidete, eine Rolle, die er seit eh und je bestens beherrschte. Der bis auf die Knochen gedemütigte ‚Überflieger' und liebestolle Gockel wurde, kaum zu glauben, vom einst schüchternen Kindermädchen buchstäblich zur Jammergestalt degradiert, und die ehemals missbrauchte kleine Schwester, mit den roten Bäckchen, welche allen Widrigkeiten zum Trotz aus eigener Kraft die Grundsteine ihrer Persönlichkeitsentwicklung bereits gesetzt hatte, fand ihn wimmernd und weinend in einem der letzten Sessel wieder, welcher nach Jeannines Auszug in seiner Wohnung noch verblieben war. Dort sollte sie ihn, angeblich unfähig, sich selbstständig fortzubewegen, abholen, um ihn auszuführen, nicht zuletzt um zu vermeiden, den Abend in seiner Wohnung zu verbringen, eine sinnvolle Vorsichtsmaßnahme des unbedarften Schwesterleins, die jedoch durch Neros trickreiche Ausrede umgangen werden sollte. Doch sie hatte Lunte gerochen und ging äußerst vorsichtig zu Werke. So grotesk sich diese Parodie eines Machos auch ausnahm, sie war dennoch Realität und entbehrte auch nicht einer gewissen Komik, der nur noch das Sahnehäubchen fehlte, um dröhnendes Hohngelächter auszulösen, doch dessen ungeachtet, war es sein heimliches Ziel, Letzteres dem Schelmenstück noch aufzusetzen. Hätte es nämlich nicht der Ernst der Stunde verboten, so wäre sie nicht umhingekommen, seine plumpen Annäherungsversuche mit spöttischer Widerrede zu konterkarieren, doch sie unterdrückte ihre Häme und versuchte stattdessen unter Aufgebot aller Vernunft, ein ebenso sachliches wie zielführendes Gespräch über sein Missgeschick zu führen, was freilich nicht nach seinem Geschmack war. Mitfühlendes Geschwätz, so seine Einlassung, sei ihm zuwider, fühlbar soll der Trost sein, doch geflissentlich überhörte sie seinen Appell und wies ihn ab. (Es ist immer wieder erstaunlich, dass solche Typen sich niemals zu beherrschen wissen und körperliche Zuwendungen einer echten und tief greifenden menschlichen Hilfe vorziehen. Auch dies mag Ausdruck einer eher ungewöhnlichen Sicht dieser speziellen Verknüpfungen sein, ist derweil schlichtweg Ausdruck eines beträchtlichen Reifedefizits.) Kurzum, er wollte sich (zumindest?) an ihrer Schulter ausweinen, doch diese Zeiten waren längst schon vorbei, und Neros erneute Drohungen, sich zu töten, konnten weder durch Zuspruch noch vernünftige Vorschläge einstweilen aus der Welt geschafft werden. Sie hatte zwar, wie bereits angedeutet, keine Übung auf diesem Gebiet – wer hat dies schon? –, wenngleich es, dem Vernehmen nach, keineswegs das erste Mal war, dass er sich durch die Äußerung von Selbstmordgedanken Gehör verschaffen wollte. Doch damals war sie noch ein kleines Mädchen, als er diese Masche zum ersten Mal ausprobierte, weshalb diese eine Episode nur mehr ein schwaches und ungenaues Erinnerungsbild hinterließ. Nichtsdestotrotz, Teilstücke aus jener Zeit wurden an die Oberfläche gespült, und sie vermochte diese gerade eben zu einem einigermaßen verständlichen Bild zusammenfügen, indem sie sich eine mehr schemenhafte Erinnerung ins Gedächtnis rief. Es trug sich wohl zu jener Zeit zu, als sich seine Eltern trennten und seinem Wunsch, beim Vater zu wohnen, aus naheliegenden Gründen nicht entsprochen wurde, dass er sich erstmals dieses Erpressungsmodells bediente. Sie wusste aber auch, wie er sich anschließend verhielt, als man seine Drohung ignorierte: Aus Wut nämlich, dass es nicht funktionierte, misshandelte er seine zierliche Mutter, die sich dabei erheblich verletzte … der Schrei, den sie dabei ausstieß, war nicht aus dem Gedächtnis zu tilgen, ebenso wenig Neros arrogante Art, sich erhobenen Hauptes vom Schauplatz des ungebührlichen Verhaltens zu entfernen, ohne sich umzudrehen oder gar einige

Worte der Entschuldigung auszusprechen. Sie hatte auch begriffen, dass er nur leere Drohungen ausstieß und bei Nichterfolg enttäuscht und verärgert dem Nächstbesten Schaden zufügte, jenem eben, der durch Passivität seinen Tod verschuldet hätte.

Dass es nun seiner Schwester schwerfiel, dieses heiße Eisen anzufassen, darf daher nicht erstaunen, denn dadurch in des Teufels Küche zu geraten, wollte sie begreiflicherweise vermeiden, schien er doch seinerzeit eines mitbekommen zu haben, nämlich, dass er über physische Kräfte verfügte, welche denjenigen der körperlich schwächeren Frauen überlegen waren, und allein diese Tatsache zur Bedrohung wurde. Dessen ungeachtet war sie mutig genug, ihn aufzusuchen, um den Versuch zu wagen, gleichwohl Trost zu spenden, denn sie war sich im Klaren, dass sie einen Vergewaltigungsversuch, ein durchaus ernst zu nehmendes Risiko, nicht schadlos überstanden hätte. Deshalb verbat sie sich bereits am Telefon jegliche Berührung, eine Forderung, die ihn anscheinend befremdete. Doch er sicherte ihr zu, sämtliche Forderungen zu erfüllen, wenn sie nur komme! Sie kam … ein Sieg in seinen Augen, er wollte sie gleichwohl berühren und mehr, aber sie ließ es nicht zu, ein Sieg der Vernunft, ihr Sieg, Auswirkung ihrer Vorsicht dank Mahnrufen aus der Vergangenheit. Sie hatte ihn in der Hand, indem sie drohte, gleich wieder wegzugehen, sollte er auch nur die geringsten Anstalten treffen, ihr irgendwelches Leid anzutun. Er staunte jedenfalls nicht schlecht, über den unerwarteten Widerstand des kleinen Schwesterleins, einst fügsam und drollig, das sich offensichtlich dieser putzigen Rolle entschlug und nunmehr etwas Haare auf den Zähnen hatte. Er gehorchte, flennte, tobte, jammerte, winselte … aber, allem Zureden zum Trotz, wollte sich die Einsicht, die Katastrophe selbst herbeigeführt zu haben, einfach nicht einstellen. Nein, die Abgunst der ganzen Welt ist schuld an seinem Unglück, so viel stand fest, und auch sie, die sich weigerte ihn in die Arme zu nehmen, war Teil derselben.

Nun, diese Art von Pyrrhussiegen sollte dann auch später immer wieder sein Handeln prägen, und erstaunlicherweise sah er nicht ein, dass er jedes Mal um einiges ärmer wurde. Indes, die sattsam gewarnte, aber trotz allem hilfsbereite Schwester wusste nunmehr, dass sie äußerst behutsam vorgehen musste, um den Zorn des verletzten Berserkers nicht zu erregen, denn letztlich misstraute sie seinen Zusicherungen, nicht ganz zu Unrecht, wie sich ansatzweise zeigen sollte. Aber sie kam, wie nicht anders zu erwarten, keineswegs unvorbereitet her, und als Realistin und Kennerin brüderlicher Eigenart hatte sie eine brillante Idee im Köcher. Durch all die bisherigen Episoden einschlägig belehrt, hatte sie nämlich seinen Schwachpunkt längst ausgemacht und handelte entsprechend: Gleich am nächsten Abend, so versprach sie ihm, wollte sie ihn in eine Tanzdiele entführen, wo er bestimmt jemanden kennenlernen würde, was sich, wie prophezeit, auch bewahrheitet hat … ein kluger und wirksamer Schachzug, der wenigstens die unerträglich hohe Frequenz der Telefonate sogleich auf null absenkte. So hat sich die qualvolle Einsamkeit – sein eigentliches Schreckensgespenst – schlagartig verflüchtigt und sein verletzter Stolz mithilfe einer Neueroberung wieder einigermaßen erholt, während gleichzeitig die Selbstmordgedanken in weite Ferne rückten und spurlos hinter dem Horizont verschwanden. Sie hinterließ einen getrösteten Bruder, der das Bild einer zerbrochenen und wieder zusammengeflickten Blumenvase abgab, jammervoll noch immer, aber wenigstens still und besänftigt. Verliebtheit ist oft die beste Remedur gegen Liebeskummer und wirkt augenblicklich, aber oft nicht sehr lange. Doch einstweilen herrschte Ruhe und Ordnung, auch wenn die Neue, in fast jeder Beziehung vom Urbild, das eben Jeannine einst schuf, erheblich abwich. Nun, man, wer auch immer, nahm ihm sein Spielzeug weg, und die kleine Schwester gab ihm dafür ein anderes, etwas Größeres und Üppigeres, dafür weit weniger Anmutiges zurück. Es war freilich eine Lückenbüßerin, die er glücklicherweise ohne Weiteres akzeptierte, weil es sich in ähnlicher Art und Weise verwenden ließ, wie das soeben verlorene ‚Lieblingsstück', ein hässlicher Ausdruck angesichts der vielen Tränen, die er dessentwegen vergoss … nein, er hat nichts gelernt! Doch im Augenblick war wenigstens die schlimmste Not gebannt und das drohende Unheil abgewendet … Schwesterlein-sei-Dank!

Die neue Freundin stand sogleich auf der Matte und zog auch nach wenigen Wochen bei ihm ein, füllte die hässlichen Lücken, welche Jeannine im Interieur hinterließ, mit ihren Möbeln wieder auf und sorgte für ein häusliches, wohl beinahe fast allzu spießiges Klima, das er allerdings als ‚pflegebedürftiger' Pascha im Stadium der Rekonvaleszenz weidlich genoss. Beinahe zu viel des Guten, dachte er wohl, hatte er sich doch ein ebenso tüchtiges wie gutmütiges Hausmütterchen eingehandelt, das bestenfalls Ersatz für seine ehemalige Gattin, nicht aber für Jeannine anzubieten vermochte, denn ihr Sex-Appeal ließ trotz jugendlichen Alters zu wünschen übrig. Aber einstweilen saß der Schock so tief, dass keine Zeit blieb, über neue Probleme nachzudenken, so es denn welche gab, die des Hinterfragens würdig gewesen wären. Doch er fragte sich gleichwohl, ob dieser ‚Ersatzliebe' überhaupt eine Chance innewohne, die düsteren Gedanken zu vertreiben und sich womöglich gar mit den heißen Liebesnächten der Vergangenheit zu messen. Zu welcher Schlussfolgerung er dabei gekommen ist, blieb zunächst unbekannt, denn einstweilen schwieg er sich aus und bediente sich einst sorgsam einstudierter Taktiken aus seinem Eheleben, um den Alltag neu zu gestalten. Hatte er sich etwa ergeben? Eine müßige Frage, wie sich herausstellen sollte.

Tatsache war jedenfalls der Umstand, dass dieser Beziehung kein nennenswerter Erfolg beschieden war, zu bieder war sie gestrickt, als dass er sich langfristig mit ihrem Angebot hätte begnügen können. Schon während der ersten an sich gemeinsamen Ferien, welche sie, die Neue, aus beruflichen Gründen unterbrechen musste, besorgte er sich während der unfreiwilligen

‚Beziehungspause' fleischlichen Nachschub, und bediente sich genüsslich und unverhohlen der verführerischen Angebote einer ungewöhnlichen Lückenbüßerin, deren erotische Künste wohl diejenigen des fleißigen Heimchens bei Weitem übertrafen. Sie war in gewissen Kreisen als leichtlebiges Geschöpf bekannt und meist auf Abruf erhältlich, was auch Nero nicht entgangen war. Nein, sie war beileibe keine Schönheit, aber jung und unverfroren genug, diese reichlich üble Rolle zu übernehmen, wurden doch unter anderem auch all ihre Unkosten gedeckt – eine angenehme Art, das Studium zu diversifizieren, wie sie verlauten ließ. Deborah hieß sie und war in aller Munde sowie auch in den Betten zahlreicher Verehrer, die eben nach Abwechslung suchten und diese in ihren Armen auch fanden. Nun, sie war wohl nur eine von vielen, welche Nero die Zeit mit der neuen ‚Flamme', welcher der Ruf der eintönigen und eher trägen Partnerin anhaftete, in spezifischer Art und Weise zu vertreiben half, zumal er fortwährend von Jeannine schwärmte, die er anscheinend nicht vergessen konnte. Ja, sie schuf verbindliche Maßstäbe dessen, was er von Liebesnächten erwartete, und jede Abweichung davon wurde augenblicklich zum Problem und letztlich gar zum „Casus Belli", den keine Nachfolgerin schadlos überstand, bis … nun ja, wir ahnen es!

Deborah aber war immer mal wieder da, indem sie aus dem Nichts auftauchte und nach ‚Gebrauch' auch wieder dorthin verschwand … sie war eine geheimnisvolle Figur, deren eigentliche Lebensweise rätselhaft war … sie war aber auch die Freundin eines Freundes, mit dessen Freund sie auch schon befreundet war, und war auch zwischenzeitlich die Geliebte eines anderen Freundes, welcher ebenfalls Neros Freund war, eine verzwickte Geschichte, die letztlich keiner durchschaute und, freimütig sei's eingestanden, auch keinen interessierte … man bot sie eben herum, als wäre sie lediglich ein schnöder Gebrauchsgegenstand, ein entwürdigendes Niveau, das einzunehmen sie sich offensichtlich nicht entblödete. Die einen waren davon überzeugt, dass sie eine Nymphomanin sei, andere beschränkten ihr Urteil auf den Begriff der Schmarotzerin, insgesamt verstand sie wohl beide Eigenheiten in ersprießlicher Art und Weise zu verknüpfen.

Jeannine, die nicht mehr Erreichbare, wurde derweil zur Liebesgöttin emporstilisiert, verklärt beinahe, insgeheim zurückersehnt und vor allem nicht dem Schleier des Vergessens anheimgestellt, nein, dagegen versuchte er sich mit aller Kraft zu wehren. Offen sprach er immer wieder über die mit ihr verbrachte Zeit, ging teils bis ins kleinste Detail, und dies sehr zum Ärger der Neuen, eine Provokation, die gewollt sein mochte, aber gleichwohl oder gerade deswegen als ungeheuerlich betrachtet werden musste. Hätte er sie loswerden wollen, so wäre wohl ein offenes Gespräch weit ehrlicher und stilvoller gewesen, als die Auflistung all jener dummdreisten Bettgeschichten, deren wiederholte Erwähnung mehr beleidigend als zielführend wirkten und bei ihr zunächst nur Trotzreaktionen hervorriefen sowie zu deutlich fühlbaren Missstimmungen und zu guter Letzt sogar zu einem außergewöhnlichen Beharrungsvermögen führten, indem sie ihren Platz einfach nicht räumen wollte, als ihre designierte Nachfolgerin bereits vor der Haustüre stand. Jedenfalls fand sie Mittel und Wege, ihn noch ein wenig hinzuhalten, um nicht von jetzt auf gleich ihrer Nebenbuhlerin den wieder angewärmten Platz zu überlassen. Später, als sie bereits verheiratet und Mutter zweier Kinder war, räumte sie ein, dass sie dies zunächst aus verletztem Stolz, schließlich aber nur noch aus Intriganz tat, um dem eingebildeten Herrn deutlich zu machen, dass man Frauen und deren Liebe – die sie wahrhaftig während geraumer Zeit empfand – nicht wie banale Wegwerfartikel behandeln sollte. Doch die Lektion sollte ihr Ziel verfehlen, denn sie war die Letzte, von der er sich belehren ließ.

Erneute Enttäuschung, massive Unzufriedenheit auch, seine Ehre – ein reichlich strapazierter Ehrbegriff, wie man nun erfahren hat –, seine Ehre also erheblich angeschlagen und sein

Liebesleben auf ein quasi unzumutbar tiefes Niveau gesunken; ein- bis zweimal pro Monat und lediglich Missionarsstellung, ohne prickelnde Sonderaktionen, wie er freimütig verkündete, als ob dies jemanden interessiert hätte. Doch zu seinem Leidwesen fragte ihn keiner nach seinen speziellen Vorstellungen, deren Abartigkeit zumindest den beiden Schwestern bekannt war. Sie aber wussten, dass längerfristig nur ein erneuter Wandel diesen Makel beheben konnte, ja, darüber war man sich in weiten Kreisen im Klaren, und so erstaunte es kaum, dass er weitersuchte, zunächst vorzugsweise mit Blick in die Vergangenheit, was wenig aussichtsreich war.

Seine wider Erwarten nicht enden wollenden, zuweilen recht mühsamen Bemühungen, Jeannine wiederzugewinnen, stießen dieser indessen sauer auf, und sie ließ auch keine Zweifel aufkommen, dass sie sich dadurch belästigt fühle, ja sogar ihre neu gewonnene Lebensqualität bedroht sah. Für sie, wie auch andere Unbeteiligte, war dies der Beweis dafür, dass die neue Partnerin untauglich war, ungeeignet jedenfalls, neue Maßstäbe zu setzen, was möglicherweise ihren Platz an Neros Seite gesichert hätte, doch war dies nicht ihr Stil.

Erst allmählich und unter bereits erneuerten Bedingungen ließen die unermüdlichen Liebeserklärungen nach und verstummten alsdann weitgehend, als er die Aussichtslosigkeit seiner Bemühungen wohl oder übel zur Kenntnis nehmen musste. Aber sogar Jahre später war sie noch immer präsent und Sinnbild quasi der hoch qualifizierten Partnerin, der Traumfrau mithin, wie sie im Buche steht. Doch, so ihre Worte, die Wut über die verlorene Zeit sei so groß, dass sie auch als reife Frau mit nunmehr eigenständiger Persönlichkeit keinen noch so geringen Gedanken an eine Wiedervereinigung mit ihrem ehemaligen Peiniger verschwende, er sei definitiv zum Symbol einer unrühmlichen Vergangenheit geworden.

Das unehrenhafte Verdikt musste er wohl oder übel zur Kenntnis nehmen, gleichwohl konnte er sich nicht vorstellen, dass sie sich verändert haben könnte, und sehnte sich nach dem einstigen Kindermädchen, das er verführte und einige Jahre lang als Bettgenossin vernaschen durfte. Die markigen Worte, so seine Einrede, würden nicht zu ihr passen, und er weigerte sich anzuerkennen, dass Wiederholungen schon aus Gründen unterschiedlicher Entwicklungen von Menschen, die einen getrennten Weg gingen, schlichtweg ausgeschlossen sind, nein, daran wollte er nie und nimmer glauben. Sie sei ungerecht und undankbar obendrein, denn er habe sie zu dem gemacht, was sie heute sei. Das ist nicht falsch, aber bestenfalls im umgekehrten Sinne zu verstehen, denn, wer seine Diktatur überlebt hat, weiß anschließend mit Sicherheit, was er nie mehr erleben will, und sieht sich veranlasst eigene Perspektiven zu verfolgen, um solche und ähnliche Unfälle zu vermeiden. Das hat sie mit Erfolg getan und ließ keine Zweifel bestehen, dass sie davon nicht mehr abzubringen sei. Sie sei ein gebranntes Kind, und die schlecht verheilten Wunden habe ihr Nero zugefügt, doch davon wollte er freilich nichts wissen … wen wundert's also, dass seine alten Tricks und sämtliche rhetorischen Künste versagten?

Der flüchtige Kontakt, den die kleine Schwester auf sein Geheiß vermittelte, brach jedoch wieder ab, während Nero die Warteschlange – seine Worte – vor seiner Haustüre Stück um Stück ‚abarbeitete' und sich dabei wiederholt die Finger verbrannte. Die Weibsstücke, die er sich dabei anlachte, waren schrecklich, Luder allesamt, hatten sie doch durchwegs ähnliche Vorstellungen vom Liebesleben wie Deborah, deren Interventionen derweil nicht ausblieben. Ihr Ziel: Spaß und etwas Kohle, wie man vermutlich in jenen Kreisen zu formulieren pflegt. Gelernt hat er jedenfalls noch immer nichts, denn niemals traf ihn eine Schuld, wenn die ehrwürdigen Damen jeweils nach kurzer Zeit um einige Erlebnisse und Habseligkeiten reicher seinen Dunstkreis wieder verließen. Er war und blieb das Opfer, er war und blieb der ewig Bedrängte, dessen Güte zwar beinahe endlos war, aber gleichwohl ihre Grenzen hatte, griff doch Missbrauch und Verschwendung allemal Platz … und wehe dem, der die rote Linie überschritt, er wurde gnadenlos verunglimpft. Nur Deborah schaffte es, sich immer rechtzeitig aus seinem Zwinger zu befreien und entging so den üblen Nachreden, derer sie sich geschickt entzog – klug oder nur schlau, darüber gingen die Meinungen auseinander. Ob allerdings der Aufmarsch liebestoller Frauen so umfangreich war, wie er gelegentlich wahrhaben wollte, ist zweifelhaft, aber auch völlig gegenstandslos, diente doch seine Wichtigtuerei lediglich dazu, seinen Hahnenkamm regelmäßig steif zu halten und eine Rückkehr in geordnete Bahnen, nach denen er sich niemals sehnte, definitiv zu verhindern, denn die Vielweiberei machte Spaß und diente unter anderem auch als Abwehrstrategie gegenüber dem Spießbürgertum. Vor allem aber war er noch immer dabei, die Scharte auszuwetzen, welche ihm Jeannine verpasste, denn nun saß er am Drücker und entließ die ‚Kurtisanen' reihenweise, ja, sie mussten die Schmach ausbaden, welche ihm Jeannine zufügte.

Wo Nero die Grenzen zog, d. h. ab welchem Moment er von Missbrauch sprach, war ebenfalls unbekannt, möglicherweise war eine gehörige Portion von Willkür im Spiel, welche das jeweilige Ende einer Beziehung ankündigte, was Deborah, dank Erfahrung und Instinkt wohl zu ihrem unwiderlegbaren Erfolg verhalf. Die genauen Spielregeln erschlossen sich gewöhnlichen Menschen ohnehin nicht, wenngleich sich alles, offenbar einem geheimen Regelwerk folgend, stets wiederholte und seine Abenteuer, abgesehen von wenigen Ausnahmen, von Anfang bis Ende immer wieder demselben Schema folgten. Ob seine materiellen Leistungen in direktem Zusammenhang mit den Liebesdiensten standen und jeweils dann von Missbrauch die Rede war, wenn Letztere nicht mehr in ausreichender Qualität abgeleistet wurden, stand wiederholt zur Diskussion, jedoch vergeblich, denn die Karte, die er im Ärmel verbarg, kannte keiner. Dass er indessen einen derartigen Zusammenhang in Abrede stellte, versteht sich von selbst, dass aber hier des Rätsels Lösung verborgen sein könnte, ist gleichwohl anzunehmen. Doch im Grunde genommen ging dies niemanden etwas an, es war seine persönliche Angelegenheit, seine Spielwiese, derer er sich nach eigenem Gutdünken bediente. Die Tatsache allerdings, dass er bis dahin zu keinem Zeitpunkt, jeweils nach Abklingen der ersten Verliebtheitssymptome, den Schritt zur echten Liebe schaffte, spricht Bände, aber mit Sicherheit nicht für seine Reife. Damit gab's auch keine Hoffnung auf eine wesentliche Änderung seines Verhaltens, was sich in der Folge sodann bestätigen sollte.

Und wer war Deborah? Nun, im Grunde genommen gehört ihre Biografie nicht hierher, aber ihre undurchsichtige Rolle, die sie zuweilen auch in Neros Leben spielte, schreit beinahe nach weiteren Recherchen, wiewohl ihre schlüpfrige Lebensweise solche weitgehend vereitelte. Sie tauchte jeweils ebenso unvermutet auf, wie sie wieder verschwand, zumeist in zweifelhafter Manier und stets in Zeiten angeblicher Not … ihr Verhalten wirft viele Fragen auf, die vergeblich einer schlüssigen Antwort harren. Sie verdingte wohl ihren Körper aus purer Lust, dass sie daraus auch Kapital schlug, war indes unverkennbar; wer wird es ihr verübeln?

Nun, sie war eine klein gewachsene schlanke Person, mit – was denn sonst – blonden Haaren, wohlproportioniert und verführerisch, was sie vor allem durch ihre angeborene Laszivität unterstrich. Sie war dabei, einen Beruf im Umfeld des Sozialwesens – ausgerechnet – zu erlernen, was man ihr zunächst nicht abnahm, aber es sollte sich herausstellen, dass dem tatsächlich so war, es sei denn, sie hätte die angeblichen Beweise, die später eine Rolle spielen sollten, schlichtweg gefälscht. Ferner war sie, wie erwähnt, jeweils sofort verfügbar, wenn Not am Mann war, Not, die freilich unterschiedliche Gesichter hatte. Wie sie dies schaffte, nachdem man ihren Freund, der auch Neros Freundschaft genoss, bestens kannte, verstand keiner, war auch egal. Doch haben wir bereits erfahren, wie sie innerhalb eines zufällig zusammengetrommelten Freundeskreises herumgeboten wurde, als wäre sie eine Schaufensterpuppe mit Sex-Appeal. Vielleicht gründeten Deborahs Verflossene den Klub der Gehörnten, dem sich auf Neros Geheiß die Nutznießer ihrer Dienstleistungen anschlossen, doch gibt's für diese kühne Annahme so gut wie keine Beweise. Wo und wie sie studierte, erzählte sie zur Beweisführung ihrer Behauptung zwar freizügig, dass sie jedoch keiner kennen wollte, der ebenfalls dort akkreditiert war, erstaunte sehr, ein Umstand, den man rein zufällig in Erfahrung brachte und die Vermutung nährte, sie spiele ein falsches Spiel. Die Bewandtnis dieser Feststellung war ebenso ungewiss, wie auch die Frage, ob mit irgendwelchen Folgen zu rechnen war. Doch dieser Nebenschauplatz soll im vorliegenden Fall keinen interessieren.

Nach einiger Zeit tauchte sie nämlich für einmal nicht in Neros Umgebung auf, dafür aber in einer Institution, wo sie, mittlerweile als ausgebildete Kraft, arbeiten sollte. Aber gerade dort arbeitete auch eine Bekannte, welche einiges über Deborah zu erzählen wusste und dies auch tat, als sie erfuhr, was in Neros Dunstkreis über diese Frau bereits aktenkundig war. Ihre Papiere hatte außer dem Direktor niemand gesehen, sodass es unmöglich ist, mit ausreichender Sicherheit festzustellen, von welchem Institut sie ausgestellt worden waren. Dafür wurde auch beharrlich gemunkelt, dass bei der Anstellung nicht alles mit rechten Dingen zugegangen sei, was altbekannte Nutznießer ihrer Dienste nicht erstaunte. Es konnte ihrer erprobten Spürnase kaum entgangen sein, dass der Chef ein gewiegter Schürzenjäger war und sich nicht nur für die fachlichen Qualifikationen seiner Mitarbeiterinnen interessierte, ein zweifelhafter Ruf, der ihm in einschlägigen Kreisen meilenweit vorauseilte, aber ihn letztendlich auch seinen Posten kostete.

Nun, wie nicht anders zu erwarten, verführte sie raffiniert und erfolgreich nebst dem ‚Direx' – selbst in diesem Zusammenhang die Nummer eins – auch einige ihrer Arbeitskollegen und spielte ein unrühmliches Spiel, was das ganze Team gehörig durcheinanderwirbelte, vermutlich von Anfang an ihr

Ziel, dessen Sinn, sofern vorhanden, indes unverständlich blieb. Dass sie dadurch zahlreiche Familien und Beziehungen ins Elend stürzte, ja schlichtweg zerstörte, war ihr wohl einerlei, doch als der Boden zu heiß wurde, floh sie bei Nacht und Nebel und war anschließend unauffindbar. Die Spuren, die sie hinterließ, sind vielfältig und vorwiegend unschicklich, doch keiner kann sie mehr belangen, denn sie ist und bleibt verschollen, auch für Nero, der sie hin und wieder gerne gerufen hätte, denn seine wiederholten, stets gleichförmigen Notlagen häuften sich zuweilen in bedrohlicher Art und Weise. Ob es ihr gelungen wäre, Schlimmeres zu verhindern? Egal, es geschah, was unumgänglich war.

Zweifellos findet sich an dieser Stelle eine Art Meilenstein in Neros Leben, denn trotz schmerzlicher Niederlagen scheint seiner Beliebtheit unter den Frauen keine Grenze gesetzt zu sein. Es ist daher angebracht, zu erkunden, was denn diesen extravaganten Herrn so sehr auszeichnet, dass er allem Anschein nach so begehrenswert zu sein scheint, dass er, egal wohin er sein Augenmerk richtet, aus einer Vielzahl von potenziellen Verehrerinnen auswählen darf, welche – beinahe könnte man glauben, dass dem so sei – geduldig in einem virtuellen Warteraum ausharren, bis ihre Zeit gekommen ist. Ist denn seine Aura unwiderstehlich, sein Angebot, auf welchem Gebiet auch immer, nicht zu überbieten; unwahrscheinlich! Nein, eher Gaukelei und Machogehabe schlugen zu Buche, ein Gebaren, das da und dort noch immer eine bestimmte Anhängerschaft findet, deren Art jedoch vom Aussterben bedroht ist. Namentlich fällt auf, dass die jeweiligen Interessentinnen und schließlich Auserwählten nicht unbedingt vertrauenerweckend waren, ja zuweilen geradezu als eigenartige Figuren bezeichnet werden mussten, zumindest aber gewöhnungsbedürftig waren, dann eben, wenn er sie als Neueroberung vor versammelter Familie präsentierte, was freilich nicht selten der Fall war. Aber da er anscheinend nicht sehr wählerisch war, oder genauer ausgedrückt, einen ganz bestimmten Stil pflegte, spielte dies nur eine untergeordnete Rolle, wenngleich die ebenso variantenreichen wie bizarren Charakteristika seiner jeweiligen Partnerinnen auch ein bestimmtes Licht auf seine eigene Persönlichkeit warfen. Ja, nicht selten trieb die Verstiegenheit seiner Wünsche gar sonderliche Blüten, denen er auch während einer beschränkten Zeit seine ganze Aufmerksamkeit schenkte. Aber es zeigte sich immer wieder, dass auch das Exotische durch den täglichen Gebrauch an Attraktivität einbüßt und schließlich seinen Reiz verliert. Vorsichtig möchte man deshalb folgern, dass selbst Extravaganz keine Garantie für die Langlebigkeit einer Partnerschaft abzugeben vermag, jedenfalls nicht bei Nero. Und die Extravaganz entpuppt sich nicht selten als transparente Tünche über einer banalen Fassade, hinter welcher sich oft weniger verbirgt, als der landesübliche Durchschnitt herzugeben imstande ist … aber eben: ‚Kleider machen Leute!‘

Nun, äußerlich ist er ein ganz gewöhnlicher Mann, mit einer Nase mitten im Gesicht, zwei Augen und einem Mund, in welchem meist eine Zigarette steckt, spricht sehr laut, noch lauter, wenn er etwas Unsinniges behauptet, und steigert die Lautstärke noch um einige weitere Dezibel, wenn ihm jemand widerspricht, was er auf den Tod nicht abkann. Jedenfalls weist seine rein physische Erscheinung keine frappierenden Besonderheiten auf, er ist von gewöhnlicher mitteleuropäischer Gestalt, mittelgroß, insgesamt unauffällig, es sei denn, die Rasur des Schädels verbrächte ihn in die Nähe der Neonazis, eine Unterstellung die, schockierend zwar, aber gleichwohl nicht ganz abwegig ist. Dennoch wird immer mal wieder die Frage aufgeworfen, ob er vielleicht schön, ja sogar unwiderstehlich sei? Ob er viel Sexappeal habe? Ob er vielleicht einen sechseckigen Penis habe? Ob sein Ejakulat nach Honig rieche? Ob, ob, ob …? Ja, was macht ihn denn so legendär, umwerfend gar, wie er wahrhaben will? Man weiß es nicht, und die Frauen, die ihn begehren, wissen es auch nicht, zumindest nicht mehr, nachdem sie einige Zeit mit ihm verbracht haben. Ist er leidenschaftlich oder nur lüstern, ist er zärtlich und liebenswürdig oder grob und zügellos, etwa bis er bekommen hat, was er wollte, oder konsumiert er einfach die Frauen nach zwar verpönter, aber in gewissen Kreisen nicht minder verbreiteter Männerart, ein Überbleibsel aus grauer Vorzeit allenfalls, welches die Fortentwicklung zum ‚Homo sapiens' – dem ‚Weisen' also – unbeschadet überstanden hat; ja, dazu haben wir bereits einige Überlegungen angestellt, inwieweit sie zutreffend sind, bleibt freilich offen. Doch weiter: Ist er ein pflegeleichter Partner oder ein schwieriger, oft unzufriedener und fordernder Despot, wie gelegentlich moniert wird … man weiß es nicht, oder will es nicht wissen, nicht mehr zumindest, wenn man endlich bereit ist, offen darüber zu sprechen. Die Klagen, die dann laut werden, stammen ausnahmslos aus der Endphase einer Beziehung und sind daher für sein wahrhaftiges Erscheinungsbild innerhalb einer aus seiner Sicht maßgeschneiderten Frauenwelt nicht mehr konklusiv, weil eben durch unerquickliche Verbrauchserscheinungen eingetrübt. Auswechselbar sind sie, verlieren an seiner Seite ihre Individualität, werden als mindere Kreaturen betrachtet, deren Verfalldatum meist schon zu Beginn feststeht … Gewohnheitssache eben, mehr nicht.

Doch eines steht immerhin fest: Seine rhetorische Begabung, vielleicht die einzige Kunst, über die er verfügt, scheint ihm zu etwelchem Erfolg zu verhelfen, indem es scheinbar schwerfällt, im Stadium der Balz, seinen honigsüßen Worten zu widerstehen und gleichzeitig auch seine hohlen Versprechen ernst zu nehmen. Dabei bedient er sich stets derselben, mitleiderregenden Masche, welche er so glaubwürdig vorzubringen weiß, dass sie immer wieder verfängt, obwohl er seit Jahren keine neuen Zutaten mehr beigefügt hat. Zudem erfolgt sein Vorgehen stets nach jenem wohlbekannten Dreistufenplan, den er immer wieder aufs Neue abspult und an dieser Stelle einmal in voller Ausprägung zur Darstellung gelangen soll: So will er zunächst glauben machen, dass man stets seine wahren Werte verkennt, etwa seine unermessliche Güte und seinen uneingeschränkten Willen, den Schwachen zu helfen, wie auch seine unermüdlichen Wohltätigkeitsbemühungen. Nein, er geizte nicht mit Schilderungen seiner vorgängigen Taten, eine Art Pfauenrad, das er präsentiert, wenn er sich davon einen Vorteil verspricht. Und sollte all dies nichts fruchten, beginnen – Stufe zwei mithin – langsam Drohungen einzufließen, vermöge welcher zunächst der sofortige Entzug seiner Gunst erfolge und ewige Feindschaft in Aussicht stehe. Zu guter Letzt und sofern auch diese Bemühungen erfolglos sind – Stufe drei sodann –, werden nicht selten sogar Selbstmorddrohungen in den Raum gestellt, wobei er es nicht unterlässt, theatralisch darauf hinzuweisen, dass er es durchaus ernst meine, nachdem er es bereits wiederholt versucht habe: „Du bist mein Ein und Alles, ich kann doch nicht leben ohne dich!“ Seit Jahren also läuft dieselbe Platte, keiner mag sie mehr hören, und doch scheint deren öder Klang in den Ohren der stets wechselnden und damit arglosen Adressatinnen wohlklingende Musik zu sein. Ein Wunder wohl, aber mit Sicherheit eines, das die Welt nicht wesentlich bereichert und kein besonders günstiges Licht auf seine bisherige Entwicklung wirft ... „die blöden Weiber, mit ihren Kuhaugen und ihrer arglosen Art; Konsumgüter bloß, billige Wegwerfartikel“, so seine Worte, die er meist nach erfolgloser Umwerbung hinausposaunt. Die Wiederholung ist zermürbend, langweilig sogar, doch die Adressatinnen sind neu und unerfahren, die Erfolgsaussichten dennoch gering, woran mag es liegen? Ist vielleicht Mitleid eine ungünstige Voraussetzung für eine große und beständige Liebe?

Nun ja, das Stichwort Entwicklung müsste ebenfalls hinterfragt werden: Gibt es denn eine solche in Neros Leben? Die

Antwort lautet nein, bedingungslos nein, nicht im üblichen Sinne. Es steht vielmehr zu befürchten, dass er auf der Stufe des ‚Lausebengels' stehen geblieben ist und sich aufgrund seiner notorischen Rechthaberei nicht veranlasst sieht, daran etwas zu ändern. Doch nicht nur dies ist zu bemängeln, nein, er versucht gezwungenermaßen auch seine jeweiligen Partnerinnen davon abzuhalten, sich ihrerseits zu entwickeln, denn er selber würde dadurch überflügelt, was er auf den Tod nicht abkonnte. Wenn einmal etwas etabliert war, dann musste es so bleiben, ja buchstäblich erstarren. Veränderungen – an sich unabdingbar – sind unerwünscht, jeder Partnerschaft abträglich, meist todbringend sogar, so wenigstens sieht es nach seinem Gutdünken aus, und sein Gutdünken ist das Einzige, was zählt. Das Ganze gleicht einem schlechten Film, welcher aus einzelnen Szenen aufgebaut ist, die mit stets gleichem Inhalt, aber wechselnden Darstellern ein ganzes Leben beherrschen: Wiederholung des Sündenfalls alle paar Wochen also. Das Drehbuch ist kurz, die Versatzstücke zum fixen Rahmen erstarrt und die Akteure beliebig auswechselbar mit Ausnahme des Titelhelden, versteht sich … ein ermüdendes Elaborat, wenigstens für die meist unfreiwilligen Zuschauer, die sich über kurz oder lang angewidert abwenden. Ob die Gleichförmigkeit seiner Vorstellungen gewisse Freunde zu faszinieren vermag, stehe dahin, Tatsache ist lediglich, dass sich sein Freundeskreis zusehends verkleinert und bestenfalls durch Kriminelle wieder aufgestockt wird, was ihm ab und an reichlich Ärger bereitet.

An dieser Stelle taucht unweigerlich auch die Frage auf, ob denn in Neros Persönlichkeitsprofil nicht doch einige schätzenswerte Eigenschaften zu finden sind, ist es doch wenig wahrscheinlich, dass ein Mensch nur rücksichtslos und eigensüchtig, ja ausschließlich widerwärtig ist. Ja, selbstverständlich, die lapidare Antwort, doch sie zu benennen oder gar zu erfahren, fällt eben schwer, denn auch in seiner Brust befinden sich (ach) zwei Seelen. Weshalb jedoch immer nur die einen, weitgehend ungenießbaren zum Zuge kommen, ist schlichtweg unerforschlich. Vielleicht sind sie stärker als die anderen, oder es lebt sich einfach leichter mit ihnen, wer, außer Nero selber kann dies schon beurteilen? Selbst wenn es außerordentlich kräfteraubend sein sollte, die Schattenseiten des eigenen Ichs zu unterdrücken, so müssten doch unbeschwerte Intervalle dafür sorgen, dass die sonnigen Eigenschaften zuweilen in Erscheinung treten, und sei es nur, um die zuvor präsentierte Unart zu tarnen, denn selbst Mr Hyde benötigt zuweilen seine Ruhe oder dann ein Schlupfloch, das ihm Anonymität beschert. Doch sollte das Salz des Lebens fehlen, so irrt er unablässig umher und lässt sich nicht mehr einfangen ... und Nero, der Zauberlehrling, beherrscht eben seine Geister nicht!

Ja, bestimmt, Nero hat auch gute Seiten, mithin jene, welche einige, vor allem heranwachsende weibliche Personen so sehr schätzen, dass sie sich ihm arglos hingeben. Etwa seine Großzügigkeit, die er selten zu finanzieren weiß – er lebt zumeist auf Pump und kommt deshalb regelmäßig in Schwierigkeiten, weil ihn die Gläubiger bedrängen –, seine Spontaneität auch, wenn es darum geht, jemandem aus der Patsche zu helfen, wie etwa bei Trixibit – nicht aber bei deren Bruder, der ja im selben Boot saß, als es kenterte –, und seine Liebenswürdigkeit wie auch seine nicht ganz selbstlose Hilfsbereitschaft, wenn es darum geht, für sich und seine Freunde Feiern oder Ferien zu organisieren, kurzum lauter imposante Tugenden mit oft egoistischem Hintergrund. Ja, man könnte die Liste seines Wohltätigkeitsverhaltens noch beinahe beliebig fortsetzen und dabei beobachten, wie sehr sein Sündenregister dadurch noch anschwillt. Ein eigenartiger, aber beileibe nicht außergewöhnlicher Sachverhalt, gemäß welchem Gutmütigkeit lediglich zur Tarnung eigener Interessen missbraucht wird, Augenwischerei der Sonderklasse. Ob er dieses Verhalten den Hilfswerken abgeguckt hat? Nun, es ist hier weder Raum für allgemeine Betrachtungen noch für die Erörterung allfälliger Veränderungen einer Persönlichkeit, welche unverbesserlich ist, und so lassen wir ihn in Ruhe seinen Lebensweg fortsetzen, es wird schon nicht so schlimm sein, wie es im Augenblick aussieht. So soll er eben weiterhin darüber nachdenken, wie er sich irgendwelche Vorteile verschaffen kann oder wie er in den Genuss außergewöhnlicher Leistungen oder Zuwendungen kommt, das ist beileibe nicht verboten, wenngleich unfair. Auch ist es selbstverständlich gestattet, sich eine derartige Lebensphilosophie zuzulegen und regelmäßig danach zu handeln; der Erfolg ist ihm gewiss, solange es welche gibt, die ihm jeweils Glauben schenken. Und, da er regelmäßig seinen Freundeskreis auswechselt, sind immer wieder welche dabei, die seiner Zauberformel zum ersten Mal zum Opfer fallen, sodass es keine Gründe gibt, das altbewährte Rezept zu unterbinden. Lassen wir ihn also ziehen und beobachten wir seinen weiteren Lebensweg, dies kann er uns nicht verwehren.

„Ach, lieber Nero, man kann dir beim besten Willen kein gutes Zeugnis ausstellen, sobald man einmal deine Tricks durchschaut hat. Dabei stehe dahin, ob du selber an dich glaubst oder ganz einfach mangels besserer Einsicht unentwegt weiterführst, deine längst abgedroschenen Ränke zu schmieden. Wie oft schon wünschte man sich jemanden, der dir die Meinung geigt, jemanden, den du ernst zu nehmen hast, jemanden, der dich tatsächlich umzustimmen vermag, doch bislang gab's niemanden, der es überhaupt wagte, die Stimme zu erheben, um dir die Stirn zu bieten, denn er hätte sich wohl in Lebensgefahr begeben. Deine Rhetorik ist zweifellos recht imposant, vor allem, wenn du dich deiner lauten, ja beinahe bedrohlichen Stimme bedienst, doch fehlen dir wesentliche Inhalte und überzeugende Argumente, sodass sie zumindest bei all jenen ins Leere stößt, die dich kennen, und keiner von ihnen versteht, weshalb du es immer wieder aufs Neue versuchst, mit den alten Kamellen um Gunst und Verständnis zu buhlen. Du erschreckst zwar die Leute, aber du vermagst sie nicht zu beeindrucken, geschweige denn zu überzeugen.

Merkst du denn nicht, dass du dich in einem Lügengebäude angekettet hast und dass dein Leben trügerisch und weitgehend imaginär abläuft? Hast du dir noch nie die Frage gestellt, wer du denn wirklich bist? Bist du nicht interessiert, dein wahres Ich zu ergründen? Ja ist es möglich, dass dein wahres Wesen aus Lügen und Irreführungen besteht? Ist dir denn wohl dabei? Und dein soziales Umfeld, hast du dich schon einmal gefragt, ob es überhaupt noch existiert, ob du noch auf irgendwelchen Rückhalt zählen darfst oder sich alle längst zurückgezogen haben, ja sich dir nur noch mit leeren Floskeln nähern? Vor Kurzem hast du dein fünfzigstes Altersjahr erreicht, ein Alter, in welchem man Bilanz zu ziehen pflegt; wie wird sie wohl bei dir ausfallen, so du es überhaupt wagst, diese heikle Analyse in die Hand zu nehmen … Augen zu und durch, nicht wahr, das ist dein Motto, mehr über sich selbst zu wissen, wäre schädlich, womöglich gar vernichtend. Und den Reifeprozess lassen wir getrost beiseite, den brauchen nur Leute, die dem Leben keinen Genuss abzugewinnen vermögen.

Nun, man ist sogar bereit, bis zu einem gewissen Grad anzunehmen, dass du selber an deine fadenscheinigen Ausreden glaubst. Nicht aber glaubt einer, dass du nicht in der Lage sein solltest, deine teils schwachsinnigen Äußerungen selber zu durchschauen, ja sogar zu realisieren, dass sie eben nichtssagend und abgedroschen sind, denn keiner hält dich für unbedarft. Es ist daher davon auszugehen, dass du uns alle für völlig begriffsstutzig hältst oder dich einen Deut drum scherst, ob man dir glaubt oder nicht. Beides ist unschön und menschenverachtend und widerspiegelt unter anderem auch deine Haltung gegenüber den Frauen, die du konsumierst, als wären sie Biskuits.

Diese kurze Betrachtung, über eine mögliche Bilanz und deren Auswirkung auf dein weiteres Leben schenken wir dir – mit den allerbesten Wünschen versehen, versteht sich – zu deinem fünfzigsten Geburtstag. Mögen sie dir Einsicht und Reife bescheren, damit wenigstens die zweite Lebenshälfte von deiner Güte im eigentlichen Wortsinne geprägt sei."

„Nein, meine Lieben, ihr irrt! Ich bin nicht der Unhold, als den ihr mich beschreibt, auch keine Bestie, ich bin ein Epigone meines Vaters, dessen Vorbild ich stets für bare Münze hielt. Doch er hat sein Versprechen nicht eingelöst, ist mit seiner Geliebten durchgebrannt und hat mich im Stich gelassen. Wollte ich ihm dennoch nacheifern, so musste ich wohl oder übel seine Methoden kopieren. Er hat seine Vorbildfunktion missbraucht und mich in arge Bedrängnis gebracht, was also hätte ich tun sollen, um mein Ziel zu erreichen?

Nein, das ist keine Ausrede, mein eklektisches Verhalten hat seinen Hintergrund, den zu beachten ich schon sehr bitten möchte. Seid doch nicht so selbstgerecht, es steht euch ja kein Urteil zu.“

Dieser Unterbruch im Erzählfluss sollte Neros Persönlichkeit beleuchten, um die nun folgenden Stationen seines Lebens besser zu verstehen, doch nun gilt es, den Faden beim hartnäckigen Hausmütterchen wieder aufzunehmen, das sich lange weigerte zur Kenntnis zu nehmen, was er alles anstellte, um sie loszuwerden. Auch sie war geblendet, auch sie fiel auf seine Masche rein, auch sie wollte sich nicht eingestehen, dass sie auf verlorenem Posten kämpfte, ja, auch sie fühlte sich entwürdigt, denn vergeblich sorgte sie sich um seine Zukunft, die mitzugestalten sie sich anfänglich vornahm. Nein, sie war nicht hässlich, sie war allenfalls etwas träge, womöglich besonnen nur, jedoch klug und unternehmungslustig, eröffnete nebenbei ein eigenes Geschäft, vielleicht nicht zuletzt auch um zu beweisen, dass sie notfalls in der Lage wäre, auf eigenen Beinen zu stehen, ja selbst ihn, den bisher wenig erfolgreichen Geschäftsmann, zu unterstützen, so er vor purer Bequemlichkeit keine Einkünfte mehr erwirtschaften sollte. Doch all dies schien ihn schon nicht mehr zu interessieren, denn andere, angeblich höhere Ziele, nahm er bereits ins Visier, wobei über deren Natur zunächst nichts Näheres zu erfahren war. Stabilität und längerfristige Sicherheit, egal durch wen garantiert, waren ihm ein zu geringes Ziel, als dass es erstrebenswert gewesen wäre, und das höhere Ziel, na ja, wir werden gleich sehen, wie es sich ausnahm … dramatisch perfekt inszeniert jedenfalls, doch gemach, noch ist die Verschmähte nicht weg, packt Kiste um Kiste, bis die Wohnung wieder weitgehend leer geräumt ist.

Nun, wie auch immer, heute ist sie jedenfalls eine erfolgreiche Geschäftsfrau und obendrein Mutter von zwei Kindern mit anscheinend wohlfunktionierender Familie. Sie hat all dies ohne Neros Hilfe geschafft, ja bei näherer Betrachtung muss er sich wohl eingestehen, dass sie dieses Ziel erst erreichte, nachdem es ihr gelang, sich von ihm zu lösen. Ihr Glück zwar, aber beileibe nicht sein Pech, wie er wiederholt betonte, denn sie war ja langweilig und ungenießbar, eine typische Lückenbüßerin eben, die zwar bereit gewesen wäre, seine Faulheit, nicht aber seine auswärtigen Liebesabenteuer zu tolerieren, was ihr letztendlich zugutekommen sollte, denn wäre sie bei ihm verblieben, wäre ihr ein trauriges Frauenschicksal beschieden gewesen, wie es derer zahlreiche gibt.

Es fiel auf, dass er auch über diese Frau immer wieder sprach und dabei stets ihre wenigen Vorzüge gegen ihre zahlreichen Nachteile aufwog, als all dies längst nicht mehr zur Debatte stand. Es waren reine Stilübungen zum Thema ‚Qualitäten einer perfekten Partnerin', als ob gerade er wüsste, welcher Art diese zu sein hätten, verstand er doch von Beziehungen etwa gleich viel wie eine Kuh von Euklid. Und selbst ein Vergleich zwischen Vergangenheit und Aktualität, ein noch immer beliebtes ‚Spiel' seiner verqueren Gedankenwelt, war eher taktlos, denn ein solcher musste sich unweigerlich für die jeweils aktuelle ‚Geliebte' verletzend und demütigend auswirken, selbst wenn sie zu guter Letzt die Siegespalme davontrug. Es war nicht mit Sicherheit auszumachen, was er mit dieser sinnlosen Marotte erreichen wollte, reine Provokation oder Ansporn für edleres Verhalten, vielleicht sogar Vorstellungen für eine ersprießliche Zukunft; egal, ein Popanz bloß, unklar, auch unverschämt und demütigend. Darauf angesprochen, gab's jeweils eine stereotype Antwort: Er sei eben offen und ehrlich, und die jeweils Aktuelle solle uneingeschränkt darüber in Kenntnis gesetzt werden, weshalb die vergangene Freundschaft gescheitert sei, damit sie nicht etwa dieselben Dummheiten mache wie die Vorgängerin, womit er zwar unausgesprochen, aber gleichwohl unmissverständlich impliziert, dass er allein, dank erwiesener Unfehlbarkeit, berechtigt sei, über die Wahrhaftigkeit des Verhaltens in einer Beziehung zu urteilen. Und genau dies ist sein Urproblem, dass er nämlich die Forderung aufstellt, regelmäßig in seinen Ansichten bestätigt und wunschgemäß bedient zu werden, oder in anderen Worten, den Anspruch erhebt, seine Partnerinnen so zu formen, wie es seinen Bedürfnissen entspricht. Dass diese Methode vor allem bei jungen und unerfahrenen Mädchen und Frauen von Erfolg gekrönt ist, versteht sich von selbst, weshalb er sich auch auf diese ‚Zielgruppe' spezialisiert, ja buchstäblich eingeschossen hat, bis … aber noch erwartet uns ein Intermezzo der besonderen Art.

Es sei noch mit aller Deutlichkeit festgehalten, dass ihn auch die Erziehung von Kindern nicht interessierte und er deren Anwesenheit als sinnlosen Ballast empfand, eine angeblich unverrückbare Ansicht, die er für den Rest seines Lebens so handhaben wollte, wie er wiederholt betonte, nicht zuletzt um den Kinderwunsch des braven Hausmütterchens zu konterkarieren. ‚Nie wieder' war sein Motto, wofür er alles tat, um es umzusetzen, und wir wissen auch weshalb, und seine chirurgisch herbeigeführte Zeugungsunfähigkeit verhalf ihm zur erfolgreichen Umsetzung seines Vorsatzes. Die stereotypen, längst abgedroschenen Beteuerungen waren schon zu diesem Zeitpunkt inflationär, deren Glaubwürdigkeit bestenfalls noch einen

Pfifferling wert. Auch dieses Thema nur noch Protzerei, und jeder, der es wissen wollte, wusste es bereits, auch das ‚Heimchen' vom Dienst, das endlich begriffen hatte, dass es ihre Zukunft nicht mit diesem Mann würde realisieren können.

Auch dies ist ein Charakteristikum dieses Herrn, dass er, anders als mehrfach beteuert, nicht Klartext sprechen will oder kann. „Es ist aus, geh weg!" So einfach lautet der kleine Satz, den er hätte aussprechen müssen, aber er schaffte es nicht. Stattdessen spielte er mit all jenen Frauen herum, welche seine Umgebung hergaben, oder versuchte es wenigstens, mit wechselndem Erfolg, versteht sich. Er führte sich jedenfalls auf, wie ein Handelsreisender in Sachen Treulosigkeit, und was er anstelle von Bürsten und Seife feilzubieten hatte, kann sich letztmöglich jedermann leicht vorstellen. So und nur so konnte er jeweils mitteilen, dass er eine Änderung ins Auge fasste. So und nur so vermochte er seine Bräute aus seinem Leben zu entfernen. So und nur so vermochte er seinen Kopf aus der Schlinge zu ziehen, welche ihm der blindwütige Lindwurm angeblich bereits umgelegt hatte … Nero der Held, Nero der unentbehrliche Drachentöter. Das hat sich mit der Zeit auch herumgesprochen, denn echte Helden sind rar geworden.

Nun, da gab's unter anderem diese traurige Geschichte, welche eine Mitarbeiterin in jenem Unternehmen durchzustehen hatte, in welchem er damals arbeitete – ja es mochte so aussehen, dass sie ein willkommenes ‚Angebot' aus seiner unmittelbaren Umgebung sein könnte, sozusagen nur eine Armlänge von ihm entfernt. Nicht hässlich, etwas scheu und sichtlich deprimiert, saß sie im Büro nebenan und arbeitete lautlos vor sich hin. Sie war still, sehr still sogar und machte durch ihr Verhalten deutlich, dass sie in ihrer Trauer nicht gestört werden wollte. Doch dessen ungeachtet stieß er neugierig in ihr Innerstes vor und erfuhr nach ebenso wortgewandtem wie hartnäckigem Hofieren woran sie litt. Sein mittlerweile bestens bekannter Helferinstinkt war geweckt, und er hat selbstverständlich sofort versucht, sie zu trösten, indem er natürlich leichte Beute witterte, welche ihm gerade in jenem Zeitpunkt zupassgekommen wäre, doch war sie nicht sogleich Feuer und Flamme für seine ‚Heilmethode', hatte sie doch kurz zuvor ein Kind und gleichzeitig auch ihren langjährigen Partner verloren. Wen wundert's, dass sie nicht sogleich auf einen fahrenden Zug aufsprang, über dessen Destination sie nichts wusste, nachdem sie kurz zuvor in einer Sackgasse gelandet war. Also erlosch sein Enthusiasmus augenblicklich, und er versagte ihr seinen ‚gütigen' Beistand, dessen Natur somit nie bekannt wurde, wobei auch hier aufgrund von einschlägiger Erfahrung naheliegende Vermutungen angebracht sind. In Tat und Wahrheit gab sie ihm aber einen Korb, den er allerdings sich selber nicht eingestehen wollte und seiner Umgebung verschwieg, weshalb er von schrecklich langweiligen Bettszenen sprach, die es vermutlich nie gab, denn sie lebte sehr zurückgezogen. Dass sie aber nicht zu all jenen gehören wollte, die nur ihren Job behalten durften, wenn sie wenigstens einmal in Neros Bett gelegen hatten, überhörte er geflissentlich, wiewohl sie es deutlich sagte, deutlicher vielleicht, als ihm lieb war. Eine Niederlage hinzunehmen, wollte ihm aber auch nicht schmecken, ja hätte vermutlich sogar seinem Ruf geschadet, und so verschwand sie augenblicklich im siebten Zimmer von Blaubarts Burg und sollte nie mehr auf dem Parkett von Neros Prachtbauten erscheinen, dachte man zumindest. Keiner wusste damals, dass er auch ein eifriger Sammler war und all seine Trophäen hin und wieder zur Schau stellen wollte, und sei es nur, um zu beweisen, welch prachtvoller Platzhirsch er sei. Wozu er all diese Prahlerei benötigte, war nicht leicht zu verstehen, in einer schwachen Minute allerdings, oder besser gesagt, nachdem reichlicher Genuss von gebrannten Wassern seine Hemmschwelle hinwegspülte, verriet er unumwunden, dass ihm bisher keine ‚Beute' entschlüpfte und er sich einer stolzen Reihe vergangener Liebschaften rühmen könne. Ja, und warum sollte man nicht darüber sprechen, es ist doch kein Verbrechen, wenn man mit Frauen umzugehen weiß (ausgerechnet Nero!) …

alles ganz harmlos, alles nur Spaß und Spiel: Männlichkeitswahn und Frauenverachtung, ein wohl veraltetes, aber nicht minder begehrtes Verhaltensmuster in der heutigen Gesellschaft, in welcher die Männer und deren althergebrachte Rollen zusehends an Bedeutung verlieren, während die Frauen ihr Selbstbewusstsein fortentwickeln, um ihren einstigen Beschützern und Widersachern die Stirn zu bieten. Jene Arbeitskollegin, welche wohl seinen Verlockungen widerstand, gehörte zu dieser Art von Frauen, und es besteht kein Zweifel, dass sie ihn abblitzen ließ. Ihre Leidenszeit hatte sie wohl gelehrt, hohle Versprechen von wahren Angeboten zu unterscheiden, sodass Neros übliche Masche schmählich versagte. Sie hat sich, wie man später erfuhr, ohne fremde Hilfe nach der Art des Freiherrn von Münchhausen am eigenen Zopf aus dem Sumpf gezogen und eine Laufbahn eingeschlagen, welche sie mit Neros Hilfe niemals hätte verwirklichen können. Sich unter Neros Fittichen zu befinden, bedeutet keineswegs Sicherheit, dafür aber Ausbeutung sowie Verlust der Selbstständigkeit und gebrochener Wille, wie man weiß. Wer es erahnt, verzichtet auf seine Barmherzigkeit, deren Altruismus kaum erkennbar ist.

Erstaunlich indes, dass wir nun zwei Episoden kennen, welche aufzeigen, dass die Loslösung von Neros Anbiederungsversuchen zu ungeahnten Erfolgsgeschichten wurde … ein Klecks im Reinheft also!

Einerlei, in großen Dienstleistungsunternehmen sind in der Regel recht viele weibliche Angestellte zu finden, oft unverheiratete Frauen, häufiger anderswie Liierte oder eben Singles, und hin und wieder taucht auch eine Nymphomanin auf, die nach neuer Beute Ausschau hält. So auch hier, und dies genau zum richtigen Zeitpunkt, zumindest aus Neros Sicht, der wie erwähnt schon wieder auf Freiers Füßen ging. Und genau dieser neuen, selbstsicher und siegesgewiss auftretenden Mitarbeiterin schenkte er sofort seine ganze Aufmerksamkeit. Sie war weder sehr jung noch unerfahren, was sie recht bald und mit allem Nachdruck durchblicken ließ, aber für Nero hatte sie vermutlich das gewisse Etwas, auch einen Nimbus von Überlegenheit, den zu übertrumpfen ihn wohl allzu sehr gelüstete, als dass er diese exklusive Gelegenheit ungenutzt hätte verstreichen lassen können. Sie kitzelte jedenfalls seinen Ehrgeiz, das sah ein Blinder, machte sich an ihn heran und umgarnte ihn, und auch er verhielt sich keineswegs passiv. Sie war eine quirlige, umtriebige Person, welche sportlich und arrogant auftrat – das pure Gegenteil der ruhigen Mitarbeiterin von nebenan – und durch ihr Verhalten deutlich machte, wie hoch ihr Preis sei. Doch dessen ungeachtet wollte Nero an vorderster Front um diese begehrte Beute kämpfen, wiewohl er nicht über die erforderlichen Mittel verfügte, die aufzuwenden wohl unumgänglich sein würden, wollte man bei ihr landen. Er landete dennoch! Sein geschliffenes Mundwerk verhalf ihm wahrscheinlich zum unverhofften Erfolg, denn andere, mit Sicherheit besser gestellte Nebenbuhler schlug er in die Flucht, es sei denn, sie selber hätte es getan, was angesichts ihres extravaganten Gehabes nicht völlig ausgeschlossen gewesen wäre. Wo die Liebe eben hinfällt, nicht wahr! Aber war es denn Liebe oder nur Leidenschaft und Prestigedenken? Sie hatte den Köder mit Haut und Haar geschluckt!

Offiziell brauchte sie keine Hilfe – oder eben doch? Bediente sie sich etwa einer List, die er nicht durchschaute? Gab sie nur vor, völlig unabhängig und schuldenfrei zu sein? Egal doch; und unversehens waren sie ein Paar, während ihr einstiger Bettgenosse – zwar noch im Amt – weiterhin ihre Pferde besorgte, da er noch nichts von seinem ‚Glück' wusste und ihre zeitweiligen Abwesenheiten als berufsbedingt betrachtete. Ja, die Pferde, sie sollten eine entscheidende Rolle spielen, und zwar vor, während und nach der sich anbahnenden Tragödie, welche schon zu Beginn ihre Schatten vorauswarf. Die Pferde sind teuer, verbindend manchmal, oder auch trennend, je nach Bedarf, aber dessen ungeachtet wollen sie immer versorgt sein, Tag für Tag, ausnahmslos: Geld, Zeit und Emotionen sind also gefragt. Während einiger Zeit musste der vierschrötige Pferdeknecht hinters Licht geführt werden, damit er weiterhin seine Pflicht tat, als dann aber ruchbar wurde, was sich hinter den kunstvoll errichteten Kulissen verbarg, flogen Frau und Pferde – damals waren es noch vier an der Zahl – in hohem Bogen hinaus. In ihrer beider Augen ein Idiot selbstverständlich, hätte er sich doch gutes Geld damit verdienen können, die Pferde weiterhin zu beherbergen, doch kannte er sie als bisheriger Hausfreund und Kassenschrank wohl zu gut, um auch nur im Entferntesten daran zu glauben, dass er jemals für seine Dienste entschädigt worden wäre. Retrospektiv ist ihm durchaus recht zu geben. Ja, er war vierschrötig, aber beileibe nicht dumm.

Sie, die mannstolle Pferdenärrin also, stand jedenfalls schon mit dem Zügelwagen vor der Haustür, der, um es symbolisch zu sagen, von vier obdachlosen Pferden gezogen wurde, als das nun definitiv vertriebene, geknickte Hausmütterchen ihre letzten Kisten packte, um nach getaner Arbeit und mit hängendem Kopf buchstäblich nach Hause zu gehen. Ja, sie ging zurück ins Hotel Mama, wo sie ihr Jungmädchenzimmer wieder in Beschlag nahm, befand sie sich doch gerade auf dem finanziellen Nullpunkt, nachdem sie kurz zuvor ein Geschäft eröffnet hatte, welches ihre letzten Reserven verschlang. Zu seinem Erstaunen und auch unverhohlenen Missvergnügen war sie jedoch erfolgreich, wie wir wissen.

Und Neros neue Flamme nahm sogleich das Heft in die Hand und begann nach Belieben zu wirken: Vor allem Wohnung, Freizeit und Geldhahn, weniger interessiert war sie an Haushalt und dergleichen mehr, was sie als nebensächlich betrachtete. Die Wohnung war zu klein, zu unscheinbar, zu wenig repräsentativ, eine größere musste her, eine besondere, sie wurde gefunden – eine Duplex mit Galerie in einem umgebauten Bauernhaus: äußerst exquisit und teuer – und sogleich bezogen; sie bestimmte auch, wie sie eingerichtet werden sollte, mit neuen Möbeln selbstredend und gebührendem Aufwand … natürlich alles auf Pump und ohne realistische Aussichten auf Erstattungsmöglichkeiten des geliehenen Geldes innerhalb der nächsten zehn Jahre. Umso sorgloser gab man es aus, selbst wenn man nicht umhin kam einzusehen, dass das Kartenhaus eines Tages einstürzen würde, denn auch der anfänglich hochgeschraubte Arbeitseinsatz der beiden wurde, nicht zuletzt durch den Pferdesport, erheblich eingeschränkt, sodass sich manch einer fragte, wovon sie überhaupt lebten und womit sie die neue, wesentlich kostspieligere Unterkunft der Pferde bezahlen wollten. Aber das Leben pulsierte wie ein frisch verliebtes Herz und schlug den Takt der vermeintlichen Ewigkeit, in Tat und Wahrheit war allerdings der unvermeidliche Absturz bereits vorprogrammiert. Ja, die große Kelle, mit der hier angerichtet wurde, war definitiv zu groß und die schöne Wohnung binnen weniger Wochen verdreckt.

Angeblich regierte die Leidenschaft, wochenlang und ausschließlich, der Beweis dafür, dass diese Frau wenigstens im Bett hielt, was sie und ihr Outfit außerhalb desselben versprach. Das ist nichts anderes als eine beliebte Methode, um ernsthafte Überlegungen beispielsweise über die Zukunft zu verdrängen, und da man im selben Unternehmen arbeitete, wollte man sich durch Leistung vor lästigem Geschwätz schützen, denn wer würde es noch wagen, angesichts von Zahlen in schwindelerregender Höhe das Maul zu zerreißen, so die zentnerschwere Bekanntmachung. Wie man allerdings diese sich widerstrebenden Kräfte unter einem einzigen Dach unterbringen wollte, darüber schwieg sich das ehrgeizige Paar einstweilen aus, dass es ihnen jedoch mühelos gelingen würde, ihre Pläne zu realisieren, darüber ließen sie keine Zweifel aufkommen. Übrigens alle, die mit diesem Blendwerk abgespeist wurden, fanden das skurrile Ansinnen reichlich nebulös, dennoch soll es möglich gewesen sein, so – wie genau? – zu verfahren, und zwar mit tosendem Triumph, wie das damals noch liebestolle Paar nicht müde wurde zu verkünden. Aber es war unschwer zu erkennen, dass es sich dabei um ein völlig wirklichkeitsfernes Vorhaben handelte, das dann auch buchstäblich in den Kinderschuhen stecken blieb, wie man schon nach kurzer Zeit erkennen musste, löste sich doch die großmäulige Ankündigung in nichts auf, und die geschätzten Kunden haben sich Zug um Zug zurückgezogen, da ihre allzu aggressive Geschäftstaktik mehr Zweifel als Begeisterung hervorrief. Die Kunden wurden eher weichgeklopft als beraten; die Zusicherungen, die abgegeben wurden, waren himmlisch, daran auch noch zu glauben, fiel dennoch schwer, doch die Beteuerung, dass daran nicht zu rütteln sei, wurde immer wieder aufs Neue wiederholt. So gab man dann letztlich nach, und als Jahre später die Bescherung ans Tageslicht kam, waren sie beide nicht mehr auffindbar. Wen wundert's, dass einige hinters Licht geführte ‚Kunden' klagten und sogar ihren Fall in den Medien breitschlugen.

Wozu all dies Geschwätz, wozu die rastlose Werbetrommel, fragte man sich mit Fug und Recht. Wohl alles nur Geschwafel, um sich auch im Freundes- und Familienkreis nicht unliebsamen Fragen stellen zu müssen, dachten wohl einige und betrachteten zwar skeptisch, aber dennoch zunächst wohlwollend das ungeheure Wolkenkuckucksheim, das immer wieder neu aufgebaut und mit zusätzlichen Attributen versehen präsentiert wurde, denn seit Langem schon hoffte man auf den eigentlichen Durchbruch, ja die große Wende sogar, hin zu einem brauchbaren Erwachsenenleben. Es sollte derweil nicht allzu lange dauern, bis auch diese Hoffnungen wie Seifenblasen zerplatzten, und wie in solchen Fällen üblich, das reine Nichts – die Berechtigung, von einem schwarzen Loch zu sprechen, ist gegeben – die hochgepriesenen Zukunftsaussichten samt und sonders verschlang. Statt Großtuerei verblieb Katzenjammer und eine leere Kasse, doch der Reihe nach …

Denn kaum zu glauben, aber dank dem allmächtigen Bullen, seines Zeichens Chef des Ladens, der seine schützende Hand über sie ausbreitete – ja, die benötigte auch er, und zwar dringend –, ging die Rechnung während einiger Zeit recht gut auf, so lange nämlich, bis allgemein bekannt wurde, dass auch der Bulle seine Frau betrog und mit seiner Sekretärin schlief, wodurch die allabendlichen Sitzungen, welche als Folge der Arbeitsüberlastung zur zwingenden Notwendigkeit erklärt wurden, einen völlig anderen, mehr privaten Anstrich erhielten. Nein, nein, es war beileibe kein Eheanbahnungsinstitut, es war auch keine Scheidungsakademie, es war ein Dienstleistungsbüro, welches nach wie vor Dienste verkaufte, soweit sich noch Kundschaft einfand … ein Sauhaufen sondergleichen, man kann es nicht anders bezeichnen, denn niemand hat sie je verpflichtet, ihre Marotten auch noch an die große Glocke zu hängen. Es ist zwar erstaunlich, aber wohl gegeben, dass gerade in solchen Fällen die Trennung zwischen offiziellem und privatem Lebensteil nicht mehr gelingt … ja wie denn, wenn man sich die jeweils nächstbeste Mitarbeiterin ins Bett holt, um sie kurzerhand wieder hinauszuekeln, sobald sie verbraucht ist. Und Nero eilte einem ähnlichen Schicksal entgegen, doch noch war es nicht so weit, denn die internen Machtkämpfe waren noch nicht entschieden, Grund genug, das aussichtslose Tauziehen fortzusetzen … und die Siegespalme, wer wird sie wohl davontragen?

Es ist nicht leicht, diese konfuse Geschichte niederzuschreiben, denn sie verläuft über mehrere Stränge hinweg, die sich erst ganz am Ende der Episode vereinigen. Zwei davon haben wir nun aufgezeichnet, einen weiteren wollen wir uns noch näher betrachten, denn er ist der eigentliche Schicksalsträger, der die Tragödie zu Ende führen wird. Nein, so banal endet sie eben nicht, diese Geschichte, obwohl man dies eigentlich erwarten könnte, aber allen Widrigkeiten zum Trotz fügten sie, dickköpfig, trotzig und stur, wie sie nun einmal waren, wohl aus den genannten Gründen, noch ein weiteres Kapitel an, das seinesgleichen sucht.

Die Karten waren also ein weiteres Mal neu verteilt, Nero bereits im nächsten Schwitzkasten eingeklemmt, denn die Neue war stark und fordernd, und sein Dunstkreis verflüchtigte sich wie Morgennebel in der Märzsonne. Kaum einer wollte mehr mit diesen beiden, eher mühsamen Zeitgenossen etwas zu tun haben; sie haben sich gewissermaßen selbst ins Abseits manövriert, indem sie sich unhöflich und arrogant benahmen, ja, mehr sein wollten, als sie je zu verkraften imstande sein würden. Die Vorzeichen waren jedenfalls denkbar schlecht, nicht nur weil der Bulle ausschied, sondern weil das neue Paar schon nach kurzer Zeit Abnutzungserscheinungen zeigte, wie man sie sonst erst nach jahrelangem Ringen um Hegemonie zu erwarten hatte, und zwar lange bevor die Hochzeitsfanfaren – ach so – erklangen. Auch die letzten Reste liebevoller Zugeständnisse verflüchtigten sich wie Wasserdampf im Sonnenlicht. Keiner wagte indes auf den Sympathieschwund hinzuweisen, ein Vorwurf, den man sich allenfalls gefallen lassen müsste, doch ist zum einen die Nutzlosigkeit solcher Interventionen mehr als bekannt, und zum anderen, freimütig sei's eingestanden, wollte man jeden Streit mit dem unter gemeinsamer Flagge segelnden Paar vermeiden, denn sie waren beide auch leidenschaftliche Streithähne. Ausgelebte Leidenschaft vermochte einst Groll zu besiegen, doch nun wandelte er sich zu Hass und ließ die sanften Töne verklingen, ein wirksames Rezept gegen diese missliche Entwicklung fehlte. Nein, das Einzige, was man tun konnte, war abzuwarten und zuzuschauen, wie sich zwei Menschen Zug um Zug zerfleischten, bis nur noch ein widerliches Skelett von Unmut und Missgunst übrigblieb.

Eigenartig, aber man ist immer wieder gezwungen in die Anfangszeiten dieser Affäre – rückblickend ist die Episode wohl so zu umschreiben – zurückzukehren, um weitere Erkenntnisse einzubringen, ja, um die Aberwitzigkeit einer Entwicklung zu verdeutlichen, die von Anfang an unter einem ungünstigen Stern stand. So und nur so wird es gelingen, den chaotischen Vorgängen dieses Intermezzos einigermaßen gerecht zu werden. Zurückgreifend auf das Anfangsstadium ihres ‚Experiments' ruft man sich ein Ereignis in Erinnerung, das sich zu jener lichten Zeit abspielte, als angeblich noch heile Welt gespielt wurde, die ersten Tage mithin einer verhängnisvollen Reise durch die Untiefen menschlicher Winkelzüge. Sie waren damals zu Besuch und haben auch gleich ein ganzes Wochenende gebucht, war es aus Neros Sicht doch unerlässlich, die neue Eroberung gebührend zu präsentieren, und zwar in all ihren Schattierungen. Es ging nicht zuletzt um die Demonstration möglichst vieler Finessen, welche zur Neufassung eines speziellen Lebensstils vonnöten sind, und dieser Anspruch konnte nicht deutlich genug hervorgehoben werden. Er wollte offensichtlich den Ruf des Exzeptionellen und Einzigartigen definitiv in seinem Umfeld etablieren, um endlich eine namhafte und entsprechend aussichtsreiche Errungenschaft vorzuweisen, welche auch sein eigenes ‚Ich' aufwerten sollte, mithin das unerlässliche Fundament eines Solipsisten, den in Szene zu setzen er stets aufs Neue anstrebte.

Nun ja, sie war mäßig attraktiv, ziemlich temperamentvoll, wie hinlänglich bekannt, vor allem im Bett, worauf beide durch Bekanntgabe selbst intimer Belange besonderen Wert legten. Die Spuren, welche die nächtlichen Spielchen hinterließen, wurden dann auch freizügig demonstriert, um jedweden Zweifel am Wahrheitsgehalt der Schilderungen zu beseitigen, als ob einem mit blauen Flecken übersäten Körper irgendeine Beweiskraft zukäme. Doch so musste sie offensichtlich aussehen, die neue, zügellose Liebschaft, welche die Zukunft mit der hitzigen Geliebten prägen sollte, denn eine solch inbrünstige Leidenschaftlichkeit zu überstehen, ist nur wenigen gegeben, Nero aber, der allseits begehrte Schürzenjäger, hat nunmehr aller Welt bewiesen, dass er dies mühelos schaffte. Sie selber, womöglich unter exhibitionistischen Wesenszügen leidend, erschien kurz danach im durchsichtigen Nachthemd zum Kaffee, ohne dadurch das Frühstück zu erotisieren, denn sie war müde vom nächtlichen Treiben und gab freimütig Kostproben ihrer angeblich so begehrenswerten Gestalt ab, welche selbst, ohne der Prüderie das Wort zu reden, nicht mehr und nicht weniger als über all die üblichen weiblichen Attribute verfügte, die kaum einen vom Hocker rissen. Sie hatte also das Aussehen einer gewöhnlichen Frau, und nichts Besonderes kennzeichnete, soweit erkennbar – und das war recht viel, ihren Körper, denn sie hatte weder viereckige Brüste noch eine herzförmige Schambehaarung; ihre Attraktivität war mittelprächtig und mitnichten unwiderstehlich.

Kindsköpfe, dachte man, nahm zum einen die Stigmatisation ausschweifender Liebesspiele und zum anderen die Tatsache zur Kenntnis, dass auch sie über keinerlei außergewöhnliche Attribute verfügte, doch, so die Ansage, hatte man sich im Bewusstsein zu wähnen – und darauf wurde besonders viel Wert gelegt –, dass nun endlich zwei ebenbürtige Partner ihr Leben gemeinsam zu verbringen gedachten, wobei die Ebenbürtigkeit die eigentliche Novität in Neros Leben darstellte, da Letztere seinem Überlegenheitsfimmel, den zu überwinden er zwar gelobte, grundsätzlich widersprach. So gab er wohl unbewusst auch zu, dass er bislang nur vermeintlich schwache Figuren an seiner Seite duldete, doch bemerkte er dieses aufschlussreiche Detail erst sehr viel später, als er sich unvermutet wieder seiner alteingesessenen Methoden entsann und entsprechend handelte, wie man schon wieder vorausgreifenderweise in diesem Zusammenhang festzustellen nicht umhinkommt. Bühne frei also, um einmal mehr der „Widerspenstigen Zähmung“, deren Gelingen wenig aussichtsreich war, erneut beizuwohnen.

Doch zurück zum eigentlichen Duktus der Schilderung: Schluss also einstweilen mit dem Junggemüse, erwachsen und reif wollte man sich wieder in der Familie eingeführt wissen. Die etwas laienhaft inszenierte, aber ausführliche Vorstellung der Neuen, sollte wohl alle bisherigen, teils unschönen Vorkommnisse aus jedermanns Gedächtnis tilgen, um sie aus Neros Sündenregister zu entfernen. Der Anspruch auf etwas noch nie Dagewesenes wirkte derweil reichlich pubertär und vermochte beileibe nicht die alten Kindereien aus der Welt zu schaffen, vielmehr gewann man die Erkenntnis, dass womöglich eine Zeit anbrach, während welcher zwei am gleichen Strick zogen, wenngleich letztmöglich in entgegengesetzter Richtung, eine berechtigte Annahme, die wohlfundiert war. Doch diese Ansicht war unpopulär, denn kein probates Mittel hätte bei diesen ungestümen Persönlichkeiten zum dringend erforderlichen Reifeprozess geführt. Nein, weit eher kam die Befürchtung auf, dass ungeahnte Kräfte freigesetzt würden, welche sich in titanischer Größenordnung manifestieren könnten, um schließlich mehr Schaden anzurichten als Ersprießliches zu erwirken. Aber davon wollte man einstweilen nichts wissen, im Gegenteil: Man verschleierte von vorneweg die sich abzeichnenden Spannungen, welche sich schon sichtbar zwischen den zwei unnachgiebigen Hitzköpfen aufbaute, sodass es bei jeder Kollision – es waren nicht wenige – heftig schepperte. Ja, es war wohl pure Selbsttäuschung, was hier vorgeführt wurde, doch einmal mehr enthielt man sich, im Bewusstsein der Nutzlosigkeit aller Einreden, jeglichen Kommentars.

Nichtsdestotrotz wurden in diesem abträglichen Umfeld, welches ein gutes Gelingen weitgehend ausschloss, erstaunlich konkrete Zukunftspläne geschmiedet, indem bis hin zur bevorstehenden Heirat beinahe alles aufs Tapet kam, was man sich für einen protzigen Lebensstil nur wünschen kann. Eine glänzende berufliche Karriere unter dem Patronat des nun selbstständigen Bullen, dessen zukünftige Tätigkeit allerdings aus naheliegenden Gründen noch geheim gehalten wurde, sowie selbstverständlich eine ziemlich hochgestochene Laufbahn im Bereiche des Pferdesports, dem Nero sich opportunistischerweise nach langer Karenz wieder zuwenden wollte. All dies war nur ein Teil dessen, was die beiden in Aussicht stellten, dass es jedoch Unsummen von Geld verschlingen würde, war kein Thema, denn die günstigen finanziellen Voraussetzungen waren ja mit dem ersten Teil ihres Vorhabens hinlänglich abgedeckt, die Zukunftsaussichten also rosig. Zehn, zwanzig Luftschlösser wurden während eines einzigen Vormittags aufgebaut, keines davon erweckte jedoch den Anschein, in der Wirklichkeit jemals anzukommen. Pubertäre Schwärmereien zweier erwachsener Menschen bloß, welche großmäulig das Vorhaben ankündigten, ihre jugendliche Unschuld, soweit noch vorhanden, ein für alle Mal abzustreifen.

Alles Utopien nur, die zahlreichen Wunschvorstellungen, die sie errichteten, doch nichtsdestotrotz wurden sämtliche Träume auch dann noch aufrechterhalten, als sich bereits erste bedrohliche Gewitterwolken am fernen Horizont auftürmten, zu fern noch indes, um ihrer gewahr zu werden. Die teils heftigen Streitigkeiten häuften sich nämlich schon während der ersten gemeinsamen Zeit, und zwar derart, dass man sich mehr und mehr vor dem bereits festgelegten Hochzeitstermin zu fürchten begann. Jeder, der Augen im Kopf hatte, erkannte doch längst, dass aus diesen beiden nie ein wohlfunktionierendes Ehepaar werden würde, es sei denn ein solches, das sich täglich enthusiastisch zerfleischte. Und so stellte man sich die bange Frage, wozu man denn zahlreiche Gäste laden, ein gigantisches Festzelt aufbauen und eine teure Catering-Firma aufbieten musste, wenn allen, nicht zuletzt auch den Verlobten selbst, mittlerweile klar war, dass nach dem Fest außer den Spesen nichts mehr übrig bleiben würde, was sie noch verband. Wäre es nicht klüger gewesen, davon Abstand zu nehmen und dem Schrecken ein weniger kostenintensives Ende zu bereiten? Ja, selbst am Vorabend ihres luxuriösen Hochzeitsfestes gab's einen Knatsch, der seinesgleichen suchte, sodass ein Diskurs mit dem Scheidungsrichter weit wahrscheinlicher war als der Besuch im Standesamt. Sie schloss sich vor Wut in ihr Zimmer ein, und er musste im Wohnzimmer auf dem Sofa übernachten … Polterabend im eigentlichen Wortsinn, und zwar nach Maßgabe der Frau Gemahlin, zu jenem Zeitpunkt noch Braut. Man denkt immer, dass es einen sogenannten ‚Point of no Return' gäbe, der zwingend zur Fortsetzung des Begonnenen verpflichte, was bei genauerem Hinsehen allerdings nur selten der Fall ist. In dieser Situation hat man indes so agiert, als wäre diese Regel verbindlich, wenngleich eine radikale Umkehr einleuchtender und konsequenter gewesen wäre.

Doch nichts dergleichen geschah, man wollte offensichtlich mit dem Kopf durch die Wand und nahm jede Verletzung hin … cui bono? Schon standen die Gäste im Vorgarten und ließen sich den Aperitif servieren, und – kaum zu glauben – Deborah, die einstige Lückenbüßerin, jener bereits erwähnten Winterferien, damals noch in greifbarer Nähe lebend, war als Kellnerin und Animierdame angestellt: Minirock, Dekolleté, Schminke und das gewohnte laszive Gehabe, man riss sich um ihre Dienste, die sie mit Verve versah. Nun, sie hat schon am Vortag alles vorbereitet und wohl bei ihm übernachtet, auf dem Sofa vielleicht, na ja, sie war eben immer zu haben, wenn es galt, eine Scharte auszuwetzen, aber etwas Genaues wusste man nicht, und es wäre unschön, jemanden zu verleumden, selbst wenn stichhaltige Gründe gewisse Vermutungen nahelegten. Ihre Anwesenheit, wiewohl abgesprochen, war nämlich nicht nur Ursache des Streits, nein, sie war es auch, welche die Ereignisse kolportierte.

Alle haben längst verstanden, was sich anzubahnen schien, doch keiner ließ sich die Festlaune verderben, auch nicht Nero und seine neue Frau namens Karola, deren Vater sie als die trefflichste Braut bezeichnete, die man haben könne, und wie weiter in dessen Festrede zu vernehmen war, soll er, Nero natürlich, sich glücklich schätzen, von ihr ausgewählt und akzeptiert worden zu sein, denn das sei bei ihr keine Selbstverständlichkeit, und überhaupt solle er sich in Acht nehmen und Sorge tragen, denn so was gäbe es nicht alle Tage, und vieles mehr und mehr und mehr … Die Eloge nahm beinahe kein Ende, und bange Fragen stellten sich ein: Weshalb sah er sich denn veranlasst, diese ganze Litanei abzuspulen, wenn nicht um sie endlich loszuwerden? Was war faul? War dies etwa die Methode, wie man eine widerborstige Tochter anpreist, vor der sich alle fürchten? Nein, keinesfalls, der Vater liebte seine Tochter über alles und gab sie nur ungern her, das stellte sich später unzweideutig heraus, denn er befürchtete nicht ganz grundlos, dass sie in falsche Hände geraten sei. Er war dann in der Folge auch fast immer zugegen und bildete mit Karola einen unzertrennlichen Verbund, dessen Ursprung zumindest Fragen aufwarf, auf deren Beantwortung hier verzichtet wird. Es ergab sich eine ungünstige Situation, denn damit hatte Nero im Zweifelsfalle gleich gegen zwei harte Gegner anzutreten, was selbst ihm zu viel wurde.

Das rauschende Fest ging erstaunlicherweise reibungslos über die Bühne, aber die hohen Kosten, wie auch der Umstand, dass die Musikanten im nahe liegenden Restaurant essen gingen und ihre Künste erst spätabends im Zustande der Trunkenheit darboten, drückten etwas auf die Stimmung der Jungvermählten, was sich auch auf die Gäste übertrug. Getränke wie Essen wurden knapp, waren aus, ehe das Fest richtig begann. Es war Deborahs Freund, der kochte, ein sehr guter Koch, wohlverstanden, aber offensichtlich ein unbrauchbarer Liebhaber, wie sie in einem freien Moment zum Besten gab … also nur ganz vertraulich, versteht sich, und so, dass es nur wenige hören konnten, aber letztendlich alle wussten. Er sei einfach zu dick, ließ sie verlauten, aber die gute Kost und das freie Obdach banden sie an ihn, wie sie freimütig eingestand. Er habe sich großzügigerweise zur Verfügung gestellt, das ganze Catering zu organisieren, doch habe er wohl etwas zu teuer eingekauft, weshalb nun Speis und Trank etwas knapp bemessen seien: Das Budget eben! Aber die beiden würden es schon schaffen, davon sei sie überzeugt, denn schließlich hätte sie am Vorabend dieser Feier ja lange genug mit Nero gesprochen … also doch! Die Kosten waren immens, sie zu begleichen ohne Verzicht auf Pferde und teure Ferien ein Ding der Unmöglichkeit, doch verzichtete die nun angetraute Gattin auf gar nichts, und Nero folgte ihr wie ein Hündchen, nachdem er zunächst heftigen Widerstand geleistet hatte, dann aber gesenkten Hauptes seine Niederlage eingestand und ihrem Wunsch entsprach. Es schien, als ob sie das Tauziehen gewonnen hätte, denn während kurzer Zeit hatte sie ihn vollumfänglich im Griff, so lange nämlich, bis er ausscherte, sich seines einstigen Stolzes wieder bewusst wurde und fremdging, wie gehabt. Nein, so konnte und wollte er seinen Lebensweg nicht fortsetzen, das stand plötzlich fest, und er mobilisierte, was denn sonst, alteingesessene Kräfte, deren Stoßrichtung wohlbekannt sind. Hätte er je die Oberhand gewonnen, wer weiß was passiert wäre, aber so, nein, nie und nimmer, das entsprach nicht seinem Stil. Er war ihr ganz einfach nicht gewachsen, das musste er wohl oder übel einsehen, weshalb er die Flucht plante, mithin der einzige Ausweg aus seinem selbst gezimmerten Käfig, der ihm noch verblieb. Als sie bemerkte, dass sie den Bogen überspannt hatte, versuchte sie ihn noch hinzuhalten mit geheuchelter Unterwürfigkeit, welche indes nicht sehr glaubwürdig daherkam. Weshalb sie dies tat, war unklar, sie selber sah nicht ein, welcher Teufel sie ritt, und kapitulierte schließlich vorbehaltlos, denn …

Jedenfalls waren die Kosten der Hochzeitsfeier noch nicht beglichen, als sie einige Wochen später vor den Scheidungsrichter traten, und es dürfte eine Premiere gewesen sein, im Scheidungsurteil die Aufteilung derselben festzuschreiben, ein Novum innerhalb der Amtszeit selbst eines erfahrenen Richters, der gewöhnlich Vermögen zerstückelt und nunmehr zum ersten Mal, wie er glaubhaft versicherte, Schulden zumisst. Alles andere, soweit als verbürgtes Besitztum bekannt, war bereits verkauft, der Rest geleast und damit unveräußerlich, eine Scheidung mithin, welche eine güterrechtliche Auseinandersetzung mit umgekehrten Vorzeichen zur Folge hatte.

Die Ehe, soweit vollzogen, war eine reine Qual, doch im Vergleich zu anderen Beziehungen gab's eine Neuigkeit zu vermelden: Es gingen freilich beide fremd, und einer der Nebenbuhler, ein ehemals guter Freund, übernahm sie dann, als sie von Nero förmlich ausgespuckt wurde, für kurze Zeit nur, versteht sich, denn sie war und blieb eine Wildkatze, welche ihre eigenen Wege gehen wollte, koste es, was es wolle. Sie war auch die Einzige, welche Neros Masche nicht nur durchschaute, sondern eine ähnliche betrieb und dabei noch erfolgreicher war, als der Lehrmeister selber. Dennoch, das Kartenhaus fiel, wie längst prophezeit, in sich zusammen, und am Ende der kurzen, aber heftigen Episode verblieben Katzenjammer und ein riesiger Scherbenhaufen sowie ein gigantischer Schuldenberg, dessen Abbau schon deshalb gefährdet war, weil beide trotz schützender Hand des allgegenwärtigen Bullen, sowohl ihre Arbeit wie auch ihre Zukunft verloren haben, wie wir bereits wissen. Auch sein angeblicher Neuanfang war lediglich ein Luftschloss – deshalb wohl die Geheimhaltung –, und sein Einfluss bei der bisherigen Geschäftsleitung schwand zusehends dahin. Der Leistungsausweis war mittlerweile zum leeren Blatt Papier verkümmert, was die unzufriedene Geschäftsleitung mit Bedauern zur Kenntnis nehmen musste, und leider, so hieß es im blauen Brief, sähe man sich gezwungen, das langjährige Arbeitsverhältnis aufzulösen. Es sollen zwar die besten ‚Pferde' in seinem Stall gewesen sein, bemerkte bedauernd auch der Bulle, der indessen selber auf der Abschussliste stand, weil auch er, dank krummer Touren, seine angeblich unerreichten Qualitäten anderweitig einsetzte, was anscheinend nicht gerne gesehen und von einem Gericht auch entsprechend geahndet wurde. War dies das geheime Projekt, das allen Beteiligten Reichtum und Ehre versprach? Vielleicht, möglich, wahrscheinlich, was soll's? Später, etwa zwei oder drei Jahre später – es ist kaum zu glauben, was zwischenzeitlich alles geschehen ist – durfte er dann mit seiner neuen Geliebten einige Monate bei Nero, dem Stehaufmännchen, sogar wohnen, weil er kein anderes Zuhause mehr hatte, so hat er sich seinen Lohn für geleistete Dienste zurückgeholt, Dienste, deren Wirkung indessen längst verpufft war. Nun ja, er war mittellos, wollte mit Blick auf seine Scheidung Armut mimen, denn andernfalls wäre die Rechnung nicht aufgegangen.

Wir könnten an dieser Stelle vielleicht von krimineller Energie sprechen, aber belassen wir's vorerst einmal bei sonderbaren Wesenszügen, Schaumschlägerei vielleicht, welche solche Menschen kennzeichnet und ihnen die Fähigkeit verleiht, immer wieder obenauf zu schwimmen, na ja, Schaum ist leichter als Wasser, denn er besteht vorwiegend aus Luftblasen. Was dennoch erstaunt, ist die Tatsache, dass sich die Defraudanten immer wieder zusammenfinden, um vermöge ihrer Veranlagung und unter Bündelung ihrer Kräfte andere Leute über den Tisch zu ziehen. Ob sie ein Kainszeichen auf der Stirne tragen? Keiner hat's entdeckt!

Kurz vor dem Ende dieses turbulenten Kapitels richtete sie in gespielter Unterwürfigkeit ein letztes Geburtstagsmahl aus. Das Essen schmeckte zwar scheußlich, weil sie des Kochens unkundig war, dafür waren die zusätzlichen Gäste umso bemerkenswerter, denn es war unter anderem eine sehr junge, gut aussehende Dame mit Freund anwesend, die man bis dahin noch nie gesehen hatte. Sie war sehr jung sogar, etwas folkloristisch angehaucht und auffallend freundlich, liebreizend dürfte man beinahe sagen, und zeigte viel Interesse an den abgedroschenen Bemerkungen Neros, die ihr natürlich zu jenem Zeitpunkt noch unbekannt waren. Ja, es war wieder so weit, er punktete mit seinen üblichen Scherzen, die jedermann längst kannte. Der Freund, anscheinend uninteressiert, gab sich freilich gelangweilt, sprach kaum und verabschiedete sich beizeiten, und zwar unter Berufung auf recht dürftige Ausreden, und ließ seine bisherige Freundin, deren Augen vor Sehnsucht glänzten, ganz einfach sitzen, was sie offensichtlich gelassen hinnahm. Dabei wurde bald einmal klar, dass sie als Nachfolgerin der abgehalfterten Gattin bereits feststand, war doch gerade diese Art der Inszenierung bestens bekannt. Der Plan wurde verraten, als unter anderem recht feierlich kommuniziert wurde, dass sie sich von diesem, an besagtem Abend eben noch anwesenden Freund, der bereits eine andere Wohnung bezogen habe, nunmehr trennen wolle. Sie war allerdings nach der Trennung nahezu besitzlos, denn sie hatte eben erst ihre Ausbildung beendet und schickte sich an, eine erste Arbeitsstelle anzutreten. Als sie bei Nero einzog, kam sie mit einem Koffer und einer Reisetasche an – den Rest habe sie bei den Eltern belassen, die jedoch getrennt lebten … sollte etwa Bescheidenheit in Neros Leben Einkehr halten? Ach ja, man gewöhnt sich an manches, auch daran, dass jede neue Partnerin eine Wundertüte ist.

Diese eigenartige Konstellation war indes befremdend und belustigend zugleich, die Rollen wurden aber gemäß den Vorgaben dieser Episode neu verteilt … einmal mehr! Die wütende Gattin ließ alles stehen und liegen und verschwand noch selbigen Abends, um wohl beim längst feststehenden Empfänger ins frisch bezogene Bett zu schlüpfen, wo sie einige Wochen nur ausharrte, ehe sie sich auf weitere Wanderschaft begab und sich damit dem Dunstkreis der Familie vollends entzog.

Ja, und rückblickend war alles ein loderndes Strohfeuer nur, vom ersten Auftritt an bis hin zu ihrem indignierten Abgang. Die verrückten Parallelen lagen so nahe beieinander, dass sie nicht zu übersehen waren und die repetitiven Verhaltensmuster waren so fantasielos, dass deren Trivialität allen Beteiligten auffiel. In der Tat, es gab nichts Neues unter der Sonne!

Nun ja, wir ahnten es schon, die streitsüchtige Sexbombe von einst hatte ausgedient und wich der jungen unerfahrenen Naturschönheit, wobei die ‚Wachtablösung' in derselben Art und Weise vorgenommen wurde, wie damals, als sie selber die Rolle der Neueroberung spielen durfte. Eine Art von ‚Déjà-vu–Situation' stellte sich dann auch ein, es sollte indes nicht die letzte bleiben, doch keiner hatte den Mut, dies auch kundzutun. Letztlich, so dachte wohl jeder, ist es allein seine Angelegenheit, wie er beim Austausch seiner Bettgenossinnen vorgeht, denn im Grunde ist er erwachsen und sollte wissen, was er tut, selbst wenn er sich dabei nicht gerade mit Ruhm bekleckert und sich regelmäßig selber bloßstellt.

Karolas weiterer Weg ist leider unbekannt, und das Letzte, was man von ihr hörte, war eine nicht ganz objektive Nacherzählung ihres ungebührlichen Verhaltens vor dem Scheidungsrichter, der wohl wegen der bereits erwähnten Premiere etwas überfordert war. Doch gezwungen, eine Lösung zu finden, begünstigte er die kräftigere, angeblich zuweilen kreischende Stimme des entfesselten Weibes und urteilte nach üblicher Gepflogenheit zu deren Gunsten. Nach dem Resultat zu urteilen, dessen Kosten beinahe unermesslich waren, hat es sich indes gelohnt. Sie hatte eben Beweise, er nicht, so die Erklärung; wessen Wahrheit zutrifft, bleibt bis heute ungeklärt. Zu gerne würde man Karola antreffen, sie zum Essen einladen und sie fragen, wie es denn für sie gewesen war, denn anlässlich einer kurzen Autofahrt zu zweit gestand sie einmal weinend, dass es mit diesem Mann kaum auszuhalten sei, da er rechthaberisch und unbelehrbar sei – keine Neuigkeit, wie nun alle wissen. Es ist daher ziemlich wahrscheinlich, dass die ganze Geschichte völlig umgekrempelt werden müsste, würde man sie aus Karolas Sicht erzählen. Dennoch, kein Familienmitglied hat sie je vermisst, und sie wird noch heute für die Inkarnation des Bösen gehalten, wiewohl sich keiner je darum bemüht hat, diese These zu hinterfragen. Kurze Zeit nach der Scheidung starb ihr Vater, doch diese, durch den steten ‚Abfangjäger' kolportierte Nachricht, war nicht für unsere Ohren bestimmt gewesen, Grund genug offenbar, auch ihn zu verlassen und auf Nimmerwiedersehen zu verschwinden.

Zum Streiten braucht es immer zwei Kontrahenten, und sind diese besonders stur, dann wird der Streit heftig, oft laut. Ich selber bin nur einer von ihnen, ich bin nicht bereit, die ganze Schuld zu übernehmen. Ja, es ging alles schief, und die ehemaligen Wunschträume versiegten in zahlreichen Kanälen, welche nicht nur durch mich angelegt wurden. Der Lebensstil, den wir beide anvisierten, hat uns beinahe umgebracht, zumindest aber entzweit, denn er hat uns und unsere Beziehung in nahezu jeder Hinsicht massiv überfordert. Weshalb wir dies nicht rechtzeitig bemerkten, um dazu überzugehen, kleinere

Brötchen zu backen, wird rätselhaft bleiben. Aber glaubt mir, es ist nicht allein meine Schuld, selbst wenn mich das Blendwerk auf dem falschen Fuß erwischt haben sollte. Mein Gewissen bleibt rein!

~

Es war nun Sabrinas Runde, die eingeläutet wurde – wir sind ihr schon begegnet und wissen bereits, dass sie dasselbe Los zog wie alle ihre Vorgängerinnen auch. Sie war gerade eben dem Lehrerseminar entsprungen, voller Enthusiasmus und Ideen und schmiedete Pläne, die sie frei kommunizierte. Viel nahm sie sich vor, und zwar an Neros Seite, der sie scheinbar vergötterte, vorerst. Man erfuhr dies alles, weil sie damals oft zu Gast war, ja zuweilen um Obdach bat, hielt doch zunächst Karola, die ihren demonstrativen Weggang noch einmal, aber nur für eine kurze Zeit – es waren wohl taktisch Gründe, die sie dazu bewogen – rückgängig machte, ihren längst reservierten Platz noch besetzt. Der zwar anderweitig zugeteilte, aber einstweilen noch nicht frei verfügbare Posten als Neros Bettgefährtin war eben ihr einziger Trumpf, den sie damals noch ausspielen konnte, wiewohl sie längst ihrer diesbezüglichen Obliegenheiten enthoben war; sie pochte verbissen auf ein Recht, das ihr, zumindest aus Neros Sicht, nicht mehr zustand; Geschmacksache allerdings, denn es dauerte noch einige Wochen, bis der Gerichtstermin stand.

Ein kleines, nicht eindeutig lokalisierbares Gästezimmer, immerhin mit französischem Bett bestückt, zur Überbrückung von Sabrinas Warteposition, musste währenddessen genügen, um sie vor dem Zorn der Vorgängerin zu schützen … was man nicht alles tut, um nicht als Moralapostel abgestempelt zu werden. Aber sie war dankbar und unaufdringlich, sehnte sich indes aufrichtig nach Neros Zuwendung, in deren Genuss sie allerdings nur selten kam, denn das Liebesnest sollte nicht auffliegen. Sichtlich litt sie unter der unfreiwilligen Trennung, deren Sinn sie nicht verstand, hatte indes gebundene Hände und wartete ungeduldig auf den Tag der Befreiung, den sie für sich wie auch für Nero herbeiwünschte. Das Sehnen machte sie ebenso weich wie unbedarft, und sie nahm die Beschaffenheit von Samt an, ja, ihre Augen lachten und weinten zugleich, als ob sie wüssten, was ihnen bevorsteht.

Für Eingeweihte war es indessen kaum auszuhalten, all die alten Beteuerungen und Schaumschlägereien, deren Hohlheit mittlerweile mehr als bekannt war, erneut zu hören, und es war nicht etwa leicht zu entscheiden, ob man die ebenso liebenswürdige wie naive Bettgefährtin der Zukunft aufklären oder ihr den nahezu kindlichen Glauben an die Überlegenheit ihres Auserwählten belassen sollte, denn sie war sichtbar glücklich und strotzte vor Zuversicht auf eine Zeit mit einem ernst zu nehmenden Partner, den sie nun gefunden zu haben glaubte. Der Vorgänger war ja nur ein eigenbrötlerischer Elektroniker, dessen mühsam verdientes Brot zu sauer war, um es auf Dauer zu essen. Man beschloss dann aus Anteilnahme, ihr Glücksgefühl nicht zu zerstören und ihre Höhenflüge nicht zu unterbinden, aber es war auch klar, dass ihr Fall umso tiefer ausfallen würde, wenn sie später einmal einsehen sollte, dass alles nur Schall und Rauch war. Erneut war es geboten, sich nicht in Neros Privatleben einzumischen, wiewohl deutlich erkennbar war, dass auch Sabrina eines Tages auf dem Altar der Langeweile geopfert werden dürfte. Im Nachhinein ist man oft klüger, man hätte sie tatsächlich vor Schaden bewahren können, sie hätte es verdient, war sie doch eine der wenigen Partnerinnen, welche man tatsächlich lieb gewann, welche sanft und dennoch zielbewusst war, welche zweifelsohne Nero auch längerfristig hilfreich hätte zur Seite stehen können, doch selbst diese Einsicht war ihm versagt … oder etwa nicht?

Es war also wieder einmal mehr eine unerfahrene und gutgläubige Person, welche zunächst alles stehen und liegen ließ, um ihm blindlings zu folgen, dem alten Verführungskünstler, der sich, eben erst der Folterkammer entronnen, wiederum seiner eigentlichen Spezialität bediente, um frisches, noch durchwegs formbares ‚Fleisch' zu akquirieren und nach seinen bekanntlich skurrilen Vorstellungen zu schulen. Sie war nicht mal in Not, die sonst übliche Rettungsaktion war somit unangebracht, aber sie suchte Sicherheit und Geborgenheit, wohl auch die Erfahrung eines gestandenen Mannes, den zu markieren er natürlich rückhaltlos vorgab. Er hätte sich seiner neuen Funktion bewusst werden sollen, doch er unterließ es, denn Verantwortung zu übernehmen war nicht seine Stärke, vielmehr ließ er Vorgänge zu, welche sich auf Dauer mit größter Sicherheit ungünstig auswirken sollten. So wurde selbst ihr Pferd verkauft, das Pferd, nebenbei bemerkt, das sie mit ihm zusammenführte, doch fühlte er sich durch die Vorgängerin so sehr überfordert, dass er nichts mehr von dieser Sportart wissen wollte, weshalb sie sich veranlasst sah, ihr überaus geliebtes Hobby an den Nagel zu hängen. Sie opferte Liebgewordenes, um des Geliebten Überdruss zu kurieren, das konnte auf Dauer nicht gut gehen, denn sie untergrub ihre eigenen Ansprüche. Diese Aussage ist schwer verständlich, entspricht aber dennoch der Wahrheit. Deshalb erstaunt es kaum, dass alles, was bis vor Kurzem noch das Beste und Größte war, das man auf Erden erfahren konnte, nicht nur fallen gelassen, sondern buchstäblich in Grund und Boden gestampft wurde, auf dass es niemals wieder auferstehe … Selbstschutz vermutlich, untrügliches Zeichen der Unterwerfung wie auch vorschüssige Begleichung einer Rechnung für noch nicht geleistete Dienste, ein unvorsichtiges Vorgehen also, das sie vielleicht einmal bereuen könnte. Sie schlüpfte äußerst gekonnt in die Rolle der entlassenen Ehegattin, soweit dies zweckmäßig und erwünscht war, befleißigte sich aber ansonsten eines durchwegs sanften und sozusagen pfleglichen Stils, der ihm sehr zupasskam, weil sie tunlichst alles vermied, was ihn bei der Vorgängerin nervte. So verstand sie sehr rasch, dass sie ihm niemals widersprechen durfte, weil er dies nicht ausstehen konnte, obgleich sie im Grunde genommen wusste, dass ein solches Verhalten niemals Erfolg versprechend sein konnte. Aber, so ihre Zuversicht, zu Beginn einer großen Liebe sollten Konzessionen nicht schwerfallen, dienen sie doch ausnahmslos einem höheren Ziel, das alle erreichen wollen, die an die große Liebe glauben. Deshalb fing sie ihn sanft auf, weil er sich angeblich im freien Fall befand – ihre Beurteilung –, und tat dies mit erstaunlicher Hingabe. Ob sie ihn tatsächlich liebte, oder auch andere Motive zu Buche schlugen, war nicht leicht zu beurteilen, Hinweise gab's für beide Varianten, was erstaunlicherweise reihum eher für Zuversicht als Besorgnis sorgte. Es ist außerdem zu bemerken, dass sie auch anderen Familienmitgliedern sehr sympathisch war, denn sie pflegte auch dort eine sehr gesellige und umgängliche Art der Kommunikation. Sie war zweifellos eine sehr interessante Gesprächspartnerin, wenngleich ihr Interesse keine Konsequenzen hatte, um nicht zu sagen, dann und wann um des Wohlwollens willen bloß vorgetäuscht war. Aber immerhin bot sie immer wieder Gesprächsstoff an, mit dem auch Menschen etwas anfangen konnten, die weder des Reitens noch sonst irgendwelcher verrückter Sportarten kundig waren, und das war neu in Neros Sammlung, aber leider nicht nach seinem Gusto, da in aller Regel er die Gesprächsthemen vorgab. Dass sie etwas kompliziert dachte und eher unkonventionell an die Dinge heranging, war an sich kein Problem, wenigstens nicht zu Beginn der Liaison. Zunächst aber gab sie sich so umgänglich wie möglich, obwohl sie es im Grunde genommen gar nicht war. Nein, sie galt zusehends als ‚Umstandstante', was sich nur langsam herausschälte, dann aber wiederholt gerügt und schließlich zur absoluten Untugend erklärt wurde. Doch mit angestammter Liebenswürdigkeit nahm sie die Kritik auf und veränderte gar nichts, denn ihr war wohl in ihrer Haut. Männiglich staunte zwar über ihre Fähigkeit, ihn so zu nehmen, wie er nun mal war, doch mehr und mehr erkannte man ihre trickreiche Methode, bloß um der Besänftigung willen Fügsamkeit zu mimen, letztlich aber zu tun und zu lassen, was ihr beliebte. So kaufte sie sich beispielsweise nach wohl bemessener Zeit ein neues Pferd und verbrachte einen wesentlichen Teil ihrer Freizeit mit Reiten. Voraussehbar auch dies, doch letztendlich die Peripetie des noch jungen Dramas, dessen Verlauf nun nicht mehr aufzuhalten war. Einmal mehr war die Katastrophe absehbar.

Sie bemerkte wohl bald einmal, dass auch sie nur als Affäre, ja zunächst nur als Übergangskandidatin gedacht war, doch sie vermittelte ihm das Bewusstsein, dass er vielleicht zum ersten Mal in seinem Leben jemanden gefunden habe, die sehr stark an ihm hing und wohl die noch immer dominierenden Gedanken an Jeannine zu vertreiben verstand oder zumindest dafür sorgte, dass er sie etwas in den Hintergrund rückte. Sie tat beinahe alles für ihn, auch Dinge, die sie sichtlich überforderten, wenn man beispielsweise an den kräftezehrenden Hundetransport aus Spanien denkt, den sie nur widerwillig für ihn übernahm, weil sie sich dadurch eine schlaflose Nacht einhandelte. Ob auch sie einen Hund haben wollte, war schon beim Kauf des Tieres umstritten, denn sie befürchtete, dass er ihr junges Glück unnötig belasten könnte, was dann auch der Fall war, und zwar umso mehr, als dieses Tier wesentlich größer wurde als ursprünglich angenommen – bei Bastarden weiß man nie genau, welches Erbgut sie in sich tragen –, und wesentlich mehr Aufmerksamkeit erforderte, als man dachte. Später wurde er dann zum beliebten Alibi, um legitimerweise mehrere Stunden von zu Hause fernzubleiben, was natürlich erneut zu Spannungen führte. Doch insgesamt war sie eine ergebene und flexible Partnerin, welche fast alle Marotten mit Nero teilte. Vielleicht hat er sich zum ersten Mal seit Jeannine wieder verliebt, vielleicht, aber diese Vermutung ist mit besonderer Vorsicht zu genießen, denn was er sagte und was er wirklich fühlte, divergierte oft erheblich. Aufatmen, endlich geschafft, dachten einige … ob es berechtigt war? Keiner konnte es wissen, war er doch immer unberechenbar und launisch.

Indes, allen Vorzügen zum Trotz, eines konnte sie beim besten Willen nicht tun, nämlich seine enormen Schulden tilgen, welche sich dann noch beträchtlich vermehrten, als das Scheidungsurteil vorlag. Alles sei erstunken und erlogen, wollte er damals glauben machen, und fand zahlreiche Geldgeber, welche ihm aus der Patsche halfen. Nein, schriftlich brauchte man nichts vorzukehren, bei seinem nicht geringen Lohn war man sich doch sicher, dass er alles auf Heller und Pfennig zurückbezahlen würde. Dass jedoch diese opulente Entlöhnung bereits Vergangenheit war, kam erst ans Tageslicht, als Sabrina einmal Klarheit schaffen wollte, da sie es satthatte, immer für ihn zu lügen. Er raste vor Wut und hat sie beinahe rausgeschmissen, wäre da nicht der rettende Umstand gewesen, dass gerade kein Ersatz in greifbarer Nähe war. Ihr Glück oder Pech, das sollte sich noch zeigen. Umschuldung auf scheinbar zahnlose Geldgeber, das war sein Plan, ob er sich bewähren würde, dürfte sich weisen, denn gerade solche, als Bauernfängerei bekannte Maßnahmen können sehr leicht ins Auge gehen. Zu gerne hätte sie ihm auch in diesem Bereich aus der Patsche geholfen, allein, es fehlten ihr die Mittel, und so ließ sie resigniert die Arme sinken, hoffend, dass diese unverschuldete Mangelhaftigkeit nicht matchentscheidend sei. Sie war es aber. Ja, diese peinliche Einsicht musste sie sich nach einiger Zeit des vermeintlich guten Einvernehmens gleichwohl einverleiben, ehe sie dann aus Neros Diensten entlassen wurde, doch es sollte noch eine Weile dauern, bis es so weit war. Dass sie dank der Reiterei, die sie wieder regelmäßig betrieb, kaum unter Liebeskummer zu leiden hatte, konnte sie seinerzeit nicht ahnen, als sie bekanntlich kurz entschlossen wieder ein Pferd kaufte, um ihrem angestammten Hobby aufs Neue zu frönen, eine Freiheit mithin, die sie sich dank Rückkehr in die Wirklichkeit ohne Gewissensbisse herausnahm und sich letztendlich bezahlt machte.

Es war abgesehen von einigen Gewitterstürmen, die über dic beiden hinwegbrausten, eine relativ ruhige Zeit, die es erlaubte, reichlich Kontakte zu pflegen, zu viele vielleicht, im Nachhinein betrachtet, denn nicht selten wurde auch deutlich, wie ausgeprägt das Missbrauchspotenzial der Vertrauensseligkeit sein kann, ja, sie wurde zuweilen erheblich ausgereizt, um die unterschiedlichsten Anliegen zu befriedigen. Aber Sabrinas angenehme Persönlichkeit wie auch ihre äußerst förderliche Gastfreundschaft trugen viel dazu bei, dass einige recht gemütliche Sommerabende, begleitet von schmackhaften Grilladen, in deren Garten stattfinden konnten, Gelegenheiten, anlässlich welcher man sich recht gut kennenlernte. So erfuhr man auch zufällig oder gar versehentlich, dass seit geraumer Zeit ein bestimmter Reitlehrer ihre Aufmerksamkeit erregte, was zuweilen Neros Eifersucht auf den Plan rief, ihn aber auch legitimierte seinerseits gewisse Freiheiten zu genießen, was dann wiederum sie nicht sehr schätzte. Es war eine Art von Geben und Nehmen, eine Funktionsweise, die manche Paare einer absoluten, längst als spießbürgerlich abgestempelten Treue vorzogen, ja, es war sogar recht ‚trendig', wie man etwas salopp auch sagen könnte. Eine offene Beziehung nannte man dies, und viele propagierten eine solche Lebensweise als Ersatz für die verknöcherte alteingesessene Monogamie, die bekanntlich auch nicht funktionierte, dafür aber zahlreiche Dramen verursachte, weil sie klammheimlich umgangen wurde. Dennoch glücklich wurden dabei auch sie nicht, denn die offene Beziehung – ein Selbstläufer, den im Grunde keiner haben wollte – war belastend und zerstörte die Gefühle hüben wie drüben. Keiner wusste mehr, wo er hingehörte, das Vertrauen schmolz dahin wie Butter in der Sonne, und die wenigen Gemeinsamkeiten, die es im weiteren Verlauf noch gab, vermochten den Zerfall der Bindung nicht mehr aufzuhalten. Ja, der Gilb tönte auch die einst zukunftsträchtige Verbindung.

Auch andere, durchaus absehbare Probleme stellten sich ein: Geld, das liebe Geld, welches den gemeinsamen Haushalt am Leben erhalten sollte. Ja, es ging immer wieder um Geld, darum vor allem, wer was zu bezahlen hatte, und wie man weiß, hat er auch bei ihr versucht, sich gewisse finanzielle Vorteile zu verschaffen, die sie ihm jedoch nicht gewährte, da sie seine Tricks durchschaute. Möglicherweise war sie vorgewarnt, vielleicht aber einfach schlau genug, doch er ärgerte sich über seine Niederlagen, und es ließ ihn ausfällig werden, ein Umstand, den jede moderne Frau zu Recht verurteilt. So wurde natürlich erneut die Erinnerung an die langmütige Jeannine geweckt, deren Spuren anscheinend noch immer nicht verwischt waren. Er träumte von einer nicht enden wollenden Liebesgeschichte, vergaß aber dabei, dass diese Frau längst den Kinderschuhen entwachsen war, denn nun trennten ihn bereits mehr als zehn Jahre von ihr, ein Zeitraum, der mit Sicherheit für veränderte Bedingungen gesorgt hat. Nein, auch sie wäre keinesfalls mehr bereit, seine Mätzchen einfach zu akzeptieren, doch diese Vorstellung stellte er in Abrede, verharrte doch seine Erinnerung im damaligen Empfindungsleben, eine Sackgasse ohne erkennbaren Ausgang. Ein weiterer, wohl letzter Rückeroberungsversuch, dessen Anbahnung er delegierte – ein Unding sondergleichen nebenbei bemerkt –, scheiterte dann auch kläglich, denn die Karrierefrau hatte einen festen Freund, der ihr weit mehr zu bieten hatte als Nero, dessen engstirnige Welt sie nicht mehr interessierte. Ihr Unmut über das unverfrorene Unterfangen war dann auch nicht zu übersehen, denn sie hatte sich längst einem andersartigen Lebensstil zugewendet, den sie an Neros Seite niemals hätte realisieren können.

Sabrina war also oft mit dem Pferd unterwegs, das sich nach Abklingen der ersten Verliebtheit wieder einen Teil ihres Herzens zurückeroberte, zu viel eben, wie Nero nicht müde wurde festzustellen. Das Pferd war einst das Bindeglied zur Vorgängerin, deren Fanatismus aber die Beziehung zerstörte. An einer Wiederholung dieses Vorgangs war er freilich nicht interessiert, weshalb er aufbegehrte, umsonst allerdings, wie sich zeigen sollte. Sie betrieb jedoch diesen Sport im Normalmaß, zumindest aus ihrer Sicht, wogegen kein Einwand erhoben werden sollte. Unbestätigten Gerüchten zufolge wurde indes der Wiedereinstieg in den Reitsport durch den attraktiven Reitlehrer gefördert, eine nicht völlig irreale Annahme, die bald einmal zur feststehenden Tatsache schlechthin erklärt wurde, mithin ein weiterer Störfaktor im intrikaten Gefüge der vermeintlichen Harmonie. Dass er sich so zum Feindbild schlechthin machte, dürfte derweil nicht erstaunen.

Doch egal, die Wiederbelebung dieses Sports verursachte einen erheblichen Zeitaufwand, der logischerweise im trauten Heim zu beträchtlichen Abwesenheiten führte, über deren Dauer freilich kontrovers diskutiert wurde. Sie brachte daher ihre beschauliche Wesensart ins Spiel, während er Misstrauen und Unglauben anmahnte; die Zwistigkeiten häuften sich, was die Lockerung ihrer Liebesbande beschleunigte. Freilich, diese – aus seiner Sicht – ungünstige Entwicklung missfiel ihm zutiefst, vordergründig wohl deswegen, weil er aus bekannten Gründen nichts mehr mit Pferden zu tun haben wollte, eine Art Trotzreaktion vielleicht, welche indes Sabrina selber nicht betraf. Nein, sie galt vielmehr ihrer Vorgängerin, doch diese störte die vermeintliche Strafaktion kaum, und Sabrina selber ließ sich dadurch nicht ins Bockshorn jagen, wenngleich sie immer wieder die Adressatin seines Unmuts war. Im Hintergrund lauerte derweil der attraktive Reitlehrer, der auch kein Kostverächter war, und dies war Nero bestens bekannt. Er schnitt sich derweil ins eigene Fleisch und verbrachte Stunden allein, nicht ohne die Nochgeliebte dauernd über das Mobiltelefon zu belästigen, was ihr sauer aufstieß und sie womöglich gar in die Arme des neuen Verehrers trieb, womit er das Gegenteil dessen erreichte, was er bezweckte, da die Kontrollsignale aus dem Äther mehr Unmut erweckten, als erträglich war … und so erstarben die letzten positiven Gefühle, die den Zusammenhalt bislang noch garantierten.

Der Aufenthalt in der Natur brachte ihr wohlverdiente Erholung und erlaubte ihr überdies all jene Kräfte zu sammeln, die sie benötigte, um anschließend den Abend mit einem zusehends mürrischen Partner zu verbringen, dessen Forderungen zuweilen unerträglich gewesen sein sollen, wie sie anlässlich seltener Gelegenheiten beklagte. Welcher Art sie waren, wollte sie nicht verraten, das Geheimnis gleichwohl zu enträtseln, dürfte indes nicht allzu schwerfallen. Na ja, es ist natürlich zunächst einmal seine Privatsache, aber sobald die Partnerin, in diesem Falle Sabrina, darunter zu leiden beginnt, wird doch unweigerlich ein andres Kapitel aufgeschlagen, das womöglich nach eingehender Erläuterung verlangt, denn Unterdrückung, womöglich gar Gewalt, hat in einer Partnerschaft nichts zu suchen. Sie klagte zwar an, war jedoch im Endeffekt solidarisch und verriet ihn nicht, und nur sie allein wusste, weshalb sie sich so verhielt. Sie war also sehr diskret, doch die beiden Schwestern, diesbezüglich weidlich vorbelastet, wussten, ohne große Worte zu verlieren, wovon sie sprach. Sie wunderten sich bloß, dass sich eine zwar sehr junge, aber gleichwohl erwachsene Frau nicht wirksamer zur Wehr setzte, verfügte sie doch über einen recht starken Willen. Der wahre Grund ihrer auffallend passiven Reaktionsweise sollte indes ihr Geheimnis bleiben, dessen Ergründung wohl unschicklich gewesen wäre. Ja natürlich, sie ging aus eigenem Antrieb hin, wohnte auch dort, aber keiner konnte sie daran hindern, ihren Wohnort zu wechseln, so sie es für erforderlich gehalten hätte, doch ihr Beharrungsvermögen überwog, unfreiwillig vielleicht, aber es blieb dabei, einstweilen zumindest. Die Gerüchteküche brodelte ja seit Langem schon, doch all deren Mutmaßungen wiederzugeben, wäre zermürbend und letztlich gegenstandslos, zeichneten sich doch bereits weitere Misshelligkeiten ab, welche diesen an sich harmlosen Zwist in den Schatten stellen sollten. Die zusehends verhärteten Fronten wurden jedenfalls zur beispiellosen Herausforderung einer kaum noch tragbaren Verbindung.

Vielleicht wäre ja ihre Reaktion anders ausgefallen, wenn sie gewusst hätte, was hinter ihrem Rücken ablief. Die Zeit ihrer

Abwesenheit wollte genutzt sein, und deshalb fand er seinen eigenen, und wie wir heute wissen, charakteristischen Zeitvertrieb: Er spielte oft in seinem Garten mit dem erwähnten Hund, dem Hund eben aus Spanien, der beinahe die Größe eines Kalbes erreichte, aber recht gutmütig war. Das etwa zwölfjährige Mädchen aus der Nachbarschaft, gesellte sich zu ihm und tollte ebenfalls mit dem Hund im Garten herum, bis alle Blumen geknickt und sogar Sträucher und junge Bäume zerstört waren. Das war weiter nicht schlimm, selbst wenn der Garten aussah, als wäre soeben ein Wirbelsturm darüber hinweggefegt. Keiner schöpfte Verdacht, weil niemand Neros Spezialitäten kannte, aber ‚es geschah am helllichten Tage': Man spielte Camping, übte gewissermaßen für die Ferien, und dafür lieh er dem Mädchen sein Zelt. Es war schön, zusammen mit dem Hund im Zelt zu liegen und nichts zu tun, es war Sommer, es war warm, manchmal regnete es, aber das Zelt schützte sie auch vor Nässe und Kälte. Erinnerungen aus der Kindheit stellten sich ein und lullten ihn so sehr ein, dass er sich vergaß. Ja, man übte auch den Ernstfall – kluger Einfall, konnte man doch nie wissen, was der Wettergott im Schilde führte –, dabei ging man davon aus, dass einer der beiden Schlafsäcke so nass war, dass er unbrauchbar wurde, weshalb man, ‚übungshalber' versteht sich, in einen einzigen Schlafsack schlüpfte, die einzige Notlösung selbstredend, die noch verblieb. Das war lustig und wurde bald zum Lieblingsspiel, aber das musste natürlich geheim bleiben, weil weder Sabrina noch die Eltern wissen durften, was er mit dem Mädchen anstellte. Er verwöhnte es nach Noten, nicht ohne Ermahnung freilich, wessen sie verlustig gehen würde, sollte sie je petzen – dies stellte sich im Nachgang heraus –, und sie schwieg lange, aber nicht lange genug, denn sie fühlte instinktiv, dass etwas Frevelhaftes geschah, empfand Abscheu sogar, schlug Neros Drohungen eines Tages in den Wind und weihte die Eltern in ihr Geheimnis ein. Hut ab vor der Zivilcourage dieses Mädchens, das sich längerfristig nicht einschüchtern ließ und wohl wissend, worauf sie künftig zu verzichten haben würde, reinen Tisch machen wollte. Man sieht es ihnen nicht an, jenen Menschen, die unbestechlich sind, und fast könnte man euphorisch werden, dass es welche gibt, die in jedem Fall nach ihrer Überzeugung handeln, koste es, was es wolle. Neros Methode hat jedenfalls in diesem Fall versagt, und das hässliche Treiben fand ein Ende. Was in der Folge geschah, ist weitgehend unbekannt, doch der hässliche Vorfall wurde irgendwie geklärt …

Sabrina erfuhr es als Erste, da sie die Mutter des Mädchens bestens kannte, und schlug sofort Alarm, nicht zuletzt, um übles Dorfgeschwätz abzuwenden, aber Nero dementierte, was denn sonst: „Kindergeschwätz, Fantasiegebilde, Wunschdenken vielleicht." … ja natürlich, er reiste mit ihr in Gedanken in die Ferien, ein harmloses Spiel bloß, das er erfand, um diesem Einzelkind etwas Unterhaltung zu bieten. Er habe deshalb im Garten sein Zelt aufgebaut, damit das Spiel echt wirke, kochte mitunter auf dem Gaskocher eine Suppe und briet Würstchen auf dem Grill, wozu das Mädchen auch ihre Schulkameraden einladen durfte … und das war's dann auch, und alles andere sei reines Hirngespinst, erfundenes Zeug, das ihn, den wohlbekannten Menschenfreund und Gönner, wieder einmal mehr diskriminieren sollte, und er werde nicht ruhen, bis das Geschwätz aus der Welt geschafft sei, und notfalls den Vater vor den Richter zitieren lassen … und überhaupt, weshalb denn hätte er all die Ungeheuerlichkeiten, die ihm zur Last gelegt werden, begehen sollen, dazu fehle ihm doch jedweder Anreiz. Aussage gegen Aussage, wer log? Wer hatte triftigere Gründe zu lügen? Wer sah sich veranlasst die Situation zu entschärfen? Leicht zu beantworten, doch es blieb bei der Pattsituation. Dennoch, ein ernüchterndes Gefühl wollte nicht weichen, und Sabrina hatte einen Grund mehr, an seiner Ehrlichkeit zu zweifeln.

Sie gab vor, ihm zu glauben, wollte ihm glauben, wenngleich eben ein nicht unbeträchtlicher Rest von Zweifeln übrig blieb, denn schon aus beruflicher Erfahrung wusste sie, dass ein zwölfjähriges Mädchen keine solchen Geschichten erfindet und erst noch lange für sich behält, ehe es damit herausrückt, insbesondere dann, wenn es ihm, wovon füglich auszugehen ist, peinlich ist, darüber zu berichten … und es war ihm peinlich, wie es seinem Vater gegenüber eingestand, denn es hat, entsprechend eingelullt, zu lange mitgespielt, um ungeschoren aus der Nummer herauszukommen. Zudem wunderte sich Sabrina, welche ihrerseits mit einem unterdrückten Kinderwunsch lebte, über Neros Kehrtwende, nachdem er angeblich seine Kinderliebe und die Lust zu erzieherischen Taten neu entdeckt haben wollte, war er doch sonst dezidiert negativ eingestellt, wenn das Thema Kinder zur Sprache kam. So fragte sie sich natürlich auch, welche Bedingungen denn erfüllt sein müssten, um ihn dazu zu bringen, sich gleichwohl mit Kindern zu befassen, oder mit anderen Worten, seinen Widerstand aufzugeben. Eine plausible Antwort konnte sie jedoch mangels einschlägiger Kenntnisse seiner Vorgeschichte nicht finden und versuchte die Angelegenheit ad acta zu legen. Ein erneuter Rückschlag also, der ihre Optik trübte.

Sie selber machte sich Vorwürfe und suchte zunächst den Fehler bei sich, zweifelte gar an ihren Fähigkeiten als Liebhaberin, aber sie war doch jung und attraktiv, liebenswürdig und anschmiegsam, auch nicht träge und inaktiv, weshalb denn hätte er etwas Derartiges tun sollen? Kurzum, welches Manko wollte er damit beheben? Er hatte doch alles, was er begehrte, und sollte sie einmal indisponiert sein, dann war sie dennoch aufmerksam und gab ihm die Zuwendung, die er sich wünschte. Allein, sie blieb allen Überlegungen zum Trotz im Ungewissen stecken, ja war eben aufgrund ihrer damals noch lückenhaften Vorkenntnisse außerstande, auf diese bohrende Frage eine schlüssige Antwort zu finden, und dachte wohl einstweilen, dass das Mädchen aus unerfindlichen Gründen tatsächlich geflunkert habe. Sie unterließ daher sträflicherweise weitere Schritte, und damit schien die Geschichte ihr Bewenden zu haben, einstweilen zumindest. Mit dieser Version ist sie dann auch zu des Mädchens Eltern gegangen und hat bekräftigt, für Nero die Hand ins Feuer legen zu wollen, dass dessen Version zweifelsfrei der Wahrheit entspreche, doch das Mädchen ließ im Wissen um die Rückendeckung ihrer Eltern nicht locker und gab noch weitere Einzelheiten preis, welche nur das wahre Opfer kennen konnte. Die Eltern zitierten Nero und Sabrina noch einmal, verbrachten einen ganzen Abend zusammen und führten ein klärendes Gespräch, das schließlich die Episode beenden sollte, indes Neros Unmut schürte, der einmal mehr die Einsicht ins Unrecht verweigerte. Der Inhalt dieser entscheidenden Debatte blieb unter Verschluss, auch die Erkenntnisse, mit welchen Sabrina inskünftig konfrontiert war, wurden nicht kommuniziert. Im Nachhinein verblieb die Verwunderung, dass diese an sich integre Frau solche Abartigkeiten unterschlug, denn es war beileibe nicht ihre Art.

Bemerkenswert immerhin, wie dieser Mann immer wieder seinen Kopf aus der bereits recht engen Schlinge zog. Seine bestens bekannte Schaumschlägerei verfing immer wieder aufs Neue, und männiglich saß seinen Beteuerungen sichtlich auf. Auch Sabrina, welche in Tat und Wahrheit ihre Hand, die sie für Nero ins Feuer legen wollte, gründlich verbrannt hätte, gab sich zufrieden und glaubte an die Verniedlichung von Neros Taten, welche die Aussagen des wohl missbrauchten Mädchens bagatellisierten und zum lauteren Spiel deklassierten. Doch die Episode schürte erneut Sabrinas Argwohn, der sie zusehends verunsicherte und dazu führte, dass sie ihre Haltung mehr und mehr hinterfragte, denn gerade was die Unversehrtheit kindlicher Naivität betraf, war sie unerbittlich.

Und der Zahn der Zeit nagte weiterhin an ihrem Glück, und beinahe täglich kam es zu teils heftigen Auseinandersetzungen, welche auch sie nicht mehr unerwidert hinnahm. Dabei ging's jeweils noch um vieles mehr als um das Mädchen aus der Nachbarschaft, nein, es ging wie immer ums Geld, denn man lebte auf großem Fuß. Aber auch der Zustand ihrer Liebesbeziehung, welche massiv zu bröckeln begann, gab zu reden, machte er doch trotz freiheitlichen Umgangs immer wieder unhaltbare Besitzansprüche geltend und ließ seiner Eifersucht, die er weitgehend auf den Reitlehrer fokussierte, freien Lauf. Daneben hagelte es immer häufiger auch recht banale Vorwürfe, wie etwa Untauglichkeit im Haushalt und in der Küche oder auch das übliche Arsenal von Standardvorwürfen, welche in aller Regel eine sterbende Beziehung kennzeichnen, rein gar nichts, keine einzige Plattitüde aus der Checkliste eines ausgewachsenen Rosenkrieges blieb außen vor. Dass diese Dinge einmal zur Schicksalsfrage werden könnten, glaubte allerdings niemand, bis eines Abends, anlässlich eines Essens, die Bombe platzte … es war fürchterlich, gefährlich, schrecklich!

Sie, ja wir alle wussten, dass er prekären Auseinandersetzungen aus dem Weg ging, und wenn sie unvermeidlich waren, äußerst unangenehm und laut werden konnte, duldete er doch bekanntermaßen keinerlei Meinungen, die von der seinen abwichen. Allein diese lächerliche Bedrohung, bewahrte ihn vor vielen Unannehmlichkeiten, aber eines Tages war man, vor allem Sabrina, des Kleinmuts überdrüssig und nahm einen Tobsuchtsanfall schlichtweg in Kauf, denn es – alles was bislang tabu war – musste mal gesagt werden … Die Wirkung auch schon virtueller Drohgebärden ist bekannt, weniger bekannt ist der Grund, weshalb diese Wirkung plötzlich ihre Kraft einbüßt und schließlich ganz entschwindet. Vielleicht wird ja eine Art Konto aufgebaut, das einem Schuldenberg nicht unähnlich ist, und sobald dieses ein gewisses Maß überschreitet, werden die Forderungen wichtiger als leere Drohungen, deren Umsetzung ohnehin wenig wahrscheinlich ist … ja, und um Schulden ist es auch an diesem Abend gegangen, ein leidiges Kapitel, das gar nicht nach Neros Geschmack war, musste er doch stets aus der Defensive heraus ein Recht geltend machen, das ihm keinesfalls zustand. Mit einem Wort: Er stand plötzlich mit dem Rücken zur Wand da und sah keinen Ausweg mehr, unversehrt aus seiner verzweifelten Lage herauszufinden.

Alle Tricks, welche er bislang erfolgreich anwandte, um seinen Kopf aus der Schlinge zu ziehen, waren plötzlich unwirksam, ja, wollten nicht greifen, da man sie schlichtweg ignorierte. Doch der Kampf auf verlorenem Posten setzt nicht selten ungeahnte Kräfte frei und führt oft zu Verzweiflungstaten, deren furchterregende Wirkung sehr wohl als Abschreckung für den Angreifer gedacht ist und ihn in seinem Tun behindern soll, jedoch unter den genannten Umständen erfolglos bleibt, was die Wut des Versagers noch anfacht und sich ins beinahe Unermessliche steigert … schließlich ermattet der verletzte Stier am Ende seines allerdings unfreiwilligen Auftritts in der Arena und gibt auf. Die fürchterliche Reaktion, welche die Niederlage hervorrufen sollte, war derweil nicht voraussehbar.

Ein gemütlicher Samstagabend sollte es werden, bei gutem Essen und exquisitem Wein sollte die Angelegenheit beraten werden, ja, man baute auf Einsicht und Vernunft und spielte den gefälligen Gastgeber. Wie immer fing der Abend recht harmlos an, der Aperitif verlief friedlich, der Alkoholpegel war noch gering. Beim Essen stieg er unweigerlich an, und es knisterte bereits im Raum, als die Forderung nach Rückzahlung einer nicht ganz unerheblichen Summe Geldes erhoben wurde, Geld, das einst in großer Not – die Not, die er sich durch die Scheidung von Karola selber einbrockte, notabene – ausgeliehen wurde. Die berechtigte Forderung rief derweil augenblicklich seinen Zorn hervor und ließ die Balken krachen, obwohl er den Sachverhalt bestens kannte und wusste, dass er säumig war. Er raste, brüllte, fraß und soff, stand auf, rannte um den Tisch herum, setzte sich wieder und begann aufs Neue zu toben, sprach beinahe pausenlos vom Unrecht, das ihm immer angetan werde, und argumentierte mit hanebüchenen Argumenten, welche die Gläubiger – ja, es waren derer viele – jedoch unberührt ließen. Er schien dies derweil nicht zu bemerken und raste weiter, als wäre er zu einem Soloauftritt als Darsteller eines Berserkers eingeladen worden. Aber er war Gast und stand tief in des Gastgebers

Schuld, der ihn nicht nur großzügig bewirtete, sondern sich überdies auch noch erdreistete, ihn auf seine Wortbrüchigkeit aufmerksam zu machen, hat er doch die vereinbarten Fristen und die damit verbundenen Ratenzahlungen kommentarlos übergangen. Gleichzeitig aber fuhr er wiederholt in die Ferien und hat sich überdies ein neues Motorrad gekauft, was ihm freilich zur Last gelegt wurde. Dieser Vorhalt erboste ihn zusätzlich, denn wer, stellenlos zwar, aber trotzdem so viel arbeitet – etwa als ‚Kindermädchen' im ungepflegten Garten –, schuftet also, wie ‚Ihro Gnaden', hat seine Ferien redlich verdient und muss uneingeschränkt in der Lage sein, seine Freizeit nach eigenem Gusto zu gestalten, sodass die Bedeutung einer simplen Geldschuld schlichtweg verblasst. Doch im Grunde genommen wusste er sehr wohl, dass er im Fehler war, was man ihn auch mehrfach wissen ließ. Er war unbelehrbar und pochte auf ein angebliches Recht, das es nicht gab und seinen Standpunkt in keinster Weise stützte, bebte weiterhin vor Zorn und Betrunkenheit, zog sämtliche Register seiner Schreckensorgel und vermochte sich einfach nicht mehr einzukriegen. Es war eine reichlich unwirkliche Szene, ein Inferno gar, das brüllende Tier, das herumtanzte wie ein Tanzbär, und keiner fürchtete sich vor ihm, ein Novum also, denn zum ersten Mal verpuffte seine Energie im Nichts. Man dachte, er würde schon irgendwann aufhören zu toben, aber die Wirklichkeit belehrte einen eines Besseren, denn seine Wut wurde immer heftiger, seine Stimme immer lauter, bis beinahe die Fensterscheiben zu vibrieren begannen. Unverständlich war auch sein Unvermögen angesichts einer mächtigen Front, die sich ihm entgegenstellte, irgendwann klein beizugeben, seine Versäumnisse einzugestehen und nach einer konstruktiven Lösung zu suchen, obwohl ihm wiederholt entsprechende Angebote unterbreitet wurden, nicht nur eines, nein, gleich mehrere, nebenbei bemerkt. Er schien sie geflissentlich zu überhören, missachtete die zahlreichen goldenen Brücken, die man ihm trotz seines unverzeihlichen Gebarens baute, und widersetzte sich jeder vernünftigen Einigung. Möglicherweise verhinderte ein überdimensionales Selbstmitleid jegliche Preisgabe eines unhaltbaren Standpunktes, so lächerlich er auch in seiner Wut gewirkt haben mag. Immer tiefer verbiss er sich in seine ebenso sinn- wie wirkungslose Verteidigungsstrategie, bis er, wie nicht anders zu erwarten, zunächst zur Mitleidstour, dann aber gleich zur Selbstmorddrohung überging. Das alte Schema also, bestens bekannt, mittlerweile unwirksam und daher obsolet … „dann tu's doch", die unanime Entgegnung … verblüfftes Innehalten, Ruhe vor der Endphase des Sturms … ja, und das war dann auch das Stichwort für seinen (vorläufigen!) Abgang, schwankend, schweigend, schmollend. Doch der Anfall war noch nicht vorbei …

Es war indes nicht mit Sicherheit auszumachen, ob sein Verhalten nur bedrohlich wirken sollte, was ja sein ursprüngliches Ziel gewesen sein mag, oder dank alkoholischer Enthemmung tatsächlich gefährlich werden konnte. Fremd- wie Eigengefährdung konnten jedenfalls, bei aller Erfahrung und begütigenden Sprüchen, wie etwa ‚bellende Hunde beißen nicht' und dergleichen mehr, zu jenem Zeitpunkt nicht mehr ausgeschlossen werden. Er trank gut und gern eine Flasche Branntwein, vom Teuren, versteht sich, und begann mehr und mehr zu lallen, ging raus, um zu kotzen, kam wieder zurück, um mit Schimpfwörtern der trivialeren Art um sich zu schmeißen, und bemerkte nicht, dass Sabrina vor bodenloser Scham bereits zerknirscht und gedemütigt wie auch weinend zusammengebrochen war und sich beide Ohren zuhielt. Nein, er sah sie wirklich nicht, denn er war bereits nicht mehr handlungs- und zurechnungsfähig. Er hätte uns dank alkoholischer Enthemmung alle umbringen können, jedes Gericht hätte ihm wohl Schuldunfähigkeit attestiert. Ungemütlich … zugegeben, aber es gab kein Entkommen, die Schlacht war noch nicht geschlagen, es war noch mit Rückzugsgefechten zu rechnen.

Sabrina wusste sich derweil kaum mehr zu helfen und drohte mit endgültiger Trennung; er konterte erneut mit Selbstmorddrohungen, wollte von der Brücke springen; schon wieder dachte man … blanker Unsinn, denn er war ein guter Schwimmer und erfahrener Taucher, eine leere Drohung nur … und dann fuhr er, wohl um Angst und Bange zu erregen, mit dem Auto weg, sturzbetrunken wie er war, und sie ängstigte sich tatsächlich sehr, was offensichtlich sein Ziel war. Auf der dunklen Straße, die vom Haus wegführte, sah man dann allerdings, dass er nach zweihundert Metern anhielt und wartete. Reine Demonstration also, aber sie verfehlte ihre Wirkung nicht und löste bereits Schuldgefühle aus, weil sie wohl nicht zum ersten Mal mit Trennung drohte, und er wusste trotz erheblich eingeschränkter Wahrnehmung, wie ernst sie es damit meinte. Nein, die offene Beziehung hat sich definitiv nicht bewährt, und die Affäre mit dem Reitlehrer nahm offensichtlich bereits mehr Raum ein, als er kaltlächelnd verkraften konnte. Zudem war die Geschichte mit dem Nachbarmädchen entgegen anders lautender Beteuerungen noch immer nicht vom Tisch, und wenn sie allzu sehr in Bedrängnis geriet, hielt sie ihm diesen Sachverhalt eben vor, um seine Streitsucht zu bändigen, denn sie wusste, dass er diesbezüglich ein schlechtes Gewissen hatte und alles tat, um dessen Erörterung zu umgehen, ja insbesondere vor einer Gerichtsverhandlung zurückschreckte, welche ihn mit großer Wahrscheinlichkeit ins Gefängnis gebracht hätte. Insgesamt also eine reichlich abgenutzte Beziehung, welche auf Drohung und Gegendrohung, ja schlichtweg Erpressung beruhte, was beileibe kein brauchbares Fundament für ein gemeinsames Leben abgab. Nun, er kam zurück, nach rund zehn Minuten, was abzusehen war, aber sie hatte keine Lust mehr oder gar Angst, mit diesem Mann nach Hause zu fahren, weshalb sie verkündete, bleiben zu wollen, und ihr Angebot, als Chauffeuse zu fungieren, zurücknahm.

Beinahe atemlos kommt die Erzählung an dieser Stelle kurz zum Stillstand, denn damit hatte er scheinbar nicht gerechnet. Er verzog sich für einen Augenblick ins Gästezimmer, dessen Bett er völlig zerwühlte und vollkotzte, sodass es unbrauchbar wurde – sein vorrangiges Ziel vermutlich. Ja, es musste trotz aller Betrunkenheit wohl Absicht gewesen sein, denn damit wollte er Sabrina die Möglichkeit entziehen, an Ort und Stelle zu übernachten, was letztlich auch gelang. Sie gab zögerlich nach und erklärte sich nach einiger Zeit der Ungewissheit bereit, ihn gleichwohl nach Hause zu fahren, sofern er sich nun endlich beruhige. Sie erneuerte ihr Angebot nicht zuletzt auch aus Angst, dass er betrunkenerweise einen fürchterlichen Unfall provozieren, ja sogar willentlich herbeiführen könnte, und dies in suizidaler Absicht, wie er zuvor schon in Aussicht stellte.

Das ganze, reichlich kranke Gefüge war wohl der Hintergrund, vor welchem sich das Schuldendrama abspielte, und die Ursache, weshalb sich Sabrina mitschuldig fühlte, weil sie es unterließ, ihn besser an die Kandare zu nehmen – als ob es ihre Aufgabe gewesen wäre, als junge Frau einem sogenannt reifen Mann Zügel umzulegen, um ihn gesellschaftsfähig zu machen. Er war eben nicht ihr Pferd, er war immer noch ihr Mann und Geliebter, was am besagten Abend kaum zu erkennen war.

Nun, Sabrina weinte sich die Augen wund, und man versuchte sie zu trösten, gab ihr zu verstehen, dass sie niemals in der Lage gewesen wäre, seine Monstrosität zu bändigen, und beileibe nicht die Erste sei, die ein solches Unterfangen aufgegeben oder gar nicht erst in Angriff genommen hätte. Aber sie sei weiterhin untröstlich, verzweifelt gar, wisse nicht, ob sie weggehen oder bleiben solle, und beschloss noch einmal zu bleiben, indem sie die Bereitschaft, ihn nach Hause zu bringen, erneut widerrief. Der siegessichere Wüterich – dieses Mal eine wortlose Reaktion – ging schon wieder weg, angeblich um nach Hause zu fahren … noch einmal also dieselbe Erpressungsmethode, die Ohnmacht wohl des desolaten Verlierers, dessen sinnlose Drohgebärde zur Selbstpersiflage wurde. Sie zitterte vor Angst ob all der Gefahren, die erneut aufschienen, doch abermals vergebliche Liebesmüh, seine

Flucht war eine weitere Finte, denn er kam erwartungsgemäß wieder zurück, und sie ließ sich alsdann endgültig erweichen, ihn nach Hause zu fahren, um das unerträgliche Trauerspiel endlich zu beenden, hätte doch auch sie kaum geschlafen nach dieser hässlichen Darbietung.

Sie tat es, wie gesagt, um Schlimmeres zu verhindern, und angeblich gab's dann zu Hause eine wohl letzte Versöhnung, welche die unvermeidliche Trennung noch um etliche Wochen aufschob, so lange wenigstens, bis der bereits gebuchte Urlaub vorüber war: Wir kennen den Verlauf dieses Urlaubs bereits, es war jener, der sie definitiv auseinanderbrachte, weil Nela sich dazwischendrängte, jene Nela, die er nicht haben wollte, Nela, die unattraktive Ziege, Nela, in welche sich Christoph ebenso unsterblich wie vergeblich verliebte. Nela obsiegte, aber nicht, ehe er tatsächlich einige Schlaftabletten geschluckt hatte, welche ihm, obwohl es sich um einen untauglichen Versuch handelte, einen Tag Intensivstation einbrockten, da ihn im Anschluss an diesen unrühmlichen Ferienaufenthalt Sabrina endgültig verließ und sie sich gründlich schämte, als sie zufällig erfuhr, dass die Schulden noch immer nicht beglichen waren. Ob es aber Nero selber, die hartnäckige Nela oder der Reitlehrer war, der das Zünglein an der Waage spielte, hat sie nie verraten, dass sie mit Letzterem einige Zeit zusammenlebte, verheimlichte sie indessen nicht. Aber es ist auch zu bemerken, dass sie beim Zusammenpacken ihrer Habseligkeiten auf folgenden Brief stieß, dessen Inhalt sie bislang nicht kannte:

Lieber Nero,

es tut mir aufrichtig leid, dass wir den gestrigen Abend mit Streit und Hassgefühlen beenden mussten. Ich hatte nämlich gehofft, dass wir diese unrühmliche Angelegenheit, wie ansonsten in solchen Situationen üblich, in Freundschaft und Sachlichkeit abhandeln können, etwa in der Art, wie es erwachsene Menschen tun, verstehst Du. Die Sachlage ist ja klar und völlig unbestritten: Du schuldest mir seit über einem Jahr einen fünfstelligen Geldbetrag, der unter den von Dir selber festgelegten Bedingungen binnen dieser Frist hätte erstattet werden müssen, Bedingung auch, unter welcher entgegenkommenderweise kein Zins berechnet worden wäre. Dass Du damals in angeblich größter Not dieses Geld innert weniger Tage bekommen hast, ist Dir wohl mittlerweile entfallen, jedenfalls warst Du nicht mehr bereit, diesem Umstand Rechnung zu tragen, peinlich jedenfalls.

Die Tatsache jedoch, dass ich nichts mehr von Dir gehört habe, sowie einige weitere, ebenso teure wie unsinnige Intermezzos aus dieser Zeitspanne – kostspielige Anschaffungen etwa, welche deutlich machten, dass Du Deiner Verschuldung wenig Bedeutung beimisst –, haben mich dann aber echt befremdet, und ich muss schon sagen, dass ich mir etwas dumm vorkomme, habe ich Dir doch, wie gesagt, wiederholt in großer Not geholfen, um mir nun all den Unsinn anhören zu müssen, den Du mir gestern so unverfroren ins Gesicht geschleudert hast. Zu viel des Guten jedoch! Aber im Grunde genommen weißt Du ganz genau, dass Du Dich völlig danebenbenommen hast. Nein, Nero, es tut mir leid, aber so kommst Du bei mir und wahrscheinlich auch bei vielen anderen nicht durch! Zu viele Widersprüche, zu viele Halbwahrheiten und eigenwillige Interpretationen, zu viele Ungereimtheiten und Ähnliches musste ich mir anhören, als dass ich diesem Gespräch auch nur den geringsten Wahrheitsgehalt abgewinnen könnte. Dass dadurch die Grundlagen für eine ausreichende Vertrauensbasis, die allenfalls noch eine gewisse Konzessionsbereitschaft zugelassen hätte, zerstört worden sind, versteht sich von selbst. Ja, ich war des Wartens überdrüssig und habe die Hoffnung auf eine Spontanreaktion endgültig begraben.

Übrigens, weißt Du, weshalb ich nicht länger auf eine spontane Handlung Deinerseits warten mochte? Es war Dein eigener Vater, der mir prophezeite, dass ich wohl mein Geld nie mehr sehen werde. Was hast Du Deinem Vater diesbezüglich angetan, dass er solche Aussagen macht? Nero, Du bist ein Monster, unbelehrbar und krankhaft eigensüchtig, begib Dich in Behandlung, es drängt sich auf.

Nun, wie auch immer, ich halte hier fest, was Du mir gestern, nach langem, sinnlosem Ringen letztendlich versprochen hast:

Demzufolge wirst Du nämlich bis zum Jahresende den ganzen Betrag zurückbezahlen, letzter Zeitpunkt, zu welchem noch keine Zinsen anfallen werden, angesichts der leidigen Schimpftirade des gestrigen Abends ein anständiges Angebot, findest Du nicht auch? Ab dem neuen Jahr werde ich Dir 4 % Jahreszins berechnen, und zwar … nun, Du kennst ja die Zahlen zur Genüge! Diese nicht ganz unerheblichen Zahlungen bleiben Dir erspart, wenn Du Deine Verpflichtungen erfüllst. Ich denke, dass dieses erneute Angebot fair und entgegenkommend ist, wenngleich ich spätestens seit gestern Abend keinen Anlass mehr habe, entgegenkommend zu sein! Es ist ja nicht sonderlich angenehm, in Notzeiten Hilfe zu leisten, um anschließend als Idiot bezeichnet zu werden, wenn man berechtigte Rückforderungen nach längst überschrittener Frist geltend macht. Dies, lieber Nero, ist unverzeihlich, eine Frechheit, die ich nicht auf sich beruhen lassen kann, deshalb auch meine leicht adaptierten Forderungen … selber schuld, dass es so weit kommen musste

Ich weiß, dass ich damit riskiere, dieses Geld nie mehr zu sehen, denn Du kannst mir ja keine Sicherheiten anbieten, und wie oben bereits ausgeführt, ist die Basis für die zukünftige Vertrauenswürdigkeit weitgehend zerstört. Ich weiß auch, dass ich noch andere Möglichkeiten hätte, an das Geld zu kommen, Möglichkeiten, die zwar für mich etwas sicherer wären, aber für Dich und Deine Existenz wohl gravierende Folgen hätten, sodass ich sie eben aus familiären Gründen vorläufig nicht in Betracht ziehe. Ich begebe mich damit wieder einmal mehr in eine Situation, die ich eigentlich so nicht habe herbeiführen wollen, denke jedoch, dass es gegenüber verschiedenen Personen ein Gebot der Höflichkeit ist, dies in Kauf zu nehmen. Ich bitte Dich aber in aller Form, meine sicherlich zuvorkommende Vorgehensweise nicht noch einmal mit ungebührlichem Verhalten und kommentarlosem Übergehen von Terminen und dergleichen mehr abzustrafen. Es ist nun einfach so, dass man sich nicht regelmäßig teure Ferien leisten kann, wenn man große Schulden hat, so sehr man auch auf Erholung angewiesen sein mag. Letztere kann man auch in ‚Balkonien' akquirieren, wie es übrigens Sabrina vorgeschlagen hat, ehe Ihr die Reise nach Fernost gebucht habt. Und sage nicht noch einmal, das fechte mich nichts an, denn unter den aktuellen Gegebenheiten ist es ein Hohn, Geld, das man zur Schuldentilgung verwenden sollte, in derart teure Unternehmen zu investieren. Jawohl, es ficht mich sehr wohl etwas an, und dies wäre im Ernstfall dann auch ein wichtiges Argument, um Nägel mit Köpfen zu machen … ich denke, Du verstehst sehr wohl, was ich damit meine.

Vielleicht gelingt es Dir zu erkennen, dass ich Dir gegenüber nicht feindlich eingestellt bin, obwohl ich zurzeit allen Grund dazu hätte, und dass ich trotzdem versuche, eine milde Lösung anzubieten, obwohl eine solche nach dem gestrigen Gespräch, das mit Drohungen und einer Art Kriegserklärung endete, nicht mehr selbstverständlich ist. Wie sehr diese Drohungen ernst zu nehmen sind, muss allerdings offen bleiben, denn eine ausreichende Zurechnungsfähigkeit muss Dir wohl zumindest für die letzten Stunden unseres Zusammenseins, zufolge allzu reichlichen Alkoholkonsums, abgesprochen werden.
Ich hoffe sehr, dass es Dir gelingen wird, wenigstens einmal eine etwas andere Meinung zu akzeptieren, und ebenso, dass dieser Krieg auch Deiner Schwester gegenüber nicht so erbittert ausgefochten wird, wie Du es angekündigt hast. Ich glaube nämlich nicht, dass Du im Recht bist, und schon gar nicht, dass es Dir zusteht, Dich so zu benehmen, wie Du es eben gestern getan hast. Ich sage Dir noch einmal, dass sie eine wenig aggressive und äußerst kompromissbereite Person ist, aber auch sie wird eben nicht gerne für dumm verkauft. Und was sich hinter dieser Aussage verbirgt, weißt Du besser als alle anderen, nicht wahr? Sei also auf der Hut!

Der Brief wurde bewusst relativ zurückhaltend formuliert, und scharfzüngige sowie provokative Einlassungen wurden nur spärlich verwendet, um den verletzten Stier nicht noch mehr zu reizen – weshalb eigentlich? Er stand doch in der Kreide, nicht seine Kontrahenten, nicht seine Partnerin! Die Wirkung, die er bei ihm hervorrief, ist ohnehin nicht bekannt, die Wirkung, die er bei Sabrina auslöste, hingegen schon, indem sie nun definitiv wusste, dass ihr Entscheid, Nero endlich zu verlassen, überfällig war, was zur bereits erwähnten ‚Katastrophe' führte: Stufe drei seines altbekannten Alarmsystems wurde also tatsächlich ausgelöst, demonstrativ bloß und möglicherweise nur, um der mittlerweile etwas angeschlagenen Opferrolle einen neuen Anstrich zu verpassen. Er wusste auch, dass Nela im Hintergrund bereitstand, um ihn, den ewig Gebeutelten, mit offenen Armen aufzunehmen, und reichlich Zuversicht versprühte, welche baldige Heilung sowie auch die Rückkehr zum Wohlstand in Aussicht stellte. Der Umweg über die Intensivstation war höchstwahrscheinlich als ‚Geschmacksverstärker' gedacht; idiotisch und unreif allemal.

Die spätere ‚Vermarktung' nämlich dieses sinnlosen Intermezzos – mit tatkräftiger Unterstützung übrigens seines Vaters, der telefonisch alarmiert, ihn bewusstlos gefunden haben wollte und sich nun als Lebensretter und Held feiern ließ – sowie auch der ‚böse' Brief, der bewies, dass der Gläubiger kein Einsehen habe und auf der Rückforderung des geliehenen Geldes beharre, waren dann aber neue Faktoren, die seine andauernde Opferrolle noch deutlicher aufzeigen und sich fortan zu einer Art Dauerbedrohung entwickeln sollten, der sich auch Nela nicht zu entziehen vermochte. Als Erstes tilgte sie daher Neros Schuldenberg, um wenigstens diese eine Bedrohung aus der Welt zu schaffen; dass sie ihn damit kaufen könnte, war ihr einerlei, ja vielleicht sogar recht, galt es doch eine wesentlich jüngere und weitaus attraktivere Frau aus dem Feld zu schlagen. Und welches Mittel ist zu derartigen Aktionen besser geeignet als Geld? Nero gab klein bei und kam kommentarlos seinen Verpflichtungen nach – die Zinsen behielt er gewissermaßen als Schmerzensgeld für erlittene Unbilden ein, und Nela durfte bleiben … und wenn sie nicht gestorben sind, dann etc., etc. … aber leider war es kein Märchen, sondern traurige Realität. Der Einkauf war, wiewohl ausgesprochen kostspielig, sehr erfolgreich, ja schloss die Flucht aus der mittlerweile verwahrlosten Wohnung sowie den Umzug in ein neues

Haus mit ein; der Neuanfang war markiert, eine Umkehr, wohl anfänglich noch befürchtet, somit ausgeschlossen. Ein unabänderlicher Schematismus hat erneut den Handlungsmodus bestimmt und eine alte Vorgehensweise als Mittel für eine dringend erforderliche Neuorientierung gedient, ein Beweis mithin, dass die verpönte Taktik noch immer wirksam ist. Selbstverständlich war die Gefahr, sich dabei selber zu kompromittieren, nicht gebannt, doch allem Zweifel zum Trotz bestätigt sein fortwährender Wiederaufstieg die erfolgreiche Masche. Dass er einmal mehr sein Heil auf Kosten anderer erwarb, schien ihn nicht zu beunruhigen, wenngleich auch ihm bekannt war, dass sich gerade dies einmal bitter rächen könnte, eine Befürchtung, die sich noch unscheinbar, aber gleichwohl immanent hinter den Kulissen in Stellung brachte, denn noch ist unbekannt, was Mutter Fortuna aus ihrem Füllhorn auf den Tisch des Hauses kippen wird.

Sabrina gedemütigt, gewissermaßen als Ladenhüter im Ausverkauf veräußert oder gar als Tauschobjekt zwecks Begleichung der drückenden Schulden entwürdigt, musste also weichen und erlitt dasselbe Schicksal wie einst Karola, deren wenig erbauliche Rollen sie nun übernehmen durfte. Es fiel ihr derweil nicht sonderlich schwer, denn sie hatte ihn nun definitiv durchschaut und warf sich – kaum zu glauben – in die Arme desselben Freundes, der schon seine Vorgängerin auffing, während der Reitlehrer, zunächst noch Kronfavorit, wider Erwarten leer ausging. Sie stellte es als Verzweiflungstat dar, doch gab's Hinweise, dass die Aktion von langer Hand geplant war … uns allen soll's recht sein.

Nela bezog nun, wie erwähnt, durch ihre Befreiungstat geadelt, ihren ‚wohlverdienten' Lohn, die Gunst nämlich des aufopfernden und mitleiderregenden Nero, des weithin gequälten Nero auch, der einmal mehr dem Fegefeuer entronnen war. Sie saugte sich buchstäblich an ihm fest und klammerte aufs Gröblichste, bis er kaum mehr Luft kriegte. Adieu Lebenslust, adieu Freiheit, adieu Deborah und Käfigfleisch … und immer sonntags mit hochgestreiftem Nachthemd eine Runde Sex, wie einst Mr Chips im gutbürgerlichen Königreich.

Sie sanierte nebst den Finanzen auch seinen Haushalt, aus purer Liebe, wie sie wiederholt beteuerte, für Nero vermutlich der einzige Grund, weshalb die angeblich so unattraktive Frau überhaupt zum Zuge kam, doch allen Unkenrufen zum Trotz, stand ein weiteres Hochzeitsfest bereits wieder an, denn nicht noch einmal wollte Nela riskieren, im weißen Kleid verlassen und allein vor dem Traualtar zu stehen, wie sie später einräumte. Deshalb wurde auch jene denkwürdige Zeremonie am anderen Ende der Welt organisiert, welche bekanntlich von Neros Familie boykottiert wurde, da die neuen Gläubiger diesen Unfug nicht unterstützen mochten. Schon dies hätte ihn stutzig machen sollen, doch wer widerspricht schon einer Person, die alle drückenden Verpflichtungen mit einem einzigen Federstrich aus der Welt schafft und gleichzeitig die Hochzeitsfanfaren bläst. Auch sonst gab sie sich echt beflissen und zuversichtlich, ja, sah rosige Zeiten kommen, worauf sie allerdings diese Voraussicht stützte, war unklar. Und Sabrina, die ausgemusterte Bettgenossin, wohnte im Nachbardorf, angeblich allein, aber wie bekannt, hat sie sich unter die Fittiche des ewigen Retters begeben, der schon etliche ausgemusterte Partnerinnen seines einstigen Freundes tröstete und zu treuen Händen übernahm. Ob er sich darauf spezialisierte?

Insgeheim kursierten bereits einige hässliche Spöttereien, und Lästermäuler hatten Hochkonjunktur, indem man sich fragte, ob denn die jetzige Frau dem eifrigen Sammler abgehalfterter Liebhaberinnen neroscher Prägung auch gefallen würde, doch fehlte noch die Probe aufs Exempel. Ansonsten nahm man die erneute Veränderung hin, als ob es mittlerweile zur Tagesordnung gehörte, dass er eben hin und wieder eine neue Frau benötigte. Die Gründe, weshalb er wieder die Hochzeitsglocken läuten ließ, sind völlig unklar, es sei denn, er hätte sich ihrem Druck gebeugt, einem Druck, der bekanntlich stark vergoldet wurde, um dessen Wirkung zu versüßen. Jedenfalls wurde die Auferstehung Neros gebührend gefeiert und gleichzeitig zum langfristigen Programm erklärt. Allerdings sollte es nicht lange dauern, bis auch ihr Verhalten Anlass zu ausgedehnten und hässlichen Schimpftiraden gab, die insbesondere zur Abwertung ihrer Qualitäten als Liebhaberin dienten. Sie war zwar noch recht jung und weitgehend unverbraucht, aber eben bereits viel zu alt und spießig, um seine Gelüste vollumfänglich zu befriedigen, sie war pingelig und streng und ihre Rolle als Geliebte spielte sie, wohl nicht ohne Grund, mit zunehmender Abneigung, sodass sein Verlangen nach Reformen aufs Neue zu keimen begann. Einstweilen fehlte zwar eine geeignete Nachfolgerin, doch schien diese Hürde, wie in der Vergangenheit mehrfach bewiesen, nicht unüberwindlich zu sein. Noch immer schaffte er es mühelos, jedwedem Objekt seiner Begierde im Nu den Kopf zu verdrehen, ja beinahe wäre man geneigt zu sagen, dass er sich nur dieser einen Kunst rühmen durfte.

Nela, eine an sich kluge Frau, hätte sehr wohl den Durchblick gehabt, hätte sie nicht die Augen verschlossen, um Ungereimtheiten gar nicht erst in ihr Bewusstsein vordringen zu lassen. Sie ließ jedoch den Fisch, den sie einst angelte, buchstäblich vertrocknen und wurde dafür mit einem Ehrenplatz auf Neros Abschussliste belohnt. Er setzte also schon wieder sein angestammtes Bedrohungsszenario ein, doch so dämlich, dass sie es noch ernst genommen hätte, war sie dann auch wieder nicht, was ihn aufs Gröblichste beleidigte. Eine arrogante Ziege nannte er sie deshalb und zog buchstäblich den Schwanz ein. Nachdem sie aber klug genug war, sich des ganzen Finanzwesens zu bemächtigen, hat er den materiellen Hintergrund verloren, um sie einfach Knall auf Fall zu verlassen, nein, eine solche Lösung war in Anbetracht völlig veränderter Voraussetzungen schlichtweg undenkbar, zu schmerzlich gar, und daher in diesem Falle untauglich. Sie hat also vorgesorgt, und zwar so, als ob sie seine bisherige Laufbahn gründlich studiert und gewisse entscheidende Erkenntnisse folgerichtig umgesetzt hätte. Ob allerdings ihre Maßnahmen auch einem heftigen Sturm widerstehen würden, musste erst noch bewiesen werden, doch waren bereits untrügliche Zeichen wahrzunehmen, dass die sogenannte Nagelprobe nicht mehr lange auf sich warten ließe.

Wir wissen es bereits, dass sie diese Beziehung, auf die sie anscheinend alle Karten setzte, nicht aufs Spiel setzen wollte, dass sie zu sehr litt, bis sie ihn fand, ihren ‚Traummann', und das Leiden der verlassenen Braut auch nicht mehr ein weiteres Mal durchstehen wollte, ja, wir kennen ihr Programm, das fehlerlos abzuspulen sie sich tagtäglich bemühte. So übersieht sie geflissentlich seine Schwächen und Frechheiten, gibt stattdessen vor, an ihm zu hängen, weil er zuweilen auch sehr gute Phasen habe, liebenswürdig und zuvorkommend sei, aber sie weiß genau und fürchtet sich auch davor, dass all dies eine Utopie ist, eine Arbeitshypothese nur, die sich eines Tages in Luft auflösen wird. Und die Vorboten einer solchen Entwicklung mehrten sich. Die berechtigten Zweifel ließ sie indessen außen vor, denn die Ehe, die sie durch zähes Ringen ertrotzte, war ihr heilig.

Nela ist hart im Nehmen und gibt ihre Ziele nicht so schnell auf, ob und wie lange sie durchhalten wird, ist derweil offen. Sie ist sehr verschlossen und gibt nur selten etwas aus ihrem Innersten preis, sodass die eben niedergeschriebenen Geständnisse als Besonderheit gewertet werden müssen. Sicher ist jedoch, dass sie sich den anscheinend begehrten Zivilstand einiges kosten ließ und deshalb wohl nicht ohne Weiteres wieder aufzugeben bereit ist. Weitere Motive, die ihr Verhalten erklären könnten, sind nicht erkennbar, insoweit man den neuerlichen Schmähreden Neros trauen darf. Sollte damit jedoch die aktuelle Situation offengelegt worden sein, dann ist ihre Haltung unverständlich, es sei denn …

Nun, die Geschichte ist noch nicht zu Ende, und möglicherweise gibt deren Verlauf noch einige Hinweise zur Erklärung von Nelas Reaktionen, die vielleicht momentan rätselhaft erscheinen. Es gibt mit Sicherheit Krisen, die auszusitzen sich lohnt, und Nela verfügt zweifellos über Eigenschaften, die eine solche Vorgehensweise ermöglichen.

Und die Lückenbüßerin von damals, wo war sie? Er hätte sie gerne gerufen, denn sie hätte ihn doch über die schwierigsten Phasen seiner neuerlichen Krise hinwegzutrösten vermocht. Aber wie heißt es doch … der Lord lässt sich entschuldigen, er ist zu Schiff nach Frankreich[4]. Indes, um es konkret zu sagen, ja, wir wissen es bereits, sie hat sich tatsächlich abgesetzt, weil sie eben am früheren Arbeitsort so viel Torheiten begangen hat, dass sie kaum mehr Möglichkeiten sah, im angestammten Umfeld Respekt, Anerkennung und letztlich auch Arbeit zu finden. Dass Intrigen und unrühmliche Männergeschichten dabei eine wesentliche Rolle gespielt haben, versteht sich von selbst. Aber sie war weg, kurzum, nicht mehr verfügbar und ihr Aufenthaltsort unbekannt. Eine Nachfolgerin im eigentlichen Wortsinne zu ernennen, hat sie tunlichst unterlassen, und daher ist es müßig, sich darüber irgendwelche Gedanken zu machen. Schade im Grunde genommen, denn sie war stets wohlfeil und verkaufte ihre Dienste zu einem akzeptablen Preis, doch es half ihm nicht über die aktuelle Hürde hinweg, ihr nachzutrauern, war sinnlos.

Ob er wollte oder nicht, er musste nach einer neuen Lösung Ausschau halten, und wir ahnen bereits, welcher Art sie sein könnte. Er hatte die Abfuhr von Jeannine noch immer nicht verdaut, und jedes Mal, wenn er in der Bredouille steckte, entsinnte er sich dieser Schlappe … und da war doch noch diese alte Geschichte … nein, unschicklich, dieses seit Langem gehütete Geheimnis auch noch preiszugeben, eine Schnapsidee, wenngleich … nun ja, Unschickliches gab's zuhauf, weshalb denn nicht …

---

4 F. Schiller: Maria Stuart.

Nein, meine Lieben, ich bin nicht der Unmensch, für den ihr mich alle haltet, ich bin vielmehr das Opfer widriger Umstände und fühle mich in meiner Gutmütigkeit missbraucht. Glaubt mir, meine Wut richtet sich nicht gegen euch, sie richtet sich gegen die Ungerechtigkeiten dieser Welt, die mir ihr Wohlwollen versagt … und wer sich dennoch betroffen fühlt, ist selber schuld! Lasst mich also in aller Ruhe mein Süppchen selber kochen. Und sollte ich aus meinem Nähkasten noch weitere Episoden hervorziehen, so ist dies noch immer meine Sache. Schon möglich, dass man gegen die Lebensmitte hin von Jugendsünden eingeholt wird, doch lässt man sich dabei unterkriegen, so bringt man es nie auf einen grünen Zweig.

3

Beinahe atemlos eilt der Erzähler bis zu dieser Stelle seiner Erzählung von Station zu Station und wundert sich, wie eintönig und gleichwohl vielfältig das Spektrum der Verfehlungen und Irrläufe seiner Hauptfigur sich ausnimmt. Die Figuren werden einfach ausgewechselt und haben ein anderes Gesicht und andere Namen, aber die Handlung und der Inhalt, insoweit wenigstens, als sich ein solcher erkennen lässt, bleiben stets dieselben, und die Szenenwechsel erfolgen allemal nach demselben Muster. Niedertracht und Schmeicheleien bilden schlichtweg ein beinahe unbesiegbares Paar, dessen Kapazität angeblich unerschöpflich ist. Kein Wunder, dass man keine Anzeichen zu erkennen vermag, selbst im angeblich reiferen Mannesalter davon Abstand zu nehmen, weshalb sollte er denn, der Erfolg – ein dehnbarer Begriff allerdings – schien ihm ja recht zu geben, einstweilen wenigstens. Dass er ihn oft durch Terror und Angst errang, hat er entweder noch nicht bemerkt oder einfach ignoriert. Eigensucht fragt nicht nach, hinterfragt keine Methoden, nein, Eigensucht lebt für sich allein und kassiert Anerkennung und Gewinn, als wäre sie ein ertragreiches Kapital, das zielsicher anzulegen sich lohnt. Die zahlreichen Opfer, die den Wegrand säumen, interessieren nicht, sie sind unabdingbare Requisiten eines haltlosen Herrschers, den zu spielen er sich aufs Banner schrieb. Kann dies ein Lebensziel sein? Reicht es aus, um der Menschenwürde gerecht zu werden? Darf man denn fast jede Anhäufung menschlicher Unart durchwühlen, um nach einigen süßen Rosinen zu suchen? Süße Nachspeise also, nach versalzener Suppe, vergänglich jedoch selbst diese Gaumenfreude!

Nun ja, man fragt sich zuweilen, ob nicht alles ein wenig zu dramatisch dargestellt und er nicht zeitweilig allzu sehr angeprangert wird? Vielleicht sollte man ihm etwas mehr Leichtigkeit des Seins zubilligen, um nicht als Moralapostel abgestempelt zu werden, denn letztendlich soll es uns nicht kümmern, wie er sein Leben gestaltet. Leider ist es nicht so einfach, wie es sich anhört, denn seine Hinterlassenschaft beeinträchtigt auch unser Umfeld, fordert Zustimmung oder zumindest stillschweigende Akzeptanz, die zu gewähren oft schwerfällt. Man versucht sodann immer wieder das Spitzbübische herauszuarbeiten und ringt um Umsicht, doch die Machenschaften, die dabei zutage treten, sind monströs und vereiteln jede versöhnliche Gangart. Immer wieder aufs Neue ist zu erkennen, dass seine Vorgehensweise menschenverachtend und leider auch kaltschnäuzig ist, ja nicht nur das, sondern auch ein gerüttelt Maß an messerscharfem Kalkül sein Tun und Handeln lenkt, um es sich selber dienlich zu gestalten. Geld und Sex in nicht mehr ganz lupenreiner Applikation, sind die Grundlagen, auf denen er seinen Lebensstil aufbaut, und sobald er eines der beiden Elemente bedroht sieht, reagiert er äußerst gereizt, wiewohl er direkte Konfrontationen meidet und stets andere die heißen Kartoffeln aus dem Feuer holen lässt. Es sei an dieser Stelle auch einmal festgehalten: Er verfügt anscheinend nicht über die Möglichkeit, zwischen Recht und Unrecht zu unterscheiden, und ist in seiner Ansicht stets auch unbeirrbar, was ihn immer wieder an den Rand des Ruins treibt. Weshalb ist er denn außerstande, nach all den Schlappen, die er einstecken musste, endlich zu erkennen, dass sein Rezept nichts taugt? Ist er wirklich krank? Allen Ernstes ist diese Frage zu stellen, denn jeder ‚normale' Mensch, sprich jener Mensch, der bemüht ist, sich im üblichen menschlichen Umfeld zu bewegen, hätte sich solch beschwerlicher Lebensbedingungen längst entschlagen. Freilich hört man die Unkenrufe, Normalität, die sich einzig und allein nach der Mehrheit richtet, ist langweilig, auf Dauer unerträglich gar, doch auf welcher Seite der Normkurve man sich positionieren will, ist allemal Ansichtssache.

Darüber hinaus stellt sich die Frage, ob es denn denkbar ist, dass es einen Menschen gibt, der sich so rücksichtslos und gleichzeitig überheblich und unbelehrbar aufführt, der nahezu alle Werte einer wohlfunktionierenden Gesellschaft mit Füßen tritt und für sich in Anspruch nimmt, was niemandem zusteht, das Recht des Ruchloseren nämlich, oder um es konkret zu sagen, das Dschungelgesetz, das dem Kräftigeren alle Rechte zugesteht, die es dem Schwächeren versagt? Es wäre peinlich, wenn dem so wäre, denn es widerspricht der Entwicklung des Menschen hin zum vernunftbegabten Wesen, das mentale Fähigkeiten über die der Muskelkraft stellt, welch Letztere im Zeitalter der Ratio an Bedeutung verliert. Es wäre gar unzulässig, wenn es auch zum Schaden naher Angehöriger zur Anwendung käme, wie etwa jener kleinen Schwester, deren Charakter als herzlich und angenehm, ja nachsichtig und liebenswürdig bezeichnet wird, nicht zuletzt deswegen ihm zuzeiten auch hörig war und damit das erste missbrauchte Kind seiner Karriere ist, mithin die erste kräftemäßig unterlegene ‚Kreatur' seiner ekelerregenden Laufbahn, deren Ende noch nicht abzusehen ist. Ja, genau hier liegen die Berührungspunkte unterschiedlicher Interessenssphären, von denen die Rede war und die jede Einmischung zweifellos rechtfertigen. Wie, so fragt man sich weiter, kann es denn geschehen, dass ein und dieselbe Familie solch gegensätzliche Charaktere innerhalb der gleichen Generation hervorzubringen imstande ist. Wo liegt der Fehler, wo die schadhafte Stelle? Nun ja, die Mischung der Gene war damals noch nicht beeinflussbar, und ob es zutrifft, dass beim großen Bruder überwiegend diejenigen der Großmutter überwogen, ist eine zweifelhafte Hypothese der kleinen Schwester, welche sich so zu trösten versucht, dabei aber übersieht, dass sie ihm dadurch jene Absolution erteilt, die ihn letztlich exkulpiert, eine Art Freispruch somit, der in dieser Form völlig unzulässig ist.

Ja natürlich, man erinnert sich bei dieser Gelegenheit an die Ausführungen eines Freundes, der ein gewiegter Genetiker war.

Er führte einmal aus, wie aus seiner Sicht die Natur mit den Genen spielt, sie förmlich durcheinanderwirbelt, den wirren Knäuel dann aussetzt und scheinbar gelassen zuschaut, was dabei herauskommt. Um diese abstrakte Vorstellung zu veranschaulichen, bediente er sich eines einfachen Vergleichs: Man nehme eine Handvoll kleiner bunter Würfel, werfe sie in die Luft, lasse sie alsdann auf den Boden fallen und betrachte das Bild, das sich nach dem Aufprall darbietet. Es ist ein Zufallsgebilde, den Gesetzen des Zufalls eben und der Unordnung unterworfen, und manchmal entsteht etwas Neues, Gutes und Schönes, nicht selten aber etwas Schreckliches, Widerliches, Untragbares, oft sogar eine Missgeburt, etwas nicht Lebensfähiges … alles ist denkbar und nichts berechenbar. Die Genetik also ein gefährliches, mitunter aber auch erfolgreiches Spiel mit Genen, dessen Aufgabe es ist, Kreaturen der unterschiedlichsten Art hervorzubringen, von denen keine der anderen gleichsieht. Die Spielregeln, so es denn welche gibt, sind weitgehend unbekannt, doch keiner vermochte bislang zu erraten, wer denn der Spieler ist … oftmals wird man den Verdacht nicht los, dass es der Teufel sei; aber nein, es ist die Natur selber, die über ausreichend Reserven verfügt, um sich jeden erdenklichen Misserfolg leisten zu können. Dass es der Wissenschaft gelang, mutwillig ins Geschehen da und dort einzugreifen, ändert an dieser Feststellung wenig, und die Frage, ob es denn segensreich sei, ist Gegenstand heftiger Debatten, welche jedoch mit unserem Fall nichts zu schaffen haben.

Doris Lessing schrieb in ihrem Buch ‚Das fünfte Kind‘[5] über einen solchen Fall, die Auswirkungen waren schrecklich und haben eine Familie zerstört. Ob es Nero auch noch so weit bringt? Ob es ihm überhaupt klar ist, dass er diesen schrecklichen Weg bereits beschreitet und womöglich andere mit einbezieht? Er wäre keineswegs zu dumm, all dies zu verstehen,

5 Doris Lessing: Hoffmann und Campe, 1988.

aber er ist borniert und eingebildet, jedenfalls keiner auch nur ansatzweise vernünftigen Argumentation zugänglich, und alles, was nicht in sein Konzept passt, wird buchstäblich zerquetscht, wie eine lästige Fliege. Und die lästige Fliege ist entweder die Partnerin oder die Schwester, der Schwager oder der langjährige Freund wie auch dessen Frau, kurzum einfach der, welcher zum einschlägigen Zeitpunkt jeweils als Sündenbock infrage kommt … so einfach macht er sich das Leben, so unberechenbar ist sein Geist. Den Statisten, die zufällig seine Lebensbühne bevölkern, ordnet er dann und wann eine meist unrühmliche Rolle zu, die sie so lange zu spielen haben, bis er als scheinbar ungebrochener Held aus dem jeweiligen Drama hervorgeht, eine Attitüde, die er wiederholt einnimmt. Dass er dabei selber Regie führt, versteht sich von selbst. Das Experiment ‚Nero' ist somit als gefährlich einzustufen und wird noch einige unschöne Spuren hinterlassen, ehe es als völlig gescheitert abgehakt werden kann. Eine hässliche Aussage, aber leider zutreffend.

Nun, die Vererbungslehre hat eben ihre Tücken, und manchmal führen diese zu unerwünschten Erscheinungen, wenngleich im Hintergrund einige familiäre Elemente erkennbar bleiben – ja, und wer kennt denn schon alle ‚Dunklen Flecken' des Unbewussten sämtlicher Familienmitglieder, wessen Mr Hyde betritt denn jede Nacht die Weltenbühne, um sein Unwesen zu treiben? Die physische Erscheinung hat außerdem wenig mit dem Charakter zu tun und umgekehrt, und wer weiß, ob nicht in Vaters oder Großvaters Generation des einen oder anderen Elternteils eine Person aufgetreten ist, welche ähnliche Wesenszüge trug, wie etwa die bereits beschuldigte Großmutter, welche mitunter dem bösen Buben den Rücken stärkte. Anhaltspunkte dafür gibt's zuhauf, darüber gesprochen wird so gut wie nie, denn man schämt sich ihrer. Doch was tut's zur Sache, es hilft weder ihm noch seinen Opfern, wenn man diesbezüglich fündig würde. Wir leben jetzt und heute und haben mit anzusehen, was geschieht, und seine Geschwister schämen sich, ihn allen Widrigkeiten zum Trotz als Bruder anerkennen zu müssen, auch sie …

Sie versuchen ihn zu ignorieren, brechen den Kontakt bei jeder Entgleisung aufs Neue ab und schwören, nie wieder mit ihm verkehren zu wollen, aber sie sind inkonsequent, lassen sich stets aufs Neue durch dieselbe Masche übertölpeln und strecken ihre Hand immer wieder aus, wenn er danach ruft. Sie wollen keine Unmenschen sein, aber er stößt sie dennoch immer wieder vor den Kopf. Wie lange dieses Geplänkel noch andauern wird, weiß keiner.

Doch Neros Geschichte ist keineswegs zu Ende, und ihre wohl schrecklichste Stunde hat noch nicht geschlagen, denn unablässig sinnt er auf Veränderung, die ihm neuen Schub verschaffen soll, erbarmungslos und unverschämt.

Lang war der Umweg, den es zu begehen galt, ehe der Ausgangspunkt der Geschichte wieder in Sichtweite kam, um sie endlich abzuschließen. Viele Abwege und krumme Irrwege mussten abgeklappert werden, um möglichst alle Kapriolen dieses hitzköpfigen Mannes zu erforschen, ja sozusagen mitzuerleben, ohne seine skurrile Gedankenwelt zu verstehen. Nein, es geht nicht um jene mysteriöse Andeutung von eben, welche auf ein Ereignis anspielte, das sozusagen den Beginn seiner abartigen Karriere markierte. Nebensächlich die Handlung der beiden Teenager, denn das Kind wurde in einer Dachkammer zur Welt gebracht und anschließend zur Babyklappe gebracht, womit die unrühmliche Episode ihr Bewenden hatte. Das Schicksal des Neugeborenen hat keinen interessiert, schon gar nicht den noch minderjährigen Vater, der sich zunächst damit brüstete, später aber alles unternahm, um es zu verschweigen.

Wo sich der nunmehr erwachsene Mensch aufhält, wie er sich benimmt und was er tut, ist freilich unbekannt. Und sollte er es versucht haben, seine leiblichen Eltern ausfindig zu machen, so ist er wohl kläglich gescheitert, denn auch die Mutter, einst begehrte Gespielin, ist unauffindbar.

So verbleibt nur noch die Aufgabe, den kleinen Rest der Affäre ‚Trixilein' zu klären, deren beklagenswerteste Szene bereits bekannt ist. Nun, die Zeit arbeitete für sie, denn das Mädchen entwuchs dem Schutzalter, und sie – alle drei – sind mittlerweile, trotz heftigen Gegenwinds eine kleine Familie geworden: Nero mit Ziehtochter Trixi im Schlepptau und nebenbei erwähnt, dessen Ehefrau Nela, die sich freilich mit ihrer Nebenrolle nicht zufrieden geben wollte, was schon seit Anbeginn dieser unseligen Entwicklung feststand und naturgemäß zu zahlreichen Kontroversen führte. Man kann diese Formulierung als voreingenommen oder zumindest tendenziös bezeichnen, aber man verzeihe, wenn sie so aus der Feder schlüpfte, hatte doch der Außenstehende durchaus den Ein druck, dass sich die neuen Kräfteverhältnisse innerhalb dieser ungewöhnlichen Wohngemeinschaft so und nicht anders verteilten, sodass keine andersartige Darstellung gerechtfertigt wäre. Es ging gut, hörte man dann und wann übers Buschtelefon, mäßig nur, wenn man Nela fragte, die seit Trixis Einzug langsam, aber stetig beiseitegeschoben wurde und damit ihren Führungsanspruch zusehends einbüßte. Doch sie versuchte verständlicherweise ihre Position mit allen zu Gebote stehenden Mitteln zu verteidigen, mit wechselndem Erfolg allerdings. Eine Beurteilung der ‚wahren' Verhältnisse vorzunehmen, war ausgeschlossen, war doch deren Beschreibung von der Position desjenigen abhängig, der sie jeweils abgab, was auf ein konfuses Konzept schließen ließ, insoweit als ein solches überhaupt zu erkennen war. So wurde namentlich auch die Mutmaßung genährt, dass zwei sich bekämpfende Parteien unter einem Dach lebten, was bei drei Personen nur durch ständig wechselnde Koalitionen denkbar ist. Damit war auch klar, dass Sprengstoff im Keller lag, der jederzeit explodieren konnte, aber nur Nela war sich dessen bewusst und handelte entsprechend vorsichtig, auf dass sie ihre Ziele, die ihr bekanntlich heilig waren, nicht gefährde. Jedenfalls unternahm sie alles in ihrer Macht stehende, um die angebliche Normalität mitzutragen, war doch auch ihr Image in Gefahr, sollte ruchbar werden, dass sich hinter den Kulissen Ungewöhnliches zuträgt. Ja, und die Kulissen wurden durch ein sehr großes und schönes Haus dargestellt, das nicht nur teuer, sondern auch Statussymbol ist, Rechtfertigung zugleich für Neros mildtätiges Handeln, obwohl er so gut wie nichts dazu beitrug, es zu erwerben. Da wäre es ja gelacht, wenn ein kleines Mädchen das ganze Gefüge ins Wanken zu bringen vermöchte, nachdem mehr als deutlich zum Ausdruck kam, dass es lediglich von einem höheren Lebensstandard zu profitieren gedachte, was freilich nur teilweise zutraf, da mitunter auch andere Zielvorstellungen auszumachen waren. Das Haus, ein herrschaftliches Gebäude zumal, ist Nelas ganzer Stolz, die Duldung des abtrünnigen Ehemannes samt Ziehtochter eine Gunst, die sie ihnen nur um des Friedens willen gewährt, aber auch an bestimmte Bedingungen knüpft. Die Einhaltung derselben zu überwachen, obliegt natürlich ihr, der ‚Mehrheitsaktionärin' selber, wie sie immer wieder aufs Neue betont,(wem denn sonst?), womit der Konfliktherd verortet sein dürfte. Nero und Trixi foutierten sich jedoch meist um die Spielregeln, wiewohl Letztere in diesem Haus nur geduldet war, und die ohnehin vergeblich angesetzte Probezeit musste nach deren Ablauf immer wieder verlängert werden, um ja keine Fakten zu schaffen. Mit dem Haus in der Hand hatte Nela den wichtigsten Trumpf im Ärmel, dachte sie wenigstens und hütete sich, ihn auszuspielen, ehe die Lage geklärt war.

Nero hatte wieder einen Job, einen seriösen dieses Mal, wie er nicht müde wurde zu betonen, nachdem er zuvor bei einer Gesellschaft tätig war, welche ihr Geld durch Betrug erwirtschaftete, wovon er allerdings nichts gewusst haben wollte –

niemand, außer dem verschwiegenen und letztlich erfolglosen Staatsanwalt, hatte derweil diesen Sachverhalt eingehend geprüft, einmal mehr ein Ausgang wie beim ‚Hornberger Schießen'! Es wäre auch verlorene Liebesmüh gewesen, denn keiner hätte sich dem Wagnis unterzogen, Nero irgendeines Vergehens zu bezichtigen, war er doch auch in solchen Dingen, wie sattsam bekannt, stets das Opfer. Selbst Nelas Vater musste über die Klinge springen, was dem Burgfrieden nicht gerade förderlich war, da sie selber als unstreitige Universalerbin, und dank gelegentlicher Zuwendungen auch indirekte Nutznießerin, ebenfalls geschädigt wurde: Dank für ihr wohlwollendes Entgegenkommen, wie sie mitunter etwas verbittert verlauten ließ. Man hätte es derweil ahnen können, denn jedes Schneeballprinzip funktioniert nur so lange, als sich neue Opfer finden, doch sobald dies nicht mehr der Fall ist, fällt das Kartenhaus zusammen. Der Verlust war riesig und schmerzlich, die Gesellschaft flog auf, und Nero stand erneut mittellos auf der Straße, ohne goldenen Fallschirm versteht sich, Geld mithin, das, wie denn sonst, bereits verplant war. Doch am Tag des Geschehens war angeblich alles wieder im grünen Bereich, nur …

Trixi! Man hätte sie als entführt oder abgeworben betrachten können, doch ihr jugendliches Alter rief bekanntlich die Behörden auf den Plan, welche nur nach langen Verhandlungen und mit Vorbehalt bereit waren, dieser ungewöhnlichen Lösung, nämlich deren Unterbringung in Neros Haus und unter dessen Fittichen, zuzustimmen. Ob und welchen Verdacht sie schöpften, ist unbekannt, wenngleich aktenkundig, aber die Schwierigkeiten, welche zu überwinden waren, lassen unschwer darauf schließen, dass man sich gewisse konkrete Gedanken machte und einschlägige Zweifel nunmehr bekannter Natur hegte, welche natürlich von der verlassenen Mutter, die ihrerseits mit Nötigung drohte, geschürt wurden und beinahe zu einer Heimeinweisung der störrischen Tochter geführt hätten. Sie wehrte sich mit Händen und Füßen dagegen, dass man, mit tatkräftiger Hilfe ihres Mannes und angeblichen Vaters, ihr das Kind einfach wegnahm und einem ihr bestens bekannten Mann – die Erinnerungen an ihn waren recht zwiespältig –, einem unredlichen Mann also anvertraute, der nur deshalb als Ziehvater infrage kam, weil er erneut verheiratet war, aus Sicht der Behörden offenbar ein zuverlässiges Gütesiegel, jedenfalls ein Faktum, auf das man sich bei Bedarf berufen könnte. Dass dieser Sachverhalt keiner echten Garantie entspricht, versteht sich von selbst, in den eher unpersönlichen Amtsstuben wird er indessen als hinlängliches Alibi betrachtet, geht man doch vom landesüblichen Durchschnittsverhalten eines Ehepaares aus, eine Annahme indes, welche sich im vorliegenden Fall als reichlich gewagt ausnimmt. Dennoch, Neros Ehe, so grotesk dies auch klingen mag, wurde somit zur eigentlichen Garantie fürs Zusammenleben mit der begehrten Ziehtochter, deren aufgebauschte Schauergeschichten selbst die Behörden erweichten, die alsdann der rechtmäßigen Mutter das Sorgerecht entzogen und auch dem Vater nicht übertrugen, der mit einer eigenartigen, ja reichlich abwegigen Argumentation operierte, um sich dieser schweren Aufgabe zu entziehen. Die wahren Gründe für sein Verhalten behielt er jedoch ein. Aber Nela gewann durch diese verquere Konstellation eine Art Schlüsselstellung, die sie mit einigem Geschick zu ihren Gunsten zu nutzen versuchte, was ihr jedoch nur teilweise gelang.

Was sich genau abspielte in jenen Tagen des Übergangs und wer insbesondere wessen Interessen vertrat, konnte nie in Erfahrung gebracht werden, denn der sonst so kommunikative Bruder schwieg sich gerade über diese Zusammenhänge beharrlich aus. Es war vermutlich nicht nur eine verzweifelte Hilfsaktion, wie man geltend machte, sondern auch ein Husarenstück, denn höchstwahrscheinlich war, wie angedeutet, auch Nötigung im Spiel, deren wahrer Hintergrund jedoch verschwiegen wurde, eine Art Verschwörung mithin, welche alle Beteiligten in die Pflicht nahm, denn keiner hatte eine weiße Weste. An dieser Stelle war vermutlich der eigentliche Knackpunkt zu verorten, dessen Natur, wiewohl naheliegend, niemals erläutert wurde und somit eine geheimnisvolle Atmosphäre schuf, die zu durchschauen keinem gelang, nicht mal Trixi selber, geschweige denn sonst wem. Bekannt und mit Nachdruck deutlich gemacht wurde lediglich die Tatsache, dass fortan Trixi in Neros Patchworkfamilie vollumfänglich eingegliedert werde und damit Anspruch auf den Status eines normalen Familienmitglieds geltend machen durfte, was ihr gefälligst widerspruchslos gewährt werden solle, während kritische Einreden fürderhin zu unterlassen seien. Die strikte Kontrollfunktion der Schutzbefohlenen, welche Nero persönlich an die Hand nahm, führte zu drakonischen Maßnahmen, welche nur aus zahlreichen Diktaturen bekannt sind: Zensur aller Kommunikationsmittel und sonstiger Kontakte, ja selbst von Rede und Tun, welch Letztere, zum Unmut vor allem der leiblichen Mutter, stark eingeschränkt wurden. Trotz dieser erheblichen Beschränkung der Freiheit erstaunte vielerorts das Tempo, mit welchem sie ihre umstrittene Stellung festigte, und nährte die Vermutung, dass im Hintergrund seit Langem schon ein Schwelbrand glimmte, doch ein Beweis für diese wohlweislich kühne Vermutung steht freilich aus.

Nun ja, die Verhandlungen brachten nicht nur Trixi in Neros Haus, sondern auch einen reichhaltigen Geldsegen, denn Barmherzigkeit wird heute nicht mehr kostenlos geliefert. Ihre Bedeutung wurde dadurch beträchtlich aufgewertet, war sie doch nunmehr buchstäblich Gold wert, selbst für Nela, die andernfalls wohl ihr Veto gegen den endgültigen Familienanschluss eingelegt hätte … und dies ist vermutlich eines der vielen Rätsel, das eingangs noch nicht gelüftet wurde, doch es war abzusehen, dass sich in der Folge weitere von selbst lösen würden, versagte doch Neros rigorose Kontrolltätigkeit gründlich, nachdem auch feststand, dass sein faschistoides Gehabe fehl am Platze war und sich nicht nur als anachronistisch, sondern geradezu kontraproduktiv erwies.

Und Christoph, langjähriger Freund und vermutlich gehörnter Platzhalter, wo ist er abgeblieben? Weitgehend abgebrochen sei der Kontakt, ungewollt, verstehe sich, doch eine glaubhafte Begründung blieb aus, denn die intrikate Konstellation sollte undurchschaubar bleiben, eine teuer erkaufte Eintracht mithin, die aufrechtzuerhalten recht viel Beharrlichkeit kostete, zumal noch immer ungelöste Fragen im Raum standen. Unglaubwürdig indes Neros Gebaren, denn seit Jahren haben sie sich gemocht sowie zahlreiche Dinge zusammen unternommen und plötzlich war er scheinbar uninteressant, entbehrlich, mühsam gar; was hat sich denn binnen weniger Wochen so rigoros verändert, dass sich eine solch drastische Wende einstellte und sich eine alte Freundschaft plötzlich in Luft auflöste? Die berechtigte Frage blieb unbeantwortet und führte zu erheblichen Irritationen, welche jedoch regelmäßig als unberechtigt abgetan wurden: Privatsache eben! Er selber ist und bleibt diskret, schweigt sich aus und gibt selbst dann keine Auskunft, wenn er danach gefragt wird, ist doch auch er zum Schweigen verpflichtet. Nein, keineswegs aus Ehrfurcht vor dem Ehepaar ‚wider Willen', wie es sich aus seiner Sicht ausnimmt, nein, es geht ausschließlich um seine Tochter, deren Aufstieg ins vermeintliche Großbürgertum er zwar billigte und teilweise auch finanzierte, wenngleich ihm eine bestimmte, vermutlich zügellose Entwicklung missfällt, die er nicht voraussehen konnte, aber auch nicht beim Namen nannte. Unklar war ihm die Rolle, die er zu spielen hatte, wenngleich die Gerüchteküche welche geliefert hätte. Doch einen Streit mit Nero würde er verlieren, das wusste er seit Jahren schon, also mied er ihn, das war die einzige Möglichkeit, seinem Unmut Ausdruck zu verleihen, einem Unmut, der seit Anbeginn einer einst innigen Freundschaft schwelte, da sie stets die Ungewissheit über die wirkliche Vaterschaft der erstgeborenen Tochter begleitete.

… und das Familienleben, wie sollte es auch anders sein, änderte sein Gesicht, wurde zur Fratze gar. Trixi war immer dabei, man durfte ein minderjähriges Kind ja niemals allein lassen, auch ausgehen durfte sie nicht, wer weiß, was ihr dabei alles zustoßen könnte, und da hat man doch unzweifelhaft ein gewisses Verantwortungsbewusstsein wahrzunehmen, das Verbindlichkeiten festlegte. Auch innerhalb des Hauses gab's anscheinend Veränderungen, welche, wiewohl der Zensur unterliegend, gleichwohl durchsickerten und aufhorchen ließen: Trixi, Trixi, Trixi … beim Essen, beim Fernsehgucken, beim Grillen im Garten, aber auch beim Duschen, Anziehen und wohl auch beim Schlafen. Wie und auf welchem Weg all diese Details bekannt wurden, ist unklar, ob Zufall oder Absicht die Schleusen öffneten, ziemlich rätselhaft. Jedenfalls häuften sich die Anzeichen der intimen körperlichen Beziehung derart, dass einige bereits laut über allfällige Konsequenzen nachdachten, während Nela zuschauen durfte, wie ihre Ehe langsam, aber sicher zerbröselte und die einst eingebrachten Werte zusehends an Bedeutung verloren. Lange sah es so aus, als ob sie auf verlorenem Posten kämpfe, doch sie kämpfte verbissen weiter und verfolgte offensichtlich unverdrossen ihr längst deklariertes Ziel.

Erstaunlich war auch der Umstand, dass sich nach langer Karenz Neros anscheinend unerfülltes Bedürfnis, sich als Vater und Erzieher hervorzutun, scheinbar wie aus heiterem Himmel erneut und mit Verve manifestieren sollte, nachdem doch bis vor Kurzem noch unzweideutig feststand, dass er damit gar nichts am Hut habe. Nela selber, wie auch all ihre Vorgängerinnen sind immer wieder damit konfrontiert worden, dass er keinen Kinderwunsch zu erfüllen in der Lage sei, was nur teilweise zutraf. In Tat und Wahrheit aber wollte er auf dieses heikle Kapitel gar nicht eingehen, denn wie bereits wiederholt erwähnt, befürchtete er durch allfälligen Nachwuchs eine allzu große Einbuße an Lebensqualität zu erleiden, welche einzig und allein durch seine eigene, reichlich skurrile Weltanschauung charakterisiert ist. Weshalb also der plötzliche Umschwung, wozu all das väterliche Gehabe, das ihm so schlecht zu Gesichte steht? Und schon riecht man wieder Lunte!

Abgesehen davon – wovon auch immer –, ging es Trixi dabei nicht besonders gut, denn sie hatte etwelche Schwierigkeiten sich mit all den widersprüchlichen Voraussetzungen abzufinden, was abzusehen war und wohl vonseiten Neros einige Überzeugungsarbeit erforderte, deren Natur wir allerdings mittlerweile kennen. Gewiss, es war bekanntlich ein vorzügliches Haus, groß, schön ausgestattet und vorzüglich eingerichtet mit den allerneusten Schikanen und den besten Apparaturen, die man zum Leben braucht, doch allzu bald sollte sich herausstellen, dass sie, die ‚neue' Prinzessin, in einem goldenen Käfig gefangen saß. Man gewährte ihr nicht jene Freiheit, die sie suchte und schon gar nicht die Ungebundenheit und Eigenständigkeit, um derentwillen sie vor Kurzem ihre Mutter verließ. Dass sie nicht mehr geschlagen wurde, nicht mehr wegen kleinster Vergehen beschimpft wurde, nicht mehr in ihr Zimmer eingesperrt wurde, das war schön und gut, dass sie aber beinahe all ihre Eigenständigkeit einbüßen würde, ja daran gehindert wurde, eine solche zu entwickeln, damit hatte sie beileibe nicht gerechnet. Deshalb entwickelte sie zusehends ein schlechtes Gewissen der Mutter gegenüber, die sie möglicherweise allzu sehr anschwärzte, ja allenfalls sogar verleumdete, um von ihr loszukommen. Sie wusste natürlich, dass ihre Mutter durchaus Gründe hatte, streng zu sein, denn sie war beileibe kein Engel und lief mehr als einmal Gefahr, im Sumpf des sozialen Abschaums zu versinken. Deshalb stellte sich auch die Frage, ob jemals ihr Suchtverhalten – ein bekanntes Phänomen – wahrgenommen und entsprechend bekämpft oder einfach unverändert belassen wurde; dass sie nämlich weiterhin rauchte und soff, war augenfällig, welcher Stoffe sie sich sonst noch bediente, jedoch unbekannt.

Ja, um Gottes willen, ist denn dem verantwortungsbewussten Ersatzvater noch nicht aufgefallen, dass sich sein ehrgeiziges Unterfangen nicht nur mit der knackigen Gestalt eines jungen Mädchens rechtfertigen lässt, sondern auch menschlicher Inhalte, ja sogar gewisser Kenntnisse sowie auch einiger Erfahrung bedarf, zumal es doch außerordentlich wichtig wäre, sie in ihrer Persönlichkeitsentwicklung zu unterstützen, ansonsten der Preis doch viel zu hoch angesetzt wäre, den sie für ihre Abtrünnigkeit zu entrichten hätte. Doch einmal mehr wurde diesem Umstand keine Beachtung geschenkt, zumal weder Nero noch Nela über Kenntnisse und Erfahrung auf diesem ohnehin schwierigen Gebiet verfügten, sodass sich ihr Ansporn, diesbezüglich tätig zu werden, reichlich fadenscheinig ausnahm. Natürlich ist die ursprüngliche Begründung, dieses Mädchen ‚befreien' und beherbergen zu wollen, wenngleich an sich einleuchtend, dennoch als scheinheilig zu bewerten, denn allzu viele sachfremde, indes recht unterschiedliche Gründe beherrschten ihren Entscheid. Für Nela zählte vorab das monatliche Einkommen, für Nero deren Alter und Aussehen, wie auch die – berechnend vorgetäuschte, oder echte? – Bereitschaft, seine eigentümlichen Wünsche zu erfüllen, beides Motive, die einer seriösen Umerziehung eher abträglich sind. Ja Teufel noch mal, hat es denn bisher niemand bemerkt, dass hier ein falsches Spiel gespielt wird, oder trügt der Schein? Darüber gibt's natürlich keine Informationen … die Familientradition gebietet es, schwierige Zeiten durch Stillschweigen auszusitzen.

Was glotzt ihr denn so? Wir waren seinerzeit ein kleiner Klub, hielten zusammen wie Pech und Schwefel und genossen gemeinsame Stunden am See, romantische Abendstimmungen, laue Nächte. Wir hatten gemeinsame Interessen und pflegten sie nach Lust und Laune, tranken oft etwas über den Durst und ließen die Schwarte krachen. Es war eine gute Zeit! Und so kam es, dass ich eine Nacht mit Christophs Verlobter genoss, die ich nie mehr vergessen werde. Kurz darauf heirateten sie, und einige Monate später kam ein erstes Kind zur Welt, eine Frühgeburt, die auf den Namen Beatrice getauft wurde. Das ist alles und lässt beileibe keine weiteren Schlüsse zu, doch monieren einige, dass dem nicht so sei, und bezweifeln die eingetragene Vaterschaft … damit war freilich zu rechnen und trübte zusehends unser Verhältnis, bis es zum Eklat kam. Zwecklos, sinnlos, nachtragendes Gebaren!

Allen Turbulenzen zum Trotz ist Trixi schließlich in ruhigerem Fahrwasser angekommen und hat sich merklich gemäßigt, seit sie von zu Hause weggelaufen ist, da sie sich nicht mehr mit ihrer allzu strengen Mutter streiten muss, die sie ohnehin nur als Faustpfand zur Sühne einstiger Verfehlungen betrachtete. Dafür ist die schuldlose Tochter ja dankbar, aber so … nein, das war's dann doch nicht, nicht wie sie es sich vorstellte, als sie an jenem schicksalsschweren Abend voller Freude und Hoffnung zustimmte, bei Nero ihr neues Zuhause zu beziehen. Sie war zu jung und unerfahren, um zu erahnen, was dabei auf sie zukommen könnte, hatte vermutlich bis zu jenem Tag noch nie etwas von abartigen Persönlichkeiten gehört und kaum vermutet, dass der beste Freund ihres Vaters unlautere Absichten hegen könnte, denn die bisher geheimen Verstrickungen wurden auch vor ihr verheimlicht. Nein, sie hat das üble Spiel nicht durchschaut, sie war weder eingeweiht noch für würdig befunden als Mitwisserin in Betracht gezogen zu werden … ja, wann ist der Zeitpunkt gekommen, einem Heranwachsenden die Wahrheit zu sagen? … Nero hielt sie für zu jung und unbedarft, zumal er auch kaum Bereitschaft signalisierte, die eher unrühmliche Rolle, die er in diesem ‚Schmierentheater' spielte, bekannt zu machen. Er seinerseits hat sich diesen Umstand zunutze gemacht und bedenkenlos mit ihrer Arglosigkeit gespielt, während sie im Glauben belassen wurde, er wäre ihr Retter in der Not. Und ob sie auch all die Konzessionen zubilligen wollte, welche ihr als Preis für dieses neuartige Leben abgefordert wurden, war ihr schon deshalb unklar, weil sie unbenannt blieben, kurzum, sie ging einen ungeschriebenen Vertrag ein, bei welchem es sinngemäß nicht mal Kleingedrucktes gab. Er war sehr lieb zu ihr, anhänglich und zutraulich, nicht selten sogar etwas klebrig, aber er fügte ihr keinen sichtbaren Schaden zu, und was ist schon hin und wieder ein kleines Entgegenkommen im Vergleich dazu, was sie dafür erhielt, selbst wenn sie dann und wann etwas Heimweh empfand und sich auch nach Aussöhnung mit der Mutter sehnte. Sah sie ihr nicht ähnlich, hatte sie nicht ähnliche Wesenszüge, war sie nicht von demselben Fleisch und Blut? All diese Fragen und viele andere mehr bestürmten zuweilen ihre Gedankenwelt, ein unausgegorenes System von Hoffnungen und Wünschen, mit dem sie selber nicht mehr zurechtkam. Aber trotz Missbehagens und schlechten Gewissens vermochte sie, wohl mangels einschlägiger Kenntnisse, im Verhalten ihres Ziehvaters nichts Absonderliches festzustellen, und nahm hin, was man ihr bot, und tat, was man von ihr verlangte. Es gehört zur Methodik solcher Männer, all ihre wunderlichen Begehren als völlig normal hinzustellen, gewissermaßen den Eindruck zu erwecken, als wäre alles, was sie forderten, lediglich Ausdruck familiärer Vertrautheit, nicht mehr und nicht weniger, als was sie, die Asylsuchende, ja grundsätzlich anstrebte. Damit sollte ja auch letztlich die Grundlage für eine ersprießliche Entwicklung hin zur erwachsenen Frau geschaffen werden. Solche und ähnlich skurrile Vorstellungen wurden ihr eingetrichtert, und sie vertrat sie dann auch mit gehöriger Vehemenz gegen außen hin. Dass es ihr dank ihrem geschickten Schachzug gelang, Zuwendungen und Zärtlichkeiten gegen Schläge einzutauschen, stand verständlicherweise im Vordergrund und war weit wichtiger, als die Hinterfragung von Neros Verhalten, dessen Ursprung sie gründlich missverstand. Der Zuckerguss verbarg die bereits etwas angegraute Torte, welche altbacken schmeckte und es auch war, doch dies bemerkte sie schon deshalb nicht, weil sie über keinerlei Vergleichswerte verfügte.

Ihr Körper aber, der unbestechliche Gradmesser auch für seelisches Befinden, begann zu rebellieren: Sie hatte keinen Appetit mehr, erbrach sich oft und litt unter Blähungen und Durchfall, was zu erheblichem Gewichtsverlust und Blutarmut führte. Sogar ihre Brüste wurden etwas schlaffer, was Nero, der erstaunlicherweise über alle Einzelheiten Bescheid wusste, besonders beunruhigte. Ihre Regel kam durcheinander, nachdem sie erst vor Kurzen einigermaßen zyklisch wurde, und sie hatte oft Unterleibsschmerzen, wenn sie mit einiger Verspätung dann doch noch einsetzte. Aber die Pille wollte sie trotzdem nicht einnehmen, um sich nicht verdächtig zu machen – ach so, da schau her! Lieber Bauchschmerzen aushalten als Verdacht erwecken ... man hat also darüber gesprochen, und kaum einer glaubt mehr, dass es reine Stilübungen waren, welche dahintersteckten. Nein, man war offensichtlich bemüht, das System gegen außen hin wasserdicht zu machen, aus Neros Sicht eine bloße List, weil er bekanntlich auch ohne Verhütung kein Risiko einging, was sie begreiflicherweise nicht auf Anhieb verstand. Er verschwieg ihr absichtlich, dass er sich einst einer Sterilisationsoperation unterzogen hatte und damit zeugungsunfähig war. Welches Ziel er damit verfolgte, war indes unklar, sie regelmäßig der Ungewissheit auszusetzen, womöglich Mittel zum Zweck, doch allemal unfair. Dass er sich mit dieser Trumpfkarte im Ärmel jeder kritischen Debatte entziehen konnte, war ihm wohlbekannt, wenngleich sie im Zusammenhang mit der Vorgeschichte nicht stach. Doch der Pakt hielt! Aber die fortwährende Geheimnistuerei, welche damit verbunden war, war ihr zuwider, wie sie insgeheim zugab, doch sie vermochte sich ihr nicht zu entziehen, denn die Tabuisierung der Vorgeschichte hat sie immer mal wieder eingeholt, ohne ihr die Wahrheit zu offenbaren.

Zahlreiche Probleme blieben daher im Raum stehen, kaum welche fanden eine glaubhafte Lösung, nicht zuletzt, weil es ihr nicht gelang, ohne Befehlsverweigerung, ihre Empfindungen zum Ausdruck zu bringen. Nun, es sollten ohnehin noch einige dazukommen: Sie war beispielsweise auch unkonzentriert und müde, wiewohl sie sehr viel schlief, mehr als damals zu Hause jedenfalls und für Neros Geschmack ohnehin zu viel und zu lange, denn während sie schlief, musste er sie in Ruhe lassen, das war Pflicht.

Sie ließ sich gründlich untersuchen, aber man fand keine Krankheit, glücklicherweise, doch kam sie selber auf die Idee, dass sie vielleicht einmal über ihre Kümmernisse sprechen müsse, und fing zögernd an; mit stotternder Stimme und sich immer aufs Neue widersprechend, hub sie an ihr Geheimnis zu lüften. Was war los, wo war der Haken? … so lautete die zentrale Frage … Es war indes evident, wo der Schuh drückte, doch Nero gab sich mit einer psychosomatischen Ursache dieser ‚schwerwiegenden' Symptome nicht zufrieden und beschimpfte den Arzt, der solchen Stuss erzählte, wollte er doch gerade diesem ‚Stempel', den sie nun wie ein Kainszeichen auf der Stirne tragen sollte, entschieden entgegentreten. Jedenfalls konnte nicht sein, was nicht sein durfte; weg mit dem Psychogesäusel also, nein, eine ‚echte' Krankheit musste her! Sein Credo: „Selbstlos errettet aus großer Not, ja bestimmt, doch beileibe nicht krank gemacht, im Gegenteil", so seine eher unbedarfte Überzeugung. Großzügigkeit und Güte einem einst malträtierten jungen Mädchen angedeihen zu lassen, sei doch keine Untat und deshalb vielmehr dazu angetan, Heilung zu erzielen. Die Richtigkeit der Remedur wurde indes niemals infrage gestellt.

„Ja, Nero, du hast natürlich recht, nur unterschlägst du dabei geflissentlich den zweiten Teil deiner therapeutischen Bemühungen, welche durchaus geeignet sind, diesem jungen Mädchen erheblichen Schaden zuzufügen, was ihr Körper mit entsprechenden Symptomen quittiert … wenigstens dies solltest du zur Kenntnis nehmen, sind doch die unerbittlichen biologischen Gesetze deinem Lügengebäude nicht verpflichtet."

Nichtsdestotrotz war er aber auch in dieser Hinsicht uneinsichtig, und ein eingehendes Gespräch zur Beilegung der Problematik wurde kategorisch verweigert. Neros Wille müsste nach eigenem Ermessen stark genug sein, um all den gängigen Gesetzen und Mechanismen zu widerstehen, die immer wieder geltend gemacht werden, und sie durften ihn und seine Machenschaften nicht tangieren, solange sie seine ureigensten Interessen in empfindlicher Art und Weise infrage stellten.

Man riet ihr gleichwohl, ihrem Bedürfnis nach Harmonie nachzugeben, die Mutter aufzusuchen und mit ihr zu sprechen, aber nein, dieser Vorschlag verursachte mehr Angst als Befreiung, vermutlich nicht grundlos, denn sie hatte triftige Gründe, ihn abzulehnen, um sich nicht weitere Nachteile einzuhandeln. Tief saß das Trauma, und zum Beleg ihrer Zurückhaltung erinnerte sie sich an eine schreckliche Szene, wie etwa diese, als sie an den Haaren durch ein ganzes Restaurant gezerrt wurde, bis hin zum Ausgang, weil sie dieses Etablissement nicht hätte aufsuchen dürfen. Dass es sich dabei um eine Kiffer- und Dealer-Bude handelte, hat sie tunlichst verschwiegen, wiewohl diese Tatsache den brutalen Akt, so er denn in dieser Form tatsächlich verübt wurde, zumindest plausibel erscheinen lässt. Doch wie auch immer, etwas Ähnliches sollte sich nicht noch einmal wiederholen, diesbezüglich war man sich einig … dennoch, Mutter ist Mutter!

„Aber am Telefon müsste doch ein Gespräch möglich sein, wäre sinnvoll, entlastend vielleicht sogar."

„Ja schon, aber wann? Ich werde ja beinahe rund um die Uhr überwacht", und Telefonate mit Muttern seien grundsätzlich untersagt.

„Weshalb denn?"

„Weiß nicht!" (Ihre zittrige Stimme verriet, dass sie sehr wohl wusste, weshalb dieses Verbot ausgesprochen wurde.) „Nero denkt vielleicht, dass sie versuchen könnte, mich zurückzugewinnen, aber niemals mehr werde ich bei ihr wohnen, ich möchte nur mit ihr sprechen, sie in ‚Frauensachen' um Rat fragen. Doch will er kein Risiko eingehen – welches denn? – und untersagt mir jeglichen Kontakt zu ihr, was mich manchmal sehr betrübt."

„Dann sag es ihm doch."

„Kann ich nicht, er wird böse, faucht mich an, er mag es nicht, wenn man seine Gebote missachtet; die Mutter sei ihm übel gesinnt, und zwar nicht grundlos, doch der Grund wird nicht genannt."

„Eigenartig; aber irgendeine Möglichkeit, mit deiner Mutter zu kommunizieren, wird sich doch finden, muss möglich sein … er macht sich doch strafbar, denn du bist unmündig."

„Wie denn?"

„Telefoniere trotzdem, das ist doch das Mindeste, was man dir zugestehen sollte, und wenn es von zu Hause aus nicht geht, dann eben von der Schule aus, während der Pause."

… „Nein, Handys sind verboten und müssen zu Hause bleiben."

Sie war ratlos. Aber sie versprach mit weinerlicher Stimme, einen Weg zu finden, mit der Mutter wieder Kontakt aufzunehmen, auch mit dem Bruder, den sie ebenfalls vermisse, denn sie bedachte zuzeiten nicht, dass sie auch ihn verließ.

„Ja, Nero ist streng, aber man lernt bei ihm auch lügen; oft das kleinere Übel, keine gute Voraussetzung jedoch fürs spätere Leben … aber häufig kann ich nicht anders."

Er gesellte sich dazu, unaufgefordert, nachdem er wohl an der Türe gelauscht hatte, sah das Häufchen Elend mit verweinten Augen, nahm in fürsorglicher Absicht ein zerknülltes Taschentuch aus der Hosentasche und wischte die Tränen ab. Rührend das Bild, würde er nicht gleichzeitig lautstark verkünden, dass ein solches Ansinnen überhaupt nicht in die Tüte käme, nein, mit dieser ‚Schlampe' gibt's nichts mehr zu besprechen, da ist längst alles gesagt, und überdies ginge es ja nicht um irgendwelche Befindlichkeiten einer gekränkten Mutter, sondern lediglich darum, endlich herauszufinden, was diesem armen Mädchen fehle. (Die unvergessliche Nacht aus grauer Vorzeit hatte wohl ihre Wirkung eingebüßt!) Er allein sei Garant für den richtigen Hintergrund und das bestmögliche Umfeld, und damit basta. Das war klar und ließ keinen Widerspruch zu, wie auch jede weitere Interpretation der neu gestalteten Verhältnisse sich erübrige. Man riet ihm, dem Mädchen mehr Freiheit zu gewähren, doch er nannte tausend Gründe, weshalb er dies nicht tun konnte, verschwieg jedoch das einzig wahre Motiv seiner Weigerung. Seine Intervention war erfolgreich, denn sie verstummte schlagartig und ließ seither nie mehr etwas zu dieser Problematik verlauten. Vor- und Nachteile ihrer ‚Politik' hat sie wohl gegeneinander aufgewogen, ob sie allerdings in der Lage ist, effektive und virtuelle Vorteile voneinander zu unterscheiden, ist dennoch fraglich, steht doch zu befürchten, dass sie noch zu jung und unerfahren ist, um Neros Schaumschlägerei vollumfänglich zu durchschauen. Hauptsache, noch einmal sei's betont, rein körperlich fehlte ihr nichts, der Rest war, wie soeben geschildert, erzwungenes Schweigen, ein Stillhalteabkommen zwecks Eigennutzes, die neue Existenzgrundlage des Schwerenöters – Punktum!

Kurze Zeit später soll es ihr besser gegangen sein, man habe vielleicht nicht die richtige Ernährung geboten, den anhaltenden Gewichtsverlust fehlinterpretiert – ja mit Sicherheit, aber was soll's, man war eh nicht gewillt Konsequenzen zu ziehen. Tatsache war, dass in jenem Haus niemand kochen konnte und man sich von früh bis spät ausschließlich aus dem Kühlschrank ernährte. Früchte fehlten ebenso wie Gemüse, und von ausgewogenen Malzeiten konnte keine Rede sein. Man aß so genannte Snacks – vor allem Popcorn und Erdnüsschen, mitunter Schokolade – vor dem Fernseher, einem Großbildschirm, Stolz des Hauses, den man dank gütiger Vermittlung eines Bekannten mit 20 % Rabatt erwerben konnte – ja, all dies trug Neros Handschrift! Man ging auch gelegentlich ins Restaurant, das gleich gegenüber lag, eine rauchige Spelunke, welche nebst Bier und Wein auch einige Menüs anbot, sehr gut soll man dort essen, wurde wiederholt beteuert, Zweifel blieben bestehen, und eine unfreiwillige Überprüfung dieser Aussage fiel katastrophal aus. Der Ruf dieses Etablissements litt jedoch nicht unter diesem Missgeschick, nicht bei Nero und dessen Anhang. Man ist und isst gerne dort, weil man den Chef kennt, der der überbeschäftigten und daher des Kochens unkundigen Familie einen kleinen Rabatt gewährt. Man kann sich füglich über gesunde Kost streiten, aber eines steht fest, das Angebot einer Frittenbude ist längst aus den Traktanden gefallen, und der Spanier von vis-à-vis spielte eben auch in dieser Liga.

Was sich sonst noch abspielte, um die Veränderung, so es denn eine gab, herbeizuführen, konnte man nur erahnen, aber der Einblick in die wahren Verhältnisse wurde mehr und mehr verschleiert. Keiner kam auf die Idee, dass dieses junge Menschlein, trotz aller körperlichen Attribute, welche sie als junge Frau erscheinen ließen, mit ihrer extravaganten Rolle vielleicht überfordert sein könnte. Sie war nicht mehr das Kind, das bei der Mutter groß wurde und dort ihre ersten Schritte auf dem Parkett der Erwachsenenwelt machte, nein, sie war plötzlich Zentrum eines absurden Gefüges, innerhalb welchem sie einerseits gehätschelt und verwöhnt, wohl auch mit reichlich Zärtlichkeiten eingedeckt, andererseits aber mit Forderungen konfrontiert wurde, die zu erfüllen sie außerstande war. Es fehlte ihr namentlich an Kenntnissen und Erfahrungen, die Falltüren und Fußangeln dieses komplexen Systems zu erkennen und in ihre werdende Persönlichkeitsstruktur richtig einzuordnen, ein Manko, das Nero gezielt und wider aller Vernunft zur Befriedigung seiner sonderbaren Wünsche zu nutzen wusste. Überbordende Freundschaft oder gar Liebe auf der einen Seite, Hass und Feindseligkeiten auf der anderen, das war eine gespaltene Welt, die zu ertragen nicht einfach war und der Entwicklung zu einem Menschen mit ausgeglichener Persönlichkeit abträglich war. Nein, sie war nicht durchwegs willkommen, es sei denn, wie bekannt, des Geldes wegen, das sie einbrachte, aber damit hatte sie ja nichts zu tun. Dass sie selbst von ihrer Widersacherin geduldet war, hing dennoch damit zusammen, und dies machte sie sehr traurig, weil sie davon Wind bekam. Zudem drohte ihr der Rausschmiss, sofern sie sich gewissen Bedingungen, von denen bereits die Rede war, nicht unterziehen sollte. Dieses Provisorium verunsicherte sie zutiefst und trieb sie buchstäblich in Neros Arme, der so einmal mehr den Auftrag einheimste, ein junges Mädchen zu beschützen, bekanntlich eine seiner Spezialitäten.

Hatte sie zu hoch gepokert, hat sie einen ‚Schnellschuss' abgefeuert, damals, als sie sich entschloss, Hals über Kopf von zu Hause wegzuziehen, um sich hier einzunisten, und war sie sich des exorbitanten Preises bewusst, den sie als junges Mädchen dafür zu entrichten hatte, ja buchstäblich mir ihrer noch unausgegorenen Persönlichkeit beglich? Solche und ähnliche Fragen stellte sie sich mehr und mehr, doch fehlten ihr die Fähigkeiten, um eine brauchbare Nutzen-Schaden-Bilanz zu ziehen … wo hätte sie solche auch erwerben sollen in jener abgeschirmten Welt, in welcher man sie festhielt … und eben, Beratungen waren verpönt. Der Schaden, den sie erleiden dürfte, wie auch das lebenslängliche Handicap, das sich langfristig als hinderlich erweisen würde, war also vorprogrammiert.

Nero war fordernd, nicht etwa nur freizügig, er wusste, was er wollte, und war nicht bereit, darauf zu verzichten, keinesfalls, niemals. Diesem Umstand war es zu verdanken, dass sie es vorzog, die Freizeit vorwiegend schlafend zu verbringen, da ließ man sie gewähren. Aber sonst folgte er ihr beinahe auf Schritt und Tritt, nicht einmal im Bad war sie allein, denn überall fehlten die Schlüssel … „wir schließen keine Türen ab, wir sind ein offenes Haus, eine freizügige Familie eben", so die Erklärung. Sie wollte raus, als er sich anschickte zu duschen, doch sie wurde recht barsch zurückgepfiffen; weshalb denn fliehen, Nacktheit sei keine Schande, etwas Normales eben und schon wieder Ausdruck auch eines ungetrübten Familienlebens, das er ihr bieten wolle, aber es war ihr peinlich, so wenigstens erklärte sie in einer unbewachten Minute. Ob er erregt gewesen sei?

„Ja schon – und?"

„Nichts! Eine Frage bloß."

„Seine Sache, geht mich nichts an."

„Wirklich? Du verschweigst etwas."

„Nein, was denn?"

„Das Entscheidende, das Nachspiel eben."

„Ich weiß nicht, wovon du sprichst; da ist nichts zu vermelden."

… ja, sie hat lügen gelernt, lügt bedenkenlos, lügt, um ihre Haut zu retten und den Retter nicht zu verraten, alltägliche Sache bloß, unerheblich also …

Eigenartig ihr Verhalten, und die Frage wird aufgeworfen, womit er sie denn einschüchtere. Wir können es nicht in Erfahrung bringen, denn sie verweigert sämtliche Auskünfte, ja bestreitet die Vermutung jedweder Instrumentalisierung aufs Heftigste, vermutlich ohne zu wissen, was damit gemeint ist. In Neros Gegenwart ist sie kuschelig und anschmiegsam, schnurrt wie ein Kätzchen, in seiner Abwesenheit steif und stumm, es sei denn, das Gesprächsthema sei unverfänglich. Sie lebt in einer permanenten Existenzangst, mit vom Schlimmsten, was dem Menschen wiederfahren kann, befürchtet plötzlich auf der Straße zu stehen, denn sie weiß, dass sie mittlerweile weder beim Vater noch bei der Mutter willkommen ist, wurde doch die Rückkehr nach Hause bewusst verbarrikadiert, ein Brückenschlag stets vereitelt.

Das war unzweifelhaft Neros Werk, dessen Struktur jedoch keiner genau kannte, aber man konnte unschwer erkennen, dass er so das armselige Opfer fest an sich und seine Person band. Seine Forderungen wurden mehr und mehr zum legitimen Tribut und verloren den einst imperativen Charakter, ja, wurden gar zur Selbstverständlichkeit und verloren auf diese Weise jede Diskussionswürdigkeit. So gab er in arger Überheblichkeit lediglich zu verstehen, dass ohnehin keiner seine Argumentation verstehe, geschweige denn in der Lage sei, sie zu widerlegen. Nichts sei normaler, so die Grundlage seiner Behauptung, als eine herzliche Beziehung zwischen einem Vater und einem Kind, zwischen Erzieher und Zögling, ein Grundsatz, den kaum einer anzweifelt, aber dass sie eher das Bild eines Liebespaares abgaben, das war ihnen nicht klar, oder zumindest egal. Man wusste, dass es sinnlos wäre, seine Erklärungen in Zweifel zu ziehen oder ihn gar auf seine grotesken Fehleinschätzungen hinzuweisen, denn er würde sie durch abfällige Bemerkungen aus der Welt schaffen. So blieb Ratlosigkeit und Kopfschütteln im Raume stehen. Nero hatte sich durchgesetzt, und Trixi war in jeder Beziehung das ideale Opfer, selbst wenn eine gehörige Portion Berechnung ihre unfreiwillige Mitgift gewesen sein sollte.

Nun, alles Gerede war ohnehin sinnlos, denn höchstwahrscheinlich, ja mit einiger Sicherheit waren sie ja bereits ein Liebespaar oder bereiteten sich zumindest darauf vor, eines zu werden, denn die Zeit verging, und nicht mehr lange sollte es dauern, bis sie ihre Mündigkeit erreicht haben würde. Dann müssten wohl zwangsläufig alle kritischen Stimmen verstummen, denn wie auch immer es sich auf diesem Gebiet verhielt, schlagartig wären alsdann ihre Aktionen legitim … Aha, und momentan? Gesetzeswidrig wohl; er wusste, dass man ihn in der Hand hätte, wenn man nur wollte, doch keiner hatte das hierzu erforderliche Nervenkostüm, und dies rettete ihn einmal mehr vor ernsthaften Konsequenzen. Trickreich und arglistig schaffte er sich einen gesetzlosen Raum, in welchem er sich unbehelligt bewegen konnte, ein Meisterwerk sondergleichen! Und der Langmut etwaiger Kontrahenten spielte ihm in die Hände.

All dies musste Nela, die mehr und mehr auf dem Abstellgleis parkiert wurde, mit ansehen, tolerieren und schlucken. Wen wundert's, dass sie Mühe hatte, damit zurechtzukommen. Indes, keiner wusste, welche Abwehrstrategie sie insgeheim entwickelt hatte, doch stand so gut wie fest, dass sie ihre hart errungene Position nicht kampflos aufgeben würde. Neros nächster Absturz war damit vorprogrammiert, und der Umstand, dass er wohl Trixi in den Strudel der imminenten Wirren mit hineinriss, schien ihn nicht zu kümmern.

Nela entwickelte Antikörper gegen den offenkundigen ‚Fremdkörper' in ihrem Umfeld und wurde zusehends ungehalten, nörgelte fortwährend an Trixi herum, ja entfesselte eine Art Stellvertreterkrieg, den einstweilen keiner gewinnen konnte. Nero verdammte zwar diese Haltung und wurde nicht müde, über die unhaltbaren Zustände zu jammern, erfolglos allerdings, denn die Suppe, die er sich einbrockte, sollte er gefälligst auch selber auslöffeln. Nela, wiewohl eine unabdingbare Stütze seines Kartenhauses, wurde zur Inkarnation des Bösen, deren Forderungen immer dreister wurden und auch erfüllt werden mussten, ansonsten … die Drohungen waren durchaus ernst zu nehmen, ein Gleichgewicht des Schreckens mithin. Noch keine fünf Jahre verheiratet – zugegeben wesentlich länger als mit der letzten Frau –, konnte er sie kaum mehr ausstehen und verunglimpfte sie permanent. Er hasste sie mehr und mehr, und wenn sie auf der Erfüllung sogenannt ehelicher Pflichten bestand, so fehlte ihm die Lust dazu, oder, um es etwas genauer zu umschreiben, funktionierten seine Organe nicht mehr nach Wunsch (dafür umso besser bei Trixi, wie zufällig zu erfahren war). Potenzmittel sollten lästige und möglicherweise gar verräterische Zwischenfälle vermeiden helfen, was deshalb nicht gelang, weil Nela davon Wind bekam und sich, wie viele ihrer Leidensgenossinnen, immerzu weigerte, mit chemisch aufgeblasenen Geschlechtsteilen zu verkehren. Sie zog es inskünftig vor, auf jeglichen Beischlaf zu verzichten, was ihm nur recht sein konnte. Doch spielte sie damit ihrer Nebenbuhlerin geradewegs in die Hände, was sich freilich als kontraproduktiv erwies. Aber sie fand sich in der neuen Epoche der chemischen Behebung sexueller Probleme nicht zurecht. Sie beharrte auf dem Standpunkt, dass sie allein dafür zuständig sei, ob ihr Partner, fähig oder unfähig sei, mit ihr zu verkehren. Mit dieser Ansicht war sie beileibe nicht allein, verkannte aber auch, wo sich der Wurm befand, oder sie wusste es ganz genau und schluckte, oder tolerierte es sogar, denn es war aus ihrer Sicht das kleinere Übel. Der Status als verheiratete Frau – und wer fragte schon danach, ob glücklich oder nicht – sowie die monatlichen Einkünfte hatten eben ihren Preis, wie sie, darauf angesprochen, beinahe wutschnaubend erwiderte … Trotz oder Unlust?

Sie befand sich dennoch in einer Zwickmühle, indem sie nach einer Lösung suchte, Trixi loszuwerden, ohne gleichzeitig Nero sowie – man staune – insbesondere auch nicht den finanziellen Zustupf zu verlieren, doch sie realisierte, dass dies der Quadratur des Kreises entsprach, und beschloss, zusätzliche, teils unerfüllbare Auflagen einzufordern und ansonsten dem ungebührlichen Spiel bis auf Weiteres zuzuschauen … was blieb ihr in Anbetracht ihrer zahnlosen Verfügungen denn anderes übrig? Den Schein wahren, Bedingung um Bedingung stellen, zumeist zulasten von Trixi, womit sie auch Nero traf, das war vordergründig ihre Politik, was sie langfristig damit erreichen wollte, verriet sie nicht, indes zu erahnen, was sie mit diesem mühseligen Vorgehen bezwecken wollte, war nicht sonderlich schwierig.

Trixi war immer dabei, auch in den Ferien; als sie sich jedoch zu weigern begann, ging Nela allein oder mit einer Freundin – es hätte auch ein Freund sein können –, mit einer Freundin also weg und genoss die Ruhe, abseits vom täglichen Hickhack und ließ die beiden allein zu Hause zurück, buchstäblich eine Einladung zum ‚Händchenhalten'. Aber sie war dennoch auf der Hut, denn man konnte ja nie wissen, was ausgebrütet wurde, und selbst unter den angeblich bestehenden Bedingungen, dass sie den größten Anteil am gemeinsam bewohnten Haus besaß, konnte sie sich's nicht leisten, aufs Salär des Ehemanns zu verzichten, wie auch umgekehrt Nero den Verlust der verhassten Gattin finanziell kaum verkraftet hätte. Diese unheilige Allianz musste derweil fortbestehen, damit Trixi bleiben konnte, hätte doch ihre Trennung das zweifelhafte Konstrukt, das sich zur unabdingbaren Lebensgrundlage durchmauserte, schlagartig vernichtet. Dass man sich in Neros Harem dieser leidigen Eventualität durchaus bewusst war, wurde durch eine Indiskretion ruchbar, allerdings war Nela mit von der Partie und reagierte deshalb mit noch strengeren Forderungen und Auflagen, welche angeblich widerspruchslos geschluckt wurden, da sie zuweilen damit drohte, widrigenfalls den Spuk auffliegen zu lassen; ja, sie spielte offensichtlich mit dem Gedanken, die Gesetzeshüter einzuschalten, obwohl sie sich damit ins eigene Fleisch geschnitten hätte, verriet aber nicht, ob sie damit bloß eine Schreckensvision in die Welt setzen wollte oder ob sie ernsthaft diesen folgenschweren Schritt in Erwägung zog. Es wäre wohl aus ihrer verzweifelten Sicht die einzige Möglichkeit gewesen, auf diese abstruse Situation zu reagieren, und durchaus geeignet, das Gesicht zu wahren sowie gleichzeitig zu verheimlichen, dass sie im Ernstfall außerstande wäre, tatsächlich als Spielverderberin zu fungieren, weil sie zu sehr befürchtete, so die Scheidung einzuleiten … schlichtweg ein verhängnisvoller Teufelskreis, in dem sie sich wiederfand. So wenigstens haben die meisten Anwesenden ihr Gebaren interpretiert, dazu geäußert hat sie sich nicht. Angesichts der ständigen Wiederholungen im Alltag der kleinen ‚Familie' kann man es quasi nachvollziehen, wie sich die bedrängte Nela buchstäblich im Kreis drehte, dessen Quadratur sie freilich nicht schaffte, stattdessen aufs Karussell aufsprang und nolens volens mitfuhr. Nelas Stimme verstummte zusehends, und als ob die Familie ihre Tragödie verschuldet hätte, brach sie den Kontakt zu deren Mitgliedern weitgehend ab, da ohnehin keiner ihre ‚Politik' nachvollziehen konnte. Sie hat derweil einen ‚Modus Vivendi' gefunden und erkannt, dass das Müssen zum Können wird.

Die Anzeichen, dass Nero wieder seiner alten Sucht verfallen war, häuften sich, und entsprechend abschätzige Bemerkungen von verschiedenen Seiten gab's zuhauf. Er entblößte seine Achillesferse aufs Neue und übersah geflissentlich, dass männiglich mit dem Finger auf ihn zeigte, denn er benahm sich wie ein alter Gockel, der mühsam versucht, seine Hennen bei der Stange zu halten. Einige Unentwegte probierten sogar, ihn darauf anzusprechen, was denn aus dieser verworrenen Geschichte werden solle, aber er wich den Antworten aus, wusste wohl keine oder nur eine solche, mit der er sich in die Nesseln gesetzt hätte. Indes, die nicht mehr zu überhörenden Vorwürfe, den Bogen überspannt zu haben, rissen nicht ab und drängten ihn mehr und mehr in die Defensive, eine Position, die er hasste, weil er ihr nicht gewachsen war. Er reagierte daher zusehends aggressiv und verübte regelmäßig seine mittlerweile berüchtigten Rundumschläge, mithin das einzige Argument, das ihm noch verblieb, nachdem Vernunft und Ethik als akzeptable Einwände gegen seine Haltung definitiv aus den Traktanden gefallen sind. Er wusste, was er tat, und tat, was ihm sein Gewissen befahl, so die Neuauflage seiner Bekenntnisse, die erneut den wahren Kern seines Tuns ausklammerten. Er hätte wenigstens sich selbst seine abartigen sexuellen Bedürfnisse, derer er sich vermutlich bewusst war, eingestehen sollen, doch gerade dies war ihm ein Gräuel. Es ist eben eine Sucht, zweifellos, und die Begehren einer Sucht sind imperativ, das ist bekannt, deren Bekämpfung beginnt mit der Einsicht, die zu erlangen schwerfällt, aber nichtsdestotrotz unabdingbar ist, der Weg also noch lang, so er denn tatsächlich je beschritten werden sollte.

Vermutungen bloß, unglaubwürdige Hypothesen, alles lediglich erfunden, um ihm, Trixis Wohltäter – klingt absurd, muss aber letztlich so betrachtet werden –, dem Wohltäter schlechthin also, etwas Ungebührliches zu unterstellen, nur haltlose Beschuldigungen mithin, wahllos in die Welt gesetzt, um ihnen zu schaden. Was tatsächlich in diesem Haus abgeht, weiß kein Außenstehender mit ausreichender Sicherheit, doch wer Nero etwas besser kennt, weiß, was er will und was er über kurz oder lang erreichen wird. Ja, das Ziel, das er stets vor Augen hatte, hat er auch bei Trixi erreicht, unbeirrbar, unerbittlich! Und endlich ist auch Jeannine, deren Wirken mittlerweile Jahre zurückliegt, definitiv ausgeschieden.

Nela macht sich diesbezüglich ebenfalls keine Illusionen mehr, aber sie hat den Kampf noch nicht aufgegeben, egal wodurch sie dazu motiviert wird, egal auch woher sie die Kraft bezieht, welche dieses fortwährende Hickhack ihr abfordert, ja, mit ihr ist einstweilen noch zu rechnen.

Plötzlich, meine Herren Geschworenen, fühlte ich ein dostojewskisches Grinsen heraufdämmern (durch die Grimasse hindurch, die meine Lippen verzerrte), wie eine ferne schreckliche Sonne. Ich stellte mir (unter den Bedingungen einer neuen und totalen Sichtbarkeit) all die beiläufigen Liebkosungen vor, mit denen der Mann ihrer Mutter seine Lolita überschütten dürfte. Ich würde sie dreimal täglich an mich drücken können, Tag für Tag. Alle meine Leiden würden sich in Luft auflösen, ich wäre ein gesunder Mann. „Dich leicht auf meinem sanften Knie zu halten und eines Vaters Kuss der weichen Wange aufzudrücken …“[6]

6 Vladimir Nabokov: Lolita.

4

Die wichtigsten Figuren sind nun bekannt, ausführlich charakterisiert, und es drängt sich auf, der Tragödie letzten Abschnitt niederzuschreiben. Wir erinnern uns, dass es an der Haustür klingelte, obwohl es schon reichlich spät war, die Völlerei längst ihren Höhepunkt überschritten hatte und nur noch einige gefräßige Halbwüchsige nach einer leckeren Nachspeise lechzten, während sich die Vertreter der älteren Generation den malträtierten Bauch hielten, der alles verfügbare Blut aus dem Gehirn bereits abgezogen hatte. Junge Leute traten ein, Freunde der Nichte, welche ebenfalls am Familienfest teilnahm, sich aber einen zweiten Teil des Abends in deren Gesellschaft wünschte, wogegen keiner etwas einzuwenden hatte, sind doch junge Leute gerne unter ihresgleichen und meiden eher langatmige Familienanlässe, bei welchen ohnehin immer in etwa dasselbe Thema besprochen wird. Sie setzten sich höflich jedoch nur für kurze Zeit zum Familientisch. Nein, etwas trinken wollten sie nicht, sie wollten vielmehr Nina, bekanntlich Neros Nichte, sozusagen entführen, um mit ihr in die Stadt zu fahren, und hatten, wir wissen es schon, die naheliegende Idee, auch Trixi mitzunehmen, die sich ausnahmsweise einmal in einer Situation wähnte, bei der Wahl ihrer Abendbelustigung selbstständig zu entscheiden und dabei nicht behindert zu werden. Doch weit gefehlt, sie rechnete namentlich nicht mit Neros krankhafter Eifersucht, nicht mit seiner Verlustangst, welcher er nur durch rigorose Eingriffe in Trixis Freiheit Herr zu werden wusste. Was alle normal fanden und der heranwachsenden Dame – bis zu diesem Zeitpunkt ihr Prädikat – von Herzen gönnten, war für ihn ein Schlag ins Gesicht … „nein, das habe er doch beileibe nicht verdient“ –

was denn eigentlich? –, brüllte er, als wäre er der verletzte Stier in der Arena. Kopfschüttelnd nahm die versammelte Gesellschaft diesen eigenartigen Wutausbruch zur Kenntnis, dessen Ursache wesentlich mehr Fragen aufwarf, als beantwortet werden konnten. Wieder einmal mehr musste man einsehen, dass Nero nicht gewillt war, seine längst gebannt geglaubten Begierden einer gängigen Ordnung zu unterziehen, und sich erneut anschickte, deren Fesseln zu sprengen, ein weiterer Beweis dafür, dass er, wie wiederholt vermutet, unter jener schweren Sucht litt, die sich immer wieder aufs Neue manifestierte. Ob Nela davon etwas wusste? Ob sie damals, als sie sich verbissen um seine Gunst bemühte, diesen krankhaften Zustand kannte und billigend in Kauf nahm? Ob sie dachte, dass sie ihm diese Marotte austreiben werde? Keiner weiß es, denn sie rührte sich nicht, schwieg hartnäckig und spielte die Unbeteiligte, still vor sich hin weinend, blass vor Scham oder Schrecken. Ja, es schien, als ob sie ihn so nicht kenne.

Doch einerlei, seine Reaktion war ebenso fürchterlich, wie damals, als er seine Schulden nicht begleichen wollte. Zum zweiten Mal erlebte man einen Mann, der außer sich war vor Wut und buchstäblich raste. Weißglut, war wohl der richtige Begriff, um seinen Gesichtsausdruck zu beschreiben, Furcht einflößend sein Blick. Unverständnis, gepaart mit unübersehbarer Häme, die nahezu stumme Antwort der widerwilligen Zeugen dieser mehr als lächerlichen Aktion, durch welche er seiner Ziehtochter zwangsläufig unterstellte, ein Flittchen zu sein, oder dann, jede Menge Joints zu rauchen, was sie vermutlich auch unter seiner Ägide tat. Wenn bisher da und dort noch Zweifel bestanden, ob die einst erhobenen Vorwürfe denn wirklich gerechtfertigt seien, so verflogen sie nun augenblicklich, denn weshalb denn sonst hätte er einen solch besessenen Tobsuchtsanfall losgetreten, dessen einzig plausibler Trigger seine bodenlose Eifersucht gewesen sein musste. Offenbar folgte seine Gehirnfunktion nur noch der einen Sorge, der Sorge eben um den Verlust seiner Bettgefährtin, dass er jedoch seine wahren Absichten damit mehr als deutlich machte und gleichzeitig auch verriet, was er bis dahin in Abrede stellte, schien ihm zu entgehen. Doch die Wut kennt nur einen Fokus, deren Verursacher nämlich, und das war in diesem Falle … nein, natürlich nicht Trixi, deren Unschuld feststand, sondern alle anderen, die sie aus seiner Sicht zu dieser unschicklichen Aktion animierten. Er erklärte dann auch die Hauptdarsteller dieser dreisten Inszenierung, die ausschließlich zu seinem Schaden vorgenommen wurde, zu abgrundtiefen Erzfeinden, wozu namentlich auch seine Schwestern gehörten, deren Einstellung er sehr wohl kannte, ja, von denen er wusste, dass sie seine ekelhafte Lasterhaftigkeit, welcher auch sie einst zum Opfer fielen, zutiefst verabscheuten. Dass sie durch diesen furchterregenden Auftritt an ihre Vergangenheit erinnert werden könnten, schien ihn nicht zu kümmern, doch gerade diesen Effekt löste er aus, was sie in ihrer Abwehrhaltung bestärkte.

„Aber Hand aufs Herz, lieber Nero, wie steht es denn um eine Liebe, die im Tanzlokal auf Nimmerwiedersehen entschwindet, sobald ein Fremder die Hand auf die Schultern deiner Geliebten legt, und dies nur, um sie über die Tanzfläche zu führen. Lächerlich doch, nicht wahr?“ Dieser Gedanke kümmerte ihn indessen wenig, sah er doch eindeutig seine Felle davonschwimmen und fühlte sich auch plötzlich außerstande, dies zu verhindern, eine gewaltige Niederlage, ja sozusagen die Verniedlichung seines Stolzes, dessen Grundlagen er in letzter Zeit mit viel Aufwand geschaffen hatte. Mehr als ein Jahr unablässiger Indoktrinierung schien auf einen Schlag wirkungslos zu werden, ja, der Sogwirkung einiger harmloser Tänzer zu erliegen. So was konnte ein Mann vom Kaliber eines Nero niemals dulden. Die Schmach war unerträglich, der ‚alte Mann‘ bloßgestellt, der gebrochene Held einer utopischen Mär, die glaubhaft zu machen er sich anscheinend vergeblich bemühte.

Es war alles wie gehabt, damals, als er sich schon einmal diese Nummer leistete: Er zappelte wie ein Fisch am Angelhaken, wurde nervös, stand auf, setzte sich wieder hin, schmiss sein Besteck auf den leer gegessenen Teller, ging dann unvermittelt raus, und was er dort alles anstellte, entzog sich den Blicken der übrigen Gäste, aber es wurde sehr laut, das konnte man hören, doch sie war bereits weg.

Ja, sie ging … er ging auch, einige Minuten später, angeblich wegen Kopfschmerzen und Schwindelgefühlen, er müsse sich ins Bett legen, wollte er glauben machen. In Tat und Wahrheit ging er nach Hause und trank eine halbe Flasche Whisky, nahm alsdann sein Auto und fuhr in die Stadt, wo er sein Maskottchen suchte, ein unsinniges und kaum realisierbares Unterfangen bei mindestens zwanzig Discos, die die Gruppe hätte aufsuchen können … und man entsinnte sich jener zurecht angeprangerten Szene, als sie einst an den Haaren aus einem Lokal gezerrt wurde, in welchem sie sich nicht aufhalten durfte, eine Episode mithin, die er nicht müde wurde zu geißeln. Keiner zweifelte indes daran, dass auch er zu solchen Mitteln gegriffen hätte, so er sie denn gefunden hätte.

Das Bombardement mit SMS – so klagte sie später einmal – sei zermürbend gewesen, es waren mindestens derer zehn binnen einer Stunde, und dann flog angeblich das eigentliche Schlüsselwort durch den Äther: Weshalb man denn ihm sein Liebstes (Spielzeug hätte man vielleicht ergänzen müssen) weggenommen habe?

Seine Argumentation, soweit bekannt, war hanebüchen: Nein, sie sei nicht aus eigenem Antrieb mitgegangen, sie habe nicht selber das Bedürfnis verspürt, wenigstens einmal mit gleichaltrigen Gefährten einen Abend zu verbringen, man habe sie ihm einfach weggenommen, wer auch immer, wohl Nela, die Hexe, oder eine seiner Schwestern, am ehesten Ninas Mutter. Nun ja, mindestens einen Sündenbock musste es ja geben, das war bekanntlich Standard. Es bestand indes kein Zweifel, sie hat für einmal die Fesseln – mithilfe übelgesinnter Gesellen, versteht sich – abgestreift und ist ausgebüxt. Sie hat die erstbeste Gelegenheit am Schopf gepackt und sich einen Abend nach eigener Vorstellung gegönnt. In Tat und Wahrheit gab's gar keinen Schuldigen außer Nero selber, aber so viel Einsicht vermochte er nicht aufzubringen. Und Nela schwieg weiterhin, beharrlich, womöglich schadenfroh. Dennoch erweckte sie den Eindruck, völlig unbeteiligt zu sein. Sie starrte unentwegt auf ihren leeren Teller und verstummte. Aber auch sie erbleichte zusehends und fiel buchstäblich in sich zusammen, da ihr wohl diese schreckliche Szene einiges klarmachte, das sie vielleicht ahnte, jedoch nicht mit Sicherheit wusste, als sie sich ihm an den Hals warf.

Sofern an diesem Abend je auch nur ein Hauch von weihnächtlicher Stimmung aufgekommen sein sollte, sie war mit Sicherheit schlagartig entschwunden, als der entmachtete Despot die Haustüre zuschlug und sich unter Protest entfernte. Lust, noch irgendwelche Weihnachtslieder zu singen, verspürte jedenfalls keiner mehr. Dafür versuchte man die zusammengebrochene Ehefrau zu trösten, sie brach sodann ihr Schweigen, weinte, schimpfte, fluchte und zog alle Register des Unmuts, doch kein Zuspruch wollte helfen, sie lag zerstört, um nicht zu sagen aufgelöst am Boden, ein Häufchen Elend, jämmerlich anzusehen, und stammelte: „Alles halb so schlimm, wenn ich ihn nur nicht lieben würde!“ War das ehrlich? War es ihre Lebenslüge? War es des Rätsels Lösung?

„Egal, so was kannst du dir nicht gefallen lassen, mach Nägel mit Köpfen, du richtest dich zugrunde.“

„Ja, ich weiß, aber … was denn … ach nichts.“ Etwas Geisterhaftes schwebte plötzlich im Raum, aber keiner kannte dessen Natur. Nela schwieg, Nela verstummte plötzlich, ihre kurze Einlassung stockte, als ob man einen Schalter umgelegt hätte. Doch sie erkannte ihre vorübergehende Schwäche und kriegte sich sofort wieder ein. Nein, auch sie war zu stolz, um sich selber und all den versammelten Gästen ihre Niederlage einzugestehen. Sie stand einst allein und versetzt vor dem Traualter, jetzt bloßgestellt vor versammelter Familie, auch dies würde sie letztendlich überstehen, hatte Übung im Verzicht.

Man redete auf sie ein, zu eindringlich vielleicht, aber alle waren ob Neros Haltung entsetzt und versuchten Nela den Rücken zu stärken, war man doch unanim der Ansicht, dass eine solche Demütigung nicht zumutbar sei; alle drückten ihr Bedauern aus, versuchten sich in ihre Lage zu versetzen und wollten ihr helfen, vielleicht auch Nero bestrafen, der einmal mehr seine Taktlosigkeit unter Beweis stellte. Erst mauerte sie, dann explodierte sie und schrie beinahe hysterisch: „Lasst mich in Ruhe, ich werde damit alleine fertig, es ist schließlich nicht das erste Mal. Ich werde wieder einmal deutlich machen müssen, dass eine von beiden das Haus zu verlassen habe, entweder sie oder ich! Diese Forderung hat ihn noch immer zur Räson gebracht." Das Machtwort schlug ein, doch ob sie eher um Nero oder um das Haus kämpfte, war nicht auszumachen, und so enthielt man sich weiterer Kommentare und unterließ auch jeden weiteren Zuspruch. Die Angelegenheit wurde damit erneut zur Privatsache erklärt, womit man sich auch jegliche Einmischung verbat ... wie gehabt! Auch sie will gehen, sie hat ihren Auftritt gehabt, die Zähne gezeigt und Stärke demonstriert. Das müsste reichen, um ihre Unantastbarkeit kundzutun ihre Souveränität zu unterstreichen.

Wir begleiten sie nach Hause, nur wenige Schritte vom Ort des Geschehens entfernt: Sie weint bitterlich, ihre Tränen kullern über die Wangen und verfangen sich auf dem Mantelkragen, wo sie augenblicklich zu kleinen schimmernden Perlen gefrieren, ein kleines, aber leider vergängliches Andenken an den wohl unvergesslichen Abend, dessen schicksalsträchtige Begebenheiten ihr stets in Erinnerung bleiben werden ... die Wiederholung einer Szene, die in anderem Zusammenhang bereits durchgespielt wurde und wohl zu bedeuten hatte, dass gefrorene Tränen Symbol für weibliche Niederlagen sind.

Auch wir erkannten die Unstimmigkeiten, denn das Auto, das Nela vor einigen Stunden in die Garage stellte, war vor dem Haus parkiert, die Motorhaube warm. Also war er doch weggefahren, sturzbetrunken, unberechenbar … alles schon da gewesen! Er fuhr wahrscheinlich in die Stadt und hatte sich keineswegs wegen Unpässlichkeit zu Bett begeben. Was hatte sie wohl zu gewärtigen? Aber mutig ging sie ins Haus, um sich dem Kampf zu stellen. Angeblich gab's tatsächlich Streit, den sie zunächst für sich entschied – wen wundert's? Dann soll er erneut das Haus verlassen haben – wegfahren, fliehen, die einzig erdenkliche Replik aus seinem angestammten Repertoire!

Nicht doch, es war auch dies eine Finte, der Zweck derselben indes vorläufig nicht erkennbar. Aber dank seiner Trunkenheit und wohl auch aufgrund seines zügellosen Benehmens sollte selbst diese noch in selbiger Nacht durchschaubar werden.

Das auf der gegenüberliegenden Seite parkierte Auto verriet sie: Es gibt stichhaltige Hinweise, dass Trixi, nachdem sie vor der Haustüre abgesetzt wurde, zusammen mit Nero noch gut zwei Stunden im Auto verbracht hat, Potenzmittel brauchte er wohl in dieser Situation keine. Dass sie ihn getröstet hat, und vielleicht sogar geschworen hat, ihm niemals mehr eine solche Schmach zuzufügen, ist wahrscheinlich, doch für diesen letzten Teil des Weihnachtsfestes gibt's keine Zeugen.

Seit diesem verhängnisvollen Akt waren alle Leitungen gekappt, und kein Sterbenswörtchen kam uns mehr zu Ohren, der Vorfall wurde totgeschwiegen, die Folgen ausgesessen. Trixis Leben hat damit wohl eine weitere Wende genommen, die jegliche Einsichtnahme verunmöglichte und der Willkür des selbst ernannten Erziehers Tür und Tor öffnete, um ihn in die Lage zu versetzen, fortan nach Lust und Laune zu agieren und zu wüten. Ein Eigengoal, unzweideutig … ob sie dies tatsächlich so haben wollte? Nun ja, man tut oft Dinge, die man als völlig harmlos einstuft, wiewohl deren Auswirkungen auf den ersten Blick nicht erkennbar sind, und hätte man damals gewusst, welche Folgen … Sinnlose Spekulationen und keine Antwort auf eine obsolete Frage.

Und Nela, nun, sie hat sich bekanntlich aufgefangen und sich wieder ‚versöhnt', oder wenigstens einigermaßen eingekriegt, aus opportunistischen Gründen möglichenfalls oder dann, nachdem sie deutlich gemacht hatte, dass sie nicht mehr für die Besorgung des Haushalts zuständig sei, da sie als vollwertige Partnerin ausgebootet worden war. Damit hatte einstweilen dieses Drama sein Bewenden und verschaffte ihr obendrein wohl unerwartet die Möglichkeit, die Liste der Bedingungen noch aufzustocken und überdies ein für alle Mal festzuhalten, dass sie nicht gewillt sei, ihren Platz zu räumen und alles in ihrer Macht Stehende tun werde, um ihn zu verteidigen; eine unmissverständliche Kampfansage immerhin. Sie und nur sie, die Gehörnte mithin, sollte die eigentliche Gewinnerin dieses elenden Spiels sein, zumindest in materieller Hinsicht, was ihr nach all den anfänglichen Zuwendungen zweifelsohne auch zustünde. Indes, ihr hartnäckiges Festhalten an der Ehe mit diesem kranken Mann muss irgendwelche besonderen Gründe haben, deren wahre Natur (noch?) niemand kannte. Die Hinweise allerdings auf eine biografisch begründete Hypothek sind zahlreich, und unmissverständlich. Mutmaßungen gibt's deshalb zuhauf, ihre Stichhaltigkeit unter Beweis zu stellen, ist jedoch nicht möglich. Keiner hegt derweil noch irgendwelche Zweifel, dass selbst dieses Rätsel innert kürzester Zeit gelöst sein würde.

Indes, die Familie, noch vor wenigen Stunden überaus wichtig, war für Nero gestorben, da keiner für seine neuerlichen Machenschaften Verständnis zeigte. Die Kriegserklärung erging, die Dauer des Krieges war ungewiss.

Alle fuhren nach Hause, vollgefressen und angeheitert, desillusioniert und angewidert … man schlief schlecht, erwachte um fünf Uhr in der Frühe und diskutierte weiter, als ob es keinen Unterbruch gegeben hätte. Soll man nichts unternehmen, da es keinen anficht, das Unwetter als Privatsache abhaken, oder müsste man aktiv werden, da immerhin ein unmündiges Mädchen, angeblich aus den Fängen einer brutalen Mutter errettet, durch die unsittliche ‚Behandlung' eines ebenso süchtigen wie uneinsichtigen Mannes, einen psychischen Schaden erleiden könnte, der ja im Grunde genommen absehbar ist? Wäre es denkbar den Schaden abzuwenden, oder ist es schon zu spät? Es gab und gibt keine gültige Antwort auf diese knifflige Frage, nur ein schlechtes Bauchgefühl aufgrund unwiderlegbarer Parallelen zu früheren Ereignissen, in welche unter anderem auch die kleine Schwester involviert war.

Nein, das Unheil ist bereits angerichtet, und was sich in einigen Monaten ereignen würde, wenn Trixilein volljährig wird, ist voraussehbar. Keine, wie auch immer geartete Rettungsaktion wäre erfolgreich, und den Zorn des Bruders besänftigen zu können, schloss man aufgrund einschlägiger Erfahrung kategorisch aus. Er hat wohl die Beute besser im Griff, als man dachte, sie ihm zu entreißen wäre gefährlich und obendrein zwecklos. Die Zeit arbeitet für Nero und vielleicht auch für Trixi, die allerdings kaum in der Lage ist, zu erahnen, wohin sie sich begibt und wohin sie der Lebensweg, der so unnatürlich begann, einst führen wird … und ein Gespräch mit den missbrauchten Schwestern ließ sich kaum arrangieren.

Eine Art von Wut kocht auf: Man müsste das Mädchen warnen, vielleicht sogar mit Gewalt aus Neros Tyrannei befreien – metaphorisch gesprochen, an den Haaren aus dessen Haus schleifen –, aber man hat ja bereits erkannt, dass dies undurchführbar ist. Gewalt ist unangebracht und wäre bestenfalls eine Gelegenheit, die eigenen Aggressionen loszuwerden, denn sie ist allemal unpassend, weshalb der innerliche Zorn bestehen bleibt, langsam wieder abschwillt und sich je länger, desto weniger zu Wort meldet. Nero kennt seine Pappenheimer und rechnet mit diesem Effekt, ja, er ist es gewohnt, die Schwierigkeiten auszusitzen, und der Erfolg gibt ihm zu allem Überdruss auch noch recht.

Doch dieses Mal hat er den Bogen eindeutig überspannt und seine beiden Schwestern, die ersten Opfer seiner Sucht, ein für alle Mal aus dem Feld geschlagen. Sie mussten endgültig einsehen, dass es sich hierbei um einen hoffnungslosen Fall handelt und sich die Hoffnung auf spätere Einsicht definitiv zerschlug; ja, der Krug, der allzu oft zum Brunnen getragen wurde, zerbrach, und das Weihnachtsessen blieb künftig aus.

Endlich habe ich wiedergefunden, was ich seit Jahren vermisste: die blühende Jugend an meiner Seite, und niemand wird sie mir je wieder streitig machen. Solange es geht, werde ich mich in ihrem Licht aufhalten, um meine innigsten Bedürfnisse auszuleben. Nein, meine Herren Richter, Ihr Urteil ist ungerecht, es geht einzig und allein um Liebe, das ist nicht strafbar. Und wie armselig wäre doch ein Leben ohne Liebe, die allemal Regie führt, dagegen etwas zu unternehmen ist aberwitzig.

Moralapostel, ihr alle! Unbelehrbare Gutmenschen, überhebliche Saubermacher, Besserwisser vom Dienst allesamt, was bildet ihr euch denn ein? Ihr habt nicht über meine Lebensweise zu bestimmen und schon gar nicht mein Tun und Handeln zu qualifizieren. Ich allein bin verantwortlich für meinen Lebensweg, der sich ausschließlich nach meinen Vorstellungen zu richten hat. Lasst euch gesagt sein, dass ich keinerlei Einmischung dulde …

Die Familienbande waren derweil zerstört und weitere Informationen waren nur noch auf dem „Latrinenweg‘ zu erhalten. Jahre später erfuhr man, dass Trixi heiratete und Nero zu seinem Verdruss nicht zu den entsprechenden Feierlichkeiten einlud. Nero, einmal mehr auf dem Altar der Freiheit geopfert, tobte vor Wut, doch keiner schaute zu.

Thuner Sonate

oder

Der verschmähte Geiger von nebenan

1

Während des neunzehnten Jahrhunderts entdeckten die Europäer die damals noch recht arme und weitgehend unterentwickelte Schweiz als Ferienland. Vor allem der Tourismus in den Berggebieten blühte alsdann in erheblichem Maße auf, sodass nach und nach große, für damalige Zeiten äußerst komfortable Hotels entstanden, und dies selbst in abgelegenen, bislang kaum beachteten Dörfern und nahezu unzugänglichen Tälern, um den neuen Gästen einen behaglichen und insbesondere standesgemäßen Aufenthalt in Gletschernähe – sie reichten damals noch bis ins Tal – in der erfrischenden Umgebung der Gletscherzunge also zu ermöglichen. Aber auch das Angebot der Ferienwohnungen und -häuser, unter anderem an den Seen, begann sich kräftig zu entwickeln, und dies offensichtlich mit einigem Erfolg. Es waren wohl zunächst die Engländer, die kamen, bald aber zog es auch andere Fremde ins Land, welche zur Sommerzeit aus den heißen und staubigen Städten flohen, um sich in luftiger Höhe etwas Kühlung und Entspannung zu verschaffen. Sie nannten es ‚Sommerfrische', ein Genuss der besonderen Art, welchen sich nur gut betuchte Leute leisten konnten. Selbst prominente Personen, Politiker, Künstler, aber auch Hochstapler und Gaukler kamen daher, nicht selten sogar, um während einiger Wochen oder gar Monate hier zu leben, und einige davon, um zu arbeiten, ja ihre schöpferische Kraft noch zu steigern, oder zumindest neue Formen der Inspiration zu suchen, welche sie in der wilden Bergwelt zu finden hofften, etwa um die Romantik eines Alpenglühens oder die ungezügelte Wildheit eines Berggewitters einzufangen. Die Höhenluft erwies sich auch als heilsam, vor allem für Lungenkranke – die Tuberkulose war zuzeiten eine wahre Geisel der Menschheit –, und einige Berggebiete entwickelten sich dank zahlreicher Sanatorien zu wahren Luftkurorten, die selbst Eingang in die Weltliteratur fanden.

Nicht alle Häuser, so sie noch stehen, welche einst eine solche Person beherbergten, tragen Gedenktafeln, oft kann daher heutzutage nicht mehr mit Sicherheit festgestellt werden, wer in welchem Haus gewohnt hat, an welcher Stelle wer, welche Gedanken hegte und wo genau zu Papier brachte, aber alte Fotos gibt es zuhauf, die uns ein wahrhaftiges Bild davon vermitteln, wie es damals aussah und wie idyllisch einige unverbaute Landstriche sich noch ausnahmen, und es erschließt sich uns von selbst, wie groß der Erholungswert solcher Gebiete gewesen sein mag.

Anfang des neunzehnten Jahrhunderts war bereits einmal Heinrich von Kleist zu Besuch in der kleinen Stadt am Ende des Thunersees. Er widmete sich vor allem der Bergwelt, die ihm Inspiration verschaffen sollte. Zu seinen Ehren wurde eine kleine Insel nach ihm benannt. Gegen Ende desselben Jahrhunderts, im Jahre 1886, meldete sich ein weiterer prominenter Künstler aus Wien bei einem Kleinwarenhändler in Hofstetten bei Thun – tatsächlich gibt's ein Bild von diesem unscheinbaren Ort an der Aare, die gerade eben den gleichnamigen See verlassen hat – und mietete in dessen Haus eine Wohnung, um die Sommermonate dort zu verbringen. Er war stämmig, etwas beleibt, hatte lange, bereits etwas graue Haare und einen auffälligen, recht langen Bart. Seine Gesichtszüge verrieten ein sensibles Wesen, sein Auftreten war freundlich und bescheiden. Man kannte ihn kaum in dieser kleinen Ortschaft, welche zuzeiten noch knapp außerhalb der kleinen Stadt lag, jedoch heute von ihr verschluckt worden ist; nur noch der Name einer viel befahrenen Straße erinnert an das einstige Dorf und der parallel dazu verlaufende Quai an den prominenten Gast. Die Person, von der die Rede ist, war kein Geringerer als Johannes Brahms, der damals dreiundfünfzig Jahre alt war und bereits zahlreiche Werke veröffentlicht hatte, Symphonien, Klavier- und Violinkonzerte, Werke für Kammermusik-Ensembles und ein hochkarätiges Requiem sowie vieles mehr. Das Haus des Kleinwarenhändlers, in welchem er sich eine Wohnung mietete, steht heute nicht mehr, an dessen Stelle wurde ein Park mit einer Gedenkstätte errichtet. Und gleich daneben befindet sich, Zufall oder Absicht, ein Klavierbauer, der sein Geschäft bereits von seinem Vater erbte, doch vermutlich den nächsten Generationenwechsel nicht überstehen wird. Zu Brahms' Zeiten gab es ihn allerdings noch nicht; den Flügel, den er spielte, musste er sich also anderswo besorgt haben.

Brahms hat offenbar sein Sommerdomizil mit Bedacht und womöglich gar unter Berücksichtigung ganz bestimmter Absichten ausgewählt, von denen er selber jedoch nichts preisgibt:

„Er wollte, abgeschlossen von allen gesellschaftlichen Pflichten, allein in der Welt seiner Töne leben, und so entbehrte er willig allen Komforts, wenn er nur in eine ungestörte Behausung einziehen konnte. Die fand er dann auch bei dem Kleinwarenhändler Spring, in dessen Haus er den ganzen ersten Stock bewohnte.

… und an Max Kalbeck schrieb er:

Von Hofstetten bei Thun kommen hier die schönsten Grüße, und ich nehme nur deshalb keinen Briefbogen, um nicht gar zu arg zu loben. Aber ich freue mich meines Entschlusses, es ist ganz herrlich hier. Nur so nebenbei sage ich, dass es auch eine Menge Biergärten gibt – darin kommen die Engländer nicht fort! Für meine Behaglichkeit ist das nichts Kleines …

… und weiter …

Nun lass mich Dir aber auch sagen, dass ich ganz glücklich bin, hierhergegangen zu sein. Mir wurde der Entschluss schwer, aber ich wollte einmal wieder in die Schweiz. Wie schön und wie behaglich in jeder Beziehung es hier ist, davon hast Du keinen Begriff. Du magst Dir selbst ausmalen, was dazugehört: reizende Wohnung, schöne Spaziergänge und

Fahrten, gute Wirtshäuser, angenehme Menschen, die dann namentlich von Bern für vortreffliche Lektüre sorgen usw.[7]

… den wahren Grund seiner Wahl verschwieg er beharrlich, doch einige seiner dort verfassten Werke verrieten ihn.

Das erwähnte Haus befand sich also unweit des Wassers, und zwar an jener Stelle, wo eben bereits die Aare fließt, kurz nachdem sie den See verlassen hat. Als ob sie unschlüssig wäre, wohin sie sich wenden soll, teilt sie sich nach kurzem Lauf in zwei Arme und bildet dadurch eine kleinere und eine größere Insel und weiter unten eine weitere Insel, auf der ein Teil der Altstadt steht. Die kleinere, welche wie ein abgebrochener Schiffsbug aussieht, war die markante Stelle der Flusslandschaft im Vordergrund, dahinter lagen die Stadt mit ihrem trotzigen Schloss und die Berge, welche sich auf der anderen Talseite erhoben. Sie bildeten den Prospekt einer herrlichen Alpenbühne, welche sich vor seinen Fenstern tagtäglich ausbreitete. Er hat gut gewählt, möglicherweise dank gütiger Mithilfe seines Berner Freundes, Viktor Widmann, der die Gegend wohl kannte, denn in jenem Bereich gab es seinerzeit nicht sehr viele Häuser, doch dahinter, in unmittelbarer Nähe, gab's einen bewaldeten Abhang, der Ruhe und Erholung versprach, wonach er sich anscheinend sehnte. Die Idylle, mit der er sich umgab, war wie geschaffen für ihn, der die Natur liebte und romantische Stimmungen nicht nur genoss, sondern auch zur Einstimmung auf seine weltberühmten Melodien dringend benötigte. Er suchte wohl nicht nur Ruhe und Kühlung, sondern auch Inspiration für Werke, die zu schaffen er plante.

Es war sein erster Besuch dieser Stätte, aber nicht der Schweiz, welche er mehr als zehn Jahre zuvor bereits einmal besuchte, doch wie sich herausstellen sollte, fand er Gefallen an diesem

7 Alle Zitate aus: G. Zimmermann: Brahms in der Schweiz, Zürich 1983

Ort, denn er besuchte ihn auch während der folgenden zwei Jahre jeden Sommer erneut auf. Der Grund, weshalb er sich im Sommer in den Bergen niederließ, war leicht zu erkennen, er floh, wie viele andere auch, vor der Hitze der staubigen Großstadt, unter welcher auch seine Arbeit litt, was lag also näher, als eine Sommerfrische aufzusuchen, um in angenehmer Atmosphäre den Gedanken und Ideen neue Nahrung zu verschaffen. Dass es sehr viele Sommerkurorte gab, auch in Österreich und Deutschland, war ihm bekannt, hatte er doch schon etwelche aufgesucht; die besonderen Umstände, die ihn hierherführten, mochten deshalb noch einen weiteren Grund haben. Sein Freund Widmann, den er oft in Bern besuchte vielleicht, weil er sich gut mit ihm unterhalten konnte, er mochte bei der Wahl der Örtlichkeit durchaus eine Rolle gespielt haben, doch seine Musik, welche er vor allem während dieses ersten Sommers schrieb, spricht eine andere Sprache …

Er war sehr produktiv und hat einige seiner späten Werke dort geschrieben: So schreib er seine zweite Cellosonate, in welchem er das Cello im Adagio affettuoso eine klagend romantische Melodie spielen lässt, wie man sie in dieser Intensität selten zu hören bekommt. Beinahe wäre man versucht zu sagen, dass hier die spätromantische Sehnsucht zu letzten Höhenflügen abhebt. Der Hintersinn dieser Melodie lässt in etwa erahnen, welche Gefühle ihn dabei geleitet haben mochten. Ferner schrieb er eine Violinsonate, seine zweite, welche heute als Thuner Sonate in die Literatur eingegangen ist und welche einige sehr heitere, dann aber auch besinnliche Teile enthält. Der zweite Satz ist dabei besonders interessant, denn er hat ihn nicht nur in einer anderen Tonart gesetzt, sondern auch in zwei recht unterschiedliche Teile gegliedert, wobei die ruhigere, fast erklärende, ja vielleicht sogar werbende Melodie in Dur, die schnellere, insgesamt heitere Melodie jedoch in Moll steht. Was, so könnte man versucht sein zu fragen, könnte er damit zum Ausdruck gebracht haben wollen? Lässt er tatsächlich ein Fragezeichen stehen, und wenn ja, weshalb? Auch schrieb er ein Klaviertrio (c-Moll, op. 101), welches zu seinen berühmtesten späten Kammermusikwerken zählt. Welche Muse mochte ihn geküsst haben, als er solch hervorragende Kompositionen niederschrieb?

Der meist verschlossene Künstler schweigt sich aus, gibt keine Auskunft über seine Motive, aber die Ähnlichkeit zu einem weltberühmten Lied, mit dem Titel „Komm bald“, sollte ihn gleichwohl verraten. Es entstand nur kurze Zeit vor dem erwähnten Thuner Aufenthalt, der Text stammte von Klaus Groth und wurde bekanntlich für die bildhübsche Altistin Hermine Spies geschrieben, um deren Gunst sich die beiden schon etwas älteren Herren in freundschaftlichem Zwist zuweilen stritten. Das kann beim besten Willen kein Zufall sein, und war es auch nicht!

Der einsame Brahms, wie oft schon hat er versucht sich einer weiblichen Person zu nähern, wie oft schon hat er versucht, mit dem anderen Geschlecht Kontakt aufzunehmen, und wie rar, so seine Biografen, waren seine Erfolge. Für Clara Schumann schrieb er seine Klavierwerke, welche sie alle aufführte, ja, er verehrte sie in besonderem Maße, viel mehr ist nicht bekannt. Sie war offenbar begeistert von seinem Klaviertrio, fühlte sich angesprochen, war berührt; ob sie eben doch seine heimliche Geliebte war? Er hat sich wohl nie erklärt, es sei denn durch seine Werke.

Es ist ihm allerdings auch kaum zu verdenken, dass er sich in die mehr als zwanzig Jahre jüngere Sängerin verliebte, welche zudem seine späten Lieder mit bezaubernder Stimme aufführte, sodass er all jene Gefühle erneut empfand, welche ihn einst veranlassten, sie niederzuschreiben. Sie hatte scheinbar instinktiv erfasst, wonach ihm war, als er sie komponierte. Indes, an keiner Stelle könnte etwa nachgelesen werden, dass er mit Hermine irgendwann ein Verhältnis hatte, was auch recht unwahrscheinlich war. Was hingegen bekannt ist, man höre und staune, ist der Umstand, dass diese Frau im Sommer 1886 ebenfalls in Thun weilte, um ihre Sommerferien zu verbringen. Weshalb sie dort war, was sie dort tat und ob es Brahms zuvor wusste, stehe dahin, die Fakten sprechen indes Bände.

Brahms, allein in einer Wohnung am Wasser, mit romantischem Ausblick gegen Westen, also hin zum Sonnenuntergang mit obligatem Alpenglühen, wurde möglicherweise von einer durch und durch lebendigen Muse geküsst, welcher er vielleicht sogar dann und wann auf einem seiner berühmten Spaziergänge begegnet sein könnte. Ja, er war oft draußen, denn die freie Natur war sein Arbeitsplatz, dort ließ er sich die Melodien und Harmonien einfallen, um sie anschließend zu Hause schriftlich festzuhalten, aber es ist nicht abwegig zu denken, dass er Hermine manchmal heimlich traf oder besuchte, und deshalb auch nicht abwegig zu denken, dass er mit Absicht die erwähnten Parallelen in seine Violinsonate einfließen ließ. Der Pfau schlug sein Rad, ob Hermine es beachtet und entsprechend gewürdigt hat, ist nicht bekannt. Aber das ist Fantasie, die einzig belegbare Kontakt fand überraschend statt, doch schickte sie einen Boten voraus, um ihn zu ‚warnen', weshalb auch immer.

Auch die offene Frage, ob die Erfolglosigkeit seines Werbens – davon ist wohl auszugehen, dass dem so war – das Adagio affettuoso der Cellosonate geprägt hat, ist ungeklärt, dass es sich aber nach unerwiderter Liebe anhört, ist zumindest nicht wegzudiskutieren. Das Leiden des Verschmähten ist greifbar, nicht zum ersten Mal in seiner Musik, welche oft nach unerfüllter Erotik klingt, wobei damit nicht nur seine Liebeslieder gemeint sind, sondern zahlreiche andere Werke ebenso sehr, und zwar meist aus dem Bereich der Kammermusik, welche in aller Regel den tiefsten Einblick in des Künstlers Innenleben ermöglicht. Erstaunlich ist allenfalls die Tatsache, dass ein reifer Künstler mit all seinem Können solch schwermütige Melodien erfindet, um eine sehr junge Sängerin damit zu bezaubern … der Erfolg wie erwähnt ungewiss, doch unbeachtet blieben seine Kompositionen nicht.

Und J. Jegerlehner hielt dazu fest, dass Hermine Spies eine menschlich wie musikalisch bedeutsame Person war, und berichtete über den überraschenden Besuch bei Brahms:

Und gleich hinterdrein erschienen Herminens lachende Augen in der Tür. Ein Spätsommertag war's. Die Nachmittagssonne stand vor ihrem Untergange und strahlte golden über die Wasser und durch die geöffneten Fenster zu uns herein. Die Blumengehänge, die über die Ufer des Sees herabfielen, wurden zu neuen glutvollen Farben erweckt und sandten ihren Duft herüber. Hermine sang dazu. Zwei neue, ungedruckte Lieder lagen auf dem Notenpult des Flügels, «Immer leiser wird mein Schlummer" und „Wie Melodien zieht es …". Brahms begleitete. „Wie Melodien zieht es mir leise durch den Sinn, wie Frühlingsblumen blüht es und schwebt es wie Duft dahin," Abends stand der Vollmond über dem See. Ein bewimpeltes, mit bunten Lichtern geziertes Schiff mit fröhlicher Tanzmusik zog an uns vorüber, als wir uns von Brahms verabschiedeten, um in unseren Gasthof einzukehren.

… da sprang offenbar der Funke, auch wenn weiterreichende Konsequenzen ausblieben.

Während der folgenden zwei Jahre war Hermine offenbar nicht mehr dort anzutreffen, denn allem Anschein nach hat er die Phase des Werbens um ihre Gunst überwunden und sich bereits um andere Sängerinnen gekümmert, die ihn derweil auch nicht erhören wollten, wiewohl sie seine Lieder aufs Trefflichste interpretierten.

So schrieb er im folgenden Jahr das Doppelkonzert für Violine und Cello mit Orchester, ein einmaliges Werk, von außerordentlicher Tiefe, das er selber am 20. November 1887 in Basel und am 22. November in Zürich zusammen mit Joachim und Hausmann aufführte. Auch beendete er die letzte Violinsonate, welche zwar ebenfalls einige lyrische Stellen enthält, aber insgesamt doch recht problematisch wirkt und im

Scherzo eine interessante Abstraktion des Hauptthemas enthält. Die Musik des alternden Brahms begann sich durchzusetzen, und die vielleicht letztmöglichen Aussagen, im Rahmen des romantischen Kompositionsstils, wurden definitiv festgehalten, wenngleich der Kompositionsstil seines größten Kontrahenten und Visionärs, Richard Wagners, das musikalische Empfinden nachfolgender Komponisten bereits in eine andere Richtung zu lenken begann.

Es ist nicht bekannt, ob ihn die Bergwelt dazu führte, diese Ausdrucksweise zu vollenden, oder ob einfach die Zeit reif war, dies zu tun, Tatsache ist derweil, dass dieser Weg nicht nur in der Bergwelt begann, sondern dort auch teilweise ihren Abschluss fand, ab 1889 allerdings in Bad Ischl, das noch aus anderen Gründen weltberühmt geworden ist als ‚bloß' zufolge seiner regelmäßigen Besuche.

Brahms war eher einsam und scheu, wenngleich unter guten Freunden witzig und zuweilen gar ironisch, Wagner suchte stets die gute Gesellschaft und zelebrierte sich selbst in vortrefflicher Art und Weise, sodass er sich weit mehr Beachtung verschaffte als Ersterer. Die beiden ‚Großen' – als Dritten müsste man den scheuen Anton Bruckner erwähnen –, die drei Großen also der spätromantischen Zeit könnten unterschiedlicher nicht sein, so wie auch ihre Werke kaum Ähnlichkeiten erkennen lassen. Und die bedeutendsten Nachfolger allen voran Schönberg, Mahler und Strauss verehrten zwar Brahms, aber bedienten sich dann eher der wagnerischen Ausdrucksmittel, um schließlich ihren eigenen Stil zu entwickeln.

Doch zurück zur Thuner Sonate, die seinen dortigen Aufenthalt verewigt: Das Bemerkenswerte an ihr, welche erstaunlicherweise mit einem Allegro amabile beginnt, ist zudem noch die Opuszahl: Es handelt sich um sein hundertstes Werk und steht vornehmlich in A-Dur, der Tonart der Liebe. Es ist daher nicht unwahrscheinlich, dass sich der Meister physisch wie kompositorisch absichtlich in die Nähe von Hermine begab, wenngleich eine nähere Verbindung dieser beiden Personen nirgends belegt ist und selbst der erwähnte Besuch keine weiteren Folgen nach sich zog.

Er sah sie später noch einmal bei seinem Freund Widmann in dessen Haus, wo er die Lieder noch einmal aufführte, doch mehr ist nicht dokumentiert, und die Mutmaßungen über die Gefühle, die ihn bei seiner Arbeit geleitet haben mochten, sind samt und sonders als Spekulation zu betrachten.

Man kann nun aus diesen Zeilen herauslesen, was man will, eine heftige Zuneigung zu dieser Sängerin ist derweil kaum zu leugnen. Er hat sich allerdings nicht zu rechtfertigen, es ist seine Sache, sein Privatleben, aber er verriet uns, bewusst oder unbewusst, ein Geheimnis, das wohl offiziell eines bleiben sollte. Vermutlich für sie komponierte er die fünf Lieder (op. 105–107) für eine Singstimme mit der Begleitung eines Pianofortes, die eben bei ihm zu Hause und später bei Widmann aufgeführt wurden.

Zurück bleibt die wohl etwas spitzfindige Frage, ob denn das Thuner Pflaster für musikalische Werbung eher ungastlich sei, eine Vermutung, welche durch eine weitere Geschichte gefördert wird.

Die Bergluft ist offensichtlich nicht nur gut für die Gesundheit, sondern trägt auch einiges dazu bei, dass sich Menschen wohlfühlen, ja, sich sogar verlieben und sich menschliche Regungen frei zu entfalten vermögen. Aber vielleicht auch dies, dass sich nämlich Menschen zwar mögen, aber gleichwohl den Weg zu einer näheren Bekanntschaft nicht begehen wollen oder können. Dramatik liegt wohl in der Luft, Dramatik entwickelt sich immer mal wieder, Thun, die alte Zähringerstadt, kann davon ein Lied singen, und eines davon soll nun niedergeschrieben werden, das sich rund hundert Jahre später ereignet haben könnte, etwa zum Jubiläum oder einfach zur Ehrung von Op. 100 von Johannes Brahms, dessen Interpretation auch jenem Geiger aufs Trefflichste gelang, der nun die Hauptrolle spielen wird. Sein Lieblingskomponist scheint allerdings nicht Brahms, sondern Paganini gewesen zu sein, wenigstens zu jenem Zeitpunkt, als sich die nun folgende Geschichte zutrug.

2

Jäh unterbrach er sein Geigenspiel, als er, obzwar auf seine halsbrecherische Etüde konzentriert, einen kurzen Augenblick den Kopf hob und im hell erleuchteten Fenster des Hauses auf der gegenüberliegenden Straßenseite jene, schon öfters mal beobachtete, bildschöne Frau erblickte, welche augenscheinlich dabei war, sich für den Abend zurechtzumachen. Es war kurz nach sechs Uhr abends und deshalb beinahe schon dunkel zu dieser spätherbstlichen Jahreszeit, er hat es kaum bemerkt. Natürlich hat die Konzertsaison längst schon begonnen, sodass er sich ausrechnen konnte, wohin sich die Dame an diesem Abend begeben würde, bot doch die zwar hübsche, aber recht kleine Stadt am See nicht allzu viel kulturelle Anlässe, jener Art, welche sie anscheinend so sehr liebte, wie er zu seiner Freude feststellen durfte. Sie war offenbar besessen von klassischer Musik, dachte er oftmals, da sie, wie auch er, beinahe alle entsprechenden Konzerte besuchte und offensichtlich auch die Mittel hatte, sich regelmäßig Karten zu besorgen. Nicht selten gelang es ihm, sich so zu setzen, dass er sie von seinem Platz aus während des ganzen Konzertabends beobachten konnte und dabei feststellen durfte, dass die anmutige und wohlgekleidete Dame beinahe andächtig der Musik lauschte, ja, mit leicht geneigtem, manchmal leicht im Takt sich wiegendem Kopf, sie förmlich in sich hineinzusaugen schien. Eine echte Verehrerin guter Musik, eine traumhaft schöne Frau, ja, so wollte er sich seine Lebenspartnerin vorstellen. Sie würde ihm auch das unerlässliche Verständnis entgegenbringen, das er als Geiger dringend benötigte, war er doch gerade dabei, eine internationale Karriere anzuleiern, die ihm immer mal wieder kürzere oder längere Abwesenheiten bescheren dürfte. Dass sie obendrein in seiner unmittelbaren

Nachbarschaft wohnte, war vielleicht ein reiner Zufall, für ihn allerdings ein unmissverständlicher Wink des Schicksals, dachte er zumindest, und dass sie offensichtlich verheiratet war, störte ihn nicht dabei, die fantastischsten Luftschlösser zu errichten.

Manchmal hat er sie, etwa in der Pause, im Foyer kurz gesehen, hat sie auch schon gegrüßt, und hat sie es bemerkt, so hat sie mit beiläufigem Kopfnicken reagiert, ein mageres Echo, wie er zu seinem Bedauern feststellen musste. Doch sie kannte sein Gesicht vermutlich nicht, und daher gab's einstweilen keinen Anlass, sich zu grämen. Nein, er sollte eher dafür sorgen, dass sein Name insbesondere in seiner Geburtsstadt bekannt würde, dann müsste auch sie von ihm Kenntnis nehmen, was sie bislang nur indirekt tat, denn sie hörte ihn zwangsläufig üben, wenn sie ihr Haus verließ. Gelegentlich blieb sie sogar kurz stehen, um sich eine bestimmte Passage anzuhören, ging dann aber weiter, ohne sich umzudrehen, scheinbar unbeeindruckt … dennoch, alle Optionen waren noch offen, denn der große Augenblick des wegweisenden ‚Aha-Erlebnisses' war noch nicht gekommen.

Viele Fenster auf der anderen Straßenseite waren hell beleuchtet, die Vorhänge daher nur mehr ein zarter Schleier, welcher vielleicht die Konturen etwas verwischte, aber ansonsten nicht zu verbergen vermochte, was sich im Zimmer dahinter abspielte. Doch dieses eine Fenster, das sich sozusagen auf Augenhöhe befand, zog ihn magisch an. Er ließ seine Geige hängen und nahm den nach unten gerichteten Bogen in dieselbe Hand, etwa so wie man sich zuweilen auf die Bühne begibt, um den Applaus nach gelungener Darbietung entgegenzunehmen, und schritt langsam tastend und mit sichtlicher Hemmung gegen das eigene Fenster hin, um sich dem Bild, das er zu betrachten gedachte, etwas zu nähern. Er seinerseits, von der Dämmerung überrascht, hatte in seinem eigenen Zimmer kein Licht an, wodurch er unsichtbar wurde, ein unumstrittener Vorteil, um sich selber davor zu schützen, möglichenfalls als Voyeur zu gelten. Er war sich allerdings dessen bewusst, dass man ihm diese ‚Unart' unterstellen könnte, wüsste man, dass er sich ihrer manchmal schuldig machte, aber in diesem Falle konnte er sich nicht im Zaume halten, denn die Schönheit seiner Nachbarin war umwerfend, die Anziehungskraft, die sie auf ihn ausübte, schlichtweg unwiderstehlich. Begehrlich also sein Benehmen, aber imperativ der Impuls, den er verspürte.

Alles, was sein Blick erhaschen konnte, wollte er erfühlen, in sich hineinsaugen: Sie hatte eine ebenmäßige Haut, welche den mattglänzenden Schimmer von Samt ausströmte, sowie wohlgeformte Brüste, deren rosarote Spitzen ahnen ließen, wie sie sich anfühlen könnten. Die Haare, einstweilen noch ungekämmt, lange und hell, nicht aber blond im üblichen Sinne, sondern eher etwas gegen das Rötliche hintendierend, nun, sie hingen ihr über die Schulter und erreichten beinahe ihre Taille, welche zwar nicht allzu eng war, aber dennoch ihren Körper sehr weiblich gestaltete. Mehr konnte er allerdings nicht sehen, da sich der Rest des Köpers hinter der Fensterbank verbarg. Er benötigte nicht mehr, was er sah, war hinreißend. Er stellte sich gleichwohl vor, sie sei nackt, er wollte es so haben, denn die Idee gefiel ihm, und ginge es nur darum, dass er sich ihrem Intimbereich näher fühlte, als wenn sie bekleidet gewesen wäre.

Nicht ahnend wohlverstanden, dass sie beobachtet wurde, eilte sie hin und her, allem Anschein nach, um dies und das aus dem Schrank und der Kommode zu holen, verließ das Zimmer für einige Zeit, kam wieder zurück und wiederholte dies mehrmals, bis auch sie plötzlich innehielt und ihr Ohr aufmerksam gegen das Fenster neigte, dann, ohne des erwarteten ‚Genusses' teilhaftig zu werden, einen kurzen Blick zu seinem Fenster hinüberwarf, um anscheinend beruhigt ihre bisherige Tätigkeit unbehindert fortzusetzen. Er war offensichtlich nicht zu Hause, denn es brannte ja kein Licht und die Violine war stumm, ein sträflicher Trugschluss freilich, den sie allerdings nicht als solchen wahrnahm.

Es gab anscheinend eine gewisse minimale Kommunikation zwischen diesen beiden Menschen, als ob sie bereits Lunte gerochen hätte, eine kühne Annahme jedoch, bestand doch die Verknüpfung einzig und allein aus einigen wenigen Geigentönen, welche sie mitunter mitkriegte. Aber sie war locker, angedeutet nur, wie bei Brahms seinerzeit, ein Hauch einer Verbindung höchstens, welcher kaum wahrzunehmen und keinesfalls mit jener leidenschaftlichen Art zu vergleichen war, wie sich die Begegnung zweier sympathisierender Menschen üblicherweise abspielt, ja schon gar nicht so geartet war, wie heimlich Verehrende es zuweilen anstellen, indem sie sich der verhehlten Liebe anheimstellen, wie sie seit der Antike immer wieder besungen wird.

In diesem Fall denkt man derweil eher an Pyramus und Thisbe, die sich durch einen Spalt in der Mauer verständigten, doch weit gefehlt: Missverständnisse, Falscheinschätzungen und dergleichen mehr sind an der Tagesordnung, und ein Musterbeispiel dafür, war just dabei, sich abzuspielen. Hemmungen allgemeiner Art, oder gar ein langsam sich einnistender Hintergedanke, dass er womöglich dabei war, ein völlig utopisches Vorhaben ins Auge zu fassen, mochten dafür verantwortlich sein, dass er sich einer Methode bediente, die nicht über jeden Zweifel erhaben, ja um es noch genauer zu umschreiben, geradezu als verwerflich zu bezeichnen war. Doch einstweilen war er der festen Überzeugung, nicht nur das Richtige zu tun, sondern auch langfristig mit einem glänzenden Erfolg rechnen zu dürfen. Ob er Brahms' Geschichte kannte, jene Geschichte, die sich unweit seiner Wohnung abspielte? Ob er wusste, dass sie erfolglos endete, ja im Grunde kaum stattfand? Wie groß mochte die Gefahr sein, dass er sich derselben Illusion hingab, wie der große Musiker, damals vor etwa hundert Jahren? Und ob die edlen Klänge, die er seiner Geige entlockte, je ausreichen würden, um sie zu betören? Es war eine Art Vabanquespiel, auf das er sich einließ.

Er verhielt sich vorerst noch passiv, beobachtete sie nur, sooft er dazu Gelegenheit hatte, um wenigstens Teile ihrer Wesensart wie auch ihre Gepflogenheiten kennenzulernen, und sie, die noch unbekannte Gnädige, bekam ihrerseits die ‚Gesänge' seines oft leidenschaftlichen Violinspiels zu hören, was sie indes bei ihr auslösten, vermochte er bis dahin nicht festzustellen und wusste nicht einmal, ob sie sie mochte. Er, eher schüchtern und zurückhaltend, schickte sich indessen in sein notabene selbst gewähltes, hartes Los und war dankbar für jeden kühnen Blick, den er unerlaubterweise erhaschen konnte, so wie gerade eben. Nein, es war nicht seine Art, stürmisch und offensiv vorzugehen, etwa wie einst Gropius bei Mahler, dessen Frau Alma er Letzterem offenkundig ausspannen wollte, nachdem er anlässlich eines Kuraufenthalts mit ihr eine leidenschaftliche Affäre lostrat. Wiederholt hat er sich überlegt, ob er es ihm gleichtun sollte, brachte indes den Mut nicht auf, in diesem Sinne aktiv zu werden, denn nichts wäre schädlicher für seinen Ruf, als ein Skandal … und die Stadt war ein Dorf.

Der abdriftende Gedankengang wurde jedoch jäh unterbrochen, als sie, wie es schien, einer plötzlichen Eingebung oder Erleuchtung folgend, den dicken, undurchsichtigen Vorhang zog, sodass ihm der Einblick in ihr Schlafzimmer entzogen wurde. Es war ihm weder klar noch zuträglich, weshalb sie es tat, denn zu gerne hätte er sie noch weiter beobachtet, um ihrer anmutigen Bewegungen noch eine Weile teilhaftig zu werden, als wären sie eine sanfte Liebkosung seines eigenen Körpers. Die abrupte und aus seiner Sicht unmotivierte Abschottung ihres Privatbereiches wirkte wie eine Ohrfeige, so als hätte sie ihn beim ‚Stalking' ertappt. Gleichwohl, fast ein wenig trotzig, genoss er seine Anonymität, die ihn wohl zum alleinigen Besitzer eines kostbaren Geheimnisses machte, was ihn mit Stolz und Genugtuung erfüllte.

Nun, sie musste ihre Gründe haben, um ihr Handeln zu rechtfertigen … ob vielleicht sonst noch jemand ihr Tun heimlich verfolgte, jemand, den sie womöglich gar nicht mochte, verabscheute gar, ja, jemand, der dazu überhaupt keine Berechtigung hatte, nicht so wie er, der vorläufig fest daran glaubte, dass sie kaum umhinkam, ihn anzuhimmeln, und dies schon zufolge seines unnachahmlichen Geigenspiels, das sich hin und wieder anzuhören sie das unbezahlbare Glück hatte. Durch sein Können maßte er sich somit ein Recht an, das ihm nie direkt zugestanden wurde, er nahm es sich derweil heraus, als wäre es eine Selbstverständlichkeit, dass ihn nämlich die Töne, welche er seinem Instrument entlockte, über jeden Kontrahenten erhaben machen würden. Seine rosarote Brille war offensichtlich schwarz und sein Künstlerwahn trotz sichtlicher Schüchternheit höchstwahrscheinlich überzogen. Diese Annahme war freilich vermessen, doch sie kam ihm sehr gelegen; er war noch jung, sehr jung, ja mit einiger Wahrscheinlichkeit sogar naiv und unerfahren. Natürlich war er verliebt in diese Frau, doch sie wusste nichts davon, und sein verborgenes Werben vermochte sie nicht als solches wahrzunehmen. Doch er sträubte sich vehement gegen die Vermutung, dass sich hier eine einseitige Liebe anbahne, und rechnete vielmehr mit der Gunst einer Stunde, welche ihm den ersehnten Erfolg bescheren dürfte. Er war sodann restlos davon überzeugt, dass sie nicht umhinkomme, ihn anzuhimmeln, sobald sie ihn näher kennen und als großen Künstler wahrnehmen sollte.

An diesem Abend war alles ganz anders, denn so viel Einblick ins ‚Allerheiligste' hatte sie bis dahin noch nie gewährt. War es Absicht oder bloß ein Versehen, eine wichtige Frage, die er sich gar nicht erst stellen mochte, denn die Wahrheit hätte peinlich ausfallen können. Jedenfalls drangen seine Blicke so weit vor, dass sie ihre sanfte Haut berühren und ihre wohlgeformten Brüste liebkosen konnten, so, als stünde er neben ihr. Er bildete sich ein, dass sie ihn nun endlich eingeladen habe, einzutreten in ihr Reich, vielleicht sogar in den Garten der Lüste, dessen melodische Verzauberung er nun einfangen sollte. Dieses einmalige und überwältigende Erlebnis war dann auch für sein weiteres Verhalten ausschlaggebend, denn er war nun überzeugt, dass sein Sirenengesang obsiegte, sein Ziel beinahe erreicht sei. Nein, so bildete er sich ein, es konnte und durfte keine andere Erklärung für ihr Verhalten geben, sie erwiderte endlich die flehentlichen Klänge seiner Adagios, deren romantische Vermessenheit ihn hinübertrug in ihre Privatgemächer, wo sie ihn sehnsüchtig erwarte. Und die pathetischen Worte, die er zur Beschreibung seiner Illusion verwendete, störten ihn nicht, ja, er fand sie durchaus angemessen.

Im Dunkeln hob er nun die Geige ans Kinn und begann zu spielen, auswendig, versteht sich: ‚Adagio flebile', sein wichtigster Trumpf, den er jederzeit aus dem Ärmel zaubern konnte. Mit großer Sanftheit entlockte er ihr zunächst berückende Töne, einige Flageolett-Passagen aus einem seiner Konzerte, deren etwas klagender Klang er dem Ruf der Nachtigall – nicht etwa der Lerche! – gleichsetzend für besonders wirksam hielt. Erst spielte er nur leise und verhalten, dann durch ein langsames Crescendo immer lauter und zudringlicher, bis er seine leidenschaftlichen Töne beinahe hinausbrüllte, als spielte er die ‚Tuba mirum', wohl in der unwillkürlichen Absicht, sie sozusagen ‚gewaltsam' in seine offenen Arme zu treiben oder widrigenfalls lieber zu sterben – ja, Lieben und Sterben ist zuweilen sehr nahe beieinander, dieses Bewusstsein erfasste ihn gerade in diesem Augenblick mit aller Kraft, als er versuchte, durch überbordende Tonakrobatik ihr Herz zu erweichen. Schneller und schneller wurde sein Spiel, und wohl zum ersten Mal erlebte er jenen unwiderstehlichen Drang, den auch Tristan verspürte, als er zum Stelldichein mit Isolde eilte. Spielend, ja beinahe brennend vor Gier, lief er vor seinem Fenster auf und ab und steigerte sich in einen Sinnesrausch, wie er ihn zuvor noch nie erlebte. Dabei behielt er den geschlossenen Vorhang im Fenster des gegenüberliegenden Hauses scharf im Auge, als wollte er in Erfahrung bringen, ob sie ihm zuhöre. Aber nein, sie öffnete ihn nicht, doch manchmal glaubte er zu sehen, wie er sich leicht bewegte, was ihn mit der Zuversicht erfüllte, dass sein musikalisches Werben sein Ziel erreichte. Es waren seine Signale, die er nun absetzte, um zu versuchen sie, die Anmutige, die seine Sinne so sehr erregte, seinerseits zu betören … ob sie ankamen, so hinübergelangten, wie er es gerne haben mochte, in jener Intensität ihr Ohr erreichten, wie er es sich vorstellte? Eine Antwort auf diese brennende Frage blieb selbstredend aus, doch der Gedanke beglückte ihn, sie, die ihm bestimmt ergriffen zuhörte, mit seiner Lieblingsmelodie bestrickt zu haben, denn die Musik war das Beste, was er zu bieten hatte, und musste deshalb auch für die Balz herhalten, die er nicht anders zu gestalten wusste. Doch dann erlosch das Licht, das an den Rändern des Vorhangs noch sichtbar war, und eine ernüchternde Leere erfasste ihn, denn allzu abrupt brachte sie ihn zum Schweigen. Er war erneut auf Vermutungen angewiesen, welche allemal mehr Zweifel als Antworten hinterließen. Zuversicht und Ungewissheit befielen ihn zugleich, mehr lieferte dieses kurze Intermezzo nicht.

Hin und wieder drängte ihn sein Temperament, wirklich aktiv zu werden, doch immer wieder unterdrückte er, mangels erfolgversprechender Ideen, den Ansporn, diesem Drängen Folge zu leisten. Vielmehr spielte er mit dem Gedanken, sich der Macht des Zufalls zu unterziehen, dessen Regie er vielleicht ab und an in bestimmte Bahnen, welche die seinen dann kreuzen müssten, hinzulenken versucht sein könnte … ‚corriger la fortune', wird solches Ansinnen genannt, erfolgreich ist es selten, sind doch Fügungen meist unbeirrbar und entziehen sich bewussten Eingriffen; sie stellen sich ein oder eben nicht, das entspricht ihrem Wesen. Er wusste, wie gefährlich dieses ‚Spiel' sein kann, denn die Wahrscheinlichkeit, dank seiner Einwirkung die glückliche Wende herbeizuführen, ist nicht höher einzustufen als jene entgegengesetzte, die ihn definitiv ins Unglück stürzen könnte. Diesem gegensätzlichen Paar sich inaktiv auszusetzen, benötigt Nervenstärke und Gleichmut, was er beides nicht besaß. Dennoch wollte er es erst einmal auf die sanfte Tour versuchen, ehe er sich vielleicht zu einem energischeren Vorgehen entscheiden würde, eine Aktion, die er vorerst noch vermied, da er zu Recht befürchtete, dass sie in einem Hahnenkampf enden dürfte, dessen Ausgang er in

Unkenntnis der Qualitäten seines Gegners nicht abzuschätzen vermochte, wohl wissend, dass kein Mann jemals seine Frau kampflos aufgeben würde, es sei denn … doch nein, dieses Risiko wollte er keinesfalls eingehen, denn die Gefahr, dabei den Kürzeren zu ziehen, war zu groß, und ein Gesichtsverlust könnte ihn das Ansehen in dieser Stadt kosten. Ja, er fühlte sich buchstäblich eingeklemmt zwischen den Karrieregedanken auf der einen und dem Liebesrausch auf der anderen Seite … und welche der beiden Kräfte, so sie sich als gegensätzlich erweisen sollten, die stärkere sein würde, müsste sich über kurz oder lang erst weisen.

Indes, die Ungewissheit, welche sein Tun und Lassen überschattete, schmerzte aller wohlüberlegter Zurückhaltung zum Trotz, und seine Unfähigkeit, zu dieser Frau völlig unbefangen hinzugehen, um ihr seine Verehrung und Liebe zu gestehen, beschämte ihn zutiefst. Dabei hatte er sich immer wieder in Erinnerung zu rufen, dass diese Frau, wiewohl Ziel seiner sehnlichsten Wünsche, eben verheiratet war und Tag für Tag zusammen mit ihrem Ehemann ein scheinbar glückliches Leben führte, das zu stören er nicht berechtigt war. Dieser Gedanke lähmte ihn dann wieder, denn was soll er denn tun, wenn die Liebe dorthin fällt, wo sie womöglich nicht zu keimen vermag, ein Unding aus seiner Sicht, das er irgendwie aus der Welt schaffen müsste, um seinem Begehr zum Durchbruch zu verhelfen. Und er stellte sich immer wieder ein, der peinvolle Zweifel, und wurde zur wesentlichen Hemmschwelle, die zu überwinden er sich endlich entschließen sollte, und gerade dies nahm sein Sinnen und Trachten voll in Beschlag. Nein, es war nicht jene banale Eifersucht, die ihn befiel, denn wie käme er dazu, solche Gefühle zu entwickeln, es war mehr eine Art von edler Unnahbarkeit, die er stets zwischen sich und ihr aufbaute, um seine heimlich gehegten Wünsche einer nicht enden wollenden Sehnsucht zu erhalten, eine Tautologie, wie er wusste, die jedoch sein Verhältnis zu dieser Frau am trefflichsten beschrieb. Diese innere Zerrissenheit, die wohlbekannte

Ambivalenz mithin, die jedem innewohnt, machte ihm zu schaffen und war das Hauptmotiv für sein zurückhaltendes Vorgehen, dessen Unwirksamkeit er zusehends zur Kenntnis nehmen musste. Beethoven, Schubert, Brahms, Tschaikowski, sie alle verbrachten ein ganzes Künstlerleben in vager Hoffnung, eines Tages vielleicht doch noch sie, die einzig Verehrte zu treffen, widmeten ihr herrliche Werke und starben, ehe ihr Wunsch in Erfüllung ging. Vielleicht ahnten sie, dass diese unerfüllte Sehnsucht der Antrieb ihres Schaffens war, und unterwarfen sich bewusst dem Schicksal, das ihnen nicht wohlgesinnt war, zumindest nicht im Sinne ihrer irdischen Hoffnungen auf Erfolg beim anderen Geschlecht. Sie opferten stattdessen ihr Verlangen um des Kunstschaffens willen auf, unter anderem zur Erfüllung ihrer noblen Pflicht, den Menschen all jene Gefühle und unerfüllte Leidenschaften vor Augen zu führen, welcher sie ohne ihr Opfer nie und nimmer gewahr geworden wären. Tschaikowskis Weg kreuzte in Florenz beinahe den Weg seiner fernen Geliebten, und nur wenig hätte gefehlt, dass er sie wenigstens einmal zu Gesicht bekommen hätte, er zog es derweil vor, zu fliehen, und schrieb weiterhin herrliche Melodien, etwa in seinem Sextett[8], in welchem er die Erlebnisse seiner Toskana-Reise aufs Herrlichste vertonte. Sandro, so sein Vorname, dachte, dass auch er einer solchen Fügung irgendwann teilhaftig werden könnte, und rechtfertigte damit sein Verhalten … vorläufig, wie sich noch herausstellen sollte.

Ja, und er, der jeweilige Ehemann und Lebensgefährte, ob gütig oder rachsüchtig, ob verständnisvoll oder wütend, er stand allemal dazwischen, bei ihm selber, aber auch bei Tristan und dem Holländer und nicht zuletzt auch bei Wagner und Mahler sowie bei Madame Bovary und Effi Briest und vielen anderen mehr. Doch wurden sie alle, egal ob Wesendonck

8 Peter Iljitsch Tschaikowsky: Souvenir de Florence, Streichsextett op. 70 in d-Moll

oder Innstetten, wohl des traumhaften Erlebnisses des unentwegt Hoffens kaum mehr teilhaftig, denn sie hatten sich ihre einstigen Wünsche und Erwartungen bereits erfüllt, weshalb ein weiteres Verbleiben im Bereiche der schwärmerischen Sehnsucht ohnehin gegenstandslos geworden ist. Sie hatten ausnahmslos das Ziel erreicht, das ihm, dem Liebestollen, einstweilen vorbehalten blieb. Sie alle mussten, auf unterschiedliche Art und Weise selbstredend, die Bühne des unlauteren Geschehens verlassen, und die große Liebe ging selten als Siegerin aus dem Kampf hervor, ist doch ihre dramaturgische Vernichtungskraft zu mächtig, um das ersehnte Idyll zu schaffen. Sandro hat ihn, seinen eigenen Widersacher, daher kurzerhand ausgeklammert, ja, gewissermaßen aus seinen permanenten Gedanken verbannt, da er sein hingebungsvolles Sehnen ebenso störte wie all seine literarisch verewigten ‚Vorgänger' auch.

Er wusste freilich nicht, ob sie sich wirklich liebten, die beiden da drüben, aber er unterstellte natürlich, dass sie sich, seit Langem ein Paar, längst jener Romanze beraubt hatten, die er einstweilen noch genießen durfte und vielleicht sogar auch sie, die ihr Ohr mitunter ans Fenster drückte, um seine himmlischen Töne zu vernehmen, gleichsinnig verzauberte, eine Vermutung bloß, aber für ihn die unumstößliche Gewissheit schlechthin. Er verschaffte ihr nun mal diese sinnenfrohe Rolle, weil es ihm so passte, zumal damit seine eigene Glaubwürdigkeit stand oder fiel, dachte er zumindest.

Diese zartbesaitete Form der Verbindung fand er um vieles aufregender als jede gewöhnliche Liebesgeschichte, die, banaler könnte es kaum sein, stets im Bett endete, wo alle dasselbe taten, nämlich den langersehnten Beischlaf zu tätigen, dessen Exaltation zwar leidenschaftlich, aber dennoch enden wollend war. Doch er wollte sich keinesfalls auf dieses ‚erbärmliche' Niveau herablassen, denn was hatten schon solch ungestüme Dinge mit seinen edlen und über jedwede Materie erhabenen Gefühlen zu tun? Wohl hätte er gerne einmal ihre Haut leicht berührt oder ihre herrlichen Brüste in seiner hohlen Hand gewiegt, nur gerade um deren zarte Beschaffenheit zu erfühlen, aber wie sollte er dies vollbringen, ohne ihr zu nahe zu kommen? Diesen Widerspruch aus der Welt zu schaffen, war ein Ding der Unmöglichkeit, und so begnügte er sich damit, den mit bloßem Auge erkennbaren Eindruck ihrer samtweichen Beschaffenheit sowie ihrer überaus weiblichen Formen gleichsam als einzig fassbare Gegebenheit hinzunehmen und weidlich zu genießen. Dennoch, irgendwann musste er ihr wohl direkt begegnen, dessen war er sich sicher, denn das gütige Schicksal würde es fügen. Lebenswege sind zwar vorgegeben, so seine feste Überzeugung, und jeder soll ihn dementsprechend begehen, eine Ansicht, vermöge welcher er die Berührungspunkte der Zufallsketten als unumgängliche Fügung betrachten wollte, und zweifellos musste Letztere ihm wohlgesinnt sein, ihm, dem bereits durch sein Talent von der Natur Bevorzugten, eine Gabe, deren Nutzen er auf dem Parkett der Liebeskunst noch nicht gänzlich erprobt hatte.

Er kannte sie kaum, die vergötterte Frau, wusste nicht einmal genau, wie sie hieß, nicht ihren Vornamen zumindest, der aus dem Schild des Briefkastens nicht hervorging. Ja, er hat sie schon öfters gesehen, unten auf der Straße, wenn sie ihr Haus verließ. Er lauerte ihr zuweilen sogar auf und erwartete ihr Erscheinen, ungeduldig versteckt hinter dem Zeitungsständer, der immer vor dem Kiosk nebenan postiert war, damit sie ihn nicht sähe, und folgte ihr manchmal sogar in züchtigem Abstand, bis hin zu ihrem Arbeitsort. Sie trug stets Schuhe mit hohen Absätzen, die beim Gehen den Takt schlugen, sodass er den Rhythmus ihres Ganges kennenlernte und dabei bemerkte, dass er nicht ganz regelmäßig war; angeboren oder Folge eines Unfalls, egal, ein unbedeutender Makel bloß, indes ein Charakteristikum, an dem er sie auch im Dunkeln erkannte, wenn sie zu später Stunde nach Hause kam. Sie arbeitete in einem großen Bürogebäude, wo zahlreiche Firmensitze, Arztpraxen und Anwaltskanzleien untergebracht waren, sodass er nicht wissen konnte, was sie tatsächlich tat. Nichtsdestotrotz, so viel als irgend möglich wollte er über sie in Erfahrung bringen, um bereits einige Details über ihr Leben zu kennen, wenn er sich ihr, aller Schwierigkeiten zum Trotz, gleichwohl eines Tages nähern sollte. Dass er sich durch sein Verhalten mehr und mehr in Utopien, ja sogar Widersprüche verstrickte, schien ihn nicht zu stören, insoweit er Letztere überhaupt wahrnahm.

Und die Briefkästen beim Hauseingang, was haben sie ihm verraten? Zu dumm, in diesem patriarchalisch gesinnten Land sind die Namen der Frauen meist nicht auf dem Schild angegeben, zumindest nicht deren Vorname. Diese Information war für ihn unbrauchbar und taugte nicht einmal dazu, ihr einen Kosenamen zu verleihen. So nannte er sie insgeheim Gina, weil sie ihr, seiner ehemaligen Freundin, die er noch immer vermisste, sehr ähnlich sah. Das war vielleicht nicht besonders originell, und hätte sie es gewusst, wäre sie wohl darüber nicht gerade erbaut gewesen, aber sie ahnte nichts von ihrem Beinamen und den Vorstellungen, die damit verbunden waren … hat er etwa nicht daran gedacht, dass sie, wenn überhaupt, kaum als Ersatz einer vergangenen Liebe hätte fungieren wollen? Er hat nicht lange nachgedacht, er hat einfach gehandelt und spontan getan, wonach ihm der Sinn stand. So verschaffte er sich erneut eine Gina, welche ebenso wenig seine Freundin war wie jene andere, die ihn verließ, aber er war glücklich darüber, dem Schicksal somit ein Schnippchen geschlagen zu haben, ein Widersinn, den sich nur Verliebte ausdenken können.

Er wusste also, wo sie arbeitete, aber nicht, was sie wirklich tat, denn das mächtige Bürogebäude allein verriet es ihm nicht, es kam ihm vor wie ein Tempel, dessen Allerheiligstes er nicht betreten durfte, obwohl es das süße Geheimnis barg, das zu lüften er sich sehnlichst wünschte, als ob das Wissen um ihre Tätigkeit sie ihm näherbringen könnte. Ob sie als Sekretärin oder Laborantin, ja vielleicht sogar als Ärztin oder Anwältin fungierte, konnte er nicht feststellen, aber im Grunde genommen war es ihm einerlei, was sie tat, wichtig war ihm zu wissen, wo sie sich tagsüber aufhielt, um seinen Gedankenfluss an die richtige Stelle zu lenken. Dafür kannte er wenigstens einen Teil ihres Tagesablaufs, den er bekanntlich durch reine Beobachtung ausspioniert hatte. Sie verließ täglich kurz nach Sieben ihr Haus, zu Fuß, und begab sich mit geschäftigem Schritt Richtung Stadt. Eine große Umhängetasche war alles, was sie bei sich hatte. Er wusste, dass und wohin sie arbeiten ging, und in Gedanken begleitete er sie dorthin. Mittags kam sie meist kurz nach zwölf nach Hause, um gegen zwei Uhr Nachtmittags erneut zur Arbeit zu gehen. Am Abend waren die Zeiten ihrer Rückkehr recht unterschiedlich, was viele Gründe haben mochte, weshalb eine verlässliche Zeitangabe nicht möglich war. Dieser Zeitraum war sozusagen der blinde Fleck im Stundenplan seiner Nachbarin, unangenehm zwar, aber nicht katastrophal, da zeitlich begrenzt. Doch an diesem einen Abend kam sie recht früh nach Hause, höchstwahrscheinlich, weil sie noch ausgehen wollte, wie die eben beschriebenen Vorbereitungen verrieten. Er war sich dabei sicher, dass sie das Konzert besuchen würde, das an diesem Abend auf dem Programm stand, denn wie er ja aus Erfahrung wusste, besuchte sie diese fast alle. Irrtum ausgeschlossen, dachte er, und eine andere Möglichkeit der abendlichen Unterhaltung wollte er ihr nicht zugestehen. Nun ja, „sagt ich's doch", beschwichtige er sich selber, alles verlief in den vorgesehenen Bahnen, und diese würden noch vor Beendigung dieses Glückstages aufeinandertreffen … allfällige Zweifel an seinen Erwartungen ließ er gar nicht erst aufkommen.

Er wusste, dass er sich nicht standesgemäß verhielt, teenagerartig sogar. Er war, wiewohl noch jung, bereits ein erwachsener Mann und ein angesehener Musiker, dessen Ruhm sich seit einiger Zeit mehrte, vor allem seit er gewisse Schallplatten herausgegeben hatte, auf welchen er nicht alltägliche Stücke spielte, etwa die Solo-Sonaten von Ysaÿe oder die Zigeunerweisen von Sarasate, alles technische Höchstleistungen. Seither war er ein gefragter Solist, der im ganzen Land, teils auch im Ausland auftrat und regelmäßig mit guten Kritiken bedacht wurde. Doch gleichwohl hatte die schöne Nachbarin seine Ideenwelt erobert, und dies ohne zu wissen, ob auch sie ihn zumindest als Musiker anerkannte und verehrte.

Er freute sich sehr, denn an diesem Abend trat er selber auf – erstmals in seiner Geburtsstadt, die bislang sein Können weitgehend ignorierte –, und dies mit einem seiner Lieblingskonzerte, nämlich dem zweiten Violinkonzert von Paganini, mit der weltberühmten ‚Campanella' als letztem Satz, welcher nach den hell klingenden Glöckchen benannt ist, die mit den fast pfeifenden Flageolettönen der Geige konkurrieren – eine fantastische Spielerei eigentlich, aber dank ihrer Einmaligkeit weitherum bekannt. Er hatte sich seit Langem schon auf diesen Komponisten spezialisiert, zum einen, weil er betörende, oft leidenschaftliche Melodien schrieb, zum andern aber auch, weil er unheimlich virtuose Passagen einfügte, die jeden Zuhörer in Staunen versetzen. Es machte viel Spaß, diese Passagen scheinbar mühelos vorzutragen und dabei zuzusehen, wie viele Zuhörer ihren Mund nicht mehr zukriegten. Die sanften Melodien entsprechen dem damals üblichen ‚Belcanto', welcher zwar vorwiegend die Opernbühnen eroberte, in diesem Falle aber die Violinliteratur bereicherte. Sein musikalisches Vorbild mochte vielleicht Rossini gewesen sein, dessen Kompositionstechnik er weitgehend imitierte, aber er kannte wohl auch die Partituren von Donizetti und Bellini, deren teils hochdramatische Musik ihn ebenfalls zu faszinieren schien. ‚Meno male', dachte er wohl, gehen diese Stücke doch sehr zu Herzen, und die Virtuosität, die er sich aufs Banner schrieb, hatte er sich durch Fleiß und Hartnäckigkeit angeeignet und spielte die vielen halsbrecherischen Sequenzen, als wären sie ein Kinderlied. Er handhabte Bogen und Instrument mit einer Leichtigkeit, die den Atem stocken ließ. Sandro war ein Phänomen: hochbegabt, technisch versiert und fleißig, aber dank seiner

Jugendlichkeit fehlte ihm die Reife, die er benötigt hätte, um auch andere Werke, mit mehr Tiefgang zu spielen. So musste er sich einstweilen auf seine Virtuosität verlassen, welche er in beinahe beispielloser Art und Weise beherrschte. Und gerade dies nährte die Hoffnung, Gina endlich zu begeistern, ja sie überhaupt auf seine Person aufmerksam zu machen, die Voraussetzung schlechthin, sich ihr annähern zu können.

Er ahnte, fühlte, ja fieberte buchstäblich, dass sich an ebendiesem Abend endlich ergäbe, was er sich seit Langem schon wünschte, nämlich eine Gelegenheit, sie, die ‚Angebetete', nunmehr persönlich anzutreffen, im Foyer vielleicht oder beim Ausgang, jedenfalls nach dem Konzert, welches ihm, wie er hoffte, viel Anerkennung einbringen sollte, Anerkennung, die er sich redlich verdient zu haben glaubte. Und Gina, die unermüdliche Konzertbesucherin, könnte sie ihm auch nicht mehr länger absprechen und müsste zwangsläufig ihrem virtuosen Nachbarn ein Gesicht aufsetzen. Natürlich stand er noch am Anfang seiner Karriere, und seine Konzerttätigkeit war naturgemäß noch wenig ausgereift, dessen war er sich sehr wohl bewusst, aber seine Technik war umwerfend, und gerade diese war sein ‚Verkaufsschlager', von dem er einstweilen lebte. Nun ja, er wusste natürlich auch, dass er nicht ein besonders vorteilhaftes Aussehen sein Eigen nennen durfte, die Pickel im Gesicht waren noch nicht ganz verheilt und trotz überschrittenem zwanzigsten Altersjahr präsentierte er noch ein reichlich knabenhaftes Aussehen, das ihn möglicherweise im Falle einer Begegnung mit dieser doch recht reifen Frau benachteiligt haben könnte, hätte er nicht zuvor auf der Bühne gestanden und bravourös seinen Paganini aufgeführt. Mit diesem Bonus, den er dringend benötigte, rechnete er fest, und ihn zu erringen, sollte ihm nicht allzu schwerfallen, dessen war er sich sicher.

Er nahm seine bereitgestellten Utensilien sowie die Geige und ging zu Fuß zum Konzertsaal, wo er sich an Ort und Stelle zurechtmachen wollte. Er hatte vor, nicht das übliche Schwarz zu tragen, sondern eine etwas ausgefallene Kleidung, welche zu seiner mit Gel hochgeklebten Frisur passte, um damit etwas frischen Wind in die versteinerte Konzertwelt zu bringen. Nein, er war auch in dieser Hinsicht nicht der Erste, der so was tat, berühmte Beispiele wie etwa Friedrich Gulda oder Nigel Kennedy waren ihm diesbezüglich ein Vorbild. Natürlich hoffte er auch damit zu punkten, wenngleich ihm unbekannt war, ob sie, die wichtigste Konzertbesucherin des Abends, eher konservativ eingestellt oder für Neues offen war. Er war nicht nur jung, er wollte auch jung sein und jung auftreten, damit zu kokettieren war nun angesagt.

Er kannte nicht nur Paganinis Konzerte sehr gut, sondern auch seine Biografie und wusste, dass er nicht zuletzt wegen seines virtuosen Geigenspiels, welches damals so revolutionär war, dass man ihn als Teufelsgeiger verschrie, bei den Frauen, vielen Frauen sogar, äußerst beliebt war, obwohl sein Körper – spindeldürr und spinnenfingrig – von der Natur nicht gerade verwöhnt gewesen sein muss, wie einige Bilder belegen. Nein, er glich ihm beileibe nicht, dennoch war es naheliegend, dass er sich selber mit ihm verglich, ja gewissermaßen solidarisch erklärte, obwohl er sich nicht gerade zum Schürzenjäger geboren fühlte, trotzdem rechnete er mit der Wirkung seiner Musik, die er aufs Trefflichste zu spielen verstand und damit wohl deren Schöpfer ziemlich nahekam.

Paganini hat während einiger Jahre am Hof zu Lucca als Soloviolinist gewirkt und sich dabei zum Geliebten der Gräfin ‚hoch-gegeigt', welche ihrerseits Napoleons Schwester war, eine beachtliche Eroberung, angesichts der schwierigen Zeiten, während welcher er lebte. Er, der Spinnenfingrige, wie man ihn eben nannte, schaffte alles, auf welchem Instrument auch immer er spielte, diesen Ruf hatte er sich wohl zu Recht erworben. Der Legende nach ließ er zuweilen zwei bis drei Saiten reißen, um nur noch auf der vierten weiterzuspielen, was den ‚Showeffekt' natürlich deutlich verstärkte, und gerade dies war vermutlich sein oberstes Ziel. Er wollte nicht nur beweisen, wie vielseitig das Barockinstrument war, sondern auch sich selber damit in Szene setzen, was ihm weidlich gelungen ist.

Der Graf, über diese Entwicklung wenig erfreut, wurde seinerseits mit einer anscheinend begehrenswerten Primadonna des Theaters abgespeist, welche all seine Aufmerksamkeit beanspruchte, dergestalt, dass er den Virtuosen wohl oder übel gewähren ließ, so lange wenigstens, als die Gräfin an Paganinis Treue glaubte. Als dieser Glaube jedoch aus naheliegenden Gründen ins Wanken geriet, musste er Lucca Hals über Kopf verlassen, so wenigstens lautet die Geschichte, die Lehár zu einer süffigen Operette verarbeitet hat, welch Letztere er mit zahlreichen leidenschaftlichen Liebesliedern versah, die sich allerdings, dem damaligen Zeitgeschmack entsprechend, lediglich aufs Küssen beschränkten, während der Rest der Fantasie des geneigten Zuhörers überlassen wurde. Doch auch diese Operette wird nicht etwa häufiger aufgeführt als Paganinis Konzerte, sodass auch sie den eher geringen Bekanntheitsgrad der kompositorischen Werke des zu Lebzeiten hoch begehrten ‚Teufelsgeigers' nicht gerade steigerte. Er war ein Virtuose, aber sein musikalischer Geschmack hat die Zeiten nicht überdauert, sodass die Werke heutzutage nur mehr von solchen Geigern gespielt werden, welche vorwiegend ihr technisches Können zur Schau stellen möchten, es sei denn … nun, er war trotz allem ein guter Musiker und gewiefter Komponist, und einige seiner Kompositionen haben wohl mehr Tiefgang, als ihnen die heutigen Konzertbesucher zugestehen wollen. Er ist Teil der europäischen Musikgeschichte und wird auch als solcher überleben, denn immer mehr Solisten wollen beweisen, dass sein Können nicht prometheisch ist.

Seine Musik galt und gilt auch heute noch als außerordentlich erotisierend, wovon bereits der einstige Herzensbrecher ausgiebig Gebrauch machte. Einige Stücke gleichen einer Art von Gefühlsbombe, von der sich auch heutige Interpreten gerne eine Scheibe abschneiden, sofern sie auf Freiers Füßen gehen, wie Wagner diese männliche Lebensphase, die Balz mithin, so trefflich umschrieb. Dass sich Paganini dabei auch jene gefürchtete ‚Berufskrankheit' holte, an welcher er alsdann litt und letztlich zugrunde ging, versteht sich beinahe von selbst, die Syphilis nämlich, zuzeiten als Geißel Gottes verschrien, was seinem Ruf nicht dienlich war.

Dass man ihn beschuldigte, einen Pakt mit dem Teufel geschlossen zu haben, war somit naheliegend, entsprang jedoch lediglich abgrundtiefem Neid und übler Nachrede, dass er aber einen solchen mit den eher leichtsinnigen Frauen schloss, welche ihm letztlich das Leben und nicht zuletzt auch seine Kunst vermiesten, weil er anscheinend mehr und mehr Schmerzen zu erleiden hatte, die ihn zuweilen stark behinderten, entspricht wohl eher der Wahrheit. Doch wie auch immer, er reiste kreuz und quer durch Europa und verdiente sich eine goldene Nase, glücklicherweise, wie sich posthum herausstellen sollte, durfte er doch nach seinem Tod lange nicht auf einem christlichen Friedhof beigesetzt werden, eine üble Folge der eben erwähnten Verleumdungskampagne, gemäß welcher er eben in Mephistos Diensten stand. Sein Sohn und Erbe aber, der sich von diesem Geschwätz nicht beirren ließ, erwies sich als äußerst hartnäckig und opferte das gesamte Vermögen des Vaters, um ihm eine würdige letzte Ruhestätte zu verschaffen, und die ehrwürdigen Gottesmänner, welche vorgängig die Reinheit des Glaubens verteidigten, ließen sich durchs Gold erweichen und … nun ja, sie würden wohl, dank ausreichender Bestechung dem Teufel persönlich ein christliches Begräbnis besorgen. Paganini jedoch erhielt ein prächtiges Grabmal in Parma. Der Pakt mit dem Teufel war lediglich unselige Fama, die langen, äußerst beweglichen Finger jedoch Tatsache.

Doch dieser eher hässliche Teil von Paganinis Biografie interessierte ihn, unseren Titelhelden, weniger, was ihn – ach so, da wird gerade klar, dass er noch gar nicht vorgestellt wurde, eine unhaltbare Unterlassung, die sogleich nachgeholt werden soll –, also unseren Künstler mit Namen Sandro Dalbacco – nomen est omen –, Sandro Dalbacco also, an dieser Geschichte am meisten interessierte, war das Phänomen, dass es Paganini mit seiner aphrodisierenden Musik offenbar gelungen war, eine weit höhergestellte und zudem verheiratete Frau zu gewinnen, obwohl die Vorzeichen dafür nicht gerade günstig standen. Sollte also die Ausstrahlung dieser ‚Teufelsstücke' auf die Frauen so unwiderstehlich wirken, wie diese überlieferte Geschichte vorgibt, dann müsste doch ihm, der sie wohl ebenso gut spielte wie ihr Schöpfer, eben ein ähnliches Schicksal beschieden sein, davon konnte er füglich ausgehen. Diese beruhigende Feststellung war für ihn eine Art Garantie, dass sein Begehr eines wunderschönen Tages von Erfolg gekrönt sein würde, und dieser Tag, so seine feste Überzeugung, ist nun gekommen. Ja, heute sollte gelingen, wovon er seit Langem träumte.

Sandro war ein sogenannter ‚Secondo', Sohn also einer einfachen Familie, welche einst als sogenannte Gastarbeiter ins Land kamen und sich anschließend definitiv hier niederließen. Dennoch – es war keineswegs selbstverständlich – hat man sein Talent erkannt und alles getan, um es zu fördern, denn er war beileibe kein Junge, dem alles gleich haufenweise zufiel. Für alles musste er kämpfen, hart arbeiten und viel Spott und Hohn einstecken, denn sein knabenhaftes Aussehen verhalf ihm nicht gerade dazu, große Sprünge zu vollführen. Dies zeigte sich insbesondere auch bei seinen ersten Gehversuchen beim anderen Geschlecht, wo er seines Eifers und Könnens wegen zwar eine gewisse Achtung genoss, aber eben letztlich doch nicht reüssierte, da er nicht den Typus des gut aussehenden Mannes darstellte, mit dem man sich als junges Mädchen gerne in der Öffentlichkeit zeigte. Sein Repräsentationswert war beachtlich, solange er die Geige unterm Kinn hielt, ohne diese jedoch gering, so gering jedenfalls, dass die meisten Mädchen sein schüchternes Werben kaum wahrnahmen oder sich Letzterem entzogen. Diesem unerquicklichen Umstand musste er entrinnen, das stand fest, und die Geige war die einzige ‚Waffe' die es ihm ermöglichen müsste, diesen inhärenten ‚Feind' in die Flucht zu schlagen.

Seine erste Freundin verließ ihn wegen eines anderen, eines dummen und durchwegs langweiligen Kerls, aus seiner Sicht wenigstens, aber sie hat ihn nun mal Sandro vorgezogen, weil er besser und männlicher aussah sowie auch mit ihr die Discos besuchte und nicht nur diese langweiligen Konzerte, wo sie Musik zu hören bekam, die ihr überhaupt nicht behagte. Auch kritisierte sie, dass er immer noch im Hotel Mama wohnte, wo doch die Freiheiten eines jungen Paares erheblich eingeschränkt sind, ja, selbst auswärts übernachten, beispielsweise in ihrer eigenen Wohnung, war verpönt, denn Vater wie Mutter achteten sehr darauf, dass der angehende ‚Weltstar' regelmäßig übte, und um das Maximum rauszuholen, auch immer genügend Schlaf hatte, denn immerhin hatten sie sehr viel Geld in diesen Jungen investiert, und die Rendite ließ noch immer auf sich warten … ja, so rechnen selbst wohlgesinnte Eltern, die irgendwann ihren Lohn einstreichen wollen. Ein Muttersöhnchen nannte sie ihn, als sie ihn verließ, was ihn sehr schmerzte, denn er mochte es verständlicherweise nicht, wenn sein Lebensstil, der naturgemäß weitgehend der Karriere diente, verhöhnt wurde. Er versuchte sich zu trösten: ‚Äußerlichkeiten', wie er verächtlich meinte, aber während der Pubertät eben oft allein ausschlaggebend, zumindest für jene jungen, hübschen, jedoch weidlich unreifen Mädchen, die er damals im Visier hatte. Doch der vermeintliche Trost versiegte beinahe unverrichteter Dinge und noch heute, nach langer Zeit, litt er unter diesem Schicksalsschlag und nur die echte Zuneigung, um nicht zu sagen Liebe, seiner anmutigen Nachbarin, einer reifen Frau wohlverstanden, vermöchte ihn, dessen war er sich sicher, für diese einst erlittene Schmach zu entschädigen, und er verschwendete keinen einzigen Gedanken daran, infrage zu stellen, ob er sie denn zur Begleichung dieser offenen Rechnung überhaupt in die Pflicht nehmen dürfe. So setzte er ausschließlich auf diese eine Karte und unternahm alles Erdenkliche, um ihr zu begegnen, ja, sie endlich auch ansprechen zu dürfen, um in Erfahrung zu bringen, ob sie ihm gewogen sei. Dass er sich in eine Illusion hineinsteigern könnte, kam ihm gar nicht erst in den Sinn, denn Paganini war der Garant, der seinen Plan unweigerlich zum Erfolg führen würde.

An diesem Abend, so hoffte er also nachdrücklich, musste es klappen, denn es war die Gelegenheit, auf die er seit Langem schon wartete. Kairos, nannten es die Griechen und verliehen diesem Begriff den Hintergrund göttlicher Fügung, die geeignete Starthilfe, die sich auch Sandro in diesem Zusammenhang inständig wünschte. Dass er sich, sollte er sie im Publikum erspähen, vor Freude je verhaspeln könnte, schloss er freilich aus, denn das Konzert kannte er seit Langem schon auswendig, und jeder Ton, jeder Lauf, jedes Pizzicato und jeder Doppelgriff saß, da war er sich sicher. Nein, er dachte keine Sekunde daran, dass er aus dem Konzept gebracht werden könnte, wenn er während des Spiels ihre ergebene Anmut erfühlen sollte, denn die Musik und deren erhoffte Auswirkung, dies fehlerlos hinzukriegen, war zunächst sein vorrangiges Ziel, das er um jeden Preis erreichen wollte, und er wusste, dass er dazu in der Lage war. Sie würde ihn stimulieren, das Beste herzugeben, das in seinem Können lag, als ginge es um die Erringung der Siegespalme. Stolzing kam ihm in den Sinn, der junge ‚Star' der Meistersinger, der sich anschickte durch seine junge und zuzeiten weitgehend unkonventionelle Kunst Evas Gunst zu gewinnen, und reüssierte mühelos, nein, sein kühnes Vorhaben war keineswegs utopisch, zumindest aber keine Neuerfindung. Aus seiner Sicht war Ginas Ehemann, dem er absichtlich keinen Namen gab, die einzige ‚Unbekannte' in diesem ganzen Konstrukt, das er sich zurechtgelegt hatte. Doch genauso wie der Gräfin von Lucca würde auch seiner geliebten Gina etwas einfallen, womit sie ihn besänftigen könnte, diese weibliche Fähigkeit traute er ihr ohne Weiteres zu, umso mehr, als er sie ja mit seiner Musik umfassend – hier im eigentlichen Wortsinne – zu betören gedachte, und dass sie dergleichen im Zustand der Bezauberung auch tun würde, stand für ihn außer Zweifel.

Zuweilen dachte er auch daran, dass nicht ganz auszuschließen sei, dass sie tiefer schürfende Musik vielleicht eher mochte als die mehr von der leichten Muse inspirierten Werke Paganinis und vielleicht sogar die akrobatischen Teile selbst einer Campanella als wohl faszinierend, aber musikalisch wertlos empfinden könnte, wie dies immer mal wieder von bösartigen Kritikern moniert wird. Er kannte diese wenig schmeichelhafte und auch unberechtigte Einschätzung von Paganinis Kompositionen, wie sie nicht selten von angeblich ernsthaften Kennern der klassischen Musik abgegeben wird, nur allzu gut, aber er mochte sich bei Gina keine solch versnobte und elegisch verbohrte Person vorstellen, welche lediglich zwischen Bach und Brahms hin und her pendelte und das Liebesduett in Tristans zweitem Akt zum Glaubensbekenntnis emporstilisierte. Nein, vielmehr glaubte er an ihren Humor und einen ehrlichen Respekt vor allen musikalischen Schöpfungen, die zur Zeit ihrer Entstehung jenen stets gleichartigen menschlichen Gefühlen Ausdruck verliehen, welche auch Sandro hegte. Es war für ihn unerheblich, ob man sich von Paganinis oder anderer Komponisten Pathos angesprochen fühlte, wichtig war ihm lediglich die Tatsache, dass die Musik den richtigen Nerven traf, und dies wiederum hing nicht zuletzt von der Interpretation ab, deren Qualität allein von ihm und seinem Können abhing, und in dieser Hinsicht verfügte er über genügend Selbstvertrauen, um sich seiner Sache sicher zu sein.

Heute, so viel stand fest, wollte er so göttlich spielen, dass sie, egal welchem musikalischen Geschmack sie auch immer huldigen sollte, mit all ihren Sinnen aufnehmen würde, was er ihr mitteilen möchte, in sich hineinsaugen würde, was sie sich womöglich in schlaflosen Nächten ersehnte, und dahinschmelzen würde wie ein Stück Eis in der Sonne, denn wie ein überreifer Apfel sollte sie ihm endlich in den Schoß fallen, wobei er natürlich etwas wehmütig auch einsah, dass damit sein Sehnen unweigerlich vergehen würde. Doch das endlose Schmachten am Fenster musste ja einmal ein Ende haben, und eine hinreißende Zukunft sollte an dessen Stelle treten, auch dies stand für ihn fest … die Zeit war reif!

Der Saal war bereits leicht abgedunkelt, als er zusammen mit dem Dirigenten eintrat: kurzer, höflicher Applaus, erwartungsvolle Stille, kurzes Einstimmen, eine Art Ritual, das man tapfer hinnahm … und schon hob er den Taktstock, den Zeigefinger des Schicksals gleichsam, das er heute beschwören wollte, damit es sich seiner erbarme. Er suchte während des reichlich langen und auch etwas langweiligen Vorspiels – eine Untugend des Teufelsgeigers, sich in langen, eher mühsamen Orchesterpartien als ernst zu nehmenden Komponisten zu profilieren – im Publikum nach Ginas Gesicht, vermochte es aber in der Menge nicht auszumachen. War sie womöglich gar nicht hier? Versäumte sie etwa das Debüt in seiner Geburtsstadt? Ausgerechnet! Nein! Nein! Und noch mal nein … Er verwarf diesen absurden Gedanken, denn der Gedanke allein, dass sie sich seines musikalischen Werbens einfach durch Boykott entziehen könnte, fand er nicht nur schäbig, sondern geradezu abwegig, um nicht zu sagen ungebührlich. Gab es womöglich sogar eine Konkurrenz, ein anderes Konzert etwa, von dem er nichts wusste? Kaum denkbar, er war meist gut informiert, und nur eine miese Ratte, die ihm sein Glück nicht gönnte, könnte insgeheim eine private Veranstaltung ausgerichtet haben, welche ihrem Geschmack eher zusagte. Sie musste also anwesend sein, hier in diesem Saal, davon war er überzeugt, er fühlte es, er konnte sogar ihren lieblichen Duft riechen, einen Duft, der so sanft und anmutig war, dass er nur von ihr stammen konnte und überdies die Duftnoten aller anderen Konzertbesucher zu übertrumpfen vermochte. Er wusste auch, dass es besser wäre, wenn er sie nicht sähe, er musste sich jetzt auf seinen Einsatz und sein Spiel konzentrieren, denn trotz aller Überlegenheit seines Spiels, einige Passagen erforderten dann doch seine ganze Aufmerksamkeit, daran gab's nichts zu rütteln, und heute wollte er nicht nur ihr, sondern auch seiner Heimatstadt zeigen, was er konnte, ja, was er, der bisher stets verlachte Junge, aufs Parkett zu legen imstande war. Fast trotzig nahm er sich vor, so meisterhaft zu spielen, dass sie alle, die mühsamen Skeptiker, sehen und hören sollten, welch großartigen Künstler sie bisher nicht zur Kenntnis genommen, ja, buchstäblich verkannt hatten. Nun, er litt nicht nur unter der abweisenden Haltung der jungen Mädchen, sondern auch unter der Fehleinschätzung der heimatlichen Hautevolee, welche dem unscheinbaren Jungen aus dem Arbeiterviertel nicht zutrauten, die höheren Weihen der internationalen Konzertbühnen zu erringen. Doch gerade ihnen wollte er den Meister zeigen.

Sein Einsatz war präzise, wie ein kühner Schnitt, seine Melodien flüssig und etwas süßlich, die virtuosen Passagen exakt und schnell, dass den Leuten der Mund offen blieb, ja, das war der ‚Hieb', den er dem Publikum versetzen wollte. Wie ist es möglich, so sollten sie sich fragen, mit der linken Hand gleichzeitig zu greifen und zu zupfen, wie konnte er es möglich machen, dass man zuweilen glaubte, zwei Geiger stünden auf der Bühne, und wie vermochte er seinen Bogen so präzise über die Saiten hüpfen zu lassen, dass man beinahe glaubte, eine teuflische Mechanik wäre im Spiel … zweifellos ein würdiger Interpret des Teufelsgeigers, dessen Reinkarnation zu sein, er nunmehr vorgab. Und erst die Flageolette, hohl zwar und der Geige unwürdig, aber technisch ergiebig, da bekanntlich äußert schwierig so hinzukriegen, dass es nicht quietscht – und es quietschte nicht –, sie flatterten durch den Saal, als wären sie Schmetterlinge, die nach einladenden Blüten suchten. Es war unglaublich, was dieses einfache, viersaitige Instrument herzugeben imstande war, so es nur ausreichend beherrscht und mit gehöriger Technik gespielt wurde. Die heitere Campanella brachte schließlich eine fröhliche Stimmung unter die Zuhörer, die hell klingenden Glöckchen wurden mit einem wohlwollenden Lächeln quittiert, und der Schlussteil mit Bewunderung, jedoch bereits etwas gelangweilt hingenommen. Es war aller Unkenrufe zum Trotz ein bemerkenswertes Stück diese Campanella und hat immerhin Franz Liszt, den großen Klaviervirtuosen, veranlasst, darüber eine Klavier-Variation zu schreiben, womit er ihr immerhin ein gewisses Gewicht innerhalb der Musikwelt verlieh.

Der Applaus war tosend, und bald erhoben sich einige Leute von ihren Sitzen und klatschten sich die Hände wund – Standing Ovations –, den entscheidenden Kampf gegen die Versnobtheit des Konzertpublikums hatte er offensichtlich für sich entschieden. Immer wieder kam er nach vorne, um sich zu verbeugen, immer wieder suchte er vergeblich nach Ginas Gesicht, immer wieder riefen sie alle nach einem ‚Bis', immer wieder hat er es verweigert, immer wieder holten sie ihn hervor, immer wieder ging er unverrichteter Dinge davon, ja verschenkte sogar den obligaten Blumenstrauß an die Stimmführerin der zweiten Geige, die normalerweise leer ausging … letzte Verbeugung, Abgang! Vielleicht glich diese tüchtige Geigerin ein wenig Gina, aber so genau konnte er auch diese vage Vermutung nicht bestätigen, nein, vielmehr wurzelte diese Geste im Milieu seiner bescheidenen Herkunft und insbesondere im Bedürfnis, auch jene Leute zu belohnen, welche trotz erheblichem Einsatz ein geringes Ansehen genießen. Das war seine Visitenkarte, die er dem neu gewonnenen Publikum unbedingt übereicht haben wollte.

Endlich legte sich der Beifallssturm, und er zog sich etwas enttäuscht in sein Künstlerzimmer zurück, wo ihn der Dirigent erwartete und ihn beglückwünschte: Kaum einer habe dieses Konzert mit so viel Hingabe gespielt, es wäre ein unvergessliches musikalisches Erlebnis gewesen.

Sandro freute sich zwar über dieses überschwängliche Lob eines fachkundigen Mannes, aber er war nicht der richtige Adressat, von Gina hätte er gerne solche Worte und noch einige mehr gehört, aber wie ihr begegnen, wie sie in der Menge finden, wenn er sie schon vergeblich im Konzertsaal suchte? Dennoch, das Lob des Fachmannes war ihm wichtig und für seine Karriere von unschätzbarem Wert, aber es vermochte ihm seinen Traum nicht zu erfüllen, dessen war er sich nicht nur bewusst, nein, es kränkte ihn gar und trübte die Freude über das wohlgelungene Konzert, dessen Qualität auch sie überzeugt hätte. Ungewissheit statt Genugtuung erfüllte ihn, als er sein Instrument behutsam im Etui zur Ruhe bettete; es war sehr kostbar und wurde mit derselben Sorgfalt behandelt, wie er sie auch Gina angedeihen lassen wollte.

Unermüdlich suchte er nach Mitteln und Wegen, ihr zu begegnen, denn noch immer war er davon überzeugt, dass sie sich unter den Zuhörern befand. So dachte er, dass sie sich wohl während der Pause mit einiger Wahrscheinlichkeit im Foyer aufhalten dürfte, und beschloss deshalb etwas zu tun, was eher unüblich ist, sich nämlich unter das Sekt trinkende Publikum zu mischen und sich durchzuschlängeln bis hin zu den Toiletten, wobei er links und rechts mit heftigem Applaus eingedeckt wurde. Gruppenweise klatschten die Leute in die Hände, Bravorufe waren zu vernehmen, und er lächelte dankend bald in die eine, bald in die andere Richtung … er wurde also gesehen, aber Gina, die durch seine Fantasie zur Hauptperson gekürte Dame des Abends, vermochte er allen Anstrengungen zum Trotz nicht zu entdecken, seine gefühlsvolle Leistung war wohl umsonst gewesen. Es war, als ob sie ihm den Handschuh vor die Füße geworfen hätte … Katerstimmung machte sich breit!

Er konnte im Augenblick nicht ermessen, wie wichtig dieses Konzert war und wie groß der Erfolg, den er sich damit errang. Etwas vorgreifend sei bereits an dieser Stelle erwähnt, dass die Kritiken des Lobes voll waren und ihn feierten, wie einen neu entdeckten Stadtheiligen, ja, seine einfach beschaffene Herkunft war nun kaum mehr von Bedeutung, vielmehr wollte man hervorheben, dass eben diese Stadt selbst Begabungen aus solchen Kreisen fördert und ihnen ermöglicht, die höchsten Stufen der Anerkennung zu erklimmen. Dass unter anderem ein Onkel sein Studium finanzierte, weil er kein Stipendium kriegte, war in Vergessenheit geraten, doch was soll's, er hat sich seinen Lorbeerkranz redlich verdient und der Stadt zu einem Lokalmatador verholfen, der scheinbar vom Himmel fiel. Einige Skribenten ernannten ihn sogar zum Musiker des Jahres, wiewohl sie dazu keine Legitimation hatten, andere sahen ihn den Namen dieser Kleinstadt in alle Welt hinaustragen, worauf man stolz sein könne. Man verglich ihn mit Enrico Caruso, dem Gassenjungen aus Neapel, dessen weltumspannende Karriere einmalig war, und verhieß ihm eine ebensolche.

Der Bann war gebrochen, und er war in aller Munde, wenigstens innerhalb des Kreises der Liebhaber klassischer Musik, doch alle Anerkennung und alles Lob mochten nicht darüber hinwegtäuschen, dass er sein Hauptziel nicht erreicht hatte, nämlich die Betörung und Eroberung Ginas, deren mutmaßliche Abwesenheit ihn sehr schmerzte. Die Zeitungen konnten sich über dieses Thema nicht äußern, da es ihnen unbekannt war, und so blieb er allein zurück mit seinem Kummer und freute sich nur mäßig über die Lobreden, welche ihm den Weg zu seinem ‚minniglichen' Ziel nicht ebneten. Selbst seine Eltern wie auch der Onkel, welche sich über den großen Coup, wie sie es nannten, außerordentlich freuten, sahen nicht ein, weshalb er traurig war. Gina blieb sein intimstes Geheimnis, das er keinesfalls preisgeben wollte, ja er konnte es gar nicht öffentlich machen, denn dadurch würde er wohl schlafende Hunde wecken, was er natürlich vermeiden wollte.

Untröstlich also kehrte er nach Hause zurück und wagte kaum das Fenster auf der gegenüberliegenden Straßenseite in Augenschein zu nehmen, zu sehr befürchtete er, dieses erhellt vorzufinden, womit unweigerlich erkennbar gewesen wäre, dass sie ausgerechnet dieses eine Konzert nicht besucht hätte. Sofern das brennende Licht in dem besagten Zimmer gleichzeitig auch die Anwesenheit seiner hochverehrten Dame mit ausreichender Sicherheit kundgetan hätte, wäre der Beweis für die eben erwähnte Feststellung zwingend gewesen, denn er verharrte natürlich nicht auf seinem verlorenen Posten, während des zweiten Teils des Konzerts, der zu diesem Zeitpunkt gerade noch lief. Tschaikowskis Pathétique, welche nach der Pause aufgeführt wurde, interessierte ihn nicht sonderlich, wiewohl auch er bekanntlich eine ferne, nie ‚vollzogene' Liebe zu seiner reichen Mäzenin pflegte, die er mit seinen herrlichen Melodien immer wieder aufs Neue betörte, bis auch sie grundlos schwieg und ihm die jahrelange Unterstützung entzog. Ob er mit seiner letzten und reichlich pompösen Symphonie mit deren zahlreichen musikalischen Einfällen sehr viel von diesem besonderen Gefühlschaos, das einen in solch quälender Situation befällt, tatsächlich hinüberzubringen vermochte, stehe dahin, Sandro jedenfalls hatte zurzeit mit seinen eigenen Besorgnissen und Zweifeln genug zu tun, zu viel jedenfalls, um sich auch noch mit Tschaikowskis Schicksal abzumühen. Selbst die Frage, ob allenfalls dieser Komponist Madams Gnade genoss oder nicht, ließ ihn unberührt, wiewohl er ihn einst, als er Klaus Manns Roman[9] las, zutiefst bedauerte, eine Regung, die er nun für sich selber beanspruchte. Und er weigerte sich als Romanfigur aufzutreten, er war ein Mann aus Fleisch und Blut.

Magnetisch zog es ihn zum Fenster, er hatte einfach nicht die Kraft, der Versuchung zu widerstehen, gleichwohl hinüberzuschauen, und wie befürchtet: Das Licht war an … aber was hieß das schon, vielleicht ist ja ihr Ehemann, der sie meist nicht ins Konzert begleitete, nach Hause gekommen, und sie hat einmal mehr das Konzert allein, oder zusammen mit Bekannten, besucht, nein, und nochmals nein, es konnte nicht

9 Klaus Mann: Symphonie Pathétique, Rowohlt 1981.

sein, was nicht sein darf: Bestimmt war sie noch dort und ließ sich von den zärtlichen Melodien der zuckersüßen Symphonie bezaubern und genoss die eingängigen Harmonien, welche das Herz ihrer Leidensgenossin vom vorigen Jahrhundert erweichen sollten. Vielleicht war sie einsichtig, gerührt! Wilde Gedanken wirbelten durch seinen Kopf, und er wusste nicht, welchen davon er denn weiterverfolgen sollte, ja, welcher ihm letztendlich klaren Wein einschenken könnte und den entscheidenden Funken in seiner fast aussichtslosen Lage hätte zu zünden vermögen. Verzweifelt versuchte er nach den Sternen zu greifen, doch vergeblich! Er sank in seinen Sessel und weinte bittere Tränen … schließlich sah er ein, dass sein ganzes Konstrukt, mit oder ohne Tschaikowskis Sechster, plötzlich hinfällig wurde, und so suchte er nach Ausflüchten und übereilten Entschuldigungen, um sie, die Unfehlbare mithin, vorzeitig zu exkulpieren, denn er war nicht bereit, ihr irgendwelche Gemeinheiten zu unterstellen. Nachvollziehbar wohl, seine gedankliche Kehrtwende, indes nicht logisch, aber umso erfrischender angesichts der Feststellung, wie leicht sich das Gehirn von dessen Besitzer abkoppelt, so er sich im Zustand der Balz befindet. Alle harmlosen und leicht verzeihlichen Varianten werden einer vielleicht brutalen Realität vorgezogen, nur um die Luftschlösser zu erhalten, die man sich in mühseliger Arbeit aufgebaut hat. Und in Luftschlössern lässt es sich gut leben, denn sie sind allemal geräumig, wartungsfrei und ungeheizt, und mit Leichtigkeit könnte man jene Person aufnehmen, an deren Seite man es gerne aufwärmen möchte. Nun ja, für heute war alles getan, was erdenklich war, erfolglos indes und frustrierend, aber noch war nicht aller Tage Abend.

Er versuchte sich zu trösten, indem er auf die Kritik in der Zeitung hoffte, die ja an selbigem Abend noch nicht vorlag, doch konnte er gemessen am Applaus, den er erhielt, zweifellos mit positiven Reaktionen rechnen, Superlativen sogar, und sie würde nicht umhinkommen, sie zu lesen, und betrübt bedauern, gerade ihn, ihren hochbegabten Nachbarn, verpasst zu haben. Sie wird wohl in Zukunft besser aufpassen und ein nächstes Mal mit Sicherheit dabei sein wollen. Es war vermutlich keine Absicht, dem Konzert fernzubleiben, sie hatte eher andere Verpflichtungen oder war sonst wie verhindert; ja, vorschüssige Nachtsicht gehört auch zum Liebeswahn, und freilich wollte er ihr eine gehörige Portion davon nicht vorenthalten. Dennoch blieben Zweifel, etwa die Frage, weshalb sie sich denn für diesen Abend zurechtgemacht haben sollte, wenn nicht ... sie war eben verhindert, so viel stand nun fest, den Grund vermochte er nicht zu erkennen. Nun, die Abendtoilette allein verrät eben nichts über den zu besuchenden Anlass, und daran hat er zuvor nicht gedacht; ärgerlich, aber wohl verliebte Verblendung und leider auch Realität. Na ja, da hat er schon ein wenig zurückbuchstabiert, nur ein bisschen, nicht zu viel um Gottes willen, aber er öffnete zumindest die Türe, einen Spalt breit bloß, um sie ohne Gesichtsverlust entweichen zu lassen und selbstredend ohne ihr böse Absichten zu unterstellen, beileibe nein. Selbst wenn sie sonst wo gewesen wäre, vom hohen Podest hat er sie nicht hinuntergestürzt, zu einer solch dramatischen Geste sah er sich dann doch wieder nicht veranlasst, wollte nicht hartherzig sein, versöhnlich eher. Sie blieb nicht nur sein Geheimnis, sondern weiterhin auch Ziel seiner innigsten Hoffnungen und Träume.

Die wirrsten Gedanken wirbelten durch seinen Kopf, ein Durcheinander von Zuversicht und Verzweiflung, wie Hoffnung und Resignation, und entsprechend verunsichert legte er sich aufs Bett, ohne sich zu entkleiden, denn an Schlaf war ohnehin nicht zu denken. Gina, die er nun nebenan wusste, wollte ihm nicht aus dem Kopf gehen, selbst wenn er sich nicht vorstellen mochte, was sie gerade tat. In seiner Vorstellung war sie noch immer dabei, Kleider aus dem Schrank zu nehmen, sich zu schminken und mit jenem Duft zu umgeben, den er während des ganzen Konzerts wahrzunehmen glaubte. War es Einbildung, oder war sie nur eben kurz dort, um ihn zu hören, auch dies eine verlockende, wiewohl unwahrscheinliche Variante … wann würde er wissen, was wirklich geschah? Diese quälende Ungewissheit fand er kräftezehrend und unerträglich, denn sie hielt ihn unerbittlich fest, sodass es ihm kaum mehr gelang, seine Gedanken von ihr loszureißen. Er war zweifellos der Gefangene seiner eigenen Fantasien, und nur sie vermochte ihn zu befreien, dessen war er sich bewusst, weshalb er unaufhörlich nach Möglichkeiten suchte, sich ihr zu nähern, ihr in die Augen zu schauen und die unwiderrufliche Wahrheit zu erfahren, mochte sie auch noch so bitter ausfallen … und die verfluchte Geige, weshalb vermochte sie diese Frau nicht zu bezaubern?

Sie sollte indes bald Gelegenheit erhalten, ihn erneut auf der Bühne zu sehen oder eben zu hören, eine tröstliche Aussicht, eine Art zweite Chance, dank welcher er rein zufällig in der Lage war, ihr eine goldene Brücke zu bauen. Im Nachbarstädtchen gab er nämlich im stilvollen Rahmen des Schlosses ein ähnliches Konzert, und zwar in kaum zehn Tagen, und sollte sie hier und heute verhindert gewesen sein, so würde sie sich bestimmt eine nächste Gelegenheit nicht entgehen lassen, davon war er überzeugt. Überzeugt? War er auch schon mal, felsenfest sogar, doch die Wirklichkeit belehrte ihn eines Besseren. Wie wird wohl der zweite Versuch ausfallen? Freilich beschlichen ihn leise Zweifel, doch dessen ungeachtet verharrte er in seiner Utopie. Er konnte und wollte sich nicht vorstellen, dass sie ausgerechnet seinen nächsten, mit Sicherheit ebenso glanzvollen Auftritt wie am soeben vollendeten Abend, verschmähen könnte, nachdem sie sich sonst beinahe alles anhörte, was sich auf diesem Gebiet tat, selbst Darbietungen von gewissen Ensembles, die er für minderwertig hielt. Dennoch, ein nagendes Gefühl befiel ihn nun zusehends, und seine Stimmung schwankte erheblich, ein endloses Auf und Ab, das ihn beinahe seiner Sinne beraubte. Bald war er sich sicher, dass sie ihn kannte, so oft als irgend möglich hören und vielleicht sogar näher kennenlernen wollte, dann verwarf er wieder dieses hoffnungsvolle Wunschdenken und ließ sich von Zweifeln zernagen, dergestalt, dass sie kaum je von ihm Notiz genommen hatte und sich weder für ihn noch sein Können interessiere. Doch weshalb sollte dem so sein, seine Musik war doch von bester Qualität, unerreicht in ihrer Virtuosität sowie auch leidenschaftlich vorgetragen, und dies speziell für sie, seine bisher teuerste Hoffnungsträgerin. Dass sie dies nicht wissen konnte, war ihm sehr wohl bewusst, doch bei seinen ‚Sandkastenspielen' überging er dieses nicht ganz unwesentliche Detail großzügig und ignorierte es schon um des Selbstschutzes willen. Er befand sich in einer abgrundtiefen Krise, doch sein Geigenspiel sollte nicht darunter leiden, denn noch brauchte er dessen ganzes Spektrum, um die Angebetete zu überzeugen, sie sozusagen einzufangen im Netz der Töne und Harmonien, dem zartem Klang mithin, den nur er seinem Instrument zu entlocken vermochte.

Er schaute mehrmals hinüber zum Fenster, dessen Beleuchtung nach rund einer Stunde erlosch und sich präsentierte wie jede andere Nacht auch, man schlief offenbar, was denn sonst. Auch während der nächsten Tage tat sich nichts Außergewöhnliches, und eine Gelegenheit, sie vielleicht unten auf der Straße anzutreffen, um mit ihr durch banale, nichtssagende Worte, die er im Ernstfall vermutlich stammelnd und unbeholfen vorgetragen hätte, Kontakt aufzunehmen, hatte sich nicht ergeben. Er hatte auch kaum etwas unternommen, um ein solches Treffen zu provozieren, so leicht es ihm an sich gefallen wäre, dies zu tun, nachdem er ihren Tagesablauf studiert hatte, denn womit hätte er sie in Bann ziehen sollen, unten auf der Straße, wo er sein wohl wirksamstes Argument, die Sprache der Musik nämlich, gar nicht zur Anwendung bringen konnte? Hätte, würde, sollte … hässlich all diese Konjunktive; wann werden sie aus seinen Gedanken verschwinden und in die Realität zurückkehren?

Na ja, es blieb ihm gar nichts anderes übrig, als auf das nächste Konzert zu bauen, jenes, welches oft auch von Leuten besucht wurde, welche aus anderen Landesteilen stammten, weil die besondere Atmosphäre im Schloss über alles geschätzt wurde und die Akustik ausgezeichnet war. Es war in der Tat etwas Besonderes, eine Art Auszeichnung sogar, dort spielen zu dürfen, und er war auch froh, dass man ihn ins Programm aufgenommen hatte, da ihm ein hervorragender Auftritt in diesem festlichen Rahmen viel Anerkennung einbringen würde, Anerkennung, die er für sein persönliches Fortkommen dringend benötigte. Ja, den Bekanntheitsgrad steigern, das war sein vorrangiges Ziel, und damit müsste er unweigerlich auch seine Nachbarin erreichen. Die Geige war ja nicht nur seine ursprüngliche Passion, sie sollte auch zu seinem Brotkorb werden, und so banal eine solche Nebenbemerkung in diesem sonst so hehren Zusammenhang auch klingen mag, sie stellte eben die Notwendigkeit des Alltags dar, der auch er, allen Hoffnungen zum Trotz, nicht entrinnen konnte.

Dieser Gedanke beflügelte ihn seit Langem schon, die Hoffnung aber, Gina dort vielleicht unter anderen illustren Gästen anzutreffen, verschaffte ihm eine Art Glücksgefühl, wie er es noch nie empfunden hatte. Natürlich war ihm auch bewusst, dass er aus solch erheblicher Höhe sehr tief stürzen könnte, sollten sich seine kühnen Hoffnungen zerschlagen, doch wollte er sich keinesfalls eingestehen, dass er sich ein zweites Mal verstiegen haben könnte, nein, vermöge dieses zweiten Anlaufs müsste es unbedingt gelingen, sie endlich von Nahem zu sehen, das ‚Ständchen' also im richtigen Moment anzubringen und den seit Langem ersehnten Schulterschluss zu vollziehen.

Nichts konnte ihn davon abbringen, sich weiterhin einem endlosen Wunschdenken hinzugeben, dessen Realitätsgehalt er nicht kannte, vermutlich sogar verkannte. Nicht doch: Sie blieb die wichtigste Zielperson seines Strebens, sie beflügelte ihn, der eher schalen Musik eine Seele einzuhauchen, dank welcher er sich erhoffte, ihre volle Aufmerksamkeit wachzurufen und auf seine Person wie sein Können zu lenken.

Diesem Ziel unterwarf er dann auch seine gesamte Tätigkeit während jener Tage, welche zwischen dem ersten und dem zweiten Konzert lagen, was ihn nicht nur ablenkte, sondern auch vollumfänglich in Beschlag nahm. Es gab immer etwas zu verbessern, Perfektion war gefragt, obwohl sie zuweilen allzu glatt daherkommt, aber gleichwohl Voraussetzung für umfassenden Erfolg war.

Seine Vermutung schien zuzutreffen, denn sie war auch am nächsten Konzertabend – eben eine gute Woche später – offenkundig dabei, sich umzuziehen, dachte er wenigstens, dieses Mal aber hinter geschlossenen dichten Gardinen. Er vermochte sich indes ihre diesbezügliche Aktivität nur deshalb vorzustellen, weil sich der Vorhang im hell erleuchteten Zimmer immer wieder leicht bewegte, woraus er schloss, dass sie wieder dabei war, wie eben Tage zuvor, Kleider aus dem Schrank zu nehmen, hin und her zugehen, sich anzukleiden und sich zu kämmen und zu schminken. Beruhigt begab er sich auf den Weg, im Bewusstsein, dass sie ihm folgen werde, er ließ jedenfalls an dieser Mutmaßung keine Zweifel mehr aufkommen, ja malte sich bereits aus, wie er sich vorstellen wollte, wie sein erster gesprochener Satz, den er an sie richten würde, konkret lauten müsste und welchen Vorschlag er ihr nach vielleicht kurzer Phase des sogenannten ‚Small Talks' unterbreiten wollte. Mit unverminderter Kraft beschlagnahmte also die ursprünglich fixe Idee sein ganzes Gehirn, sodass er sich kaum auf die bevorstehende Aufführung konzentrieren konnte. Doch, das konnte ihm kaum etwas anhaben, denn er würde ein zweites Mal eine Glanzleistung vorlegen, ja, sich selber womöglich gar überbieten, da er während der vergangenen Woche mit aller zu Gebote stehenden Sorgfalt nur auf dieses eine, hochgesteckte Ziel hingearbeitet hatte, und er war zuversichtlich, dass ihm eine Interpretation gelänge, welche ihresgleichen sucht. Die Schicksalsnacht, so sein Empfinden, war endlich angebrochen, sie nach seiner Vorstellung zu nutzen, unumgänglich, ja er war bereit, sie in seine Arme zu nehmen und sich mit seiner Muse zu vereinen. Schumann hat es geschafft, auch Verdi, Wagner und Mahler, viele andere nicht, er aber sollte nicht leer ausgehen. Eine zweite Enttäuschung schloss er deshalb aus, denn es konnte nicht sein, was nicht sein durfte, diesen Trugschluss wiederholte er fortwährend und murmelte ihn zuweilen gar vor sich hin.

Er hatte sich nicht verrechnet, sie befand sich tatsächlich unter den Besuchern, mittendrin im Publikum, sodass sie kaum aufzufinden war. Doch die Episode, die ihn darüber ins Bild setzte, dass sie zugegen war, hätte unerfreulicher nicht sein können und hätte beinahe zu einem Patzer geführt, so sehr hat er sich erschrocken. Nur ein klitzekleiner, kaum hörbarer Fehler unterlief ihm gleichwohl. Es handelte sich um ein einzelnes kurzes Pizzicato, das fehlte. Glücklicherweise störte diese Unterlassung den Gesamteindruck kaum, ja das Manko ist wohl den meisten Hörern gar nicht aufgefallen. Es geschah, weil er, der sonst meist mit geschlossenen Augen spielte, kurz aufblickte und just in diesem Augenblick zusehen musste, wie sich Gina, welche ungefähr in der zehnten Reihe saß, unvermittelt erhob, sich zum Gang durchschlängelte und mit raschem und entschlossenem Schritt den Saal verließ, als wäre sie erbost. Behutsam jedoch, wohl um nicht weiter zu stören, schloss sie die Türe hinter sich und nur langsam hob sich die Türklinke wieder, dies alles vermochte er zu erkennen, während seine Finger und der Bogen nahezu motorisch das Stück weiterspielten, etwas trocken vielleicht und mit deutlich weniger Schwung und Herz. Es war, als ob er ein anderes Register gezogen hätte, denn schlagartig entfielen die tief empfundenen Gefühle, welche er allein für Gina in sein Spiel einbrachte. Selbsttätig spielte er das Konzert zu Ende, die Campanella lief ab wie ein Uhrwerk, dessen Seele verstorben war, und wandelte sich beinahe zur Karikatur ihrer selbst. Die Leere und Unsinnigkeit dieser Musik war plötzlich derb und rüde bloßgelegt und sein Wirken blutleer, denn bereits umkreiste sein Gehirn die neuerliche Unbotmäßigkeit dieser unnahbaren Dame, deren Verhalten er weniger denn je verstand. Was mochte sie bewogen haben, sich so zu benehmen, ja, was hatte er ihr denn zuleide getan, dass sie sich veranlasst sah, ihn so sehr zu bestrafen und buchstäblich bloßzustellen? Noch während er die halsbrecherischen Passagen dieses Stücks beinahe blindlings herunterleierte, umkreisten seine Gedanken unablässig diesen Fragenkomplex, ohne natürlich darauf eine befriedigende Antwort zu erhalten. Doch sein roboterartiger Auftritt fiel auf, das Übelste, das ihm gerade zu diesem Zeitpunkt passieren konnte; Ratlosigkeit stellte sich ein, denn es war nicht auszuschließen, dass sein noch junger Ruf Schaden nahm.

Natürlich wäre es denkbar, suggerierte er sich selber Trost spendend, dass sie sich nicht wohlfühlte, dass sie vielleicht sogar krank war und dennoch dieses Konzert nicht verpassen wollte, aber leise beschlich ihn fast gleichzeitig auch das ungute Gefühl, dass sie ihn womöglich provozieren, ja vielleicht sogar durch ihr Verhalten ausdrücken wollte, dass ihr diese Musik missfiel und sein Können sie kaum zu beeindrucken vermochte oder gar ein gewisses Unbehagen hervorrief. Wäre es denkbar, so weiter, dass sie ihn bewusst irritieren wollte, damit er patzte, um ihm so die Suppe zu versalzen? Kaum, denn ein solch niederträchtiges Verhalten wollte er ihr beileibe nicht unterstellen. Nein, auch dies war unwahrscheinlich, denn er hatte zu oft bemerkt, dass sie ihr Ohr ans halb geöffnete Fenster hielt und ihm zuhörte, während er übte, zu oft deutlich gesehen, wie sie lächelnd stehen blieb und die wohlklingenden Töne aus der Nachbarschaft wenigstens zur Kenntnis nahm, doch wusste er nicht mehr, was er jeweils spielte, wenn er sie in solcher Pose erwischte. Paganinis Konzerte und Capriccios waren keinesfalls sein einziges Standbein, gab es doch noch viele andere Werke, die er leidenschaftlich liebte und öfters mal spielte, wie etwa Tartinis Teufelstriller, die Thuner Sonate von Brahms oder auch Beethovens Kreutzersonate, mit der er sich, ungeachtet der Schimpftirade von Tolstoi[10], vielleicht ins Herz der Nachbarin gegeigt haben könnte, indem er bewusst deren aufwühlenden Schwung für seine Zwecke auszunützen gedachte. Er vermochte naturgemäß nicht mehr zu rekonstruieren, womit er ihre Aufmerksamkeit erregt haben könnte, denn allzu viele Werke hatte er in letzter Zeit einstudiert, beabsichtigte er sich doch demnächst auf Tournee durch halb Europa zu begeben. So fiel es ihm ausgesprochen schwer, einzusehen, weshalb sie ihm hätte schaden wollen. Nein, und nochmals nein, sie war mit größter Wahrscheinlichkeit schuldlos, und ihr Handeln musste sonst wie begründet sein. Verbissen hielt er an ihrer Engelhaftigkeit fest, welche er entschuldigend ins Feld führte, ohne sie je gesprochen zu haben. Dass sie sein Werben wahrgenommen und für unbotmäßig gehalten haben könnte, schloss er freilich aus.

Die Finger, durch Gewohnheit automatisiert, spielten ohne sein emotionales Zutun die Campanella zu Ende, und der Beifall war ebenfalls tosend, denn selten bekommt man dieses Werk in solch vollendeter Technik zu hören. Bravo … atemberaubend … umwerfend und anderes mehr konnte man als Zwischenrufe vernehmen, Sandro, heute im klassischen Frack, gemäß Vorschrift der Festivalleitung, verbeugte sich steif und scheinbar unbeteiligt, auch diese Bewegung hat er oft vor dem Spiegel einstudiert, um sie jederzeit in gesellschaftskonformer Art und Weise sowie auch fehlerlos abzurufen. Anscheinend überzeugte sein Spiel auch ohne Leidenschaftlichkeit, welche nur ihr, der schmerzlich Vermissten, gewidmet sein durfte. Emotionslos betrachtete er die tobende Menge vor der Bühne und dachte bei sich: „Wenn die wüssten …“ Weshalb niemand – wirklich? – bemerkt hatte, dass er gar nicht mehr bei der Sache war und die belebende Seele des ersten Satzes urplötzlich erstarb, war unverständlich, doch die dynamische Virtuosität

10 Leo N. Tolstoi: Die Kreuzersonate. Augsburg, Weltbildverlag 2001.

schien diesen Mangel zu kompensieren, denn sie war zweifellos das vorherrschende Element dieses Stückes, während die Komposition an sich eben eher banal war, zumindest aber jene Tiefe vermissen ließ, welche viele Werke seiner Zeitgenossen zu vermitteln vermochten. Nein, es ging ausschließlich um die Demonstration all dessen, was ein technisch versierter Geiger aus seinem Instrument herausholen konnte, reine Akrobatik mithin, welche als solche imponieren sollte, und dieses Ziel erreichte er auch mühelos. Doch wieder einmal mehr verfiel das ganze Publikum Paganinis Teufelswahn, dessen dämonische Wirkung Sandro durch den Einsatz rein technischer Mittel vollumfänglich auf selbiges übertrug, wodurch er den Beweis erbrachte, dass sein Bemühen, diesem Stück eine Seele einzuhauchen, nutzlos war. Es blieb eben, was es war, eine hochkarätige Spielerei mit Tricks und Mätzchen, ansonsten aber reine Geschicklichkeit und Koordination von Fingern und Bogen, welche man sich allein durch Fleiß und Zielstrebigkeit aneignen konnte. Und gerade Letzteres führte ihn auch zum Erfolg, der nun endlich im eigenen Umfeld zur Kenntnis genommen wurde.

Die eingeübte Methode, sich im Foyer während der Pause feiern zu lassen, half auch dieses Mal nicht weiter, denn seine Nachbarin war anscheinend weg, nirgends zu finden, spurlos verschwunden. An diesem Abend vermochte er auch jenen lieblichen Duft nicht wahrzunehmen, den er beim letzten Konzert stets in der Nase zu haben glaubte. Er stand vor einem unlösbaren Rätsel, seine Luftschlösser begannen zu wanken, und beinahe hörbar fiel sein Kartenhaus zusammen.

Ein weiteres Mal niedergeschlagen und am Boden zerstört, holte er sein kostbares Instrument aus dem Künstlerzimmer und begab sich unverzüglich nach Hause, wo er sich aufs Neue davor fürchtete, zum nachbarschaftlichen Fenster hinüberzublicken. Er wollte nicht wissen, ob es erleuchtet war, ob die Vorhänge gezogen oder offen waren, nicht wissen, was sich tat, und auch keine quälenden Vermutungen anstellen. Er setzte sich in die Küche, deren Fenster auf den Hof gingen, hielt sich mit beiden Händen die Ohren zu, um sich die Wintergeräusche seines Wohnhauses, die knarrenden, rhythmischen, langweiligen Pflichtübungen seiner Nachbarn mithin, nicht mit anhören zu müssen, und erstarrte zur Statue, aß nicht, trank nicht und ging erst in sein Zimmer, als er sicher sein konnte, dass gegenüber die Lichter gelöscht sein würden. Dieser Tag war für ihn einer der schlimmsten, den er je erlebt hatte, und er sollte wenigstens ohne zusätzliche Enttäuschungen zu Ende gehen, er wollte nur noch schlafen, schlafen, schlafen … und nach Möglichkeit vergessen.

Die Kritiker, zweifellos dieselben wie die Woche davor, überschlugen sich in ihrer Wortwahl, befürchteten sie offensichtlich, sich zu wiederholen, was wohl ihrer eigenen Eitelkeit zuwiderlief und ihrer journalistischen Ehre Abbruch getan hätte. Ihre sprachliche Virtuosität, gespickt mit pseudooriginellen Neologismen, entsprach durchaus Paganinis Sequenzen und deren Interpretation durch Sandro, wodurch allen Vorbehalten zum Trotz eine gewisse Parallelität zum beschriebenen Konzert geschaffen wurde. Nur einer wollte den kleinen Patzer bemerkt haben und bemängelte auch die Kälte und Lieblosigkeit, welche der Interpretation der Campanella innewohnte – er war ein Außenseiter, ein stadtbekannter Besserwisser und Klugscheißer, der sich auf seine akademischen Titel berief, doch keiner nahm ihn ernst, sodass sich letztendlich der Schaden in Grenzen hielt, weil die Lobreden bei Weitem überwogen und das leichte Unbehagen, das er hervorrief, rasch wieder verdrängte.

Doch alle Lobeshymnen der Welt vermochten Sandro nicht zu trösten, denn er wusste beim besten Willen nicht mehr, wo er stand. Ausgebootet und entsorgt, oder aufs Feurigste provoziert und zu weiteren Höchstleistungen angespornt, jede erdenkliche Variante war an sich möglich, doch wer konnte wissen, wohin der weitere Weg führen würde? Nein, dieses

Mal war er nahe dabei zu resignieren, und er begann sich zaghaft die Frage zu stellen, ob es noch sinnvoll sei, seine Energie in ein hoffnungsloses Unterfangen zu investieren. Sein eher auf Gedankenübertragung gestütztes Vorgehen schien nicht den erwünschten Erfolg zu zeitigen, wiewohl er sich mit seinem Instrument doch sehr zu profilieren versuchte, und dies mit beträchtlichem Erfolg.

Es sollte offenbar einstweilen nicht sein, all seine Hoffnungen schienen dahinzuschwinden, und gleichwohl ließ die heimlich Angebetete ihn nicht in Ruhe, seine Gedanken drehten sich im Kreis herum, denn irgendwie müsste er doch eine Möglichkeit finden, an diese Frau heranzukommen, koste es, was es wolle. Es gibt keine Person, die so unnahbar ist, dass man sich ihr nie und nimmer zu nähern vermöchte, jeder Mensch hat seine Achillesferse, die er dann und wann feilbietet, und mag es noch so schwerfallen, sie zu entdecken. Natürlich, wollte er sie nicht verletzen, aber umso verzweifelter suchte er nach einer Möglichkeit, sie so sehr zu rühren, dass sie nicht mehr umhinkommen sollte, seinem eindringlichen Werben zu erliegen, und keine Möglichkeit mehr offen stünde, sich dessen unwiderstehlicher Wirkung zu entziehen … nein, er war noch nicht bereit, seine offensichtlich untaugliche Methode aufzugeben, versuchte vielmehr weiterhin dank ihr zu reüssieren und verschwendete keinen Gedanken daran, vielleicht einmal auch die Befindlichkeiten seiner Angebeteten zu erkunden; dazu fehlte ihm der Mut!

Er war beileibe nicht der Typ, der rasch resigniert, auch wenn er zuweilen nahe dabei war, und Hartnäckigkeit hat er schon mehrmals unter Beweis gestellt, andernfalls wäre es ihm niemals gelungen, die Beherrschung seines Instruments auf dieses beachtliche Niveau zu bringen, das er nun definitiv sein Eigen nennen konnte, um es scheinbar jederzeit auch abzurufen, selbst wenn ihm nicht danach war, wie er anlässlich des letzten Konzertes mit einiger Genugtuung feststellen durfte. Ja, er erinnerte sich an ein Wort Menuhins, der einmal sagte, dass man ein Stück nur dann auf die Konzertbühne bringen darf, wenn man es so gut beherrscht, dass es auch dann makellos vorgetragen werden kann, wenn man selber nicht in Stimmung ist[11]. Diesen Grundsatz hatte auch er sich zu eigen gemacht, und siehe da, es funktionierte nach Maß.

Dass er mit diesem außerordentlichen Können sein Leben gestalten und verbringen wollte, lag auf der Hand, dass er dazu aber auch eine einmalige Frau an seiner Seite wissen wollte, die ihn samt seiner Kunst verehrte wie auch bei deren Ausübung unterstützte, war aus seiner Sicht eine Selbstverständlichkeit. Er musste sich also eine Möglichkeit, ja eine todsichere Maßnahme einfallen lassen, wie er sie, nicht irgendwen, sondern Gina selbstredend, schlechthin dazu zwingen konnte, seine Kunst zu bewundern, um sich auch unsterblich in ihn zu verlieben, ja, sie letztlich so sehr zu umgarnen, dass ihr ganz einfach nichts anderes mehr übrig blieb, als ihn und seine Vorzüge wahrzunehmen und als einzigartig in dieser Welt anzuerkennen. Auch sie war eine einnehmbare Festung, wenn er denn nur über die richtige Taktik verfügte, deren ‚Durchschlagskraft' ihm einstweilen noch nicht zur Verfügung stand, doch hatte er bereits eine gewisse Vorstellung davon, wie er vorgehen, ja, was er unternehmen könnte, um endlich den Durchbruch zu schaffen. Auch hier dachte er nicht daran, dass er gerade vermöge seiner Virtuosität scheitern dürfte, denn es ist nun mal nicht jedermanns Sache, auf derartige Raffinessen, deren Kniffligkeit sich dem Laien nicht erschließt, positiv zu reagieren, denn die wahre musikalische Kunst greift tiefer. Und gerade die Violinliteratur kennt zahlreiche Stücke, welche diesem Erfordernis weiß Gott Rechnung tragen. Weshalb er diesen Vorteil noch nie genutzt hatte, war schleierhaft, denn noch blieb er seiner Grundidee treu. Er war wohl zu jung, um die Werke so zu spielen, dass sie dem Hörer jene Ergriffenheit

11 Yehudi Menuhin: Variationen. München, Piper 1979.

verschaffen, welche den Werken innewohnen, nein, dazu benötigte er noch ein gutes Stück Reife und Erfahrung.

~

Seit einiger Zeit, unter anderem durch Freunde animiert, dachte er daran, Paganinis Violinkonzerte auf Schallplatten aufzunehmen und eine Art Gesamtausgabe auf den Markt zu bringen, die es zumindest in aktueller Form bislang nicht gab. Neue technische Finessen, die er zur Anwendung brachte, machten seine Interpretationen zu besonderen ‚Leckerbissen', die an den Mann zu bringen sich bestimmt lohnen würde und vielleicht sogar die ewigen Skeptiker aus ihrer Reserve locken könnten. Die alten Meister des Violinspiels, etwa Josef Szigetti oder Ruggiero Ricci, haben zwar das eine oder andere Konzert eingespielt und dessen technische Tücken ebenfalls aufs Trefflichste gemeistert, aber sie vermochten ihnen nicht jene Seele einzuhauchen, welche Sandro entdeckt zu haben glaubte und auch überzeugend zum Ausdruck brachte. Nach intensivem Studium seiner Werke war und ist er der festen Überzeugung, dass diesem Künstler selbst heute noch nicht die ihm gebührende Anerkennung gezollt wird, ja, da und dort noch immer der Ruch des Teufelsgeigers entgegenschlägt, was er als aberwitzig empfand. Nein, er war vielmehr ein Pionier und hat dem vielseitigen Instrument jenes facettenreiche Spektrum abgerungen, das ihm innewohnte, und dieses wiederzuentdecken war geboten, eine Art Gelübde, das er im Stillen einst ablegte. Aus seiner Sicht war es daher naheliegend, diesem Umstand mit allem gebotenen Respekt Rechnung zu tragen und sozusagen für die Rehabilitation des zu Unrecht Geächteten erneut eine Lanze zu brechen, um ihm echte Anerkennung zu verschaffen und endlich den unstreitig verdienten Einzug auf dem Parnass zu sichern.

Ein Novum sollte es also werden, seine Einspielung, und die besonders ausgeklügelte Spieltechnik sollte ihm dazu verhelfen, eine echte Marktlücke zu schließen, die ohne sein Zutun weiterhin offenstehen würde. Er wandte sich an einige Studios, und erst kürzlich bekam er einen positiven Antwortbrief, auf den er noch nicht reagiert hatte. Nun war es definitiv an der Zeit, zu reagieren und sein Vorhaben endlich umzusetzen, sofern ihm dieses Studio ein angemessenes Angebot unterbreiten sollte.

Das Angebot war dann allerdings mäßig, aber dennoch nahm er an, wollte er doch seine reiflich durchdachte Idee, welche nunmehr durch eine besondere Intention genährt wurde, endlich verwirklichen, denn ganz weit hinten im Hinterkopf hegte er die leise Hoffnung, sich dadurch in die Lage zu versetzen, seine Nachbarin schließlich doch noch von seiner künstlerischen Größe und damit der wahren Geltung seiner Person zu überzeugen. Für sie – seine unumstößliche Absicht eben – spielte er alle sechs Konzerte ein und sah sie während des Spiels dauernd vor seinem geistigen Auge, wie sie sich zu Hause in ihrem Sessel sitzend und mit leicht geneigtem, etwas wiegendem Kopf auf ihrer Stereoanlage genüsslich seine Platten anhörte, ja bildete sich sogar ein, wieder jenen Duft wahrzunehmen, den er damals in seinem ersten Konzert dauernd in der Nase hatte. So wurde sie zur eigentlichen Adressatin seiner Einspielung und letztlich sogar zur Quelle der ausschlaggebenden Schöpferkraft seines Spiels, dessen Feinheiten er für alle Zeiten in die Rillen der Platte einbrannte.

Die Aufnahme gelang meisterlich. Die Gesamtausgabe umfasste drei Platten, welche in einer Kassette untergebracht wurden, auf welcher schemenhaft die hagere Gestalt des Komponisten und Teufelsgeigers zu erkennen war. Die Geige, von Guarneri del Gesú gebaut – Kanone wurde sie einst spöttisch geheißen und ist noch heute in seiner Geburtsstadt zu besichtigen – war mehr angedeutet, der Bogen kaum sichtbar, dennoch unverkennbar das Bild des Meisters, der in typischer Stellung wohl eines seiner Capricci spielt.

Die Kanone, eine eher helle Geige, etwas geschwärzt um die F-Löcher herum und abgegriffen an der Stelle, wo er sein Kinn aufsetzte, sie war die Zaubergeige, welche Sandro nun nachahmen, ja vielleicht sogar in den Schatten stellen wollte, ein Kunststück, das ihm auch auf seiner ausgeliehenen Stradivari gelingen müsste. Die Mysterien, welche sie umgeben, wie auch der zweifelhafte Ruf des Meisters, dem man eben einen Pakt mit dem Teufel nachsagte, weil, so die damalige Vorstellung, nur dieser imstande sei, solch halsbrecherische Passagen zu spielen, störten ihn nicht. Im Gegenteil, das fortbestehende Mysterium vermochte ihm vielleicht sogar zur sehnlichst erhofften Begegnung zu verhelfen; ein Versuch war es allemal wert, und es war an der Zeit, ihn auch zu wagen, denn selbst unerwiderte Gefühle können sich einmal verflüchtigen, sofern man sie nicht pflegt und hegt. Und es war mitnichten der Teufel, der ihn dabei inspirierte, vielmehr die Polyhymnia, welche Ginas Gestalt annahm, ihn beseelte und zu Höchstleistungen anspornte. Ja, noch immer war sie seine Muse, deren Kuss er sich herbeisehnte.

Es ist nicht mehr mit Sicherheit auszumachen, inwieweit er sich mit dem Meister zu identifizieren versuchte, denn er nahm zusehends eigenartige Züge an. Es ist ihm beileibe nicht zu Kopf gestiegen, denn seine Künste waren echt erarbeitet und einstudiert, jeder Ton, jeder Fingersatz, jeder Bogenstrich präzise festgesetzt und eingraviert, nein, er selber hatte keine Geheimnisse zu hüten, er spielte vielmehr so, wie er es gelernt hatte, und auf vermeintliche Mysterien wollte er sich nicht verlassen. Die Mätzchen seines Vorbilds mögen zwar witzig oder auch deplatziert gewesen sein, sie berührten ihn kaum, nur seine Musik mit ihrer unwiederbringlichen Seele und die darin enthaltene Saitenakrobatik absorbierten ihn zutiefst. So entstand eine äußerst gelungene Interpretation dieser Werke, imposant vor allem auch und in ihrer Gesamtheit, was sie vom rein musikalischen Standpunkt aus nicht unbedingt wertvoller machte, doch die Vollständigkeit dieser Hinterlassenschaft eines ungewöhnlichen Könners, der zuzeiten nicht nur das Geigenspiel revolutionierte, sondern diesem Instrument zu seinem ungeahnten Siegeszug durch die ganze Welt der Musik verhalf, war gleichwohl ergreifend und bedeutungsvoll. Ja, er hat tatsächlich mithilfe seines Vorbilds etwas geschaffen, das seinesgleichen sucht. Ob dabei der unvoreingenommene Hörer bemerkt, dass er für Gina, seine große Liebe spielte, sei dahingestellt, denn dies war Privatsache, die er keinesfalls an die große Glocke hängen wollte.

Sandro dachte, dass er mit dieser großartigen Leistung seine verehrte Nachbarin nun mit größter Wahrscheinlichkeit für sich gewinnen könne, denn dieser Charm-Offensive konnte sie doch kaum widerstehen, sofern sie ihrer gewahr würde. So kam er, um sich ihrer Beflissenheit zu versichern, auf den Gedanken, ihr ein Exemplar davon zukommen zu lassen, und durch eine ebenso kurze, wie unmissverständliche Widmung auf dem ‚Cover' dürfte wohl sein Ziel in greifbare Nähe rücken, davon war er restlos überzeugt. Schlicht und ergreifend, jedoch nicht minder trefflich müsste sie also ausfallen, diese Widmung, denn damit hoffte er, die größtmögliche Wirkung zu erzielen. Zudem sollte sie auch eine Kostprobe seines zeichnerischen Könnens vermitteln, womit er sich dem weltberühmten ‚Violon d'Ingres' anzunähern versuchte, indem er eine außergewöhnliche Erscheinung im europäischen Kunstschaffen imitierte. Er war jedenfalls nicht mehr von der Idee abzubringen, dass nur etwas Besonderes, etwas Außergewöhnliches, ja, etwas noch nie Dagewesenes imstande sei, sein hehres Ziel zu erreichen.

So entnahm er der Kassette eine einzige Platte, eigenartigerweise nicht jene, auf welcher die Campanella registriert war, sondern jene mit dem vierten Konzert in d-Moll, dessen Mittelsatz mit dem Titel ‚Adagio flebile: con sentimento' überschrieben ist. Dieser Satz trieft dann auch vor Pathos, und die eben klägliche (oder sogar klagende und flehentliche) Anbetung der nahen und doch so fernen Geliebten ist kaum zu überhören. Das angekündigte ‚Sentimento' ergießt sich dann auch in Strömen über die Zuschauer, und der Duft der Erotik schwebt nicht etwa wie bunte Schmetterlinge oder ein zarter Schleier, sondern vielmehr wie ein zentnerschwerer Gobelin über dem Haupt der Angebeteten, in der Hoffnung, dass er sie erdrücke. Nun ja, ausnahmsweise verschafft Paganini in diesem Satz der Leidenschaft den Vorrang vor der Virtuosität, ohne selbstverständlich Letztere völlig zu vernachlässigen. So entstand ein schwergewichtiges Stück Violinliteratur, das insofern atemberaubend ist, als man beinahe Atemnot kriegt, wenn man es sich anhört. Ob darin sogar eine gewisse Todessehnsucht mitschwingt, wie einige behaupten, stehe dahin, obwohl eine Verbindung von unerfüllter Liebe und Tod spätestens mit Werther literaturwürdig geworden ist.

Es ist ein Stück, das ohne Weiteres auch aus einer Oper aus Paganinis Zeiten stammen könnte, in welcher der Verlust oder eben die Unerreichbarkeit einer Geliebten besungen wird, wie etwa im Schlussteil der Traviata, dessen Qualität Paganini allerdings nicht erreicht; jedoch konnte er dieses Werk gar nicht kennen, denn es war zu seinen Lebzeiten noch nicht geschrieben. Eigenartigerweise klingt das Stück trotz seiner unmissverständlichen Ernsthaftigkeit irgendwie lächerlich, denn die Geige ist aller Vielseitigkeit zum Trotz einer tragischen Sopranstimme nie und nimmer gewachsen, was dieses herrliche Instrument nicht etwa entwerten, sondern ihm bloß einen anderen Platz zuweisen soll, als Paganini es in diesem Stück tat, oder wenigstens versuchte. Der ganze Satz steht zudem in einer Moll-Tonart und ist zeitweise mit schwermütigen Bläsern ausgestattet, welche der ohnehin oft im unteren Bereich spielenden Geige zu einer weiteren Dramatik verhilft, die sie alleine nicht zuwege brächte. Wen Paganini mit dieser Emphase zu erschlagen gedachte, ist unbekannt, wem Sandros Wink mit dem Zaunpfahl galt, ist zumindest an dieser Stelle der Erzählung keine Unbekannte mehr. Die beiden Ecksätze sind, nebenbei bemerkt, wenig ansprechend, leben sie doch wie immer von den üblichen Sequenzen mit zeitweise herzzerreißenden Terzen und Sexten, gezupft oder gestrichen und in atemberaubendem Tempo heruntergeleiert, alles Akkorde, die bekanntermaßen direkt aufs Sakralmark der Menschen einwirken, um sie buchstäblich weichzukochen. Klagend oder sogar schmachtend also die Wahl des Stückes, fraglich dessen Wirkung auf die Empfängerin, deren musikalische Präferenzen möglichenfalls nicht dieser Stilrichtung entsprachen.

Er entfernte wohl die Zellophanhülle dieser einen Platte und schrieb auf deren Rückseite:

„An Gina, in der Vorfreude sie mal an einem Konzert zu begegnen", an der anderen Ecke wünschte er ihr alles Gute, von Herzen (sogar), und unterschrieb in schwungvoller Unterschrift, und zwar mit dem ganzen Namen. Dabei gestaltete er den Anfangsbuchstaben seines Nachnamens wie ein Herzchen, etwa von der Art, wie es sich Verliebte mitunter zukommen lassen oder in Schokolade gegossen neben die Kaffeetasse legen. Allerdings wies das Herzchen mit der Spitze nach oben, vielleicht um ihm einen besonderen Stellenwert zu verschaffen, oder einfach deshalb, weil der dazu missbrauchte Buchstabe keine bessere Lösung zuließ, ein Herz also, das nicht auf der Spitze balancierte, sondern auf den beiden Rundungen saß, was die besondere Beschaffenheit seiner Vorfreude aufs Trefflichste umschrieb. Ein Komma nach der ‚Vorfreude' fehlte, ob absichtlich oder nicht, stehe dahin, auffällig ist jedoch die Tatsache, dass das ‚sie' klein geschrieben ist, also nicht als direkte Anrede, sondern als Pronomen im Akkusativ zu verstehen ist, was wiederum eine gewisse Distanz schafft und vermutlich sein Zögern und Zweifeln zum Ausdruck bringt, es sei denn, er hätte die Gepflogenheiten der Höflichkeit ignoriert. Daneben zeichnete er eine Geige mit Bogen, der etwas zu kurz ausgefallen ist, und ein geöffnetes Notenheft, wohl deshalb, weil er die Kadenzen zum Teil selber schrieb und auch damit den großen Meister imitierte, der solche jeweils zu improvisieren pflegte, bekanntlich zuweilen sogar auf nur einer Saite, wie die Sage wissen will. Er, der große Meister, schrieb sie natürlich nicht auf, weshalb die meisten davon der Nachwelt nicht erhalten geblieben sind … Meno male! Wenngleich diese Zeichnung etwas kleinkariert wirkt, so lässt sie gleichwohl erkennen, dass er selbst diese Kunst nicht schlecht beherrschte. Der Eindruck seines zeichnerischen Könnens verfügt indes im Einklang mit dem Adagio flebile über eine ziemlich klägliche Ausstrahlung, womit mehr als fraglich wird, ob sich Gina davon beeindrucken lassen würde.

Jedenfalls steckte er die solchermaßen bearbeitete Platte dann in die Kassette zurück und legte sie kunstvoll verpackt und mit einer Rose geschmückt vor Ginas Wohnungstür nieder, auf dass sie, die Umworbene, beim Betreten der Wohnung unweigerlich auf das unerwartete Geschenk stoßen müsste. Dabei schloss er von vorneherein aus, dass ihr Ehemann vielleicht der Nächste sein könnte, der die Wohnung betritt, und bildete sich daher ein, dass sie mit Sicherheit sofort einsähe, dass das Geschenk nur an sie gerichtet sein kann, zumal sie bald einmal die unmissverständliche Inschrift gelesen haben und damit auch erkennen wird, was es damit auf sich hat. Jedenfalls war der längst fällige Schritt getan, es dürfte sich somit nur noch um wenige Tage handeln, bis alles klar wäre und sein Wunsch in Erfüllung gehen würde.

Doch beinahe unerträglich war die nun folgende Wartezeit, deren Dauer er nicht abzuschätzen wagte, denn beinahe lähmte sie ihn, der noch mitten in den Vorbereitungen seiner Tournee steckte und deshalb keine überschüssige Zeit zu vergeben hatte. Nichts klärte sich indes, denn zu seinem Verdruss blieb eine Reaktion aus, und zwar so lange, bis er sich endlich auf die angekündigte Tournee begab, auf welcher er sich endlich von seiner fixen Idee loszureißen vermochte, ohne dabei die Frau seiner Begierde endgültig zu vergessen. Doch je weiter er sich von zu Hause entfernte, desto realistischer wurde seine Sichtweise, glücklicherweise, wie er sich selber eingestand, denn eine offensichtlich nutzlose Fortsetzung der schmachtenden Illusion, nahm sich neben seiner nunmehr ernsthaften Tätigkeit als Solist auf den Konzertbühnen dieser Welt reichlich pubertär aus, unpassend jedenfalls und zwecklos. Ein wertvoller und dringend notwendiger Reifeprozess gewann also die Oberhand und leitete eine sinnvolle Wende ein, deren Ziel es sein musste, von seinem erfolglosen Vorhaben endlich Abstand zu nehmen. So selbstverständlich dies auch klingen mag, für ihn war es dennoch ein schmerzlicher Prozess, den er allerdings mit großer Tapferkeit hinter sich brachte, wobei ihm vor allem jener eine Sonaten-Abend, an welchem er auch die Thuner Sonate gab, nützlichen Trost spendete, denn er fühlte intensiv, wie nutzlos auch Brahms' Werben um Hermine Spies war. Und durch die Einspielung aller Violinkonzerte von Paganini hinterließ er ja der Nachwelt ein wertvolles Zeugnis seiner Schwärmerei, dessen tiefgründigster Ausdruck sich eben im Adagio flebile des vierten Konzertes manifestierte.

Die Tournee war einigermaßen erfolgreich, aber zu weltweiter Anerkennung seiner Leistungen hat sie leider nicht geführt, wiewohl die erwähnte Gesamtaufnahme ordentlichen Anklang fand. Den Gedanken, sich vom Dach seines Hauses auf die Straße zu stürzen und langsam verblutend vor Ginas Haustür sein Leben auszuhauchen, hat er erfreulicherweise aufgegeben, denn zu schade wäre es doch gewesen, diesen begabten Geiger, welcher der Nachwelt vielleicht noch etliche musikalische Prunkstücke bescheren wird, auf so tragische und sinnlose Art und Weise zu verlieren.

3

Und die schicksalsträchtige Kassette, deren Geschichte ja noch einer Fortsetzung bedarf, wo mag sie gelandet sein? Kaum zu glauben, aber sie verfehlte die eigentliche Adressatin und stand zu guter Letzt bei einem Laiengeiger, der sich die Konzerte gerne anhörte, sich aber über die seltsame Inschrift wunderte … und so geschah es:

Nun, die beiden anderen Platten der Kassette verblieben anscheinend unberührt in der Zellophanhülle stecken, was den Verkäufer, der sie entgegennahm, als Gina die ganze Kassette, nicht völlig kommentarlos ‚zurückgab', ja sozusagen auf den Ladentisch knallte, in einem Geschäft übrigens, wo sie gar nicht herkam, deshalb nicht verwunderte, weil er gar nicht richtig hinschaute, so verdutzt war er über diese Aktion, deren Hintergrund er nicht kannte. Nur nebenbei bemerkt: Das Musikgeschäft entstand nach und nach aus jenem Klavierbaueratelier, welches gleich neben dem Haus stand, in welchem Brahms rund hundert Jahre zuvor dreimal den Sommer verbrachte. Gina, die er nicht kannte, aber wirkte irgendwie wütend, als sie das Lokal wieder verließ, was der Musikhändler, der diese Kassette zum ersten Mal sah, überhaupt nicht verstand, aber sie verschwand beinahe ebenso schnell, wie sie auftauchte, sodass er keine Zeit fand, ihr irgendwelche zusätzlichen Fragen zu stellen, die ihn über Zusammenhänge und Ursachen ihres ungewöhnlichen Akts informiert hätten. Nun ja, er hätte sie gerne zurückgewiesen, denn es war keinesfalls die Art von Musik, mit der er sich normalerweise beschäftigte, doch er kam nicht dazu, denn als er sich wieder fasste, fiel die Ladentür bereits wieder ins Schloss … zweifellos ein bühnenreifer Auftritt unter mysteriösen Umständen, deren tiefere Bedeutung beide Kontrahenten überhaupt nicht wahrzunehmen in der Lage waren, ein Verwirrspiel, wie es auch Shakespeare nicht besser abzufassen verstanden hätte.

Einerlei, auch der unbedarfte Verkäufer konnte demgemäß nicht wissen, dass hier der letzte Akt einer Tragödie gespielt wurde, dessen unrühmlicher Ausgang ihn lediglich zum unfreiwilligen Komparsen machte. Er nahm wohl oder übel die unberührt wirkende Kassette entgegen und stellte sie ungeöffnet aufs Regal, wo er sie dem Staub und der Vergessenheit anheimstellen wollte, was sonst hätte er denn tun sollen, mochte er diese Musik doch ebenso wenig wie seine übliche Kundschaft. Das Ding stammte keinesfalls aus seinem Angebot – wir kennen ja die Herkunft –, und sein Geschäft war somit die falsche Adresse für den wütenden Refus, aber weil er ja weder die zornige Dame noch Autor und Plattenfabrikant näher kannte, vergaß er es ebenso rasch, wie auch die rabiate Szene, welche er unschuldigerweise über sich ergehen lassen musste, als wäre er der Sündenbock schlechthin. So kam er ungewollt in den Besitz dieses Wunderwerks, nicht ahnend, welche Tragik dahintersteckte noch welch abgrundtiefe Leiden erlitten und wie viel Tränen dafür vergossen wurden, kam ihm doch nicht einmal im Traum in den Sinn, die Platten herauszunehmen oder sich sogar eine davon anzuhören, weshalb auch er die Widmung übersah; ein Schuss in den Ofen also, ein unrühmliches Ende einer schwärmerischen Liebeserklärung, welche ungehört im All verklang.

Erst einige Zeit später erinnerte er sich an diese Geschichte und entnahm seinem Regal das unerwünschte Stück, mithin den unsinnigen Staubfänger, mit dem er ohnehin nichts anzufangen wusste, um es einem Bekannten zu schenken, der eben selber Geiger war und mit Sicherheit diese Musik genießen würde. Dass er diese Ausgabe schon besitzen könnte, war ihm bewusst, umso mehr freute er sich darüber, dass dem nicht so war. Für ihn war's nur wichtig, diesen ‚Fremdkörper' loszuwerden, etwa im Sinne einer umweltfreundlichen Entsorgung.

Der neue Besitzer kannte zwar einige Werke von Paganini, ja, hat sogar einige davon auf der Bühne gehört und staunte, sozusagen als ‚Fachmann', über deren außergewöhnliche Virtuosität, war sich aber der eher fragwürdigen Qualität der Kompositionen bewusst, welche er nun in seinen Händen hielt. Oder war er nur einer der vielen Skeptiker, die Paganini unterschätzten, ja, vielleicht sogar neidisch? Natürlich waren diese Werke für einen Laien, der er war, schlichtweg unspielbar, und er hat es gar nicht erst versucht, wenngleich er die eine oder andere süffige Melodie zu spielen vermochte, wohl am ehesten, um glaubhaft zu versichern, auch Paganini gespielt zu haben – Prestigedenken der Unzulänglichkeit eines Dilettanten? Doch vielleicht würde er ja eines Besseren belehrt, wenn er sich alle sechs Konzerte einmal anhören würde, und das tat er dann auch, und zwar mit Genuss, wie er letztendlich sich selber eingestehen musste.

Die Werke als solche waren ihm ja nur teilweise bekannt, und in einer Gesamtausgabe zusammengefasst hatte er sie noch nie gesehen. Ja doch, er freute sich darüber, sie zu besitzen, wiewohl er von vorneherein wusste, dass er sie nicht allzu oft auflegen würde. Doch für einen Geiger ist die Kenntnis dieser Konzerte eine Art ‚Muss', dessen man sich nicht ohne Weiteres entziehen sollte, sodass der Besitz dieser Kassette eine echte Bereicherung seiner Diskothek darstellte. Dass es gerade dieses besondere Exemplar war, ein offensichtlich verschmähtes Geschenk des Solisten mithin, verdankte er dem Zufall, der sich offensichtlich mehr um das Schicksal der Kassette bemühte als um dasjenige der Kontrahenten, welche sich dahinter verbargen.

Jedenfalls staunte er nicht schlecht, als er die letzte, bereits enthüllte Platte öffnete und die eben wiedergegebene Inschrift las. Dennoch war es ein Leichtes, sich vorzustellen, dass sich hinter dieser unerwarteten Entdeckung irgendeine ungewöhnliche Geschichte verbergen musste, die aufzuklären sich vielleicht lohnen würde. Sie ließ ihm jedenfalls keine Ruhe, bis er den Hintergrund wenigstens teilweise erforscht hatte, einen tragischen Hintergrund, wie er schließlich zur Kenntnis nehmen musste, als er die einstige Adressatin ausfindig machte und kurzerhand anrief, um ganz einfach danach zu fragen, was es denn mit dieser geheimnisvollen Inschrift auf sich habe und weshalb sie das Geschenk zurückwies.

Sie, zunächst wütend darüber, noch einmal mit dieser dämlichen Angelegenheit belästigt zu werden, wurde dann, nach Abgabe zahlreicher Erklärungen und Entschuldigungen seitens des Anrufers, ziemlich gesprächig, und letzten Endes erzählte sie ihm wortreich die ganze Geschichte von A bis Z, zumindest wie sie sich aus ihrer Perspektive abspielte: Sie führte namentlich aus, weshalb sie die wohlverstanden völlig unberührte Kassette wutentbrannt ins nächste Musikgeschäft gebracht habe, um sie einfach loszuwerden, egal wie, und verschwendete keinen Gedanken darüber, was daraus werden könnte, denn auch sie kannte natürlich die symbolträchtige Inschrift nicht, da sie offenbar zu keinem Zeitpunkt daran gedacht habe, sich jemals ein Stück davon anzuhören. Nein, sie wollte das Danaergeschenk möglichst rasch aus ihrem Dunstkreis entfernen, nicht aber vernichten, denn sie hatte doch etwas Ehrfurcht vor den Werken der alten Meister, weshalb sie diesen ungewöhnlichen Ausweg wählte, was sie freilich unterlassen hätte, wäre ihr die Widmung bekannt gewesen. Sie war immerhin peinlich berührt, dass nun ein Fremder – irgendeiner, den sie nicht kannte – sie zum ersten Mal zu Gesicht bekam, denn sie wollte die Angelegenheit totschweigen und keinesfalls an die große Glocke hängen.

Doch sie erlebte Sandro, so ihre Erklärung, den sie täglich üben hörte, was trotz aller bewundernswürdiger Technik zeitweise ihre Nerven aufs Äußerste strapazierte, ganz einfach als lästigen Voyeur, dessen unrühmliche Geschäftigkeit sie sehr wohl bemerkte und als störend empfand. Auch durchschaute sie bald einmal seine Absichten, welche sie ganz einfach lächerlich und deplatziert, ja seiner unwürdig fand. Sie gab wohl zu, dass sie klassische Musik gerne möge, was jedoch noch lange kein

Grund sei, sich einem Musikanten an den Hals zu werfen, um ihn lediglich seines Könnens wegen zu lieben, da hätte sie beileibe viel zu tun. Er war ja mittlerweile ein mäßig anerkannter, nicht mehr pubertierender Interpret, doch sie selber war eine reife, ziemlich glücklich verheiratete Frau und hatte nicht das Bedürfnis, mit einem eben der Pubertät entwachsenen Jungen anzubändeln, selbst wenn er noch so gut Geige spielte. Außerdem schätze sie Virtuosität um der reinen Virtuosität willen nicht besonders und schon gar nicht Paganini, womit sie sich bekanntlich in guter Gesellschaft befinde. Die Musik sei eben eine zarte Pflanze, deren Gehalt und Schönheit durch Hochseilakte und Trapezkünste weit eher zerstört als vertieft werden, so ihre nicht ganz verfehlte Wertung. Deshalb sei sie auch überzeugt, dass Paganini heute nicht mehr als Teufelsgeiger bewundert und beschimpft, sondern bestenfalls als spitzfindiger Saitenakrobat und Schürzenjäger bezeichnet und entsprechend belächelt würde, ein Schicksal, das nicht selten auch seinen Epigonen, wie etwa David Garrett und eben Sandro Dalbacco, widerfährt. Daher habe sie es auch als geradezu ungehörig empfunden, sie durch diese Stücke gefügig machen zu wollen, und dass sie zur eigentlichen Seele dieser Einspielung gekürt worden sei, wolle sie sich verbeten haben. Die Kenntnis der verräterischen ‚Inschrift' – der genannte Anrufer hatte sie ihr natürlich vorgelesen bzw. beschrieben – hat sie nur in ihrer Annahme bestärkt, dass sich hier ein wahnwitziger Prozess abspielte, mit dem sie nichts zu tun haben wollte. Nein, sie habe sich vielmehr als Stalking-Opfer gefühlt, denn als hoch begehrte Geliebte und sei deswegen auf diesen Nachbarn nicht gut zu sprechen, ja, tue alles, um ihm aus dem Weg zu gehen, denke aber nicht daran, ihre bequeme Stadtwohnung zu verlassen, das wäre dann doch des Guten zu viel, zumal sich der Virtuose mehr und mehr auswärts aufhalte, um Konzerte zu geben, was sie ihm trotz allem von Herzen gönne. Und sollte er dabei viel Geld verdienen, dann würde er ja bestimmt bald aus seiner Dreizimmerwohnung ausziehen, um eine Luxusvilla am Stadtrand oder sonst wo zu beziehen.

Die beiden Konzerte habe sie, nebenbei bemerkt, absichtlich boykottiert bzw. eines davon nur besucht, um es provozierenderweise während seines Spiels zu verlassen, indem sie hoffte, ihm mit dieser Aktion auf drastische Art und Weise zu verstehen zu geben, dass sie von ihm als Person nichts wissen wolle, und nahm billigend in Kauf, dass er patzen könnte, eine Genugtuung, die er ihr jedoch nahezu gänzlich vorenthielt, wie wir wissen. Seine Unbelehrbarkeit und Aufdringlichkeit, welche er insbesondere durch die Zustellung der Kassette unter Beweis stellte, habe sie daher ernsthaft erbost. Sandro wisse nicht, dass sie sein Geschenk zurückwies, und kenne natürlich auch die Begründung ihrer Reaktion nicht. Sie hätte aber auch nicht die geringste Lust, mit ihm Kontakt aufzunehmen, zumal die Episode aus ihrer Sicht zu wenig bedeutsam sei, um unnötige Misshelligkeiten loszutreten. Möge er doch weiterhin in der Welt seiner Künste prosperieren und sie aus eigenem Ermessen entscheiden lassen, welche Musik sie sich anhören möchte und welche eher verschmähen. Indes, eine Romanze, wie er sie sich vielleicht vorgestellt habe, fiele für sie außer Betracht, denn sie führe ein erfülltes Leben, das keiner Ergänzung bedürfe. Verlorene Liebesmüh, gab sie seufzend zu und beendete mit dieser kurzen Zusammenfassung das Telefongespräch, indem sie noch ihrer Hoffnung Ausdruck verlieh, dass die peinliche Angelegenheit damit ihr Bewenden haben sollte. Nur eines wollte sie noch loswerden, ehe sie den Hörer auflegte: Der geschmähte Kritiker, der die Mängel seiner Aufführung bemerkte, sei ihr Vater, Musikwissenschaftler und emeritierter Dozent an der Universität der Hauptstadt und weithin anerkannter Musikkritiker, dessen Urteil in Fachkreisen gebührend Anerkennung fände … Nein, er wusste nicht um die tragischen Aktivitäten des Künstlers und schon gar nicht um die Verquickung mit seiner Tochter … Tschüss!

Der Anrufer, nunmehr als Klagemauer missbraucht – seine Schuld –, hätte sie gerne noch auf den Umstand aufmerksam gemacht, dass sich jenes Musikgeschäft, in welchem sie die Kassette deponierte, gleich neben dem ‚Brahmshaus' befand, doch hielt er sich zurück, als er bemerkte, dass ihr die Geschichte peinlich war. Schließlich hat sie ihre unangenehmen Erlebnisse ja einem völlig Unbekannten erzählt und wusste nicht, was er damit anfangen würde. Es war auch nicht ganz risikolos, was sie tat, aber durch die Neugierde des Anrufers angestachelt, kam sie eben in Fahrt, und der ganze Frust entlud sich in hohem Bogen … und er schwieg, bis er sich entschloss diese Geschichte, deren außergewöhnliche Natur ihn faszinierte, nach seinem Gusto niederzuschreiben.

Egal wo der verschmähte Künstler heute lebt, er, der mittlerweile einen internationalen Ruf genießt, weiß höchstwahrscheinlich nicht, was mit seinem Geschenk geschah, während die Beschenkte nunmehr im Bilde war und sich freute, dass das ‚Pièce de Résistance' mit dem neuen Besitzer die Stadt verlassen hat. Dass seine Rechnung nicht aufgegangen ist, hat er natürlich nach und nach geahnt, und er grämt sich noch heute darüber, dass er trotz seines hohen Einsatzes der Verlierer geblieben ist. Dass sein liebevoll verpacktes Geschenk, welchem er einst durch die wohlformulierten Zeilen und die etwas philiströse Zeichnung eine Seele einzuhauchen versuchte, nun beim Autor dieser Geschichte gelandet ist, konnte er nicht wissen, und er erfuhr auch nie, dass seine Liebes- und Leidensgeschichte eines Tages zu Papier gebracht wurde. Auch Gina war im Grunde genommen zunächst erstaunt, als sie erfuhr, wo ihr Geschenk gelandet ist, wenngleich sie ja davon ausgehen musste, dass ihre Aktion irgendeine Fortsetzung haben könnte, ja, es handelte sich sogar um ein kalkulierbares Risiko, insbesondere mit Blick auf die Widmung, die sie übersah. Sie war aber froh, dass die lange Reise dieser Gesamtausgabe bei einem Musikliebhaber endete, der sich nicht nur die Stücke tatsächlich anhörte, sondern sich auch über die entdeckte Inschrift freute und sich sogar darüber ernsthafte Gedanken machte, dergestalt, dass er versucht war, sich die Hintergründe dazu anzueignen und weidlich auszumalen.

Dass sie selber von dieser Inschrift nichts wissen konnte, wurde bereits deutlich gemacht, doch war sie angeblich froh, dass dem so war, weil sie andernfalls Hemmungen gehabt haben könnte, das in ihrem Wert mehrfach erhöhte Produkt bedenkenlos wegzugeben. Auch dem Plattenverkäufer war sie bekanntlich fremd, denn die Kassette war eben unberührt, und niemand hat sich, entgegen seiner Annahme, bislang diese Musik angehört. Gina ihrerseits bestand allerdings darauf, die Erzählung, zu welcher das erratische ‚Juwel' inspirierte, lesen zu dürfen und, so ihr Kommentar, schmunzelte über die fantasievollen Einlassungen, deren Wahrheitsgehalt nicht immer über jeden Zweifel erhaben sein soll; wen wundert's? Die Geschichte ist Ausgeburt reiner Fantasie, wiewohl die Kassette existiert.

Sie gab unumwunden zu, dass die Neugierde obsiegte und ihren telefonisch geäußerten Wunsch nach einem endgültigen Abschluss der Episode ausstach, was sie dem Amüsement zuliebe gerne in Kauf nahm. Sie machte sich jedenfalls diese ausgeschmückte Version zu eigen und hauchte so der Geschichte einen gewissen Wahrheitsgehalt ein, den sie gerne in dieser Form weitergab. Die örtliche und symbolische Verbindung zu Brahms war ihr nicht bekannt, sie nahm sie jedoch genüsslich zur Kenntnis, ohne dem verschmähten Nachbarn gleich brahmssche Größe zuzubilligen.

Ebenso erstaunt und vermutlich gar entrüstet wäre wohl Sandro gewesen, wenn er erfahren hätte, dass seine Liebeswerbung sein angepeiltes Ziel verfehlte und dort unverrichteter Dinge versiegt ist. Vielleicht empfände er Trost, wenn er wüsste, dass sich der endgültige Empfänger seine Aufnahmen wenigstens anhört und sich über die makellose Technik freut. Dass jedoch seine eigene ‚Sonate', welche er rund hundert Jahre nach Brahms in Szene setzte, so gründlich scheitern könnte, hätte ihn nicht nur zutiefst erstaunt, sondern auch verletzt, sofern er davon Wind bekommen hätte.

Nach wie vor im Ungewissen über Ginas Reaktion sowie selbstredend über den weiteren Werdegang seiner Liebeswerbung ist ihm auch nicht bekannt, dass darüber eine kleine Erzählung verfasst wurde, sodass er deren Inhalt nicht kennt. Der Autor, ein unverbesserlicher Fantast, hat es indes unterlassen, auch ihn zu kontaktieren, denn er wusste nun, dass der Geschichte mehr Tragik als Komik innewohnte, und verzichtete darauf, den gelackmeierten Künstler zu desavouieren.

Dass er gedankenverloren seine wertvolle Geige einmal in der Eisenbahn vergaß, als er ausstieg, hat er in einem späteren Interview gestanden, wem seine Gedanken galten jedoch verschwiegen. Der Spekulation ist Tür und Tor geöffnet!

Trotzdem, nur zu gerne würde ich, der Empfänger dieser beachtenswerten Aufnahme, diesen Mann einmal persönlich kennenlernen, nicht zuletzt, um ihm aufzuzeigen, welch verschlungene Pfade Liebe und Verehrung mitunter begehen, ja mitunter gar an einer Stelle enden, wo deren Energie und Wirkung ergebnislos verpufft. Die zügellose Leidenschaft löst sich in nichts auf und entschwindet, ohne irgendwelche Spuren zu hinterlassen. Und so wurde der unfreiwillige Empfänger dieser Liebesbotschaft ein weiteres Mal mit der Tatsache konfrontiert, dass Liebe, wo immer sie auch hinfällt, nicht allemal auf fruchtbarem Boden zu keimen beginnt. Dass seine Methode das Gegenteil dessen bewirkte, was geplant war, wäre dann zum Lehrstück geworden, doch dieses Ende war nicht vorgesehen. Das nächste Konzert, das er sich von diesem Solisten anhörte, war wunderschön, er gab das brahmssche Violinkonzert in nahezu vollendeter Interpretation. Die Nähe zu diesem großen Komponisten, der in seiner Heimatstadt namhafte Werke schrieb, blieb somit erhalten.

Paganini bleibt indessen, was er war, ein hochbegabter ‚Teufelsgeiger' – nach heutiger Auffassung litt er an einer angeborenen

Anomalie, welche ihm zu einem Können verhalf, das ihm diesen abträglichen Ruf eintrug – mit nur mäßigem musikalischem Tiefgang, wobei er dem Instrument dazu verhalf, was es heute ist: ein Wunderinstrument, dessen Vielseitigkeit nahezu unüberbietbar ist. Sandro spielt seine Werke mit viel Hingabe und großer Virtuosität, und Gina, noch immer unerreichtes Ziel seiner Verehrung, verbringt ihr Leben, als wäre weiter nichts geschehen. Dass der unwillkommene Liebessbrief in ‚fremde' Hände geriet, schien sie weiter nicht zu stören, denn sie hat sich von dieser unerbetenen Angelegenheit längst schon distanziert, dessen literarische Verarbeitung zur Kenntnis genommen und möchte auch in Zukunft – diesen Wunsch hat sie am Ende des erwähnten Telefongesprächs ja geäußert – nicht mehr damit konfrontiert werden. Dass ihrem Wunsch entsprochen werden soll, versteht sich von selbst, denn selbst die ergötzliche Verarbeitung dieses Stoffes durch den selbst ernannten Chronisten endet an dieser Stelle, zumal ihm dieser völlig überraschend zufiel.

Und so endet wohl einstweilen die lange und teilweise beschwerliche Geschichte, welche mit der Thuner Sonate 1886 begann und mit einer Beinaheromanze im Jahre 1986 endete. Ort der Handlung ist derselbe geblieben, aber die ländliche Idylle von Hofstetten, welches mittlerweile von der prosperierenden Stadt ‚aufgefressen' worden ist, musste einem verkehrsreichen und lärmenden Stadtteil weichen.

Und wo die Liebe eben hinfällt, da sollte sie keimen, und tut sie es nicht, dann ist eben der Wurm drin … und der Schmetterling ist wunderschön zum Anschauen, doch sein unbekümmerter Zickzackflug erschwert uns die Wahrnehmung seiner Schönheit; wenn er weg ist, dann ist auch die Farbensymphonie zu Ende, dagegen ist nur ein Kraut gewachsen, dessen Blüten er mag, um ihn zum Verweilen zu veranlassen und mag er sie nicht, dann flattert er eben davon.

Nachwort

Erzählungen entstehen zu unterschiedlichen Zeiten im Rahmen einer Schreibtätigkeit, welche sich über Jahre hinweg erstreckt, etwa aufgrund eines plötzlichen Einfalls oder durch ein eindrückliches Erlebnis angeregt. Es mögen sich daher leichte Unterschiede im Stil und im Erzählmodus ergeben, welche vielleicht dem aufmerksamen Leser nicht entgehen, dem Inhalt sowie der Botschaft indes nichts anhaben sollten. Dieser Nachteil ist dann in Kauf zu nehmen, wenn man sozusagen aus dem Fundus Schriftstücke hervorholt und zu einem Erzählungsband zusammenführt, selbst wenn sie überarbeitet werden. Doch darum geht's nicht, nein, es geht um die Beschreibung besonderer Vorkommnisse, die man für erzählenswert hielt und hält. Dabei handelt es sich um die Beschreibung von Begebenheiten, welche sich jeweils – damals, als sie zu Papier gebracht wurden – zeitnah abspielten, sodass deren Frische und naturgetreue Nachempfindung vollumfänglich erhalten bleibt. Doch, lasst uns ehrlich sein, die Wiedergabe von Ereignissen ist immer vom ‚Makel' der Subjektivität behaftet, werden doch stets auch Interpretationen und Sinneseindrücke des Beobachters eingewoben, deren Stichhaltigkeit für die beschriebenen Personen keineswegs feststeht. Dennoch darf es als sinnvoll erachtet werden, dies zu tun, denn die Wertung gewisser Phänomene, durch den Autor, ist doch für die Gesamtschau der Dinge nicht unwesentlich und verfolgt letztlich sein persönliches Ziel. Dabei wird auch noch von einem weiteren Vorteil Gebrauch gemacht, indem den allenfalls noch lebenden Darstellern die Möglichkeit entzogen wird, sich wiederzuerkennen, es sei denn, das Gegenteil sei der Fall; sei's drum! Damit ist jedenfalls zu rechnen, und sollte es ihnen dann und wann zu besserer Einsicht verhelfen, dann hat der Schreiber ein weiteres Ziel erreicht.

Die Ereignisse der vorliegenden drei Erzählungen sind in den letzten zwanzig Jahren vorgefallen. Sie berichten über Episoden, die sich ziemlich genau so ereignet haben, wie sie hier niedergeschrieben worden sind, und sollten einige Passagen als unglaubwürdig empfunden werden, so sei daran erinnert, dass besondere Ereignisse eben dieser Gefahr unterworfen sind. Es ist derweil die Wahrheit, und wo sie fantasievoll ausgeschmückt worden ist, wird dies ehrlich eingestanden.

Die jeweiligen Hauptpersonen sind allesamt solche, die sich mehr oder weniger bewusst außerhalb der sogenannten Norm aufhalten und deren Handeln als zumindest ungewöhnlich, um nicht zu sagen absurd bezeichnet werden darf, sodass man durchaus von Menschen auf Abwegen sprechen kann. Das ist dann auch der gemeinsame Nenner, auf welchem sich die Erzählungen aufbauen und verstehen lassen. Die Erzählungen sind so abgefasst, dass die außergewöhnliche Persönlichkeitsstruktur, um nicht zu sagen Abartigkeit der Protagonisten jeweils deutlich zum Ausdruck kommt. Sie sind denn auch einem Zyklus entnommen worden, dessen Überschrift folgendermaßen lautet: „Die Schattenseiten der menschlichen Seele". Der ‚Prototyp' derselben ist wohl Mr Hyde von Stevenson, der auch heute in entsprechendem Zusammenhang immer mal wieder zitiert wird, ja in neuerer Zeit sogar als Oper vertont wurde[12]. Dass aber viele Menschen ihren Mr Hyde wiederholt aus dem Dunkeln ihres Unbewussten entlassen, um ihm die Gelegenheit zu verschaffen, in andersartiger, sprich meist verwerflicher Form zu agieren, wodurch sie einen völlig anderen Eindruck hinterlassen als sonst, ist weniger bekannt. Bei genauer Betrachtung außergewöhnlicher Begebnisse wird jedoch klar, dass dies sogar die Regel ist. Die meisten Personen tun es wohl im

12 Giampaolo Coral: Mr. Hyde?

Verborgenen, zum Hausgebrauch sozusagen und insbesondere, wenn sie sich unbeobachtet fühlen, in der Anonymität also. Nur einige bekunden keine Mühe, dabei ertappt zu werden, wie sie ihm, dem Unhold, das Feld überlassen, ja sie scheinen die von den üblichen Gesellschaftsregeln abweichenden Verhaltensmuster buchstäblich zu genießen und vermögen dabei keine Abnormität zu erkennen. Dies sei ihnen zwar unbenommen, doch dass sie damit Aufsehen erregen, dürfte klar sein, und sollten sie dabei Regeln und Gesetze verletzen, dann wird die Sache sogar heikel. Doch gerade solche Geschichten erregen oft das Interesse einiger Beobachter, welche dann zur Feder greifen, um die Ausnahmeerscheinungen menschlichen Tuns und Handelns zu beschreiben, wobei die angeprangerten Abnormitäten recht unterschiedlich sein sollen, das eigentliche Ziel einer besonderen Art der Anthologie, welche hier präsentiert wird.

Szabo 04/19

Der Autor

Oskar Szabo, geboren 1942 in Kreuzlingen, Kanton Thurgau/Schweiz, schloss 1968 in Bern sein Studium als Arzt ab. Er arbeitete als Assistenz- und später als Ober- sowie Leitender Arzt. Seine berufliche Tätigkeit führte ihn u. a. nach London. Ausgiebig beschäftigte er sich mit der Altenmedizin. 2008 begab er sich aus der Selbstständigkeit in den Ruhestand.
Szabo ist verheiratet und Vater von vier Kindern. Heute lebt er in seiner Heimat in Safnern/Kreis Biel. Seine Lieblingsaktivitäten sind Lesen, Schreiben, Musik und Kochen. Zu seinen bisherigen Publikationen zählen etliche wissenschaftliche Arbeiten im medizinischen Bereich als auch Sachbücher. Mit der Pensionierung wechselte Szabo ins belletristische Fach. Bereits erschienen: Die Welt der ‚Alten' als Wille und Vorstellung.

Der Verlag

Wer aufhört
besser zu werden,
hat aufgehört
gut zu sein!

Basierend auf diesem Motto ist es dem novum Verlag ein Anliegen neue Manuskripte aufzuspüren, zu veröffentlichen und deren Autoren langfristig zu fördern. Mittlerweile gilt der 1997 gegründete und mehrfach prämierte Verlag als Spezialist für Neuautoren in Deutschland, Österreich und der Schweiz.

Für jedes neue Manuskript wird innerhalb weniger Wochen eine kostenfreie, unverbindliche Lektorats-Prüfung erstellt.

Weitere Informationen zum Verlag und seinen Büchern finden Sie im Internet unter:

www.novumverlag.com

Zeitfracht Medien GmbH
Ferdinand-Jühlke-Straße 7
99095 Erfurt, Deutschland
produktsicherheit@kolibri360.de